外国文学作品选

（上）

主编　聂珍钊　苏晖
副主编　杨建　杜娟　王树福

高等教育出版社·北京

内容简介

　　这套《外国文学作品选》参照马工程重点教材《外国文学史》的知识体系，采用将同一时期的东西方文学作品并列编排的框架，力求使东西方文学作品在一个整体结构中互为参照、彼此呼应。本套书分为上、下两册，上册选取了自古代至 19 世纪中后期的 34 位作家的代表作，下册选取了自 19 世纪后期至 20 世纪末的 35 位作家的代表作，所选择的作品基本与"外国文学史"课程中重点分析的作品相对应。在所选取的每篇作品之前，都有对于作家的简要介绍，以便读者了解相关背景资料。

　　本套作品选可供教学使用，亦可供文学爱好者阅读。

图书在版编目（CIP）数据

　　外国文学作品选．上／聂珍钊，苏晖主编．--北京：高等教育出版社，2017.8（2022.12重印）
　　ISBN 978-7-04-048052-8

　　Ⅰ．①外…　Ⅱ．①聂…　②苏…　Ⅲ．①外国文学-作品综合集-高等学校-教材　Ⅳ．①I11

　　中国版本图书馆 CIP 数据核字（2017）第 151575 号

外国文学作品选（上）

Waiguo Wenxue Zuopinxuan

策划编辑	刘新英	责任编辑	刘新英	封面设计	杨立新	版式设计	范晓红
责任校对	殷　然	责任印制	存　怡				

出版发行	高等教育出版社	网　　址	http://www.hep.edu.cn
社　　址	北京市西城区德外大街 4 号		http://www.hep.com.cn
邮政编码	100120	网上订购	http://www.hepmall.com.cn
印　　刷	唐山嘉德印刷有限公司		http://www.hepmall.com
开　　本	787mm×960mm　1/16		http://www.hepmall.cn
印　　张	26.25		
字　　数	470 千字	版　　次	2017 年 8 月第 1 版
购书热线	010-58581118	印　　次	2022 年 12 月第 13 次印刷
咨询电话	400-810-0598	定　　价	50.20 元

目　　录

第一章 古代文学

摩诃婆罗多(节选)

毗耶娑

《摩诃婆罗多》的作者相传是毗耶娑，毗耶娑是梵语音译，意译为广博仙人。"毗耶娑"在梵语中意为"扩大者"，也可引申为"编纂者"，有的学者认为它不是一个人的名字，而是一种称号或是一种表示尊敬的称呼。《摩诃婆罗多》有"第五吠陀"之称，共18篇，包含了三方面的内容：一是中心故事——婆罗多后裔俱卢族与般度族之间的战争；二是许多插话，主要出现在《初篇》和《森林篇》；三是关于政治、法制、哲学、宗教风俗和道德规范等非文学性诗体著述，主要出现在《毗湿摩篇》《和平篇》和《教诫篇》，其中《薄伽梵歌》最重要，是史诗的核心之核心。

(三)

第六 毗湿摩篇

二四

全胜说：

阿周那满怀怜悯，眼中饱含泪水；看到他精神沮丧，黑天这样说道。(1)

吉祥薄伽梵①说：

你怎么在危急关头，成了畏缩的卑贱者？这为高贵者所忌讳，不能进入天国享殊荣。(2)阿周那啊！别怯懦，那样与你不相称，抛弃委琐的软心肠，站起来，折磨敌人者！(3)

---

① 薄伽梵是对黑天的尊称，意谓尊者或世尊。

阿周那说:

在战斗中,杀敌者啊!我怎么能用箭射击这两位可敬的人,毗湿摩和德罗纳?(4)即使在世间乞食谋生,也强似杀害尊贵的老师;即使杀害贪财的老师,我的享受也会沾上鲜血。(5)我们胜或者他们胜,我不知道哪个重要;杀死面前这些持国的儿子,我们也不愿意再活。(6)我受到心软的弱点伤害,思想为正法困惑,请开导!我是你的学生,求你庇护,明确告诉我该如何是好?(7)即使获得无比富饶的王国,甚至获得天国世界的王权,我也实在看不出,有什么能解除我烧灼感官的忧患?(8)

全胜说:

对感官之主黑天,阿周那说了这些话,最后说道:"我不参战。"然后,他保持沉默。(9)阿周那精神沮丧,站在双方军队之间,婆罗多子孙啊!黑天仿佛笑着,说了这些话。(10)

吉祥薄伽梵说:

你说着理智的话,为不必忧伤者忧伤;无论死去或活着,智者都不为之忧伤。(11)我、你和这些国王,过去无时不存在,我们大家死去后,仍将无时不存在。(12)正如灵魂在这个身体里,经历童年、青年和老年,进入另一个身体也这样,智者们不会为此困惑。(13)与物质接触,贡蒂之子啊!冷热苦乐,来去无常,婆罗多子孙阿周那啊!但愿你能忍受它们。(14)智者对痛苦和快乐,一视同仁,通向永恒;这些东西,人中雄牛啊!不会引起他们烦闷。(15)

没有不存在的存在,也没有存在的不存在,洞悉真谛的人们,早已察觉两者的根底。(16)这遍及一切的东西,你要知道,不可毁灭;不可毁灭的东西,任何人都不能毁灭。(17)身体有限,灵魂无限,婆罗多子孙阿周那啊!灵魂永恒,不可毁灭,因此,你就战斗吧!(18)倘若认为它是杀者,或认为它是被杀者,两者的看法都不对,它既不杀,也不被杀。(19)它从不生下或者死去,也不过去存在,今后不存在;它不生,持久,永恒,原始,身体被杀时,它也不被杀。(20)如果知道,阿周那啊!它不灭,永恒,不生,不变,这样的人怎么可能杀什么或教人杀什么?(21)正如抛弃一些破衣裳,换上另一些新衣裳,灵魂抛弃死亡的身体,进入另外新生的身体。(22)刀劈不开它,火烧不着它,水浇不湿它,风吹不干它。(23)劈不开,烧不着,浇不湿,吹不干,它永恒,稳固,不动,无处不在,永远如此。(24)它被说成不可显现,不可思议,不可变异;既然知道它是这样,你就不必为它忧伤。(25)

即使你仍然认为,它常生或者常死,那么,你也不应该为它忧伤,大臂者!(26)生者必定死去,死者必定再生,对不可避免的事,你不应该忧伤。(27)万物开始不显现,中间阶段显现,到末了又不显现,有谁为之忧伤?(28)有人看它如同奇迹,有人说它如同奇迹,有人听它如同奇迹,而听了也无人理解。(29)居于一切身体内,灵魂永远不可杀,因此,你不应该为一切众生忧伤。(30)

即使考虑自己的正法,你也不应该犹疑动摇,因为对于刹帝利武士,有什么胜过合法的战斗?(31)有福的刹帝利武士,才能参加这样的战斗,仿佛蓦然间,阿周那啊!走近敞开的天国大门。(32)这场合法的战斗,如果你不投身其中,抛弃了正法和名誉,你就会犯下罪过。(33)你将在众生嘴上,永远留下坏名声;对于受尊敬的人,坏名声不如死亡。(34)勇士们会这样想,你胆怯,逃避战斗;他们过去尊重你,今后就会蔑视你。(35)敌人也就会诽谤你,嘲讽你的能力,说些不该说的话,有什么比这更痛苦?(36)或者战死升入天国,或者战胜享受大地,阿周那啊!挺身站起,下定决心,投入战斗!(37)苦乐、得失和成败,对它们一视同仁;你就投入战斗吧!这样才不犯罪过。(38)

以上讲了数论①智慧,现在请听瑜伽②智慧,你掌握了这种智慧,将摆脱行动的束缚。(39)这里没有障碍,努力不会落空,只要稍有正法,就会无所畏惧。(40)坚决的智慧单纯如一,俱卢子孙阿周那啊!枝枝权权,漫无边际,那是不坚决的智慧。(41)阿周那啊!无知的人说些花哨漂亮的话,他们热衷谈论吠陀,宣称没有别的存在。(42)充满欲望,一心升天,举行各种特殊仪式,获取再生的业果,求得享受和权力。(43)贪图享受和权力,思想受到迷惑,哪怕智慧坚决,也无法进入三昧③。(44)吠陀的话题局限于三性④,你要超脱三性,超脱对立性⑤,超脱保业守成,阿周那啊!把握自我,永远保持真性。(45)所有的吠陀经典,对于睿智的婆罗门,其意义不过是水乡的一方池塘。(46)

你的职责就是行动,永远不必考虑结果;不要为结果而行动,也不固执地不行动。(47)摒弃执着,阿周那啊!对于成败,一视同仁;你立足瑜伽,行动吧!瑜伽就是一视同仁。(48)比起智慧瑜伽,行动远为低下;为结果而行动可怜,向智慧寻求庇护吧!(49)具备这种智慧的人,摆脱善行和恶行,因此,你要修习瑜伽,瑜伽是行动的技巧。(50)具备这种智慧的人,摒弃行动的结果,摆脱再生和束缚,达到无病的境界。(51)一旦智慧克服愚痴,对于已经听说的,对于仍会听说的,你就会漠然置之。(52)如果你的智慧,受到所闻迷惑,仍能专注入定,你将达到瑜伽。(53)

---

① 数论是古代印度的一种哲学体系。

② 瑜伽一般指修炼身心的方法,这里也泛指行动方式。

③ 三昧指沉思入定。

④ 按照数论哲学,有两种永恒的实在,一种是"原人"(或译"神我",即灵魂);另一种是"原质"(或译"自性",即原初物质)。三性是指"原质"的三种性质:善性、忧性和暗性。

⑤ 对立性是由原质引起事物的矛盾、冲突和对立,从而引起人的好恶爱憎。

阿周那说：

智慧坚决，专注入定，怎样描述这类智者？他们怎样说？怎样坐？怎样行？黑天啊！（54）

吉祥薄伽梵说：

摒弃心中一切欲望，唯有自我满意自我，普利塔之子阿周那啊！这是智慧坚定的人。（55）遇见痛苦，他不烦恼，遇见快乐，他不贪图，摆脱激情、恐惧和愤怒，这是智慧坚定的牟尼。（56）他不贪恋任何东西，无论面对是祸是福，既不喜欢，也不憎恨，他的智慧坚定不移。（57）他的所有感觉器官，摆脱一切感觉对象①，犹如乌龟缩进全身，他的智慧坚定不移。（58）除味之外，感觉对象远离戒食的人，一旦遇见最高存在，连味也远远离去。②（59）即使聪明而又勤勉，怎奈感官激动鲁莽，强行夺走他的理智，贡蒂之子阿周那啊！（60）用瑜伽控制感官，一心一意思念我③；由于感官受到控制，他的智慧坚定不移。（61）

如果思念感官对象，就会执着感官对象，从执着产生欲望，从欲望产生愤怒。（62）由愤怒而产生愚痴，由愚痴而记忆丧失，记忆丧失则智慧毁灭，智慧毁灭则人也毁灭。（63）而控制自己的人，活动在感官对象中，感官受到自我控制，摆脱爱憎，达到清净。（64）达到清净的人，脱离一切痛苦；由于心灵清净，智慧迅速稳定。（65）不能约束自己的人，没有智慧，也没有定力；没有定力则没有平静，没有平静，何来幸福？（66）感官游荡不定，思想围着它转，智慧就会丧失，犹如大风吹走船。（67）因此，大臂阿周那啊！谁能让自己的感官摆脱感官对象束缚，他的智慧坚定不移。（68）

芸芸众生之夜，自制之人觉醒；芸芸众生觉醒，有识之士之夜。④（69）欲望进入他，犹如江河流入满而不溢的大海，他能达到这种平静，贪欲之人无法达到。（70）摒弃一切欲望，摆脱一切贪恋，不自私，不傲慢，他就达到平静。（71）这是梵之所在，达到它，就不愚痴；立足其中，阿周那啊！死去能够达到梵涅槃。⑤（72）

以上是吉祥的《摩诃婆罗多》中《毗湿摩篇》第二十四章（24）。

---

① 感觉器官主要是眼、耳、鼻、舌和身，相应的感觉对象是色、声、香、味和触。

② 意思是戒食的人依然留恋食物的味，而认识到最高存在后，连味也摒弃。

③ 思念我是指思念黑天，以黑天为最高存在。

④ 意思是有识之士控制感官，芸芸众生放任感官，因而如同黑夜和白天、觉醒和沉睡，互相看法截然不同。

⑤ 梵是永恒不灭的至高存在。梵涅槃是获得解脱，达到至高的平静和幸福，与梵同一。

二五

阿周那说:

既然你认为,黑天啊! 智慧比行动更重要,那你为什么,黑天啊! 要我从事可怕的行动? (1)仿佛用复杂的话,你搅乱我的智慧;请你明确告诉我,该走哪条路才好? (2)

吉祥薄伽梵说:

我早就说过,无罪的人啊! 这世上有两种立足的方式,数论行者的智慧瑜伽,瑜伽行者的行动瑜伽。(3)即使不参与行动,并不能摆脱行动,即使弃绝一切,也不能获得成功。(4)因为世上无论哪个人,甚至没有一刹那不行动,由于原质产生的性质,所有的人都不得不行动。(5)控制了行动感官,心中仍留恋感官对象,这种思想愚痴的人,他们被称作伪善者。(6)思想控制住感官,凭借行动的感官,从事行动而不执着,这样的人是佼佼者。(7)从事必要的行动吧! 行动总比不行动好;如果你拒绝行动,恐怕生命都难维持。(8)

除了为祭祀而行动,整个世界受行动束缚;摆脱执着,阿周那啊! 你就为祭祀而行动吧! (9)在古代,生主创造众生,同时也创造祭祀,说道:"通过它,你们生育繁衍,让它成为你们的如意牛!① (10)通过它,你们抚养众神,也让众神抚养你们,就这样,互相抚养,你们将达到至福。(11)众神受到祭祀供养,也会赐给你们享受;谁享受赐予不回报,这样的人无异于窃贼。"(12)吃祭祀剩下的食物,善人摆脱一切罪过;只为自己准备食物,恶人吃下的是罪过。(13)众生产生靠食物,食物产生靠雨水,雨水产生靠祭祀,祭祀产生靠行动。(14)一切行动源自梵,梵产生于不灭,因此,梵遍及一切,永远存在祭祀中。(15)恶人不愿意跟随这样转动的车轮,他们迷恋感官,徒然活在世上。(16)

热爱和满意自我,乐在自我之中,对于这样的人,没有该做之事。(17)他行动不为了什么,不行动也不为了什么,他在世上对一切众生,无所依赖,无所企求。(18)你永远无所执着,做应该做的事吧! 无所执着地做事,这样的人达到至福。(19)像遮那迦②等人那样,通过行动,获得成功,即使着眼维持世界,你也应该从事行动。(20)优秀人物做这做那,其他人也做这做那,优秀人物树立标准,世上的人遵循效仿。(21)

在三界中,阿周那啊! 没有我必须做的事,也没有我应得而未得,但我仍然从事行动。(22)我原本不知疲倦,一旦停止行动,普利塔之子阿周那啊! 所有

---

①　印度神话中的神牛,能满足人的任何愿望。

②　遮那迦是密提罗国王,史诗《罗摩衍那》主人公罗摩的岳父。

的人都会效仿我。(23)如果我停止行动,这个世界就会倾覆,我成了混乱制造者,毁掉了这些众生。(24)无知者行动而执着,婆罗多子孙阿周那啊!为了维持这个世界,智者行动而不执着。(25)智者按照瑜伽行动,尽管无知者执着行动,也宁可让他们喜欢行动,而不要让他们智慧崩溃。(26)

一切行动无例外,由原质的性质造成,而自高自大的愚人,自以为是行动者。(27)那些洞悉真谛的智者,知道性质和行动的区别,认为性质活动在性质中,大臂者啊!他们不执着。(28)昧于原质性质的人,执着性质造成的行动,然而,知识完整的人,别搅乱知识片面的人。(29)把一切行动献给我,抛弃愿望,摒弃自私,专注自我,排除烦恼,你就投入战斗吧!(30)如果始终如一,遵循我的这个教导,怀抱信仰,毫无怨言,就能摆脱行动束缚。(31)昧于一切知识的人,贬损我的这个教导,拒绝遵循,你要知道!这些无知者遭到毁灭。(32)

甚至富有知识的人,也按照自己原质行动,一切众生趋于原质,强行压制有什么用?(33)感官的好恶爱憎依附感官对象,不要受这两者控制,因为它们是拦路石。(34)自己的职责即使不完美,也胜似圆满执行他人职责;死于自己的职责远为更好,执行他人的职责有危险。(35)

阿周那说:

黑天啊!是什么造成一个人犯罪?他仿佛不是自愿,而是被迫犯罪。(36)

吉祥薄伽梵说:

这个欲望,这个愤怒,它的来源是忧性,极其贪婪,极其邪恶,你要知道敌人在这里。(37)犹如烟雾笼罩火焰,犹如灰尘蒙住镜子,犹如子宫隐藏胎儿,智慧这样被它蒙蔽。(38)欲望形同烈火,从来难以满足,智者永恒之敌,是它蒙蔽智慧。(39)感官、思想和知觉,是它的立足之处;它就是利用这些,蒙蔽智慧,迷惑灵魂。(40)它毁灭智慧和知识,因此,婆罗多族雄牛啊!你首先要控制感官,杀死这个罪魁祸首。(41)人们说感官重要,思想比感官更重要,智慧比思想更重要,而它比智慧更重要。(42)知道了它比智慧更重要,那就依靠自我加强自我,杀死欲望,大臂阿周那啊!这个难以制服的敌人!(43)

以上是吉祥的《摩诃婆罗多》中《毗湿摩篇》第二十五章(25)。

二七

阿周那说:

你赞扬弃绝行动,又赞扬瑜伽,黑天啊!请你明确告诉我,两者之中,哪种更好?(1)

吉祥薄伽梵说:

弃绝行动和行动瑜伽,两者都导向至福;但两者之中,行动瑜伽比弃绝行动更好。(2)没有怨恨,没有渴望,称作永远的弃绝者,因为摆脱对立的人,很容易摆脱束缚。(3)愚者区别数论和瑜伽,而智者不作截然划分;正确地依据其中之一,就能获得两者的成果。(4)数论能达到的地方,瑜伽也同样能达到,看到数论与瑜伽同一,这样的人真正有眼力。(5)但是,没有瑜伽,弃绝很难达到梵;而只要实行瑜伽,牟尼很快达到梵。(6)实行瑜伽,净化自己,控制自己,制服感官,自我与众生自我同一,即使行动,也不受污染。(7)瑜伽行者洞悉真谛,认为自己没有做什么;他看、听、嗅、尝和触,行走、睡觉和呼吸,(8)说话、放掉和抓住,睁开眼和闭上眼,他认为这是这些感官活动在感官对象中。(9)将一切行动献给梵,摒弃执着,从事行动,他不受罪恶污染,犹如莲叶不沾水。(10)为了保持自我纯洁,瑜伽行者摒弃执着,用身体、思想和智慧,甚至只用感官行动。(11)约束自己,摒弃行动成果,达到持久的至高平静;不约束自己,听任欲望,执着成果,就会受到束缚。(12)

心中已摒弃一切行动,内在的自我作为主人,愉快地安居九门之城①,不行动,也不引起行动。(13)这位主人不为世界创造行动者和行动,也不创造两者的结合,只是自己本性在活动。(14)这位主人不接受任何人的善和恶,而无知蒙蔽智慧,导致人们迷惑。(15)人们只要用智慧,消除自己的无知,智慧就会像太阳,照亮至高的存在。(16)以它为智慧,为自己,以它为根基,为归宿,他们用智慧消除罪恶,走向不再返回的地方。(17)

品学兼优的婆罗门,牛、象以至狗和屠夫,无论面对的是什么,智者们都一视同仁。(18)他们的心安于平等,在这世就征服造化;梵无缺陷,等同一切,所以他们立足梵中。(19)不因可爱而高兴,不因可憎而沮丧,智慧坚定不迷惑,知梵者立足梵中。(20)自我不执着外在接触,他在自我中发现幸福;用梵瑜伽约束自己,他享受到永恒的幸福。(21)接触产生的享受,有起始,也有终了,它们是痛苦的源泉,智者不耽乐其中。(22)在身体获得解脱之前,在这世上,能够承受欲望和愤怒的冲击,他是有福的瑜伽行者。(23)

他具有内在的幸福,内在的欢喜和光辉,这样的瑜伽行者与梵同一,达到梵涅槃。(24)仙人们涤除罪恶,斩断疑惑,控制自己,热爱一切众生利益,他们获得梵涅槃。(25)苦行者理解自我,控制住自己的思想,摆脱欲望和愤怒,他们走向梵涅槃。(26)摒弃外在的接触,固定目光在眉心,控制吸气和呼气,均衡地出入鼻孔。(27)控制感官、思想和智慧,一心一意追求解脱,摒弃愿望、恐惧和愤怒,牟尼获得永久的解脱。(28)我是一切众生的朋友,我是一切世界的主宰,祭祀和苦行的享受者,知道我的人达到平静。(29)

以上是吉祥的《摩诃婆罗多》中《毗湿摩篇》第二十七章(27)。

___

① 九门之城指身体,九门指身体的九个器官:两眼、两耳、两鼻孔、嘴、肛门和生殖器。

二八

吉祥薄伽梵说:

谁做应该做的事,而不执着行动成果,他是弃绝者,瑜伽行者,但不摒弃祭火和祭祀。(1)你要知道,阿周那啊! 所谓弃绝,就是瑜伽,因为不弃绝欲望,就成不了瑜伽行者。(2)牟尼想要登上瑜伽,行动是他们的方法;牟尼已经登上瑜伽,平静是他们的方法。(3)不执着感官对象,不执着任何行动,弃绝一切欲望,这称作登上瑜伽。(4)应该自己提高自我,不应该自己挫伤自我,因为自我是自己的亲人,自我也是自己的敌人。(5)如果自己把握自我,自我成为自己的亲人,如果不能把握自我,自我像敌人充满敌意。(6)把握自我,达到平静,至高的自我沉思入定,平等看待快乐和痛苦,冷和热,荣誉和耻辱。(7)自我满足于智慧和知识,它制服感官,不变不动,平等看待土块、石头和金子,这是把握自我的瑜伽行者。(8)对待朋友、同伴、敌人、旁观者、中立者、仇人、亲人,甚至对待善人和恶人,他一视同仁,优异杰出。(9)

瑜伽行者永远应该把握自我,独居幽境,控制思想和自己,无所企盼,无所贪求。(10)选择清净的地方,安置自己的座位,座位稳固,不高不低,铺上布、皮和拘舍草。(11)控制意念和感官,思想集中在一点,坐上座位修习瑜伽,以求灵魂得到净化。(12)身体、头颅和头顶,保持端正不动摇,固定目光在鼻尖,前后左右不张望。(13)自我平静,无所畏惧,恪守誓言行梵行,①控制思想,修习瑜伽,一心一意思念我。(14)瑜伽行者始终如一,把握自我,控制思想,达到平静,以我为归宿,以涅槃为至高目标。(15)

瑜伽不能暴食,也不能绝食;瑜伽不能贪睡,也不能不睡。(16)控制饮食娱乐,控制行为动作,控制睡眠觉醒,瑜伽消除痛苦。(17)一旦控制思想,真正立足自我,摆脱一切欲望,才算瑜伽行者。(18)瑜伽行者控制思想,运用瑜伽把握自我,好比无风之处一盏灯,它的火焰静止不动。(19)在那里,他勤修瑜伽,思想受控变平静,自我观看自我,始终满足于自我。(20)在那里,他发现凭借智慧,可以获得超感官的至福,这样,他更加坚定不移,决不愿意脱离这个真谛。(21)他认为,获得了它,再也没有别的需要;哪怕遇到深重苦难,立足于它,不会动摇。(22)

你要知道,所谓瑜伽,就是摆脱痛苦束缚;瑜伽行者意志坚定,不应该精神沮丧。(23)欲望产生于意志,彻底摒弃不留情,同时要运用思想,全面控制感官群。(24)依靠坚定的智慧,他渐渐达到平静,思想固定在自我,不思虑其他一

---

① 梵行是保持思想、语言和行为纯洁。

切。(25)思想游移不定,随时都会躁动,需要加以控制,接受自我约束。(26)思想平静,激情止息,纯洁无邪,与梵同一,至高的幸福走向这样的瑜伽行者。(27)始终这样把握自我,彻底摒弃一切罪恶,瑜伽行者就很容易获得接触梵的至福。(28)

……

以上是吉祥的《摩诃婆罗多》中《毗湿摩篇》第二十八章(28)。

一一四

全胜说:

就这样,般度族全军在战斗中把束发放在前面,围堵和袭击毗湿摩。(1)可怕的百杀器、铁叉和斧子,锤子、铁杵、长矛和各种投射器,(2)金羽毛箭、标枪、梭镖和飞镖,铁箭、牛牙箭和火箭,婆罗多子孙啊!所有斯楞遮耶人在战斗中用这些武器打击毗湿摩。(3)许多武器穿透铠甲,击中要害,但恒河之子(毗湿摩)毫不畏缩。(4)他那闪耀的弓箭是光焰,掷出的武器是疾风,车轮嘎嘎是轰响,强大的武器是火苗,(5)美丽的弓是火焰,倒毙的英雄是燃料,毗湿摩在敌人眼中如同世界末日的烈火。(6)

但见毗湿摩冲进车队又冲出,接着又驰骋在国王们中间。(7)他挫败般遮罗王和勇旗,迅速冲入般度族军队中间。(8)萨谛奇、怖军、般度之子胜财(阿周那)、木柱王、毗罗吒和水滴王之孙猛光,(9)他向这六位勇士发射六支如同太阳的利箭。这些箭速度飞快,发出可怕的呼啸,能穿透敌人铠甲。(10)这些大勇士截住毗湿摩的这些利箭,每人用力向他发射十支箭。(11)束发在战斗中发射许多在石头上磨尖的金羽毛箭,它们迅速扎进毗湿摩的身体。(12)有冠者(阿周那)斗志昂扬,把束发放在前面,冲向毗湿摩,射断他的弓。(13)

大勇士们无法忍受毗湿摩的弓被射断,德罗纳、成铠和信度王胜车,(14)广声、舍罗、沙利耶和福授,他们七位愤怒至极,冲向有冠者(阿周那)。(15)这些大勇士施展神奇的法宝,愤怒地向前冲去,覆盖般度族。(16)他们冲向颇勒古拿(阿周那)的声音,听来如同世界毁灭之时大海汹涌的涛声。(17)"杀啊!""拿来!""抓住!""打啊!""砍啊!"冲着颇勒古拿(阿周那)的战车,响起这些杂乱的叫喊声。(18)

听到这些杂乱的叫喊声,般度族大勇士们冲上前去援助颇勒古拿(阿周那),婆罗多族雄牛啊!(19)萨谛奇、怖军、水滴王之孙猛光、毗罗吒、木柱王和罗刹瓶首,(20)还有满腔愤怒的激昂,他们七位气得发昏,手持美妙的弓,迅速冲上前去。(21)他们投入战斗,令人毛发直竖,婆罗多族俊杰啊!犹如众天神和众檀那婆展开激战。(22)

优秀的车兵束发在有冠者(阿周那)保护下,在战斗中用十支箭射击弓已断裂的毗湿摩,用十支箭射击他的御者,用一支箭射断他的旗帜。(23)恒河之子(毗湿摩)拿起另一张更为有力的弓,而颇勒古拿(阿周那)又用锋利的月牙箭射断他的弓。(24)就这样,毗湿摩一次又一次换弓,愤怒的般度之子、折磨敌人的左手开弓者(阿周那)一次又一次地射断他的弓。(25)弓被射断,他满腔愤怒,舔舔嘴角,拿起一支甚至能劈开山峰的标枪,掷向颇勒古拿(阿周那)的战车。(26)看到这支标枪如同闪光的雷电袭来,般度族后裔(阿周那)取出五支锋利的月牙箭。(27)他满腔愤怒,婆罗多族俊杰啊!用这五支箭将毗湿摩奋力掷出的这支标枪射断为五截。(28)这支标枪被愤怒的有冠者(阿周那)射断坠落,犹如雷电断裂,从云层中坠落。(29)

看到标枪折断,毗湿摩满腔愤怒;这位战胜敌人城堡的英雄在战斗中运用智慧思考:(30)"如果不是毗湿奴(黑天)成为他们的保护者,我独自一人就能用弓箭杀死所有般度族。(31)鉴于这个原因,我不准备再与般度族作战,一是般度之子们不可杀戮,二是束发实为女人。(32)以前,父亲和黑娘结婚时,对我表示满意,赐给我恩惠:在战斗中不被杀死,自由选择死亡时间。因此,我仿佛觉得自己的死亡时限已到。"(33)

得知威力无比的毗湿摩作出这样的决定,天上的众仙人和众婆薮对毗湿摩说道:(34)"你的这个决定,英雄啊!我们十分赞赏。照着去做吧,大弓箭手啊!让你的智慧撤出战斗。"(35)话音刚落,吹起吉祥的微风,芳香柔顺,充满水珠。(36)天鼓隆隆敲响,在毗湿摩头顶上方,花雨飘洒,国王啊!(37)除了大臂毗湿摩,还有我,凭借牟尼的威力,国王啊!没有哪个人听到他们说的话。(38)举世钟爱的毗湿摩即将从战车上倒下,众天神大为震惊,民众之主啊!(39)

听了天上神仙的话,灵魂高尚的福身王之子毗湿摩不再冲向毗跋蔟(阿周那),即使遭到穿透一切铠甲的利箭袭击。(40)愤怒的束发用九支利箭射中婆罗多族祖父的胸膛,大王啊!(41)俱卢族祖父在战斗中遭到他袭击,毫不动摇,犹如山岳在地震中依然屹立,大王啊!(42)毗跋蔟(阿周那)笑着挽开甘狄拨神弓,向恒河之子(毗湿摩)发射二十五支短箭。(43)胜财(阿周那)满腔愤怒,又迅速用一百支箭,袭击毗湿摩身体的所有要害。(44)就这样,在大战中毗湿摩还遭到其他人袭击,那些在石头上磨尖的金羽毛箭对他造不成痛苦。(45)有冠者(阿周那)意气风发,把束发放在前面,冲向毗湿摩,射断他的弓。(46)接着,又用十支箭射击毗湿摩,用一支箭射断他的旗帜,用十支箭射击御者,使他惊慌失措。(47)恒河之子(毗湿摩)拿起另一张更有力的弓,然而,一次又一次,在眨眼之间,阿周那用三支锋利的月牙箭将他拿起的弓射断为三截。(48)这样,阿周那在战斗中射断了他的许多张弓,而福身王之子毗湿摩不再冲向毗跋蔟(阿

周那)。(49)

　　然后,阿周那又向他发射二十五支利箭。大弓箭手(毗湿摩)受到重创,对难降说道:(50)"这位般度族大勇士、愤怒的普利塔之子(阿周那)在战斗中向我发射了几千支箭。(51)甚至手持金刚杵者(因陀罗)也不能在战斗中战胜他,甚至英勇的天神、檀那婆和罗刹联合起来也不能战胜我,何况脆弱必死的凡人?"(52)正当他俩这样说话时,颇勒古拿(阿周那)把束发放在前面,又用利箭射击毗湿摩。(53)

　　毗湿摩笑着,继续对难降说道:"我受到手持甘狄拨神弓者(阿周那)的利箭重创。(54)连续不断射击,箭头锋利,扎进身体,如同遭到雷击,这些不是束发的箭。(55)穿透坚固的铠甲,击中要害,如同铁杵砸我,这些不是束发的箭。(56)犹如遭到梵杖打击,迅猛似雷杵,不可抵御,伤害我的生命,这些不是束发的箭。(57)犹如剧毒的蛇愤怒地吐着舌尖,钻进我的要害,这些不是束发的箭。(58)犹如遭到铁杵或铁闩打击,犹如阎摩的使者奉命毁灭我的生命,这些不是束发的箭。(59)伤害我肢体,犹如摩伽月(冬季)伤害牛的肢体,这些是阿周那的箭,不是束发的箭。(60)除了手持甘狄拨神弓、以猿猴为旗帜的英雄吉湿奴(阿周那),其他所有的国王都不能造成我痛苦。"(61)

　　说着,福身王之子(毗湿摩)掷出一支顶端燃烧、火星飞溅的标枪,仿佛要焚毁般度之子(阿周那),婆罗多子孙啊!(62)当着俱卢族所有英雄的面,阿周那用三支箭把他的标枪射断为三截,婆罗多子孙啊!(63)于是,恒河之子(毗湿摩)拿起镶金盾牌和剑,希望或者赴死,或者胜利。(64)而没等意志刚强的毗湿摩下车,阿周那就把他的盾牌击得粉碎,这仿佛是奇迹。(65)

　　阿周那像狮子那样发出大声吼叫,鼓动自己的军队说:"冲向恒河之子(毗湿摩)!不要有一丝一毫害怕!"(66)于是,伴随梭镖、长矛和四面八方的箭流,铁叉、宝剑和各种武器,(67)还有牛牙箭和月牙箭,他们冲向毗湿摩一人。般度族军队发出可怕的狮子吼。(68)同样,你的儿子们渴望毗湿摩取胜,也冲上去保护他一人,发出狮子吼,国王啊!(69)

　　在这第十天,王中因陀罗啊!毗湿摩和阿周那对阵,你方和对方军队展开激战。(70)两军交战,互相杀戮,犹如恒河和大海汇合,漩涡湍急。(71)大地浸满鲜血,泥泞难行,分辨不出平地或凹地。(72)在这第十天,毗湿摩已经杀死一万战士,尽管身体要害遭到打击,他始终巍然屹立。(73)普利塔之子阿周那站在军队前面,占据中路,驱赶俱卢族军队。(74)我方战士惧怕驾着白马的贡蒂之子胜财(阿周那),在阵阵利箭的打击下,纷纷逃离战斗。(75)绍维罗人、吉达婆人、东部人、西北玛尔华人、阿毗沙诃人、苏罗塞纳人、尸毗人和婆娑提人,(76)沙鲁瓦人、三穴人、安波私吒人和羯迦夜人,这十二个地区的战士尽管遭受

利箭和伤痛的折磨,不离开与有冠者(阿周那)交战的毗湿摩。(77)

众多的般度族勇士围堵毗湿摩一个人,泼洒箭雨,击溃所有俱卢族军队。(78)"杀啊!""抓啊!""打啊!""砍啊!"冲着毗湿摩的战车,响起这些激烈的叫喊声。(79)箭流射向毗湿摩,成百成千,在他的肢体上,找不到没有中箭的一指之地。(80)这样,颇勒古拿(阿周那)在战斗中用箭头锋利的箭把你的父亲射得遍体鳞伤,主人啊!在夕阳余晖中,当着你的儿子们的面,你的父亲头朝东方,从车上倒下。(81)

毗湿摩从车上倒下,天上众天神和地上众国王发出"啊!啊!"的大声呼叫。(82)看到灵魂高尚的祖父倒下,我们所有人的心与毗湿摩一起倒下。(83)这位弓箭手的旗帜、大臂英雄倒下,犹如因陀罗旗杆被连根拔起,震动大地。他的身上扎满箭,甚至接触不到大地。(84)这位大弓箭手、人中雄牛从车上倒下,躺在箭床上,神性进入他。(85)雨云降雨、大地摇晃,他倒下时,看到太阳落下。(86)

他想到死期,便保护知觉,婆罗多子孙啊!他听到周围空中响起神仙的话音:(87)"灵魂高尚的恒河之子(毗湿摩),这位优秀的武士、人中之虎,为什么选择太阳南行之时死去?"(88)恒河之子毗湿摩听后,说道:"我活着。"尽管倒在地上,他仍然保护生命。俱卢族祖父毗湿摩希望等到太阳北行之时死去。(89)

雪山的女儿恒河得知他的想法,派遣众大仙化作天鹅来到那里。(90)众天鹅迅速降临摩纳娑湖,一同前来看望俱卢族祖父毗湿摩;这位人中俊杰正躺在箭床上。(91)这些化作天鹅的牟尼走近毗湿摩,看到俱卢族祖父毗湿摩躺在箭床。(92)看到他后,他们向灵魂高尚的婆罗多族俊杰恒河之子(毗湿摩)和南行的太阳绕行致敬。(93)这些智者互相议论道:"这位灵魂高尚的毗湿摩确实在太阳南行之时安息。"(94)

看到这些天鹅说罢,起身朝南方飞去,大智者毗湿摩想了一想,婆罗多子孙啊!(95)福身王之子(毗湿摩)对它们说道:"我决不在太阳南行之时逝世,我的这个决心已定。(96)我将在太阳北行之时,前往我从前的居处,天鹅啊!我对你们说的是真话。(97)我将保护生命,等待太阳北行。我掌握着放弃生命的自主权。因此,我将保持生命。我希望在太阳北行之时死去。(98)我的灵魂高尚的父亲曾经赐给我恩惠,我可以自由选择死亡时间。但愿他的这个恩惠实现!(99)这样,我将控制死亡,保持生命。"对这些天鹅说完,他依然躺在箭床。(100)

威力无比的俱卢族魁首毗湿摩就这样倒下,般度族和斯楞遮耶族发出狮子吼。(101)婆罗多族杰出的大勇士遇难,你的儿子们不知所措,婆罗多族雄牛啊!俱卢族失魂落魄,陷入混乱。(102)以难敌为首的国王们叹息哭泣,忧伤过度,失去知觉。(103)他们陷入沉思,无心恋战,大王啊! 仿佛大腿已被抱住,不再冲向般度族。(104)威力无比的福身王之子毗湿摩不可杀害,现在却被杀害,国王啊! 强烈的空虚感降临俱卢族。(105)左手开弓者(阿周那)用利箭杀害勇士们,粉碎我们,战胜我们,我们不知所措。(106)般度族获得胜利,获得未来的最高归宿。所有胳膊如同铁闩的勇士们吹响大螺号,苏摩迦人和般遮罗人欢欣鼓舞,人主啊! (107)数以千计的乐器奏响,大力士怖军猛烈击掌跳舞。(108)

恒河之子(毗湿摩)倒下,两军的英雄放下武器,陷入沉思。(109)有些人哀号,有些人趴下,有些人昏厥,有些人谴责刹帝利职业,有些人向毗湿摩致敬。(110)仙人们和先辈们赞扬恪守誓言的毗湿摩,婆罗多族的祖先也赞扬他。(111)而英勇睿智的福身王之子(毗湿摩)依靠伟大的奥义书和瑜伽,默祷着等待死期到来。(112)

以上是吉祥的《摩诃婆罗多》中《毗湿摩篇》第一百一十四章(114)。

选自毗耶娑:《摩诃婆罗多》(三),黄宝生、郭良鋆译,中国社会科学出版社 2005 年版。

罗摩衍那(节选)

蚁垤

《罗摩衍那》的作者相传是蚁垤仙人。蚁垤是梵语意译,音译为跋弥或伐尔弥吉,生卒年月不详。《罗摩衍那》这部史诗在印度被称为"最初的诗""众诗中之最优秀者"。蚁垤被誉为"最初的诗人",具有诗歌之祖的崇高地位。全诗共七篇,内容是三种成分的有机结合:一是阿逾陀城宫廷阴谋的传说,二是罗摩因悉多被劫而与十首魔王罗波那大战的故事,三是一些自然神话。史诗描写了罗摩和悉多悲欢离合的爱情故事,表现了古代印度宫廷内部和列国之间的斗争,情节曲折动人,诗句优美精致。

(二)阿逾陀篇

第一章

……

他出身名门,性格善良,
生性愉快、忠诚、正直,
那些知法识利的老婆罗门,
他拜他们为自己的老师。

他知法、识利、懂得爱情①,
他精通法律,智慧出众,
他熟悉谙练人情世故,
他了解风俗习惯,他聪明。

他精通经典,知道感恩,

———————————

① 古代印度人认为人生有三要:一、法或达磨(Dharma),二、利(Artha),三、爱(Kāma)。统名之曰"人生三要"(Trigana,Trivarga)。

他了解人们的内心活动，
在接受和施与两个方面，
他都按照规矩处理从容。

他了解怎样去做高贵事业，
他知道如何去使用财物，
他对那些五花八门的经典，
都达到了完全掌握的程度。

他得到了财富与达磨，
他不知疲倦地创造幸福；
他懂得寻欢取乐的技艺，
他知道怎样去分配财富。

他懂得怎样骑象和乘马，
他也知道如何去训练；
他在精通弓经者中是魁首，
他作为英雄为人所称赞。

他善于进攻，擅长战斗，
他通韬略，能统率大军；
在战斗中连发怒的神魔，
也无法使他受害伤身。

他不怀恶意，不生气，
他不骄傲，不猜忌，
他不轻视芸芸众生，
他不屈从于命运的势力，

就这样，这一位国王的儿郎，
具有人类的最优秀的品质。
他具备那大地容忍一切的禀性，
他在三界为所有神人所重视，

　　在智慧方面他赶得上祈祷主①，
　　在精进方面，他媲美纯洁主子②。

　　罗摩的品德众生喜爱，
　　这触动了父亲爱子情怀；
　　这些品德在身上闪耀，
　　像太阳那样发出万道光彩。

　　他这样具有优秀品质，
　　没有人能把他伤害压制；
　　他简直同四大天王一样，
　　大地热爱他这样的主子。

第十六章

......

　　罗摩忠诚正直，
　　从来都说实话。
　　奸诈的吉迦伊，
　　作了残酷的回答：

　　"从前，神仙与阿修罗大战，
　　罗摩！你父亲战斗受了伤。
　　是我在战场上把他来救护，
　　他因此用两个恩惠把我奖赏。

　　现在，我就要求国王，
　　给婆罗多举行灌顶礼。
　　你呢，罗摩呀！你今天
　　就流放到弹宅迦森林里。

　　如果你想让父亲和你

---

①　梵文 Bṛhaspati，是一个抽象神格，是虔诚的神格化，是众神的国师，后来成为智慧和辩才之神。

②　梵文 Śucīpati，指火神。

做出的诺言都不落空，
那么，人中的英豪呀！
就请你把我的话仔细听。

你已经亲口许诺过我，
你要完成父亲的志愿；
你必须就到森林里去，
九年再加上一个五年。

七年再加上七年，
住在弹宅迦林里，
放弃这个灌顶礼，
梳辫子穿树皮衣①。

让婆罗多在侨萨罗城，
统治这整个的地方；
这里充溢着各种宝贝，
还有骏马、宝车和大象。"

这位善于杀敌的罗摩，
听了这恶毒的死神般的话，
他心里一点也并不难受，
他对吉迦伊这样回答：

"好吧！我就从这里
到森林里面去住；
梳辫子穿树皮衣，
保证国王说话算数。

可我仍然很想知道：
克敌制胜不败的国王，

---

① 苦行者打扮。

为什么对我不表欢迎，
像他从前所作的那样？

我在你跟前这样说话，
皇后呀！请你不要生气。
你放心吧！我现在就要走，
到林中去梳辫子穿树皮衣。

好心的朋友和师傅，
还有父亲和国王，
有他们我有恃无恐，
我怎能不满足他们愿望？

有一件不愉快的事情，
它在燃烧着我的心：
为什么国王自己不告诉我，
他想让婆罗多灌顶为君？

我会把悉多、这个王国，
我的性命和心爱的财产，
都愉快地送给兄弟婆罗多，
用不着什么人把我催赶。

我自己怎么还会
让国王父亲来催赶？
为了满足你的愿望，
我要让父亲遵守诺言。

请你安慰安慰他吧！
为什么这个大地之主、
这国王眼睛瞅着大地
眼泪慢慢地流个不住？

今天就传国王的旨意，
派出使臣，骑上快马，
到他舅舅住的地方，
把婆罗多接回到家。

我也就迅速离开这里，
走向弹宅迦森林间，
不管父亲说没说话，
在那里住上一十四年。"

听到了罗摩这样说，
吉迦伊喜在心间；
她切盼他赶快离开，
就又把罗摩来催赶：

"就这样吧！使臣们
就要骑上飞快的马，
到他舅舅的家里去，
把婆罗多接回到家。

至于你呢，我认为，
你也不应该再逡巡。
罗摩呀！你赶快从这里，
径直奔向那一片森林。

国王自己不对你说话，
这是因为他害臊怕羞。
人中英豪！这没有什么，
请你一点也不必担忧。

只要你不离开城市，
不赶快走到那森林里，
罗摩！你父亲就不洗澡，

他也不会吃任何东西。"

"哎呀！真不要脸呀！"
痛苦的国王这样叹息。
说完话，他就昏迷了，
倒向黄金装饰的安乐椅。

罗摩把国王扶了起来，
吉迦伊又来催促他，
催他赶快到森林里去，
好像那鞭子鞭挞骏马。

听了恶妇这一番
恶毒残酷的语言，
罗摩对吉迦伊说话，
没有愁绪在心间：

"皇后呀！我并不自私，
一定要占有这个王国。
要知道，同仙人一样，
我完全献身于达磨。

如果我能做点事情，
让父王陛下心里高兴；
我连性命都可以丢弃，
无论如何也要完成。

孝顺自己的父亲，
照父亲的话办事，
再也不会有任何
比这高的道德品质。

即使父王没有说话，

只要有您开了言；
我也会到无人的林中，
在那里住上一十四年。

吉迦伊呀！在我身上，
没有任何品德值得你赞美，
你自己已经对国王讲过了，
而且你对于我有无上权威。

只要我先去问一下母亲，
安定一下悉多的情绪，
我今天就一定会起身
到弹宅迦大森林里去。

正如婆罗多会孝顺父亲，
正如他会保卫这王国，
你也应该这样去做，
因为这是永恒的达磨。"

……

　　　　　　　　　《罗摩衍那》之《阿逾陀篇》第十六章终

（五）美妙篇

第十三章

……

他看到一个纯洁的女郎，
身上穿着黑色的衣裳；
四周围绕着许多罗刹女，
绝食弄得她瘦削非常；
在这白半月①开始的时候，

---

　　① 唐玄奘《大唐西域记》卷二说："月盈至满谓之白分，月亏至晦谓之黑分。"这里指的就是"白分"，旧历自初一至十五。

她不停地叹气又悲伤。

她的形体慢慢地显露，
身上洋溢着美妙的光辉；
好像是烈火的光焰，
浓烟绕在它的周围。

她身上裹着一件上衣，
颜色发黄，又皱又脏；
她就像一个只有淤泥
而没有荷花的荷塘。

这贞洁的女子羞羞答答，
她痛苦异常，憔悴芳损；
好像是那星星卢醯尼，
被罗睺和火星所围困。

她痛苦得泪流满面，
断了食物瘦削不堪；
她悲伤，忧思不断，
只有忧愁同她做伴。

她看不到那可爱的人，
看到的只是罗刹女群；
她好像是一只小鹿，
离开鹿群为狗所困。

原来梳起了一条辫子，
现在垂在背上像条黑蛇；
长在幸福中不懂得忧患，
现在却为痛苦所磨折。

他看这大眼女郎，

瘦削憔悴减容光；
根据得到的证据，
"这就是悉多。"他想。

"那个随意变形的罗刹，
把她用暴力劫走时，
我曾看到的那个女郎，
完完全全就是这样子。"

她面如满月眉毛美，
乳房娇嫩又丰满；
这个王后用自己的美貌，
驱散了四面八方的黑暗。

她黑发，嘴唇像相思果①，
腰肢纤细，周身匀称；
她就像爱神的情妇罗底②，
悉多这个女郎莲花眼睛。

她像满月的清光一样，
全世界人民都对她向往；
像一个虔诚的苦行女，
这美妙女郎坐在地上。

她频频地曼声叹息，
羞怯像龙王的老婆；
她陷入巨大的愁网中，
她不能再光辉闪烁。

她好像是烈火的光焰，
周围绕着一股浓烟；

---

① 梵文 bimba，《翻译名义大集》5210 作"相思果"，7912 作"宾波"，果名，颜色红艳。
② 梵文 Rati。

又像是被亵渎的传承①，
或像渐渐减少的财产。

她好像被损伤的信仰，
又像是破灭了的希望；
她好像遭到灾难的幸福，
又像是受到污染的智量。

她好像是堕落了的声誉，
遭到了无根的诬蔑；
离开罗摩使她痛苦，
被罗刹所俘使她瘦削。

眼睛像鹿眼的女郎，
目光向四下里张望；
眼睛里充满了泪珠，
脸色黝黑睫毛黑长；
嘴边流露出不满，
一再哀叹，神情凄惶。

她身上很脏，憔悴不堪，
她摒弃了高贵的首饰；
她好像那月亮的光辉，
被黑色的云层遮窒。

哈奴曼看到悉多以后，
他的心头疑团重重；
好像一些极松弛的智慧，
离开了神圣的传统。

哈奴曼痛苦地认出了

_____

①　梵文 smṛti，指师弟相传的学问或经典，与它相对的是 śruti，天启。参阅 2.21.21。

那个悉多毫无装饰；
她好像是含义分歧的字
语法规律没有解释。

他看这个大眼女郎，
无瑕的国王的姑娘；
根据那些得到的证据，
"这就是悉多。"他想。

"在悉多的肢体上，
罗摩所说的那些东西，
那些穿戴和首饰，
都在她身上闪耀美丽。

两个耳环制作得很好，
犬牙般的耳饰很漂亮；
在她的手上和脚上，
摩尼珊瑚首饰闪着光。

由于同身体接触时间长，
这些首饰都变成了黑色；
我认为，这些首饰就是
罗摩曾经说到的那一些。

她丢下来的那些首饰，
我都没有能够看到；
这些毫无疑问就是
那些首饰她没有丢掉。

她丢下一件美丽的衣服，
颜色就好像是黄金盘；
那一件上衣挂在树上，
那些猴子都已经看见。

这一些绝妙的首饰，
人们看到它们在地面上；
当她丢下这些东西时，
发出了很大的声响。

过长的时间穿在身上，
这件衣服显得很脏；
但是它那鲜艳的颜色，
却仍然显得非常漂亮。

这就是罗摩的情人，
她躯体四肢闪出金色；
这贞洁的女子虽已失踪，
他心里却仍然忆念不舍。

就是为了她的缘故，
四种感情折磨着罗摩：
一是慈悲，二是哀悯，
三是忧愁，四是情魔。

因为女子失踪而慈悲，
由于她依靠他而哀悯，
因为丢掉老婆而忧愁，
由于她可爱而有爱情。

这一个黑眼睛的女郎，
五官四肢都动人漂亮；
这王后真配得上罗摩，
罗摩同她长得风度一样。

这王后的心在罗摩身上，
罗摩的心也在她身上，
这虔诚的人因此还能活，

不然连一刹那也活不上。

罗摩做了一件艰巨的事，
这勇武的人还能活着；
他离开这动人的女郎，
本来是连一刻也不能活。"

这个风神的儿子，
看到悉多心中欢；
他想起了那罗摩，
连声赞叹又赞叹。

《罗摩衍那》之《美妙篇》第十三章终

选自蚁垤:《罗摩衍那》,季羡林译,人民文学出版社 1983 年版。

荷马史诗(节选)

荷马

荷马,古希腊盲诗人。关于他确切的生卒年月及生平,甚至是否确有其人,由于时代久远,已无从查考。荷马对民间流传的古代诗歌进行加工整理,为后世留下了两部伟大的史诗:《伊利亚特》和《奥德赛》。两部史诗都以发生在公元前 12 世纪末的特洛亚战争为背景,前者叙述希腊人如何攻打特洛亚人的故事,后者叙述战后希腊英雄奥德修斯从海上漂流回家的传说。荷马史诗作为人类童年时代的杰作,永远保持着"儿童的天性"中的纯真,显示出"永久的魅力"。

伊利亚特（节选）

第六卷
——赫克托尔和妻子安德罗马克告别

特洛亚人和阿开奥斯人的这场恶斗,
就这样听其自然发展,他们在西摩埃斯河
与克珊托斯河之间举起长枪对杀,
高潮在平原上时而涌向这边或那边。

特拉蒙之子埃阿斯,阿开奥斯人的保卫者,
先突破特洛亚人的阵线,给他的伴侣带来
拯救之光,他打倒了色雷斯人中最出色的战士、
埃宇索罗斯之子、魁梧、勇敢的阿卡马斯,
他先刺中他的有浓密马鬃的盔顶,
那支枪直刺到前额,尖锋穿过头骨,
于是黑暗笼罩住阿卡马斯的眼睛。

　　那善吼的狄奥墨得斯杀死了透特拉斯之子
阿克叙洛斯,那人居住在富丽堂皇的
阿里斯柏城,生活富裕,讨人喜欢,
他的家傍大道,热情款待过往客人,
这一天那些人却没有一个前来抵抗,
使他免遭悲惨的毁灭。狄奥墨得斯
把他和侍从,为他驾驭战车的副将,
卡勒西奥斯的性命一齐剥夺,双双入冥土。

　　欧律阿洛斯杀死德瑞索斯和奥斐提奥斯,
又去追赶埃塞波斯和佩达索斯,
他们两人是水泉女神阿巴尔巴瑞亚
给白璧无瑕的布科利昂生下的儿子。
布科利昂乃是仁慈的拉奥墨冬的长子,
但生他的母亲偷偷地恋爱。他在牧羊时
同女神秘密结合,她因此有了身孕,
生下双胎。墨基斯透斯的儿子压倒了
他们的力气和膝头,剥夺了他们的铠甲。

　　刚毅的波吕波特斯杀死阿斯提阿洛斯,
奥德修斯用铜枪刺中佩尔科特人
皮底特斯,透克罗斯刺中阿瑞塔昂。
涅斯托尔之子安提洛科斯用闪亮的铜枪杀死
阿布勒罗斯,人民的国王阿伽门农杀死埃拉托斯,
他住在那流水悠悠的萨特尼奥埃斯岸边的
山城佩达索斯。勒伊托斯生擒逃跑的费拉科斯,
欧律皮洛斯用铜枪刺中墨兰提奥斯。

　　那善吼的墨涅拉奥斯把阿德瑞斯托斯擒住,
因为他的两匹马受惊,驰过平原,
被柽柳树枝缠住,它们把辕杆末端的
半圆形车身碰破,然后奔向城市,
其他的马也在恐惧中朝那里奔驰,
阿德瑞斯托斯从车上滚下来,倒在轮边,

嘴里啃着尘土。阿特柔斯之子墨涅拉奥斯
举着有长影的铜枪站在阿德瑞斯托斯身边，
那人随即抱他的膝头，向他告饶恳求：
"阿特柔斯的儿子，请把我生擒，好换取
等价的赎金，我父亲富有，家里储存着
大量财宝，有铜有金和精炼的熟铁，
要是父亲听说我还活在阿开奥斯船上，
他会心甘情愿赠送你无数的赎礼。"

　　他这样说，打动了对方胸中的恻隐心。
墨涅拉奥斯正要把他交给他的伴侣，
由他押到阿开奥斯人的快船上去，
但阿伽门农迎面跑来斥责他说：
"墨涅拉奥斯，你为何这样关心敌人？
是不是特洛亚人在你家里给了你
最好的报答？你可不能让他逃避
严峻的死亡和我们的杀手，连母亲子宫里的
男胎也不饶，不能让他逃避，叫他们
都死在城外，不得埋葬，不留痕迹。"

　　那个战士这样说，改变了他弟弟的心情，
因为劝告正当，墨涅拉奥斯便用手推开
阿德瑞斯托斯，阿伽门农王刺中他的腰，
那人便往后倒下；阿特柔斯的儿子
一脚踩住他的胸膛，拔出梣木枪。

　　于是涅斯托尔呼唤阿尔戈斯人，大声说：
"朋友们，达那奥斯战士，阿瑞斯的侍从啊，
你们谁也不要在后面逗留缓行，
想剥夺甲仗，把大批战利品运到船上；
我们要先杀敌人，等安静下来的时候，
再剥夺倒在平原上的死尸的盔甲。"

　　他这样说，鼓励了每个人的力量和精神。

特洛亚人本会被阿瑞斯宠爱的战士打败，
失去战斗力量，退回到伊利昂城里去，
若不是普里阿摩斯之子、最高明的鸟卜师
赫勒诺斯在埃涅阿斯和赫克托尔面前这样说：
"埃涅阿斯，还有你赫克托尔，你们肩负着
特洛亚人和吕西亚人作战的重担，
因为你们在一切活动中，战场上，议事时，
都是最高明，你们要稳住阵地，去各处
阻止士兵到城门，免得他们溃逃，
倒在妇女的怀中，成为敌人的笑柄。
在你们激励我们的各条阵线的时候，
我们会在这里同达那奥斯人顽强作战，
尽管我们处于逼迫，已筋疲力尽。
赫克托尔，请你现在到城里，对你的也是我的
母亲这样说，请她召请年老的妇女们，
在她用钥匙打开目光炯炯的雅典娜
在高城上的神圣庙宇的大门以后，
请她把那件她视为最美丽，也最宽大，
放在厅堂里令她无比珍爱的袍子，
盖在美发的雅典娜的膝头上，向她许愿，
在她的神殿里杀献十二头从来没有
挨过刺棍的牛犊，如果她能对城市、
对特洛亚人的妻子和儿女大发慈悲，
把提丢斯之子，野蛮的枪手，恐怖制造者，
从神圣的伊利昂阻挡回去，在我看来，
他是阿开奥斯人中最强有力的杀手。
甚至对阿基琉斯我们也没有这样怕，
尽管他是战士当中的首领、女神的儿子。
但这个人却狂暴得没有人能同他对抗。"

　　他这样说，赫克托尔听从他弟弟的话。
他全身披挂，立刻从车上跳下来，
挥着两支锐利的长枪去到军中各处，
鼓励将士，引起了可怕的战斗呼声。

将士们重新集结,面对阿开奥斯人。
于是阿尔戈斯人后退,停止斩杀,
他们说,是永生的神从满天星斗的天上
下凡来援助敌人,使他重新集结。
赫克托尔大声呼唤,鼓励特洛亚人说:
"英勇的特洛亚人啊,名声远扬的盟军啊,
在我去到伊利昂,请求议事长老
和我们的妻子向众神祈祷,许愿献上
百牲祭的时候,你们要显出男子的气概,
朋友们,你们要怀念你们的凶猛的勇气。"

头盔闪亮的赫克托尔说完就动身回城,
有黑色盾皮和圆形浮雕的盾牌的周缘
上下撞着他的后颈和他的脚后跟。

希波洛科斯之子格劳科斯和提丢斯的儿子
在两军之间的阵地上碰见,准备厮杀。
他们迎面前进,当他们互相走近,
那个长于呐喊的狄奥墨得斯先问道:
"这位勇士,你是凡人当中的什么人?
我从未在人们赢得荣誉的战争中见过你,
但是你现在有胆量比别人前进得多,
来到我的有长影的枪杆下,只有那些
不幸的父亲的儿子们才来碰我的威力。
但是如果你是一位永生的神明,
自天而降,我可不愿意同天神作战。
甚至德律阿斯的儿子、那个强有力的
吕库尔戈斯也没有活到很长的寿命,
因为他同天神对抗,曾经把疯狂的
狄奥倪索斯的保姆赶下神圣的倪萨山,
她们被杀人的吕库尔戈斯用刺棍打死,
手中的神杖扔在地上。狄奥倪索斯不得不
钻进海浪里逃走,忒提斯把惶悚的他
接到怀抱里,凡人的吼声仍使他战栗。

生活舒适的天神对吕库尔戈斯发怒，
宙斯弄瞎他的眼睛，使他短命，
因为他为全体有福的天神所憎恨。
所以我不愿同永生永乐的神明斗争。
如果你是吃田间果实的凡人中的一员，
你就走近来，快快过来领受死亡。”

　希波洛科斯的光荣的儿子回答他说：
“提丢斯的勇猛的儿子，为什么问我的家世？
正如树叶的枯荣，人类的世代也如此。
秋风将树叶吹落到地上，春天来临，
林中又会萌发，长出新的绿叶，
人类也是一代出生，一代凋零。
只要你愿意，请听我细说，你就会了解
我的世系门第，尽管许多人知道它。
在那个养马的阿尔戈斯中心，有座埃费瑞城，
埃奥洛斯之子、人间最富计谋的西叙福斯
住在那里，他生了个儿子，叫格劳科斯，
格劳科斯生了个儿子，就是无瑕的柏勒罗丰。

　众神赐予他美貌和可爱的男子气概，
但是普罗托斯对他心怀毒计，
因为他太强大，就把他放逐出阿尔戈斯人的
土地，是宙斯使人民服从他的权杖。
普罗托斯的妻子、那个闻名的安特亚
爱上了柏勒罗丰，要同他偷情共枕，
但是未能劝诱谨慎、磊落的柏勒罗丰。
她制造谎言，对普罗托斯国王说：
‘普罗托斯，是你自己死，还是杀死柏勒罗丰，
他不顾我的意愿，想同我偷情共枕。’
她这样说，国王听了怒不可遏：
他心里有所畏惧，避免亲手杀人，
就把他送往吕西亚，把恶毒的书信交给他，
他在折叠的蜡板上写上致命的话语，

叫他把蜡板交给岳父,使他送命。
柏勒罗丰在众神的最好的护送之下
前往吕西亚。他到达吕西亚和克珊托斯河时,
那辽阔的吕西亚的国王对他很热情重视,
在九天之内宰杀九条公牛款待他,
第十次有玫瑰色手指的黎明呈现时,
他才询问他,要看看他从他的女婿
普罗托斯那里带来的是什么信息。

在他接到他的女婿的恶毒书信时,
他先叫这个人去杀那条狂暴的克迈拉。
那怪兽是神圣的种族,不是凡人所生,
它头部是狮,尾巴是蛇,腰身是羊,
嘴里可畏地喷出燃烧的火焰的威力。
柏勒罗丰信赖众神显示的预兆,
把它杀死,然后同索吕摩斯人作战,
据说那是他曾经参加的最大的战斗。
此后他杀死了那些与男人匹敌的阿玛宗。
在他回转时,国王安排了另一条狡计,
他从辽阔的吕西亚挑选出最勇敢的人,
布下埋伏,但是这些人都没有回家来,
他们都被那个白璧无瑕的人杀死。
国王知道了他是天神的英勇后裔,
就把他留下来,将女儿许给他,把他的王权
分一半给他,吕西亚人把全国最好的
一块分地也献给他,一个美好的葡萄园、
一片耕种地归他所有。这个妇人
给勇士柏勒罗丰生了三个孩子:
伊珊德罗斯、希波洛科斯、拉奥达墨亚。

智慧神宙斯和拉奥达墨亚同床共枕,
生下神样的萨尔佩冬,一个披铜甲的战士。
但是在柏勒罗丰被众神憎恨的时候,
他就独自在阿勒伊昂原野上漂泊,

吞食自己的心灵,躲避人间的道路。
那好战无厌的战神杀死了伊珊德罗斯,
在他同闻名的索吕摩斯人作战的时候;
执金缰绳的阿尔特弥斯在愤怒中杀死了他的女儿。
希波洛科斯生了我,我来自他的血统,
是他把我送到特洛亚,再三告诫我
要永远成为世上最勇敢最杰出的人,
不可辱没祖先的种族,他们在埃费瑞
和辽阔的吕西亚境内是最高贵的人。
这就是我自豪的世系和我出生的血统。"

　　他这样说,那个长于呐喊的将领
听了高兴,他把枪插在丰饶的土地上,
用温和的声音对士兵的牧者这样说道:
"你很早就是我的祖辈家里的客人,
因为神样的奥纽斯在厅堂里款待过
白璧无瑕的柏勒罗丰,留了他二十天。
他们还互相赠送宾主间的漂亮礼物,
奥纽斯赠送一条发亮的紫色腰带,
柏勒罗丰赠送一只黄金的双重杯,
我出来的时候把它留在我的宫殿里。
至于提丢斯,我可不记得,他离家去参加
那个使阿开奥斯人在特拜被歼灭的战役时,
我还是个婴儿。因此你到阿尔戈斯时
是我的宾客,我在吕西亚是你的宾客。
让我们在战争的喧嚣中不要彼此动枪,
我有许多特洛亚人和他们的盟军可杀,
只要天神允许,我又能追上他们;
你也有阿开奥斯人可杀,只要你可能。
让我们互相交换兵器,使人知道
我们宣称我们从祖辈起就是宾客。"

　　他们这样说,两人跳下车来握手,
保证友谊。克罗诺斯之子宙斯

使格劳科斯失去了理智，他用金铠甲
同提丢斯之子狄奥墨得斯交换铜甲，
用一百头牛的高价换来九头牛的低价。

在赫克托尔来到斯开埃城门和橡树旁边时，
特洛亚人的妻子和女儿跑到他身边，
问起她们的儿子、弟兄、亲戚和丈夫。
他叫她们一个个都去祈求神明，
许多人心里充满无限的悲愁哀怨。

当他到达普里阿摩斯的无比精美、
建有条条雕琢光滑的柱廊的宫殿时，
宫殿里五十间光滑的石室彼此邻近，
供普里阿摩斯的儿子们同他们的妻子睡眠；
在他们的居室的另一个方向，靠院子里面，
用光滑的石头盖成长长的屋顶，
一个挨着一个，一共有十二个房间，
供他的女儿们使用，普里阿摩斯的女婿们
在里面睡在他们的含羞的妻子旁边。
在那里赫克托尔的慷慨的母亲迎面走来，
还带着她的最美貌的女儿拉奥狄克。
她用手抱着他，呼唤他的名字对他说：
"孩子，你怎么离开那险恶的战斗前来？
一定是阿开奥斯人的有不祥的名字的儿子们
在绕城进攻的时候打得你筋疲力尽，
你想到高城上来向宙斯举手祈求。
你且留下来，等我端来一杯蜜酒，
你好向父亲宙斯和其他的天神灌奠，
然后你自己享受，如果你心中想喝。
一个人疲倦，酒可以大大加强体力，
为保卫你的族人你一定打得很疲倦。"

头戴闪亮铜盔的伟大的赫克托尔回答说：
"尊敬的母亲，请不要给我端来蜜酒，

免得你使我失去了力气，自己也忘记了
力量和勇气；我没有洗手，不敢向宙斯
奠下晶莹的酒。一个人粘上了血和污秽，
就不宜向克罗诺斯之子黑云神祈求。
你召集年老的妇女带着祭品去到
那位赠送战利品的女神雅典娜的庙上。
你把那件你视为最美丽，也最宽大，
放在厅堂里令你无比珍爱的袍子，
盖在美发的雅典娜的膝头上，向她许愿，
在她的神殿里杀献十二头从来没有
挨过刺棍的牛犊，如果她能对城市、
对特洛亚人的妻子和儿女大发慈悲，
把提丢斯之子、那个无比野蛮的枪手、
溃退的大制造者从神圣的伊利昂阻挡回去。
你现在去雅典娜女神、战利品赠送者的庙宇，
我现在去找帕里斯，召唤他，要是他还愿意
听从我的话。愿大地立刻把他吞下去，
奥林波斯大神把他养成特洛亚人、
普里阿摩斯和他的儿子们的一大祸根。
我要是能看见他进入冥府哈得斯，
我的心就会忘记所感受的一切不幸。"

　　他这样说，她就到大厅里去唤侍女，
叫她们到全城去召集全体年老的妇女。
王后下到那拱形的储藏室，里面有袍子，
是西顿妇女的彩色织物，神样的帕里斯
从那里运回家来，在他在大海上航行，
把出身高贵的海伦带回特洛亚的时候。
赫卡柏从中取出一件，把它作为
献给雅典娜的礼物带走，那是一件
最漂亮最宽大的绣花袍子，像天星闪亮，
很好地存放在许多件袍子的最下面一层。
她动身前去，有许多年老的妇女跟随。

　　在她们到达高城上雅典娜庙的时候，
庙门由基塞斯的女儿、美颊的特阿诺打开，
这个妇人是驯马的安特诺尔的妻子，
特洛亚人使她担任雅典娜的祭司。
她们大声呼喊，把手举向雅典娜。
那个美颊的特阿诺把那件袍子提起来，
盖在美发的雅典娜女神的膝头上面，
向伟大的神宙斯的女儿许愿，祷告说：
"尊敬的雅典娜、城市的守护神，女神中的大神，
请你把狄奥墨得斯的枪杆折成两截，
使他在斯开埃城门前头朝地坠落下去；
我们立即在庙里杀献十二头从来没有
挨过刺棍的牛犊，如果你能对城市、
对特洛亚人的妻子和儿女大发慈悲。"
她们这样祈祷，帕拉斯·雅典娜没应允。

　　她们是这样向大神宙斯的女儿祈祷，
赫克托尔走向阿勒珊德罗斯的堂皇的宫室，
这是他自己雇用肥沃的特洛亚国土上的
最好的木工建筑，他们在高城上面，
靠近普里阿摩斯国王和赫克托尔的宫室，
为他营造内室、房间和一个大院子。
宙斯宠爱的赫克托尔走进去，手里拿着
一支十二腕尺的长枪，青铜的枪尖
在他前面发光，上面有一个金环。
他找到帕里斯在他的内室里忙着整理
美好的兵器，比试盾牌、胸甲和弯弓。
阿尔戈斯的海伦坐在女奴中间，
吩咐使女们完成各种优美的手工。
赫克托尔一看见帕里斯，就拿羞辱话谴责他：
"我的好人，现在不是你发怒的时候，
战士们在城市周围和城墙边战斗阵亡，
都是因为你的缘故，城市周围
才爆发不断的战斗和呐喊；你要是看见

有人躲避这可憎的战争，你也会指责他。
快走吧，免得城市在火焰中彻底遭毁灭。"

　　那个神样的阿勒珊德罗斯回答他说：
"赫克托尔，你很恰当地谴责我，并没有过分，
因此我要告诉你，请你注意听我说。
我并不是对特洛亚人这样生气和愤慨，
才坐在内室里，而是想消散自己的忧愁。
我的妻子也用温和的话语劝告我，
鼓励我去战斗；我自己也认为那样做最好，
胜利轮流来到不同的人身上。
你等一等，让我披上作战的甲胄；
要不然你先走，我会跟随，赶得上你。"

　　他这样说，头盔闪亮的赫克托尔没回答，
这时海伦用温和的话语对他这样说：
"大伯子，我成了无耻的人，祸害的根源，
可怕的人物，但愿我母亲刚生下我那一天，
有一阵凶恶的暴风把我吹到山上
或怒啸的大海的波浪中，那层浪会在
这些事发生之前把我一下子卷走。
既然神注定了这些祸害，只愿我成为
一个好一点的人的妻子，那样的人
对于人们的愤慨和辱骂会感到羞耻。
但是这个人的意志不坚定，将来也会这样，
因此我认为他这样一个人会自食其果。
大伯子，请过来，进来，在这张凳子上坐坐，
既然你的心比别人更为苦恼所纠缠，
这都是因为我无耻，阿勒珊德罗斯糊涂，
是宙斯给我们两人带来这不幸的命运，
日后我们将成为后世的人的歌题。"

　　那个头盔闪亮的赫克托尔这样回答说：
"海伦，别叫我坐下，谢谢你的友爱，

你劝不动我；现在我的心急于要去
援助特洛亚人，他们很盼望我这个
不在他们身边的人。你鼓励这个人，
让他行动起来，趁我在城里追上我。
因为我还要到家里去看看家中的人、
我的妻子和我的小儿子，由于我不知道
能否再回到他们那里，或是神明
会借阿开奥斯人的手把我杀死。"

　　头盔闪亮的赫克托尔这样说，随即离开，
匆匆到达他的很宜于居住的家宅，
在厅堂里未找到白臂的安德罗马克，
因为她正在带着孩子和一个穿着
漂亮袍子的侍女站在望楼上哭泣。
赫克托尔因为没有找到他的好妻子，
便出来站在门槛上对他的女奴说道：
"侍女们，过来，把可靠的情况如实告诉我，
白臂的安德罗马克从厅堂去到哪里？
是去到我的姐妹或穿着漂亮袍子的
弟媳的家里，还是去了雅典娜庙宇？
美发的特洛亚妇女们在那里求女神息怒。"

　　有一个忙忙碌碌的女管家这样回答说：
"赫克托尔，你叫我们说出真实情况，
她没到你的姐妹和穿漂亮袍子的弟媳处，
也没有到雅典娜庙上去，别的美发的妇女
都到那里去祈求那可畏的女神息怒，
她却登上伊利昂的大望楼，因为她听说
特洛亚人正苦战，阿开奥斯人获大胜。
她因此急急忙忙爬上高高的城墙
活像个疯子，保姆抱着孩子跟随她。"

　　女管家这样说，赫克托尔转身离开他的家，
循原路走过一条条铺得很平的街道。

他穿过那座大城,来到斯开埃城门,
打算穿过门洞,下到特洛亚平原,
他的妆奁丰厚的妻子安德罗马克,
埃埃提昂的女儿在那里迎面跑来,
那高傲的国王住在那林木茂盛的普拉科斯,
普拉科斯山下的特拜城,是基利克斯人的君主,
那身披铜甲的赫克托尔娶了他的女儿。
安德罗马克迎住丈夫,一同来的是女仆,
她怀中抱着那娇嫩的孩子,一个奶娃,
是赫克托尔的宠儿,像一颗晶莹的星星,
赫克托尔管他叫斯卡曼德里奥斯,别人却称他
阿斯提阿那克斯,因为赫克托尔是伊利昂的干城。
赫克托尔默默地望着这个孩子笑一笑,
安德罗马克却在他身边泪流不止,
她把手放在他手里,唤他的名字对他说:

　　"不幸的人啊,你的勇武会害了你,
你也不可怜你的婴儿和将作寡妇的
苦命的我,因为阿开奥斯人很快
会一齐向你进攻,杀死你。我失去了你,
不如下到坟土:你一旦遭了厄运,
我就得不到一点安慰,只剩下痛苦。
我既没有父亲,也没有尊贵的母亲,
我父亲死在那神样的阿基琉斯手下,
他在洗劫我们的人烟稠密的都市,
那城高门大的特拜时,杀死了埃埃提昂,
他心里却尊重他,没有剥夺他的铜甲,
容他穿着那精制的戎装火化成灰,
还给他垒了一个坟墓,众山林女神,
那持盾的宙斯的女儿在坟周围栽上了榆树。
我家里还有七个弟兄,他们在同一天
进入了冥府,在蹒跚的牛群和雪白的羊群中,
死在那神样的、捷足的阿基琉斯手下。
母亲本是那茂盛的普拉科斯山下的王后,

却随着许多别的俘获品被阿基琉斯
带来这里。他后来接受了无数的赎礼，
才把她释放，她终于在她父亲的厅堂里
被弓箭女神阿尔特弥斯一箭射死。

　所以，赫克托尔，你成了我的尊贵的母亲、
父亲、亲兄弟，又是我的强大的丈夫。
你得可怜可怜我，待在这座望楼上，
别让你的儿子做孤儿，妻子成寡妇。
你下令叫军队停留在野无花果树旁边，
从那里敌人最容易攀登，攻上城垣。
对方的精锐曾三次想在两个埃阿斯、
闻名的伊多墨纽斯、阿特柔斯的两公子、
提丢斯的强大的儿子的率领下攻上城来，
也许是一个有预见的先知指点过他们，
或他们自己的勇敢鼓励他们这样做。”

　那头戴闪亮铜盔的伟大的赫克托尔对她说：
“夫人，这一切我也很关心，但是我羞于见
特洛亚人和那些穿拖地长袍的妇女，
要是我像个胆怯的人逃避战争。
我的心也不容我逃避，我一向习惯于
勇敢杀敌，同特洛亚人并肩打头阵，
为父亲和我自己赢得莫大的荣誉。
可是我的心和灵魂也清清楚楚地知道，
有朝一日，这神圣的特洛亚和普里阿摩斯，
还有普里阿摩斯的挥舞长矛的人民
将要灭亡，特洛亚人日后将会遭受苦难，
还有赫卡柏，普里阿摩斯王，我的弟兄，
那许多英勇的战士将在敌人手下
倒在尘埃里，但我更关心你的苦难，
你将流着泪被披铜甲的阿开奥斯人带走，
强行夺去你的自由自在的生活。
你将住在阿尔戈斯，在别人的指使下织布，

从墨塞伊斯或许佩瑞亚圣泉取水，
你处在强大的压力下，那些事不愿意做。
有人看见你伤心落泪，他就会说：
'这就是赫克托尔的妻子，驯马的特洛亚人中
他最英勇善战，伊利昂被围的时候。'
人家会这样说，你没有了那样的丈夫，
使你免遭奴役，你还有新的痛苦。
但愿我在听见你被俘呼救的声音以前，
早已被人杀死，葬身于一堆黄土。"

显赫的赫克托尔这样说，把手伸向孩子，
孩子惊呼，躲进腰带束得很好的
保姆的怀抱，他怕看父亲的威武形象，
害怕那顶铜帽和插着马鬃的头盔，
看见那鬃毛在盔顶可畏地摇动的时候。
他的父亲和尊贵的母亲莞尔而笑，
那显赫的赫克托尔立刻从头上脱下帽盔，
放在地上，那盔顶依然闪闪发亮。
他亲吻亲爱的儿子，抱着他往上抛一抛，
然后向着宙斯和其他的神明祷告：
"宙斯啊，众神啊，让我的孩子和我一样
在全体特洛亚人当中名声显赫，
孔武有力，成为伊利昂的强大君主。
日后他从战斗中回来，有人会说：
'他比父亲强得多。'愿他杀死敌人，
带回血淋淋的战利品，讨母亲心里欢欣。"

他这样说，把孩子递到妻子手里，
她把孩子接过来，搂在馨香的怀里，
含泪惨笑。丈夫看见，觉得可怜，
用手摸抚她，呼唤她的名字，对她说：
"夫人，我劝你心里不要过于悲伤，
谁也不能违反命运女神的安排，
把我提前杀死，送到冥土哈得斯。

人一生下来,不论是懦夫还是勇士,
我认为,都逃不过他的注定的命运。
你且回到家里,照料你的家务,
看管织布机和卷线杆,打仗的事男人管,
每一个生长在伊利昂的男人管,尤其是我。"

那显赫的赫克托尔这样说,随即拿起那顶
插着马鬃的帽盔,他妻子朝家走去,
频频回头顾盼,流下一滴滴泪珠。
她很快回到那杀人的赫克托尔的
居住舒适的宫室,遇见许多女仆
聚在那里,引起大家不停地哭泣。
她们就这样在厅堂里哀悼还活着的赫克托尔;
认为他再也不能躲避阿开奥斯人的
力量和毒手,从战斗中回到家里。

帕里斯并没有在他的高大宫室里久留,
他披上那副漂亮的、制作精细的胸甲,
仗恃自己腿快,迅速越城奔跑。
有如一匹待在槽头喂饱的健马
脱缰而出,兴高采烈地踏过平原,
惯常去到那流水悠悠的河川滚澡,
它昂起头来,鬃毛在肩上随风飘动,
它仗恃自己漂亮,那脚蹄轻捷飞跃,
把它带到那些母马常去的牧场上,
普里阿摩斯的儿子帕里斯就是这样
从高耸的卫城跑下来,他的盔甲像太阳
闪闪发光,他大声傲笑,捷足前行,
很快就追上他的哥哥,那神样的赫克托尔,
在他从夫妻谈话的地方回转的时候。
那神样的阿勒珊德罗斯首先开言对他说:
"大哥,你匆匆赶路,我却迟延耽误久,
没有按照你的吩咐到达及时。"
那头盔闪亮的赫克托尔回答他说:

"好兄弟，没有一个正直的人不重视
你在战斗中立下的功劳，因为你很勇敢。
但是你有意疏懒，无心出阵作战。
听见特洛亚人说你的可耻的话，
我心里感到悲伤，他们是为你而苦战。
我们走吧，这些事日后可以补救，
只要宙斯在我们把所有胫甲精美的
阿开奥斯人赶出特洛亚土地的时候，
让我们在家里向天神献上自由的酒浆。"

选自荷马：《伊利亚特》，罗念生译，上海人民出版社 2004 年版。

请扫码阅读外文版
原作（节选）

奥德赛（节选）

第五卷
——奥德修斯启程归返海上遇风暴

黎明女神从高贵的提托诺斯身旁起床，
把阳光带给不死的天神和有死的凡人。
神明们坐下来开会，天空鸣雷的宙斯
坐在他们中间，享有至高的权威。
雅典娜对他们说话，忆及历尽艰辛的
奥德修斯，他仍被阻留在神女的洞穴：
"父亲宙斯和列位永生常乐的神明们
今后再不会有哪位执掌权杖的国王仁慈、
亲切、和蔼，让正义常驻自己的心灵里，
他会是永远暴虐无限度，行为不正义，

如果人们都把神样的奥德修斯忘记，
他曾经统治他们，待他们亲爱如慈父。
他现在忍受极大的苦难于一座海岛，
在神女卡吕普索的洞府，强逼他留下，
他无法如愿地归返自己的故土家园，
因为他没有带桨的船只，也没有同伴，
能送他成功地渡过大海的宽阔脊背。
现在又有人想杀害他的心爱的儿子
于归家途中，他为探听父亲的音讯，
去到神圣的皮洛斯和美好的拉克得蒙。"

　　集云神宙斯这时回答女神这样说：
"我的孩子，从你的齿篱溜出了什么话？
难道不是你亲自谋划，巧作安排，
要让奥德修斯顺利归返报复那些人？
至于特勒马科斯，你可巧妙地伴送他，
你能这样做，让他不受伤害地回故乡，
让那些求婚人迅速乘船调向往回返。"

　　他说完，又对爱子赫尔墨斯这样说：
"赫尔墨斯，你是各种事务的使者，
你去向美发的神女宣告明确的旨意，
让饱受苦难的奥德修斯返回故乡，
既无天神，也无有死的凡人陪伴，
乘坐坚固的筏舟，经历许多艰难，
历时二十天，到达肥沃的斯克里埃，
费埃克斯人的国土，与神明们是近族；
他们会如同尊敬神明那样尊敬他，
用船舶送他返回亲爱的故土家园，
馈赠他青铜、黄金、无数衣服和礼物，
多得有如奥德修斯从特洛亚的掠获，
要是他能带着他应得的那部分回故土。
须知命运注定他能见到自己的亲人，
返回他那高大的宫宇和故土家园。"

　　宙斯这样说,弑阿尔戈斯的引路神遵命。
这时他立即把精美的绳鞋系到脚上,
那是一双奇妙的金鞋,能使他随着
徐徐的风流越过大海和无边的陆地。
他又提一根手杖,那手杖可随意使人
双眼入睡,也可把沉睡的人立即唤醒,
强大的弑阿尔戈斯神提着它开始飞行。
他来到皮埃里亚,从高空落到海上,
然后有如海中的鸥鸟掠过波涛,
那海鸟掠过咆哮的大海的惊涛骇浪,
捕捉游鱼,海水沾湿了强健的羽翼,
赫尔墨斯有如那飞鸟掠过层层波澜。
当他来到那座距离遥远的海岛时,
他离开蓝灰的大海,登上陆地步行,
来到一座巨大的洞穴前,那里住着
美发的神女,赫尔墨斯看见她在洞里。
炉灶燃着熊熊的火焰,劈开的雪松
和侧柏燃烧时发出的香气弥漫全岛屿。
神女一面声音优美地放声歌唱,
一面在机杼前来回走动,用金梭织布。
洞穴周围林木繁茂,生长茁壮,
有赤杨、白杨和散逸浓郁香气的柏树。
各种羽翼宽大的禽鸟在林间栖息作巢,
有枭、鹞鹰和舌头既细又长的乌鸦,
还有喜好在海上翱翔觅食的海鸥。
在那座空旷的洞穴岩壁上纵横蜿蜒着
茂盛的葡萄藤蔓,结满累累硕果。
四条水泉并排奔泻清澈的流水,
彼此相隔不远,然后分开奔流。
旁边是柔软的草地,堇菜野芹正繁茂。
即使不死的天神来这里见此景象,
也会惊异不已,顿觉心旷神怡。
弑阿尔戈斯的引路神不禁伫立观赏。
待他歆羡地把一切尽情地观赏够,

终于走进宽旷的洞穴。神女中的女神
卡吕普索一眼便从脸型认出他来，
因为不死的神明们彼此都能相认，
即使有哪位神明居住相距甚遥远。
神使在洞中未看见勇敢的奥德修斯，
他正坐在海边哭泣，像往日一样，
用泪水、叹息和痛苦折磨自己的心灵。
他眼望苍茫喧嚣的大海，泪流不止。
神女中的女神卡吕普索向赫尔墨斯询问，
一面邀请他坐到光亮精美的宽椅上：
"执金杖的赫尔墨斯，我敬重的亲爱的神明，
今天怎么驾临我这里？你可是稀客。
请告诉我你有什么事情，我一定尽力，
只要是我能办到，只要事情能办成。
首先请进来，让我有幸招待你一番。"

神女这样说完，随即摆好餐桌，
摆满各种神食，又摆上红色的神液，
弑阿尔戈斯的引路神开始吃喝起来。
待他吃喝一阵，满足了心灵的食欲，
便开始回答神女的询问对她这样说：
"神女询问神明我为何前来你这里，
既然你要求，我这就如实告诉你情由。
宙斯命令我来这里，并非出于我己愿，
有谁愿意越过无边的海水来这里？
附近没有凡人的城市，从而也没有
凡人向神明敬献祭礼和辉煌的百牲祭。
然而对于提大盾的宙斯的任何旨意，
没有哪一位神明胆敢回避或违逆。
他说你这里有一位英雄，他受的苦难
超过其他人，他们在普里阿摩斯城下
战斗九年，第十年摧毁城市返家园，
但他们在归返途中犯亵渎得罪雅典娜，
女神遣来强烈的风暴和滔天的狂澜。

他的所有杰出的同伴全部丧命，
只有他被风暴和波澜推拥来到你这里。
现在宙斯命令你立即释放此人，
因为他不该远离亲属亡命他乡，
命运注定他能够见到自己的亲人，
返回他那高大的宫宇和故土家园。"

　　神女中的女神卡吕普索听完心震颤，
大声地对神使说出有翼飞翔的话语：
"神明们啊，你们太横暴，喜好嫉妒人，
嫉妒我们神女公然同凡人结姻缘，
当我们有人为自己选择凡人做夫婿。
有玫瑰色手指的黎明女神爱上了奥里昂，
你们生活清闲的神明们便心生嫉妒，
直至处女神金座的阿尔特弥斯前去，
用致命的箭矢把他射死在奥尔提吉亚。
又如美发的得墨特尔爱上了伊阿西昂，
在第三次新翻耕的田地里同他结合，
享受欢爱，宙斯很快知道了这件事，
抛下轰鸣的闪光霹雳，把他击毙。
神明们，现在你们又嫉妒我与凡人结合。
想当初他落难爬上船脊，我把他拯救，
宙斯用轰鸣的闪光霹雳向他的快船
猛烈攻击，把快船击碎在酒色的大海里。
他的所有杰出的同伴全部丧了命，
只有他被风暴和波澜推拥来到我这里。
我对他一往情深，照应他饮食起居，
答应让他长生不死，永远不衰朽。
可是对于提大盾的宙斯的任何旨意，
没有哪一位神明胆敢回避或违逆。
那就让他走，既然宙斯这样命令，
让他回到咆哮的大海上，我只能这样，
因为我没有带桨的船只，也没有同伴，
能送他成功地渡过大海的宽阔脊背。

但我可以给他提忠告,丝毫不隐瞒,
使他能不受伤害地返回故土家园。"

　　弑阿尔戈斯的引路神立即这样回答说:
"那你赶快放他走,不要惹宙斯生气,
你若惹他恼怒,他以后定会惩罚你,"

　　强大的弑阿尔戈斯神这样说完离去,
高贵的神女去寻找勇敢的奥德修斯,
不得不听从宙斯的难以违抗的旨意。
她看见奥德修斯坐在辽阔的海岸边,
两眼泪流不断,消磨着美好的生命,
怀念归返,神女不能使他心宽舒。
夜里他不得不在空旷的洞穴里度过,
睡在神女的身边,神女有情他无意;
白天里他坐在巨岩顶上海岸滩头,
用泪水、叹息和痛苦折磨自己的心灵,
眼望苍茫喧嚣的大海,泪流不止。
神女中的女神站到他身边,对他这样说:
"不幸的人啊,不要再这样在这里哭泣,
再这样损伤生命,我现在就放你成行。
只是你得用铜器砍一些长长的树干,
作成宽大的筏船,在上面安上护板,
它将载着你渡过雾气迷蒙的大海。
我会给你装上食品、净水和红酒,
丰富得足以供你旅途中排除饥渴,
再让你衣服齐整,送你一阵顺风,
使你安然无恙地回到自己的家园,
但愿统治广天的神明也这样希望,
他们比我更有智慧,更富有权能。"

　　她这样说,多难的英雄奥德修斯心惊颤,
他大声问答,说出有冀飞翔的话语:
女神,你或许别有他图而非为归返,

你要我乘筏船渡过广阔的大海深渊，
它是那样可怕而艰险，速航的快船
即使有宙斯惠赐的顺风，也难渡过。
我无意顺从你的心愿乘筏船离开，
女神啊，如果你不能对我发一个重誓，
这不是在给我安排什么不幸的灾难。”

　　神女中的女神卡吕普索听完微笑，
抚拍他的手，呼唤一声对他这样说：
你真狡猾，不会让自己上当受骗，
竟然费尽心机说出了这样的话语。
我现在就以大地、广阔的上苍寰宇
和斯提克斯流水起誓，常乐的神明
也视它为最有力最可怕的誓言见证，
这不是在给你安排什么不幸的灾难。
其实我考虑这些如同在为我自己，
如果我也陷入了这样的巨大困境，
因为我也有正义的理智，我胸中的
这颗心灵并非铁铸，它也很仁慈。”

　　神女中的女神这样说完，立即前行，
奥德修斯紧紧跟随神女的足迹。
神女和凡人一起走进宽旷的洞穴，
奥德修斯在赫尔墨斯刚才坐过的
宽椅上坐下，神女在他面前摆上
凡人享用的各种食物，供他吃喝，
她自己在神样的奥德修斯对面坐下，
女侍们在她面前摆上神食和神液。
他们伸手享用面前摆放的肴馔。
待他们尽情享用食物和饮料之后，
神女中的女神卡吕普索开始这样说：
“拉埃尔特斯之子，机敏的神裔奥德修斯，
你现在希望能立即归返，回到你那
可爱的故土家园，我祝愿你顺利。

要是你心里终于知道，你在到达
故土之前还需要经历多少苦难，
那时你或许会希望仍留在我这宅邸，
享受长生不死，尽管你渴望见到
你的妻子，你一直对她深怀眷恋。
我不认为我的容貌、身材比不上
你的那位妻子，须知凡间女子
怎能与不死的女神比赛外表和容颜。"

　　足智多谋的奥德修斯这样回答说：
"尊敬的神女，请不要因此对我恼怒。
这些我全都清楚，审慎的佩涅洛佩
无论是容貌或身材都不能和你相比，
因为她是凡人，你却是长生不衰老。
不过我仍然每天怀念我的故土，
渴望返回家园，见到归返那一天。
即使有哪位神明在酒色的海上打击我，
我仍会无畏，胸中有一颗坚定的心灵。
我忍受过许多风险，经历过许多苦难，
在海上或在战场，不妨再加上这一次。"

　　他这样说完，太阳沉下，夜色降临，
他们双双进入宽旷的洞穴深处，
享受欢爱，互相偎依，卧眠在一起。

　　当那初升的有玫瑰色手指的黎明呈现时，
奥德修斯立即起床，穿上罩袍和衣衫，
那神女身着一件宽大的白色长袍，
轻柔优美，腰间系一条无比精美的
黄金饰带，用巾布把头部从头顶包扎。
她为勇敢的奥德修斯准备行程，
交给他一把大斧，正合他的掌型，
青铜制造，两面有刃，斧上装有
无比精美的橄榄木手柄，牢固结实。

再给他一把锋利的手斧,这才带领他
去海岛的边缘,那里生长着许多大树,
有赤杨、白杨,还有高达天际的杉树,
它们已经枯萎干透,可轻易飘浮。
神女中的女神卡吕普索向他指明
生长高大树干的地方,便返回洞穴,
奥德修斯开始砍树,很快把工作做完。
他一共砍倒二十棵,用铜斧把它们削光,
再把它们巧妙地修平,按照墨线。
神女中的女神卡吕普索又送来钻子,
奥德修斯把所有木料钻上孔,互相拼合,
用木钉和横木把它们牢固地紧密衔接。
如同有人制造一只宽体重载的
船体底部,木工手艺非常精湛,
奥德修斯也这样制造宽体筏船。
他立起树段,用斜杆把它们紧密固定,
再用一根根长长的圆木做成筏舷。
他竖起桅杆,在桅杆顶部装上帆桁,
又装好筏舵,掌握木筏行驶的方向。
他在木筏周围密密地捆上柳条枝,
抵御波浪冲击,再堆上许多细枝条。
神女中的女神卡吕普索又送来布匹,
制作风帆,奥德修斯熟练地作完。
他把转帆索、升帆索、帆脚索与筏系好,
然后用杠杆把木筏挪进神奇的海水。

　　到了第四天,他把一切工作做完,
第五天神女卡吕普索送他离开海岛,
给他沐完浴,再给他穿上馥郁的衣裳。
神女给他装上一皮囊暗红的美酒,
一大皮囊净水,还有一口袋干粮,
此外还装上许多令人愉快的美味。
这时神女给他送来温和的顺风,
神样的奥德修斯高兴地迎风扬帆。

他坐下来熟练地掌舵调整航向，
睡意从没有落上他那双仰望的眼睑，
注视着昴星座和那迟迟降落的大角星，
以及绰号为北斗的那组大熊星座，
它以自我为中心运转，遥望猎户座，
只有它不和其他星座为沐浴去长河。
神女中的女神卡吕普索谆谆叮嘱他，
渡海时要始终航行在这颗星的左方。
他在海上已连续航行十七个昼夜，
第十八天时显现出费埃克斯国土上
阴影层叠的山峦，距离他已经不遥远，
在雾气迷漫的海上有如一块牛皮盾。

　　这时强大的震地神离开埃塞俄比亚，
远远从索吕摩斯山顶望见奥德修斯，
因为他航行在海上。波塞冬心中气愤，
频频摇头，自言自语心中暗思忖：
"好啊，显然天神们对这位奥德修斯
改变了主意，趁我在埃塞俄比亚人那里。
他距费埃克斯人的国土已经不遥远，
命定他到那里便可逃脱巨大的灾难。
但我还是一定要让他吃够苦头。"

　　他说完立即聚合浓云，手握三股叉，
搅动大海，掀起各种方向的劲风的
暴烈气流，用浓重的云气沉沉笼罩
陆地连同大海，黑夜从天空跃起。
东风、南风一起刮来，反向的西风
和产生于太空的北风掀起层层巨澜。
奥德修斯顿时四肢麻木心瘫软，
无限忧伤地对自己的勇敢心灵这样说：
"我真不幸，我最终将遭遇什么灾难？
我担心神女所说的一切全都真实，
她曾说我在返抵故土家园之前，

会在海上受折磨,这一切现在正应验。
宙斯让这许多云雾笼罩广阔的天空,
把大海搅动,掀起各种方向的劲风的
暴烈气流,现在我必遭悲惨的毁灭。
那些达那奥斯人要三倍四倍地幸运,
他们为阿特柔斯之子战死在辽阔的特洛亚。
我也该在那一天丧生,接受死亡的命运,
当时无数特洛亚人举着锐利的铜枪,
围着佩琉斯之子的遗体向我攻击;
阿开奥斯人会把我礼葬,传我的英名,
可现在我却注定要遭受悲惨的毁灭。"

　　他正这样说,陡然隆起一个巨澜,
可怕地从上盖下,把筏船打得团团转。
他自己被从筏上抛出,抛出很远,
舵柄从手里滑脱,桅杆被各种风暴
混合旋起的强大风流拦腰折断,
船帆和帆桁一起被远远地抛进海里。
他被久久地打入水下,无力迅速地
向上浮起,身受狂涛巨澜的重压,
神女卡吕普索所赠衣服也增添分量。
他很久才浮出水面,嘴里不断喷吐
咸涩的海水,海水顺着他的头流淌。
他虽然精疲力竭,但没有忘记筏船,
他在波浪中向筏船游去,把它抓住,
坐到筏体中央,逃避死亡的结局。
巨浪把木筏随潮流忽上忽下地抛掷。
有如秋天的北风吹动原野上的蓟丛,
稠密的蓟丛随风摇摆簇拥在一起,
风暴也这样把筏体在海上推来逐去,
一会儿南风把它推给北风带走,
一会儿东风又把它让给西风驱赶。

卡德摩斯的女儿、美足的伊诺看见他，
就是琉科特埃，她原是说人语的凡人，
现在在大海深处享受神明的荣耀。
她怜悯奥德修斯如此飘荡受折磨，
有如一只海鸥飞翔，浮出海面，
落到坚固的筏体上，开言对他这样说：
"不幸的人啊，震地神波塞冬为何对你
如此怒不可遏，让你受这么多苦难？
不过不管他如何生气，他难把你伤害，
现在你要这么办，我看你并不缺理智，
你脱掉这些衣服，把木筏留给风浪，
任它刮走，你用手游泳，努力前往
费埃克斯国土，命定你将在那里得解脱。
你接住我这方头巾，把它铺在胸下，
它具有神力，便不用害怕灾难和死亡。
在你的双手终于触及陆地以后，
你便把头巾拿开，抛进酒色的海水，
要抛得远离陆地，你自己转身离去。"

女神这样说完，随即交给他头巾，
她自己重新沉入波涛汹涌的大海，
有如海鸥，黑色的波浪把她淹没。
历尽艰辛的神样的奥德修斯暗思忖，
无限忧伤地对自己的勇敢心灵这样说：
"我该怎么办？不会是哪位不死的神明
又来设计陷害我，要我把木筏抛弃？
我看不要听从她，我已经亲眼看见
远处的陆地，她说那是我脱难的地方。
现在就这么办，我看这样最适宜：
只要筏体仍然坚固地连成一体，
我就留在上面，准备忍受苦难。
如果汹涌的波涛把这筏体打散，
我只好游泳，那时也想不出更好的办法。"

　　奥德修斯心里和智慧正这样思忖,
震地神波塞冬又猛然掀起一个巨澜,
可怕而沉重,从上面直压下来扑向他。
有如一阵狂风袭来,把一堆干草
骤然卷起,吹得那干草四散飘落,
神明也这样把筏体的长长木料打散。
奥德修斯骑马般地爬上一根木料,
脱掉卡吕普索赠给他的那些衣衫,
立即把女神给他的头巾铺展在胸前,
头朝下跃进海里,迅速伸开双臂,
开始奋力浮游。强大的震地神看见他,
频频摇头,自言自语心中暗思忖:
"你已忍受过许多苦难,现在就这样
在海上飘泊吧,直到你到达神明的近族,
我想你大概对遭受的苦难不会不满意。"

　　神明这样说完,催动他的长鬃马,
返回埃盖,那里有他的著名的宫阙。

　　宙斯的女儿雅典娜这时却另有打算。
她阻住所有其他方向的狂风的道路,
要它们全都停止逞能,安静下来,
只激励迅捷的北风,劈开前面的波澜,
让神明养育的奥德修斯抵达喜好航海的
费埃克斯人那里,逃脱灾难和死亡。

　　奥德修斯已经在汹涌的波涛里飘浮了
两夜两天,许多次预感到死亡的降临。
待到美发的黎明送来第三个白天,
风暴停息下来,海上一片平静。
他看见陆地已距离不远,正当他乘着
巨大的波浪浮起,凝目向远方遥望。
有如儿子们如愿地看见父亲康复,

父亲疾病缠身,忍受剧烈的痛苦,
长久难愈,可怕的神灵降临于他,
但后来神明赐恩惠,让他摆脱苦难;
奥德修斯看见大陆和森林也这样欣喜,
尽力游动着渴望双脚能迅速登上陆地。
但当他距陆地只有人声所及的距离时,
他听到大海撞击悬崖发出的轰鸣。
巨大的浪涛号叫着冲向坚硬的陆地,
发出吓人的咆哮,浪花把一切埋淹。
那里既没有可泊船的港湾,也没有避难地,
陡峻的岩岸到处一片礁石和绝壁。
奥德修斯一见四肢麻木心瘫软,
无限忧伤地对自己的勇敢心灵这样说:
"天哪,宙斯让我意外地看见了陆地,
我奋力冲破波涛,挣扎着向这里游来,
可是却无法登岸,离开灰暗的大海。
前面礁石嶙峋,四周狂暴的波澜
奔腾咆哮,平滑的峭壁矗立横亘,
岸边海水幽深,无一处可让双足
伫立站稳,逃脱这无穷无尽的苦难。
要是我试图攀登,巨浪会把我扯下,
抛向嶙峋的岩石,使我枉费心机。
要是我继续向前游去,试图找到
可攀登的海岸或是海水拍击的港湾,
我担心巨大的风浪会重新把我卷走,
沉重地呼号着被送到游鱼出没的海上,
神明或许会从海上放出巨怪攻击我,
著名的安菲特里泰生育了许多怪物,
何况我知道著名的震地神仍对我怀怨。"

奥德修斯心里和智慧正这样思忖,
一个巨浪又把他抛向嶙峋的巉岩。
他本会肢体被扯碎,骨骼被折断,

若不是目光炯炯的雅典娜赋予他思想：
巨浪把他抛起时他探手攀住悬崖，
呻吟着牢牢抓住，待滚滚浪涛扑过。
可浪脊从他身旁涌过向后卷退时，
又袭向他把他高高掀起抛进海里。
有如多足的水螅被强行从窝壁拽下，
吸盘上仍然牢牢吸附着无数的石砾，
奥德修斯也这样，强健的掌上的皮肤
被扯下残留崖壁，巨浪又把他淹埋。
这时他定会在命定的时刻之前死去，
若不是目光炯炯的雅典娜又给他主意。
他从浪涛下洄起，波浪冲向陆地，
他顺势向前游动，凝目注视陆地，
能否找到一处平缓的海滩或湾岸。
他奋力游动来到一条闪光的河口，
庆幸发现一处可使他得救的去处：
既不见任何险岩，又能把风暴挡阻。
他游向河口，心中默默向河神祈求：
"河神啊，恕我不识尊号，我求你救援，
正向你游来，躲避波塞冬的大海的愤怒。
永生的天神永远尊重一个流浪者的
恳切祈求，我现在正是这样一个人，
来到你的河口和膝前，受尽了折磨。
尊敬的神明，怜悯我吧，我求你庇佑！"

他这样祷告，河神立即阻住水流，
平静的波涛使他安然游向河岸。
奥德修斯上岸后低垂无力的双臂，
双膝跪地：咸海耗尽了他的气力。
他浑身浮肿，口腔和鼻孔不断向外
喷吐海水；他气喘吁吁难以言语，
只觉得一阵昏厥，精疲力竭地倒地。
待他感觉苏醒，胸中的精力复苏，

便取下胸前女神惠赐他的那方头巾。
他把头巾扔进与海水相混的河流，
波涛卷头巾入大海，奉还伊诺手里。
奥德修斯离开平静的河口爬进苇丛，
躺在苇丛里亲吻滋生谷物的土地。
他无限忧伤地对勇敢的心灵这样自语：
"我真多不幸，最终将遭遇什么灾难？
我要是就这样在河边度过难熬的夜晚，
凛冽的晨霜和瑟索的朝露会把我冻坏，
我已经精疲力尽，只剩下气息奄奄，
更何况河边袭人的晨风和彻骨的寒气。
我要是爬上斜坡，避进繁茂的树林，
在枯枝败叶间躺卧，倒可抵御寒冷，
消除困乏，让自己进入甜蜜的梦乡，
但我又担心那不要成为野兽的猎物。"

他心中思虑，觉得这样做更为合适。
他看见一片树林在高处距河岸不远，
便走了进去，来到两株枝叶交叉的
橄榄树前，一株野生，一株结硕果，
潮湿的疾风的寒冷气流吹不透它们，
太阳的明亮光线难射进，雨水打不穿，
橄榄树的繁茂枝叶纠缠得如此严密。
奥德修斯匍匐进荫翳，伸开双手，
把枯枝败叶拢起堆成厚厚的卧铺。
浓郁的荫蔽下枯枝败叶层层堆积，
甚至足够两三人同时在里面藏卧，
躲避严酷的寒冷，即使寒气凛冽。
历尽艰辛的神样的奥德修斯见了，
喜在心头，立即躺下埋身于枝叶里。
如同有人孤身独居在荒郊旷野间，
把未燃完的柴薪藏进发黑的余烬，
用不着去向他人祈求不灭的火种，

奥德修斯也这样把自己埋进残叶里，
雅典娜随即把梦境撒向他的双眸，
使他的眼睑紧闭,消释难忍的困倦。

选自荷马:《奥德赛》,王焕生译,人民文学出版社 1997 年版。

请扫码阅读外文版
原作(节选)

阿伽门农（节选）

埃斯库罗斯

　　埃斯库罗斯（前525—前456）是古希腊阿提卡半岛埃琉西斯地区人，出生于古老的世袭贵族家庭。他在成长过程中经历了雅典民主制动荡的时期，一生赞扬民主，反对暴政。公元前484年他参加戏剧比赛并首次获奖。埃斯库罗斯是古希腊悲剧的真正创始者，恩格斯称他为"悲剧之父"。埃斯库罗斯写有悲剧90部左右，完整传世的只有7部。《被缚的普罗米修斯》和《阿伽门农》是他最优秀的作品。他的悲剧注重英雄形象的塑造，风格庄严崇高。

七   第三场

　　阿伽门农和卡珊德拉乘车自观众右方上。

歌队长　　啊，国王，特洛亚城的毁灭者，阿特柔斯的后裔，我应当怎样欢迎你，怎样向你表示敬意，才能恰如其分地执行君臣之礼？许多人讲究外表，不露真面目，在他违反正义的时候；人人都准备和受难者同声哭泣，但是悲哀的毒螫却没有刺进他们的心；他们又装出一副与人同乐的样子，勉强他们的不笑的脸……但是一个善于鉴别羊的牧人不至于被人们的眼睛所欺骗，在它们貌似忠良，拿掺了水的友谊来献媚的时候。

　　　　你曾为了海伦的缘故率领军队出征，那时候，不瞒你说，在我的心目中，你的肖像颜色配得十分不妙，你没有把你心里的舵掌好，你曾经举行祭献，使许多饿得快死的人恢复勇气。但如今从我心灵深处，我善意的……"辛苦对于成功的人……"你总可以打听出哪一个公民在家里为人很正直，哪一个不正派。

阿伽门农　　我应当先向阿耳戈斯和这地方的神致敬，他们曾经保佑我回家，帮助我惩罚普里阿摩斯的城邦。当初众神审判那不必用言语控诉的案件的时候，他们毫不踌躇地把死刑，毁灭伊利翁的判决票投到那判死罪的壶里；那对面的壶希望他们投票，却没有装进判决票。此刻那被攻陷的都城还可以凭烟火辨别出来。那摧灭万物的狂风依然在吹，但是余烬正随着那都城一起消灭，发出强烈的财宝气味。为此我们应当向神谢恩，永志不忘；因为我们已经向那放肆的抢劫者报了仇，为了一个女人的缘故，那都城被阿耳戈斯的猛兽踏平了，那是马驹——一队持盾的兵士，它在鸠星下沉的时候跳进城，像一匹凶猛的狮子跳过城墙，把王子们的血舔了个饱。

　　我向众神讲了一大段开场话。至于你的意见我已经听见了，记住了，我同意你的话，我也要那样说。是呀，生来就知道尊敬走运的朋友而不怀嫉妒的人真是稀少；因为恶意的毒深入人心，使病人加倍痛苦：他既为自己的不幸而苦恼，又因为看见了别人的幸运而自悲自叹。我很有经验——因为我对那面镜子，人与人的交际很熟悉——可以说那些对我貌似忠实的人不过是影子的映象罢了。只有俄底修斯，那个当初不愿航海出征的人，一经戴上轭，就心甘情愿成为我的骖马，不论他现在是生是死，我都这样说。

　　其余的有关城邦和神的事，我们要开大会，大家讨论。健全的制度，决定永远保留；需要医治的毒疮，就细心地用火烧或用刀割，把疾病的危害除掉。

　　此刻我要进屋，我的有炉火的厅堂，我先向众神举手致敬，是他们把我送出去，又把我带回家来。胜利既然跟随着我，愿她永远和我同在！

　　克吕泰墨斯特拉自宫中上，
　　众侍女抱着紫色花毡随上。

克吕泰墨斯特拉　　市民们，阿耳戈斯的长老们，我当着你们表白我对丈夫的爱情，并不感觉羞耻；因为人们的羞怯随着时间而消失。我所要说的不是从别人那里听来的，而是我自己所受的苦痛生活，当他在伊利翁城下的时候。首先，一个女人和丈夫分离，孤孤单单呆在家里，已经苦不堪言，何况还有人带来坏消息，跟着又有人带来，一个比一个坏，他们大声讲给家里的人听。说起创伤，如果我丈夫所遭受的像那些继续流进我家的消息里所说的那样多，那么他身上的伤口可以说比网眼更多。如果他像消息所说的死了那样多次，那么他可夸口说，他是第二个三身怪物革律翁，在每一种形状下死一次，这样穿上了三件泥衣服。为了这些不幸的消息，我时常上吊，别人却硬把悬空的索子从我颈上解开。因此我们的儿子，你我盟誓的保证人，应当在这里却又不在这里，那个俄瑞斯忒斯。你不必诧异；他是寄居在我们的亲密战友，福喀斯人斯特洛菲俄斯家里的，那人曾警告我有两重祸患——你在伊利翁城下冒危险，人民又会哗然骚动，推翻议会；因为人的天性喜欢多踩两脚那已经倒地的人。这个辩解里没有欺诈。

　　说起我自己，我的眼泪的喷泉已经干枯了，里面一滴泪也没有了。我不能早睡的眼睛，因为哭着盼望那报告你归来的火光而发痛，那火却长久不见点燃。即使在梦里,我也会被蚊子的细小声音惊醒,听它嘤嘤地叫:因为我在梦里看见你所受的苦难比我睡眠时间内所能发生的还要多呢。

现在,忍过了这一切,心里无忧无虑,我要称呼我丈夫作家里看门的狗,船上保证安全的前桅支索,稳立在地基上撑持大厦的石柱,父亲的独生子,水手们意外望见的陆地,口渴的旅客的泉水。这些向他表示敬意的话,他可以受之无愧。让嫉妒躲得远远的吧!我们过去所受的苦难已经够多了!

现在,亲爱的,快下车来!但是,主上啊,你这只曾经踏平伊利翁的脚不可踩在地上。婢女们,你们奉命来把花毡铺在路上,为什么拖延时间呢?快拿紫色毡子铺一条路,让正义之神引他进入他意想不到的家。至于其余的事,我的没有昏睡的心,在神的帮助下,会把它们正当地安排好,正像命运所注定的那样。

众侍女铺花毡。

阿伽门农　勒达的后裔,我家的保护人,你的话和我们别离的时间正相当;因为你把它拖得太长了。但是适当的称赞——那颂辞应当由别人嘴里念出来。此外,不要把我当一个女人来娇养,不要把我当一个东方的君王,趴在地下张着嘴向我欢呼,不要在路上铺上绒毡,引起嫉妒心。只有对天神我们才应当用这样的仪式表示敬意;一个凡人在美丽的花毡上行走,在我看来,未免可怕。鞋擦和花毡,两个名称音不同。谦虚是神赐的最大礼物;要等到一个人在可爱的幸运中结束了他的生命之后,我们才可以说他是有福的。我已经说过,我要怎样行动才不至于有所畏惧。

克吕泰墨斯特拉　现在我问你一句话,把你的意见老老实实告诉我。

阿伽门农　我的意见,你可以相信,不会有假。

克吕泰墨斯特拉　你在可怕的紧急关头,会不会向神许愿,要做这件事?

阿伽门农　只要有祭司规定这仪式。

克吕泰墨斯特拉　普里阿摩斯如果这样打赢了,你猜他会怎么办?

阿伽门农　我猜他一定在花毡上行走。

克吕泰墨斯特拉　那么你就不必害怕人们的谴责。

阿伽门农　可是人民的声音是强有力的。

克吕泰墨斯特拉　但是不被人嫉妒,就没人羡慕。

阿伽门农　一个女人别想争斗!

克吕泰墨斯特拉　但是一个幸运的胜利者也应当让一手。

阿伽门农　什么?你是这样重视这场争吵的胜利吗?

克吕泰墨斯特拉　让步吧!你自愿放弃,也就算你胜利。

阿伽门农　也罢,如果你一定要这样,就叫人把我的靴子,在脚下伺候我的高底鞋,快快脱了;当我在神的紫色料子上面行走的时候,愿嫉妒的眼光不至于从高处射到我身上!我的强烈敬畏之心阻止我踩坏我的家珍,糟蹋我的财产——银子换来的织品。

　　侍女把阿伽门农的靴子脱了。

　　阿伽门农下车。

　　这件事说得很够了。至于这个客人,请你好心好意引她进屋;对一个厚道的主人,神总是自天上仁慈地关照。没有人情愿戴上奴隶的轭;她是从许多战利品中选出来的花朵,军队的犒赏,跟着我前来的。现在,既然非听你的话不可,我就踏着紫颜色进宫。

　　阿伽门农自花毡上走向王宫。

克吕泰墨斯特拉　海水就在那里,谁能把它汲干?那里面产生许多紫色颜料,价钱不过和银子相当,而且永远有新鲜的。可以用来染绒毡。我们家里,啊,国王,谢天谢地,贮藏着许多织品,这王宫从来不知道什么叫缺乏。我愿意许愿,拿很多块绒毡来踩,如果神示吩咐我家这样做,当我想法救回这条性命的时候。因为根儿存在,叶儿就会长到家里,蔓延成荫,把天狼星遮住,你就是这样回到家里的炉火旁边,象征冬季里有了温暖;当宙斯把酸葡萄酿成酒的时候,屋里就凉快了,只要一家之长进入家门。

　　阿伽门农进宫。

啊,宙斯,全能的宙斯,使我的祈祷实现吧,愿你多多注意你所要实现的事。

　　克吕泰墨斯特拉进宫,

　　众侍女随入。

八　第三合唱歌

歌队　(第一曲首节)这恐惧为什么在我这预知祸福的心上不住地飘来飘去?我没有被邀请,不要报酬,为什么要歌唱未来的事?为什么不把它赶走,像赶走一个难以解释的梦一样,让那可信赖的勇气坐在我心里的宝座上?时间已经过去很久了,自从水师开往伊利翁的时候,沙子随着船尾缆索的收回而飞扬以来。

　　(第一曲次节)我如今亲眼看见他们凯旋,我自己是个见证;但是我的心自己学会了唱报仇神不需弦琴伴奏的哀歌,一点也感觉不到来自希望的可贵勇气。我的内心不是在乱说——这颗心啊,它正在那旋到底的漩涡里面绕着那预知有报应的思想转来转去。但愿这个猜想不正确,不会成为事实!

　　(第二曲首节)太重视健康……因为疾病,那和健康隔一道墙的邻居,会压过来。一个人的好运一直向前航行……会碰上暗礁。那时候,为了挽救货物,战战兢兢,稳重地把一部分扔下海,整个家就不至于因为装得太多而坍塌,船只也不至于沉没。宙斯的赠品,既丰富而且年年来自犁沟里,解除了饥馑。

(第二曲次节)但是一个人的生命所必需的紫色的血,一旦提前流到地上,谁能念咒把它收回?否则,宙斯就不会把那个真正懂得起死回生术的人杀死,免得他破坏秩序。如果我注定的命运不但不限制我的能力,而且让我从神那里更有所得,那么我的心便会抢在我的舌头前面把我的话讲了出来;现在,情形既然如此,它只好在暗中嘟哝,非常痛苦,而且无望及时解释清楚,当我的情感正在激动的时候。

十一　第五场

阿伽门农　(自内)哎哟,我挨了一剑,深深地受了致命伤!

歌队长　嘘!谁在嚷挨了一剑,受了致命伤?

阿伽门农　哎哟,又是一剑,我挨了两剑了!

歌队长　听了国王叫痛的声音,我猜想已经杀了人啦!我们商量一下,看有没有什么妥当办法。

队员子　我把我的建议告诉你们:快传令召集市民到王宫来救命。

队员丑　我认为最好赶快冲进去,趁那把剑才抽出来,证实他们的罪行。

队员寅　这个意见正合我的意思,我赞成采取行动;时机不可耽误。

队员卯　很明显,他们这样开始行动,表示他们要在城邦里建立专制制度。

队员辰　是呀;因为我们在耽误时机,他们却在践踏谨慎之神光荣的名字,不让他们自己的手闲下来。

队员巳　我不知道有什么办法可以提出,主意要由行动者决定。

队员午　我也是这样想;因为说几句话,不能起死回生。

队员未　难道我们可以苟延残喘,屈服于那些玷污了这个家的人的统治下?

队员申　这可受不了,还不如死了,那样的命运比受暴君的统治温和得多。

队员酉　什么?难道有了叫痛的声音为证,就可以断定国王已经死了吗?

队员戌　在我们讨论之前,得先把事实弄清楚,因为猜想和确知是两回事。

歌队长　经过多方面考虑,我赞成这个意见:先弄清楚阿特柔斯的儿子到底怎样了。

　　　　后景壁转开,壁后有一个活动台,阿伽门农的尸体躺在台上的澡盆里,上面盖着一件袍子;卡珊德拉的尸体躺在那旁边,克吕泰墨斯特拉站在台上。

克吕泰墨斯特拉　刚才我说了许多话来适应场合,现在说相反的话也不会使我感觉羞耻;否则一个向伪装朋友的仇敌报复的人,怎能把死亡的罗网挂得高高的,不让他们越网而逃?这场决战经过我长期考虑,终于进行了,这是旧日争吵的结果。我还是站在我杀人的地点上,我的目的已经达到了。我是这样做的——我不否认——使他无法逃避他的命运:我拿一张没有漏洞的撒网,像网鱼一样把他罩住,这原是一件致命的宝贵长袍。我刺了他两剑;他哼了两声,手脚就软了。我趁他倒下的时候,又找补第三剑,作为献给地下的宙斯,死者保护神的还愿礼物。这么着,他就躺在那里,断了气;他喷出一股汹涌的血,一阵血雨的黑点便落到我身上,我的畅快不亚于麦苗承受天降的甘雨,正当出穗的时节。

　　情形既然如此,阿耳戈斯的长老们,你们欢乐吧,只要你们愿意;我却是得意洋洋。如果我可以给死者致奠,我这样奠酒是很正当的,十分正当呢;因为这家伙曾在家里把许多可诅咒的灾难倒在调缸里,他现在回来了,自己喝干了事。

歌队长　你的舌头使我们吃惊,你说起话来真有胆量,竟当着你丈夫的尸首这样夸口!

克吕泰墨斯特拉　你们把我当一个愚蠢的女人,向我挑战,可是我鼓起勇气告诉你们,虽然你们已经知道了——不管你们愿意称赞我还是责备我,反正是一样——这就是阿伽门农,我的丈夫,我这只右手,这公正的技师,使他成了一具尸首。事实就是如此。

歌队　(哀歌序曲首节)啊,女人,你尝了地上长的什么毒草,或是喝了那流动的海水上面浮出的什么毒物,以致发疯,惹起公共的诅咒?你把他抛弃了,砍掉了,你自己也将被放逐,为市民所痛恨。(本节完)

克吕泰墨斯特拉　你现在判处我被放逐出国,叫我遭受市民的憎恨和公共的诅咒;可是当初你全然不反对这家伙,那时候他满不在乎,像杀死一大群多毛的羊中的一头牲畜一样,把他自己的孩子,我在阵痛中生的最可爱的女儿,杀来祭献,使特剌刻吹来的暴风平静下来。难道你不应当把他放逐出境,惩罚他这罪恶?你现在审判我的行为,倒是个严厉的陪审员!可是我告诉你,你这样恐吓我的时候,要知道我也是同样准备好了的,只有用武力制服我的人才能管辖我;但是,如果神促成相反的结果,那么你将受到一个教训,虽然晚了一点,也该小心谨慎。

歌队　(次节)你野心勃勃,言语傲慢,你的心由于杀人流血而疯狂了,看你的眼睛清清楚楚充满了血。你一定被朋友们所抛弃,打了人要挨打,受到报复。(序曲完)

克吕泰墨斯特拉　这个,我的誓言的神圣力量,你也听听,我凭那位曾为我的孩子主持正义的神,凭阿忒和报仇神——我曾把这家伙杀来祭她们——起誓,我的向往不至于误入恐惧之间,只要我灶上的火是由埃癸斯托斯点燃的——他对我一向忠实;有了他,就有了使我们壮胆的大盾牌。

　　这里躺着的是个侮辱妻子的人,特洛亚城下那个克律塞伊斯的情人;这里躺着的是她,一个女俘房,女先知,那家伙能说预言的小老婆,忠实的同床人,船凳上的同坐者。他们俩已经得到应得的报酬:他是那样死的,而她呢,这家伙的情妇,像一只天鹅,已经唱完了她最后的临死哀歌,躺在这里,给我的⋯⋯好菜添上作料。

歌队　(哀歌第一曲首节)啊,愿命运不叫我们忍受极大的痛苦,不叫我们躺在病榻上,快快给我们带来永久的睡眠,既然我们最仁慈的保护人已经被杀了,他为了一个女人的缘故吃了许多苦头,又在一个女人手里丧了性命。(本节完)

　　(叠唱曲)啊,疯狂的海伦,你一个人在特洛亚城下害死了许多条,许多条人命,你如今戴上最后一朵我们永远不能忘记的花,这洗不掉的血。真的,这家里曾住过一位强悍的厄里斯,害人的东西。

克吕泰墨斯特拉　你不必为这事而烦恼,请求早死;也不必对海伦生气,说她是凶手,说她一个人害死了许多达那俄斯人,引起了莫大的悲痛。

歌队　(第一曲次节)啊,恶魔,你降到这家里,降到坦塔罗斯两个儿孙身上,你利用两个女人来发挥你的强大威力,真叫我伤心! 也像一只可恨的乌鸦站在那尸首上自鸣得意,唱一支不成调的歌曲⋯⋯(本节完)

　　(叠唱曲)啊,疯狂的海伦,你一个人在特洛亚城下害死了许多条,许多条人命,你如今戴上最后一朵我们永远不能忘记的花,这洗不掉的血。真的,这家里曾住过一位强悍的厄里斯,害人的东西。

克吕泰墨斯特拉　你现在修正了你嘴里说出的意见,请来了这家族曾大嚼三餐的恶魔,由于他在作怪,人们肚子里便产生了舔血的欲望;在旧的创伤还没有封口之前,新的血又流出来了。

歌队　(第二曲首节)你所赞美的是毁灭家庭的大恶魔,他非常愤怒,对于厄运总是不知足——唉,唉,这恶意的赞美! 哎呀,这都是宙斯,万事的推动者,万事的促成者的旨意;因为如果没有宙斯,这人间哪一件事能够发生? 哪一件事不是神促成的? (本节完)

　　(叠唱曲)国王啊国王,我应当怎样哭你? 应当从我友好的心里向你说什么? 你躺在这蜘蛛网里,这样遭凶杀而死,哎呀,这样耻辱地躺在这里,被人阴谋杀害,死于那手中的双刃兵器下。

克吕泰墨斯特拉　你真相信这件事是我做的吗? 不,不要以为我是阿伽门农的妻子。是那个古老的凶恶报冤鬼,为了向阿特柔斯,那残忍的宴客者报仇,假装这死人的妻子,把他这个大人杀来祭献,叫他赔偿孩子们的性命。

歌队　(第二曲次节)你对这杀人的事可告无罪——但是谁给你作证呢?这怎么,怎么可能呢?也许是他父亲的罪恶引出来的报冤鬼帮了你一手。那凶恶的阿瑞斯在亲属的血的激流中横冲直撞,他冲到哪里,哪里就凝结成吞没儿孙的血块。(本节完)

　　(叠唱曲)国王啊国王,我应当怎样哭你?应当从我友好的心里向你说什么?你躺在这蜘蛛网里,这样遭凶杀而死,哎呀,这样耻辱地躺在这里,被人阴谋杀害,死于那手中的双刃兵器下。

克吕泰墨斯特拉　我既不认为他是含辱而死⋯⋯因为他不是偷偷地毁了他的家,而是公开地杀死了我怀孕给他生的孩子,我所哀悼的伊菲革涅亚。他自作自受,罪有应得,所以他不得在冥府里夸口;因为他死于剑下,偿还了他所欠的血债。

歌队　(第三曲首节)我已经失去了那巧妙的思考方法,不知往哪方面想,当这房屋坍塌的时候。我怕听那血的雨水哗啦地响,那会把这个家冲毁;现在小雨初停。命运之神为了另一件杀人的事,正在另一块砥石上把正义磨快。(本节完)

　　(叠唱曲)大地啊大地,愿你及早把我收容,趁我还没有看见他躺在这银壁的浴盆里!谁来埋葬他?谁来唱哀歌?你敢做这件事吗?——你敢哀悼你亲手杀死的丈夫,为了报答他立下的大功,敢向他的阴魂假仁假义地献上这不值得感谢的恩惠吗?谁来到这英雄的坟前,流着泪唱颂歌,诚心诚意好生唱?

克吕泰墨斯特拉　这件事不必你操心;我亲手把他打倒,把他杀死,也将亲手把他埋葬——不必家里的人来哀悼,只需由他女儿伊菲革涅亚,那是她的本分,在哀河的激流旁边高高兴兴欢迎她父亲,双手抱住他,和他接吻。

歌队　(第三曲次节)谴责遭遇谴责;这件事不容易判断。抢人者被抢,杀人者偿命。只要宙斯依然坐在他的宝座上,作恶的人必有恶报,这是不变的法则。谁能把诅咒的种子从家里抛掉?这家族已和毁灭紧紧地粘在一起。(本节完)

　　(叠唱曲)大地啊大地,愿你及早把我收容,趁我还没有看见他躺在这银壁的浴盆里!谁来埋葬他?谁来唱哀歌?你敢做这件事吗?——你敢哀悼你亲手杀死的丈夫,为了报答他立下的大功,敢向他的阴魂假仁假义地献上这不值得感谢的恩惠吗?谁来到这英雄的坟前,流着泪唱颂歌,诚心诚意好生唱?

克吕泰墨斯特拉　你这个预言接近了真理;但是我愿意同普勒斯忒涅斯的儿子们,家里的恶魔缔结盟约:这一切我都自认晦气,虽是难以忍受;今后他得离开这屋子,用亲属间的杀戮去折磨别的家族。我剩下一小部分钱财也就很够了,只要能使这个家摆脱这互相杀戮的疯病。

十二　退场

埃癸斯托斯自观众右方上。

埃癸斯托斯　报仇之日的和蔼阳光啊! 现在我要说,那些为凡人报仇的神在天上监视着地上的罪恶;我看见这家伙躺在报仇神们织的袍子里,真叫我痛快,他已赔偿了他父亲制造的阴谋罪恶。

从前,阿特柔斯,这家伙的父亲,做这地方的国王,堤厄斯忒斯,我的父亲——说清楚一点——也就是他的亲弟兄,质问他有没有为王的权利,他就把他赶出家门,赶出国境。那不幸的堤厄斯忒斯后来回家,在炉灶前做一个恳求者,获得了安全的命运,不至于被处死,用自己的血玷污先人的土地;但是阿特柔斯,这家伙不敬神的父亲,热心有余而友爱不足,假意高高兴兴庆祝节日,用我父亲的孩子们的肉设宴表示欢迎。他把脚掌和手掌砍下来切烂,放在上面……堤厄斯忒斯独坐一桌,他不知不觉,立即拿起那难以辨别的肉来吃了——这盘菜,像你所看见的,对这家族的害处多么大。他跟着就发现他做了一件伤天害理的事,大叫一声,仰面倒下,把肉呕了出来,同时踢翻了餐桌来给他的诅咒助威,他咒道:"普勒斯忒涅斯的整个家族就这样毁灭!"

因此你看见这家伙倒在这里,而我正是这杀戮的计划者——我有理呢,因为他把我和我不幸的父亲一同放逐,我是第十三个孩子,那时候还是襁褓中的婴儿;但是等我长大成人,正义之神又把我送回。这家伙是我捉住的——虽然我不在场——因为这整个致命的计划是由我安排的。情形就是如此,我现在死了也甘心,既然看见了这家伙躺在正义的罗网里。

歌队长　埃癸斯托斯,我不尊敬幸灾乐祸的人。你不是承认你有意把这人杀掉,这悲惨的死又是你一手计划的吗? 那么,我告诉你,到了依法处分的时候,你要相信,你这脑袋躲不过人民扔出的石头,发出的诅咒。

埃癸斯托斯　你是坐在下面的桨手,我是凳上的驾驶员,你可以这样胡说吗? 尽管你上了年纪,你也得知道,老来受教训多么难堪,当我教你小心谨慎的时候。监禁加饥饿的痛苦,甚至是教训老头子、医治思想病最好的先知兼医生。难道你有眼睛看不出来吗? 你别踢刺棍,免得碰在那上面,蹄子受伤。

歌队长　你这女人,你竟自这样对付这些刚从战争里回来的人,你呆在家里,既玷污了这人的床榻,又计划把他,军队的统帅,杀死了!

埃癸斯托斯　你这些话是痛哭流涕的先声。你的喉咙和俄耳甫斯的大不相同:他用歌声引导万物,使它们快乐,你却用愚蠢的吠声惹得人生气,反而被人押走。一旦受到管束,你就会驯服。

歌队长　你好像要统治阿耳戈斯人!你计划杀他,却又不敢行事,亲手动刀。

埃癸斯托斯　只因为引诱他上圈套,分明是妇人的事;我是他旧日的仇人,会使他生疑。总之,我打算用这家伙的资财来统治人民;谁不服从,我就给他驾上很重的轭——他不可能是一匹吃大麦的骖马,不,那与黑暗同住的可恨的饥饿将使他驯服。

歌队长　你为什么不鼓起你怯懦的勇气把这人杀了,而让这妇人来杀,以致玷污了这土地和这地方的神?啊,俄瑞斯忒斯是不是还看得见阳光,能趁顺利的机会回来杀死这一对人,获得胜利?

埃癸斯托斯　你想这样干,这样说,我马上叫你知道厉害!喂,朋友们,这里有事干呀!

　　　　　　　众卫兵自观众左右两方急上。

歌队长　喂,大家按剑准备!

埃癸斯托斯　我也按剑,不惜一死。

歌队长　你说你死,我们接受这预兆,欢迎这件一定会发生的事。

克吕泰墨斯特拉　不,最亲爱的人,我们不可再惹祸事;这些已经够多,够收获了——这不幸的收成!我们的灾难已经够受,不要再流血了!可尊敬的长老们,你们……家去吧,在你们还没有由于你们的行动而受到痛苦之前!我们的遭遇如此,只好自认晦气。如果这是最后的苦难,我们倒愿意接受,尽管我们已被恶魔强有力的蹄子踢得够惨了。这是女人的劝告,但愿有人肯听。

埃癸斯托斯　但是这些家伙却向我信口开河,吐出这样的话,拿性命来冒险!(向歌队长)你神志不清醒,竟咒起主子来了!

歌队长　向恶棍摇尾乞怜,不合阿耳戈斯人的天性。

埃癸斯托斯　但是总有一天我要惩治你。

歌队长　只要神把俄瑞斯忒斯引来,你就惩治不成。

埃癸斯托斯　我知道流亡者靠希望过日子。

歌队长　你有本事,尽管干下去,尽管放肆,把正义污辱。

埃癸斯托斯　你要相信,为了这愚蠢的话,到时候你得付一笔代价。

歌队长　你尽管夸口,趾高气扬,像母鸡身旁的公鸡一样!

克吕泰墨斯特拉　(向埃癸斯托斯)别理会这些没意义的吠声;我和你是一家之

主,一切我们好好安排。

　　活动台转回去,后景壁还原;

　　克吕泰墨斯特拉、埃癸斯托斯进宫,众卫兵随入;

　　歌队自观众右方退场。

选自《埃斯库罗斯悲剧三种　索福克勒斯悲剧四种》,罗念生译,上海人民出版社 2004 年版。

俄狄浦斯王(节选)

索福克勒斯

　　索福克勒斯(前 496—前 406)生于雅典西北郊科罗诺斯乡,父亲是一个富有的兵器制造商。索福克勒斯幼年受过良好教育,成人后进入政界,曾出任以雅典为盟主的"德利亚联盟"的财政总管,两次担任重要的将军职务。公元前 440 年,他被选为雅典十将军之一。公元前 413 年,他参加反民主的政变,被选为西西里战败后成立的十人委员会委员。索福克勒斯一生共写作 130 部悲剧,获奖 24 次,但只有 7 部悲剧完整地流传下来,其中最重要的悲剧是《俄狄浦斯王》。

三　第一场

俄狄浦斯　你是这样祈祷;只要你肯听我的话,对症下药,就能得救,脱离灾难。我对这个消息和这场灾祸是不明白的,我只能这样说:如果没有一点线索,我一个人就追不了很远。我成为忒拜公民是在这件案子发生以后。让我向全体公民这样宣布:你们里头如果有谁知道拉布达科斯的儿子拉伊俄斯是被谁杀死的,我要他详细报上来;即使他怕告发了凶手反被凶手告发,也应当报上来;他不但不会受到严重的惩罚,而且可以安然离开祖国。如果有人知道凶手是外邦人,也不用隐瞒,我会重赏他,感激他。

　　但是,你们如果隐瞒——如果有人为了朋友或为了自己有所畏惧而违背我的命令,且听我要怎样处置:在我做国王,掌握大权的领土以内,我不许任何人接待那罪人——不论他是谁——不许同他交谈,也不许同他一块儿祈祷,祭神,或是为他举行净罪礼;人人都得把他赶出门外,认清他是我们的污染,正像皮托的神示最近告诉我们的。我要这样来做天神和死者的助手。

　　我诅咒那没有被发现的凶手,不论他是单独行动,还是另有同谋,他这坏人定将过着悲惨不幸的生活。我发誓,假如他是我家里的人,我愿忍受我刚才加在别人身上的诅咒。

　　我为自己,为天神,为这块天神所厌弃的荒芜土地,把这些命令交给你们去执行。

即使天神没有催促你们办这件事,你们的国王,最高贵的人被杀害了,你们也不该把这污染就此放下,不去清除;你们应当追究。我如今掌握着他先前的王权;娶了他的妻子,占有了他的床榻共同播种,如果他求嗣的心没有遭受挫折,那么同母的子女就能把我们联结为一家人;但是厄运落到了他头上;我为他作战,就像为自己的父亲作战一样,为了替阿革诺耳的玄孙,老卡德摩斯的曾孙,波吕多罗斯的孙子,拉布达科斯的儿子报仇,我要竭力捉拿那杀害他的凶手。

对那些不服从的人,我求天神不叫他们的土地结果实,不叫他们的女人生孩子;让他们在现在的厄运中毁灭,或者遭受更可恨的命运。

至于你们这些忒拜人——你们拥护我的命令——愿我们的盟友正义之神和一切别的神对你们永远慈祥,和你们同在。

歌队长　主上啊,你既然这样诅咒,我就说了吧:我没有杀害国王,也指不出谁是凶手。这问题是福波斯提出的,他应当告诉我们,事情到底是谁做的。

俄狄浦斯　你说得对;可是天神不愿做的事,没有人能强迫他们。

歌队长　我愿提出第二个好办法。

俄狄浦斯　假如还有第三个办法,也请讲出来。

歌队长　我知道,忒瑞西阿斯和福波斯王一样,有先见之明,主上啊,问事的人可以从他那里把事情打听明白。

俄狄浦斯　这件事我并不是没有想到。克瑞翁提议以后,我已两次派人去请他;我一直在纳闷,怎么还没看见他来。

歌队长　我们听见的已经是旧话,失去了意义。

俄狄浦斯　那是什么话?我要打听每一个消息。

歌队长　听说国王是被几个旅客杀死的。

俄狄浦斯　我也听说,可是没人见到过证人。

歌队长　那凶手如果胆小害怕,听见你这样诅咒,就不敢在这里停留了。

俄狄浦斯　他既然敢作敢为,也就不怕言语恐吓。

歌队长　可是有一个人终会把他指出来。他们已经把神圣的先知请来了,人们当中只有他才知道真情。

童子带领忒瑞西阿斯自观众右方上。

俄狄浦斯　啊,忒瑞西阿斯,天地间一切可以言说和不可言说的秘密,你都明察,你虽然看不见,也能觉察出我们的城邦遭了瘟疫;主上啊,我们发现你是我们唯一的救星和保护人。你不会没有听见报信人说过,福玻斯已经回答了我们的询问,说这场瘟疫唯一的挽救办法,全看我们能不能找出杀害拉伊俄斯的凶手,把他们处死,或者放逐出境。如今就请利用鸟声或你所掌握的别的预言术,拯救自己,拯救城邦,拯救我,清除死者留下的一切污染吧! 我们全靠你了。一个人最大的事业就是尽他所能,尽他所有帮助别人。

忒瑞西阿斯　哎呀,聪明没有用处的时候,做一个聪明人真是可怕呀! 这道理我明白,可是忘记了;要不然,我就不会来。

俄狄浦斯　怎么? 你一来就这么懊丧。

忒瑞西阿斯　让我回家吧;你答应我,你容易对付过去,我也容易对付过去。

俄狄浦斯　你有话不说;你的语气不对头,对养育你的城邦不友好。

忒瑞西阿斯　因为我看你的话说得不合时宜;所以我才不说,免得分担你的祸事。

俄狄浦斯　你要是知道这秘密,看在天神面上,不要走,我们全都跪下来求你。

忒瑞西阿斯　你们都不知道。我不暴露我的痛苦——也是免得暴露你的。

俄狄浦斯　你说什么? 你明明知道这秘密,却不告诉我们,岂不是有意出卖我们,破坏城邦吗?

忒瑞西阿斯　我不愿使自己苦恼,也不愿使你苦恼。为什么还要白费唇舌追问呢? 你不会从我嘴里知道那秘密的。

俄狄浦斯　坏透了的东西,你的脾气跟石头一样! 你不告诉我们吗? 你是这样心硬,这样顽强吗?

忒瑞西阿斯　你怪我脾气坏,却不明白你"自己的"同你住在一起,只知道挑我的毛病。

俄狄浦斯　谁听了你这些不尊重城邦的话,能不生气?

忒瑞西阿斯　我虽然保守秘密,事情也总会水落石出。

俄狄浦斯　既然总会水落石出,你就该告诉我。

忒瑞西阿斯　我决不往下说了,你想大发脾气就发吧。

俄狄浦斯　是呀,我是很生气,我要把我的意见都讲出来:我认为你是这罪行的策划者,人是你杀的,虽然不是你亲手杀的。如果你的眼睛没有瞎,我敢说准是你一个人干的。

忒瑞西阿斯　真的吗? 我叫你遵守自己宣布的命令,从此不许再跟这些长老说话,也不许跟我说话,因为你就是这地方不洁的罪人。

俄狄浦斯　你厚颜无耻,出口伤人。你逃得了惩罚吗?

忒瑞西阿斯　我逃得了,知道真情就有力量。

俄狄浦斯　谁教给你的? 不会是靠法术知道的吧。

忒瑞西阿斯　是你,你逼我说出了我不愿意说的话。

俄狄浦斯　什么话? 你再说一遍,我就更明白了。

忒瑞西阿斯　是你没听明白,还是故意逼我往下说?

俄狄浦斯　我不能说已经明白了,你再说一遍吧。

忒瑞西阿斯　我说你就是你要寻找的杀人凶手。

俄狄浦斯　你两次诽谤人,是要受惩罚的。

忒瑞西阿斯　还要我说下去,使你生气吗?

俄狄浦斯　你要说就说,反正都是白费唇舌。

忒瑞西阿斯　我说你是在不知不觉之中和你最亲近的人可耻地住在一起,却看不见自己的灾难。

俄狄浦斯　你以为你能这样说下去,不受惩罚吗?

忒瑞西阿斯　是的,只要知道真情就有力量。

俄狄浦斯　别人有力量,你却没有;你又瞎又聋又懵懂。

忒瑞西阿斯　你这会骂人的可怜虫,回头大家就会这样回敬你。

俄狄浦斯　漫长的黑夜笼罩着你一生,你伤害不了我,伤害不了任何看得见阳光的人。

忒瑞西阿斯　命中注定,你不会在我手中身败名裂;阿波罗有力量,他会完成这件事。

俄狄浦斯　这是克瑞翁的诡计,还是你的?

忒瑞西阿斯　克瑞翁没有害你,是你自己害自己。

俄狄浦斯　(自语)啊,财富,王权,人事的竞争中超越一切技能的技能,你们多么受人嫉妒:为了羡慕这城邦自己送给我的权力,我信赖的老朋友克瑞翁,偷偷爬过来,要把我推倒,他收买了这个诡计多端的术士,为非作歹的化子,他只认得金钱,在法术上却是个瞎子。

　　　(向忒瑞西阿斯)喂,告诉我,你几时证明过你是个先知?那只诵诗的狗在这里的时候,你为什么不说话,不拯救人民?它的谜语并不是任何过路人破得了的,正需要先知的法术,可是你并没有借鸟的帮助,神的启示显出这种才干来。直到我无知无识的俄狄浦斯来了,不懂得鸟语,只凭智慧就破了那谜语,征服了它。你想推倒我,站在克瑞翁的王位旁边。你想和那主谋的人一块儿清除这污染,我看你是一定会后悔的。要不是看你上了年纪,早就叫你遭受苦刑,叫你知道你是多么狂妄无礼!

歌队长　看来,俄狄浦斯啊,他和你都是说气话。这样的话没有必要;我们应该考虑怎样好好地执行阿波罗的指示。

忒瑞西阿斯　你是国王,可是我们双方的发言权无论如何应该平等;因为我也享有这样的权利。我是罗克西阿斯的仆人,不是你的;用不着在克瑞翁的保护下挂名。你骂我瞎子,可是我告诉你,你虽然有眼也看不见你的灾难,看不见你住在哪里,和什么人同居。你知道你是从什么根里长出来的吗?你不知道,你是你的已死的和活着的亲属的仇人;你父母的诅咒会左右鞭打着你,可怕地向你追来,把你赶出这地方;你现在虽然看得见,可是到了那时候,你眼前只是一片黑暗。等你发觉了你的婚姻——在平安地航行之后,你在家里驶进了险恶的港口——那时候,哪一个收容所没有你的哭声?喀泰戎山上哪一处没有你的回音?你猜想不到那无穷无尽的灾难,它会使你和你自己的身份平等,使你和自己的儿女成为平辈。

　　尽管骂克瑞翁,骂我瞎说吧,反正世间再没有比你受苦的人了。

俄狄浦斯　听了他的话,谁能忍受?(向忒瑞西阿斯)该死的东西,还不快退下去,离开我的家?

忒瑞西阿斯　要不是你召我来,我根本不会来。

俄狄浦斯　我不知道你会说这些蠢话;要不然,我决不会请你到我家里来。

忒瑞西阿斯　在你看来,我很愚蠢;可是在你父母看来,我却很聪明。

俄狄浦斯　什么父母?等一等!谁是我父亲?

忒瑞西阿斯　今天就会暴露你的身份,也叫你身败名裂。

俄狄浦斯　你老是说些谜语,意思含含糊糊。

忒瑞西阿斯　你不是最善于破谜吗?

俄狄浦斯　尽管拿这件事骂我吧,你总会从这里头发现我的伟大。

忒瑞西阿斯　正是那运气害了你。

俄狄浦斯　只要能拯救城邦,那也没什么关系。

忒瑞西阿斯　我该走了;孩子,领我走吧。

俄狄浦斯　好,让他领你走;你在这里又碍事又讨厌!你走了也免得叫我烦恼。

忒瑞西阿斯　可是我要说完我的话才走,我不怕你皱眉头;你不能伤害我。告诉你吧:你刚才大声威胁,通令要捉拿的,杀害拉伊俄斯的凶手就在这里;表面看来,他是个侨民,一转眼就会发现他是个土生的忒拜人,再也不能享受他的好运了。他将从明眼人变成瞎子,从富翁变成乞丐,到外邦去,用手杖探着路前进。他将成为和他同住儿女的父兄,他生母的儿子和丈夫,他父亲的凶手和共同播种的人。

　　我这话你进去想一想;要是发现我说假话,再说我没有预言的本领也不迟。

　　童子带领先知自观众右方下,

　　俄狄浦斯偕众侍从进宫。

四　第一合唱歌

歌队　(第一曲首节)那颁发神示的得尔福石穴所说的血腥的手做出那最凶恶

的事的人是谁呀？现在已是他迈着比风也似的骏马还要快的脚步逃跑的时候了；因为宙斯的儿子已带着电火向他扑去，追得上一切人的可怕的报仇神也在追赶着他。

（第一曲次节）那神示刚从帕耳那索斯雪山上响亮地发出来，叫我们四处寻找那没有被发现的罪人。他像公牛一样凶猛，在荒林中、石穴里流浪，凄凄惨惨地独自前进，想避开大地中央发出的神示，那神示永远灵验，永远在他头上盘旋。

（第二曲首节）那聪明的先知非常，非常使我烦恼，我不能同意，也不能承认；不知说什么好！我心里忧虑，对现在和未来的事都看不清。直到如今，我从没有听说拉布达科斯家族和波吕玻斯的儿子之间有过什么争吵，可以用来作证据攻击俄狄浦斯的好名声，并且利用这没头的案子为拉布达科斯家族报复冤仇。

（第二曲次节）宙斯和阿波罗才是聪明，能够知道世间万事；凡人的才智虽然各有高下，可是要说人间的先知比我精明，却没有确凿的证据。在我没有证实他的话是真的以前，我决不能同意谴责俄狄浦斯。从前那著名的、有翅膀的女娇逼近他的时候，我们看见过他的聪明，他经得起考验，他是城邦的朋友；我相信，他决不会有罪。

七   第三场

伊俄卡斯忒偕侍女自宫中上。

伊俄卡斯忒   我邦的长老们啊，我想起了拿着这缠羊毛的树枝和香料到神的庙上；因为俄狄浦斯由于各种忧虑，心里很紧张，他不像一个清醒的人，不会凭旧事推断新事；只要有人说出恐怖的话，他就随他摆布。

我既然劝不了他，只好带着这些象征祈求的礼物来求你，吕刻俄斯·阿波罗啊——因为你离我最近——请给我们一个避免污染的方法。我们看见他受惊，像乘客看见船上舵工受惊一样，大家都害怕。

报信人自观众左方上。

报信人   啊，客人们，我可以向你们打听俄狄浦斯王的宫殿在哪里吗？最好告诉我他本人在哪里，要是你们知道的话。

歌队   啊，客人，这就是他的家，他本人在里面；这位夫人是他儿女的母亲。

报信人   愿她在幸福的家里永远幸福，既然她是他全福的妻子！

伊俄卡斯忒   啊，客人，愿你也幸福，你说了吉祥话，应当受我回敬。请你告诉我，你来求什么，或者有什么消息见告。

报信人   夫人，对你家和你丈夫是好消息。

伊俄卡斯忒　什么消息？你是从什么人那里来的？

报信人　从科任托斯来的。你听了我要报告的消息一定高兴,怎么会不高兴呢？但也许还会发愁呢。

伊俄卡斯忒　到底是什么消息？怎么会使我高兴又使我发愁。

报信人　人民要立俄狄浦斯为伊斯特摩斯地方的王,那里是这样说的。

伊俄卡斯忒　怎么？老波吕玻斯不是还在掌权吗？

报信人　不掌权了,因为死神已把他关进坟墓了。

伊俄卡斯忒　你说什么？老人家,波吕玻斯死了吗？

报信人　倘若我撒谎,我愿意死。

伊俄卡斯忒　侍女呀,还不快去告诉主人？

　　　　　　　侍女进宫。

　　　　　　　啊,天神的预言,你成了什么东西了？俄狄浦斯多年来所害怕,所要躲避的正是这人,他害怕把他杀了;现在他已寿尽而死,不是死在俄狄浦斯手中的。

　　　　　　　俄狄浦斯偕众侍从自宫中上。

俄狄浦斯　啊,伊俄卡斯忒,最亲爱的夫人,为什么把我从屋里叫来？

伊俄卡斯忒　请听这人说话,你一边听,一边想天神的可怕预言成了什么东西了。

俄狄浦斯　他是谁？有什么消息见告？

伊俄卡斯忒　他是从科任托斯来的,来讣告你父亲波吕玻斯不在了,去世了。

俄狄浦斯　你说什么,客人？亲自告诉我吧。

报信人　如果我得先把事情讲明白,我就让你知道,他死了,去世了。

俄狄浦斯　他是死于阴谋,还是死于疾病？

报信人　天平稍微倾斜,一个老年人便长眠不醒。

俄狄浦斯　那不幸的人好像是害病死的。

报信人　并且因为他年高寿尽了。

俄狄浦斯　啊！夫人呀,我们为什么要重视皮托颁布预言的庙宇,或空中啼叫的鸟儿呢？它们曾指出我命中注定要杀我父亲。但是他已经死了,埋进了泥土;我却还在这里,没有动过刀枪。除非说他是因为思念我而死的,那么倒是我害死了他。这似灵不灵的神示已被波吕玻斯随着带着,和他一起躺在冥府里,不值半文钱了。

伊俄卡斯忒　我不是早就这样告诉了你吗？

俄狄浦斯　你倒是这样说过,可是,我因为害怕,迷失了方向。

伊俄卡斯忒　现在别再把这件事放在心上了。

俄狄浦斯　难道我不该害怕玷污我母亲的床榻吗？

伊俄卡斯忒　偶然控制着我们，未来的事又看不清楚，我们为什么惧怕呢？最好尽可能随随便便地生活。别害怕你会玷污你母亲的婚姻；许多人会曾梦中娶过母亲；但是那些不以为意的人却安乐地生活。

俄狄浦斯　要不是我母亲还活着，你这话倒也对；可是她既然健在，即使你说得对，我也应当害怕啊！

伊俄卡斯忒　可是你父亲的死总是个很大的安慰。

俄狄浦斯　我知道是个很大的安慰，可是我害怕那活着的妇人。

报信人　你害怕的妇人是谁呀？

俄狄浦斯　老人家，是波吕玻斯的妻子墨洛珀。

报信人　她哪一点使你害怕？

俄狄浦斯　啊，客人，是因为神送来的可怕预言。

报信人　说得说不得？是不是不可以让人知道？

俄狄浦斯　当然可以。罗克西阿斯曾说我命中注定要娶自己的母亲，亲手杀死自己的父亲。因此多年来我远离着科任托斯。我在此虽然幸福，可是看见父母的容颜是件很大的乐事啊。

报信人　你真的因为害怕这些事，离开了那里？

俄狄浦斯　啊，老人家，还因为我不想成为杀父的凶手。

报信人　主上啊，我怀着好意前来，怎么不能解除你的恐惧呢？

俄狄浦斯　你依然可以从我手里得到很大的应得报酬。

报信人　我是特别为此而来的，等你回去的时候，我可以得到一些好处呢。

俄狄浦斯　但是我决不肯回到我父母家里。

报信人　年轻人！显然你不知道你在做什么。

俄狄浦斯　怎么不知道呢，老人家？看在天神面上，告诉我吧。

报信人　如果你是为了这个缘故不敢回家。

俄狄浦斯　我害怕福玻斯的预言在我身上应验。

报信人　是不是害怕因为杀父娶母而犯罪？

俄狄浦斯　是的，老人家，这件事一直在吓唬我。

报信人　你知道你没有理由害怕么？

俄狄浦斯　怎么没有呢，如果我是他们的儿子？

报信人　因为你和波吕玻斯没有血统关系。

俄狄浦斯　你说什么？难道波吕玻斯不是我的父亲？

报信人　正像我不是你的父亲，他也同样不是。

俄狄浦斯　我的父亲怎能和你这个同我没关系的人同样不是？

报信人　你不是他生的,也不是我生的。

俄狄浦斯　那么他为什么称呼我作他的儿子呢?

报信人　告诉你吧,是因为他从我手中把你当一件礼物接受了下来。

俄狄浦斯　但是他为什么十分疼爱别人送的孩子呢?

报信人　他从前没有儿子,所以才这样爱你。

俄狄浦斯　是你把我买来,还是把我捡来送给他的?

报信人　是我从喀泰戎峡谷里把你捡来送给他的。

俄狄浦斯　你为什么到那一带去呢?

报信人　我在那里放牧山上的羊。

俄狄浦斯　你是个牧人,还是个到处漂泊的佣工。

报信人　年轻人,那时候我是你的救命恩人。

俄狄浦斯　你把我抱在怀里的时候,我有没有什么痛苦?

报信人　你的脚跟可以证实你的痛苦。

俄狄浦斯　哎呀,你为什么提起这个老毛病?

报信人　那时候你的左右脚跟是钉在一起的,我给你解开了。

俄狄浦斯　那是我襁褓时候遭受的莫大耻辱。

报信人　是呀,你是由这不幸而得到你现在的名字的。

俄狄浦斯　看在天神面上,告诉我,这件事是我父亲还是我母亲做的? 你说。

报信人　我不知道,那把你送给我的人比我知道得清楚。

俄狄浦斯　怎么? 是你从别人那里把我接过来的,不是自己捡来的吗?

报信人　不是自己捡来的,是另一个牧人把你送给我的。

俄狄浦斯　他是谁? 你指得出来吗?

报信人　他被称为拉伊俄斯的仆人。

俄狄浦斯　是这地方从前的国王的仆人吗?

报信人　是的,是国王的牧人。

俄狄浦斯　他还活着吗? 我可以看见他吗?

报信人　(向歌队)你们这些本地人应当知道得最清楚。

俄狄浦斯　你们这些站在我面前的人里面,有谁在乡下或城里见过他所说的牧
　　人,认识他? 赶快说吧! 这是水落石出的时机。

歌队长　我认为他所说的不是别人,正是你刚才要找的乡下人;这件事伊俄卡斯
　　忒最能够说明。

俄狄浦斯　夫人,你还记得我们刚才想召见的人吗? 这人所说的是不是他?

伊俄卡斯忒　为什么问他所说的是谁? 不必理会这事。不要记住他的话。

俄狄浦斯　我得到了这样的线索,还不能发现我的血缘,这可不行。

伊俄卡斯忒　看在天神面上，如果你关心自己的性命，就不要再追问了；我自己的苦闷已经够了。

俄狄浦斯　你放心，即使发现我母亲三世为奴，我有三重奴隶身份，你出身也不卑贱。

伊俄卡斯忒　我求你听我的话，不要这样。

俄狄浦斯　我不听你的话，我要把事情弄清楚。

伊俄卡斯忒　我愿你好，好心好意劝你。

俄狄浦斯　你这片好心好意一直在使我苦恼。

伊俄卡斯忒　啊，不幸的人，愿你不知道你的身世。

俄狄浦斯　谁去把牧人带来？让这个女人去赏玩她的高贵门第吧！

伊俄卡斯忒　哎呀，哎呀，不幸的人呀！我只有这句话对你说，从此再没有别的话可说了！

　　　　　伊俄卡斯忒冲进宫。

歌队长　俄狄浦斯，王后为什么在这样忧伤的心情下冲了进去？我害怕她这样闭着嘴，会有祸事发生。

俄狄浦斯　要发生就发生吧！即使我的出身卑贱，我也要弄清楚。那女人——女人总是很高傲的——她也许因为我出身卑贱感觉羞耻。但是我认为我是仁慈的幸运宠儿，不至于受辱。幸运是我的母亲；十二个月份是我的弟兄，他们能划出我什么时候渺小，什么时候伟大。这就是我的身世，我决不会被证明是另一个人；因此我一定要追问我的血统。

八　第三合唱歌

歌队　（首节）啊，喀泰戎山，假如我是个先知，心里聪明，我敢当着俄林波斯说，等明晚月圆时，你一定会感觉俄狄浦斯尊你为他的故乡、母亲和保姆，我们也载歌载舞赞美你；因为你对我们的国王有恩德。福玻斯啊，愿这事能讨你喜欢！

　　　（次节）我的儿，哪一位，哪一位和潘——那个在山上游玩的父亲——接近的仙女是你的母亲？是不是罗克西阿斯的妻子？高原上的草地他全都喜爱。也许是库勒涅的王，或者狂女们的神，那位住在山顶上的神，从赫利孔仙女——他最爱和那些仙女嬉戏——手中接受了你这婴儿。

九　第四场

俄狄浦斯　长老们，如果让我猜想，我以为我看见的是我们一直在寻找的牧人，虽然我没有见过他。他的年纪和这客人一般大；我并且认识那些带路的是自己的仆人。(向歌队长)也许你比我认识得清楚,如果你见过这牧人。

歌队长　告诉你吧,我认识他;他是拉伊俄斯家里的人,作为一个牧人,他和其他的人一样可靠。

　　　　　众仆人带领牧人自观众左方上。

俄狄浦斯　啊,科任托斯客人,我先问你,你指的是不是他?

报信人　我指的正是你看见的人。

俄狄浦斯　喂,老头儿,朝这边看,回答我问你的话。你是拉伊俄斯家里的人吗?

牧人　我是他家养大的奴隶,不是买来的。

俄狄浦斯　你干的什么工作,过的什么生活?

牧人　大半辈子放羊。

俄狄浦斯　你通常在什么地方住羊棚?

牧人　有时候在喀泰戎山上,有时候在那附近。

俄狄浦斯　还记得你在那地方见过这人吗?

牧人　见过什么?你指的是哪个?

俄狄浦斯　我指的是眼前的人,你碰见过他没有?

牧人　我一下子想不起来,不敢说碰见过。

报信人　主上啊,一点也不奇怪。我能使他清清楚楚回想起那些已经忘记了的事。我相信他记得他带着两群羊,我带着一群羊,我们在喀泰戎山上从春天到阿耳克图洛斯初升的时候做过三个半年朋友。到了冬天,我赶着羊回我的羊圈,他赶着羊回拉伊俄斯的羊圈。(向牧人)我说的是不是真事?

牧人　你说的是真事,虽是老早的事了。

报信人　喂,告诉我,还记得那时候你给了我一个婴儿,叫我当自己的儿子养着吗?

牧人　你是什么意思?干吗问这句话?

报信人　好朋友,这就是他,那时候是个婴儿。

牧人　该死的家伙!还不快住嘴!

俄狄浦斯　啊,老头儿,不要骂他,你说这话倒是更该挨骂!

牧人　好主上啊,我有什么错呢?

俄狄浦斯　因为你不回答他问你的关于那个孩子的事。

牧人　他什么都不晓得,却要多嘴,简直是白搭。

俄狄浦斯　你不痛痛快快回答,要挨了打哭才回答!

牧人　看在天神面上,不要拷打一个老头子。

俄狄浦斯　(向侍从)还不快把他的手反绑起来?

牧人　哎呀,为什么呢?你还要打听什么呢?

俄狄浦斯　你是不是把他所问的那孩子给了他？

牧人　我给了他,愿我在那一天就瞎了眼!

俄狄浦斯　你会死的,要是你不说真话。

牧人　我说了真话,更该死了。

俄狄浦斯　这家伙好像还想拖延时间。

牧人　我不想拖延时间,我刚才已经说过我给了他。

俄狄浦斯　哪里来的? 是你自己的,还是从别人那里得来的?

牧人　这孩子不是我自己的,是别人给我的。

俄狄浦斯　哪个公民,哪家给你的?

牧人　看在天神面上,不要,主人啊,不要再问了!

俄狄浦斯　如果我再追问,你就活不成了。

牧人　他是拉伊俄斯家里的孩子。

俄狄浦斯　是个奴隶,还是个亲属?

牧人　哎呀,我要讲那怕人的事了!

俄狄浦斯　我要听那怕人的事了! 也只好听下去。

牧人　人家说是他的儿子,但是里面的娘娘,主上家的,最能告诉你是怎么回事。

俄狄浦斯　是她交给你的吗?

牧人　是,主上。

俄狄浦斯　是什么用意呢?

牧人　叫我把他弄死。

俄狄浦斯　做母亲的这样狠心吗?

牧人　因为她害怕那不吉利的神示。

俄狄浦斯　什么神示?

牧人　人家说他会杀他父亲。

俄狄浦斯　你为什么又把他送给了这老人呢?

牧人　主上啊,我可怜他,我心想他会把他带到别的地方——他的家里去;哪知他救了他,反而闯了大祸。如果你就是他所说的人,我说,你生来是个受苦的人啊!

俄狄浦斯　哎呀! 哎呀! 一切都应验了! 天光呀,我现在向你看最后一眼! 我成了不应当生我的父母的儿子,娶了不应当娶的母亲,杀了不应当杀的父亲。

　　　　俄狄浦斯冲进宫,众侍从随入,

　　　　报信人、牧人和众仆人自观众左方下。

十 第四合唱歌

歌队 (第一曲首节)凡人的子孙啊,我把你们的生命当作一场空!谁的幸福不是表面现象,一会儿就消灭了?不幸的俄狄浦斯,你的命运,你的命运警告我不要说凡人是幸福的。

(第一曲次节)宙斯啊,他比别人射得远,获得了莫大的幸福,他弄死了那个出谜语的,长弯爪的女妖,挺身作了我邦抵御死亡的堡垒。从那时候起,俄狄浦斯,我们称你为王,你统治着强大的忒拜,享受着最高的荣誉。

(第二曲首节)但如今,有谁的身世听起来比你的可怜?有谁在凶恶的灾祸中,在苦难中遭遇着人生的变迁,比你可怜?

哎呀,闻名的俄狄浦斯!那同一个宽阔的港口够你使用了,你进那里做儿子,又扮新郎做父亲。不幸的人呀,你父亲耕种的土地怎能够,怎能够一声不响,容许你耕种了这么久?

(第二曲次节)那无所不见的时光终于出乎你意料之外发现了你,它审判了这不清洁的婚姻,这婚姻使儿子成了丈夫。

哎呀,拉伊俄斯的儿子啊,愿我,愿我从没有见过你!我为你痛哭,像一个哭丧的人!说老实话,你先前使我重新呼吸,现在使我闭上眼睛。

十一 退场

传报人自宫中上。

传报人 我邦最受尊敬的长老们啊,你们将听见多么惨的事情,将看见多么惨的景象,你们将是多么忧愁,如果你们效忠你们的种族,依然关心拉布达科斯的家室。我认为即使是伊斯忒耳和法息斯河也洗不干净这个家,它既隐藏着一些灾祸,又要把另一些暴露在光天化日之下,这些都不是无心,而是有意做出来的。自己招来的苦难总是最使人痛心啊!

歌队长 我们先前知道的苦难也并不是不可悲啊!此外,你还有什么苦难要说?

传报人 我的话可以一下子说完,一下子听完:高贵的伊俄卡斯忒已经死了。

歌队长 不幸的人呀!她是怎么死的?

传报人 她自杀了。这件事最惨痛的地方你们感觉不到,因为你们没有亲眼看见。我记得多少,告诉你多少。

她发了疯,穿过门廊,双手抓着头发,直向她的新床跑去;她进了卧房,砰地关上门,呼唤那早已死了的拉伊俄斯的名字,想念她早年所生的儿子,说拉伊俄斯死在他手中,留下做母亲的给他的儿子生一些不幸的儿女。她为她的床榻而悲叹,她多么不幸,在那上面生了两种人,给丈夫生丈夫,给儿子生儿女。她后来是怎样死的,我就不知道了;因为俄狄浦斯大喊大叫冲进宫去,我们没法看完她的悲剧,而转眼望着他横冲直闯。他跑来跑去,叫我们给他一把剑,还问哪里去找他的妻子,又说不是妻子,是母亲,他和他儿女共有的母亲。他在疯狂中得到了一位天神的指点;因为我们这些靠近他的人都没有给他指路。好像有谁在引导,他大叫一声,朝着那双扇门冲去,把弄弯了的门杠从承孔里一下推开,冲进了卧房。

我们随即看见王后在里面吊着,脖子缠在那摆动的绳子上。国王看见了,发出可怕的喊声,多么可怜! 他随即解开那活套。等那不幸的人躺在地上时,我们就看见那可怕的景象:国王从她袍子上摘下两只她佩带着的金别针,举起来朝着自己的眼珠刺去,并且这样嚷道:"你们再也看不见我所受的灾难,我所造的罪恶了! 你们看够了你们不应当看的人,不认识我想认识的人;你们从此黑暗无光!"

他这样悲叹的时候,屡次举起金别针朝着眼睛狠狠刺去;每刺一下,那血红的眼珠里流出的血便打湿了他的胡须,那血不是一滴滴地滴,而是许多黑的血点,雹子般一齐下降。这场祸事是两个人惹出来的,不只一人受难,而是夫妻共同受难。他们旧时代的幸福在从前倒是真正的幸福;但如今,悲哀、毁灭、死亡、耻辱和一切有名称的灾难都落到他们身上了。

歌队长　现在那不幸的人的痛苦是不是已经缓和一点了?

传报人　他大声叫人把宫门打开,让全体忒拜人看看他父亲的凶手,他母亲的——我不便说那不干净的话;他愿出外流亡,不愿留下,免得这个家在他的诅咒之下有了灾祸。可是他没有力气,没有人带领;那样的苦恼不是人所能忍受的。他会给你看的;现在宫门打开了,你立刻可以看见那样一个景象,即使是不喜欢看的人也会发生怜悯之情的。

众侍从带领俄狄浦斯自宫中上。

歌队　（哀歌）这苦难啊,叫人看了害怕! 我所看见的最可怕的苦难啊! 可怜的人呀,是什么疯狂缠绕着你? 是哪一位神跳得比最远的跳跃还要远,落到了你这不幸的生命上?

哎呀,哎呀,不幸的人呀! 我想问你许多事,打听许多事,观察许多事,可是我不能望你一眼;你吓得我发抖啊!

俄狄浦斯　哎呀呀,我多么不幸啊! 我这不幸的人到哪里去呢? 我的声音轻飘飘地飞到哪里去了? 命运啊,你跳到哪里去了?

歌队长　跳到可怕的灾难中去了,不可叫人听见,不可叫人看见。

俄狄浦斯　（第一曲首节）黑暗之云啊,你真可怕,你来势凶猛,无法抵抗,是太顺的风把你吹来的。

哎呀,哎呀!

这些刺伤了我,这些灾难的回忆伤了我。

歌队　难怪你在这样大的灾难中悲叹这双重的痛苦,忍受这双重的痛苦。

俄狄浦斯　(第一曲次节)啊,朋友,你依然是我的忠实伴侣,还有耐心照看一个瞎眼的人。

哎呀,哎呀!

我知道你在这里,我虽然眼睛瞎了,还能清楚地辨别你的声音。

歌队　你这做了可怕的事的人啊,你怎么忍心弄瞎了自己的眼睛?是哪一位天神怂恿你的?

俄狄浦斯　(第二曲首节)是阿波罗,朋友们,是阿波罗使这些凶恶的,凶恶的灾难实现的;但是刺瞎了这两只眼睛的不是别人的手,而是我自己的,我多么不幸啊!什么东西看来都没有趣味,又何必看呢?

歌队　事情正像你所说的。

俄狄浦斯　朋友们,还有什么可看的,什么可爱的,还有什么问候使我听了高兴呢?朋友们,快把我这完全毁了的、最该诅咒的、最为天神所憎恨的人带出,带出境外吧!

歌队　你的感觉和你的命运同样可怜,但愿我从来不知道你这人。

俄狄浦斯　(第二曲次节)那在牧场上把我脚上残忍的铁镣解下的人,那把我从凶杀里救活了的人——不论他是谁——真是该死,因为他做的是一件不使人感激的事。假如我那时候死了,也不至于使我和我的朋友们这样痛苦了。

歌队　但愿如此!

俄狄浦斯　那么我不至于成为杀父的凶手,不至于被人称为我母亲的丈夫;但如今,我是天神所弃绝的人,是不清洁的母亲的儿子,并且是,哎呀,我父亲的共同播种人。如果还有什么更严重的灾难,也应该归俄狄浦斯忍受啊。

歌队　我不能说你的意见对;你最好死去,胜过瞎着眼睛活着。(哀歌完)

俄狄浦斯　别说这件事做得不妙,别劝告我了。假如我到冥土的时候还看得见,不知当用什么样的眼睛去看我父亲和我不幸的母亲,既然我曾对他们作出死有余辜的罪行。我看着这样生出的儿女顺眼吗?不,不顺眼;就连这城堡,这望楼,众神的神圣偶像,我看着也不顺眼;因为我,武拜城最高贵而又最不幸的人,已经丧失观看的权利了;我曾命令所有的人把那不清洁的人赶出去,即使他是天神所宣布的罪人,拉伊俄斯的儿子。我既然暴露了这样的污点,还能集中眼光看这些人吗?不,不能;如果有方法可以闭塞耳中的听觉,我一定把这可怜的身体封起来,使我不闻不见:当心神不为忧愁所扰乱时是多么舒畅啊!

唉,喀泰戎,你为什么收容我?为什么不把我捉来杀了,免得我在人们面前暴露我的身世?波吕玻斯啊,科任托斯啊,还有你这被称为我祖先的古老的家啊,你们把我抚养成人,皮肤多么好看,下面却有毒疮在溃烂啊!我现在被发现是个卑贱的人,是卑贱的人所生。

你们三条道路和幽谷啊,橡树林和三岔路口的窄路啊,你们从我手中吸饮了我父亲的血,也就是我的血,你们还记得我当着你们做了些什么事,来这里以后又做了些什么事吗?

婚礼啊,婚礼啊,你生了我,生了之后,又给你的孩子生孩子,你造成了父亲、哥哥、儿子,以及新娘、妻子、母亲的乱伦关系,人间最可耻的事。

不应当做的事情就不应当拿来讲。看在天神面上,快把我藏在远处,或是把我杀死,或是把我丢到海里,你们不会在那里再看见我了。来呀,牵一牵这可怜的人吧;答应我,别害怕,因为我的罪除了自己担当而外,别人是不会沾染的。

歌队长　克瑞翁来得巧,正好满足你的要求,不论你要他给你做什么事,或者给你什么劝告,如今只有他代你做这地方的保护人。

俄狄浦斯　唉,我对他说什么好呢?我怎能合理地要求他相信我呢?我先前太对不住他了。

　　　　克瑞翁自观众右方上。

克瑞翁　俄狄浦斯,我不是来讥笑你的,也不是来责备你过去的罪过的。
(向众侍从)尽管你们不再重视凡人的子孙,也得尊重我们的主宰赫利俄斯的养育万物之光,为此,不要把这一种为大地、圣雨和阳光所厌恶的污染,赤裸地摆出来。快把他带进宫去!只有亲属才能看,才能听亲属的苦难,这样才合乎宗教上的规矩。

俄狄浦斯　你既然带着最高贵的精神来到我这最坏的人这里,使我的忧虑冰释了,请看在天神面上,答应我一件事,我是为你好,不是为我好而请求啊。

克瑞翁　你对我有什么请求?

俄狄浦斯　赶快把我扔出境外,扔到那没有人向我问好的地方去。

克瑞翁　告诉你吧,如果我不想先问神怎么办,我早就这样做了。

俄狄浦斯　他的神示早就明白地宣布了,要把那杀父的,那不洁的人毁了,我自己就是那人哩。

克瑞翁　神示虽然这样说的,但是在目前的情况下,最好还是去问问怎样办。

俄狄浦斯　你愿去为我这么样不幸的人问问吗?

克瑞翁　我愿意去,你现在要相信神的话。

俄狄浦斯　是的;我还要吩咐你,恳求你把屋里的人埋了,你愿意怎样埋就怎样埋;你会为你姐姐正当地尽这礼仪的。当我在世的时候,不要逼迫我住在我的祖城里,还是让我住在山上吧,那里是因我而著名的喀泰戎,我父亲在世的时候曾指定那座山作为我的坟墓,我正好按照要杀我的人的意思死去。但是我有这么一点把握:疾病或别的什么都害不死我;若不是还有奇灾异难,我不会从死亡里被人救活。

我的命运要到哪里,就让它到哪里吧。提起我的女儿,克瑞翁,请不必关心我的儿子们;他们是男人,不论在什么地方,都不会缺少衣食;但是我那两个不幸的,可怜的女儿——她们从来没有看见我把自己的食桌支在一边,不陪她们吃饭;凡是我吃的东西,她们都有份——请你照应她们;请特别让我抚摸着她们悲叹我的灾难。答应吧,亲王,精神高贵的人!只要我抚摸着她们,我就会认为她们依然是我的,正像我没有瞎眼的时候一样。

二侍从进宫,
随即带领安提戈涅和伊斯墨涅自宫中上。

啊,这是怎么回事?看在天神面上,告诉我,我听见的是不是我亲爱的女儿们的哭声?是不是克瑞翁怜悯我,把我的宝贝——我的女儿们送来了?我说得对吗?

克瑞翁　你说得对;这是我安排的,我知道你从前喜欢她们,现在也喜欢她们。

俄狄浦斯　愿你有福!为了报答你把她们送来,愿天神保佑你远胜于他保佑我。

(向二女孩)孩儿们,你们在哪里,快到这里来,到你们的同胞手里来,是这双手使你们父亲先前明亮的眼睛变瞎的,啊,孩儿们,这双手是那没有认清楚人,没有了解情况,就通过生身母亲成为你们父亲的人的。我看不见你们了;想起你们日后辛酸的生活——人们会叫你们过那样的生活——我就为你们痛哭。你们能参加什么社会生活,能参加什么节日典礼呢?你们看不见热闹,会哭着回家。等你们到了结婚年龄,孩儿们,有谁来冒挨骂的危险呢?那种辱骂对我的子女和你们的子女都是有害的。什么耻辱你们少得了呢?"你们的父亲杀了他的父亲,把种子撒在生身母亲那里,从自己出生的地方生了你们。"你们会这样挨骂的;谁还会娶你们呢?啊,孩儿们,没有人会;显然你们命中注定不结婚,不生育,憔悴而死。

墨诺叩斯的儿子啊,你既是他们唯一的父亲——因为我们,她们的父母,两人都完了——就别坐视她们,你的甥女,在外流浪,没衣没食,没有丈夫,别使她们和我一样受苦受难。看她们这样年轻,孤苦伶仃——在你面前,就不同了——你得可怜他们。

啊,高贵的人,同我握手,表示答应吧!

(向二女孩)我的孩儿,假如你们已经懂事了,我一定给你们出许多主意;但是我现在只教你们这样祷告,说机会让你们住在哪里,你们就愿住在哪里,希望你们的生活比你们父亲的快乐。

克瑞翁　你已经哭够了,进宫去吧。

俄狄浦斯　我得服从,尽管心里不痛快。

克瑞翁　万事都要合时宜才好。

俄狄浦斯　你知道不知道我要在什么条件下才进去?

克瑞翁　你说吧,我听了就会知道。

俄狄浦斯　就是把我送出境外。

克瑞翁　你向我请求的事要天神才能答应。

俄狄浦斯　神们最恨我。

克瑞翁　那么你很快就可以满足你的心愿。

俄狄浦斯　你答应了吗?

克瑞翁　不喜欢做的事我不喜欢白说。

俄狄浦斯　现在带我走吧。

克瑞翁　走吧,放了孩子们!

俄狄浦斯　不要从我怀抱中把她们抢走!

克瑞翁　别想占有一切,你所占有的东西没有一生跟着你。

众侍从带领俄狄浦斯进宫,

克瑞翁、二女孩和传报人随入。

歌队长　忒拜本邦的居民啊,请看,这就是俄狄浦斯,他道破了那著名的谜语,成为最伟大的人;哪一位公民不曾带着羡慕的眼光注视他的好运? 他现在却落到可怕的灾难的波浪中了!

因此,当我们等着瞧那最末的日子的时候,不要说一个凡人是幸福的,在他还没有跨过生命的界限,还没有得到痛苦的解脱之前。

歌队自观众右方退场。

选自《埃斯库罗斯悲剧三种　索福克勒斯悲剧四种》,罗念生译,上海人民出版社 2004 年版。

请扫码阅读外文版
原作(节选)

美狄亚(节选)

欧里庇得斯

　　欧里庇得斯(前480—前406)出生于阿提卡东部的佛吕亚城,父亲出身中产阶级,是一个拥有土地的贵族。欧里庇得斯很早就醉心哲学,深受当时进步思潮的影响,被称为"剧场里的哲学家"。欧里庇得斯18岁开始创作,在50年的戏剧生涯中共写了92部戏剧,但仅有17部悲剧和1部萨提洛斯剧完整地流传下来。他得过4次一等奖,死后他儿子把他的遗作《伊菲革涅亚在奥利斯》和《酒神的伴侣》拿出来参加比赛,又获得过两次奖。欧里庇得斯最著名的悲剧《美狄亚》是西方早期典型的"社会问题剧"之一。

五　第二场

　　伊阿宋自观众右方上。

伊阿宋　这已不是头一次,我时常都注意到坏脾气是一种不可救药的病。在你能够安静地听从统治者的意思住在这地方,住在这屋里的时候,你却说出了许多愚蠢的话,叫人驱逐出境。你尽管骂伊阿宋是个坏透了的东西,我倒不介意;哪知你竟骂起国王来了,你该想想,你只得到这种放逐的惩罚,倒是便宜了你呢。我曾竭力平息那愤怒的国王的怒气,希望你可以留在这里;可是你总是这样愚蠢,总是诽谤国王,活该叫人驱逐出去。即使在这种情形下,我依然不想对不住朋友,特别跑来看看你。夫人,我很关心你,恐怕你带着儿子出去受穷困,或是缺少点什么东西,因为放逐生涯会带来许多痛苦。你就是这样恨我,我对你也没有什么恶意。

美狄亚　坏透了的东西!——我可以这样称呼你,大骂你没有丈夫气,——你还来见我吗?你这可恶的东西还来见我吗?你害了朋友,又来看她:这不是胆量,不是勇气,而是人类最大的毛病,叫作无耻。但是你来得正好,我可以当面骂你,解解恨;你听了会烦恼的。

　　且让我从头说起:那阿耳戈斯船上航海的希腊英雄全都知道,我父亲叫你驾上那喷火的牛,去耕种那危险的田地时,原来我救了你的命;我还刺死了那一圈圈盘绕着的、昼夜不睡看守着金羊毛的蟒蛇,替你高擎着救命之光;只因为情感胜过了理智,我才背弃了父亲,背弃了家乡,跟着你去到珀利翁山下,去到伊俄尔科斯。我在那里害了珀利阿斯,叫他悲惨地死在他自己女儿的手里。我就这样替你解除了一切的忧患。

可是,坏东西,你得到了这些好处,居然出卖了我们,你已经有了两个儿子,却还要再娶一个新娘;若是你因为没有子嗣,再去求亲,倒还可以原谅。我再也不相信誓言了,你自己也觉得你对我破坏了盟誓!我不知道,你是认为神明再也不掌管这世界了呢,还是认为这人间已立下了新的律条?啊,我这只右手,你曾屡次握住它求我;啊,我这两个膝头,你曾屡次抱住它们祈求我,它们白白让你这坏人抱过,真是辜负了我的心。

我姑且把你当作朋友,同你谈谈,——可是我并不想你给我什么恩惠,只是想同你谈谈而已。我若是问起你这件事,你就会显得更可耻:我现在往哪里去呢?到底是回到我父亲家里,回到故乡呢,——我原是为了你的缘故,才抛弃了父亲的家,——还是去到珀利阿斯的可怜女儿的家里?我害死了她们的父亲,她们哪会不热烈地接待我住在她们家里?事情是这样的:我家里的亲人全都恨我;至于那些我不应该伤害的人,也为了你的缘故,变成了我的仇人。因此,在许多希腊女人看来,你为了报答我的恩惠,倒给了我幸福呢!我这可怜的女人竟把你当作一个可靠的、值得称赞的丈夫!我现在带着我的孩子出外流亡,孤苦伶仃,一个朋友都没有;——你在新婚的时候,倒可以得到一个漂亮的骂名,只因为你的孩子和你的救命恩人在外行乞流落!

啊,宙斯,为什么只给一种可靠的标记,让凡人来识别金子的真伪,却不在那肉体上打上烙印,来辨别人类的善恶?

歌队长 当亲人和亲人发生了争吵的时候,这种气愤是多么可怕,多么难平啊!

伊阿宋 女人,我好像不应当同你对骂,而应当像一个船上的舵工,只用帆篷的边缘,小心地避过你的叫嚣!你过分夸张了你给我的什么恩惠,我却认为在一切的天神与凡人当中,只有爱神才是我航海的救星。可是你——你心里明白,只是不愿听我说出,听我说出厄洛斯怎样用那百发百中的箭逼着你救了我的身体。我不愿把这事情说得太露骨了;不论你为什么帮助过我,事情总算做得不错!可是你因为救了我,你所得到的利益反比你赐给我的恩惠大得多。我可以这样证明:首先,你从那野蛮地方来到希腊居住,知道怎样在公道与律条之下生活,不再讲求暴力;而且全希腊的人都听说你很聪明,你才有了名声!如果你依然住在大地的遥远边界上,决不会有人称赞你。倘若命运不叫我成名,我就连我屋里的黄金也不想要了,我就连比俄耳甫斯所唱的还要甜蜜的歌也不想唱了。这许多话只涉及我所经历过的艰难,这都是你挑起我来反驳的。

　　至于你骂我同公主结婚,我可以证明我这事情做得聪明,也不是为了爱情,对于你和你的儿子我够得上一个很有力量的朋友,——请你安静一点。自从我从伊俄尔科斯带着这许多无法应付的灾难来到这里,除了娶国王的女儿外,我,一个流亡的人,还能够发现什么比这个更为有益的办法呢? 这并不是因为我厌弃了你,你总是为这事情而烦恼,——不是因为我爱上了这新娘,也不是因为我渴望多生一些儿子:我们的儿子已经够了,我并没有什么怨言。最要紧是我们得生活得像个样子,不至于太穷困,——我知道谁都躲避穷人,不喜欢和他们接近。我还想把我的儿子教养出来,不愧他们生长在我这门第:再把你生的这两个儿子同他们未来的弟弟们合在一块儿,这样联起来,我们就有福气了。你也是为孩子着想的,我正好利用那些未来的儿子,来帮助我们这两个已经养活了的孩儿。难道我打算错了吗? 若不是你叫嫉妒刺伤了,你决不会责备我的。你们女人只是这样想:如果你们得到了美满的姻缘,便认为万事已足;但是,如果你们的婚姻遭了什么不幸的变故,便把那一切至美至善的事情也看得十分可恨。愿人类有旁的方法生育,那么,女人就可以不存在,我们男人也就不至于受到痛苦。

歌队长　伊阿宋,你的话遮饰得再漂亮不过;可是,在我看来,——你听了虽然不痛快,我还是要说,——你欺骗了你妻子,对不住她。

美狄亚　我的见解和一般人往往不同:我认为凡是一个人做了什么不正当的事,反而说得头头是道,便应该遭到很严厉的惩罚,因为他自负他的口才能把一切罪过好好地遮饰起来,大胆地为非作歹;这种人算不得真正聪明。你现在不必再向我做得这样漂亮,说得这样好听,因为我一句话便可以把你问倒:如果你真的没有什么坏心,你就该先开导我,然后才结婚,不应该瞒着你的亲人。

伊阿宋　你到现在都还压不住你心里狂烈的怒火,那么,我若是当初把这事情告诉了你,你哪会好好地成全了我的婚姻?

美狄亚　并不是这个拦住了你,而是因为你娶了个野蛮女子,到老来会使你羞愧。

伊阿宋　你现在很可以相信,我并不是为了爱情才娶了这公主,占了她的床榻;而是想——正像我刚才所说的,——救救你,再生出一些和你这两个儿子作弟兄的、高贵的孩子,来保障我们的家庭。

美狄亚　我可不要那种痛苦的富贵生活和那种刺伤人的幸福。

伊阿宋　你知道怎样改变你的祈祷,使你变聪明一点吗? 你快说,好事情对于你不再是痛苦,你走运的时候,也不再认为你的命运不好。

美狄亚　尽管侮辱吧!你自己有了安身的地方,我却要孤苦伶仃出外流落。

伊阿宋　你这是自取,怪不着旁人。

美狄亚　我做过什么事?我也曾娶了你,然后又欺骗了你吗?

伊阿宋　你说过一些不敬的话咒骂国王。

美狄亚　我并且是你家里的祸根!

伊阿宋　我不再同你争辩了。如果你愿意接受金钱上的帮助,作为你和你的儿子流亡时的接济,尽管告诉我,我一定很慷慨地赠给你,我还要送一些证物给我的朋友,他们会好好款待你。女人,如果你连这个都不愿意接受,未免就太傻了;你若能息怒,那自然对你更有好处。

美狄亚　我用不着你的朋友,也不接受你什么东西,你不必送给我,因为"一个坏人送的东西全没有用处"。

伊阿宋　我祈求神灵作证,我愿意竭力帮助你和你的儿子。可是你自己不接受这番好意,很顽固地拒绝了你的朋友,你要吃更多的苦头呢!

美狄亚　去你的!你正在想念你那新娶的女人,却还远远离开她的闺房,在这里逗留。尽管同她结婚吧,但也许——只要有天意,——你会联上一个连你自己都愿意退掉的婚姻。

伊阿宋自观众右方下。

六　第二合唱歌

歌队　(第一曲首节)爱情没有节制,便不能给人以光荣和名誉;但是,如果爱神来时很温文,任凭哪一位女神也没有她这样可爱。啊,女神,请不要用那黄金的弓向着我射出那涂上了情感毒药的从不虚发的箭!

　　(第一曲次节)我喜欢那蕴藉的爱情,那是神明最美丽的赏赐;但愿可畏的爱神不要把那争吵的愤怒和那无餍的、不平息的嫉妒降到我身上,别使我的精神为了我丈夫另娶妻室而遭受打击;但愿她看重那和好的姻缘,凭了她那敏锐的眼光来分配我们女子的婚嫁。

　　(第二曲首节)我的祖国、我的家啊,我不愿出外流落,去忍受那艰难困苦的一生,那最可悲的愁惨的一生;我宁可死去,早些死去,好结束那样的日子,因为人间再没有什么别的苦难,比失去了自己的家乡还要苦。

　　(第二曲次节)我是亲眼见过这种事,并不是从旁人那里听来的。美狄亚,你忍受着这最可怕的苦难,也没有一个城邦、一个朋友来怜恤你。但愿那从不报答友谊的人,那从不开启那纯洁的心上锁键的人,不得好死,得不到别人的同情,我自己也决不把他当朋友看待!

九　第四场

美狄亚偕众侍女自屋内上。

伊阿宋自观众右方上。

伊阿宋　我听了你的话来到这里,因为,啊,女人,你虽是我的仇敌,我还不至于在这件小事上令你失望。让我听听,听你有什么新的请求?

美狄亚　伊阿宋,我求你原谅我刚才说的话,既然我们俩过去那样亲爱,你应当容忍我这暴躁的性情。我总是自言自语,这样责备自己:"不幸的我呀,我为什么这样疯狂?为什么把那些好心好意忠告我的人当作仇敌看待?为什么仇恨这里的国王,仇恨我的丈夫,他娶这位公主是为我好,是为我的儿子添几个兄弟。神明赐了我莫大的恩惠,我还不平息我的怒气吗?怎么不呢?我不是已经有了两个孩子吗?难道我不知道我们是被驱逐出来的,在这里举目无亲吗?"我一想到这些,就觉得我多么愚蠢,这一场气愤真冤枉!我现在很称赞你,认为你为了我们的缘故而联姻,做得很聪明;我自己未免太傻了,我应当协助你的计划,替你完成,高高兴兴立在床前伺候你的新娘。我们女人真是——我不说我们的坏话;你可不要学我们这样脆弱,不要以傻报傻。请你原谅,我承认我从前很糊涂;但如今我思考得周到了一些。

　　孩子们,孩子们,快出来,快从屋里出来,同我一起,和你们父亲吻一吻,道一声长别。我们一起忘了过去的仇恨,和我们的亲人重修旧好!因为我们已和好,我的怒气也已消退。

保傅引两个孩子自屋内上。

　　(向两个孩子)快握住他的右手!哎呀,我忽然想起了那暗藏的祸患!孩儿呀,就说你们还活得了很长久,你们日后能不能伸出这可爱的手臂来?我这可怜的人真是爱哭,真是忧虑!我毕竟同你们父亲和好了,我的眼泪流满了孩子们细嫩的脸上。

歌队长　我的眼里也流出了晶莹的眼泪,但愿不会有比现在更大的灾难!

伊阿宋　啊,夫人,我称赞你现在的言行,那些事情一概不追究,因为一个女人为她丈夫另娶妻室而生气,是很自然的。你的心变得很好了,虽然晚了一点,毕竟下了决心,变得十分善良。

　　(向两个孩子)孩子们,托神明佑助,你们的父亲很关心你们,已经替你们获得了最大的安全。我相信,你们还会同你们未来的兄弟们成为这科任托斯地方最高贵的人物。你们只须赶紧长大,一切事情你们父亲靠了那些慈祥的神明帮助,会替你们准备好的。愿我亲眼看见你们走进壮年时代,长得十分强健,远胜过我的仇人。

（向美狄亚）喂，你为什么流出晶莹的眼泪，浸湿了你的瞳孔？为什么把你苍白的脸转过去？为什么听了我的话，还不高兴？

美狄亚 不为什么，只是我为这两个孩子忧愁。

伊阿宋 你为什么为这两个孩子过分悲伤？

美狄亚 因为他们是我生的；你祈求神明使他们活下去的时候，我心里很可怜他们，不知这事情办得到么？

伊阿宋 你现在尽管放心，做父亲的会把他们的事情办得好好的。

美狄亚 我自然放心，不会不相信你的话；可是我们女人总是爱哭。

我请你来商量的事只说了一半，还有一半我现在也向你说说：既然国王要把我驱逐出去，我明知道，我最好不要住在这里，免得妨碍你，妨碍这地方的国王。我想我既是这里王室的仇人，就得离开这地方，出外流亡。可是，我的孩儿们，你去请求克瑞翁不要把他们驱逐出去，让他们在你手里抚养成人。

伊阿宋 不知劝不劝得动国王，可是我一定去试试。

美狄亚 但是，无论如何，叫你的……去恳求她父亲——

伊阿宋 我一定去，我想我总可以劝得她去。

美狄亚 只要她和别的女人一样。我也帮助你做这件困难的事：我要给她送点礼物去，一件精致的袍子、一顶金冠，叫孩子们带去，我知道这两件礼物是世上最美丽的东西。我得叫一个侍女赶快把这衣饰取出来。

一侍女进屋。

这位公主的福气真是不浅，她既得到了你这好人儿作丈夫，又可以得到这衣饰，这原是我的祖父赫利俄斯传给他的后人的。

侍女捧着两个匣子自屋内上。

（向两个孩子）孩子们，快捧着这两件送新人的礼物，带去献给那个公主新娘，献给那个幸福的人儿！她决不会瞧不起这样的礼物！

两个孩子各接着一个匣子。

伊阿宋 你这人未免太不聪明，为什么把这些东西从你手里拿出去送人？你认为那王宫里缺少袍子，缺少黄金一类的礼物吗？请你留下吧，不要拿出去送人。我知道得很清楚，只要那女人瞧得起我，她宁可要我，不会要什么财物的。

美狄亚 你不要这样讲，据说礼物连神明也引诱得动；用黄金来收买人，远胜过千百句言语，她有的是幸运，天神又在给她增添，她正值年轻，又是这里的王后；不说单是用黄金，就是用我的性命，我也要去赎我的儿子，免得他们被放逐。

　　孩子们,等你们进入那富贵的宫中,就把这衣饰献给你们父亲的新娘,献给我的主母,请求她不要把你们驱逐出境。这礼物要她亲手接受,这事情十分要紧! 你们赶快去,愿你们成功后,再回来向我报告我所盼望的好消息。

保傅引两个孩子随着伊阿宋自观众右方下。

十　第四合唱歌

歌队　(第一曲首节)这两个孩子的性命现在一点希望都没有了,一点都没有了:他们已经走近了死亡。那新娘,那可怜的女人,会接受那金冠,那致命的礼物,她会亲手把死神的装饰品戴在她的金黄卷发上。

　　(第一曲次节)那有香气的袍子上的魔力和那金冠上的光辉会引诱她穿戴起来,这样一装扮,她就会到下界去做新娘;这可怜的人会坠入陷阱里,坠入死亡的厄运中……逃不了毁灭!

　　(第二曲首节)你这不幸的人,你这想同王室联姻的不幸新郎啊,你不知不觉就把你儿子的性命断送了,并且给你的新娘带来了那可怕的死亡。不幸的人呀,眼看你要从幸福坠入厄运!

　　(第二曲次节)啊,孩子们的受苦的母亲呀,我也悲叹你所受的痛苦,你竟为了你丈夫另娶妻室,这样无法无天地抛弃你,竟为了那新娘的婚姻,想要杀害你的儿子!

十一　第五场

保傅引两个孩子自观众右方上。

保傅　我的主母,你的孩儿不至于被放逐了,那位公主新娘已经很高兴地亲手接受了你的礼物,从此你的儿子可以在宫中平安地住下去啦。

　　啊! 当你的运气好转的时候,你怎么这样惊慌? 为什么听了我的话,还不高兴?

美狄亚　哎呀!

　　保傅　这和我带来的消息太不协调了!

美狄亚　不由我不再叹一声!

保傅　是不是我报告了什么不幸的事情,连自己都不知道,反把它弄错了,当作好消息呢?

美狄亚　你报告了这样的消息,我并不怪你。

保傅　可是你为什么这样垂头丧气,还流着眼泪呢?

美狄亚　啊,老人家,我要痛哭,因为神明和我都怀着恶意,定下了这条毒计。

保傅　你放心,你的儿子会把你迎接回来的。

美狄亚　我这不幸的人倒要先把他们带回老家去。

保傅　这人间不只你一人才感到母子的别离,你既是凡人,就得忍耐这痛苦。

美狄亚　我就这样做吧。你进屋去,为孩子们准备日常用的东西。

　　　　保傅进屋。

　　孩子们呀,孩子们! 你们在这里有一个城邦,有一个家,你们永远离开这不幸的我,住在这里,你们会这样成为无母的孤儿。在我还没有享受到你们的孝敬之前,在我还没有看见你们享受幸福,还没有为你们预备婚前的沐浴,为你们迎接新娘,布置婚床,为你们高举火炬之前,我就将被驱逐出去,流落他乡。只因为我的性情太暴烈了,才这样受苦。啊,我的孩儿,我真是白养了你们,白受苦,白费力,白受了生产时的剧痛。我先前——哎呀!——对你们怀着很大的希望,希望你们养老,亲手装殓我的尸首,这都是我们凡人所羡慕的事情;但如今,这种甜蜜的念头完全打消了,因为我失去了你们,就要去过那艰难痛苦的生活;你们也就要去过另一种生活,不能再拿这可爱的眼睛来望着你们的母亲了。唉,唉! 我的孩子,你们为什么拿这样的眼睛望着我? 为什么向着我最后一笑? 哎呀? 我怎样办呢? 朋友们,我如今看见他们这明亮的眼睛,我的心就软了! 我决不能够! 我得打消我先前的计划,我得把我的孩儿带出去。为什么要叫他们的父亲受罪,弄得我自己反受到这双倍的痛苦呢? 这一定不行,我得打消我的计划。——我到底是怎么了? 难道我想饶了我的仇人,反遭受他们的嘲笑吗? 我得勇敢一些! 我竟自这样脆弱,使我心里发生了这样软弱的思想!

　　我的孩儿,你们进屋去吧!

　　　　两个孩子进屋。

　　那些认为不应当参加我这祭献的人尽管走开,我决不放松我的手!

　　(自语)哎呀呀! 我的心呀,快不要这样做! 可怜的人呀,你放了孩子,饶了他们吧! 即使他们不能同你一块儿过活,但是他们毕竟还活在世上,这也好宽慰你啊! ——不,凭那些住在下界的报仇神起誓,这一定不行,我不能让我的仇人侮辱我的孩儿! 无论如何,他们非死不可! 既然要死,我生了他们,就可以把他们杀死。命运既然这样注定了,便无法逃避。

　　我知道得很清楚,那个公主新娘已经戴上那花冠,死在那袍子里了。我自己既然要走上这最不幸的道路,我就想这样同我的孩子告别:"啊,孩儿呀,快伸出,快伸出你们的右手,让母亲吻一吻! 我的孩儿这样可爱的手、可爱的嘴,这样高贵的形体、高贵的容貌! 愿你们享福,——可是是在那个地方享福,因为你们在这里所有的幸福已被你们父亲剥夺了。我的孩儿这样甜蜜的吻、这样细嫩的脸、这样芳香的呼吸！分别了,分别了！我不忍再看你们一眼！"——我的痛苦已经制伏了我;我现在才觉得我要做的是一件多么可怕的罪行,我的愤怒已经战胜了我的理智。

歌队长　我也曾多少次探索过那更微妙的思想,研究过那更严肃的争辩,那原不是我们女人所能讨论的。我们也有一位文化女神,她同我们作伴,给我们智慧;可是她并不和我们大家作伴,而是和少数人作伴,也许在一大群女人里头,只有一个同她在一起,但由此可见,我们女人并不是完全没有智慧的。我认为那些全然没有经验的人,那些从没生过孩子的人,倒比那些做母亲的幸福得多,因为那些没有子女的人不懂得养育孩子是苦是乐,可以减少许多烦恼;我看见那些家里养着可爱孩子的人一生忧愁:愁着怎样把孩子养得好好的,怎样给他们留下一些生活费,此后还不知他们辛辛苦苦养出来的孩子是好是坏。这人间还有一个最大的灾难我也要提提:就说他们的生活十分富裕,孩子们的身体也发育完成,他们为人又好;但是,如果命运这样注定,死神把孩子们的身体带来冥府去,那就完了！神明对我们凡人,在一切痛苦之上,又加上这种丧子的痛苦,这莫大的惨痛,这对他们又有什么好处呢?

美狄亚　朋友们,我等候消息已等了许久,我要看那宫中的事情到底是怎样结果的。

看啊,我望见伊阿宋的仆人跑来了,他那喘吁吁的样子,好像他要报告什么很坏的消息。

传报人自观众右方急上。

传报人　美狄亚,快逃走呀,快逃走呀！切莫要留下一只航海的船,一辆陆行的车子！

美狄亚　什么事情发生了,要叫我逃走?

传报人　公主死了,她的父亲克瑞翁也叫你的毒药害了!

美狄亚　你报告了这最好的消息,从今后你就是我的恩人、我的朋友。

传报人　你说什么呀?夫人,我看你害了我们的王室,你听了这消息,不但不惊骇,反而这样高兴,你的神志是不是很清明?该没有错乱吧?

美狄亚　我自有理由回答你的话。请不要性急,朋友,告诉我,他们是怎样死的。如果他们死得很悲惨,你便能使我加倍的快乐。

传报人　当你那两个儿子随着他们父亲去到公主那里,进入新房的时候,我们这些同情你痛苦的仆人很是高兴,因为那宫中立刻就传遍了消息,说你和你丈夫已经排解了旧日的争吵。有的人吻他们的手,有的人吻他们的金黄的卷发；我自己也乐得忘形，竟随着孩子们进入了那闺中。我们那位现在代替你的地位受人尊敬的主母，在她看见那两个孩子以前，她先向伊阿宋多情地飞了一眼！她随即看见孩子们进去，心里十分憎恶，忙盖上了她的眼睛，掉转了她那变白了的脸面。你的丈夫因此说出了下面的话，来平息那女人的怒气："请不要对你的亲人发生恶感，快止住你的愤怒，掉过头来，承认你丈夫所承认的亲人。请你接受这礼物，转求你父亲，为了我的缘故，不要把孩子们驱逐出去。"她看见了那两件衣饰，便不能自主，完全答应了她丈夫的请求。当你的孩子和他们的父亲离开那宫廷，还没有走得很远的时候，她便把那件彩色的袍子拿起来穿在身上，更把那金冠戴在卷发上，对着明镜理理她的头发，自己笑她那懒洋洋的形影。她随即从坐椅上站了起来，拿她那雪白的脚很娇娆地在房里踱来踱去，十分满意于这两件礼物，并且频频注视那直伸的脚背。

这时候我看见了那可怕的景象，看见她忽然变了颜色，站立不稳，往后面倒去，她的身体不住地发抖，幸亏是倒在那座位上，没有倒在地下。那里有一个老仆人，她认为也许是山神潘，或是一位别的神在发怒，大声地呼唤神灵！等到她看见她嘴里吐白沫，眼里的瞳孔向上翻，皮肤上没有了血色，她便大声痛哭起来，不再像刚才那样叫喊。立刻就有人去到她父亲的宫中，还有人去把新娘的噩耗告诉新郎，全宫中都回响着很沉重的奔跑声音。约莫一个善走的人绕过那六百尺的赛跑场、到达终点的功夫，那可怜的女人便由闭目无声的状态中苏醒过来，发出可怕的呻吟，因为那双重的痛苦正向着她进袭：她头上戴着的金冠冒出了惊人的、毁灭的火焰；那精致的袍子，你的孩子献上的礼物，更吞噬了那可怜人的细嫩肌肤。她被火烧伤，忽然从座位上站起来逃跑，时而这样，时而那样摇动她的头发，想摇落那花冠；可是那金冠越抓越紧，每当她摇动她的头发的时候，那火焰反加倍旺了起来。她终于给厄运克服了，倒在地下，除了她父亲之外，谁都难以认识她，因为她的眼睛已不像样，她的面容也已不像人，血与火一起从她头上流了下来，她的肌肉正像松脂泪似的，一滴滴地叫毒药看不见的嘴唇从她的骨骼间吮了去，这真是个可怕的景象！谁都怕去接触她的尸体，因为她所遭受的痛苦便是个很好的警告。

她的父亲——那可怜的人——还不知道这一场祸事。这时候他忽然跑进闺房，跌倒在她的尸体上。他立刻就惊喊起来，双手抱住那尸身，同她接吻，并且这样嚷道："我可怜的女儿呀！是哪一位神明这样侮辱地害了你？是哪一位神明使我这行将就木的老年人失去了你这女儿？哎呀，我的孩儿，我同你一块儿死吧!"等他止住了这悲痛的呼声,他便想立起那老迈的身体来,哪知竟会粘在那精致的袍子上,就像常春藤的卷须缠在桂树上一样。这简直是一种可怕的角斗:一个想把膝头立起来,一个却紧紧地胶住不放;他每次使劲往上拖,那老朽的肌肉便从他的骨骼上分裂了下来。最后这不幸的人也死了,断了气,因为他再也不能忍受这痛苦了。女儿同老父的尸首躺在一块儿,——这样的灾难真叫人流泪!

　　关于你的事,我没有什么可说的,因为你自己知道怎样逃避惩罚。这不是我第一次把人生看作幻影;这人间没有一个幸福的人;有的人财源滚滚,虽然比旁人走运一些,但也不是真正有福。

　　传报人自观众右方下。

歌队长　看来神明要在今天叫伊阿宋受到许多苦难,在他是咎由自取。

美狄亚　朋友们,我已经下了决心,马上就去做这件事情:杀掉我的孩子再逃出这地方。我决不耽误时机,决不抛撇我的孩儿,让他们死在更残忍的手里。我的心啊,快坚强起来! 为什么还要迟疑,不去做这可怕的、必须做的坏事! 啊,我这不幸的手呀,快拿起,拿起宝剑,到你生涯的痛苦起点上去,不要畏缩,不要想念你的孩子多么可爱,不要想念你怎样生了他们,在这短促的一日之间暂且把他们忘掉,到后来再哀悼他们吧。他们虽是你杀的,你到底也心疼他们! ——啊,我真是个苦命的女人!

　　美狄亚偕众侍女进屋。

十二　第五合唱歌

歌队　(第一曲首节)地神啊,赫利俄斯的灿烂阳光啊,趁这可诅咒的女人还不曾举起她那凶恶的手,落到她的儿子身上,好好看住她,看住她! ——她原是从你的黄金种族里生出来的,只怕神明的血族要给凡人杀害了! 你这天生的阳光啊,赶快禁止她,阻挡她,把这个被恶鬼所驱使的、瞎了眼的仇杀者赶出门去!

　　(第一曲次节)你这曾经穿过那深蓝的辛普勒伽得斯、穿过那最不好客的海口的女人啊,你白受了生产的阵痛,白生了这两个可爱的儿子! 啊,可怜的人呀,强烈的愤怒为什么这样冲击着你的心,你的慈爱为什么变成了残杀? 这杀害亲子的染污对于我们凡人,是很危险的,我明知上天会永久降祸到你这杀害亲属的人家里。(本节完)

孩子甲　(自内)哎呀,怎样办? 向哪里跑,才能够逃脱母亲的手呢?

孩子乙　(自内)我不知道,啊,最亲爱的哥哥呀,我们两人都完了!

歌队　（第二曲首节）你听见,听见孩子们在呼唤没有?哎呀,不幸的女人啊!我应当进屋子去吗?我应当为孩子们抵御这凶杀的行为吗?

孩子甲乙　（自内）是呀,看在神明面上,快保护我们!我们需要保护,因为我们正处在剑的威胁之下呢!

歌队　啊,可怜的人呀,你好似铁石,竟自伤害你的儿子,伤害你自己所结的果实,亲手给他们造成这样的命运!

（第二曲次节）我听说古时候有一个女人,也只有她一个女人,才亲手杀害过她心爱的孩儿,〔就是叫神明激得发狂的、被宙斯的妻子赶出门外去漂泊的伊诺;〕那可怜的女人为了那杀子的罪过跑去投水,〔她从那海边的悬岩上跳下去,随着她两个孩子一块儿死掉了。〕还有什么比这个更可怕呢?啊,痛苦的婚姻呀,你曾给人间造下了多少灾难!

十三　退场

伊阿宋偕众仆人自观众右方上。

伊阿宋　啊,你们这些站在这屋前的妇女呀,那做出了这可怕事情的女人——美狄亚——究竟在家里呢,还是逃跑了?如果她不愿遭受王室的惩罚,她就得把她的身子藏入地下,或是长了翅膀腾上天空。她既然杀害了这地方的主上,还能够相信她可以平安地逃出这屋子吗?可是我对她的关怀远不及我对我的孩子们。那些被她害了的人自然会给她苦受的;我只是来救我孩儿性命的,免得国王的亲族害了他们,为了报复他们母亲的不洁凶杀。

歌队长　啊,伊阿宋,不幸的人呀,你还不知道你遭了多么大的灾难;要不然,你就不会说出这话来了。

伊阿宋　那是什么灾难呀?难道她想要杀我?

歌队长　你的儿子叫他们母亲亲手杀死了!

伊阿宋　哎呀,你说什么?女人呀,你竟自这样害了我!

歌队长　你很可以相信,你的孩子们已经不在人世了!

伊阿宋　她到底在哪里杀的?在屋里呢,还是在外面?

歌队长　开开大门,你就可以看见你的孩子们遭了凶杀。

伊阿宋　仆人们,赶快下木门,取插销,让我看看那双重的、可怕的景象,看见孩子们死了,还看见她——血债用血还!

美狄亚带着两个孩子的尸首乘着龙车自空中出现。

美狄亚　你为什么要摇动、要推开那双扇门,想要寻找这些死者和我这凶手?快不要这样破费功夫!如果你是来找我的,那你就快说你想要什么!你的手可不能挨近我，因为我的祖父赫利俄斯送了我这辆龙车，好让我逃避敌人的毒手。

伊阿宋　可恶的东西，你真是众神、全人类和我所最仇恨不过的女人，你敢于拿剑杀了你所生的孩子，这样害了我，使我变成了一个无子的人！你做了这件事情，做了这件最凶恶的事情，还好意思和太阳、大地相见？你真该死！当我从你家里，从那野蛮地方，把你带到希腊来居住的时候，我真是糊涂；到如今，我才明白了，你原是你父亲的莫大祸根，原是那生养你的祖国的叛徒，原是上天降下来折磨我的！自从你在你家里杀死了你的兄弟过后，你就上了那有美丽船头的阿耳戈，你的罪行就是这样开始的。后来你嫁给我，给我生了两个孩子，却又因为我离开你的床榻，竟自这样杀害了他们！从没有一个希腊女人敢于这样做，我还认为我不娶希腊女儿，娶了你，是一件很美的事情呢！哪知这是一个仇恨的结合，对于我真是一个祸害，我所娶的不是一个女人，而是一只牝狮，天性比堤耳塞尼亚的斯库拉更残忍！可是这许多辱骂并不能伤害你，因为你生来就是这样无耻！啊，你这作恶的，杀害亲子的人，去你的吧！我要悲痛我自己的不幸，我再不能享受新婚的快乐，也不能叫我所生养的孩子活在世上，对我道一声永诀，我简直完了！

美狄亚　假如父亲宙斯还不知道我待你多么好，你做事多么坏，我就要说出许多话来同你辩驳。可是你并不能鄙弃我的床榻，拿我来嘲笑，自己另外过一种愉快的生活。那公主和那把女儿嫁给你的克瑞翁，也不能不受到一点惩罚，就把我驱逐出境。只要你高兴，你可以把我叫做牝狮，或是住在什么堤耳塞尼亚地方的斯库拉。可是你的心已被我绞痛了，我做这事本是应该！

伊阿宋　可是你也伤心，这些哀痛你也有份。

美狄亚　你很可以这样相信：我知道了你不能冷笑，就可以减轻我的痛苦。

伊阿宋　啊，孩儿们，你们的母亲多么恶毒呀！

美狄亚　啊，孩儿们，这全是你们父亲的疯病害了你们！

伊阿宋　可是我并没有亲手杀害他们。

美狄亚　可是你的狂妄和你新结的婚姻却害了他们。

伊阿宋　你认为你为了我的婚姻的缘故，就可以杀害他们吗？

美狄亚　你认为这种事情对于作妻子的，是不关痛痒的吗？

伊阿宋　至少对于一个能够自制的妻子是这样的；可是在你的眼里，一切都是坏事。

美狄亚　他们已经不在人世了，这正好使你的心痛如刀割！

伊阿宋　呀，你头上飘着两个报仇人的魂灵！

美狄亚　神明知道是谁首先害人的！

伊阿宋　神明知道你那可恶的心！

美狄亚　随你恨吧！我也十分憎恶你在那里狂吠！

伊阿宋　我对你还不是一样！可是我们要分开是很容易的。

美狄亚　怎么个分法？怎么办？难道我还不愿意？

伊阿宋　让我埋葬死者的尸体，哀悼他们。

美狄亚　这可不行，我要把他们带到那海角上的赫拉的庙地上，亲手埋葬，免得我的仇人侮辱他们，发掘他们的坟墓。我还要规定日后在西绪福斯的土地上，举行很隆重的祝典与祭礼，好赎我这凶杀的罪过。我自己就要到厄瑞克透斯的土地上，去和埃勾斯，潘狄翁的儿子，一块儿居住。你这坏东西，你已亲眼看见你这新婚的悲惨结果，你并且不得好死，那阿耳戈船的破片会打破你的头颅，倒也活该！

伊阿宋　但愿孩子们的报仇神和那报复凶杀的正义之神，把你毁灭！

美狄亚　哪一位神明或是神灵会听信你，听信你这赌假咒，出卖东道主的家伙？

伊阿宋　呸，你难道不是一个可恶的东西，杀孩子的凶手！

美狄亚　快回家去埋葬你的新娘吧！

伊阿宋　我就去，啊，我的两个孩儿都已丧失了！

美狄亚　这还不是你哭的时候，到你老了再哭吧！

伊阿宋　我最亲爱的孩儿啊！

美狄亚　对他们的母亲，他们是亲的，对你，哪能算亲？

伊阿宋　可是你为什么又把他们杀死呢？

美狄亚　这样才能够伤你的心！

伊阿宋　哎呀，我很想吻一吻孩子们可爱的嘴唇！

美狄亚　你现在倒想同他们告别，同他们接吻，可是那时候，你却想把他们驱逐出去呢。

伊阿宋　看在神明面上，让我摸摸孩子们细嫩的身体！

美狄亚　这不行，你只是白费唇舌！

伊阿宋　啊，宙斯呀，你听见没有？听见我怎样被人摒弃，听见这可恶的、凶杀的牝狮怎样叫我受苦没有？

　　　　（向美狄亚）我哀悼他们，只要我办得到，我一定恳求神灵作证，证明你怎样杀死了我的孩儿，怎样阻拦我去抚摸他们、安葬他们的尸体。但愿我不曾生下他们，也免得看见你把他们杀害了！

　　　　美狄亚乘着龙车自空中退出。

　　　　伊阿宋偕众仆人自观众右方下。

歌队（唱）　　宙斯高坐在俄林波斯分配一切的命运，神明总是做出许多料想不到的事情。凡是我们所期望的往往不能实现，而我们所期望不到的，神明却有办法。这件事也就是这样结局。

歌队自观众右方退场。

选自《欧里庇得斯悲剧六种》，罗念生译，上海人民出版社 2004 年版。

请扫码阅读外文版
原作（节选）

埃涅阿斯纪(节选)

维吉尔

维吉尔(前70—前19)在意大利北部城市曼图亚的一个村庄出生,父母是地位不高的农民。维吉尔最初在克雷莫纳学习,后来到米兰和罗马接受教育。他兴趣广泛,曾在伊壁鸠鲁学派哲学家西罗门下学习哲学,在修辞学家埃皮狄库斯门下学习修辞和诗歌韵律。他在罗马学习大约有十年时间,然后返回家乡从事农作,同时创作诗歌,一生创作有3部作品:《牧歌》《农事诗》和《埃涅阿斯纪》。维吉尔被公认为最有才华的罗马古典诗人之一,对后来欧洲的文艺复兴和古典主义时期的文学创作产生了很大影响。

卷四

(1—55 行)狄多对埃涅阿斯发生了爱情,对她妹妹安娜说,如果不是因为希凯斯死后她决定不再嫁人,她很可能屈服于爱情。安娜劝她再婚,她被安娜说服)

但是女王狄多早已被一股怜爱之情深深刺伤,用自己的生命之血在调养创伤,无名的孽火在侵蚀着她。埃涅阿斯英武的气概和高贵的出身一再萦回于她的脑际;他的相貌和言谈牢牢地印在她心上,她的爱慕之情使她手足无措,不得安宁。当阿婆罗的明灯照亮了大地,黎明女神把潮湿的阴影从地平线上驱散,爱得要发疯的狄多对她贴心的妹妹安娜说道:"安娜妹妹,我担心害怕,一夜没睡好觉! 你觉得到我们家来作客的那个人怎么样? 他的相貌如何? 他的气概和膂力有多雄壮啊! 的确,我相信——并且不是毫无根据地相信——他是天神的后代。卑劣的性格一定表现为胆怯。唉,他受命运的折磨好苦啊! 他讲的那场战争结束得多惨啊! 如果我不是在死亡把我第一个爱人夺走之后,下了坚定不移的决心不再和任何人结婚,如果我不是对婚姻之事感到万分厌倦,我很可能屈服于诱惑。安娜,我坦白对你说,自从我可怜的丈夫希凯斯遭难,自从我的哥哥血溅了我的家园,只有他一个人触动了我的心思,使我神魂游移。我有一种死灰复燃、古井生波之感。但是我宁肯大地裂开一道深沟把我吞下,或让万能的天父用闪电把我打入阴曹地府，淹没在朦胧的阴影和幽深的黑夜之中，我也不能昧了良心，破坏良心的准则。和我第一次结为夫妇的人，把我的爱都带走了；他还占有着我的爱，保存在坟墓里。"她一边说，眼泪一边涌了出来，流满胸前。

安娜回答说："比生命还亲的姐姐啊，你难道打算永远孤身一人悲悲切切地消磨青春吗？难道你不想要美好的爱情给你带来几个娃儿吗？难道你不想要婚姻的奖赏吗？你真觉得这对埋在坟墓里已经死了的人有什么关系吗？就算过去在利比亚这儿或在以前的推罗，没有一个求婚的人能够动摇你忧伤的心，就算你看不上雅尔巴斯或非洲这块土地所抚育的其他武功煊赫的领袖，难道这样一个你心爱的人，你也拒绝吗？你难道没有考虑你现在定居在谁的土地上？这面是该图拉人的城市，这一族人是无法击败的，还有骑无缰野马的努密底亚人和不友好的西尔提斯人环绕着我们；那面是一片荒凉干旱的地带，散布着野蛮的巴尔凯人。至于从推罗方面，你哥哥发动战争的威胁，就更不必说了。我以为特洛亚人的船队是在天神的示意下和尤诺的赞助下乘风来到此地的。如果你和这样一个人结为夫妇，姐姐，我们的城邦、我们的王国将会有多伟大的前程啊！有特洛亚军队的协助，我们将能建立多少事业，腓尼基人的光荣将多么显赫啊！趁着冬天和猎户座带来的风雨还在海上逞凶，他的船只还有待修理，趁着气候恶劣的当儿，你只需向天神祈求恩典，献上牺牲，获得神恩，盛情招待你的客人，找各种借口和理由把他们留住。"她的这番话在狄多已经有意的心中更加燃起爱火，给她游移不决的情绪指出了希望，并打消了她良心上的顾虑。

(56—89 行 狄多祈求天神恩典，她像一头被射中的鹿，
心中狂乱无比，建设城邦的事早抛在脑后了)

她们两个首先来到神庙，在每个祭坛前祈求神恩；她们按照惯例杀了牙齿已经长齐的羊献给立法女神克列斯、阿婆罗和酒神巴库斯，她们还特别向司掌婚姻的尤诺献了牺牲。美丽的狄多亲手拿着酒碗，把酒浇在一头雪白母牛的两只犄角之间，她又在神像面前一路拜舞到放着丰盛祭品的神坛，重新献上当天的祭礼，她张着嘴谛视着破开的羊肚，想从那还没有死透的五脏六腑发现朕兆。唉，自以为知道未来的卜人是无知的！在神庙里许愿对一个爱得发狂的人有什么用处呢？爱火一直在侵蚀着她温柔的心，她心里的创伤还在暗中活动。不幸的狄多心如火焚，她如痴如狂满城徘徊，就像一头麋鹿，在克里特岛的树林里徜徉，不提防被一个携带武器的牧羊人从远处一箭射中，而牧羊人自己也不曾理会他的羽箭已经留在它的身上了；这头鹿穿过树林和狄克特山间小径奔逃，那根致命的箭杆一直扎在它的腰间。狄多领着埃涅阿斯穿过城市中心，指点给他看腓尼基人如何富庶，指点给他看正在建造的房屋；她想要说些什么，但说了半句又不说

了;接着她要求他夕阳西下之后再来赴宴,在筵席上她像着了迷似的说她还想听一遍特洛亚的苦难,当埃涅阿斯再次叙说的时候,她侧身倾听着。当客人散去,月色也渐渐暗淡,星辰落下,催人睡眠的时候,她独自一个留在空荡荡的厅堂里,斜倚在他留下的榻上愁闷着。尽管他已不在身边,他的声音容貌还在眼前,她好像还把阿斯卡纽斯抱在膝上,这孩子相貌真像他父亲,使她神往,但这又怎能安慰她那不能明说的恋情呢?已经开始建造的碉楼不再砌高了,青年们不再演武了,海港和备战的安全防卫设施停止建造了,各项工程中断了,城墙的巨大垛口和高与天齐的起吊机也都停顿了。

　　　　(90—128 行 在奥林普斯山上,尤诺和维纳斯在谈论着人间发生的事。尤诺不愿特洛亚人到意大利立国,因此想促成特洛亚人和迦太基人的联盟,维纳斯说如能说服尤比特,她就同意。尤诺设计让埃涅阿斯和狄多都在一个山洞里避雨,促成他们的结合)

　　当尤比特的爱妻尤诺知道了狄多害了严重的相思病,为了爱情连名誉也不顾了的时候,她立刻走到维纳斯那儿,对她说道:"你和你的娃儿可真是赢得了不寻常的赞美,取得了巨大的胜利和伟大而值得纪念的光荣了,征服一个女人竟要两位天神大耍诡计啊!你很害怕我的设防城市,对我的雄伟的迦太基抱有疑虑,这我不是不知道。你这样和我作对会有什么结果呢?你的目的何在呢?咱们为什么不永远言归于好,促成他们的婚事呢?堕入情网的狄多心如火燎,狂热已经渗进了骨髓。让咱们两个共同统治这里的人民,分享权力;让狄多去服侍特洛亚的夫君,把腓尼基人作为妆奁奉送到你的手里吧。"

　　维纳斯感觉到尤诺说的并非真心话,目的是要把埃涅阿斯将来在意大利独立的国家转移到利比亚来,因此就对尤诺说道:"谁会拒绝你的建议呢,除非他是个疯子,除非他想要跟你在战争中较量一下?当然,你所提的计划要能成功地实现才行。但是,我是受命运支配的,一点把握没有,不知道尤比特是否有意让腓尼基人和外来的特洛亚人共建一个城邦,或同意让两国人民杂居在一处,结成同盟啊。你是他的妻子,你去说点好听的话探听探听他的用意,这算不得什么过失吧。去吧,我随后就来。"天后尤诺回答道:"这件事由我来办好了。你听着,我现在简单地跟你说说我们用什么办法来达到我们眼前要达到的目的。明天当太阳神刚刚升起,拉开夜幕,光照大地的时候,埃涅阿斯和可怜的狄多将准备去树林里打猎。当骑马的猎手们忙碌地把山林包围起来,形成一个包围圈的时候,我就在他们头顶上布上黑云,夹杂着风暴和冰雹,让整个天空被雷声震撼。狄多女王和埃涅阿斯将会躲进同一个山洞里去。这时我就到场,如果你也同意,我就把他们结为终生偕老的夫妻,并宣布她属于埃涅阿斯。他们就算正式结婚了。"
维纳斯点点头,表示不反对这意见,她看穿了尤诺的诡计,又不禁微笑起来。

(129—172行 狄多和埃涅阿斯一行骑马出门行猎。尤诺
祭起风暴。狄多和埃涅阿斯躲进山洞,在雷电交加之际,结为
夫妇)

这时黎明女神已离开海洋而升起。当太阳的光芒出现的时候,一群精选的
青年猎手走出城门,又有人拿着大眼网、小网和阔刃梭标,马苏里的骑士们和嗅
觉灵敏的猎犬也冲了出来。女王此刻还滞留在寝室里,而腓尼基的显贵们早在
门外恭候,她的马匹披着金紫,不耐烦地跺着马蹄,流着白沫的嘴狠狠地嚼着马
嚼子。最后,女王走了出来,一大群侍从前呼后拥,她身穿西顿式的斗篷,绣着花
边;她拿的一支箭是黄金的,她的发结是黄金的,扣住她深红衣服领子的别针也
是黄金的。特洛亚客人,还有欢乐的尤路斯也出来了。埃涅阿斯本人比所有其
他人都更英姿勃发地走上前来陪伴,两路人马会合了。就像阿婆罗离开他在吕
西亚的冬宫和赞土斯河谷,来到他母亲居住的提洛斯,重振舞乐,克利特人、德吕
俄普人和纹身的阿加图尔斯人夹杂在一起,围绕着祭坛欢呼,阿婆罗走上昆土斯
山麓,他披散的头发用柔枝嫩叶扎住,使它整齐,外面又加上一道金箍,他背着的
武器丁当作响,埃涅阿斯的容貌举止也同样庄重,他的高贵的容颜焕发出俊美的
神采。当他们来到高山,无路可通之时,蓦地从峭壁间蹿出一群野山羊沿着山坡
逃跑了;在另一面聚着一群鹿,它们也逃出山林,越过开阔的原野,扬起了一股灰
尘。阿斯卡纽斯这孩子骑着一匹烈性的马欢乐地在山谷里驰骋,一会儿赶上这
些人,一会儿又超过了那些人,心里直想若有只口飞白沫的野猪冲进这些胆怯的
鹿群或一头棕毛狮子跑下山来,那该有多好。

这时天空开始隆隆作响,接着雨雹交加。腓尼基的猎手们、特洛亚的青年
们、维纳斯的孙子阿斯卡纽斯纷纷穿越田野,在惊慌之中各寻掩避处所;洪水从
山上冲下。狄多和埃涅阿斯来到了同一个山洞。万物之母的大地和赞助婚配的
尤诺发出信号;电光闪耀,上苍做了婚礼的见证人,仙女们在高山之巅哀号。就
是这一天导致了苦难,导致了死亡;从这天起狄多就慵整梳妆,不顾名声,更没有
想到保持爱情的秘密;她说这就是结婚,她用这名义来掩盖她的罪愆。

(173—218行 法玛女神到处恶意传播狄多和埃涅阿斯相
爱的事,并告诉了求婚者雅尔巴斯王,雅尔巴斯质问尤比特)

法玛女神立刻跑到利比亚的各大都市,所有的瘟神之中以她为最快;她越快
越有精神,越走气力越足;她开始由于胆怯,身体缩得很小,转眼间就高入云霄,

她脚踏着平地,而头却藏进了云层。据人们说,她的母亲地母因为恼恨天神,最后生育了法玛,她生法玛之前还生过两个哥哥,巨人科乌斯和恩凯拉都斯。法玛有一双飞毛腿和一对飞快的翅膀,是个硕大无比的可怕的怪物,说来奇怪,她身上每片羽毛下面长着一只睁开的眼睛,一条舌头,一张聒噪的嘴和一只竖起的耳朵。到了晚上她趁着夜色在天地之间飞翔,翅膀扇动发出刺耳的声音,她也从不闭目安眠;白昼,她监守在人家的屋顶上,或宫殿的高檐间,在大都市上面散布恐惧,因为她心里隐藏着害人的谎言,也准备说真话。现在她正在非洲各国人民间兴高采烈地广为散布种种说法,有的是事实,有的则是莫须有的事,说什么有个特洛亚血统的埃涅阿斯来了,美貌的狄多屈尊下嫁,做了他的妻室;整个冬天,他们都在温暖和荒淫中度过,两人都把国事抛到九霄云外,做了无耻的情欲的俘虏了。这个丑恶的女神到处把这些话撒播到人们的谈话之中。顷刻之间她已取道来到了雅尔巴斯国王宫中,用言语激他,给他的怒气火上加油。

再说,雅尔巴斯本是尤比特和非洲的一个女仙淫乱所生的儿子。他在他寥廓的国土上为尤比特建造了一百座巨大的庙宇,一百座祭坛,上面点燃着永不熄灭的、永远守卫着众神的火,牺牲的血浇肥了土地,门上挂着不谢的花环。这时雅尔巴斯心中发狂,被痛苦的谣言所激怒,据说他跑到神坛前面,举起双手频频向围绕着他的众神灵祈求道:"全能的尤比特,是我们非洲民族坐在绣花榻上举行宴会,才有人如今给你奠酒,你看见发生了什么事了吗? 天父,你向我们投掷电火,引起我们的敬畏;从云端冒出的天火使人们瑟缩;还有你那响彻八方的雷声,你的这些威力到什么地方去了? 有个女人流浪到我的国境之内,用了很少的代价在海滨上获得了耕地,建起小小城邦,我给了她统治这块地方的权力,但她竟然拒绝和我成亲,而接纳了埃涅阿斯做她的丈夫和主子,统治她的国家。现在这个帕里斯式的人物头戴一顶特洛亚便帽,帽耳扣在下巴下面,头发上还抹了香油,跟着一帮不男不女的随从,却在享受他偷来的东西。而我却还拿了许多供礼到你的庙里来,不错,你的庙里,看来我对你的威名所抱的热望是一场空了。"

(219—278 行 尤比特派神使麦丘利去警告埃涅阿斯不要
忘记他的使命而久留在迦太基,要他立刻准备离去)

全能的尤比特听到雅尔巴斯手按着神坛所说的这番话,他眼光转向王都迦太基,看到了这一对忘却了崇高荣誉的情侣。于是他就对麦丘利这样吩咐道:"我的儿,你去把西风唤来,展开你的翅膀,到特洛亚王子那儿去,他现在滞留在迦太基,置命运注定他将统治的众多城市于不顾,你赶快飞越太空,把我的话转告给他。他美丽的母亲向我保证过的不是他现在这种行径,他母亲也不是为了他今天这样才两次从希腊人刀兵中把他救出来的;而是要他有一天统治意大利,英主辈出的意大利,武功烜赫的意大利,要他繁衍高贵的特洛亚血统的后嗣,并把全世界置于他的法律之下。如果对这样光荣伟大的事业他都无动于衷,如果他自己不肯努力去赢得赞美,难道作为父亲他就吝啬得不肯让他儿子阿斯纽斯统治罗马的城堡吗?他想做什么?呆在一个敌对民族里不走,他指望什么?他不想想阿斯卡纽斯的子子孙孙和拉维尼乌姆的田野吗?叫他赶快上船去!这就是我要说的,你去把我这话告诉他。"

　　尤比特说完,麦丘利就准备执行伟大天父的命令。他先把金色的带有小翅膀的鞋穿在脚上,他就靠这个飞上天去,飞越海洋,同样也飞越陆地,迅疾如风。然后,他拿起神杖;他就是用这根杖把苍白的鬼魂从阴曹召唤出来,还是用这根杖把另一些鬼魂送进悲惨的地府,他用它催人入睡,用它催人醒来,又用它让死人的眼睛睁开。他靠它来驱赶大风,靠它在乱云中游泳。他一路飞翔,看见坚不可摧的阿特拉斯的顶额和陡峭的腰,阿特拉斯用头支撑着青天,他长满青松的头常年有乌云缭绕,受风雨的袭击,他的肩头盖着飘来的白雪,洪水又从他衰老的下颌倾泻而下,蓬松的胡须上结了冰变得僵硬。在这里,麦丘利平展双翼,先作一停留;然后用全身的力量向大海扑去,就像一只大鸟围绕着鱼群游动的海岸和岩石,紧贴水面低飞着。他就这样穿行在天地之间,从他外祖阿特拉斯那里,划破长风来到了利比亚的沙滩。当他的带翼的脚掌一落到遍地茅屋的非洲土地,他就看见埃涅阿斯在忙着建造城堡和新房屋。他佩着一把剑,上面镶嵌着星星点点的金黄色的宝石,他身穿一件推罗式深红耀眼的斗篷,从肩头垂下,这是富有的狄多送给他的礼物,是她亲自用金色纬线织成的。麦丘利立即走去对他说:"你怎么在给高傲的迦太基的建设奠基,要在这里建造一座美丽的城市呢?真不愧为好丈夫!你把你自己王国和自己的命运忘得一干二净了!万神之王亲自从光辉的奥林普斯派我到你这儿来,他以他的威灵左右苍天和大地,是他派我十万火急穿过天宇带来他的命令。你打算干什么?你在利比亚的土地上逍遥岁月,你希望的是什么?如果未来的如此伟大光荣的事业一点也不能使你激动,如果你也不想努力去赢得令名,那你也该想一想阿斯卡纽斯,他已经长大了,他是你的继承人,你的希望,他是注定要统治意大利和罗马的大地的。"麦丘利这样责备着埃涅阿斯,他的话音未了,就不见了,消失在稀薄的大气之中,远离凡人的肉眼。

　　(279—295 行 埃涅阿斯惊愕之余,决定离去。他一面命
　　人做好准备,一面考虑怎样去对狄多解释)

　　埃涅阿斯见此异象,惊愕得说不出话,吓得头发倒竖起来,声音堵在喉咙里。他一心急着想逃跑,离开这安乐之土,因为这样严重的告诫和神的命令使他震

惊。唉，他该怎么办呢？他有没有勇气去对热恋中的女王说呢？用什么话去说呢？他该怎样开口呢？他急速地转着念头，一会想这样做，一会想那样做，很快地想到各种不同的办法，盘算着所有的可能性。他反复考虑觉得只有一个办法：他把墨涅斯特乌斯、色尔格斯图斯和勇敢的色列斯图斯叫来，叫他们偷偷地把船准备好，把水手们集合到海滩，把武器带好，但不要吐露为什么埃涅阿斯改变了计划；而他自己，鉴于好心肠的狄多一无所知，她再也没有料到这样强烈的爱情会破裂，因而考虑着怎样去见她，找一个什么最合适的时机开口，用什么最好的方式来达到目的。他手下的人却个个都高高兴兴地服从他的命令，迅速地执行着他的指示。

（296—330 行 狄多感觉到埃涅阿斯要走，立刻变得神经
错乱，带着绝望、责备、悲怆的心情挽留他）

但是谁能瞒骗一个热恋中的人呢？狄多女王已经预感到有阴谋，她第一个察觉到将要发生某些行动，她居安而思危。还是那个可诅咒的法玛女神向她报告说，特洛亚的船队已经准备就绪，特洛亚人已经要上路了。女王听了，如疯如狂，失去了理智，激忿之下，满城狂奔，就像个酒神的女信徒兴奋地挥舞着酒神的神器，在两年一度的酒神节上听到呼喊酒神的名字，酒神所居的奇泰隆山黑夜里又发出狂欢声号召着她，使她兴奋如狂。最后，她不等埃涅阿斯开口，就先对他说道："忘恩负义的人，你当真相信你能够掩盖这么大的一件罪恶勾当而悄悄地离开我的国土吗？难道我对你的爱情，不久前的山盟海誓，以及等待我狄多的惨死——难道这些都留你不住吗？你就一定要在这隆冬季节准备船只，冒着北风匆匆忙忙地出航吗？你好狠心啊！即使你追求的国土和家园不是你从未到过、从未见过的，即使特洛亚古国现在还屹立着，难道你也准备冲过这样的惊涛骇浪的大海前去吗？还是你想逃脱我呢？看在我流的眼泪和你的誓言的分上（可怜的我给我自己留下来的，除此以外没有其他东西了），看在我们的结合和已经举行的婚礼的分上，如果我还值得你感谢或我还有些什么地方值得你喜悦，我请求你可怜可怜这个行将毁灭的家吧；如果你还听得进我的祈求，改变你的主意吧。就是因为你的原故，利比亚各族和努密底亚的君主们恨我，我自己的推罗人也和我作对；还是因为你的原故，我丧失了节操和昔日的美誉，这些都是使我名垂不朽的东西啊。你要把我交到谁的手里去死啊，我的——好客人？（我现在只能用这个字眼来称呼你了，不能再叫你丈夫了。）我还呆在这世界上做什么？是不是等我的哥哥匹格玛利翁来毁灭我的城市，还是让雅尔巴斯把我掳去呢？至少，在你离开之前，如果我怀上你的骨肉，将来这小小的埃涅阿斯能在庭院里和我玩耍，而我看到他的相貌也就像看到你一样，那么我也至少不会感到我失去了一切

和完全被抛弃了。"

（331—361 行 埃涅阿斯因为有尤比特的命令，不敢表白
自己的眷恋，冷冷地告诉她麦丘利来转达过神意，他不得已必
须离开她前往意大利）

　　狄多说完。埃涅阿斯由于尤比特的告诫，目不转睛，挣扎着把眷恋之情压在
心底。最后，他简单扼要地说道："陛下，我绝不否认你的许多恩典，你可以一件
件地数出来，件件值得我感谢，而且，埃丽莎，只要我还有记忆，只要生命还主宰
着我的躯体，只要我想起你的时候，决不会感到后悔的。现在我扼要地申述一下
我的情况。我从未打算隐瞒我的行程而暗中离去，你切勿有如此想法，我也从未
正式向你求亲，或缔结过婚约。如果命运允许我按我自己的意志安排生活，按我
自己的希望处理问题，我第一件事就是为我的幸存的亲爱的同胞重建特洛亚城
邦，让普利阿姆斯的巍峨的宫殿重新屹立，我要亲手复兴被征服的特洛亚人的城
堡。但是现在阿婆罗的神谕命令我去占有广袤的意大利；我必须热爱意大利，它
是我的祖国了。既然迦太基的城堡、利比亚都市的景色能留住你一个腓尼基人，
为什么你却不肯让特洛亚人去意大利土地上定居呢？我们也有权利到国外去建
立国家。每当夜幕和含露的暗影遮盖了大地，每当熠熠星斗升到天心的时候，我
父亲安奇塞斯的魂魄常来入梦，激动地警告我，使我警惕；我想到我的亲爱的儿
子阿斯卡纽斯，我若剥夺了他统治西土的权利，剥夺了命中注定属于他的国土，
那就是对他的损害。而且现在尤比特亲自派来的神使（我以你我的生命担保）
十万火急穿过太空带来了神的命令；我亲眼在大天光之下看见他进了城，我亲耳
听到他的话。你不要埋怨了，免得你和我都不愉快，虽然违反我的意愿，我还是
决定到意大利去。"

（362—392 行 狄多怒恨交加，痛责埃涅阿斯，并声言要报仇）

　　当埃涅阿斯说这些话的时候，狄多转过身去，对他侧目而视，两眼转来转去，
用沉默的目光上上下下打量着他，然后这样怒气冲冲地对他说道："忘恩负义的
人，你的母亲不是什么天神，达达努斯也不是你的什么祖先，你是那冥顽巉刻的
高加索山生出来的，是许尔卡尼亚的老虎哺育的。我现在还遮遮掩掩做什么？
还克制我自己做什么？难道还有什么更大的冤屈等着我吗？我哭泣的时候，他
叹过一口气吗？他看过我一眼吗？他洒过一滴同情之泪吗？他可怜过一个热爱
着他的人吗？我也不知道先说哪件事好了！至高无上的尤诺也好，众神之父尤
比特也好，眼看着这一切，却不主持公道。哪里都没有信义，一切都不可靠。当
他被抛到我的海滩上的时候，他一无所有，是我收留了他，我一时糊涂，还让他分

享我的王权。我把他的同伴们从死亡中拯救出来,归还了他的船队。(啊,我被
复仇女神所左右,心中充满疯狂的怒火!)好啊,现在先知阿婆罗,现在阿婆罗的
神谕,现在甚至尤比特都派了神使,穿过太空,传来这可怕的命令了。这些天上
的神明可真不辞辛劳啊,如此操心,岂不惊扰了他们的安宁?好,我也不留你,我
也不驳回你说的话;你去吧,趁着风去找你的意大利,渡过海去寻你的王国去吧。
不过,如果正义的神灵还有威力的话,我但愿你有一天落到海上巉岩之间饮尽那
报应的苦酒,一遍又一遍地呼唤狄多的名字。我虽然不在,也要擎着黑烟滚滚的
火炬追来,即使冰冷的死亡把我的灵魂和肉体分开,不管你到什么地方,我的魂
魄也会到来的。你是会受到惩罚的,你这狠心的人。我是会听到这消息的,在冥
界的深处这消息是会传到我耳朵里来的。"她的话说到这里突然停止了,怀着悲
怆之心离去,无影无踪,留下埃涅阿斯十分惊惶,不知所措,没有机会吐诉本来准
备说的话。狄多晕厥过去了,女奴们抬起她的肢体,抬到她大理石的寝室,把她
安放在卧榻之上。

(393—415 行 埃涅阿斯虽想安慰狄多,但还是回到船上,
准备起程。狄多在悲痛之中决定再去打动埃涅阿斯)

但是埃涅阿斯出于对神的虔敬,虽然他很想安慰一下狄多,解除她的痛苦,
用言语岔开她的哀愁,虽然他频频叹息,为深情而心碎,但是他不得不服从天神
的命令,又回到船上。接着特洛亚人就积极行动起来,把高大的船只沿着整片海
滩拖下水去。油漆过的船头扎进了水里,他们这样急于要走,伐来了连枝带叶的
树干当桨,还从树林里采来没有砍净的木料。你可以清楚地看到这些特洛亚人
从全城各处匆匆忙忙地跑出来,就像一群蚂蚁,想到冬天快来了,去抢一大堆谷
物,把它搬放在巢穴里那样,它们排成一条黑线,穿过田地,在草丛中沿着一条窄
路搬运着掠夺来的东西,有的用肩膀使劲推着巨大的谷粒,有的殿后,鞭策一些
落伍者,整条小路上呈现一片热烈的劳动场面。狄多啊,你看到这些作何感想
呢?当你从你的城堡的高处看到宽阔的海滩上这种繁忙景象,看到展现在你眼
前的整个大海上杂乱而嘈闹的人群,你是否仰天长叹呢?无情的爱情啊,你真是
把人逼得什么事都做得出来!狄多又被迫不得不用眼泪、用乞求去打动他,让自
尊心屈服于爱情,她怕的是在一切可能性没有都尝试过以前,就去死,那就死得
太枉然了。

(416—449 行 狄多请安娜去挽留埃涅阿斯,希望他等天
气好转再走,但埃涅阿斯决心已定,不可动摇)

"安娜,你看整个海滩上那匆忙景象,人们从四面八方汇拢,船帆在迎接海

风,欢乐的水手们在船头上挂了花环。当初我既然已经料到有这场沉重的痛苦,妹妹,我今后也是能够熬得过来的。但是,安娜,我还是要你给我这可怜的人做这样一件事,因为那个忘恩负义的人只对你还有好感,还信任你而把内心的想法对你说,只有你一向知道怎样最巧妙地、在最适当的时候去找那个人,去走一趟吧,妹妹,去对那高傲的仇人谦卑地说:我从来没有在奥利斯和希腊人订立过什么消灭特洛亚民族的盟誓,我也没有派遣过什么舰队到特洛亚去过,我更没有惊动过他父亲安奇塞斯的遗骸或亡魂,为什么他那么狠心,堵住耳朵听不进我的话? 他匆匆忙忙地要到哪里去? 请他答应一个可怜的痴情女子最后一件事吧:请他等到有顺风的时候再走,路上也可以顺利些。我现在并不是要求他重念旧好,这早被他抛到九霄云外了;我也不是要他放弃美好的拉丁姆,丢掉他的王国。我只求给我一点点时间,给我一段间歇,使我的疯狂的爱能够平静下来,使我了解我的命运本该如此,使我能忍受痛苦。可怜可怜你姐姐吧,这是我求你替我办的最后一件事,如果他答应我这件事,我在死的时候将加倍报答他。”

狄多说完,她的妹妹带着悲痛的心情把这一番伤心话从姐姐那儿传给了埃涅阿斯。但是埃涅阿斯并未被这可悲的话语所打动,他虽然倾听着,但一句话也没有听进去,因为命运从中作梗,天神堵塞了他愿意谛听的耳朵。就像一棵多年的老松,木质坚硬,被阿尔卑斯山里刮来的阵阵北风吹得东倒西歪,想要把它连根拔起,只听一阵狂啸,树干动摇,地面上厚厚地落了一层树叶,而这棵松树还是牢牢地扎根在岩石间,树颠依旧直耸云天,树根依旧伸向地府;同样,英雄的埃涅阿斯也频频受到恳求的袭击而动摇不定,在他伟大的心胸里深感痛苦,但是他的思想坚定不移,尽管眼泪徒然地流着。

(450—473 行 狄多在决定自尽之前,精神错乱)

不幸的狄多被命运播弄得如癫如痴,只求一死,她已懒怠睇望那苍穹。当她把供品放到香烟缭绕的祭坛上的时候,好像是要她更坚定地执行神意,离开阳世,她看见(说来可怕)圣水忽然变黑,倒出来的酒忽然变成了腥秽的血。她没有把她看到的这件怪事告诉任何人,甚至也没有告诉她的妹妹。此外,在她的宫中有一座大理石殿堂,里面供奉着她已故的丈夫,这是她最崇敬和钟爱的去处,装饰着雪白的毛织幅巾和节日枝叶,从这里当黑夜统治了大地的时候,她清清楚楚地听到人声,好像是她丈夫说话,在呼唤着她;此外还常有一只枭鸟在屋顶上哀鸣,唱着挽歌,拖长了声音,好像在哭号;还有许多古代先知的谶语和不吉利的告诫也使她想起来就毛骨悚然。有时甚至她做梦也梦见埃涅阿斯狂野地追赶她,吓得她几乎疯狂;她总觉得自己被人抛弃,伶仃一人,又总觉得独自无侣地走在一条漫长的道路上,在荒凉的大地上寻找着她的推罗同胞。她的心情就像发了疯的特拜王潘特乌斯,看见一队复仇女神,看见两个太阳,看到两个重叠的特拜城,出现在眼前那样;又像舞台上阿伽门农的受折磨的儿子俄瑞斯特斯,逃避手持火把和黑蛇为武器的母亲,而复仇女神正坐在门口等着他那样。

(474—503 行 狄多决心自戕,佯称要焚毁埃涅阿斯的物品,叫安娜准备柴堆)

就这样,狄多不胜哀伤,满腹悲愤,决定了此一生,她也暗中决定了什么时候死,怎样死法。她走到忧虑重重的妹妹跟前,脸上丝毫不透露自己已定的计划,反而露出希望的光彩,对她说道:"亲妹妹,你祝贺姐姐吧,我找到了一条出路,可以叫他回到我身边来,或者可以让我和他之间的爱情烟消云散。离大洋的涯岸和太阳落下的地方不远,就是埃塞俄比亚的边界,在那里巨人般的阿特拉斯肩上转动着繁星万点的天宇;有人指点给我那里有个马苏里族的女祭司,她守卫着西土众女神之庙,她喂养着一条龙,并照管着一棵树上的圣枝,她能洒蜜汁样的仙露和催眠的罂粟籽。这位女祭司自称能用符咒解除人们心头的痛苦,如果她愿意的话;但她也能让另一些人陷入难熬的愁绪;她能使河水不流,星辰倒退,在夜晚时分唤起幽灵;你会听到大地在你脚下隆隆作响,也会看到桉树从山上走下来。亲爱的,我对着天神起誓,我对着你,我的亲妹妹,我以你美好的生命发誓,我之所以要用魔法武装自己是出于不得已的。请你偷偷地在后宫露天底下筑起一个柴堆,把那该遭天罚的人留下来挂在我们寝室里的武器、一切衣物,连同那葬送了我的合欢榻,一起放在上面。这位女祭司叫我把这个坏人的一切纪念物统统销毁,并且指点了方法。"她说完之后,就默不作声了,脸色骤然变得苍白。但是安娜没有想到,她姐姐要举行这奇怪的仪式,后面隐藏着杀身之念,她也想象不到姐姐会疯狂到如此地步,相反她所担心的最严重的情况也不会比姐夫希凯斯的死更严重。因此,她就着手准备姐姐叫她办的事。

(504—521 行 狄多在女祭司的协助下,举行宗教仪式)

一时间,柴堆已在内宫露天底下搭好,是用大段的松木和橡木筑成的,十分高大,女王又在四周挂上花环,用送葬的枝叶装饰一番;柴堆上放了一张床,床上她放了埃涅阿斯留下的一把剑和衣服,还有一个模拟像,她完全知道将来的结果是什么。周围设了祭坛,那位女祭司披散着头发,口中大声呼喊着三百神灵、冥界神、混沌神、三位一体的赫卡特——也就是有三张脸的处女神狄阿娜。她洒过据说是地府阿维尔努斯湖的湖水,又取来药草,这是在月光下用青铜镰刀割来的,饱含着黑色有毒的汁液;接着又取来一种春药,这是从刚出世的马驹额上,趁母马没有咬掉的时候,摘下的一颗肉瘤。狄多本人站在祭坛边,用洗净的手握着圣谷，一只脚穿鞋，另一只赤脚，解开了长袍的腰带，在赴死之前呼吁天神和善知命运的星宿来作见证，接着她又向一切正义的、有同情心的神祇祝祷，请他们垂怜一切婚姻多舛的情侣。

（522—552 行 夜幕降临，大地上一切生灵都已安睡，唯有
狄多忧怨难眠，想到各种可能性：是下嫁非洲酋长呢？还是随
特洛亚人远飏？这些都不可能，最好是死，以报答亡夫的恩情）

夜幕降临了，全世界疲倦的众生都在享受甜蜜的睡眠，森林和狂暴的海洋趋于平静，星辰已运行到中天，田野一律寂静无声，居住在澄澈的湖水边或灌木丛生的郊野上的牛羊和色彩斑斓的飞鸟，也都在宁静的夜色中安然入睡了。他们的忧虑消除了，心中的苦难被忘却了。但是腓尼基女王却不如此，她心情悲痛，无法入睡，尽管夜深了，她还是合不上眼，安不下心。她倍感痛苦，爱念一再涌上心头，刺痛着她，阵阵愤懑像巨浪一样使她辗转反侧。她独自在心里这样开始盘算道："啊，我怎么办呢？我还回到从前那些求婚者那里受他们奚落吗？从前我曾多次表示不屑和那些蛮族结婚，难道现在又去低声下气地乞求他们娶我吗？不行，那么就去追随特洛亚人的船队，听从他们的颐指气使吗？难道因为我以前拯救过他们，他们就会帮助我吗？他们是否还会牢记我从前对他们的好处而感谢我呢？假定我自己愿意，谁又会接受我——一个他们所憎恨的人，把我带上他们的傲慢的船上去呢？唉，被抛弃的人啊，你到现在还不明白吗？你还没有感觉到特洛亚人是背信弃义的吗？如果他们愿意带我走，又该怎么办呢？是我独自一个跟着这些欢欣雀跃一心想离开此地的航海人走呢，还是带着我的全体推罗亲友簇拥着去参加特洛亚人的行列呢？从前我是好不容易才把他们从他们土生土长的西顿城带到这里来，现在我怎能又一次叫他们扬起风帆，漂洋过海呢？不行，你只有一死，这是你应得的。用宝剑斩断你的愁绪吧。我的妹妹啊，我固然爱得发疯，但是，是你不忍得看我伤心落泪，首先让我去面对那冤家，害得我承担起这痛苦的重担。为什么不准我像林中麋鹿那样生活，不必举行婚礼，不受人责骂，又尝不到这些痛苦呢？而我现在却破坏了对已故的希凯斯的誓约了。"

（553—583 行 埃涅阿斯梦见麦丘利警告他再不走就要遭
到袭击。埃涅阿斯立刻唤醒众人，仓促动身）

就这样，狄多自怨自艾，芳心碎裂。埃涅阿斯这时已决定离去，一切都准备就绪，在那楼船上安享睡眠。这时一位天神出现在他梦中，和上次来时的容貌一模一样，不论声音、气色、金黄的头发和青春特有的身躯，各方面都极像麦丘利，他再一次对埃涅阿斯这样告诫道："女神之子，在这样紧迫的时刻你居然能睡

觉,居然没有察觉到危机四伏,你糊涂了。你没有听到西风正在催你扬帆吗?狄多已决心自尽,她心中怒涛汹涌,正盘算着种种诡计和可怕的勾当。当你还来得及的时候,你还不赶快逃跑?如果到黎明时刻你还停留在这块土地上的话,那么你就将见到海上战舰云集,无情的火把照耀,岸上一片烈焰了。喂,起来,不要耽搁了。女人永远是反复无常、变化多端的。"麦丘利说完就消失在黑夜里了。

埃涅阿斯被这突然降临的神灵从睡梦中惊醒,他翻身起来,呼唤同伴:"伙伴,赶快醒来,坐到你们划桨的位子上去,赶快把帆篷解开。从天上又一次派来了神明催我们快走,叫我们赶紧砍断纠缠在一起的缆绳。圣明的天神啊,不管你是谁,我们一定跟随你,我们再一次高高兴兴地服从你的命令。请你站在我们一边,请你开恩协助我们,让吉星在天上高照吧。"他说完,从剑鞘里抽出明晃晃的宝剑,用宝剑的白刃砍断了缆绳。一时间所有的人都感到同样兴奋,都忙碌起来,紧张地工作着。他们离开了岸,船队遮蔽了海面,他们一齐努力,搅起浪花,行驶在蓝色的大海上。

(584—629 行 狄多在宫中望见特洛亚人离去,心里又气
又恨,祈求神明为她报仇)

这时黎明女神离开了她丈夫的橘黄色卧榻,把光明重新洒遍大地。狄多女王从瞭望台里看到天光已经渐渐吐白,特洛亚人的船队张着整齐的船帆在海上前进,她看到海滩和港口空阒无人,她再三再四捶击着自己美丽的胸膛,乱扯着自己的黄金色的头发,说:"尤比特啊,能让他走成吗?难道就让这个外来人无端嘲弄我的王朝吗?你们快拿起武器,从全城各个角落出来,去追他,还有你们,快去船坞把船推出来。去,赶快把火把拿来,把枪支发了,加紧摇橹!我这是说什么哪?我在哪儿?我头脑发疯了?不幸的狄多,你现在才想起你做的对不起人的事吗?你应该悔恨的是你把大权给他的时刻。这个人的荣誉和信义能相信吗——人们说他是家神不离身的,肩上负着衰老的父亲的人!我当时为什么没有能够把他肢解,把他的肢体撒在大海里呢?用刀把他的同伴们和他的儿子消灭,做成佳肴,放到他父亲的餐桌上去呢?不错,斗争的结果在当时是难以逆料的。就算如此吧,又怎么样呢?我反正要死了,怕谁呢?我当初应当放火烧他的营帐,烧他的船舶,把儿子、父亲连同他们的同族一齐消灭,然后我自己也和他们同归于尽。太阳啊,你的光焰照见人间的一切活动;尤诺啊,你是知道我的痛苦,也是理解我的痛苦的;赫卡特啊,夜间,人们在城市的三岔路口呼叫着你的名字;还有各位复仇女神和等待我埃丽莎的各位死神——请你们听我说,我受的冤屈是值得你们圣灵垂鉴的,请你倾听我的祈求吧。如果那个我不愿叫出他的名字的人一定要到达意大利,如果这是尤比特的命令所规定的,如果这是必然的结

局，那么就让他去面对一个剽悍的民族，遭受战争的折磨，流放出自己的国土，远离尤路斯的怀抱，到处乞援，看着自己的亲友可耻地死去吧。当他不得不屈服于严峻的媾和条件时，请你们不要让他享受王权和美好的时光，而让他不到寿限就死在荒沙地带，没有葬身之所。我祈求的就是这个，这就是我在生命终结之时发出的最后呼声。今后，我的推罗人民，你们一定要怀着仇恨去折磨他的一切未来的后代，这就是我死后你们送给我的祭礼。我们这两族之间不存在友爱，也决不联盟。让我的骨肉后代中出现一个复仇者吧，让他用火和剑去追赶那些特洛亚移民，今天也行，明天也行，任何时候，只要鼓足勇气。我祈求国与国、海与海、武力和武力相互对峙，让他们和他们的子孙永远不得安宁。"

（630—662 行　狄多登上柴堆，准备自戕；她回顾一生成就，再次祈求报仇）

　　她一面说着一面考虑着各种行动的方式，她只求尽快地结束这可憎的生命。她对希凯斯的奶娘巴尔刻简单地吩咐道（她自己的奶娘早已变成黑色灰烬埋在古老的故乡）："亲爱的奶娘，去把我的妹妹安娜叫来；叫她赶快用河水洒在她身上，把牺牲牵来，以备敬神之用。让她来，一面你自己也戴上敬神的头带。至于冥界神普鲁托的献礼，我已经及时开始安排，决定完成到底，把那特洛亚人的模拟像放在火葬堆上付之一炬，以结束我的痛苦。"她说完之后，奶娘像一个认真的老婆婆那样急急忙忙地走了。狄多这时浑身战栗，想到她要去做的这件可怕的事，简直要发疯，一双充血的眼珠不住转动，双颊抖颤，泛出阵阵红晕，面对临近的死亡又变得苍白，她冲进王宫的内庭，疯狂地登上高高的柴堆，抽出那特洛亚人赠给她的宝剑，这把宝剑本来不是做这种用处的。在这里，当她看到从特洛亚带来的衣服和那张熟悉的床的时候，她的目光停留了片刻，流泪沉思，然后她躺在床上讲了最后几句话："可爱的遗物啊，在天神和命运许可的时候，你们是可爱的，接纳我的灵魂吧，解脱我的痛苦吧。我的生活已经结束，我已走完命运限定我的途程，现在我将以庄严的形象走向地府。我建造了一座雄伟华美的城市，我亲眼见到了巍峨的城垣，我替我的丈夫报了仇，惩罚了我的敌人——我的哥哥，我应当是很幸福的了，非常非常幸福的了，但不料特洛亚人的船舶来到了我的海滨。"说着，她转身匍匐在床上，呜咽道："我还没有报仇就要死了，但是也只有一死。是的，是的，我愿意这样走向冥界。让那个无情的特洛亚人在海上用他的眼睛摄进这火光吧，把我死亡的恶兆带在他身边吧。"

（663—692 行　狄多自杀身死，全城震惊，安娜奔来挽救，为时
已晚）

正当她说话之间，周围伺候的人只见她一剑把自己刺倒，血从剑刃边喷出，溅满了双手。一阵呼号直冲屋顶，消息像脱缰野马传遍全城，全城为之震惊。整座宫殿回响着呜咽、叹息和妇女的哀号，一片啼哭之声响彻霄汉，恰像是敌人冲了进来，整个迦太基或古老的推罗要陷落了，人间的庐舍和天神的庙堂统统被卷入疯狂的烈火之中一样。安娜妹妹听到声音，魂不附体，惊吓之余匆匆忙忙穿过人群，一面用手指抓破面颊，用拳头捶打胸膛，一面奔跑，喊着垂死的姐姐的名字："姐姐啊，原来这是你的目的啊？你把我找来，却又存心骗我啊？你叫我准备好柴堆、引火和祭坛就是为这目的啊？你骗了我，我从哪件事埋怨起好呢？你是不是看不起妹妹，不愿和她同死呢？你应当招呼我一声以便我和你一同赴死，我们两个应当在同一时刻，一同饮刃，在痛苦中双双了结此生。但是，我亲手建造了这座柴堆，亲口呼唤我们祖先崇奉的神灵，到头来却被无情地和你分隔阴阳！姐姐啊，你不但毁灭了你自己，你也毁灭了我，还有你的人民、西顿的元老和你的城邦啊。让我看看你的伤口，让我用清水把它洗净，让我用嘴把你最后一口气收集起来，如果你还有气的话。"她说着登上了柴堆的高高的阶梯，把还有一口气的姐姐抱在怀里，抚摸着她，一面啜泣，一面用衣襟堵住污血。狄多挣扎着想再一次睁开沉重的眼帘，但没有成功；剑刃牢牢地插进胸膛，伤口发出嘶嘶的声响。三次她试图坐起来，用两肘支撑着，三次倒在床上，用迷惘的目光寻索高天的光明，她找到了，长长地叹了一口气。

（693—705 行　狄多寿限不到而含冤死去，冥后普洛塞皮
娜尚未剪她的头发，超度她的亡魂，因此尤诺派伊里斯去执行
这仪式，狄多的生命才化成一阵清风而消逝了）

这时全能的尤诺可怜狄多长时间受折磨，难离人世，便从奥林普斯派伊里斯去解脱她挣扎着的被肢体纠缠着的灵魂。由于她并非命中注定要死，又不该死，而是由于猝然的炽烈的忿恨使她在悲痛之中未到寿限而死，因此冥后普洛塞皮娜还不曾从她头上剪去一绺金发，把她送往地府。所以伊里斯张开橘黄色双翼，闪耀着露珠的光泽，衬托着阳光，像一条五彩缤纷的彩带飞过天空，在狄多头顶上盘旋。"我奉命来取你的头发作为给普鲁托的献礼，把你从你的躯壳里解脱出来。"伊里斯说完，伸手剪下头发。立刻，狄多的体温散失，元气化入了清风。

选自维吉尔：《埃涅阿斯纪》，杨周翰译，译林出版社 1999 年版。

第二章　中古文学

一千零一夜（节选）

《一千零一夜》（又名《天方夜谭》），著名阿拉伯民间故事集，中古阿拉伯社会生活的"百科全书"，世界民间文学史上"最壮丽的一座纪念碑"。它绝非一人一时一地之作，而是近东地区广大民间艺人、文人学士在中古时期几百年里收集、提炼、加工、编纂而成，是阿拉伯文化吸收融合波斯、印度、希腊、罗马等地区的民族文化所取得的重大收获，也是阿拉伯帝国境内各族人民共同智慧的结晶。它采用大故事套小故事的框架结构，有神话故事、历史故事、冒险故事、恋爱故事等。

阿里巴巴和四十大盗（节选）

相传，很久很久以前，在古代波斯的某城镇里，住着兄弟二人，哥哥名叫卡西姆，弟弟名叫阿里巴巴。他们的父亲很穷，死后没给儿子留下什么财产。兄弟二人分家后，哥哥卡西姆与一富家的女儿结了婚，走上经商之路，生意兴隆，时隔不久，就成了当地的一个大富商。弟弟阿里巴巴，跟一个穷苦人家的姑娘结了婚，家境依旧贫困，住房窄小，缺吃少穿，收入不足以维持生活。

阿里巴巴每日都到林中打柴，依靠三头瘦毛驴把柴运到城中，沿街叫卖，用卖柴所得的钱买回必需的食用之物。

"芝麻，开门！"

一天，阿里巴巴正在林中砍柴时，无意中抬头远望，忽见远处有一股烟尘腾空而起，渐渐向着自己所在的地方移动。他留神凝视片刻，见烟尘下出现一队人马，不禁一惊，心想："这些人可能是一帮强盗，说不定会抢走我的毛驴和柴火……"想到这里,阿里巴巴离开驴子,爬上一块巨石旁的一棵大树,藏在浓密的树叶中,暗暗观察那队人马。

阿里巴巴细细一数,见他们总共有四十条大汉,各骑着一匹大马。他们骑着马来到那块巨石旁,首领高声喊道:

"站住!我们要来的地方就是这块山坡。"

大队人马停了下来,大汉们纷纷离鞍下马,每个人都从马背上取下一个沉甸甸的鞍袋,紧紧跟在他们的首领后面,登上山坡,来到巨石下。

首领走到那块巨大岩石前,大声喊道:

"芝麻,开门"!

话音刚落,巨石上有一座石门开启了。大汉们一个接一个地走进去,他们的首领走在最后。首领刚刚进去,石门便关了起来。

那四十个大汉在石洞里呆了好长时间,藏在大树上的阿里巴巴未敢做声。

那四十个大汉终于出来了。首先走出石洞的是他们的首领。首领看见三十九个同伴都出了石洞,方才大声喊道:

"芝麻,关门!"

话音刚落,石门关闭。

随后,四十个大汉纵身上马,首领一声呼喊,相继纵马奔驰下山而去,转眼不见踪影。

大汉们远去之后,阿里巴巴这才从树上下来,拨开灌木丛,走到那块巨大岩石的前面,好奇地学着那个首领的语调,喊了一声:

"芝麻,开门!"

话音刚落,只见那扇石门应声而开。

阿里巴巴本以为那门里是一个山洞,想必是又黑暗而又潮湿,但进门一看,却发现石洞高大、宽敞且明亮,伸手摸不着洞顶。他仔细观察,发现石洞上方有一道石缝,阳光从那里射进来,照得整个石洞亮堂堂。

阿里巴巴刚一进石洞,洞门便自动关上了。不过,他并不害怕,因为他自信掌握了开门的暗语。

阿里巴巴朝洞中打量了一眼,只见那里堆放着许多粮食,还有成匹成匹的丝绸、锦缎,另有许多华丽地毯及大袋大袋的金币、珠宝,琳琅满目,光芒四射。眼见这么多的金银财宝堆放在那里,阿里巴巴猜想那四十条大汉定是一帮盗贼,而眼前这些财宝,则是数代盗贼抢劫、聚积起来的不义之财。

面对这些财宝,阿里巴巴想到自己只需要钱,于是从山洞中搬出几袋金币,装在箩筐里,上面盖了些木柴。他把箩筐放在驴背上后,喊了一声:

"芝麻,关门!"

　　石门应声关上。原来这座石门是一座识暗语的门：人进入石洞时，要说暗语，它方才开启；人进入石洞后，它会自动关上；人出石洞时，要说暗语，它才开启；人走出石洞后，只有说过暗语，它才会关闭；如若不然，它就总是开着。

　　阿里巴巴赶着毛驴，回到家中，随即把门关上，高高兴兴地喊来妻子，把三筐金币摆在妻子的面前。金币光芒四射，照得人难以睁开眼睛。妻子看见这么多金币，又惊又喜，心想："这么多的钱，我压根儿都没见过……该不是他偷来或抢来的吧……"

　　阿里巴巴看出妻子的惊喜、恐惶神色，于是把自己看到的情况一五一十地讲给妻子听。他讲完，再三叮嘱妻子，千万不要把事情说出去。

　　妻子听丈夫这样一说，方才心定神安，高兴地数起金币来。

　　阿里巴巴说：

　　"这么多金币，你怎么能数得过来呢？我们还是赶快想个办法，把钱藏起来吧！我这就去挖个坑，把金币埋起来，免得让人们看见。"

　　妻子说：

　　"你说得对，是要赶快把金币藏起来，免得让人家看见。不过，我们总要知道一下有多少才好哇！我这就去借一个量器，量一量再藏吧！"

　　"好吧！"

　　说罢，妻子来到卡西姆家。当时，卡西姆不在家，只有他的妻子在家。阿里巴巴的妻子说：

　　"大嫂，我借你们一件东西用一用啊！"

　　卡西姆的妻子说：

　　"他婶子，你就挑有的借吧！"

　　"嫂子，我想借你们一只木升和一个量杯。因为我买了一些面，没有地方盛，又想量量有多少。"

　　卡西姆的妻子一听，心想："阿里巴巴，穷光蛋一个，没有多少钱，能买多少面？我一定要知道他们究竟要量什么，然后就知道我该怎么办了。"

　　想到这里，卡西姆的妻子在量杯的底部抹了一点儿蜂蜡，而且认定不易被人发现。

　　片刻后，卡西姆的妻子把一只木升和一个量杯递给阿里巴巴的妻子，并且说：

　　"他婶子，你用完就还给我。"

　　阿里巴巴的妻子接过木升和量杯，笑着说：

　　"大嫂，我用完就来还你。"

　　阿里巴巴的妻子拿着木升和量杯，迅速回到家中，两个人忙了起来。夫妻俩把金币量好,记清了数目,然后挖了一个坑,埋了起来。

埋好金币,阿里巴巴的妻子赶忙拿起木升和量杯,向卡西姆家走去,把木升和量杯还给了那位富婆,但她没有想到,量杯底下还粘着一枚金币。

阿里巴巴的妻子递过木升和量杯,说:

"大嫂,还你木升和量杯,谢谢大嫂啦!"

阿里巴巴的妻子刚刚离去,卡西姆的妻子马上去抓量杯,往底下一看,发现蜂蜡上粘着一枚金币,不禁大吃一惊,心中嫉妒之火顿时燃烧起来。她心想:"这是怎么回事?阿里巴巴这个穷光蛋一下子富了起来,金币多得数不过来,要用木升量啦……"

卡西姆回到家中,妻子马上迎上去,说:

"喂,当家的,你不要以为自己的钱太多!你错啦!阿里巴巴家里的钱比你不知多多少倍!人家的钱数都数不过来,要用木升来量了。"

听妻子突然冒出这么一句话,卡西姆一时不知道发生了什么事。于是问道:

"究竟出什么事啦?这话从何讲起呢?"

妻子拿着量杯,指着杯底上粘着的那枚金币,说:

"你瞧瞧呀!"

接着,她把阿里巴巴妻子借木升和量杯的事从头到尾向丈夫讲了一遍。

卡西姆拿过那枚金币,翻过来调过去看了又看,发现那是一枚古金币,认不出是哪朝哪年铸造的。

卡西姆听说刚才发生的事情,瞧着那枚金币,断定弟弟果然有了钱,但他并不为弟弟感到高兴,而是和他妻子的心态一样,嫉妒之火在心中燃烧。

卡西姆一夜没能合眼。第二天天刚亮,他便来到阿里巴巴家。他一进门便喊:

"喂,阿里巴巴,你平时赶驴上山打柴,赶集卖柴,装出一副穷样子,其实你并不穷,你家里有的是金币。你妻子昨天去我家借量杯和木升干什么用?怎么量杯底下粘了这样一枚古金币?"

阿里巴巴听哥哥这样一说,知道事情掩盖不住了,内心里只怪妻子太笨,那么粗心大意,竟然把秘密泄露出去了。事情已经到了这个地步,埋怨又有什么用呢?阿里巴巴自想无计可施,只有老老实实把昨天在山里看到的情况以及得到金币的经过,一五一十向卡西姆讲了一遍,当面表示,愿把金币分给哥哥一部分,并且要他严加保密,千万不要对外人讲。

卡西姆听后,得意地说:

"你瞧瞧,果然不出我之所料。阿里巴巴,你要告诉我,那些金银财宝究竟藏在什么地方,你还要领我去看看那个地方;如若不然,我定到官府去告你,到那时候,你不仅再弄不到金币,就是已经到手的东西,也是保不住的。我嘛,官府会因为告发有功,还可能要赏给我一大笔钱呢。"

阿里巴巴生性忠厚善良,未必是怕哥哥告到官府,倒是愿意让哥哥也得到些钱财,不仅把那山洞的地点说了个一清二楚,还把开门的暗语也告诉了他。

第二天,天还没亮,卡西姆便起床了。一切准备妥当,他赶着十头毛驴,驮着十口箱子,向山林进发了。他走了不多久,就来到了那块坡地,看到了弟弟提到的那棵大树和那块巨大岩石。卡西姆行至巨石前,大声喊道:

"芝麻,开门!"

石门应声开启。卡西姆见石门开了,立即走了进去,刚一跨进门,石门立即关上了。

卡西姆走进石洞一看,不禁惊喜万分,只见那里堆满了布匹、丝绸、锦缎和地毯,金币、银币、珠宝等更是不计其数,金光闪闪,耀人眼目,只觉得比弟弟阿里巴巴说的还要多得多。卡西姆本是个贪财的人,眼见这么多金银、珠宝,不忍离去,真想住在这石洞之中,整天陪伴着这些钱财。他终于想起了自己的来意,想到洞外还有自己带来的十口大箱子和十头毛驴,于是立即动手,把大袋大袋的金币搬到洞门旁。因为他太兴奋了,眼看的是金币,手搬的是金币,心想的还是金币,竟然把开门的暗语忘了个干干净净。他心慌意乱地大声喊道:

"大麦,开门!"

石门纹丝不动。他又大声喊道:

"高粱,开门!"

石门依旧毫无动静。他接着大声喊道:

"豌豆,开门!"

石门还是不开。他再喊。

"萝卜,开门!"

……

卡西姆几乎把庄稼名都喊遍了,唯独想不起"芝麻",石门始终一动不动。

卡西姆慌了神,放下沉甸甸的钱袋,挖空心思回想开门的暗语,无论如何也想不起"芝麻"来。他走去用力地推操石门,石门一动不动;此时此刻,他已心乱如麻,不知所措,时而望望满石洞的金银财宝,时而望望紧闭的石门……

女奴滚油浇众匪

盗匪首领赶回山洞,对众盗匪说:

"我已把地点侦察清楚,这一下就可以抓到盗我们宝库的那个人了。"

接着,首领把下山的计划和安排向盗匪们讲了一遍,众盗匪立即分头开始行动。他们从周围的村庄里买来十九头毛驴和三十八口大坛子,其中一口坛子里装满油,另外的三十七口坛子,每口坛子里藏一个盗匪,每头驴子驮两口坛子。一切准备就绪,盗匪首领化装成商人模样,带着驴队下山了。

盗匪首领带着驴队进到城里,天色正好暗下来。

盗匪首领的驴队穿小巷过大街,来到了阿里巴巴的住宅门前。

当时,阿里巴巴刚刚吃过晚饭,正在门外散步。盗匪首领走过去,问好之后,说:

"我是做贩油生意的商人。我打外地贩来这么几坛子油,准备明天去市场上卖。今天天色已晚,想在你府上借宿一夜,喂一喂牲口,明天一早好上市场,老乡能给个方便吗?"

阿里巴巴不久前藏在大树上看见的那个喊"芝麻,开门"的盗匪首领就是眼前要求借宿的这个人,但他已完全认不出来了。他听说来人想借宿一夜,没有多加考虑,马上说:

"没有什么不方便的,欢迎,欢迎!"

说完,阿里巴巴领着"商人"及其驴队进了自己的宅院,并且吩咐家仆:

"喂,麦尔加娜,来客人啦! 赶快给客人准备饭菜,安排客房!"

盗匪首领卸下驮子,摆放整齐,给驴子喂上草料,然后吃饭去了。

盗匪首领吃罢饭,阿里巴巴又叮嘱麦尔加娜:

"好好招待客人,不要怠慢他们! 明天一早,我要去澡堂沐浴,给我准备一套干净衣服,让家仆阿卜杜拉给我送来。此外,还要熬锅肉汤,以备我回来后吃。"

麦尔加娜说:

"老爷,我都记住啦!"

阿里巴巴随即回卧房休息去了。

匪首吃过饭,又去看了看他的牲口和"油"坛子。

匪首见主人已睡,便走到那些坛子跟前,悄声对藏在坛子里的盗匪们说:

"夜半时分,我以掷石子为号,你们立即出来,听我指挥!"

匪首离开牲口圈,在麦尔加娜引领下,穿过厨房,走到为他安排好的客房。麦尔加娜说:

"还需要什么东西吗?"

匪首说:

"谢谢! 不需要什么啦!"

麦尔加娜离去,匪首便上床休息。

麦尔加娜为主人取出一套干净衣服;交给男仆阿卜杜拉,然后开始给主人熬肉汤。

过了一个时辰，麦尔加娜发现油灯不亮了，一看才知灯里的油点尽了。她正发愁没有灯油之时，阿卜杜拉走进来，说：

"后面不是放着几十坛子油吗？"

麦尔加娜手里拿着罐子，来到油坛子前，忽听坛子里传出人的低声问话：

"到时候了吗？"

麦尔加娜一惊，慌忙后退了一步，急中生智，随机应变，悄声说：

"还不到时候。"

麦尔加娜心想："原来这坛子里装的不是油，藏的是人……肯定不是什么好人，那商人也不是什么好商人，一定有什么阴谋。"她急忙走到每个坛子跟前，小声说了"还不到时候"。她联想到几天以来门上出现的白、红两色粉笔记号，心想："我们主人的秘密定是被匪徒们发现了，他们要来进行报复……"

麦尔加娜走到最后一个坛子前，发现里面装的是油，于是弄了一满罐子油，回到厨房，给灯添上油，然后取来油锅，将罐子里的油倒进锅里，架在火上将油烧开。之后，她把滚烫的油装在罐子里，走去给每个坛子里浇进一瓢沸油，藏在坛子里的盗匪们一一被烫死在坛子里，无一能够幸免。

麦尔加娜悄悄用滚开的油浇死了众盗匪，然后不声不响地回到厨房，拨小灯头，继续为主人熬肉汤。

一个时辰未过，盗匪首领推开窗子，向油坛子投了一个石子儿，却不见动静。片刻后，他又投了一个石子儿，仍不见有反应。接着，他投出第三颗石子儿，依旧静寂无声。他心想："也许他们睡着了……"于是急忙走去。

匪首走到坛子跟前，一股油腥味扑鼻而来。他朝坛子里摸去，发现伙伴们都已被热油烫死。他再去看那装油的坛子，发现里面的油没有了。他立即意识到自己的阴谋已经败露，如果不马上逃离，恐怕自身难保，于是急匆匆冲入花园，翻墙而过，狼狈逃命去了。

麦尔加娜听到了投石子儿的声音，而且看见盗匪首领走出了房间，却久久不见他回来，断定他跳墙逃跑了。这时，她的心方才安静下来，上床休息了。

次日一大早，阿里巴巴在男仆阿卜杜拉的陪伴下前往澡堂沐浴，对昨晚发生的事情一无所知。

阿里巴巴洗澡回来，太阳已经升起。他看见驴子和油坛子都在原处，觉得很奇怪，心想："商人为什么不赶早收拾东西到市场上去呢？"

于是他去问女奴麦尔加娜：

"喂，麦尔加娜？客人为什么还不带着自己的货物到集市上去呢？"

麦尔加娜说：

"老爷,愿安拉为你延年添寿,让你活一百三十岁! 老爷,你到后面去看看那个商人带的货吧!"

麦尔加娜领着主人来到一个坛子旁,说:

"老爷,你看看这坛子里装的是什么东西吧!"

阿里巴巴走近仔细一看,见里面藏的是一个男子,吓得转身就跑。

麦尔加娜说:

"老爷,不要害怕! 那里面的人都是死人。"

"我们的大祸刚刚过去,怎么又有人来暗算我们呢?"

"老爷,过一会儿,容我给您慢慢讲来。老爷先看看这些大坛子里装的都是些什么东西吧!"

阿里巴巴走去一看,发现每个坛子里都有一个全副武装的家伙,但都已被沸油烫得面目皆非。阿里巴巴看过,不禁目瞪口呆。过了一会儿,他才问:

"那个油商哪里去了?"

麦尔加娜把阿里巴巴领进屋子,让他坐下来,然后说:

"老爷,看来那个人并不是什么贩油的商人,而是一个坏蛋。"

阿里巴巴说:

"何以见得呢?"

"老爷,过一会儿,我再给您细细讲。肉汤已经炖好,我这就去端来,请老爷先用一点儿吧!"

麦尔加娜端来肉汤,阿里巴巴喝了一碗,然后说:

"麦尔加娜,究竟发生了什么事情,给我从头到尾仔细讲一遍吧!"

"老爷,昨天晚上,您吩咐我炖肉汤并令我准备干净衣服之后,就去休息了。我准备好衣服,交给阿卜杜拉,接着便进厨房点火炖肉汤。时隔不久,我发现油灯灯头渐小,一看才知道灯里没油了。我正发愁之时,阿卜杜拉走来,知道我在因灯里没油而发愁,他就说:'后面的油坛子里不全是油吗?'他这一提醒,我才想起那些坛子。我走到坛子旁,忽听坛子里有人说:'到时候了吗?'我听后一惊,慌忙后退了一步,心想那油商不是什么好人,定有什么预谋。于是,我走过去,小声说:'还不到时候。'我走过一个个大坛子旁,向藏在坛子里的人都说了一遍。这时,我相信他们是一帮坏人,是来谋害老爷的。当我走到最后一个坛子跟前时,发现那里面装的是油,我便从里面弄出一大罐子油,回到厨房,弄来油锅,将油烧开,然后把滚烫的油浇进坛子里,就这样,把那些坏家伙全烫死了。之后,我回到厨房,把灯头拨小,静静地注视着那个自称商人的家伙的举动。大约半夜时分,那个商人往坛子群里投了三次石头子儿,都没有听见藏在坛子里的人有什么动静,他这才走去看。我想他知道他的人都已被沸油烫死,也就不敢行动了……"

"他现在在哪里？"阿里巴巴急切地问。

"我没有听见开门的响声，猜想他跳墙逃走了。"

"是这样……"阿里巴巴惊魂仍未安定下来。

麦尔加娜又说：

"前些日子，还发生过一件事，我当时未敢惊动老爷。"

"什么事呢？"阿里巴巴问。

"我连续两天发现门上有用白、红粉笔画的记号；当时，我就想八成我们的家门被坏人盯上了，他们用画记号的办法认我们的家门。所以，我也效仿他们的办法，把邻居家的门上也都画上了记号，而且一模一样，他们也就认不出来了。老爷说看见了四十个盗匪，恐怕这帮家伙就是那些坏蛋。他们已死了三十七个，还有三个人活着，定会来进行报复的，老爷务必提防才是。"

阿里巴巴听麦尔加娜这样一说，觉得她的猜想很有道理，打内心里感激不尽，他说：

"麦尔加娜，好机警、聪明的姑娘！我该怎样感谢你呢！"

"我是您的女奴，理当为老爷效力。依奴之见，快把那些死尸埋掉吧，免得秘密泄露出去。"

阿里巴巴唤来男仆阿卜杜拉，令他在花园的树旁挖了个大坑，把尸体全都埋了起来。之后，又让阿卜杜拉把驴子牵到集市上，分批卖掉。

阿里巴巴相信麦尔加娜的猜测，认为尚有三个盗匪活着，因此时刻保持警惕，以防不测。

盗匪首领丧命

盗匪首领只身一人逃回山林，想到四十个人就只剩下自己，自觉好不凄凉。他简直再不敢进石洞去看他们抢劫的那些金银财宝。

那匪首终于冷静下来，心想："我一定要报这个仇；如若不然，这石洞中的宝物也保不住，总有一天会让那个阿里巴巴拿光。"于是，他又想出了一个计谋。

几天之后，他更名改姓，化名盖赫沃吉·哈桑，在城里开了一家绸布店，与阿里巴巴的儿子经营的那家店铺正好相对。

盖赫沃吉·哈桑运来大批绸缎，铺面显得颇为像样，与邻店诸家老板来往甚多，待人接物亦很慷慨大方，很快和大家混得很熟。他得知对面那家店铺的小老板是阿里巴巴的儿子，便对他格外热情起来，不时请他来店里坐上一坐，常常送点儿小礼物，一块儿吃饭交谈。

阿里巴巴的儿子觉得绸布店老板盖赫沃吉·哈桑对自己甚好，便对父亲说了,并求父亲置备酒席,请绸布店老板来家里做客。阿里巴巴一口答应。

第二天,阿里巴巴的儿子来请盖赫沃吉·哈桑去他家吃饭。

说来也怪,当盖赫沃吉·哈桑跟着阿里巴巴的儿子来到阿里巴巴的家门口时,心想报仇的时候终于来临了,但却故意逡巡不前,不想进门。

这时,阿里巴巴走了出来,向盖赫沃吉·哈桑问好,并且说:

"尊贵的客人,你对我儿子那么好,使我感激不尽。既然来到家门口,怎么不进来坐一坐,容我们款待贵客一番呢!"

盖赫沃吉·哈桑假意说:

"你的儿子很懂事,言谈举止非同一般人,而且很会做生意,前途无量,我很喜欢他。不过,我今天不便久坐,日后再来拜访吧!"

阿里巴巴说:

"尊贵的客人,我有意招待您,您怎好不赏光呢?"

"主人先生,您有所不知,我因身体欠适,不能吃放盐的饭菜,故不便在贵府做客。"

"不吃盐,这事好办。现在厨娘正在准备饭菜,我告诉她不加盐也就是了。"

这个佯装为绸缎商的盗匪首领见报仇的时机已来到,也就毫不推辞进门做客了。

宾主坐下,阿里巴巴走去吩咐正在准备饭菜的麦尔加娜,说道:

"喂,麦尔加娜,今天来的客人不吃盐,菜里千万不要放盐。"

麦尔加娜一听,便知道了不吃盐的意思,心中一惊,忙问:

"不吃盐? 这位客人是谁?"

"管他是谁? 你听我的吩咐就是了。"

"遵命! 我一定照办。"

麦尔加娜备好饭菜,男仆阿卜杜拉走去摆好桌椅。

麦尔加娜端菜上饭时,一眼认出今天那位不吃盐的"客人"并不是什么绸缎商,而是那个寻机报复的盗匪头子,不禁心中一惊。她稍稍留心一看,发现他外袍里藏着一把短刀,心想:"好一个不吃盐的家伙,来者不善啊……我今天决不能放过他!"

阿里巴巴陪盖赫沃吉·哈桑吃罢饭,洗过手,麦尔加娜和阿卜杜拉收拾好碗碟,又端上酒杯、酒壶和水果、甜点。一切摆置停当,麦尔加娜和阿卜杜拉一起退下。

盗匪头子盖赫沃吉·哈桑眼见面前只剩下阿里巴巴和他的儿子,心想:"机会来了……杀死这两个人,我就可以像上次那样跳墙逃走……不过,要等到那两个仆人都去休息后再动手为妙……"他不时地摸摸袍下的那把短刀。

　　麦尔加娜暗中盯着那匪首的举止，心想："这一次绝不能让这个强盗头子逃掉！"想到这里，她脱去外衣，换上一件舞裙，头上缠起一块色彩鲜艳的头巾，戴上面纱，腰间束上一条绸带，别上一把手柄上镶嵌着珍珠宝石的匕首。之后，她让阿卜杜拉拿着铃鼓，二人来到客厅，说：

　　"老爷，尊贵的客人，让我为你们跳个舞，为你们开怀畅饮助兴吧！"

　　阿里巴巴说：

　　"尊贵的客人，这是我家的女奴和男仆，想图个热闹，请勿见笑。"

　　麦尔加娜得到主人的同意，阿卜杜拉打起铃鼓，麦尔加娜且歌且舞。

　　盖赫沃吉·哈桑眼见这个舞女在自己的面前转来转去，不停地舞蹈，不住地歌唱，心想："这岂不白白送掉了我动手报仇的良机……"

　　麦尔加娜的舞兴特别浓，舞姿显得格外优美，动作潇洒自如，时而拔出腰间的匕首显示出自卫的姿态，时而又像要把匕首插向自己的胸膛，使人看后，觉得眼花缭乱，猜测不出舞姿的含义。

　　一阵急促的铃鼓声过后，麦尔加娜的舞蹈结束了。她气喘吁吁地从阿卜杜拉手里接过铃鼓，一手拿着匕首，一手端着铃鼓，就像卖艺人向观众讨钱那样，一一走过宾主面前。阿里巴巴首先向铃鼓中投了一枚金币；继之，他的儿子也向铃鼓里扔了一枚金币。当麦尔加娜来到客人面前时，盖赫沃吉从怀中掏出一枚金币，正要往铃鼓里搁时，麦尔加娜手疾眼快，举起匕首一下刺入了他的胸膛，只见鲜血直流，这位客人登时一命呜呼。

　　阿里巴巴及其儿子眼见客人死去，不禁大惊失色。过了好大一会儿，阿里巴巴才说：

　　"麦尔加娜，你这个该死的丫头！你闯下了大祸啦！你毁了我，也毁了我一家呀！"

　　麦尔加娜说：

　　"老爷，不是的，我救了您，也救了您一家。您掀开他的袍子看一看，他身上带的是什么！"

　　阿里巴巴走去一掀客人的袍子，见他怀里揣着一把短刀，这才恍然大悟。

　　麦尔加娜说：

　　"老爷，您今天招待的不是什么贵客，也不是绸缎商，而是前两天来过的那个油贩子，就是那四十个盗匪的头子。他说不吃盐，意思是说不到您家做客，要到贵府寻机报仇。"

　　阿里巴巴终于想起自己在山中第一次看见盗匪的情景，又想到卡西姆的碎尸，不禁出了一身冷汗。他说：

　　"麦尔加娜，好姑娘，你两次从盗匪头子的手下救出了我的生命，我应该报答你的救命之恩哪!"

阿里巴巴思考片刻,然后说:

"麦尔加娜,我的好姑娘,我现在宣布释你为自由人,不再是我的女奴了。你忠诚、老实、机智、勇敢,我要把你许配给我的儿子,愿你俩成为恩爱夫妻。"

阿里巴巴转过脸去,对儿子说:

"孩子,麦尔加娜是个聪明、善良、勇敢的姑娘。她胆大心细,两次救了我的性命,功劳非同寻常。我今天才认清了这个假绸缎商、真盗匪头领的面目。正是麦尔加娜姑娘救了我们一家人。你就与她结为百年之好吧!"

儿子欣然同意父亲的安排。

之后,他们一起动手,把盗匪头领的尸体埋在花园的树下。他们对此事一直严格保密,没有向外人透露任何消息。

(李唯中   译)

选自《天方夜谭》,郅溥浩等译,译林出版社 2001 年版。

源氏物语(节选)

紫式部

　　紫式部(约 978 年—约 1015 年至 1016 年),原名藤原式部,日本平安时代著名女作家,中古三十六歌仙之一,被誉为"大和民族之魂",也是世界文学史上首屈一指的女作家。主要作品有《源氏物语》《紫式部家集》《紫式部日记》。代表作《源氏物语》是世界上最早的写实性长篇小说,也是日本古典文学中成就最高的作品。小说主要以男主人公源氏和薰君的荣辱兴衰为经,以几十个不同性格、不同命运的贵族女子为纬,从男女关系的视角,铺开了复杂的爱情纠葛,折射出满月将亏、盛极欲衰的平安贵族社会内幕。

上

第四回

……

　　八月十五之夜,皓月当空,板屋多缝,处处透射进月光来。源氏公子觉得这不曾见惯的住房的光景,反而富有奇趣。将近破晓之时,邻家的人都起身了。只听见几个庸碌的男子在谈话,有一人说:"唉,天气真冷!今年生意又不大好呢。乡下市面也不成样,真有些担心。喂,北邻大哥,你听我说!……"这班贫民为了衣食,天没亮就起来劳作,嘈杂之声就在耳旁,夕颜觉得很难为情。如果她是一个爱体面的虚荣女子,住在这种地方真有陷入泥坑之感。然而这个人气度宽大,即使有痛苦之事、悲哀之事、旁人认为可耻之事,她也不十分介怀。她的态度高超而天真,邻近地方极度嘈杂混乱,她听了也不很讨厌。论理,与其羞愤嫌恶,面红耳赤,倒不如这态度可告无罪。那舂米的碓臼,砰砰之声比雷霆更响,地面为之震动,仿佛就在枕边。源氏公子心中想:"唉,真嘈杂!"但他不懂得这是什么声音,只觉得奇怪与不快。此外骚乱之声甚多。那捣衣的砧声,从各方面传来,忽重忽轻。其中夹着各处飞来的寒雁的叫声,哀愁之气,令人难堪。

　　源氏公子所住的地方,是靠边一个房间。他亲自开门,和夕颜一同出去观赏外面的景色。这狭小的庭院里,种着几竿萧疏的淡竹,花木上的露珠同宫中的一

样,映着晓月,闪闪发光。秋虫唧唧,到处乱鸣。源氏公子在宫中时,屋宇宽广,
即使是壁间蟋蟀之声,听来也很远。现在这些虫声竟像从耳边响出,他觉得有异
样之感。只因对夕颜的恩爱十分深重,一切缺点都蒙原谅了。夕颜身穿白色夹
衫,罩上一件柔软的淡紫色外衣。装束并不华丽,却有娇艳之姿。她身上并无显
然可指的优点,然而体态轻盈嫋娜,妩媚动人。一言一语,都使人觉得可怜。真
是个异常可爱的人物。源氏公子觉得最好再稍稍添加些刚强之心。他想和她无
拘无束地畅谈,便对她说:"我们现在就到附近一个地方去,自由自在地谈到明
天吧。一直住在这里,真教人苦闷。"夕颜不慌不忙地答道:"为什么这样呢? 太
匆促吧!"源氏公子对她立了山盟海誓,订了来世之约,夕颜便真心信任,开诚相
待,其态度异常天真,不像一个已婚的女子。此时源氏公子顾不得人之多言了,
便召唤侍女右近出来,吩咐她去叫随从把车子赶进门内。住在这里的别的侍女
知道源氏公子的爱情非寻常可比,虽然因为不明公子身分而略感不安,还是信赖
他,由他把女主人带去。

　　天色已近黎明,晨鸡尚未叫出;但闻几个山僧之类的老人诵经礼拜之声,他
们是在为朝山进香预先修行①。想他们跪拜起伏,定多辛苦,觉得很可怜。源氏
公子心中自问:"人世无常,有如朝露;何苦贪婪地为己身祈祷呢?"正在想时,听
见念着"南无当来导师弥勒菩萨"而跪拜之声②。公子深为感动,对夕颜说:"你
听! 这些老人也不仅为此生,又为来生修行呢!"便口占道:

　　　　"请君效此优婆塞③,
　　　　莫忘来生誓愿深。"

　　长生殿的故事是不祥的,所以不引用"比翼鸟"的典故④,而誓愿同生在五十
六亿七千万年之后弥勒菩萨出世之时。这盟约多么语重心长啊! 夕颜答道:

　　　　"此身不积前生福,
　　　　怎敢希求后世缘?"

　　这样的答诗实在很不惬意呢。晓月即将西沉,夕颜不喜突然驰赴不可知之
处,一时踌躇不决。源氏公子多方劝导,催促动身。此时月亮忽然隐入云中,天
色微明,景色幽玄。源氏公子照例要在天色尚未大明之时急速上道,便轻轻地将
夕颜抱上车子,命右近同车,匆匆出门。

　　不久到达了离夕颜家不远的一所宅院⑤门前,叫守院人开门。但见三径就

---

　　①　赴吉野金峰山朝山进香,须预先修行一千日。
　　②　当来即来世。佛说:释尊入灭后五十六亿七千万年,弥勒菩萨出世。
　　③　优婆塞是佛语,即在家修行之男子。
　　④　白居易《长恨歌》中句:"七月七日长生殿,夜半无人私语时;在天愿作比翼鸟,在地愿为连理枝。"
　　⑤　称为河原院。

荒,蔓草过肩,古木阴森,幽暗不可名状。朝雾弥漫,侵入车帘,衣袂为之润湿。
源氏公子对夕颜说:"我从未有过此种经验,这景象真教人寒心啊!正是:

　　　　戴月披星事,我今阅历初。

　　　　古来游冶客,亦解此情无?

你可曾有过此种经验?"夕颜羞答答地吟道:

　　　　"落月随山隐,山名不可知。

　　　　会当穷碧落,蓦地隐芳姿。①

我害怕呢。"源氏公子觉得周围景象果然凄凉可怕,推想这是因为向来常和
许多人聚居一室之故,这一变倒也有趣。车子驱进院内,停在西厢前,解下牛来,
把车辕搁在栏杆上。源氏公子等人就坐在车中等候打扫房间。侍女右近看看这
光景,不胜惊异,心中偷偷地想起女主人以前和头中将私通时的情状。守院人东
奔西走,殷勤服侍。右近已看出源氏公子的身分了。

天色微明,远近事物隐隐可辨之时,源氏公子方才下车。室中临时打扫起
来,倒也布置得清清爽爽。守院人说:"当差的人都不在这里。怕很不方便呢。"
这人是公子亲信的家臣,曾经在左大臣邸内伺候。他走近启请:"可否召唤几个
熟手来?"源氏公子说:"我是特地选定这没有人来的地方的。只让你一人知道,
不许向外泄露。"吩咐他要保密。这人立刻去备办早粥,然而人手不够,张皇失
措。源氏公子从来不曾住过这么荒凉的旅寓,现在除了和夕颜滔滔不绝地谈情
之外,没有别的事可做。

二人暂时歇息,到了将近中午,方才起身。源氏公子亲自打开格子窗一看,
庭院中荒芜之极,不见人影,但见树木丛生,一望无际,寂寥之趣,难于言喻。附
近的花卉草木,也都毫不足观,只觉得是一片衰秋的原野。池塘上覆着水草,荒
凉可怕。那边的离屋里设有房间,似乎有人住着,然而相隔很远。源氏公子说:
"这地方人迹全无,阴风惨惨的。可是即使有鬼,对我也无可奈何吧。"这时候他
的脸还是隐蔽着。夕颜对此似有怨恨之色。源氏公子想:"亲昵到了这地步,还
要遮掩真面目,确实是不合情理的。"便吟道:

　　　　"夕颜带露开颜笑,

　　　　只为当时邂逅缘。②

那天你写在扇子上送我的诗,有'夕颜凝露容光艳'之句,现在我露真面目
了,你看怎样?"夕颜向他瞟一眼,低声答道:

　　　　"当时漫道容光艳,

---

①　月比喻她自己,山比喻源氏。

②　此处"夕颜"比拟源氏公子。

> 只为黄昏看不清。"

虽是歪诗,但源氏公子觉得也很有趣。这时候他对夕颜畅叙衷曲,毫无隐饰,其风采之优美,真是盖世无双,和这环境对比之下,竟有乖戾之感。他对夕颜说:"你对我一向隐瞒,我很不快,所以也不把真面目给你看。现在我已经公开,你总可把姓名告诉我了。老是这样,教人纳闷呢。"夕颜答道:"我是个无家可归的流浪儿①!"这尚未完全融洽的样子倒显得娇艳。源氏公子说:"这便无可奈何了!原是我自己先作榜样的,怪你不得了。"两人有时诉恨,有时谈情,度过了这一天。

惟光找到了这地方,送些果物来。但他深恐右近怪他拉拢,所以不敢走进里面去。他看见公子为了这女子躲藏到这种地方来,觉得好笑,推想这女子的美貌一定是值得迷恋的。他想:"本来我自己可以到手的,现在让给公子,我的气量总算大了。"心中有些懊悔。

傍晚时分,源氏公子眺望着鸦雀无声的暮天。夕颜觉得室内太暗,阴森可怕,便走到廊上,把帘子卷起,在公子身旁躺下。两人互相注视被夕阳照红了的脸。夕颜觉得这种情景之奇特,出乎意外,便忘却了一切忧思,渐渐地显出亲密信任之态,样子煞是可爱。她看到周围的情景,觉得非常胆怯,因此尽日依附在公子身边,像一个天真烂漫的孩子,十分可怜。源氏公子便提早把格子门关上,教人点起灯来。他怨恨地说:"我们已经是推心置腹的伴侣了,你还是有所顾忌,不把姓名告诉我,真教我伤心。"这时候他又想起:"父皇一定在找寻我了吧,教使者们到哪里去找我呢?"既而又想:"我何以如此溺爱这女子,自己也觉得奇怪。我久不访问六条妃子,她一定恨我了。被人恨是痛苦的,然而也怪不得她。"他怀念恋人时,总是首先想起这六条妃子。然而眼前这个天真烂漫、依恋不舍的人,实在非常可爱。此时想起六条妃子那种多心过虑令人苦闷的神情,便觉稍稍减色了。他在心中把两人加以比较。

将近夜半,源氏公子蒙眬入睡,恍惚看见枕畔坐着一个绝色美女,对他说道:"我为你少年英俊,故而倾心爱慕。岂知你对我全不顾念,却陪着这个毫不足道的女人到这里来,百般宠爱。如此无情,真真气死我也!"说着,便动手要把睡在他身旁的夕颜拉起。源氏公子心知着了梦魔,睁开眼睛一看,灯火已熄。他觉得阴气逼人,便拔出佩刀来放在身旁,把右近叫醒。右近也很害怕,偎依到源氏公子身边来。公子说:"你出去把过廊里的值宿人唤醒,叫他们点纸烛来。"右近说:"这么黑暗,教我怎么出去呢?"公子笑道:"哈哈,你真像个小孩子。"便拍起

---

①   和歌:"惊涛拍岸荒渚上,无家可归流浪儿。"见《和汉朗咏集》。

手来①。这时候四壁发出回声，光景异常凄惨。值宿人却没有听见，一个人也不来。夕颜浑身痉挛，默默无言，痛苦万状。出了一身冷汗之后，只剩得奄奄一息了。右近说："小姐生来胆怯，平日略有小事，便惊心动魄，现在不知她心里多么难过呢！"源氏公子想："的确很胆怯，白天也是望着天空发呆，真可怜啊！"便对右近说："那么我自己去叫人吧。拍手有回声，很讨厌。你暂且坐在她身边吧。"右近便走近夕颜身边。源氏公子从西面的边门走出去，打开过廊的门一看，灯火也已熄灭了。外边略有夜风。值宿的人很少，都睡着了。共只三人，其中一个是这里的守院人的儿子，即源氏公子经常使唤的一个年轻人，一个是值殿男童，另一个便是那个随从。那年轻人答应一声，便起身了。公子对他说："拿纸烛来。你对随从说，叫他赶快鸣弦，要不断地发出弦声②。你们在这人迹稀少的地方怎么可以放心睡觉？听说惟光来过，现在哪里？"年轻人回答："他来过了。因为公子没有吩咐他什么，他就回去了，说明天早上再来迎接公子。"这年轻人是宫中禁卫武士，善于鸣弦，便一面拉弓，一面叫喊"火烛小心"，向守院人的屋子那边走去。

源氏公子听到鸣弦声，便想象宫中的情况："此刻巡夜人大概已经唱过名了。禁卫武士鸣弦，正是这时候吧。"照此推想，还没夜深。他回到房间里，暗中摸索一下，夕颜照旧躺着，右近俯伏在她身旁。源氏公子说："你怎么啦？用不着这么胆怯！荒野地方，狐狸精之类的东西出来吓人，原是可恶的；可是我在这里，不要怕这些东西！"便用力把右近拉起来。右近说："太可怕了，我心里很不舒服，所以俯伏在地。小姐现在不知怎么样了？"公子说："唉，这是怎么一回事！"暗中伸手把夕颜抚摸一下，气息也没有了。再把她的身体摇一下，但觉四肢松懈，全无神志。源氏公子想："她真是个孩子气的人，被妖魔迷住了吧。"然而束手无策，焦灼万状。那个禁卫武士拿纸烛来了。此时右近已经吓得不能动弹。源氏公子便亲自把旁边的帷屏拉过来，遮住了夕颜的身体，对武士说："把纸烛拿过来些！"然而武士遵守规矩，不敢走近，在门槛边站住了。源氏公子说："再拿过来些！守规矩也要看情况！"拿纸烛一照，隐约看见刚才梦中那个美女坐在夕颜枕边，倏忽之间便消失了。

源氏公子想："这种事情，只在古代小说中读过，现在亲眼看到，真是太可怕了。要紧的是这个人到底怎么样了？"心乱如麻，几乎连自身也忘记了。他就躺倒在夕颜身旁，连声唤她。岂知夕颜的身体已经渐渐冷却，早已断气了！此时他噤口无言，不知如何是好。旁边并无一个有力的人可以商量。倘有一个能驱除

---

① 日本人习惯，拍手是表示叫人来。
② 当时认为弓弦的声音可以驱除妖魔。

恶魔的法师,此时正用得着。然而哪里有法师呢?他自己虽然逞强,毕竟年纪还轻,阅历不多,眼看着夕颜暴亡,心中无限悲痛,却毫无办法,只是紧紧地抱住她,叫她:"吾爱,你活过来吧!不要教我悲痛啊!"然而夕颜的身体已经完全冷却,渐渐不像人样了。右近早已吓昏,此时突然觉醒过来,便号啕大哭。源氏公子想起了从前某大臣南殿驱鬼的故事①,精神就振作起来,对右近说:"现在虽然好像断气了,可是不会就此死去。夜里哭声会惊动人,你静些吧。"他制止了右近号哭。然而这件事太突如其来,他自己也茫然不知所措。

　　终于叫了那个武士来,对他说:"这里出了怪事:妖魔把人迷住,痛苦得很。你赶快派个使者到惟光大夫住的地方去,叫他马上到这里来。再秘密地告诉他:他的哥哥阿阇梨如果在他家,叫他带他同来。他母亲知道了也许要责问,所以不可大声说话。因为这尼姑是不赞许这种秘密行为的。"他嘴上侃侃而谈,其实胸中充塞了悲痛之情。这个人的死去非常可哀,加之这环境的凄惨难于言喻。

　　……

第五回　紫儿

　　……

　　却说那藤壶妃子身患小恙,暂时出宫,回三条娘家休养。源氏公子看见父皇为此忧愁叹息,深感不安。但一方面又颇想乘此良机,与藤壶妃子相会。因此神思恍惚,各恋人处都无心去访。无论在宫中或在二条院私邸,总是昼间闷闷不乐,沉思梦想,夜间则催促王命妇②,要她想办法。王命妇用尽千方百计,竟不顾一切地把两人拉拢了。此次幽会真同做梦一样,心情好生凄楚!藤壶妃子回想以前那桩伤心之事,觉得抱恨终天,早已决心誓不再犯;岂料如今又遭此厄,思想起来,好不愁闷!但此人生性温柔敦厚,腼腆多情。虽然伤心饮恨,其高贵之相终非常人可比。源氏公子想道:"此人身上何以毫无半点缺陷呢?"他觉得这一点反而令人难以忍受了。虽然相逢,匆促之间岂能畅叙?惟愿永远同宿于暗夜之中。但春宵苦短,转瞬已近黎明。惜别伤离,真有"相见争如不见"之感。公子吟道:

　　　　"相逢即别梦难继,

　　　　　但愿融身入梦中。"

　　藤壶妃子看见他饮泪吞声之状,深为感动,便答诗云:

　　　　"纵使梦长终不醒,

---

　　① 太政大臣藤原忠平暗夜在紫宸殿(即南殿)的御帐后面走过,有鬼握住了他的佩刀的鞘尾,他就拔出刀来斩鬼,鬼向丑寅方向逃走了。事见历史故事《大镜》所载。

　　② 从后文看王命妇以前曾经引导源氏与藤壶妃子幽会过。

　　声名狼藉使人忧。"

　　她那忧心悄悄之状,实在引人同情,教人怜惜。此时王命妇已将公子的衣服送来,催他回去了。

　　源氏公子回到二条院私邸,终日卧床饮泣。写了慰问信送去,王命妇回来说她是照例不看的。此虽是常有之事,但公子心中更增烦恼。他只是茫茫然地沉思冥想,宫中也不去朝觐,在私邸笼闭了两三天。想起父皇或许会担心他又生病了,心中不免惶恐。藤壶妃子也悲叹自己命苦,病势加重了。皇上屡次遣使催她早日回宫,但她无意回去。她觉得此次病状与往常不同,私下寻思:莫非是怀孕了?心中更觉烦闷,不知今后如何是好,方寸缭乱了。

　　到了夏天,藤壶妃子更加不能起床了。她怀孕已有三个月,外表已可分明看出。众侍女也都谈起。但妃子对此意外宿缘,只觉得痛心。别人全然不知道底细,都惊诧道:"有喜三个月了,为什么还不奏闻?"此事藤壶妃子自己心中分明知道。此外只有妃子的乳母的女儿弁君,因经常服侍入浴,妃子身上一切情况她都详细知道;还有牵线的王命妇当然知道。她们都觉得此事不比寻常,但也不敢互相谈论。王命妇想起自己的牵线造成了这样的结果,觉得这也是不可避免的前世宿缘,人的命运真不可知啊!向宫中奏闻,只说因有妖魔侵扰,不能立刻看出怀孕征候,所以迟报。外人都信以为真。皇上知道妃子怀孕,更加无限地怜爱她了。问讯的使者不绝于路。藤壶妃子只是忧愁惶恐,镇日耽于沉思。

　　却说中将源氏公子做了一个离奇古怪的梦,便召唤占梦人前来,叫他详梦。岂知判语是公子所意想不到的怪事①。那占梦人又说:"此福缘中含有凶相,必须谨防。"源氏公子觉得此事不妙,便对占梦人说:"这不是我做的梦,是别人做的梦。在你的判语尚未应验之前,决不可向外人宣扬!"他心中却想:"到底是怎么一回事?"从此心绪不宁。后来听到了藤壶妃子怀孕的消息,方才悟道:"原来那梦所暗示的是这件事!"他觉得更加恋恋不舍,便千言万语地嘱托王命妇,要和妃子再见一面。但王命妇想起了以往的事,心中异常恐惧。况且今后行事更加困难,竟毫无办法。以前源氏公子还可偶尔得到妃子片言只语的回音,此后完全音信断绝了。

　　到了七月里,藤壶妃子回宫。久别重逢,皇上见了她觉得异常可爱,恩宠不可限量。她的腹部稍稍膨大,因怀孕呕吐而面容消瘦,然而另有一种无可比拟的娇艳之相。皇上照旧朝朝夜夜住在藤壶妃子宫中。时值早秋,管弦丝竹之兴渐渐浓厚起来,便时时宣召源氏公子来御前操琴吹笛。源氏公子努力隐忍,然而不可遏制的热情不免时时外露。藤壶妃子暗察他的心事,好生怜惜,心中便有无限

------

　　①　指源氏应作天子之父。

思量。

……

此时紫儿为恋念外祖母，正倒在床上哭泣。陪伴她玩耍的女童对她说："一个穿官袍的人来了。恐怕是你爸爸呢。"紫儿就起来，走出去看。她叫着乳母问道："少纳言妈妈！穿官袍的人在哪里？是爸爸来了么？"她一边问，一边走近乳母身边来，其声音非常可爱。源氏公子对她说："不是爸爸，是我。我也不是外人。来，到这里来！"紫儿隔帘听得出这就是上次来的那个源氏公子。认错了人，很难为情，便依傍到乳母身边去，说："去吧，我想睡觉。"源氏公子说："你不要再躲避了。就在我膝上睡觉吧。来，走近来些！"少纳言乳母说："您看，真是一点也不懂事的。"便将这小姑娘推近源氏公子这边去。紫儿只是呆呆地隔着帏屏坐着。源氏公子把手伸进帏屏里，摸摸她的头发。那长长的头发披在软软的衣服上，柔顺致密，感觉异常美好。他便握住了她的手。紫姬看见这个不相熟的人如此亲近她，畏缩起来，又对乳母说："我想睡觉呀！"用力把身子退进里面。源氏公子便乘势跟着她钻进帏屏里面去，一面说："现在我是爱护你的人了，你不要讨厌我！"少纳言乳母困窘地说："啊呀，太不像样了！无论对她怎样说，都没有用的啊。"源氏公子对乳母说："对她这样年幼的人，我还能把她怎样呢？只是要表白我的一片世间无例的真心。"

天上下雪珠了，风猛烈起来，夜色十分凄惨。源氏公子说："如此人迹稀少、荒凉寂寞的地方，如何住得下去！"说着，流下泪来，竟不忍抛舍而去，便对侍女们说："把窗子关起来！今夜天气可怕，让我也来值夜吧。大家都到这里来陪伴姑娘！"便像熟人一般抱了这小姑娘走进寝台的帐幕里去了。众侍女看了都发呆，觉得这真是意想不到的怪事！尤其是那个少纳言乳母，她觉得情形不妙，非常担心。但又不便声张，只有唉声叹气。这小姑娘心里害怕得很，不知如何是好，浑身发抖，那柔嫩的肌肤感到发冷。源氏公子看到这状态，觉得也很可爱。他紧紧地抱住这个仅穿一件夹衫的小姑娘，自己心中却有一种异乎寻常的感觉，便轻言细语地对她说："你到我那里去吧。我那里有许多美丽的图画，还有许多玩偶。"他讲的都是孩子们爱听的话，态度非常温存。因此紫儿的幼小的心渐渐地不感到害怕了，可是总觉得很狼狈。她不能入睡，只是局促不安地躺着。

狂风通夜不息。众侍女悄悄地互相告道："今晚如果源氏公子不来，我们这里多么害怕！要是姑娘年纪和公子相称，多么好呢！"少纳言乳母替姑娘担心，紧紧地坐在她身旁。后来风渐渐停息了。源氏公子要在天没有亮之前回去，此时他心中觉得仿佛是和情人幽会之后一般。便对乳母说："我看了姑娘的样子，觉得非常可怜。尤其是现在，我觉得片刻也舍不得她了。我想让她迁居到我二条院的邸内来，好朝夜看到她。这种地方怎么可以常住呢？你们真好大胆！"乳母答道："兵部卿大人也说要来迎接她去。且过了老太太断七①之后再说吧。"公子说："兵部卿虽然是她父亲，可是一向分居，全同他人一样生疏吧。我今后一定做她的保护人。我对她的爱，比她父亲真心得多呢。"他说过之后，摸摸紫儿的头发，起身告辞，还是屡次回头，依依不忍遽去。

门外朝雾弥漫，天空景色幽奇，遍地浓霜，一白无际。源氏公子对景寻思：此刻倘是真的幽会归来，这才够味。但现在终觉美中不足。他想起了一个极秘密的情妇，她家就在这归途上。便在那里停车，叫人去敲门。然而里面没有人听见。计无所出，便叫一个嗓子好些儿的随从在门外唱起诗歌来：

> "朝寒雾重香闺近，
>
> 岂有过门不入人？"

连唱了两遍，里面走出一个口齿伶俐的侍女来，回答道：

> "雾重朝寒行不得，
>
> 蓬门不锁任君开。"

吟毕就进去了。以后不再有人出来。源氏公子觉得就此回去，不免乏味。然而天色渐明，教人见了不便，就不进门去，匆匆回二条院了。

源氏公子回到私邸之后，躺在床上回想那个可爱的人儿，觉得非常留恋，更独自微笑。睡到日高三丈，方才醒来。决定写信慰问紫儿。但这信与寻常不同，时时搁笔寻思，好容易写成。附赠几幅美丽的图画。

且说正在这一天，紫儿的父亲兵部卿亲王来探望她了。这邸宅比往年更加荒芜，广厦深宫，年久失修，屋多人少，阴气逼人。父亲环顾四周，慨然地说："这种地方，小孩一刻也不能留的。还是到我那边去吧。那边万事都很方便：乳母有专用的房间，可以安心服侍；姑娘有许多孩子作伴，不致寂寞。一切都很舒服。"他唤紫儿到身边来。源氏公子身上的衣香沾染在紫儿身上，气味非常馥郁。父亲闻到了这香气，说道："好香啊！可惜这衣服太旧了。"他觉得这女孩很可怜。接着又说："她好几年和患病的老太太住在一起。我常常劝老太太将她送到我那边去，也好和那边的人熟悉些。可是老太太异常嫌恶我家，始终拒绝。于是我家那个人心中也不快了。到这时候才送去，其实反而不体面呢。"少纳言乳母说："请大人放心。目前虽然寂寞，也是暂时之事，不须挂念。且待姑娘年事稍长，略解人情世故，再迁居府上，较为妥善。"又叹一口气说："姑娘日夜想念老太太，饮食也少进了。"紫儿的确瘦损了不少，然而相貌反而清秀艳丽了。兵部卿对她说："你何必如此想念外祖母？现在她已经不是这世间的人了，悲伤有什么用处呢？有我在这里，你可放心。"天色渐暮，兵部卿准备回去了。紫儿啼啼哭

---

① 断七，即人死后七七四十九日。

哭,依依不舍。做父亲的也不免流下同情之泪,再三地安慰她:"千万不要这么想不开!我不久就来迎接你!"然后回去。

父亲去后,紫儿不堪寂寞,时常哭泣。她还不懂得考虑自己身世问题。她只是记念外婆,年来时刻不离左右,今后永远不能再见,想起了好不伤心!虽然还是个孩子,也不免愁绪满怀,日常的游戏都废止了。白昼还可散心,暂时忘忧;到了晚上,便吞声饮泣。少纳言乳母安慰乏术,只得陪着她哭,并且悲叹:"照此情况,日子如何过得下去!"

源氏公子派惟光前来问候。惟光转述公子的话道:"我本当亲自前来问候,只因父皇宣召,未能如愿。但每逢想起凄凉之状,不胜痛心。"又命惟光带几个人来值宿。少纳言乳母说:"这太不成话了!虽然他们在一起睡只是形式而已,可是一开始就如此怠慢,也太荒唐了。倘被兵部卿大人得知,定将责备我们看护人太不周到呢!姑娘啊,你要当心!爸爸面前切勿谈起源氏公子的事!"然而紫儿全然不懂这话的意思,真是天可怜见!少纳言乳母便把紫儿的悲苦身世讲给惟光听,后来又说:"再过些时光,如果真有宿缘,定当成就好事。只是目前实在太不相称;公子如此想念她,真不知出于何心,我百思不得其解,心中好生烦恼!今天兵部卿大人又来过了,他对我说:'你要好好地照顾她,千万不可轻举妄为!'经他这么一嘱咐,我对源氏公子这种想入非非的行径,也就觉得更加为难了。"说到这里,她忽然想起:如果说得太过分了,深恐惟光竟会疑心公子和姑娘之间已经有了事实关系,倒是使不得的。因此她不再那么哀叹了。惟光确也莫名其妙,不知二人之间究竟是怎么回事。

惟光回二条院,将此情况禀复公子,公子觉得十分可怜。但他又想:自己亲自常去问候,到底不合适;况且外人知道了也将批评我轻率。想来想去,只有迎接她到这里来最好。此后他常常送信去慰问。

有一天傍晚,又派那个惟光送信去。信中说:"今夜我本当亲自前来探望,因有要事,未能如愿。你们将怪我疏远么?"少纳言乳母对惟光说:"兵部卿大人突然派人来言:明天就要迎接姑娘到那边去。因此我心中乱得很。这长年住惯的破屋,一朝要离去,到底也有点不忍。众侍女也都心慌意乱了。"她草草地应对,并没有好好地招待他。惟光看见她们手忙脚乱地缝衣服,整理物件,觉得也不便久留,便匆匆回去报命。此时源氏公子正住在左大臣家。葵姬并不立刻出来相见。源氏公子心中不快,姑且弹弹和琴,吟唱"我在常陆勤耕田……"的风俗歌①。歌声优美而飘荡。正在这时候惟光来了。他便唤他走近,探问那边情况。惟光回话"如此如此",源氏公子心中着急。他想:"迁居兵部卿家之后,我

---

① 风俗歌《常陆》云:"我在常陆勤耕田,胸无杂念心自专。你却疑我有外遇,超山过岭雨夜来。"

倘特地前去求婚，并且要迎接她来此，这行径未免太轻薄了。倘不告诉他，擅自把她迎接来此，也不过受到一个盗取小孩的恶评罢了。好，我就在她迁居以前暂时教乳母等保密，把她迎接到这里来吧！"便吩咐惟光："天亮以前，我要到那边去。车子的装备就照我到这里来时一样，随身带一两人够了。"惟光奉命而去。

源氏公子独自寻思："怎么办呢？外人得知了，自然会批评我轻薄吧。如果对方年龄相当，已经懂得男女之情，那么外人会推想那女的和我同心，这就变成世间常有之事，不足怪了。可是现在并不如此，怎么办呢？况且如被她父亲寻着了，很不好意思，有什么道理可说呢？"他心乱如麻。但念错过这机会，后悔莫及，便决心在天未亮之前出发。葵姬照例沉默寡言，没有一句知心话。源氏公子便对她说："我想起二条院那边有一件紧要的事，今天非办好不可。我去一去马上回来。"便走了出来，连侍女们都没有发觉。他走到自己房间里，换上那套便服，但叫惟光一人骑马跟随，向六条出发了。

到了那里，敲敲大门，一个全不知情的仆人开了门。车子悄悄地赶进院子里。惟光敲敲房间的门，咳嗽几声。少纳言乳母听得出是他的声音，便起来开门。惟光对她说："源氏公子来了。"乳母说："姑娘还在睡呢。为什么深夜到这里来？"她料想公子是顺路到此的。源氏公子说："我知道她明天要迁居到父亲那里去，在她动身以前有一句话要对她说。"少纳言乳母笑道："有什么事情呢？想必她会给您一个干脆的回答的！"源氏公子一直走进内室去。少纳言乳母着急了，说道："姑娘身边有几个老婆子放肆地睡着呢！"公子管自走进去，一面说："姑娘还没睡醒么？我去叫她醒来吧！朝雾景致很好，怎么不起来看看？"众侍女慌张了，连个"呀"字都喊不出来。

紫儿睡得正熟，源氏公子将她抱起唤醒。她醒过来，睡眼蒙眬地想：父亲来迎接我了。源氏公子摸摸她的头发，说："去吧，爸爸派我来迎接你了。"紫儿知道不是父亲，慌张起来，样子非常恐怖。源氏公子对她说："不要怕！我也是同爸爸一样的人呀！"便抱着她走出来。惟光和少纳言乳母等都吃惊，叫道："啊呀！做什么呀？"源氏公子回道："我不能常常来此探望，很不放心，所以想迎接她到一个安乐可靠的地方去。我这番用意屡遭拒绝。如果她迁居到父亲那边去，今后就更加不容易去探望了。快来一个人陪她同行吧。"少纳言乳母狼狈地说："今天的确不便。她父亲明天来时，叫我怎么说呢？再过些时光，只要有缘，日后自然成功。现在突如其来，教侍从的人也为难！"源氏公子说："好，算了，侍从的以后再来吧。"便命人把车子赶到廊下来。众侍女都惊慌地叫："怎么办呢！"紫儿也吓得哭起来了。少纳言乳母无法挽留，只得带了昨夜替姑娘缝好的衫子，自己也换了一件衣服，匆匆上车而去。

这儿离二条院很近，天没有亮就到达，车子赶到西殿前停下了。源氏公子轻松地抱了紫儿下车。少纳言乳母说:"我心里还像做梦一样,怎么办呢?"她踌躇着不下车。源氏公子说:"随你便吧。姑娘本人已经来了,你如果要回去,就送你回去吧。"少纳言乳母没有办法,只得下车。这件事太突如其来,她吃惊之下,心头乱跳。她想:"她父亲知道了将作何感想,将怎么说呢? 姑娘的前途怎么样呢? 总而言之,死了母亲和外祖母,就命苦了。"想到这里,眼泪流个不住;又念今天是第一天到此,哭泣是不祥的,便竭力忍耐。

这西殿是平常不用的屋子,所以设备不周。源氏公子便命惟光叫人取帐幕和屏风来,布置一番。只要把帷屏的垂布放下,铺好席位,把应用器什安置妥帖,便可居住。再命把东殿的被褥取来,准备就寝。紫儿心中十分恐惧,四肢发抖,不知源氏公子要拿自己怎么样。总算不曾放声啼哭,只是说:"我要跟少纳言妈妈睡!"态度真同小孩一样! 源氏公子便开导她:"今后不该再跟乳母睡了。"紫儿伤心得很,啼啼哭哭地睡了。少纳言乳母睡也睡不着,只是茫茫然地淌眼泪。天色渐渐明亮。她环视四周,但见宫殿的构造和装饰无限富丽,连庭中的铺石都像宝玉一般,使得她目眩神移。她身上服饰简朴,自惭形秽,幸而这里没有侍女。这西殿原是偶尔招待不大亲近的客人住宿用的,只有几个男仆站在帘外伺候。他们窥知昨夜迎接女客来此住宿,相与悄悄地谈论:"不知来的是何等样人? 一定是特别宠爱的了。"

盥洗用具和早膳都送到这里来。源氏公子起身时太阳已经很高。他吩咐道:"这里没有侍女,很不方便。今天晚上选几个适当的人来此伺候。"又命令到东殿去唤几个女童来和紫儿作伴:"只拣年纪小的到这里来!"立刻来了四个非常可爱的女孩。

紫儿裹着源氏公子的衣服睡着。公子硬把她唤醒,对她说道:"你不要那样地讨厌我。我倘是个浮薄少年,哪能这样地关怀你呢? 女儿家最可贵的是心地柔顺。"他已经开始教养她了。紫儿的容貌,就近仔细端相起来,比远看时更加清丽可爱。源氏公子和她亲切地谈话,叫人到东殿去拿许多美丽的图画和玩具来给她看,又做她所喜爱的种种游戏。紫儿心中渐渐高兴,好容易起来了。她身上穿着家常的深灰色丧服,无心无思地憨笑,姿态异常美丽。源氏公子看了,自己也不知不觉地跟着微笑。源氏公子到东殿去一下,这期间紫儿走出帘前,隔帘观赏庭中的花木池塘。但见经霜变色了的草木花卉,像图画一样美丽,以前不曾见过的四位、五位的官员,穿着紫袍、红袍在花木之间不绝地来来往往,她觉得这地方确实有趣。还有室内屏风上的图画,也都很有意思。她看了很高兴,忘记了一切忧愁。

源氏公子此后两三天不进宫,专心和紫儿作伴,使她稔熟起来。他写许多字,画许多画给她看,就拿这些给她当作习字帖和画帖。他写的、画的都很精美。

其中一张写的是一曲古歌:"不识武藏野,闻名亦可爱。只因生紫草,常把我心牵。"①写在紫色纸上,笔致特别秀丽。紫儿拿起来看看,但见旁边又用稍小的字题着一首诗:

　　"渴慕武藏野,露多不可行。

　　　有心怜紫草,稚子亦堪亲。"②

源氏公子对她说:"你也写一张看。"紫儿仰望着源氏公子说:"我还写不好呢!"态度天真烂漫,非常可爱。源氏公子不由地满面堆上笑来,答道:"写不好就不写,是不好的。我会教你的。"她就转向一旁去写了。那手的姿势和运笔的方法,都是孩子气的,但也非常可爱,使源氏公子真心地感到不可思议。紫儿说:"写坏了!"羞答答地把纸隐藏起来。源氏公子抢来一看,但见写着一首诗:

　　"渴慕武藏野,缘何怜紫草?

　　　原由未分明,怀疑终不了。"③

写得的确很幼稚,但笔致饱满,显然前途有望。很像已故的外祖母的笔迹。源氏公子看了,觉得让她临现世风的字帖,一定容易进步。书画之外,源氏公子又特地为她制造玩偶住的许多屋子,和她一起玩耍。他觉得这是最好的消遣方法。

却说留在紫儿邸宅里的众侍女,担心兵部卿亲王来问时没有话可以回答,大家很忧愁。源氏公子临走时,曾叮嘱她们"暂时不要告诉别人"。少纳言乳母也对她们这么说。因此众侍女都严守秘密。兵部卿问时,她们只说"少纳言乳母带她逃出去躲避了,去向不明。"兵部卿没有办法,心中猜想:"已故的老尼姑竭力反对送她到父亲处,少纳言乳母体念老太太的心愿,因此干了这越分的行为。她不好意思公开声言姑娘不便去父亲处,便自作主张悄悄地带她逃出去躲避了。"他只得挥着眼泪回去。临行时吩咐道:"倘探得了姑娘去处,立刻来报告。"众侍女都觉得很为难。

兵部卿到北山的僧都那里去探问,也毫无踪迹。他回想这女儿的秀丽的容貌,心中又挂念,又悲伤。他的夫人本来妒恨紫儿的母亲,但现在此心早已释然,颇思将紫儿领来,按自己的愿望教养她。如今未能如愿,亦感遗憾。

且说二条院西殿里,侍女渐渐地多起来。陪伴紫儿游戏的童女和幼孩,看见这一对主人都很漂亮,都很时髦,大家很高兴,无心无思地在那里游戏。源氏公子不在家时,寂寞之夜,紫儿想起了外婆,不免啼哭。但她并不怎么想念父亲。原来她从小不亲近父亲,并无可恋。现在她只是亲近这个后父似的源氏公子,镇

---

①　武藏野地方多紫草。故紫草称为"武藏野草"。此古歌见《古今和歌六帖》。

②　武藏野和紫草比喻难见的藤壶妃子。稚子指与藤壶有血缘关系的紫儿。

③　此诗暗指紫儿不懂得源氏与藤壶的关系。

日缠住他。每逢源氏公子从外面回来,她总是首先出去迎接,亲切地向他问长问短,投身在他怀里,毫无顾忌,毫不识羞。这真是一种异乎寻常的爱情!

如果这女孩子年龄更大些,懂得嫉妒了,那么两人之间一旦发生不快之事,男的便会担心女的是否有所误解而心怀醋意,因而对她隔膜。女的也会对男的怀抱怨恨,因而引起疏远、离异等意外之事。但是现在这两人之间无需此种顾忌,竟是一对快乐的游戏伴侣。再说,如果这孩子是亲生女儿,那么到了这年龄,做父亲的也不便肆意地亲近她,和她同寝共起。但是现在这紫儿又并非亲生女儿,无需此种顾忌。源氏公子竟把她当作一个异乎寻常的秘藏女儿。

选自紫式部:《源氏物语》上,丰子恺译,人民文学出版社 1980 年版。

神曲(节选)

但丁

　　但丁(1265—1321)出生在意大利佛罗伦萨一个小贵族家庭,早年曾向著名学者布鲁内托·拉蒂尼学习拉丁文、诗学、修辞学以及古代希腊罗马文学,在绘画、音乐、哲学等方面也颇有造诣。青年时期的但丁是归尔夫党的积极的政治活动家,曾被选为佛罗伦萨的行政官之一。1302年,黑党得势,但丁被流放。流放期间,但丁开始写作《神曲》,同时还写有一系列文论与政论著作,表达出他对意大利现实问题的思考。其中《飨宴》(1304—1307)、《论俗语》(1304—1308)和《帝制论》(1309)集中体现了他的政治、社会和文化的观点。但丁的代表作《神曲》共分《地狱篇》《炼狱篇》和《天堂篇》三部,是但丁流放20年全部心血的结晶。

地狱篇(节选)

第二十一篇

　　第八圈(续),第五沟:贪官污吏。一班黑魔鬼。

　　我们从此桥到彼桥,别的谈话也不记在我的喜剧里面了;我们向前走,登到第五座桥上。我们停留在那里,观察马勒勃尔介的又一沟,和在那里徒然哭泣的一班人;我觉得这条沟非常黑暗。

　　好比在威尼斯修船厂所见的一般,在冬天,那里沸着沥青,为医治病船之用,那些船已经不能航行了;于是,有的建造一条新船,有的修理已经逢见过许多次风浪的旧船;有的在船头上寻漏洞,有的在船艄上找裂缝;有的做着桨,有的打着索;有的补帆,有的重造桅杆。这条沟里也是沸着浓厚的沥青,而且泛滥到两岸,可是这里不用火力,却是神的艺术。我看不见沟里有什么,只看见一个一个的气泡,胀大了以后,忽然又瘪下去。

　　当我定神向下看的时候,我的引导人对我说:"当心! 当心!"他把我从立着的地方拉过去。于是我急忙把头掉转去看,好像一个人忽然有所恐惧,不暇看见危险的事物,就急忙退避一般;在我的后方,果然跑来一个黑色魔鬼。他的形状是多么可怕呀！他的举动多么粗暴，两翼张开多么阔大，两脚多么轻捷呀！他高锐的两肩上，掮着一个罪人的双腿。罪人的臀部在他背上，他的手握住罪人的脚。他从桥上向下面叫道："喂！马拉勃朗卡！① 这里是一个圣齐塔的长老；②把他沉在底部，我还要回到那城里去找别的人呢。那里每个人都是贪污的，除却邦杜罗；③那里可以用金钱把一个'非'换一个'是'呢。"说罢，他把那个罪人摔下沟去，一个旋转便隐没在岩石的一边而不见了，就是巨獒追贼也没有这般的快。

那个罪人沉到沟底以后，又浮了起来，把头露出沥青外面；但是那些藏在桥洞下面的魔鬼一起喊道："这里没有'圣面'赐福给你；④这里不能像在塞尔丘河一样地游泳；所以，除非你愿意尝试我们的铁耙子，那末你不要露出面孔。"说罢，他们用铁耙子打他几百下，说："你应当在下面跳舞；你要是想偷偷摸摸，也只好瞒着别人的耳目。"于是他们用铁耙子把他压到沥青下面，和厨娘用筷子把猪肉压到锅底没有两样。

和善的老师对我说："你暂且躲在岩石那边，免得给别人看见；别人无论怎样侮辱我，你都不要怕；因为我知道这些事情，以前我逢见过了。"于是他一人走过桥，到了第六条堤岸，在这里真需要有坚硬的额角呢。好比一群疯狂的狗，冲向请求布施的穷人一样，那些桥洞下的魔鬼，手里拿着铁耙子，一拥而出，向他示威；但是他并不慌忙，喊道："你们不得无理！在你们的叉子触着我以前，请先派一个人来和我说话，以后听凭你们怎样处理我。"他们一齐叫道"马拉科达⑤去！"于是其中一个走上前来，其余的都立着不动。走近的魔鬼说："你有什么话说？"我的老师道："马拉科达，你以为我经历种种阻碍，居然平安到了这里，并不是神的意志和我的幸运么？让我过去罢，我是奉了天的命令，引导另一个人走这条路的。"于是那傲慢的魔鬼放下他的铁耙子在他脚旁，回转身子对别的魔鬼说："不要打他罢！"

于是我的引导人对我说："躲在桥上岩石背后的可以出来了，现在到我这里来罢，不要怕！"我听罢，立即跑上前去；但是那些魔鬼也一齐冲进，因此我恐怕他们不会遵守方才的约言，好比我以前看见过的那些步兵，他们依照卡波罗纳协定退走，看见他们四周众多的敌人而害怕了。我急忙把身子贴近我的引导人，我的眼睛注意着他们一副不怀好意的面貌。他们暂时把耙子放下；他们互相说话，

---

① 马拉勃朗卡（Malebranche）用以称呼魔鬼，意云"恶爪"。

② 卢卡（Lucca）人尊崇圣齐塔（Santa Zita）。此处罪人为卢卡城的一个官长。

③ 邦杜罗（Bonturo）实为当时贪污之最，此处说的是反话。

④ 圣面（Santo Volto）为古代耶稣之木偶像，保存于圣马丁（San Martino）教堂中，人有危难则向之求保护。

⑤ 马拉科达（Malacoda）意云"恶尾"。

其中一个道:"我打在他的臀部好么?"别的魔鬼一齐答道:"我们看你打罢!"当时那个和我引导人说话的魔鬼立即回转头去,他喊道:"肃静! 肃静! 斯卡密琉涅!"①于是他对我们说:"你们从这里一直走下去是不可能的,因为第六座桥已经断落到沟底去了。假使你们还要向前进行,那末沿着这条堤岸走,稍远,你们可以发现另外一座桥。昨天,比现在再后五小时,正是此桥断落的一千二百六十六周年。② 现在我正要派遣我的人巡逻,查看是否有犯人把头露出来呼吸空气;那末和他们一起走罢,他们不会有恶意的。"

于是他转身吩咐他们道:"阿利奇诺和卡尔卡勃利纳跑前来,还有你,卡尼亚佐;巴尔巴利洽做十人的班头。利比科科,德拉吉尼亚佐,长齿的奇利阿托,格拉菲亚卡内,法尔法赖罗和呆子卢比堪忒都跟着去。③ 巡逻沸着的沥青,并且把这两位带领到前面,那里可以平安地越过兽窟。④"

我说:"嗄! 我的老师,我所看见的是一班什么人? 假使你认识路径,我们宁可不要护送人;因为我和他们过不来! 要是你和平常一样有注意力,你可以看见他们在磨牙切齿,嗔眼竖眉,向我们示威的神气呢。"他回答道:"我请你不要害怕,听他们在那里磨牙切齿,因为这是在向着那些被煮的恶人示威呢。"

我们转向左边,在堤岸上走了。但是在开步之前,他们每个都向他们的班头伸伸舌头,也许这是一种信号;那班头拍拍他的屁股,代替了号筒。⑤

第二十二篇

续贪官污吏。那伐尔人;黑魔鬼的交战。

以前我曾经看见过马队的前进,归队和后退;阿雷佐人呀! 我曾经看见过你们家乡的赛马,⑥看见过土匪的横行,看见过各种竞技的开幕;他们或用号筒,或用钟,⑦或用鼓,或用堡垒上的信号,⑧或用本国和外国的军乐;但是我从来没有看见过任何马队,步兵,船只,使用过地狱里这样奇怪的喇叭。

我们和十个魔鬼同行:这是多么可怕的伴侣呀! 不过,"教堂有圣徒,酒店

---

① 斯卡密琉涅(Scarmiglione),一魔鬼之名,意云"乱发"。

② 这是从耶稣死后直到昨天午刻的年数。但丁说耶稣死在午刻,所以现在的时辰为上午七时(星期六)。

③ 此处十个逻卒之原名为: Alichino, Calcabrina, Cagnazzo, Barba-ric-cia, Libicocco, Draghignazzo, Ciriatto, Graffiacane, Farfarello, Rubi-cante,大率都有意义,无关重要,兹不注出。

④ "兽窟"即指"沟",因罪人和野兽一般。

⑤ 原文为"以臀部当号筒",颇费解,此处意译。

⑥ 据布尼(Bruni)之证明,但丁于1289年6月参与佛罗伦萨军队在阿雷佐(Arezzo)之堪帕尔迪诺(Campaldino)一役。

⑦ 于车上建木架,悬钟其上,敲之以司军队之进退。

⑧ 昼用烟,夜用火,犹中国古代之烽火也。

有醉汉",这也是理所当然了。当时我注意在沥青的沟里,希望知道沟里的情形和那里被煮的犯人。好比海豚把弓形的背脊露出水面,警告水手们防御危险的临头;①这里的犯人为减轻痛苦起见,也有把背脊露出来的,但是一忽儿就没下去了,和闪电一样的快。又好比阳沟里的田鸡,只有嘴和鼻子透出水面,其余的脚和身子都藏在下面。这里的犯人多数也是这般状态;但是巴尔巴利沾一到,他们立即沉下去了。

我看见一个(我的心到现在尚为他战栗呢),②不知怎样他却逗留在那里,好比别的田鸡都逃散,这一个却孤单地呆在那里一般;凑巧格拉菲亚卡内近在他的旁边,一叉刺在他黏着的头发,举起在空中,我看他有点像一只水獭呢。这班魔鬼的名字我已经知道,因为在派出的时候,和他们互相呼唤的时候,我都用心听着呢。那些魔鬼一齐喊道:"卢比堪忒呀!用你的钩子划他的肉罢!"我说:"老师,假使可能的话,你去探问这个犯人的来历,他不幸落在魔鬼的手里了。"我的引导人走近他的旁边,问他从什么地方来的,他答道:"那伐尔王国是我的生长地。我母亲嫁给一个坏人,他丧失了他的生命和家产,所以她送我到一个贵族家里去做奴仆。后来我做了好国王忒巴尔多的家臣,就在那里我开始那卖官鬻爵的贿赂生涯;现在我到这个镬子里来还债了。"

当时魔鬼奇利亚托嘴里露出两个长牙,和野猪一般,用其中一个刺到犯人的肉里。一只老鼠压在一群凶猫的爪下了!但是巴尔巴利沾把犯人抱在手臂弯里,对大家说:"你们站开些,等我把他吊上钩再说!"于是他又对我的老师说:"假使你要知道更多的事情,那末你快些问他罢,即刻他们就要动手了。"因此我的引导人再向那犯人道:"请你告诉我,在沥青下面,还有别的拉丁人么?"他答道:"方才我离开一个,他就在我的旁边;假使我能够再回到他那里,那末爪牙和钩子我都不怕了!"那时利比科科叫道:"我们忍耐不住了!"向犯人手臂上一叉,厉害得很,马上扯去一块肉;德拉吉尼亚佐照样做,刺在他的腿上!当时他们的什长向四周狠狠地看了一下。他们略微平静以后,我的引导人又向犯人问话,那时他还看着他的伤痕呢:"你方才离开的一个究竟是谁呢?"他答道:"那是教友郭弥塔,加卢拉人,是贪污之王,他管理着他主人的仇敌,但是他们都感谢他,因为他说金钱可以买得自由呢。在他别的职务上,他也是一个聚敛的能手。他和罗格道罗人臧凯不断地谈着话;他们说着萨丁语,从不觉得疲劳……我还可以多说一点,但是,请你看看那些磨牙切齿的罢,我恐怕他们马上要撕碎我了。"

那时法尔法赖罗眼珠旋转,预备攻击那个犯人,但是那班头说:"滚蛋!你

①   当时相信海豚露背为暴风雨之预兆。

②   此灵魂为那伐尔(Navarra)人,名钱保罗(Ciampolo),并无别种事实为后人所知。忒巴尔多第二(Tebaldo=Thibault Ⅱ)自 1253 年至 1270 年为那伐尔国王。

这恶雀子。"那受了惊吓的犯人又道："假使你们愿意看见或听见托斯卡那人或伦巴第人，我可以叫他们到这里来。但是，请这些马拉勃朗卡稍微后退几步，因为我的伴侣怕他们呢。我一个坐在岸上，可以叫七个前来，我只要口啸一声，他们就明了岸上有朋友呼唤了。"卡尼阿佐听了这些话，摇摇头，举起他的尖嘴，说："不要听他的坏话，他想法子要脱身了！"那个狡猾的灵魂答道："我真是坏人呀！因为我出卖我的伴侣。"阿利奇诺忍耐不住了，反对众人的意见说："假使你要跳入沟里去，那末我非但立即追赶你，我还要飞到沥青面上来捉拿你。我们暂且离开堤岸几步，躲到那边去，看你是否能够逃开我们的手掌。"

读者诸君呀，你们马上有新戏法看了。这一班魔鬼掉转眼睛向着堤岸的那边，卡尼阿佐起先是不信任的，现在却是第一个躲起来。那伐尔人乘此机会，脚尖着地，一转瞬间已经跳往他的目的地了。每个魔鬼都知道受了骗，尤其责备阿利奇诺，因此他跳了起来，叫道："我来捉拿你！"但是已经太晚了，他的两翼也没有用，因为那犯人已经沉没下去，他只好懊丧而回；好比野鸭已经没入水面，老鹰只好恼怒归来一般。

卡尔卡勃利纳因为受了愚弄，心里十分生气，马上飞了起来，要是那个犯人捉不着，他便好和阿利奇诺打一仗。果然犯人连影子也不见了，他就和他的伙伴在空中交战。好比老鹰抓住麻雀一般，他们两个都跌入沸着的沥青之中；他们因为烫得厉害，只好各自罢手；但是他们的两翼都黏着了，再也飞不起来。巴尔巴利洽心里着急，吩咐四个人飞到对岸，带着他们的铁钩子；两岸的逻卒同时协力，忙着把那煮过的伙伴吊上岸来；我们趁着这个混乱的当口离开了他们。

炼狱篇（节选）

第二十四篇

第八圈（续），出第六沟。第七沟：窃贼；万尼·符契。

在一年的初期，那时太阳在宝瓶宫发散他温和的光芒，夜和昼将要渐渐地相等了；有一天的早晨，地上盖着一层浓霜，和他的白姊妹一模一样，不过寿命短促些罢了；①那时有一个可怜的牧人，家里已经没有草料，他只好早点起身，岂知开门一望，田野间一片白色，因此他长叹一声，回到屋里，踱来踱去，想不出法子；稍后，他又向外面一望，他的希望再生了，在顷刻之间，世界已经变了面目；于是他取过牧杖，把他的羔羊赶出去寻野食了；我的心境也是如此，当我看见我的老师脸上有不豫之色，那时我也失望；但是，不过一刻儿，马上药到病除了。

我们到了断桥旁边，我的引导人用和悦的面色对着我，这是我以前在山脚下

---

① 霜的"白姊妹"指雪。

面看见过的。他把残岩断石查看一下,心里打定了主张,才张开手臂来拉我。他一方面行动,一方面考虑,小心谨慎地把我拉上一块大石头,他的目光又射在第二块上面了,他对我说:"爬上这一块,但是要先试试他是否吃得住你。"

这一条路,那些戴铅帽、穿铅衣的是不会走过的,因为我的老师虽然身轻,我虽然有力,但是我们在乱石之中已经很难行动了。马勒勃尔介的形势是愈向中心愈低,所以每条沟的堤岸是一边高一边低;我们现在要爬上去的堤岸虽然不高,但是我觉得很吃力,至于他觉得怎样,我却不知道。最后,我们爬上末了一块断石。那时我气也接不上来;我不能再走了,我只好坐下来。

我的老师说:"你现在应当避开懒惰,因为一个人坐在绒毯之上,困在绸被之下,决定不会成名的;无声无臭度一生,好比空中烟,水面泡,他在世上的痕迹顷刻就消灭了。所以,你要站起来,用你的精神,克服你的气喘;假使精神不跟着肉体堕落,那末他可以战胜一切艰难。你要爬的梯子还长呢,就是离开了此地也不算完结;假使你明白我的话,那末快些行动罢,对于你是有益处的。"

于是我站了起来,表示了我勇敢的气概,我说:"走罢!我现在有力量了,有信心了。"我们走上岩石,比以前的更加崎岖,狭隘,峻峭,难于行走。我一头走一头说话,用以遮盖我的畏怯;那时我听见第七条沟里发出一种声音,断断续续,不成字句。我虽然已经登在桥上,但是我听不懂他的意义,我只觉得说话的是正在发怒呢。我把头俯下去看,但是活人的眼光却及不到黑暗的底部;因此我说:"老师,我们走下这座桥,到那边堤岸上去罢;因为在此地听又听不懂,看又看不见。"他答道:"我没有别的回话,我只有允许;合理的要求应当跟随着不言而喻的动作。"

我们从桥顶走下,到了第八条堤岸,于是那沟里的景象现在我面前了:我看见里面一大群的蛇,形状奇奇怪怪,种种不一,就是我现在回忆起来,我的血管也要冰结。

就是在利比亚沙漠之地,产生种种的毒蛇,也没有此地的众多和可怕;就是在埃塞俄比亚和红海岸上,也不能和此地相比。在这些丑陋残酷的爬虫之中,一班惊惶裸体的灵魂乱窜着,既没有藏身的洞,也没有隐形的石。他们的手给蛇缠住在背后;蛇的头尾穿过他们的腰部,再结合在他们的胸前。

近在我们的堤岸,一条蛇忽然跳起来,咬住一个罪人的颈根。在画一圈或画一竖还没有成功的顷刻,那个罪人已经着了火,烧成灰;灰落地上,聚积起来,他又立即回复了原形。许多大哲人都说着菲尼克斯的奇迹,说他近五百岁的时候,会死了再生;他在生时不吃草,不吃谷,以香料做食品;他死在松香没药的堆上,这里罪人的变化有点像他。

那个复了原形的罪人立在我们前面,好比一个人忽然被魔鬼扭倒在地,或是被别种机关绊倒，醒后立了起来，向四周一看，回想方才所受的痛苦，不觉深深地叹息了一回。上帝的威权呀！这是多么严厉的报复呀！那时我之引导人问他是谁；他回答道："在不久之前，我从托斯卡那落到这个可怕的食管里面。我过的生活不是人类的，是走兽的，我好比一条骡子。我的名字叫做万尼·符契，一只野兽；皮斯托亚是我适当的窠。"我对引导人说："叫他说话不要躲遁，问他犯了什么罪才放到这里，因为我曾经看见他是强暴而忿怒的人。"那个罪人听了我的话，不再隐蔽，把他的眼光和思想转向着我，脸上蒙着一层羞耻的颜色，于是他说："我的罪恶比你所看见的还要大些。你要求我说，我不能够拒绝。我之所以深入这条沟里，是因为我偷了教堂里的器具；我又把这桩罪恶推在别一个人身上。但是你不要看着我开心，假使你有走出这个幽暗之乡的时候，那末请你一听我的预言：先是皮斯托亚驱逐黑党，后来佛罗伦萨革新人民和法律。战神从玛格拉山谷掀起了乌云，狂风暴雨打击在皮切诺的田野，那里霹雳一声，消灭了白党。我说了这番话，无非要你听了伤心。"

第二十六篇

第八圈（续），第八沟：劝人为恶者。尤利西斯和他的航程。

佛罗伦萨呀，你欢喜罢！因为你已经大得了不得，在海上，在陆上，你的名字飞扬着，就是在地狱里面，到处也散布着呢！在窃贼之中，我已经知道有五个，都是你著名的市民；我的心里觉得惭愧，恐怕你也没有什么光荣罢！假使近早晨的梦是灵验的，那末不必说别处，就是普拉托的怨望你不久就要觉得了。虽然这个怨望已在发展，现在你还没有觉得，但是迟早终究要临头的！使我更加忧虑的，是我看见不幸的时候年纪更加老了。

我们离开那里，从原来的石阶回上去，我的引导人在前面拉着我。我们在崎岖的岩石上面，赶着寂寞的路程，没有手帮助，脚不敢踏上前去。当时我回想方才所看见的，我心里悲伤；就是现在回忆起来，我心里仍旧悲伤呢；但是我在这里比平常还要节制我的精神，深怕他不受正道的驱使；假使我有一颗吉星或一些优美的天赐，我决不敢滥用他。

好比一个农夫，休息在小山上面，在那照耀地球的大星露面最久的季节，在那苍蝇让位给蚊子的时候。他望见许多萤火虫，飞在山谷之间，那里他也许栽着东西，如葡萄之类；现在我所望见的也是如此，在第八条沟里，到处都是一团一团的火亮着。又好比那个受了嘲笑以后两只熊替他报仇的人一样，他看见以利亚的马直竖了起来，把他的马车引向天空，当时他并未看见什么，只看见一小块火云，渐渐升起；这里也是如此，在沟底我只看见火团来来往往，却看不出火团里面有些什么，也许每个火团裹着一个罪人，但是别人看不见他。

我立在桥上，头冲向下面注视着；假使我的手不攀牢一块岩石，那末就是没有人推我,我也要跌下去的。那时我的引导人看见我这样专心观察,他说:"在这些火团里面的都是罪人,每个罪人都被烧他的火包围着呢。"我答道:"老师,听了你的话,我更加可以决定了,因为我已经猜想到这里的事情是如此! 但是前面来的一个火团,他的尖顶分开,和厄忒俄克勒斯的葬火离开他弟弟的葬火一样,请问你这里面是谁?"他回答我道:"在这个火团里面,尤利西斯和狄俄墨得斯受着痛苦,他们同行着,因为他们是这样遭遇神怒的。他们在火里悲泣,因为他们马腹藏兵的诡计,因此城门开了,那里逃出罗马的高贵种子;他们在火里呻吟,因为他们的狡狯,因此使戴伊达密娅临终还哀怜着阿基琉斯;他们在火里叹息,因为他们盗窃帕拉斯神像。"

我说:"假使他们在火里能够说话,那末,我的老师,我请求你一千次,勿要拒绝我等候那尖顶分开的火团走到这里;你知道我弯着腰在这里,是多么地盼望着呀!"他回答我道:"你的请求值得赞美,所以我接受了;不过,你的舌头要加以约束,让我一个人说话;因为我知道你的愿望,又因为他们是希腊人,或者他们看轻你的语言呢。"

当那火团到了适当的地点,在适当的时候,我听见我的引导人这样说:"哦! 你们两个在一个火团里,假使我在世时对于你们有功劳,假使我写的高贵的诗篇,对于你们多少有点价值,那末请你们留步罢,请你们中间的一个告诉我们:他怎样地迷了路,怎样地遇见了死神?"

那火团中较高大的一个尖顶开始摇动了,喃喃作声,很像风中的烛光。稍后,那尖顶忽前忽后,好比说话的舌头,有语音出来了;他说:"刻尔吉幽禁我在后来埃涅阿斯叫他卡耶塔的地方,凡一年多;当我离开她的时候,也不是稚子之教,也不是老父之养,也不是娇妻潘奈洛佩之爱,可以克服我浪游世界,历览人间善恶的热情。于是我坐着一只船,带着我剩下来的几个伴侣,向着无边的大海去了。我看了南北两岸,远至西班牙和摩洛哥;我又看了萨丁和海中其他各岛。当我们到了一个狭的海峡,那里赫拉克勒斯放了他的界石,关照人类不要再向前进,那时我和我的伴侣已经有年纪了,难于动作了;在右边,我放弃了塞维利亚;在左边,我放弃了休达。于是我对伴侣说:'兄弟们,你们历尽千万的危险,现在到西方了;你们最后留着的一些精力,现在还可以一用,你们应当追随太阳,再寻绝无人迹之地! 想想你们是何等的种族:不应当像走兽一般地活着,应当求正道,求知识。'我略微说了几句,我的伴侣都渴望着继续航行,就是我自己也再不能够阻止他们,于是把船艄转向着晨光,打着我们的桨,好比鸟的两翼,大胆地向前飞去,常常偏向着左方。在夜间,我已经看见另一极的众星,我们的已经低下去了,有的已经没入海波了。自从我们赶着这个艰苦的航程,月亮已经有五次的圆缺;那时在远处我们隐隐地望见一座山,他的高度在我生平没有看见过。我们大家都很欢乐,可是欢乐一忽儿就变为悲哀了;因为从新陆地起了大风波,打击着我们的船头。风波使我们的船带着海水旋转了三次;在第四次,船尾竖起向着天,船头没入水面;似乎是取悦于另一个,那海水把我们吞下去了。"

天堂篇（节选）

第三十一篇

幸福者的玫瑰。圣伯尔纳代替贝雅特丽齐引导但丁至游程终了。

那些神圣的军队,基督和他们结为夫妻在他的血中,展开在我面前是一朵洁白玫瑰花的形状。但是其他的呢,他们飞着,看着,唱着恋爱他们者的光荣和创造他们到此优越地步者的恩德,像一群蜜蜂,一时没入花间,一时返归甜味的制造所;他们一时降到那花瓣众多的大花之中,一时又升到他们永久爱心所寄之处。他们的脸像活泼的火,他们的翼像黄金,其余则比雪还要洁白。他们一级一级降到花中,散布他们从鼓翼而得来的平静和热情。在上帝和花瓣之间,鼓翼者既如此之多,但不遮蔽了眼力,也不遮蔽了光荣;因为神光渗透宇宙一切,一如他们完成的程度,没有一物能够阻碍他的。

这个国度,安宁而欢乐,住着新旧的民众,他们都一致望着爱着那唯一点。三合光呀! 你在他们眼中只是单一的星,你充满他们以无穷的平静,请看暴风暴雨多么骚动的我们的下界!

假使那些野蛮人,从艾丽绮和她亲爱的儿子每日在那里旋转的地方,来到宫殿壮丽的罗马(那时拉特兰超出于人类的工程),他们必定目瞪口呆,惊怖不堪;至于我呢,我从人到神,从暂时到永久,从佛罗伦萨到公正纯洁的国度,我的惊怖是怎样呢! 诚然,我当时惊喜交集,只有耳不闻如聋,口不言如哑罢了。像一个朝山进香的,他在庙里东看西瞧,立下一个愿心,早已想把庙里的情形回去告诉他的邻人了;同样,我在那活泼的光中,我到处游目,各级都看到了:上上,下下,四周。我看见那些激动爱心的面貌,饰着别人的光彩和他们自己的微笑,他们的举止态度无美不备。

直到那时,天堂的全部情形都已收在我的眼中了,没有一部分不经我留意过;可是我看了以后,心中有许多疑惑,要向我的贵妇人请求解释。我所要问的是这一位,可是回答我的却是另一位;我以为回头即看见贝雅特丽齐,可是我所看见的却是一位老者,穿着光荣的衣服,和那队伍里的一般。他的面貌和眼光,含着和善的喜悦,像一位慈爱的父亲。我急遽地问道:"她在那儿?"他说:"为了完成你的欲望,达到你的目的起见,贝雅特丽齐把我从座位上请了来;假使你仰望那从上而下的第三级,你将再看见她,在她的功德应得的座位上。"

我也不回答,抬眼望见她了,那永久的光从她身上反射出来,绕着她成为一个光圈。假使一个没入海底的人,仰望那发生最高雷电的云端,也没有像我的眼光达到贝雅特丽齐这样远;可是她的形象下降于我毫无阻碍,这是因为她和我之间没有任何媒介的缘故。

"贵妇人呀! 你是我热烈的希望之所寄,你为救援我不惜留足迹在地狱;我已经看到一切事物,我的所以得此恩惠和勇气,都要感谢你的权力和善心。你把我从奴隶的地位释放做一个自由人,由一切的路径,用一切的方法,只要在你的权力范围。请你对于我保持一颗宽大的心,庶几你医好了的灵魂,在离开肉体以后,还值得你欢喜!"

我这样祷告;至于她呢,虽然似乎离开我如此之远,但她仍旧微笑而报我以一眼,于是她转向那永久的泉源了。

后来,那可敬的老者对我说:"为了完成你的神圣的旅程,所以一种动人的请求和神圣的爱心把我派遣到你前面。把你的目光飞向这个花园;你愈加注视他,你的目光愈加锐利,愈加可以上趋那神光。那天之后,她点起我对于她的爱火;她将给我们一切的恩惠,因为我是她虔诚的伯尔纳。"

像一个也许是从克罗地亚来的,来看我们的维罗尼卡,因为古来的名声甚大,看了还不满足,故在心中道:"我主耶稣基督,真的上帝,这个就是你的面像么?"当时我注视那位慈祥的,他在地上便用默想而尝着平静的滋味的,我的心境也是如此。

他继续说:"恩惠的儿子呀! 假使你的眼睛看着下面,那欢乐的事物便永远不会被你认识。你且抬头望那些圈子,直到最远的一层,你将看见那女王,这个国度服从她而且尊敬她。"

我抬起我的眼睛;像早晨东方的地平线上较西方落日之处为光亮,同样,我如出幽谷而登于山顶,我看见最高圈有光亮超于其他各处。像我们在地上等着那车子,就是法厄同不能驾御的车子,他所出现的区域最光亮,而在左在右的光线就衰弱了,同样,那和平的金光旗辉耀于中心,四周的光辉都觉暗淡了。在中心部分,我看见成千的天使张着双翼,似乎在那里庆祝佳节一般;每个天使以他的光彩和技术为区别。那里我看见一美人对于他们的游艺和唱歌表示微笑,因此在诸圣目中显出他们的皆大欢喜。即使我的字句能和我的想象一般丰富,我亦不敢尝试描写他们的快乐幸福于万一。

当他知道我用心注视那光亮的泉源时,伯尔纳也把眼睛转向她,因为他的这般虔诚敬爱的态度,竟使我再注视她,比以前更加恳切。

第三十二篇

幸福者的玫瑰:幸福者如何分布。孩童的灵魂。

恋爱着他的欢乐,那瞻仰者自愿担任做我的导师,于是开始他神圣的话句:

"马利亚用药膏治好了的创伤，是那位坐在她脚下的美貌女人弄出来的。坐在她的下面，就是第三级，你可以看见拉结和贝雅特丽齐。依次向下你可以看见的是撒拉、利百加、犹滴以及她，是那因为忏悔自己的罪过，而唱出：'上帝呀，怜恤我！'者的曾祖母。我提着她们的名字，是从玫瑰花瓣的上部数下来的。从第七级直到下部，都是希伯来的贵妇人，好像把花的鬈发划分一条路；因为依照对于基督信仰之观点不同，她们就在神圣的阶级上做了隔离的墙壁。在这一边，所有的花瓣都长成了，是坐着那信仰基督将光临的一群；在那一边，那些半圆圈上还有空着的座位，是坐着那眼光转向已光临的基督的一群。

"在这方面有天之后光荣的座位及其下的座位做了大分界线，同样，在她的对方面，是大约翰的座位。他是永圣的，他在旷野吃尽辛苦，又牺牲了性命，又在地狱两年。在他之下做分界线的座位是圣方济各、本尼狄克及奥古斯丁的，以及其他的，一级一级，从上到下。现在，容我们赞扬神的准备：因为这两种观点的信仰者，将相等地充满了这个花园呢。

"现在你要知道，经过这两条分界线的中点的圈子以下，坐着一班他们自己没有功德的灵魂，在一定的条件下，他们依了别人的力量才得到此的；因为在他们离开肉体的时候，他们不能做真正的选择。你可以看出他们的童颜，听出他们的童声，假使你用心看，用心听。

"现在你心中有些迷惘，虽在迷惘之中而你仍旧保持着静默；但我愿意替你解开困难的结，这里面有你微妙的思想被缚着呢。在这广阔的国度以内，竟没有一点偶然的事情发生，正和没有忧虑，没有饥渴一般；因为你所看见的一切，都是依据永久的定律建造的，所以像指与指环一般的相应。因此这些趋向真生活太快的灵魂，他们所得地位之或高或下，都非没有缘故的。这个国度所依赖的王，他所持有的大量仁爱，大量喜悦，没有一个人的心愿可以希望再多些；他凭他自己的欢心创造一切的心灵；凭他自己的兴致赐给他们各种的恩惠：于此只看结果就够了。这事在你所读的《圣经》上已经表示得明明白白，就是那双生子怒着在娘肚里相争的这一个例子。观此可知，根据头发颜色的不同，那最高的光允许他们以花冠的恩惠。所以，并非奖赏他们自己的行为，他们得着不同的座位，只因为他们原始视觉的不同。

"在创世未久以后的时期，天真烂漫的，只须依父母的信仰便可以得救。在第一时期已过，则男孩须行割礼，以增加其天真烂漫的双翼上的力量。但是一到了神恩时期，如不受基督的完全洗礼，则天真烂漫的，也只好留于下界。

"现在，请注视那个最和基督相似的脸；因为只有他的光辉可以安排你去见那基督。"

我看见那些在高空飞翔的圣灵把如此的欢乐倾泻在那脸上，以前我所看见的，都没有叫我赞赏到这地步，也没有一事物向我显示与上帝相似到这地步。那首先下降的爱唱道："福哉！马利亚，你被神恩所笼罩。"于是张翼在她的面前。对于这神歌，全幸福的天廷都相应和，每个脸上都显得更加平静而明朗。

"圣父呀！你为我降到这下边，离开你应得的永久甜蜜的高座。请告诉我，那位天使是谁？他注视我们女王的眼睛这般欢乐，他充满着恋爱似乎着了火。"我这般再向他请教，他曾从马利亚吸取美丽，一如晨星之于太阳。

于是他对我说："所有这里的天使或灵魂，其欢喜快乐莫不备于他的一身；我们也愿意他如此；因为当上帝的儿子愿意负起我们的重担的时候，是他把棕榈枝带给下界马利亚的。

"现在，在我说的时候，你的眼睛要跟着注视，留心这最公正、最虔诚国度里的大名人。那在高位的两个，他们最幸福，因为坐近女王，他们是我们玫瑰的两个根。在她左边的是人类的始祖，因为他胆大的尝味，人类就尝着如此的苦味。在她右边，你可以看见圣教会的始祖，基督曾把这玫瑰花的钥匙托付了他。那位，他在生前即见及那美妇（基督以矛与钉而获得者）的不幸时代，他又坐在他的右边；在前面一位的左边是一位领袖，那些吃着吗哪的，忘恩的，无主见的，谋叛的国民是他的下属。坐于彼得对面的是亚那，以注视她的女儿为乐，她的眼珠不动而唱着和散那。家族之祖的对面是露西亚坐着，当你俯首在深渊边际的时候，她曾经说动你的贵妇人。

"但是，因为你昏睡的时间将过了，此处不得不加一句点，一如好缝工不得不对于他的布匹加以剪裁。让我们转眼向着那原始爱，你尽你的眼力，看入他的光辉罢。但恐你以为鼓翼前进了，实则你在后退，因此我在这里应当祈祷，以获得恩惠，她的恩惠有帮助你的力量；你诚心跟着我，我所说的话勿要离开你的心。"于是他开始了那神圣的祈祷。

第三十三篇

圣伯尔纳向圣母马利亚祈祷。上帝的景象。

"童贞之母，汝子之女，心谦而德高，超越一切其他造物，乃永久命令所前定者。人性因你的缘故成为如此高贵，造物主不再藐视此乃彼之造物。在你的怀中，被热力燃起了爱情，此热力又在这永久的平静中开出这朵花。在这里，你是我们日中的仁爱，在地上，你是人类希望的活源。圣母，你如此伟大，权力无边，谁要希望神恩而不请求于你，无异不翼而飞。但你的善心，不仅对于请求的加以援助，就是并未请求的，你也常常予以一臂。宽和慷慨大慈大悲，一切美德，凡造物所可有者，无不集于你的一身。

"现在，有一个人，他从世界最深的洞窟直到这里，曾经一一看过种种灵魂的生活，他恳求你，赐给他一点恩惠，叫他有足够的能力，举起他的眼睛再高些，向着那最后的大福。至于我呢，我从未为我自己恳求这种眼力，像为他恳求这样热烈，我奉献于你我所有的祈祷，我希望这不是徒然的；于是又因为你的祈祷而消除他人类眼睛上的一切云雾，并且把广大的最高欢乐全部展布在他面前。

"我还有请求于你，你是能做你所愿做的女王，在他瞻仰过这大景象以后，请你保护他的情感健全无疵。你的保护强于人类的冲动；你看罢！贝雅特丽齐以及许多圣灵，都合手向着你，附和我的祈祷了。"

那双被上帝所敬爱的眼睛，盯着向她恳求的人，早已表示虔诚的祈祷已被采纳了。于是他们抬起来向着那永久的光，我想从未有别的造物这样以明晰的眼光注视他过。至于我呢，我将接近我所有的心愿之终点，我自当完成我欲望上的最高努力。伯尔纳向我做了一个手势，又微笑一下，表示我应当向上望了，但是我早已准备了这种姿态；因为我的眼力逐渐精一，透入那高光逐渐深刻，此高光的本身就是真理。此后我所见的超于我所能说的；舌头既不能描绘，记忆力也就不能任此巨艰了。

常有人在梦中看见许多事物，醒后便不能记忆，所可说的只有苦乐之感，而其他景象则不能复现于心中。我也是这样：所有当时我见到的景象都消灭了，我心中只存着由那景象所生的快慰罢了。像雪在太阳之下融化了，像西比拉写在树叶上的预言被风吹散了。

至高无上的光呀！你超出于人类思想之外，你把曾经启示我的再赐一些回光在我的记忆里罢。你使我的舌头有足够的能力，至少传述你光荣中的一粒火星，以之遗留后来的人罢；因为，假使我的记忆中复现一些事物，我的诗句中再闻一些回声，他们更加可以明了你的胜利罢。

我想，假使我对于那刺目的活光掉转我的眼睛，我将仍留于迷惑之途。因为这种理由，我记得那时我尽力忍受那强烈的光，因此我的一瞥可以达到那无穷的权力。

丰富的神恩呀！你使我敢于定睛在那永久的光，我已经到了我眼力的终端！在他的深处，我看见宇宙纷散的纸张，都被爱合订为一册；本质和偶有性和他们的关系，似乎都融合了，竟使我所能说的仅是一单纯的光而已。我相信这个全宇宙的结我已经看见了，因为我说到此处我心中觉得广大的欢乐呢。不过一刻儿工夫，我竟像生了昏睡病的人，比记起二十五个世纪以前阿耳戈船的影子吓了海神这件故事还要难。

这样，我的精神与一切隔绝，专一地注视着，不移动又不分心，愈注视而欲望愈炽烈。一个人注视那种光以后，便不能允许转向别的事物；因为做欲望之目标的善，是完全聚集在那种光里面，在他里面的是完善，在他之外的就有缺失。

现在，我的语言更落在我所能有的些微记忆的后面，简直不如含着乳房的舌头。并非说那我瞻仰的活光有不断的变化,他是始终如一的;只是我的眼力因注视而逐渐加强,所以那唯一的景象也因我的变化而变化了。

在那高光之深沉灿烂的本体里,我瞥见三个圈子,是三种颜色而一样大小;一个似乎是别个的反射,好像一虹被另一虹所反射的模样,而那第三个似乎是被这个和那个所鼓动的火。唉!我的话句多么无能,表现我的思想多么软弱!而我的思想和我的所见相比,真可说:"微乎其微"了。永久的光呀!你建立只在你自己,只你认识你自己,而且被你所了解又了解你,爱你又向你微笑。那个似乎是你的反射光而包含在你里面的圈子,当我的眼睛看在上面的时候,似乎现出他的本色而绘出我们人类的图形;我的眼光全然贯注在他上面。

像一个几何学家,他专心致志于测量那圆周,他想了又想,可是没有结果,因为寻不出他的原理;我对于那新见的景象也是如此;我愿意知道一个人形怎样会和一个圈子结合,怎样他会在那里找着了地位,但是我自己的翅膀不能胜任,除非我的心灵被那闪光所击,在他里面我的欲望满足了。

达到这想象的最高点,我的力量不够了;但是我的欲望和意志,像车轮转运均一,这都由于那爱的调节;是爱也,动太阳而移群星。

选自但丁:《神曲》,王维克译,人民文学出版社 1997 年版。

请扫码阅读外文版
原作(节选)

第三章　14—16世纪文学

十日谈(节选)

薄伽丘

乔万尼·薄伽丘(1313—1375)是文艺复兴时期意大利最杰出的作家,在佛罗伦萨度过了童年时代,15岁时被父亲送到那不勒斯学习经商,六年后又改学税收法律。薄伽丘对二者都不感兴趣,但酷爱文学。在那不勒斯期间,他有机会出入那不勒斯王国的宫廷,丰富了阅历,扩大了视野,培养了对古典文化的兴趣,开始文学创作。薄伽丘创作有传奇小说、叙事长诗等。1348年,薄伽丘开始写作《十日谈》,历时五年,于1353年完成。《十日谈》是薄伽丘的代表作,在欧洲现实主义文学史上影响深远。

第一天

故事第一

唐克莱亲王杀死女儿的情人,取出心脏,盛入金杯,送给女儿。公主把毒液倾注在心脏上,和泪饮下而死。

我们的国王指定我们今天要讲悲惨的故事,他认为我们在这儿寻欢作乐,也该听听别人的痛苦,好叫讲的人和听的人都不由得涌起同情来。也许这几天来,我们的日子可过得真是快乐逍遥,因此他想用悲惨的故事来调节一下。不过不论他的用意何在,我是不能违背他的意旨的,所以我要讲这么一个不仅是悲苦、而且是绝顶凄惨的故事,叫你们少不得掉下几滴苦泪来。

萨莱诺的亲王唐克莱本是一位仁慈宽大的王爷,可是到了晚年,他的双手却沾染了一对情侣的鲜血。他的膝下并无三男两女,只有一个独养的郡主,亲王对她真是百般疼爱,自古以来,父亲爱女儿也不过是这样罢了;谁想到,要是不养这个女儿,他的晚境或许倒会快乐些呢。那亲王既然这么疼爱郡主,所以也不管耽误了女儿的青春,竟一直舍不得把她出嫁;直到后来,再也藏不住了,这才把她嫁给了卡普亚公爵的儿子。不幸婚后不久,丈夫去世,她成了一个寡妇,重又回到她父亲那儿。

她正当青春年华,天性活泼,身段容貌,都长得十分俏丽,而且才思敏捷,只可惜做了一个女人。她住在父亲的宫里,养尊处优,过着豪华的生活;后来看见父亲这么爱她,根本不想把她再嫁,自己又不好意思开口,就私下打算找一个中意的男子做她的情人。

出入她父亲的宫廷里的,上下三等人都有,她留意观察了许多男人的举止行为,看见父亲跟前有一个年青的侍从,名叫纪斯卡多,虽说出身微贱,但是人品高尚,气宇轩昂,确是比众人高出一等,她非常中意,竟暗中爱上了他,而且朝夕相见,越看越爱。那小伙子并非傻瓜,不久也就觉察了她的心意,也不由得动了情,整天只想念着她,把什么都抛在脑后了。

两人这样眉目传情,已非一日;郡主只想找个机会和他幽会,可又不敢把心事托付别人,结果给她想出一个极好的主意。她写了封短简,叫他第二天怎样来和她相会。又把这信藏在一根空心的竹竿里面,交给纪斯卡多,还开玩笑地说道:

"把这个拿去当个风箱吧,那么你的女仆今儿晚上可以用这个生火了。"

纪斯卡多接过竹竿,觉得郡主决不会无缘无故给他这样东西,而且说出这样的话来。他回到自己房里,检查竹竿,看见中间有一条裂缝;劈开一看,原来里面藏着一封信。他急忙展读,明白了其中的究竟,这时候他真是成了世上最快乐的人儿;于是他就依着信里的话,做好准备,去和郡主幽会。

在亲王的宫室附近有一座山,山上有一个许多年代前开凿的石室,在山腰里,当时又另外凿了一条隧道,透着微光,直通那洞府。那石室久经废弃,所以那隧道的出口处,也荆棘杂草丛生,几乎把洞口都掩蔽了。在那石室里,有一道秘密的石级,直通宫室,石级和宫室之间,隔着一扇沉重的门,把门打开,就是郡主楼下的一间屋子。因为山洞久已废弃不用,大家早把这道石级忘了。可是什么也逃不过情人的眼睛,所以居然给那位多情的郡主记了起来。

她不愿让任何人知道她的秘密,便找了几样工具,亲自动手来打开这道门,经过好几天的努力,终于把门打开了。她就登上石级,直找到那山洞的出口处,她把隧道的地形、洞口离地大约多高等都写在信上,叫纪斯卡多设法从这隧道潜入她宫里来。

纪斯卡多立即预备了一条绳子,中间打了许多结,绕了许多圈,以便攀上爬下。第二天晚上,他穿了一件皮衣,免得叫荆棘刺伤,就独个儿偷偷来到山脚边,找到了那个洞口,把绳子的一端在一株坚固的树桩上系牢,自己就顺着绳索,降落到洞底，在那里静候郡主。

第二天，郡主假说要午睡，把侍女都打发出去，独自关在房里。于是她打开那扇暗门，沿着石级，走下山洞，果然找到了纪斯卡多，彼此都喜不自胜。郡主就把他领进自己的卧室，两人在房里逗留了大半天，真像神仙般快乐。分别时，两人约定，一切都要谨慎行事，不能让别人得知他们的私情。于是纪斯卡多回到山洞，郡主锁上暗门，去找她的侍女。等到天黑之后，纪斯卡多攀着绳子上升，从进来的洞口出去，回到自己的住所。自从发现了这条捷径以后，这对情人就时常幽会。

谁知命运之神却不甘心让这对情人长久沉浸在幸福里，竟借着一件意外的事故，把这一对情人满怀的欢乐化作断肠的悲痛。这厄运是这样降临的：

原来唐克莱常常独自一人来到女儿房中，跟她聊一会天，然后离去。有一天，他吃过早饭，又到他女儿绮思梦达的寝宫里去，看见女儿正带着她那许多宫女在花园里玩儿，他不愿打断她的兴致，就悄悄走进她的卧室，不曾让人看到或是听见。来到房中，他看见窗户紧闭、帐帷低垂，就在床脚边的一张软凳上坐了下来，头靠在床边，拉过帐子来遮掩了自己，好像有意要躲藏起来似的，不觉就这么睡熟了。

也是合该有事，绮思梦达偏偏约好纪斯卡多在这天里幽会，所以她在花园里玩了一会，就让那些宫女继续玩去，自己悄悄溜到房中，把门关上了，却不知道房里还有别人，走去开了那扇暗门，把在隧道里等候着的纪斯卡多放进来。他们俩像平常一样，一同登上了床，寻欢作乐，正在得意忘形的当儿，不想唐克莱醒了。他听到声响，惊醒过来，看见女儿和纪斯卡多两个正在干着好事，气得他直想咆哮起来，可是再一转念，他自有办法对付他们，还是暂且隐忍一时，免得家丑外扬。

那一对情人像往常一样，温存了半天，直到不得不分手的时候，这才走下床来，全不知道唐克莱正躲在他们身边。纪斯卡多从洞里出去，她自己也走出了卧房。唐克莱也不顾自己年事已高，却从一个窗口跳到花园里去，趁着没有人看见，赶回宫去，几乎气得要死。

当天晚上，到了睡觉时分，纪斯卡多从洞底里爬上来，不想早有两个大汉，奉了唐克莱的命令守候在那里，将他一把抓住；他身上还裹着皮衣，就这么给悄悄押到唐克莱跟前。亲王一看见他，差一点儿掉下泪来，说道：

"纪斯卡多，我平时待你不薄，不想今日里却让我亲眼看见你色胆包天，竟敢败坏我女儿的名节！"

纪斯卡多一句话都没有，只是这样回答他："爱情的力量不是你我所管束得了的。"

唐克莱下令把他严密看押起来,他当即给禁锢在宫中的一间幽室里。

第二天,唐克莱左思右想,该怎样发落他的女儿,吃过饭后,就像平日一样,来到女儿房中,把她叫了来。绮思梦达怎么也没想到已经出了岔子,唐克莱把门关上,单剩自己和女儿在房中,于是老泪纵横,对她说道:

"绮思梦达,我一向以为你端庄稳重,想不到竟会干出这种事来!要不是我亲眼看见,而是听别人告诉我,那么别说是你跟你丈夫以外的男人发生关系,就是说你存了这种欲念,我也绝对不会相信的。我已经到了风烛残年,再没有几年可活了,不想碰到这种丑事,叫我从此以后一想起来,就觉得心痛!

"即使你要做出这种无耻的事来,天哪,那也得挑一个身分相称的男人才好!多少王孙公子出入我的宫廷,你却偏偏看中了纪斯卡多——这是一个下贱的奴仆,可以说,从小就靠我们行好,把他收留在宫中,你这种行为真叫我心烦意乱,不知该把你怎样发落才好。至于纪斯卡多,昨天晚上他一爬出山洞,我就把他捉住、关了起来,我自有处置他的办法。对于你,天知道,我却一点主意都拿不定。一方面,我对你狠不起心来,天下做父亲的爱女儿,总没有像我那样爱你爱得深。另一方面,我想到你这么轻薄,又怎能不怒火直冒?如果看在父女的份上,那我只好饶了你;如果以事论事,我就顾不得骨肉之情,非要重重惩罚你不可。不过,在我还没拿定主意以前,我且先听听你自己有什么好说的。"

说到这里,他低下头去,号啕大哭起来,竟像一个挨了打的孩子一般。

绮思梦达听了父亲的话,知道不但他们的私情已经败露,而且纪斯卡多也已经给关了起来,她心里感到一阵说不出的悲痛,好几次都险些儿要像一般女人那样大哭大叫起来。她知道她的纪斯卡多必死无疑,可是崇高的爱情战胜了那脆弱的感情,她凭着惊人的意志力,强自镇定,并且打定主意,宁可一死也决不说半句求饶的话。因此,她在父亲面前并不像一个因为犯了过错、受了责备而哭泣的女人,却是无所畏惧,眼无泪痕,面无愁容,坦坦荡荡地回答她父亲说:

"唐克莱,我不准备否认这回事,也不想向你讨饶;因为第一件事对我不会有半点好处,第二件事就是有好处我也不愿意干。我也不想请你看着父女的情分来开脱我,不,我只要把事情的真相讲出来,用充分的理由来为我的名誉辩护,接着就用行动来坚决响应我灵魂的伟大的号召。不错,我确是爱上了纪斯卡多,只要我还活着——只怕是活不长久了——我就始终如一地爱他。假使人死后还会爱,那我死了之后还要继续爱他。我堕入情网,与其说是由于女人的意志薄弱,倒不如说,由于你不想再给我找一个丈夫,同时也为了他本人可敬可爱。

"唐克莱,你既然自己是血肉之躯,你应该知道你养出来的女儿,她的心也是血肉做成的,并非铁石心肠。你现在年老力衰了,但是应该还记得那青春的规律,以及它对青年人具有多大的支配力量。虽说你的青春多半是消磨在战场上,你也总该知道饱暖安逸的生活对于一个老头儿会有什么影响，别说对于一个青年人了。

"我是你生养的，是个血肉之躯，在这世界上又没度过多少年头，还很年青，那么怎怪得我春情荡漾呢？况且我已结过婚，尝到过其中的滋味，这种欲念就格外迫切了。我按捺不住这片青春烈火，我年青，又是个女人，我情不自禁，私下爱上了一个男人。我凭着热情冲动，做出这事来，但是我也曾费尽心机，免得你我蒙受耻辱。多情的爱神和好心的命运，指点了我一条外人不知道的秘密的通路，好让我如愿以偿。这回事，不管是你自己发现的也罢，还是别人报告你的也罢，我决不否认。

"有些女人只要随便找到一个男人，就满足了，我可不是那样；我是经过了一番观察和考虑，才在许多男人中间选中了纪斯卡多，有心去挑逗他的；而我们俩凭着小心行事，确实享受了不少欢乐。你方才把我痛骂了一顿，听你的口气，我缔结了一段私情，罪过还轻；只是千不该万不该去跟一个低三下四的男人发生关系，倒好像我要是找一个王孙公子来做情夫，那你就不会生我的气了。这完全是没有道理的世俗成见。你不该责备我，要埋怨，只能去埋怨那命运之神，为什么他老是让那些庸俗无能之辈窃居着显赫尊荣的高位，把那些人间英杰反而埋没在草莽里。

"可是我们暂且不提这些，先来谈一谈一个根本的道理。你应该知道，我们人类的血肉之躯都是用同样的物质造成的，我们的灵魂都是天主赐给的，具备着同等的机能，同样的效用，同样的德性。我们人类本是天生一律平等的，只有品德才是区分人类的标准，那发挥大才大德的才当得起一个'贵'；否则就只能算是'贱'。这条最基本的法律虽然被世俗的谬见所掩蔽了，可并不是就此给抹煞掉，它还是在人们的天性和举止中间显露出来；所以凡是有品德的人就证明了自己的高贵，如果这样的人被人说是卑贱，那么这不是他的错，而是这样看待他的人的错。

"请你看看满朝的贵人，打量一下他们的品德、他们的举止、他们的行为吧；然后再看看纪斯卡多又是怎么样。只要你不存偏见，下一个判断，那么你准会承认，最高贵的是他，而你那班朝贵都只是些鄙夫而已。说到他的品德、他的才能，我不信任别人的判断，只信任你的话和我自己的眼光。谁曾像你那样几次三番赞美他，把他当作一个英才？真的，你这许多赞美不是没有理由的。要是我没有看错人，我敢说：你赞美他的话他句句都当之无愧，你以为把他赞美够了，可是他比你所赞美的还要胜三分呢。要是我把他看错了，那么我是上了你的当。

"现在你还要说我结识了一个低三下四的人吗？如果你这么说，那就是违心之论。你不妨说，他是个穷人，可是这种话只会给你自己带来羞耻，因为你有了人才不知道提拔,把他埋没在仆人的队伍里。贫穷不会磨灭一个人的高贵的品质,不,反而是富贵叫人丧失了志气。多少帝王,多少公侯将相,都是白手起家的,而现在有许多村夫牧人,从前都是豪富巨族呢。

"那么,你要怎样处置我,用不到再这样踌躇不决了。如果你决心要下毒手——要在你风烛残年干出你年青的时候从来没干过的事,那么你尽管用残酷的手段对付我吧,我决不向你乞怜求饶,因为如果这算得是罪恶,那我就是罪魁祸首。我还要告诉你,如果你怎样处置了纪斯卡多,或者准备怎样处置他,却不肯用同样的方法来处置我,那我也会自己动手来处置我自己的。

"现在,你可以去了,跟那些娘们儿一块儿去哭吧;哭够之后,就狠起心肠一刀子把我们俩一起杀了吧——要是你认为我们非死不可的话。"

亲王这才知道他的女儿有一颗伟大的灵魂;不过还是不相信她的意志真会像她的言词那样坚决。他走出了郡主的寝宫,决定不用暴力对待她,却打算惩罚她的情人来打击她的热情,叫她死了那颗心。当天晚上,他命令看守纪斯卡多的那两个禁卫,私下把他绞死,挖出心脏,拿来给他。那两个禁卫果然按照他的命令执行了。

第二天,亲王叫人拿出一只精致的大金杯,把纪斯卡多的心脏盛在里面,又吩咐自己的心腹仆人把金杯送给郡主,同时叫他传言道:"你的父王因为你用他最心爱的东西来安慰他,所以现在他也把你最心爱的东西送来慰问你。"

再说绮思梦达,等父亲走后,矢志不移,便叫人去采了那恶草毒根,煎成毒汁,准备一旦她的疑虑成为事实,就随时要用到它。那侍从送来了亲王的礼物,还把亲王的话传述了一遍。她面不改色,接过金杯,揭开一看,里面盛着一颗心脏,就懂得了亲王为什么要说这一番话,同时也明白了这必然是纪斯卡多的心脏无疑;于是她回过头来对那仆人说:

"只有拿黄金做坟墓,才算不委屈了这颗心脏,我父亲这件事做得真得体!"

说着,她举起金杯,凑向唇边,吻着那颗心脏,说着:"我父亲对我的慈爱,一向无微不至,如今在我生命的最后一刻里,对我越发慈爱了。为了这么尊贵的礼物,我要最后一次向他表示感谢!"

于是她紧拿着金杯,低下头去,注视着那心脏,说道:"唉,你是我的安乐窝,我一切的幸福全都栖息在你身上。最可诅咒的是那个人的狠心的行为——是他叫我现在用这双肉眼注视着你!只要我能够用我那精神上的眼睛时时刻刻注视你,我就满足了。你已经走完了你的路程,已经尽了命运指派给你的任务,你已经到了每个人迟早都要来到的终点。你已经解脱了尘世的劳役和苦恼,你的仇敌把你葬在一个跟你身分相称的金杯里,你的葬礼,除了还缺少你生前所爱的人儿的眼泪外,可说什么都齐全了。现在,你连这也不会欠缺了,天主感化了我那狠毒的父亲,指使他把你送给我。我本来准备面不改色,从容死去,不掉一滴泪;

现在我要为你痛哭一场，哭过之后，我的灵魂立即就要飞去跟你曾经守护的灵魂结合在一起。只有你的灵魂使我乐于跟从、倾心追随，一同到那不可知的冥域里去。我相信你的灵魂还在这里徘徊，凭吊着我们的从前的乐园；那么，我相信依然爱着我的灵魂呀，为我深深地爱着的灵魂呀，你等一下我吧！"

说完，她就低下头去，凑在金杯上，泪如雨下，可绝不像娘们儿那样哭哭啼啼，她一面眼泪流个不停，一面只顾跟那颗心脏亲吻，也不知亲了多少回，吻了多少遍，总是没完没结，真把旁边的人看得呆住了。侍候她的女伴不知道这是谁的心脏，又不明白她说这些话是什么意思，可是都被她深深感动了，陪她伤心掉泪，再三问她伤心的原因，可是任凭怎样问，怎样劝慰，她总是不肯说，她们只得极力安慰她一番。后来郡主觉得哀悼够了，就抬起头来，揩干了眼泪，说道：

"最可爱的心儿呀，我对你已经尽了我的本分，现在只剩下最后的一步了，那就是：让我的灵魂来和你的灵魂结个伴儿吧！"

说完，她叫人取出那昨日备下的盛毒液的瓶子来，只见她拿起瓶子就往金杯里倒去，把毒液全倾注在那颗给泪水洗刷过的心脏上；于是她毫无畏惧地举起金杯，送到嘴边，把毒汁一饮而尽。饮罢，她手里依然拿着金杯，登上绣榻，睡得十分端正安详，把情人的心脏按在自己的心上，一言不发，静待死神的降临。

侍候她的女伴，这时虽然还不知道她已经服毒，但是听她的说话、看她的行为有些反常，就急忙派人去把种种情形向唐克莱报告。他恐怕发生什么变故，急匆匆地赶到女儿房中，正好这时候她在床上睡了下来。他想用好话来安慰她，可是已经迟了，这时候她已经命在顷刻了，他不觉失声痛哭起来；谁知郡主却向他说道：

"唐克莱，我看你何必浪费这许多眼泪呢，等碰到比我更糟心的事，再哭不迟呀；我用不到你来哭，因为我不需要你的眼泪。除了你，有谁达到了目的反而哭泣的呢。如果你从前对我的那一片慈爱，还没完全泯灭，请你给我最后的一个恩典——那就是说，虽然你反对我跟纪斯卡多做一对不出面的夫妻，但是请你把我和他的遗体（不管你把他的遗体扔在什么地方）公开合葬在一处吧。"

亲王听得她这么说，心如刀割，一时竟不能作答。年青的郡主觉得她的大限已到，紧握着那心脏、贴在自己的心头。说道：

"天主保佑你，我要去了。"

说罢，她闭上眼睛，随即完全失去知觉，摆脱了这苦恼的人生。

这就是纪斯卡多和绮思梦达这一对苦命的情人的结局。唐克莱哭也无用，悔也太迟，于是把他们二人很隆重地合葬在一处，全萨莱诺的人民听到他们的事迹，无不感到悲恸。

选自薄伽丘：《十日谈》，方平、王科一译，上海译文出版社 2004 年版。

巨人传(节选)

拉伯雷

　　弗朗索瓦·拉伯雷(1494—1553)是法国文艺复兴时期最重要的作家。他出生在法国都兰地区希农镇一个律师家庭,学过法律,担任过教会职务,后又改学医,于 1532 年进里昂天主教医院当医师。拉伯雷通晓希腊语和拉丁语,对古希腊罗马典籍有深入研究。医生的职业使他有机会接触到社会各个阶层的人民,对民众的疾苦有更深切的感受,这为他后来走上文学创作道路奠定了基础。《巨人传》是拉伯雷用毕生心血写成的一部文学作品,对欧洲长篇小说的发展起到了重要的奠基作用。

上册　第一部

第五十二章　高康大怎样为约翰修士建造特来美修道院

　　最后只剩下约翰修士还没有发落,高康大打算叫他做塞邑的院长①,可是他拒绝了,高康大想给他布尔格邑修道院或者圣弗洛朗修道院②,任他选择,或者,如果他乐意的话,两个一齐都给他;但是修士直截了当地回答说,他不想负责、也不愿管理修士。

　　他说道:"我连自己都不会管,怎么能管别人？ 如果你以为我为你出过一点点力,将来可能还有效劳之处,那就请你按照我的计划建立一所修道院吧。"

　　高康大高兴地答应了他的要求,把罗亚尔河这边,离于欧港口大森林两法里路的整个特来美地区③送给他。他还要求高康大许他创立与其他所有会别完全相反的教派。

　　高康大说道:"头一件事,千万别砌围墙,因为其他的修道院没有不门禁森严的。"

----

　　① 指塞邑修道院院长。
　　② 布尔格邑修道院和圣弗洛朗修道院是法国昂如省本笃会两座最古最富的修道院。
　　③ 特来美地区是作者虚构的,他把它放在靠罗亚尔河于欧港口附近的一个地带,那里有肥沃的草原,盛产泊来蒙奶牛。特来美,照希腊文的意思是:"意志、愿望",可能是为符合特来美修院院规"随心所欲,各行其是"而设想的。

修士说:"对,正是为了这个缘故,凡是前后有墙的地方,就会产生闲话、嫉妒和相互间的明争暗斗。"

更有甚于此者,世上还有一些修道院,遇到有妇女到修道院去(我说的是正经和规矩的妇女),就要把她们所过之处,洗刷一遍。我们却规定,如果有男教士或女教士偶尔到我们修道院里来,他们走过的沟里缝道,都得仔细洗刷干净。又因为世上的修道院,一切工作都按照钟点加以规定、限制和支配,而我们却规定,修院里一概不要时钟和日规一类的东西,所有的工作都依照能力和需要来分配。高康大说,据他所知道的,最耽误时间的,莫过于计算时间——这有什么好处呢?——世上最荒谬的,莫过于不听从正确的理性和智慧,只让钟声来管制自己。

同样,当时送进教会里的女人,不外是些独眼、瘸腿、驼背、丑怪、残废、疯狂、痴傻、魔道、四肢不全;男的呢,也都是些病夫、先天不全、痴呆、在家里是个累赘的。

修士说道:"顺便提一句,一个外表既不美丽、品德也没有什么好的女人,她有什么用呢?"

"送进教会。"高康大说。

修士说:"对,或者去做内衣。①"

……新修院里将规定,女的不是容貌秀丽、体质健全、性情正常的,一概不要;男的,也只要五官端正、身体健全、性情温良的。

同样,一般女修道院里,男人除了偷偷摸摸就没法进去,新修院将规定有男人的地方,必须有女人,有女人的地方,必须有男人。

又因为,无论男女,一旦出家修道,经过一年的试修期限,便不得不终身当教士;新修院规定,无论男女,入院以后,只要自己愿意,随时可以出去,完全自由,毫不勉强。

还有,一般修士须发三愿,即:贞洁不淫,贫穷自安和遵守教规。新修院里,规定可以光明正大地结婚,可以自由地发财,可以有自己的生活方式。

至于入院年龄,规定女的从十岁到十五岁,男的从十二岁到十八岁。

第五十七章　特来美修士怎样规定生活

修士整个的生活起居,不是根据法规、章程或条例,而是按照自己的意愿和自由的主张来过活的。他们高兴什么时候起床,就什么时候起床,其他像吃、喝、工作、睡觉,也都是随他们的意愿。没有人来惊吵他们,也没有人强迫他们吃、喝,或做任何别的事情。这是高康大规定的。他们的会规,就只有这么一条:

随心所欲,各行其是。

①　中世纪法文"她"字(elle)连读起来,和"布"(toile)同音,所以上句的"她有什么用呢?"亦可解释为"布有什么用呢?"因此,他自己回答自己的问题"去做内衣"。

因为自由的人们,由于先天健壮,受过良好教育,来往交谈的又都是些良朋益友,他们生来就有一种本能和倾向,推动他们趋善避恶,他们把这种本性叫作品德。遇有卑劣的约束和压迫来强制和束缚他们的时候——因为我们人总是追求禁止的事物、想得到弄不到手的东西——他们便会把推动他们向善的那种崇高热情转过来,来摆脱和冲破这个桎梏的奴役。

由于有这种自由的精神,于是只要能讨人喜欢的事,大家便争着去做,形成一种值得称道的竞赛。如果一个修士或修女说,"我们喝酒吧",大家便都去喝酒;如果一个人说,"我们去玩吧",大家就一起去玩;如果一个人说,"我们到野外去吧",大家就一起去。假使是去放鹰或打猎,女的便骑上专为妇女乘骑的驯马,后面带了雄伟的良驹,在玲珑地戴着手套的手腕上,每人架着一只鹰,或者一只鹞子,或是一只雕。男修士携带着其他的猛禽。

他们全都受到扎实的教育,无论男女没有一个不能读、写、唱、熟练地弹奏乐器,说五六种语言,并运用这些语言写诗写文章。从来没有见过比特来美修士更英勇、更知礼,马上步下更矫健、更精神、更活泼,更善于使用武器的骑士。也从没有见过比特来美修女更纯洁、更可爱、更不使人气恼,对一切手工针线、全部正式女红更能干的妇女了。

由于这个缘故,遇到修院里有人因为父母的要求或其他原因愿意离开修院的时候,他总是把一位拿他当作忠实知己的修女带出去一同结婚。他们在修院里曾经有过的忠诚和友谊的生活,婚后只有更好地继续下去,一直到一辈子的末一天,还是像结婚的头一天一样和好。

......

下册   第 5 部

第四十三章   巴布怎样打扮巴奴日,让他能得到神瓶的谕示

我们说罢饮罢之后,巴布问道:

"你们中间是哪一位想得到神瓶的谕示?"

巴奴日说道:"是我,你这个微卑的小漏斗。"

巴布又说道:"我的朋友,我只嘱咐你一件事,那就是,听神谕的时候,只许用一个耳朵。"

约翰修士说道:"这样说来,是一个耳朵的酒了。"

随后,巴布给巴奴日穿上一件绿色的外套,戴上一顶雪白的风帽,套上一条滤酒的短裤,短裤上面不穿上衣,只有三条飘带,给他手上放了两条古老的裤裆,腰里拴好三只捆在一起的风笛,然后叫他在上文说过的水泉里洗三次脸,在他脸上撒一把面粉,在滤酒的短裤右面装三根雄鸡毛,再叫他围着水泉转上九圈,跳三跳,屁股往地上蹲七蹲,巴布嘴里也不知道用埃托利亚文祷告着什么,还不时

望着身边一个助手捧的一本经文念上一通。总之，我想连罗马人第二个皇帝奴马·彭比留斯、多士干的凯利、犹太人的那位神圣的领袖也没有我看到的礼节多。埃及蒙菲斯供奉阿庇斯的预言家、拉姆奴斯城供奉拉姆奴西亚的厄庇亚人，甚至古人对阿蒙的朱庇特、对菲洛尼亚也没有我在这里看到的礼节繁缛。

这样打扮好以后，她才从我们当中把巴奴日领走，从右手一扇金的大门走出神殿。她把他领进一座水晶石和白云石构造的圆形内殿里。这座内殿没有窗户，也没有其他透光的地方，仅仅通过透明的石头，受到太阳的光照。然后，再由石头的反射作用，把亮光照在正殿里面，光辉明亮，仿佛从神殿内部自己产生光亮，而不是来自殿外。工程之奇妙，不下于拉维纳的神殿，胜过埃及开姆尼斯岛上的庙堂。还有一件有关建筑的事也不应该略过不提，那就是它的对称平衡，因为它的直径恰好是殿内拱顶的高度。

殿中央有一座白玉砌的七边形的水泉，花饰和镶嵌都特别精细，泉内的水清澈得和一种在静止状态中的元素一式一样。我们所说的神瓶就一半坐在这泉水里，瓶上满是纯净透明的水晶，椭圆形，只是瓶口比它本身的形状稍微高出来一些。

第四十四章　祭司巴布怎样把巴奴日领至神瓶跟前

尊严的祭司巴布命巴奴日弯腰屈膝，亲吻水泉的边缘，然后叫他起来，围着水泉跳了三次巴古斯舞。跳过之后，叫他坐在两个特设的座位中间，屁股冲地，然后打开一本礼规大全，向他左边耳朵里吹了一口气，命他唱出下面一首收葡萄歌（见图）：

这首歌唱罢之后，也不知道巴布往水泉里扔了些什么，只见水泉里的水立刻像布尔格邑巡行祈祷瞻礼的大饭锅那样沸腾起来。巴奴日一声不响地用一只耳朵听着，巴布跪在他旁边，这时从神瓶里发出一种好像依照阿里斯忒乌斯的法术所宰杀和准备的那头小公牛的腹内飞出的那群蜜蜂嗡嗡的声音，或者是弓弩手射出的箭的声音，不然就是夏天落骤雨的声音。只听见这样的一个字：Trinch[1]。

巴奴日高声叫道："凭天主的道德说老实话！你这个瓶子早就破了，不然就是有了裂纹，像我们那里对水晶瓶离火太近炸裂开的说法一样。"

这时巴布站起身来，轻轻地用手挽住巴奴日的胳膊，对他说道：

"朋友，快感谢上天的恩典吧，这是理所应当的，因为你已经听到了神瓶的谕示。我可以说，自从我负责神圣的谕示以来，这是我听到的最鼓舞人心、最神圣、最肯定的一个字了。现在起来吧，咱们去找字典去，在那里边可以找到这个字的解释。"

"走！"巴奴日说道，"天主在上！我和没有来以前同样明智。请你说这本书

---

① 德文："喝。"

放在哪里。把那个字找出来,看看是怎么个解释。"

充溢奥秘的瓶,
我洗耳恭听,
勿吝教,
请一言相告,
我心所依据?
曾经征服印度的
巴古斯,已把真理
贮藏在你腹内的
如此神圣的液体里。
一切谎言,一切诈欺,
神圣的酒啊,都不能近你。
愿挪亚的后裔快乐,
愿我们浸透了你。
求你颁赐箴言,
解脱我侪苦难。
决不遗漏一滴,
红白不计。
充溢奥秘的瓶!

第四十五章　巴布怎样解释神瓶的谕示

不知道巴布又往水里扔了些什么,只见泉水的沸腾立刻平息下来。巴布这才把巴奴日领回正殿中央那座给人以生命力的水泉那里。从水里,他捞出一本银子做的厚书,样子像个半"木宜"的容器,或者说像《格言集》的第四册,在水泉里灌满了水,对他说道:

"你们那里的哲学家、宣教者、博士们,只会对着你们的耳朵灌输好听的话,我们这里是真地从嘴里灌输我们的教诲。因此,我不跟你说:'请你读这一章,请你念这个注释;'我却说:'请你干了这一章,请你品品这一章,请你饮下去这一注释。'古时,犹太国有一位贤哲,他吃过整整的一本书,后来便博学到牙齿。现在,请你喝下去一本书,你必定博学到肝脏。来,张开嘴。"

　　巴奴日张开了嘴，巴布拿起那本银书，我们还真地以为它是一本书呢，因为它的样子确是像一个经本，可是它却地地道道、不折不扣是一个酒瓶，里面满装法勒纳酒，一口气让巴奴日喝了下去。

　　巴奴日说道："这真是值得注意的一章，确实可信的注释。那神瓶谕示的意思就是这个么？我非常满意，非常满意。"

　　"是的，"巴布回答说，"因为 Trinch 这个字全世界通用，到处有名，谁也听得懂，它的意思是：'喝'。你们那里叫'褡裢'那个东西，在所有的语言里都是这个叫法，因此，到处都听得懂，正像伊索那篇寓言里所说的那样，人类生来颈项上就背着一个褡裢，天生是要受罪的，要彼此协助的。天底下不论多厉害的君王，也不能离开人而独自生活。多傲慢的穷人也离不开富人。连那个自认为万能的哲学家希庇阿斯也不能例外。和离不开褡裢一样，人类更不能不喝。所以，我们说，不是笑、而是喝，才是人类的本能。不过，我所说的不是简单的、单纯的喝，因为任何动物都会喝，我说的是喝爽口的美酒。朋友们，请你们记好，酒能使人清醒，没有比这个更靠得住的论断了，也没有比这更真实的预言了。你们自己的学者就足以证明，他们给酒这个字寻找字源的时候说，酒，希腊文叫作 *olvos*，和拉丁文的 vis（力量，能耐）颇多相似，因为它有能力使人的灵魂充满真理、知识和学问。所以，如果你们注意到大殿门口所写的伊奥尼亚文字，你们一定会早已明白真理就在酒中。神瓶既然把你们领到这里，请你们自己来得出你们旅行的意义好了。"

　　庞大固埃说道："这位可敬的祭司说得再对也没有了。你们头一次跟我谈的时候，我就是这样说的。所以还是 Trinch 一下吧！你们心里受到巴古斯赞歌的鼓舞，觉着如何？"

　　巴奴日说道，"大家举杯，

巴古斯在上，大家举杯！
噢，噢，噢，我将比翼双飞，
……
约翰修士，我向你起誓，
决不含胡，
神谕的指示万分清楚，
这是定而不可移的命中定数！"

　　　　　　　　　　选自拉伯雷：《巨人传》，成钰亭译，上海译文出版社 1981 年版。

堂吉诃德(节选)

塞万提斯

米盖尔·德·塞万提斯·塞维德拉(1547—1616)是西班牙最伟大的小说家,也是西班牙作家当中国际声望最高、影响最大的作家。塞万提斯出生在马德里附近的阿尔卡拉·德·埃纳雷斯一个败落的小贵族家庭,父亲是游方郎中,生活潦倒,曾因负债进过监狱。由于生活颠沛流离,塞万提斯无缘接受系统的教育,只在一所耶稣会学校短暂读过书。1602 年,52 岁的塞万提斯开始创作《堂吉诃德》。1605 年,小说上卷出版,大获成功,但下卷 10 年后才出版。除了《堂吉诃德》外,塞万提斯还创作有诗体悲剧《努曼西亚》和《训诫小说集》等作品。

上册

第八章

骇人的风车奇险;堂吉诃德的英雄身手;

以及其他值得大书特书的事情。

这时候,他们远远望见郊野里有三四十架风车。堂吉诃德一见就对他的侍从说:

"运道的安排,比咱们要求的还好。你瞧,桑丘·潘沙朋友,那边出现了三十多个大得出奇的巨人。我打算去跟他们交手,把他们一个个杀死,咱们得了胜利品,可以发财。这是正义的战争,消灭地球上这种坏东西是为上帝立大功。"

桑丘·潘沙道:"什么巨人呀?"

他主人说:"那些长胳膊的,你没看见吗?有些巨人的胳膊差不多二哩瓦① 长呢。"

桑丘说:"您仔细瞧瞧,那不是巨人,是风车;上面胳膊似的东西是风车的翅膀,给风吹动了就能推转石磨。"

———————————

① 一哩瓦合 6.4 公里。

堂吉诃德道："你真是外行，不懂冒险。他们确是货真价实的巨人。你要是害怕，就走开些，做你的祷告去，我一人单干，跟他们大伙儿拼命好了。"

他一面说，一面踢着坐骑冲出去。他侍从桑丘大喊说，他前去冲杀的明明是风车，不是巨人；他满不理会，横着念头那是巨人，既没听见桑丘叫喊，跑近了也没看清是什么东西，只顾往前冲，嘴里嚷道：

"你们这伙没胆量的下流东西！不要跑！来跟你们厮杀的只是个单枪匹马的骑士！"

这时微微刮起一阵风，转动了那些庞大的翅翼。堂吉诃德见了说：

"即使你们挥舞的胳膊比巨人布利亚瑞欧①的还多，我也要和你们见个高下！"

他说罢一片虔诚向他那位杜尔西内娅小姐祷告一番，求她在这个紧要关头保佑自己，然后把盾牌遮稳身体，横托着长枪飞马向第一架风车冲杀上去。他一枪刺中了风车的翅膀；翅膀在风里转得正猛，把长枪迸作几段，一股劲把堂吉诃德连人带马直扫出去；堂吉诃德滚翻在地，狼狈不堪。桑丘·潘沙趱驴来救，跑近一看，他已经不能动弹，驽骍难得把他摔得太厉害了。

桑丘说："天啊！我不是跟您说了吗，仔细着点儿，那不过是风车。除非自己的头脑给风车转糊涂了，谁还不知道这是风车呢？"

堂吉诃德答道："甭说了，桑丘朋友，打仗的胜败最拿不稳。看来把我的书连带书房一起抢走的弗瑞斯冬法师对我冤仇很深，一定是他把巨人变成风车，来剥夺我胜利的光荣。可是到头来，他的邪法毕竟敌不过我这把剑的锋芒。"

桑丘说："这就要瞧老天爷怎么安排了。"

桑丘扶起堂吉诃德；他重又骑上几乎跌歪了肩膀的驽骍难得。他们谈论着方才的险遇，顺着往拉比塞峡口的大道前去，因为据堂吉诃德说，那地方来往人多，必定会碰到许多形形色色的奇事。可是他长枪断了心上老大不痛快，和他的侍从计议说：

"我记得在书上读到一位西班牙骑士名叫狄艾果·贝瑞斯·台·巴尔咖斯，他一次打仗把剑斫断了，就从橡树上劈下一根粗壮的树枝，凭那根树枝，那一天干下许多了不起的事，打闷不知多少摩尔人，因此得到个绰号，叫做'大棍子'。后来他本人和子孙都称为'大棍子'巴尔咖斯。我跟你讲这番话有个计较：我一路上见到橡树，料想他那根树枝有多粗多壮，照样也折它一枝。我要凭这根树枝大显身手，你亲眼看见了种种说来也不可信的奇事，才会知道跟了我多么运气。"

---

① 希腊神话里和神道作战的巨人，有一百条手臂。

桑丘说:"这都听凭老天爷安排吧。您说的话我全相信;可是您把身子挪正中些,您好像闪到一边去了,准是摔得身上疼呢。"

堂吉诃德说:"是啊,我吃了痛没作声,因为游侠骑士受了伤,尽管肠子从伤口掉出来,也不行得哼痛。"

桑丘说:"要那样的话,我就没什么说的了。不过天晓得,我宁愿您有痛就哼。我自己呢,说老实话,我要有一丁丁点儿疼就得哼哼,除非游侠骑士的侍从也得遵守这个规矩,不许哼痛。"

堂吉诃德瞧他侍从这么傻,忍不住笑了。他声明说:不论桑丘喜欢怎么哼,或什么时候哼,不论他是忍不住要哼,或不哼也可,反正他尽管哼好了,因为他还没读到什么游侠骑士的规则不准侍从哼痛。桑丘提醒主人说,该是吃饭的时候了。他东家说这会子还不想吃,桑丘什么时候想吃就可以吃。桑丘得了这个准许,就在驴背上尽量坐舒服了,把褡裢袋里的东西取出来,慢慢跟在主人后面一边走一边吃,还频频抱起酒袋来喝酒,喝得津津有味,玛拉咖最享口福的酒馆主人见了都会羡慕。他这样喝着酒一路走去,早把东家对他许的愿抛在九霄云外,觉得四出冒险尽管担惊受怕,也不是什么苦差,倒是很惬意的。

长话短说,他们当夜在树林里过了一宿。堂吉诃德折了一根可充枪柄的枯枝,把枪头移上。他曾经读到骑士们在穷林荒野里过夜,想念自己的意中人,好几夜都不睡觉。他要学样,当晚彻夜没睡,只顾想念他的意中人杜尔西内娅。桑丘·潘沙却另是一样。他肚子填得满满,又没喝什么提神醒睡的饮料,倒头一觉,直睡到大天亮。阳光照射到他脸上,鸟声嘈杂,欢迎又一天来临,他都不理会,要不是东家叫唤,他还沉睡不醒呢。他起身就去抚摸一下酒袋,觉得比昨晚越发萎瘪了,不免心上烦恼,因为照他看来,在他们这条路上,没法立刻弥补上这项亏空。堂吉诃德还是不肯开斋,上文已经说过,他决计靠甜蜜的相思来滋养自己。他们又走上前往拉比塞峡口的道路;约莫下午三点,山峡已经在望。

堂吉诃德望见山峡,就说:"桑丘·潘沙兄弟啊,这里的险境和奇事多得应接不暇,可是你记着,尽管瞧我遭了天大的危险,也不可以拔剑卫护我。如果我对手是下等人,你可以帮忙;如果对手是骑士,按骑士道的规则,你怎么也不可以帮我,那是违法的。你要帮打,得封授了骑士的称号才行。"

桑丘答道:"先生,我全都听您的,决没有错儿。我生来性情和平,最不爱争吵。当然,我如要保卫自己身体,就讲究不了这些规则。无论天定的规则,人定的规则,总容许动手自卫。"

堂吉诃德说:"这话我完全同意。不过你如要帮我跟骑士打架,那你得捺下火气,不能使性。"

桑丘答道:"我一定听命,把您这条戒律当礼拜日的安息诫一样认真遵守。"

他们正说着话,路上来了两个圣贝尼多教会的修士。他们好像骑着两匹骆驼似的,因为那两头骡子简直有骆驼那么高大。两人都戴着面罩,撑着阳伞。随后来一辆马车,有四五骑人马和两个步行的骡夫跟从。原来车上是一位到塞维利亚去的比斯盖贵夫人;她丈夫得了美洲的一个贵职要去上任,正在塞维利亚等待出发。两个修士虽然和她同路,并不是一伙。可是堂吉诃德一看见他们,就对自己的侍从说:

"要是我料得不错,咱们碰上破天荒的奇遇了。前面这几个黑魆魆的家伙想必是魔术家——没什么说的,一定是魔术家;他们用这辆车劫走了一位公主。我得尽力量除暴惩凶。"

桑丘说:"这就比风车的事更糟糕了。您瞧啊,先生,那些人是圣贝尼多教会的修士,那辆马车准是过往客人的。您小心,我跟您说,您干事要多多小心,别上了魔鬼的当。"

堂吉诃德说:"我早跟你说过,桑丘,你不懂冒险的事。我刚才的话是千真万确的,你这会儿瞧吧。"

他说罢往前几步,迎着两个修士当路站定,等他们走近,估计能听见自己的话,就高声喊道:

"你们这起妖魔鬼怪!快把你们车上抢走的几位贵公主留下!要不,就叫你们当场送命;干了坏事,得受惩罚!"

两个修士带住骡子,对堂吉诃德那副模样和那套话都很惊讶,回答说:

"绅士先生,我们不是妖魔,也并非鬼怪。我们俩是赶路的圣贝尼多会修士。这辆车是不是劫走了公主,我们也不知道。"

堂吉诃德喝道:"我不吃这套花言巧语!我看破你们是撒谎的混蛋!"

他不等人家答话,踢动驽骍难得,斜绰着长枪,向前面一个修士直冲上去。他来势非常凶猛,那修士要不是自己滚下骡子,准被撞下地去,不跌死也得身受重伤。第二个修士看见伙伴遭殃,忙踢着他那匹高大的好骡子落荒而走,跑得比风还快。

桑丘瞧修士倒在地下,就迅速下驴,抢到他身边,动手去剥他的衣服。恰好修士的两个骡夫跑来,问他为什么脱人家衣服。桑丘说,这衣服是他东家堂吉诃德打了胜仗赢来的战利品,按理是他份里的。两个骡夫不懂得说笑话,也不懂得什么战利品、什么打仗,瞧堂吉诃德已经走远,正和车上的人说话呢,就冲上去推倒桑丘,把他的胡子拔得一根不剩,又踢了他一顿,撇他直挺挺地躺在地下,气都没了,人也晕过去了。跌倒的修士心惊胆颤,面无人色,急忙上骡,踢着它向同伴那里跑;逃走的绅士正在老远等着,看这番袭击怎么下场。他们不等事情结束,马上就走了,一面只顾在胸前画十字;即使背后有魔鬼追赶,也不必画那么多十字。

上文已经说了,堂吉诃德正在和车上那位夫人谈话呢。他说:

"美丽的夫人啊,您可以随意行动了,我凭这条铁臂,已经把抢劫您的强盗打得威风扫地。您不用打听谁救了您;我省您的事,自己报名吧。我是个冒险的游侠骑士,名叫堂吉诃德·台·拉·曼却;我倾倒的美人是绝世无双的堂娜杜尔西内娅·台尔·托波索。您受了恩不用别的报酬,只须回到托波索去代我拜见那位小姐,把我救您的事告诉她。"

有个随车伴送的侍从是比斯盖人,听了堂吉诃德的话,瞧他不让车辆前行,却要他们马上回托波索去,就冲到他面前,一把扭住他的长枪跟他理论,一口话既算不得西班牙语,更算不得比斯盖语,似通非通地说:

"走哇!骑士倒霉的!我凭上帝创造我的起誓:不让车走啊你,我比斯盖人杀死你是真!好比你身在此地一样是真!"

这话堂吉诃德全听得懂。他很镇静地答道:

"你呀,不是个骑士;你要是个骑士,这样糊涂放肆,我早就惩罚你了,你这奴才!"

比斯盖人道:

"我不绅士?对上帝我发誓:你很撒谎!好比我很基督徒一样!如果你长枪放下,拔出来剑,马上可以你瞧瞧,你是把水送到猫儿旁边去呢!陆地上比斯盖人,海上也绅士!哪里都绅士!你道个不字,哼,撒谎你就是!"

堂吉诃德答道:"阿格拉黑斯说的:'你这会儿瞧吧。'"

他把长枪往地下一扔,拔出剑,挎着盾牌,直取那比斯盖人,一心要结果他的性命。比斯盖人因为自己的坐骑是雇来的劣骡子,靠不住;他想要下地,可是瞧堂吉诃德这般来势,什么也顾不及,只有拔剑的功夫,幸亏正在马车旁边,就从车上抢了个垫子,权当盾牌使用,两人就像不共戴天的冤家那样打起来。旁人想劝解,可是不行,比斯盖人用他那种支离破碎的话向大家声明,他们要是不让他把这一仗打到底,他就亲手把女主人杀掉,把所有阻挡他的人都杀掉。车上那位太太看到这样情况,又惊又怕,忙叫车夫把车赶远些,就在那边遥遥现看这场恶战。当时比斯盖人伸手越过堂吉诃德的盾牌,在他肩上狠狠劈了一剑;要不是他身披铠甲,腰以上早劈做两半了。这一剑好不凶猛,堂吉诃德觉得分量不轻,大喊道:

"啊!我心上的主子、美人的典范杜尔西内娅!你的骑士为了不负你的十全十美,招得大难临头了!请你快来帮忙呀!"

他说着话,一手握剑,一手用盾牌,护严身子,直向比斯盖人冲去。说时迟,那时快,他一股猛劲,要一剑劈去立见输赢。

比斯盖人瞧堂吉诃德这股冲劲，看出对手的勇猛，决计照样跟他拼一拼；可是坐下的骡子已经疲乏不堪，况且天生也不是干这种玩意儿的，所以一步也挪移不动，左旋右转都不听使唤，他只好把坐垫护严身子，站定了等候。上文说过，堂吉诃德举剑直取这机警的比斯盖人，一心要把他劈做两半；比斯盖人也举着剑，把坐垫挡着身子迎候；旁人不知道这两把恶狠狠的剑下会生出什么事来，惴惴不安地等待着；车上那位太太和几个侍女只顾向西班牙所有的神像和礼拜堂千遍万遍的许愿，求上帝保佑这侍从和她们自己逃脱当前这场大难。可是偏偏在这个紧要关头，作者把一场厮杀半中间截断了，推说堂吉诃德生平事迹的记载只有这么一点。当然，这部故事的第二位作者决不信这样一部奇书会被人遗忘，也不信拉·曼却的文人对这位著名骑士的文献会漠不关怀，让它散失。因此他并不死心，还想找到这部趣史的结局。靠天保佑，他居然找到了。如要知道怎么找到的，请看本书第二部。

第七十四章

堂吉诃德得病、立遗嘱、逝世。

世事无常，都由兴而衰，以至于亡；人生一世更是逃不脱这个规律。堂吉诃德也不能得天独厚，停步不走下坡路。他料不到自己一辈子就此完了。也许是打了败仗，气出来的病，也许是命该如此，他发烧不退，一连躺了六天。他的朋友像神父呀、学士呀、理发师呀，都常去看他；他的好侍从桑丘·潘沙经常守在床头。他们以为他打败了羞忿，而且没见杜尔西内娅摆脱魔缠，心上愁闷，所以恹恹成病，就用尽方法哄他开心。学士叫他抖擞精神起床，开始牧羊生涯，说自己已经做了一首牧歌，把撒纳沙罗的牧歌全压倒了；又说自己出钱问金达那的牧户买了两只看羊的好狗，一只叫巴尔西诺，一只叫布特隆。堂吉诃德听着还是郁郁不乐。

他那些朋友请了一位大夫来给他诊脉。大夫觉得脉象不好，说不管怎样，救他的灵魂要紧，他的身体保不住了。堂吉诃德听了这话很镇定，管家妈、外甥女和侍从桑丘却伤心痛哭，好像堂吉诃德已经当场死了。据大夫诊断，忧郁是他致命的病源。堂吉诃德想睡一会，要求大家出去。他就睡了一大觉，有六个多小时之久，管家妈和外甥女只怕他再也不醒了。他醒来大声说：

"感谢全能的上帝！给了我莫大恩典！他慈悲无量，世人的罪孽全都饶恕。"

外甥女留心听他舅舅的话，觉得比往常灵清，至少比这番病倒后讲的话有条理。她问道：

"舅舅，您这话是什么意思？咱们得了什么新的恩典吗？说的是什么慈悲、什么罪孽？"

堂吉诃德答道:"我说的是上帝无量慈悲,这会儿饶恕了我的罪孽。我从前成天成夜读那些骑士小说,读得神魂颠倒;现在觉得心里豁然开朗,明白清楚了。现在知道那些书上都是胡说八道,只恨悔悟已迟,不及再读些启发心灵的书来补救。外甥女儿啊,我自己觉得死就在眼前了;希望到时心地明白,别说我糊涂一辈子,死也是个疯子。我尽管发过疯,却不愿意一疯到死呢。孩子,我要忏悔,还要立遗嘱,你去把神父呀、参孙•加尔拉斯果学士呀、尼古拉斯理发师呀那几位朋友都请来。"

那三人正好进屋,不劳外甥女儿去请了。堂吉诃德一见他们,就说:

"各位好先生,报告你们一个喜讯:我现在不是堂吉诃德•台•拉•曼却了,我是为人善良、号称'善人'的阿隆索•吉哈诺。我现在把阿马狄斯•台•咖乌拉和他那帮子子孙孙都看成冤家对头,觉得荒谬的骑士小说每一本都讨厌,也深知阅读这种书籍是最无聊、最有害的事。我现在靠上帝慈悲,头脑复原,对骑士小说已经深恶痛绝。"

三人听了这番话,以为他一定又得了新的疯病。参孙说:

"堂吉诃德先生,我们刚刚听说杜尔西内娅小姐已经解脱了魔缠,您怎么又来这一套呀?况且咱们马上要去当牧羊人,像公子哥儿似的唱歌过日子,您怎么又要当修行的隐士了呢?我劝您清醒点儿,闭上嘴巴,别胡扯了。"

堂吉诃德说:"那些胡扯的故事真是害了我一辈子;但愿天照应,我临死能由受害转为得益。各位老哥,我自觉命在顷刻,别说笑话了,快请神父听我忏悔,请公证人给我写遗嘱吧。大限临头,不能把灵魂当儿戏。我请你们乘神父听我忏悔,快去请个公证人来。"

大家听了觉得诧异,面面相觑,虽然将信将疑,却不敢怠慢。他忽然头脑这样灵清,料想是要死了,回光返照。他还说了许多又高明、又虔诚的话,条理非常清楚。大家不再疑惑,确信他已经不疯了。

神父叫大家走开,他一人听堂吉诃德忏悔。学士出去找了一个公证人,还带着桑丘•潘沙一同回来。桑丘听学士讲了主人的情况,看见管家妈和外甥女在那儿哭,也抽搐着脸颊眼泪直流。堂吉诃德忏悔完毕,神父出来说:

"善人阿隆索•吉哈诺真是要死了,他神志也真是清楚了,他要立遗嘱呢,咱们进去吧。"

管家妈、外甥女和那位好侍从桑丘•潘沙听了这个消息,热泪夺眶而出,压抑着的抽噎也收勒不住。因为上文也曾说过,堂吉诃德是善人阿隆索•吉哈诺也罢,充当了堂吉诃德•台•拉•曼却也罢,向来性情厚道,待人和气,不仅家里人,所有的相识全都喜欢他。公证人跟着大家到堂吉诃德屋里,把遗嘱开头的程式写好;堂吉诃德按基督徒的照例规矩,求上帝保佑他的灵魂,然后处置遗产。他说:

"(一)我发疯的时候,叫桑丘·潘沙当我的侍从,曾有一笔钱交他掌管。我们两人还有些未清的账目和人欠、欠人的纠葛,所以那笔钱我不要他还了,也不要他交代账目,只把我欠的扣清,余款全数给他;多余的很有限,但愿他拿了大有用处。我发疯的时候曾经照应他做了海岛总督;我现在神志清楚,如有权叫他做一国之王,我也会叫他做。他生性朴质,为人忠诚,该受这样待遇。"

他转向桑丘道:"朋友,我以为世界上古往今来都有游侠骑士,自己错了,还自误误人,把这个见解传给了你,害你成了像我一样的疯子;我现在请你原谅。"

桑丘哭道:"啊呀,我的主人,您别死呀! 您听我的话,百年长寿地活下去! 一个人好好儿的,又没别人害死他,只因为不痛快,就忧忧郁郁地死去,那真是太傻了! 您别懒,快起床,照咱们商量好的那样,扮成牧羊人到田野里去吧。堂娜杜尔西内娅大概已经摆脱魔缠,没那么样儿的漂亮;咱们绕过一丛灌木,就和她劈面相逢了。假如您因为打了败仗气恼,您可以怪在我身上,说我没给驽骍难得系好肚带,害您颠下马来。况且骑士打胜打败,您书上是常见的,今天败,明天又会胜。"

参孙说:"可不是吗! 好桑丘这番话说得对极了!"

堂吉诃德道:"各位先生且慢,'去年的旧巢,哪还有小鸟'! 我从前是疯子,现在头脑灵清了;从前是堂吉诃德·台·拉·曼却,现在我已经说过,我是善人阿隆索·吉哈诺。但愿各位瞧我忏悔真诚,还像从前那样看重我。现在请公证人先生写下去吧。

"(一)我全部家产,从现有、实有部分,除去指名分配的款项,全归在场的外甥女安东尼娅·吉哈娜承袭。首先,管家妈历年的工资应如数付清,外加二十杜加,送她做一套衣服,我委托在场的神父和参孙·加尔拉斯果学士二位先生执行遗嘱。(一)我外甥女安东尼娅·吉哈娜如要结婚,得嫁个从未读过骑士小说的人;如查明他读过,而我外甥女还要嫁他,并且真嫁了他,她就得放弃我的全部遗产,执行人可以随意捐赠慈善机关。(一)执行遗嘱的两位先生如果碰见《堂吉诃德·台·拉·曼却生平事迹第二部》的作者,请代我竭诚向他道歉:他写那部荒谬绝伦的书,虽然没有受我委托,究竟还是为了我,我到死还觉得对他不起。"

遗嘱写完,堂吉诃德就晕过去,直挺挺躺在床上。大家慌了手脚,赶紧救护。他立完遗嘱还活了三天,昏厥好多次。当时家翻宅乱,不过外甥女照常吃饭,管家妈照常喝酒,桑丘·潘沙也照常吃喝;因为继承遗产,能抵消或减少遭逢死丧

的痛苦。堂吉诃德领了种种圣典,痛骂了骑士小说,终于长辞人世了。公证人恰
在场,据他说,骑士小说里,从没见过哪个游侠骑士像堂吉诃德这样安详虔诚、卧
床而死的。堂吉诃德就在亲友悲悼声中解脱了,就是说,咽气死了。

神父当时就请公证人证明,称为堂吉诃德·台·拉·曼却的善人阿隆索·
吉哈诺已经善终去世。熙德·阿默德·贝南黑利搁笔了,别的作者不能捣鬼再
叫他活过来,把他的故事没完没了地续写。奇情异想的拉·曼却绅士如此结束
了一生。熙德·哈默德不愿指明他家乡何在,让拉·曼却所有的村镇,都像希腊
六个城争夺荷马那样,抢着认他作自己的儿子。

桑丘、外甥女和管家妈怎样哀悼堂吉诃德,他墓上有什么新的墓铭,这里都
不提了;只说参孙·加尔拉斯果写了如下一首墓铭:

> 遐兮斯人,
> 勇毅绝伦,
> 不畏强暴,
> 不恤丧身,
> 谁谓痴愚,
> 震世立勋,
> 慷慨豪侠,
> 超凡绝尘,
> 一生惑幻,
> 临殁见真。

绝顶高明的熙德·阿默德对他的笔说:"我不知你是有锋的妙笔还是退锋的
拙笔,我把你挂在书架子的铜丝上了,你在这儿耽着吧。如果没有狂妄恶毒的作者
把你取下滥用,你还可以千载长存。可是你别等他们伸手,趁早婉转地告诉他们:

> '请别来插手吧,
> 摇笔杆儿的先生,
> 国王已把这件事,
> 留待我来完成。'

堂吉诃德专为我而生,我此生也只是为了他。他干事,我记述;我们两个是一
体。托尔台西利亚的冒牌作者用鸵鸟毛削成的笔太粗劣,他妄图描写我这位勇
士的事迹是不行的;他的才情不能胜任,他文思枯涩,不配写这故事。你如果碰
见他,劝他让堂吉诃德那一把霉烂的老骨头在墓里安息吧,别侵犯死神的法权,
把他从坟圹里拖出来带到旧加斯底利亚去;堂吉诃德确实是直挺挺地躺在地下,

不能再出马作第三次旅行了。他前后两次出门的故事，已经把一切游侠骑士的荒谬行径挖苦得淋漓尽致，得到国内外人士一致赞赏。你对蓄意害你的人好言劝告，也就尽了你基督徒的职责。我的愿望无非要世人厌恶荒诞的骑士小说。堂吉诃德的真人真事，已经使骑士小说立脚不住，注定要一扫而空了。我也就忻然自得：作者能这样如愿以偿，还数我第一个呢！"

　　再会吧！

选自塞万提斯：《堂吉诃德》，杨绛译，人民文学出版 1983 年版。

请扫码阅读外文版
原作（节选）

坎特伯雷故事集（节选）

乔叟

　　杰弗利·乔叟（1343—1400），英国中世纪著名作家，出生于一个酒商家庭。1359 年随爱德华三世的部队远征法国，被法军俘虏，不久以黄金赎回。乔叟曾多次代表爱德华三世出使欧洲大陆，到过比利时、法国、意大利等国。薄伽丘和彼特拉克对他的文学创作产生了很大的影响。《坎特伯雷故事集》是乔叟的代表作品，他另有作品《公爵夫人之书》《声誉之宫》《百鸟会议》《贤妇传说》《特洛伊罗斯与克丽西达》等。乔叟逝世后葬于威斯敏斯特教堂里的"诗人之角"。

巴斯妇的故事

　　在古代负有声望的亚瑟王的时候，仙妖充满了林野。仙后和她的女伴们常在绿草地上戏舞。我在书中念到，这确是当时一般的信念；不过这已是几百年前的情形了。时到今日，谁也看不见任何妖魔了，因为目前有许多化缘的僧士们，走遍各个地域，各条河流，像日光中的微尘似的，他们布施和祈求，祝福着楼台亭阁，城乡村落，仓棚院舍——因此妖魔再也不出现了。仙妖常到的地方，僧士也早晚必来，赞美传诵，托钵乞施。现在的妇女们也可以在任何丛荆茂林中大胆往来；除僧士而外已无其他恶灵，而他们却不会侮辱她们的。

　　那时亚瑟王宫中有一位年轻武士，有一天，他从河上骑马而来；恰巧看见前面一个少女孤独地走着，他竟上去把她强迫玷辱了一顿，也真该他倒了霉，为了这件侮辱的案子，有人在亚瑟王面前喧嚷请愿，这武士依照法律被判处死刑；他的脑袋保不住了——当时的刑法恐怕是这样——但王后及宫中其他贵妇再三为他求情，国王终于赦了他的死罪，把他完全交给王后去处理。王后诚心谢了王恩，等到一天，她凑个机会向武士道：

　　"你此刻所处的境地，并没有完全脱离性命的危险。我可以饶过你这条命，只要你能告诉我，女人最大的欲望究竟是什么。小心，提防那铁刀架上你的颈骨！我却准许你十二个月零一天，让你出去采访一个满意的答案；你在离去以前，还得保证回来交出你的躯体。"

　　武士听后心中悲痛,哀叹了一阵;可是,如何是好呢! 他已是身不由己了。最后,他决定出去,等一年之后,且看上帝会赐给他什么好答案;于是告辞上路。他到每个地方每家住宅去探访,希望碰见好运,可以找出女子最大的欲望所在;但是走遍四海却没有听到两个人对于这问题有相同的意见。有人说女人最爱财富,有人说光荣,有人说娱乐,有人说华丽的衣服饰物,有些说淫欲,有许多人还说愿一再做寡妇后再醮。有人说我们女人的心受了阿谀就觉舒服。这些人倒差不多抓住真情了,我不是撒谎。男子要取得我们的欢心,最好是用奉承的方法,不论高低的女子,只消你能体贴入微,自然就可唾手而得。也还有些人说我们爱任性,为所欲为,有错误不愿受人指责,却一味爱听人颂扬我们聪明能干,不说半句批评我们愚钝的话。老实说,我们女子没有一人能够被人捉住了短处而不发怨言,而认他为诚实率直的。只消一作尝试就可知道底蕴;因为我们无论怎样败絮其中,表面上却还要装得漂亮,不肯露出半点瑕疵。有人还说我们最喜欢被人认为是稳定可靠,意志坚强,男子所透给我们的消息决不会泄漏。这个说法却不值半文钱。上天有眼,我们女子就是藏不住话;有麦达斯为证,——你们愿听这个故事吗?

　　奥维德写过许多故事,其中有一个讲麦达斯头上长出了两只驴耳,掩蔽在长毛里,这丑相他尽力要掩饰,除他的妻子之外还没有一个人知道。他最爱她,并且十分相信她;求她务必为他包藏起这个缺憾。她向他发誓道,"决不会讲。"就算她能征服全世界,也不愿犯这罪过,而使她的丈夫蒙受恶名;为了自己的体面也决不会做出这无聊的事来。可是后来她觉得要长久严守这个秘密实在按捺不住;她似乎心头欲裂,不倾吐出来就简直活不下去;她既不能向任何人泄露,只得跑到附近的草泽中去——心里像火一般燃烧,一口气跑到那里——就像一只苍鹭在泥潭中呻吟,她把嘴低伏水面,诉说道:"水呀,你潺潺作声,千万不可泄漏了我的消息啊;我告诉了你之后再也不向旁人去说了;我的丈夫生了两只驴子的长耳! 现在我已说出来了,我的心恢复了常态。我实在是留藏不住了。"由此可知,我们女子虽然保守得一时的秘密,但终究是要泄漏的;永久缄默我们是办不到的。至于这故事的结局如何,读奥维德自然就会明了。

　　回到我的原题。那武士眼见得找不出这个答案,究竟女人最喜欢什么,他胸中忧闷非常。他不能再作逗留了;限期已经满了,必须回来。途中他骑着马,正在忧心惶惑,来到一座林边,忽而看见二十四五个女子在那里舞蹈;他抱着满腔希望赶上前去,以为可以增加一点智慧。可是在他未到之前,那些舞蹈的女子却都消散得无影无踪。他看不见一个人,唯有草地上坐着一个老妪——世上再也没有比她更丑陋的东西。武士走近时,老妪起立,说道:"武士,这边的路走不通。老实告诉我,你想寻找什么? 说出来也许是为你好;年老人知道的事是很多的。"

　　"老婆婆,"武士道,"我若回答不出女人最大的欲望是什么,我的命就活不成了。你如能指教我,我必重谢你。"

"捧着我的手发一个誓愿,"她道,"你若尽你所能,办到我所要求你做的第一件事,我今天就可告诉你这个答案。"

"我在此保证,"武士道,"我同意。"

"好,"她道,"我敢担保你这条命脱离了危险;有我的灵魂为鉴,王后的意思必然与我的相同。朝廷上任何一位头戴网巾的人物,都不敢反对我这意思。我们向前走,不必多讲了。"她就在他耳边低声说了一句话,嘱他放心,不必再惧怕。

他们来到朝廷,武士说他按期到了,实践了诺言,准备作答。许多贵妇们都会齐来听,许多处女,许多寡妇,她们智力都很高,也都来了。王后自己坐在上面裁判;然后遣人引武士出来。命令发出叫上下肃静,再叫武士当场宣称,世上女子最大的欲望是什么。武士未作片刻的沉默,便慷慨陈辞,上下无不听得清晰。

"我的主后,这世上所有的女子最愿能控制得住她们的丈夫或情侣,做他们的主宰。这就是你们最大的欲望。你们尽可因我这句话而置我于死地;我在此全凭你们的遣调,你们要怎样,我只有听从。"

庭上任何已嫁未嫁的妇人或是寡妇,没有一个反对他的,都说他应可得赦。正说着,那武士所遇见的老妪站了起来。

"求你开恩,主后呀!"她道,"在朝会未散之前,我要求得一公正的待遇。是我教了这武士这样作答的;我对他的条件是他应尽他所能,办到我所要求他做的第一件事,他已立誓决不食言的。现在我求你,好武士,娶我为妻;你应知道我是你的救命恩人。我若撒了一个字的谎,你不妨否认,你的良心是证!"

武士答道:"啊,苦呀! 我承认这确是我当时的诺言。但爱护人类的上帝在天,求你另择一个请求吧! 把我所有的财产都搜去好了,却让我得这躯体的自由。"

"不成,"她道,"我只有诅咒你我两人;我虽丑陋、贫穷、衰老,我却不需要地面上下的任何宝藏,但愿做你的妻,得你的宠爱。"

"我的爱?"他道,"我的永劫罢了! 我生何不幸,竟应如此错配着呢!"

可是没有法子想! 结果是,他无从摆脱,非娶她不可,他收留了这个老妻,一同进房去。

也许有人不免要说我没有详述那天宴会上的欢乐和一切的排场。我不妨简单地说明:那天的聚会中根本没有什么喜庆;只有无限的愁闷。他就在一天早晨暗中和她结了婚,妻子那样丑老,他满腹忧伤,像枭一样躲藏着,过了那一整天。

武士心中苦痛不堪,在床上躺着,左右翻动,不能安眠。他的老妻却永是嬉笑,说道:"呀,祝福上帝,亲爱的丈夫! 是不是个个武士对他的妻子都是你这样的? 亚瑟王宫中有这样的法规么? 他的武士都是这般生疏冷淡的吗? 我已是你的妻,你的爱,我救了你的命,并且我实在没有侵害过你;为什么今天新婚之夕你就这样对待我呢？你竟像一个神经失了作用的人了。我究竟犯了什么罪过呢？告诉我，上天有爱，我若能办得到，一定还可以补救。"

"补救！"武士道，"呀，没有办法了！永远不能补救了。你如此丑老，出身又如此微贱，我这样翻复不安有何足怪呢。啊，上帝，我的心要爆裂了！"

"这就是你不安的原因吗？"

"当然，有什么可惊疑的。"

"丈夫，"她道，"我尽可在三天以内补救过来，只消你待我好就是。但你提起家世富有，出身高贵，认为这就算有了地位，你这般骄傲自大实在值不得半文钱。凡是那不论公私都以德道为上、一心要做出高贵的事来的人，方可算得最可尊崇的人。基督启导我们应以他为高贵之源，不可依仗着富足的祖先，就有恃无恐。因为他们虽有产业名位传给我们，但使他们成为高士的德行，却丝毫不能传与，而需要我们模仿学习。佛罗伦萨的贤明诗人，名叫但丁，他曾有名言，请听他的原诗：

> 人们的权能并不来自渺小的人生，
> 上帝的恩泽无边，天意指示了我们，
> 让我们知道一切才德都由他造成。

"原来所谓祖先的遗业，无非是尘世间的俗物，易于捐弃，谁也和我一样都懂得这个浅显的道理，如果德性是大自然培育而且可以世袭的话，那末，同一氏族的人，无论在公私方面，就都该永保高尚的行为，全无败迹恶行才是。点燃着星星之火，放在从这里到高加索山之间的一所最幽暗的屋子里，然后关上了门走开，这一点火终可蔓延炽盛起来，以致万人共睹；我敢以生命为赌，这火将听凭自然的燃烧，直到熄灭为止。因此你可知道高贵的品格并不来自祖传，它并不能像那火一样由人们去听其自然地继续发展演变。天晓得，人们常见有名门子弟，行为恶劣，玷辱门庭；我们尊敬一个人，因他出身贵族，祖上显赫，有令德，但是假若他本人不能继承祖德，端正为善，哪管他是公是侯，凡属行为卑下的都是小人。所谓权贵，不过是你祖宗的令德令名，与你并不相干。你的权贵全由上帝而来。这是神恩所赐的真正品格，并不和凡俗的地位同时赋予的。

"伐勒利司曾叙述杜列斯·霍司底利斯由贫困中挣扎出来成为一时显贵，那是何等令人敬仰的人物。读辛尼加和波伊悉阿斯的书，可以知道他们阐述凡人要做高贵的事才算得高贵，说得何等简洁中肯。所以，亲爱的丈夫，我的结论是这样，我的祖先虽然微贱，可是上天有神，我愿他赐给我美德，行为端正。那末，我既能弃邪务正，岂不就高贵了么！

"你还嫌我贫穷；可是我所信仰的上帝，却自愿为我们而变得贫穷。无论男女都知道，耶稣并不愿在行为上有所差错。的确，乐贫方为可尊；辛尼加和其他学者都是这样说的。谁若贫而知足，我认为他就是个富翁，纵然他没有一件衬衣遮蔽他的身体！谁若贪多就是穷汉，因为他在要求他能力以外的东西，而一个人能贫困自守倒是真正富有，虽然你可把他当做仆役看待。正当的贫穷者最善于引吭高歌；朱文那关于贫穷说得好：

> 穷人在路上游荡，
>
> 不怕贼，放心歌唱。

贫穷虽然可恨，却是一个好友，且能使人摒除愁虑，我相信。对于能忍的人，它还是一个悔过从善的良师。这一切都是贫穷的功能，虽然看起来似乎可厌，它却是无人争夺的财宝。对于一个受了打击的人，贫穷往往可使他思念上帝，反省自己。我想贫穷好比一面明镜，它可以反照出真心的朋友来。所以，丈夫，我求你不用担忧，不必再为了我穷而责备我。

"丈夫，你还嫌我年老。的确，古书上虽未载明，但你们有身份的人都说，对老年人应该尊敬，应以父相称，才是礼貌；关于这点，我想可以找得出古训。你说我又老又丑，但这不是省得你做奸妇之夫吗？丑貌与老年，老实说，都是守贞的护符。不过我既然懂得了你的心愿，我将满足你这个世俗之念。"

"随你选择吧，"她道，"你还是愿意我丑老，却一生做你的忠诚谦和的妻，决不违拗你的心意呢，还是愿意我年轻貌美，却说不定为了我的原故，你要在家中或其他地点偶尔忍受些烦扰？现在你不妨任意选择好了。"

武士自忖，忧伤地叹息着，最后这样说："我的夫人，爱者，我的好妻子，我把我自己交托给你，听你的调遣；请你决定，只看哪一种于你最为合适，最为正当。我不管是哪一种，因为你觉得合适，我也就认为满意了。"

"那末，我对你岂不有了主宰之权，"她道，"可以选择，可以任意支配了？"

"是的，当然，妻子，"他道，"我认为这样最适当。"

"吻我，"她道，"我俩不再争吵了；我将两者同时做到，就是说，又美丽，又和善。我若不像天地初创以来任何妻子那样温和，愿上帝赐我疯狂而死。我若在光天化日之下，看来不像世上任何后妃一样美貌，我这条性命尽可由你吩咐。现在你且揭开帘帐，看看究竟怎样。"

那时武士一看，见她确已变为一个美丽的妙龄女郎，他高兴得用两臂把她抱住，他的心在幸福中沐濯。凡能为他取乐的事，无不顺从。如是他俩白头偕老，十分快乐。

......

选自乔叟：《坎特伯雷故事集》，方重译，上海译文出版社1983年版。

哈姆莱特(节选)

莎士比亚

　　威廉·莎士比亚(1564—1616),文艺复兴时期英国伟大的戏剧家兼诗人,一生创作了 38 个剧本、两首长篇叙事诗和 154 首十四行诗。他的创作分为三个时期:早期(1590—1600)主要创作诗歌、历史剧和喜剧;中期(1601—1607)主要创作悲剧,其中"四大悲剧"《哈姆莱特》《奥赛罗》《李尔王》和《麦克白》最为著名;晚期(1608—1612)主要创作传奇剧。《哈姆莱特》是莎士比亚戏剧的代表作,塑造了哈姆莱特这个世界文学史上极富魅力的人物形象,是一部反映时代精神的伟大悲剧。

第三幕

第一场　城堡中一室

　　　　国王、王后、波洛涅斯、奥菲利娅、罗森格兰兹及吉尔登斯吞上。

国王　你们不能用迂回婉转的方法,探出他为什么这样神魂颠倒,让紊乱而危险的疯狂困扰他的安静的生活吗?

罗森格兰兹　他承认他自己有些神经迷惘,可是绝口不肯说为了什么缘故。

吉尔登斯吞　他也不肯虚心接受我们的探问;当我们想要引导他吐露他自己的一些真相的时候,他总是用假作痴呆的神气故意回避。

王后　他对待你们还客气吗?

罗森格兰兹　很有礼貌。

吉尔登斯吞　可是不大自然。

罗森格兰兹　他很吝惜自己的话,可是我们问他话的时候,他回答起来却是毫无拘束。

王后　你们有没有劝诱他找些什么消遣?

罗森格兰兹　娘娘,我们来的时候,刚巧有一班戏子也要到这儿来,给我们赶过了;我们把这消息告诉了他,他听了好像很高兴。现在他们已经到了宫里,我想他已经吩咐他们今晚为他演出了。

波洛涅斯　一点不错;他还叫我来请两位陛下同去看看他们演得怎样哩。

国王　那好极了;我非常高兴听见他在这方面感到兴趣。请你们两位还要更进
　　　一步鼓起他的兴味,把他的心思移转到这种娱乐上面。

罗森格兰兹　是,陛下。(罗森格兰兹、吉尔登斯吞同下。)

国王　亲爱的乔特鲁德,你也暂时离开我们;因为我们已经暗中差人去唤哈姆莱
　　　特到这儿来,让他和奥菲利娅见见面,就像他们偶然相遇一般。她的父亲跟
　　　我两人将要权充一下密探,躲在可以看见他们,却不能被他们看见的地方,
　　　注意他们会面的情形,从他的行为上判断他的疯病究竟是不是因为恋爱上
　　　的苦闷。

王后　我愿意服从您的意旨。奥菲利娅,但愿你的美貌果然是哈姆莱特疯狂的
　　　原因;更愿你的美德能够帮助他恢复原状,使你们两人都能安享尊荣。

奥菲利娅　娘娘,但愿如此。(王后下。)

波洛涅斯　奥菲利娅,你在这儿走走。陛下,我们就去躲起来吧。(向奥菲利
　　　娅)你拿这本书去读,他看见你这样用功,就不会疑心你为什么一个人在这
　　　儿了。人们往往用至诚的外表和虔敬的行动,掩饰一颗魔鬼般的内心,这样
　　　的例子是太多了。

国王　(旁白)啊,这句话是太真实了! 它在我的良心上抽了多么重的一鞭! 涂
　　　脂抹粉的娼妇的脸,还不及掩藏在虚伪的言辞后面的我的行为更丑恶。难
　　　堪的重负啊!

波洛涅斯　我听见他来了;我们退下去吧,陛下。(国王及波洛涅斯下。)

　　　　　哈姆莱特上。

哈姆莱特　生存还是毁灭,这是一个值得考虑的问题;默然忍受命运的暴虐的毒
　　　箭,或是挺身反抗人世的无涯的苦难,通过斗争把它们扫清,这两种行为,哪
　　　一种更高贵? 死了;睡着了;什么都完了;要是在这一种睡眠之中,我们心头
　　　的创痛,以及其他无数血肉之躯所不能避免的打击,都可以从此消失,那正
　　　是我们求之不得的结局。死了;睡着了;睡着了也许还会做梦;嗯,阻碍就在
　　　这儿:因为当我们摆脱了这一具朽腐的皮囊以后,在那死的睡眠里,究竟将
　　　要做些什么梦,那不能不使我们踌躇顾虑。人们甘心久困于患难之中,也就
　　　是为了这个缘故;谁愿意忍受人世的鞭挞和讥嘲、压迫者的凌辱、傲慢者的
　　　冷眼、被轻蔑的爱情的惨痛、法律的迁延、官吏的横暴和费尽辛勤所换来的
　　　小人的鄙视,要是他只要用一柄小小的刀子,就可以清算他自己的一生? 谁
　　　愿意负着这样的重担,在烦劳的生命的压迫下呻吟流汗,倘不是因为惧怕不
　　　可知的死后,惧怕那从来不曾有一个旅人回来过的神秘之国,是它迷惑了我
　　　们的意志,使我们宁愿忍受目前的磨折,不敢向我们所不知道的痛苦飞去?
　　　这样,重重的顾虑使我们全变成了懦夫,决心的赤热的光彩,被审慎的思维

盖上了一层灰色，伟大的事业在这一种考虑之下，也会逆流而退，失去了行动的意义。且慢！美丽的奥菲利娅！——女神，在你的祈祷之中，不要忘记替我忏悔我的罪孽。

奥菲利娅　我的好殿下，您这许多天来贵体安好吗？

哈姆莱特　谢谢你，很好，很好，很好。

奥菲利娅　殿下，我有几件您送给我的纪念品，我早就想把它们还给您；请您现在收回去吧。

哈姆莱特　不；我不要；我从来没有给你什么东西。

奥菲利娅　殿下，我记得很清楚您把它们送给了我，那时候您还向我说了许多甜言蜜语，使这些东西格外显得贵重；现在它们的芳香已经消散，请您拿回去吧，因为在有骨气的人看来，送礼的人要是变了心，礼物虽贵，也会失去了价值。拿去吧，殿下。

哈姆莱特　哈哈！你贞洁吗？

奥菲利娅　殿下！

哈姆莱特　你美丽吗？

奥菲利娅　殿下是什么意思？

哈姆莱特　要是你既贞洁又美丽，那么你的贞洁应该断绝跟你的美丽来往。

奥菲利娅　殿下，难道美丽除了贞洁以外，还有什么更好的伴侣吗？

哈姆莱特　嗯，真的；因为美丽可以使贞洁变成淫荡，贞洁却未必能使美丽受它自己的感化；这句话从前像是怪诞之谈，可是现在时间已经把它证实了。我的确曾经爱过你。

奥菲利娅　真的，殿下，您曾经使我相信您爱我。

哈姆莱特　你当初就不应该相信我，因为美德不能熏陶我们罪恶的本性；我没有爱过你。

奥菲利娅　那么我真是受了骗了。

哈姆莱特　进尼姑庵去吧；为什么你要生一群罪人出来呢？我自己还不算是一个顶坏的人；可是我可以指出我的许多过失，一个人有了那些过失，他的母亲还是不要生下他来的好。我很骄傲，有仇必报，富于野心，我的罪恶是那么多，连我的思想也容纳不下，我的想象也不能给它们形象，甚至于我都没有充分的时间可以把它们实行出来。像我这样的家伙，匍匐于天地之间，有什么用处呢？我们都是些十足的坏人；一个也不要相信我们。进尼姑庵去吧。你的父亲呢？

奥菲利娅　在家里，殿下。

哈姆莱特　把他关起来，让他只好在家里发发傻劲。再会！

奥菲利娅　嗳哟,天哪! 救救他!

哈姆莱特　要是你一定要嫁人,我就把这一个咒诅送给你做嫁奁;尽管你像冰一样坚贞,像雪一样纯洁,你还是逃不过谗人的诽谤。进尼姑庵去吧,去;再会! 或者要是你必须嫁人的话,就嫁给一个傻瓜吧;因为聪明人都明白你们会叫他们变成怎样的怪物。进尼姑庵去吧,去;越快越好。再会!

奥菲利娅　天上的神明啊,让他清醒过来吧!

哈姆莱特　我也知道你们会怎样涂脂抹粉;上帝给了你们一张脸,你们又替自己另外造了一张。你们烟视媚行,淫声浪气,替上帝造下的生物乱取名字,卖弄你们不懂事的风骚。算了吧,我再也不敢领教了;它已经使我发了狂。我说,我们以后再不要结什么婚了;已经结过婚的,除了一个人以外,都可以让他们活下去;没有结婚的不准再结婚,进尼姑庵去吧,去。(下。)

奥菲利娅　啊,一颗多么高贵的心是这样殒落了! 朝臣的眼睛、学者的辩舌、军人的利剑、国家所瞩望的一朵娇花;时流的明镜、人伦的雅范、举世注目的中心,这样无可挽回地殒落了! 我是一切妇女中间最伤心而不幸的,我曾经从他音乐一般的盟誓中吮吸芬芳的甘蜜,现在却眼看着他的高贵无上的理智,像一串美妙的银铃失去了谐和的音调,无比的青春美貌,在疯狂中凋谢! 啊! 我好苦,谁料过去的繁华,变作今朝的泥土!

　　　　国王及波洛涅斯重上。

国王　恋爱! 他的精神错乱不像是为了恋爱;他说的话虽然有些颠倒,也不像是疯狂。他有些什么心事盘踞在他的灵魂里,我怕它也许会产生危险的结果。为了防止万一,我已经当机立断,决定了一个办法:他必须立刻到英国去,向他们追索延宕未纳的贡物;也许他到海外各国游历一趟以后,时时变换的环境,可以替他排解去这一桩使他神思恍惚的心事。你看怎么样?

波洛涅斯　那很好;可是我相信他的烦闷的根本原因,还是为了恋爱上的失意。啊,奥菲利娅! 你不用告诉我们哈姆莱特殿下说些什么话;我们全都听见了。陛下,照您的意思吧;可是您要是认为可以的话,不妨在戏剧终场以后,让他的母后独自一人跟他在一起,恳求他向她吐露他的心事;她必须很坦白地跟他谈谈,我就找一个所在听他们说些什么。要是她也探听不出他的秘密来,您就叫他到英国去,或者凭着您的高见,把他关禁在一个适当的地方。

国王　就这样吧;大人物的疯狂是不能听其自然的。(同下。)

第二场　城堡中的厅堂

　　　　哈姆莱特及若干伶人上。

哈姆莱特　请你念这段剧词的时候，要照我刚才读给你听的那样子，一个字一个字打舌头上很轻快地吐出来；要是你也像多数的伶人们一样，只会拉开了喉咙嘶叫，那么我宁愿叫那宣布告示的公差念我这几行词句。也不要老是把你的手在空中这么摇挥；一切动作都要温文，因为就是在洪水暴风一样的感情激发之中，你也必须取得一种节制，免得流于过火。啊！我顶不愿意听见一个披着满头假发的家伙在台上乱嚷乱叫，把一段感情片片撕碎，让那些只爱热闹的低级观众听了出神，他们中间的大部分是除了欣赏一些莫名其妙的手势以外，什么都不懂。我可以把这种家伙抓起来抽一顿鞭子，因为他把妥玛刚特形容过分，希律王的凶暴也要对他甘拜下风。①　请你留心避免才好。

伶甲　我留心着就是了，殿下。

哈姆莱特　可是太平淡了也不对，你应该接受你自己的常识的指导，把动作和言语互相配合起来；特别要注意到这一点，你不能越过自然的常道；因为任何过分的表现都是和演剧的原意相反的，自有戏剧以来，它的目的始终是反映自然，显示善恶的本来面目，给它的时代看一看它自己演变发展的模型。要是表演得过分了或者太懈怠了，虽然可以博外行的观众一笑，明眼之士却要因此而皱眉；你必须看重这样一个卓识者的批评甚于满场观众盲目的毁誉。啊！我曾经看见有几个伶人演戏，而且也听见有人把他们极口捧场，说一句比喻不伦的话，他们既不会说基督徒的语言，又不会学着基督徒、异教徒或者一般人的样子走路，瞧他们在台上大摇大摆，使劲叫喊的样子，我心里就想一定是什么造化的雇工把他们造了下来：造得这样拙劣，以至于全然失去了人类的面目。

伶甲　我希望我们在这方面已经有了相当的纠正了。

哈姆莱特　啊！你们必须彻底纠正这一种弊病。还有你们那些扮演小丑的，除了剧本上专为他们写下的台词以外，不要让他们临时编造一些话加上去。往往有许多小丑爱用自己的笑声，引起台下一些无知的观众的哄笑，虽然那时候全场的注意力应当集中于其他更重要的问题上；这种行为是不可恕的，它表示出那丑角的可鄙的野心。去，准备起来吧。（伶人等同下。）

　　　　　波洛涅斯、罗森格兰兹及吉尔登斯吞上。

哈姆莱特　啊，大人，王上愿意来听这一本戏吗？

波洛涅斯　他跟娘娘都就要来了。

---

　　①　妥玛刚特是基督徒假想的伊斯兰教神祇，希律是耶稣诞生时的犹太暴君，二者均为英国旧日的宗教剧中常见之角色。

哈姆莱特　叫那些戏子们赶紧点儿。（波洛涅斯下）你们两人也去帮着催催他们。

罗森格兰兹　是，殿下。（罗森格兰兹、吉尔登斯吞下。）
吉尔登斯吞

哈姆莱特　喂！霍拉旭！

　　　　　　霍拉旭上。

霍拉旭　有，殿下。

哈姆莱特　霍拉旭，你是我所交接的人们中间最正直的一个人。

霍拉旭　啊，殿下！——

哈姆莱特　不，不要以为我在恭维你；你除了你的善良的精神以外，身无长物，我恭维了你又有什么好处呢？为什么要向穷人恭维？不，让蜜糖一样的嘴唇去吮舐愚妄的荣华，在有利可图的所在屈下他们生财有道的膝盖来吧。听着。自从我能够辨别是非、察择贤愚以后，你就是我灵魂里选中的一个人，因为你虽然经历一切的颠沛，却不曾受到一点伤害，命运的虐待和恩宠，你都是受之泰然；能够把感情和理智调整得那么适当，命运不能把他玩弄于指掌之间，那样的人是有福的。给我一个不为感情所奴役的人，我愿意把他珍藏在我的心坎，我的灵魂的深处，正像我对你一样。这些话现在也不必多说了。今晚我们要在国王面前演一出戏，其中有一场的情节跟我告诉过你的我的父亲的死状颇相仿佛；当那幕戏正在串演的时候，我要请你集中你的全副精神，注视我的叔父，要是他在听到了那一段戏词以后，他的隐藏的罪恶还是不露出一丝痕迹来，那么我们所看见的那个鬼魂一定是个恶魔，我的幻想也就像铁匠的砧石那样黑漆一团了。留心看他；我也要把我的眼睛看定他的脸上；过后我们再把各人观察的结果综合起来，给他下一个判断。

霍拉旭　很好，殿下；在演这出戏的时候，要是他在容色举止之间，有什么地方逃过了我们的注意，请您唯我是问。

哈姆莱特　他们来看戏了；我必须装出一副糊涂样子。你去拣一个地方坐下。

　　　　　　奏丹麦进行曲，喇叭奏花腔。国王、王后、波洛涅斯、奥菲利娅、罗森格兰兹、吉尔登斯吞及余人等上。

国王　你过得好吗，哈姆莱特贤侄？

哈姆莱特　很好，好极了；我过的是变色蜥蜴的生活，整天吃空气，肚子让甜言蜜语塞满了；这可不是你们填鸭子的办法。

国王　你这种话真是答非所问，哈姆莱特；我不是那个意思。

哈姆莱特　不，我现在也没有那个意思。（向波洛涅斯）大人，您说您在大学里念书的时候，曾经演过一回戏吗？

波洛涅斯　是的，殿下，他们都称赞我是一个很好的演员哩。

哈姆莱特　您扮演什么角色呢？

波洛涅斯　我扮的是裘力斯·凯撒；勃鲁托斯在朱庇特神殿里把我杀死。

哈姆莱特　他在神殿里杀死了那么好的一头小牛，真太残忍了。那班戏子已经
　　预备好了吗？

罗森格兰兹　是，殿下，他们在等候您的旨意。

王后　过来，我的好哈姆莱特，坐在我的旁边。

哈姆莱特　不，好妈妈，这儿有一个更迷人的东西哩。

波洛涅斯　（向国王）啊哈！您看见吗？

哈姆莱特　小姐，我可以睡在您的怀里吗？

奥菲利娅　不，殿下。

哈姆莱特　我的意思是说，我可以把我的头枕在您的膝上吗？

奥菲利娅　嗯，殿下。

哈姆莱特　您以为我在转着下流的念头吗？

奥菲利娅　我没有想到，殿下。

哈姆莱特　睡在姑娘大腿的中间，想起来倒是很有趣的。

奥菲利娅　什么，殿下？

哈姆莱特　没有什么。

奥菲利娅　您在开玩笑哩，殿下。

哈姆莱特　谁，我吗？

奥菲利娅　嗯，殿下。

哈姆莱特　上帝啊！要说玩笑，那就得属我了。一个人为什么不说说笑笑呢？
　　您瞧，我的母亲多么高兴，我的父亲还不过死了两个钟头。

奥菲利娅　不，已经四个月了，殿下。

哈姆莱特　这么久了吗？嗳哟，那么让魔鬼去穿孝服吧，我可要去做一身貂皮的
　　新衣啦。天啊！死了两个月，还没有把他忘记吗？那么也许一个大人物死
　　了以后，他的记忆还可以保持半年之久；可是凭着圣母起誓，他必须造下几
　　所教堂，否则他就要跟那被遗弃的木马一样，没有人再会想念他了。

　　　　高音笛奏乐。哑剧登场。

　　　　一国王及一王后上，状极亲热，互相拥抱。后跪地，向王作宣誓状，王扶
　　后起，俯首后颈上。王就花坪上睡下；后见王睡熟离去。另一人上，自王头
　　上去冠，吻冠，注毒药于王耳，下。后重上，见王死，作哀恸状。下毒者率其
　　他二三人重上，佯作陪后悲哭状。从者舁王尸下。下毒者以礼物赠后，向其
　　乞爱；后先作憎恶不愿状，卒允其请。同下。

奥菲利娅　这是什么意思,殿下?

哈姆莱特　呃,这是阴谋诡计、不干好事的意思。

奥菲利娅　大概这一场哑剧就是全剧的本事了。

致开场词者上。

哈姆莱特　这家伙可以告诉我们一切;演戏的都不能保守秘密,他们什么话都会
说出来。

奥菲利娅　他也会给我们解释方才那场哑剧有什么奥妙吗?

哈姆莱特　是啊;这还不算,只要你做给他看什么,他也能给你解释什么;只要你
做出来不害臊,他解释起来也决不害臊。

奥菲利娅　殿下真是淘气,真是淘气。我还是看戏吧。

开场词

这悲剧要是演不好,

要请各位原谅指教,

小的在这厢有礼了。(致开场词者下。)

哈姆莱特　这算开场词呢,还是指环上的诗铭?

奥菲利娅　它很短,殿下。

哈姆莱特　正像女人的爱情一样。

二伶人扮国王、王后上。

伶王

日轮已经盘绕三十春秋

那茫茫海水和滚滚地球,

月亮吐耀着借来的晶光,

三百六十回向大地环航,

自从爱把我们缔结良姻,

许门替我们证下了鸳盟。

伶后

愿日月继续他们的周游,

让我们再厮守三十春秋!

可是唉,你近来这样多病,

郁郁寡欢,失去旧时高兴,

好教我满心里为你忧惧。

可是,我的主,你不必疑虑;

女人的忧伤像爱情一样,

不是太少,就是超过分量;

　　　　　你知道我爱你是多么深，
　　　　　所以才会有如此的忧心。
　　　　　越是相爱，越是挂肚牵胸；
　　　　　不这样哪显得你我情浓？

伶王

　　　　　爱人，我不久必须离开你，
　　　　　我的全身将要失去生机；
　　　　　留下你在这繁华的世界
　　　　　安享尊荣，受人们的敬爱：
　　　　　也许再嫁一位如意郎君——

伶后

　　　　　啊！我断不是那样薄情人；
　　　　　我倘忘旧迎新，难邀天恕，
　　　　　再嫁的除非是杀夫淫妇。

哈姆莱特　　（旁白）苦恼，苦恼！

伶后

　　　　　妇人失节大半贪慕荣华，
　　　　　多情女子决不另抱琵琶；
　　　　　我要是与他人共枕同衾，
　　　　　怎么对得起地下的先灵！

伶王

　　　　　我相信你的话发自心田，
　　　　　可是我们往往自食前言。
　　　　　志愿不过是记忆的奴隶，
　　　　　总是有始无终，虎头蛇尾，
　　　　　像未熟的果子密布树梢，
　　　　　一朝红烂就会离去枝条。
　　　　　我们对自己所负的债务，
　　　　　最好把它丢在脑后不顾；
　　　　　一时的热情中发下誓愿，
　　　　　心冷了，那意志也随云散。
　　　　　过分的喜乐，剧烈的哀伤，
　　　　　反会毁害了感情的本常。
　　　　　人世间的哀乐变幻无端，

　　　　痛哭转瞬早变成了狂欢。
　　　　世界也会有毁灭的一天，
　　　　何怪爱情要随境遇变迁；
　　　　有谁能解答这一个哑谜，
　　　　是境由爱造？是爱逐境移？
　　　　失财势的伟人举目无亲；
　　　　走时运的穷酸仇敌逢迎。
　　　　这炎凉的世态古今一辙：
　　　　富有的门庭挤满了宾客；
　　　　要是你在穷途向人求助，
　　　　即使知交也要情同陌路。
　　　　把我们的谈话拉回本题，
　　　　意志命运往往背道而驰，
　　　　决心到最后会全部推倒，
　　　　事实的结果总难符预料。
　　　　你以为你自己不会再嫁，
　　　　只怕我一死你就要变卦。

伶后

　　　　地不要养我，天不要亮我！
　　　　昼不得游乐，夜不得安卧！
　　　　毁灭了我的希望和信心，
　　　　铁锁囚门把我监禁终身！
　　　　每一种恼人的飞来横逆，
　　　　把我一重重的心愿摧折！
　　　　我倘死了丈夫再作新人，
　　　　让我生前死后永陷沉沦！

哈姆莱特　要是她现在背了誓！

伶王

　　　　难为你发这样重的誓愿。
　　　　爱人，你且去；我神思昏倦，
　　　　想要小睡片刻。（睡。）

伶后

　　　　　　　　　　　愿你安睡；
　　　　上天保佑我俩永无灾悔！（下。）

哈姆莱特　母亲,您觉得这出戏怎样?

王后　我觉得那女人在表白心迹的时候,说话过火了一些。

哈姆莱特　啊,可是她会守约的。

国王　这本戏是怎么一个情节?里面没有什么要不得的地方吗?

哈姆莱特　不,不,他们不过开玩笑毒死了一个人;没有什么要不得的。

国王　戏名叫什么?

哈姆莱特　《捕鼠机》。呃,怎么?这是一个象征的名字。戏中的故事影射着维也纳的一件谋杀案。贡扎古是那公爵的名字;他的妻子叫做白普蒂丝姐。您看下去就知道是怎么一回事啦。这是个很恶劣的作品,可是那有什么关系?它不会对您陛下跟我们这些灵魂清白的人有什么相干;让那有毛病的马儿去惊跳退缩吧,我们的肩背都是好好的。

　　　　一伶人扮琉西安纳斯上。

哈姆莱特　这个人叫做琉西安纳斯,是那国王的侄子。

奥菲利娅　您很会解释剧情,殿下。

哈姆莱特　要是我看见傀儡戏搬演您跟您爱人的故事,我也会替你们解释的。

奥菲利娅　您的嘴真厉害,殿下,您的嘴真厉害。

哈姆莱特　我要是真厉害起来,你非得哼哼不可。

奥菲利娅　说好就好,说糟就糟。

哈姆莱特　女人嫁丈夫也是一样。动手吧,凶手!混账东西,别扮鬼脸了,动手吧!来;哇哇的乌鸦发出复仇的啼声。

琉西安纳斯

　　　　黑心快手,遇到妙药良机;

　　　　趁着没人看见事不宜迟。

　　　　你夜半采来的毒草炼成,

　　　　赫卡忒的咒语念上三巡,

　　　　赶快发挥你凶恶的魔力,

　　　　让他的生命速归于幻灭。(以毒药注入睡者耳中)

哈姆莱特　他为了觊觎权位,在花园里把他毒死。他的名字叫贡扎古;那故事原文还存在,是用很好的意大利文写成的。底下就要做到那凶手怎样得到贡扎古的妻子的爱了。

奥菲利娅　王上站起来了!

哈姆莱特　什么!给一响空枪吓怕了吗?

王后　陛下怎么样啦?

波洛涅斯　不要演下去了!

国王 给我点起火把来！去！

众人 火把！火把！火把！（除哈姆莱特、霍拉旭外均下。）

哈姆莱特 嗨，让那中箭的母鹿掉泪，

　　　　　没有伤的公鹿自去游玩；

　　　　　有的人失眠，有的人酣睡，

　　　　　世界就是这样循环轮转。

　　老兄，要是我的命运跟我作起对来，凭着我这念词的本领，头上插上满头的羽毛，开缝的靴子上再缀上两朵绢花，你想我能不能在戏班子里插足？

霍拉旭 也许他们可以让您领半额包银。

哈姆莱特 我可要领全额的。

　　　　　因为你知道，亲爱的朋友，

　　　　　这一个荒凉破碎的国土

　　　　　原本是乔武统治的雄邦，

　　　　　而今王位上却坐着——孔雀。

霍拉旭 您该押韵才是。

哈姆雷特 啊，好霍拉旭！那鬼魂真的没有骗我。你看见吗？

霍拉旭 看见的，殿下。

哈姆莱特 在那演戏的一提到毒药的时候？

霍拉旭 我看得他很清楚。

哈姆莱特 啊哈！来，奏乐！来，那吹笛子的呢？

　　　　　要是国王不爱这出喜剧，

　　　　　那么他多半是不能赏识。

　　来，奏乐！

　　　　　罗森格兰兹及吉尔登斯吞重上。

吉尔登斯吞 殿下，允许我跟您说句话。

哈姆莱特 好，你对我讲全部历史都可以。

吉尔登斯吞 殿下，王上——

哈姆莱特 嗯，王上怎么样？

吉尔登斯吞 他回去以后，非常不舒服。

哈姆莱特 喝醉了吗？

吉尔登斯吞 不，殿下，他在发脾气。

哈姆莱特 你应该把这件事告诉他的医生，才算你的聪明；因为叫我去替他诊视，恐怕反而更会激动他的脾气的。

吉尔登斯吞 好殿下，请您说话检点些，别这样拉扯开去。

哈姆莱特　好,我是听话的,你说吧。

吉尔登斯吞　您的母后心里很难过,所以叫我来。

哈姆莱特　欢迎得很。

吉尔登斯吞　不,殿下,这一种礼貌是用不着的。要是您愿意给我一个好好的回答,我就把您母亲的意旨向您传达;不然的话,请您原谅我,让我就这么回去,我的事情就算完了。

哈姆莱特　我不能。

吉尔登斯吞　您不能什么,殿下?

哈姆莱特　我不能给你一个好好的回答,因为我的脑子已经坏了;可是我所能够给你的回答,你——我应该说我的母亲——可以要多少有多少。所以别说废话,言归正传吧;你说我的母亲——

罗森格兰兹　她这样说:您的行为使她非常吃惊。

哈姆莱特　啊,好儿子,居然会叫一个母亲吃惊!可是在这母亲的吃惊的后面,还有些什么话呢?说吧。

罗森格兰兹　她请您在就寝以前,到她房间里去跟她谈谈。

哈姆莱特　即使她十次是我的母亲,我也一定服从她。你还有什么别的事情?

罗森格兰兹　殿下,我曾经蒙您错爱。

哈姆莱特　凭着我这双扒手起誓,我现在还是欢喜你的。

罗森格兰兹　好殿下,您心里这样不痛快,究竟为了什么原因?要是您不肯把您的心事告诉您的朋友,那恐怕会害您自己失去自由。

哈姆莱特　我不满足我现在的地位。

罗森格兰兹　怎么!王上自己已经亲口把您立为王位的继承者了,您还不能满足吗?

哈姆莱特　嗯,可是“要等草儿青青——”①这句老话也有点儿发了霉啦。

　　　　　乐工等持笛上。

哈姆莱特　啊!笛子来了;拿一支给我。跟你们退后一步说话;为什么你们总这样千方百计地绕到我下风的一面,好像一定要把我逼进你们的圈套?

吉尔登斯吞　啊!殿下,要是我有太冒昧放肆的地方,那都是因为我对于您敬爱太深的缘故。

哈姆莱特　我不大懂得你的话。你愿意吹吹这笛子吗?

吉尔登斯吞　殿下,我不会吹。

哈姆莱特　请你吹一吹。

───────────────

　　①　这句谚语是:“要等草儿青青,马儿早已饿死。”

吉尔登斯吞　我真的不会吹。

哈姆莱特　请你不要客气。

吉尔登斯吞　我真的一点不会,殿下。

哈姆莱特　那是跟说谎一样容易的;你只要用你的手指按着这些笛孔,把你的嘴放在上面一吹,它就会发出最好听的音乐来。瞧,这些是音栓。

吉尔登斯吞　可是我不会从它里面吹出谐和的曲调来,我不懂那技巧。

哈姆莱特　哼,你把我看成了什么东西!你会玩弄我;你自以为摸得到我的心窍;你想要探出我的内心的秘密;你会从我的最低音试到我的最高音;可是在这支小小的乐器之内,藏着绝妙的音乐,你却不会使它发出声音来。哼,你以为玩弄我比玩弄一支笛子容易吗?无论你把我叫作什么乐器,你也只能撩拨我,不能玩弄我。

　　　　　　　　　波洛涅斯重上。

哈姆莱特　上帝祝福你,先生!

波洛涅斯　殿下,娘娘请您立刻就去见她说话。

哈姆莱特　你看见那片像骆驼一样的云吗?

波洛涅斯　嗳哟,它真的像一头骆驼。

哈姆莱特　我想它还是像一头鼬鼠。

波洛涅斯　它拱起了背,正像是一头鼬鼠。

哈姆莱特　还是像一条鲸鱼吧?

波洛涅斯　很像一条鲸鱼。

哈姆莱特　那么等一会儿我就去见我的母亲。(旁白)我给他们愚弄得再也忍不住了。(高声)我等一会儿就来。

波洛涅斯　我就去这么说。(下。)

哈姆莱特　说等一会儿是很容易的。离开我,朋友们。(除哈姆莱特外均下)现在是一夜之中最阴森的时候,鬼魂都在此刻从坟墓里出来,地狱也要向人世吐放疠气;现在我可以痛饮热腾腾的鲜血,干那白昼所不敢正视的残忍的行为。且慢!我还要到我母亲那儿去一趟。心啊!不要失去你的天性之情,永远不要让尼禄①的灵魂潜入我这坚定的胸怀;让我做一个凶徒,可是不要做一个逆子。我要用利剑一样的说话刺痛她的心,可是决不伤害她身体上一根毛发;我的舌头和灵魂要在这一次学学伪善者的样子,无论在言语上给她多么严厉的谴责,在行动上却要做得丝毫不让人家指摘。(下。)

----

① 尼禄,曾谋杀其母。

第三场　城堡中一室

国王、罗森格兰兹及吉尔登斯吞上。

国王　我不喜欢他；纵容他这样疯闹下去，对于我是一个很大的威胁。所以你们快去准备起来吧；我马上叫人办好你们要递送的文书，同时打发他跟你们一块儿到英国去。就我的地位而论，他的疯狂每小时都可以危害我的安全，我不能让他留在我的近旁。

吉尔登斯吞　我们就去准备起来；许多人的安危都寄托在陛下身上，这一种顾虑是最圣明不过的。

罗森格兰兹　每一个庶民都知道怎样远祸全身，一个身负天下重寄的人，尤其应该时刻不懈地防备危害的袭击。君主的薨逝不仅是个人的死亡，它像一个漩涡一样，凡是在它近旁的东西，都要被它卷去同归于尽；只像一个矗立在最高山峰上的巨轮，它的轮辐上连附着无数的小物件，当巨轮轰然崩裂的时候，那些小物件也跟着它一齐粉碎。国王的一声叹息，总是随着全国的呻吟。

国王　请你们准备立刻出发，因为我们必须及早制止这一种公然的威胁。

罗森格兰兹
吉尔登斯吞　我们就去赶紧预备。（罗森格兰兹、吉尔登斯吞同下。）

波洛涅斯上。

波洛涅斯　陛下，他到他母亲房间里去了。我现在就去躲在帏幕后面，听他们怎么说。我可以断定她一定会把他好好教训一顿的。您说得很不错，母亲对于儿子总有几分偏心，所以最好有一个第三者躲在旁边偷听他们的谈话。再会，陛下；在您未睡以前，我还要来看您一次，把我所探听到的事情告诉您。

国王　谢谢你，贤卿。（波洛涅斯下）啊！我的罪恶的戾气已经上达于天；我的灵魂上负着一个元始以来最初的咒诅，杀害兄弟的暴行！我不能祈祷，虽然我的愿望像决心一样强烈；我的更坚强的罪恶击败了我的坚强的意愿。像一个人同时要做两件事情，我因为不知道应该先从什么地方下手而徘徊歧途，结果反弄得一事无成。要是这一只可咒诅的手上染满了一层比它本身还厚的兄弟的血，难道天上所有的甘霖，都不能把它洗涤得像雪一样洁白吗？慈悲的使命，不就是宽宥罪恶吗？祈祷的目的，不是一方面预防我们的堕落，一方面救拔我们于已堕落之后吗？那么我要仰望上天，我的过失已经犯下了。可是唉！哪一种祈祷才是我所适用的呢？"求上帝赦免我的杀人重罪"吗？那不能，因为我现在还占有着那些引起我的犯罪动机的目的物，我的王冠、我的野心和我的王后。非分攫取的利益还在手里，就可以幸邀宽恕吗？在这贪污的人世，罪恶的镀金的手也许可以把公道推开不顾，暴徒的赃物往往成为枉法的贿赂；可是天上却不是这样的，在那边一切都无可遁避，任何行动都要显现它的真相，我们必须当面为我们自己的罪恶作证。那么怎么办呢？还有什么法子好想呢？试一试忏悔的力量吧。什么事情是忏悔所不能做到的？可是对于一个不能忏悔的人，它又有什么用呢？啊，不幸的处境！啊，像死亡一样黑暗的心胸！啊，越是挣扎，越是不能脱身的胶住了的灵魂！救救我，天使们！试一试吧：屈下来，顽强的膝盖；钢丝一样的心弦，变得像新生之婴的筋肉一样柔嫩吧！但愿一切转祸为福！（退后跪祷。）

　　　　哈姆莱特上。

哈姆莱特　他现在正在祈祷，我正好动手；我决定现在就干，让他上天堂去，我也算报了仇了。不，那还要考虑一下：一个恶人杀死我的父亲；我，他的独生子，却把这个恶人送上天堂。啊，这简直是以恩报怨了。他用卑鄙的手段，在我父亲满心俗念、罪孽正重的时候乘其不备把他杀死；虽然谁也不知道在上帝面前，他的生前的善恶如何相抵，可是照我们一般的推想，他的孽债多半是很重的。现在他正在洗涤他的灵魂，要是我在这时候结果了他的性命，那么天国的路是为他开放着，这样还算是复仇吗？不！收起来，我的剑，等候一个更惨酷的机会吧；当他在酒醉以后，在愤怒之中，或是在乱伦纵欲的时候，有赌博、咒骂或是其他邪恶的行为的中间，我就要叫他颠踬在我的脚下，让他幽深黑暗不见天日的灵魂永堕地狱。我的母亲在等我。这一服续命的药剂不过延长了你临死的痛苦。（下。）

　　　　国王起立上前。

国王　我的言语高高飞起，我的思想滞留地下；没有思想的言语永远不会上升天界。（下。）

选自《莎士比亚全集》（五），朱生豪译，人民文学出版社 1994 年版。

请扫码阅读外文版
原作（节选）

第四章　17 世纪文学

伪君子(节选)

莫里哀

　　莫里哀(1622—1673)原名让-巴蒂斯特·波克兰,是法国 17 世纪古典主义时期杰出的喜剧家,在欧洲戏剧史上占有十分重要的地位。莫里哀一生创作了三十多部风俗喜剧和讽刺喜剧,代表作品有《伪君子》《唐璜》《吝啬鬼》《贵人迷》《司卡班的诡计》等。《伪君子》(1664—1669)通过对达尔丢夫(又译达尔杜弗)形象的塑造,深刻揭露了教会势力的丑恶和虚伪。该剧结构新颖严谨,情节跌宕多姿,语言生动个性化,对世界喜剧艺术的发展产生了深远的影响。

第四幕

第五场

　　出场人:答尔丢夫,欧米尔,奥尔恭。

答尔丢夫　有人告诉我说您愿意在这儿跟我谈几句话。

欧米尔　是的,有几句私话要对您谈谈。不过未说以前您先关上这扇门,先到处去看一看,不要被人捉住。像刚才发生的那种事,这儿可不能再重演一次了。从来也没见过这样被人当场捉住的,达米斯那样做法真让我替您捏了好大的一把汗,您总看明白了吧,我曾尽力劝他不要那样做,叫他压住他的暴脾气。可是说真的,当时我也真吓糊涂了,会一点没想起反驳他的话,不过靠天保佑,一切反倒因此更好了,倒更觉得安全了。我的丈夫对您的敬仰把这场风暴全给吹散了。他对您不但并没有起疑,并且为了更好地来斗一斗那些不怀好意的种种议论,他偏要咱们时时刻刻老在一起;因此我可以不用害怕受指责,和您关着门一起在这儿待着,也就是仗着这个,我可以对您

　　　　　谈一谈我的心事,来接受您的热爱,这样说也许有点言之过早吧。

答尔丢夫　这番话真有点令人不容易明白,太太,您方才说话可不是这个语气啊。

欧米尔　唉!如果刚才那样的拒绝竟会使您恼怒,那么您真可算是不懂得一个妇人的心了!您会看不出这颗心的言外之音吗?您没觉得当时抵拒您的时候是那样微弱无力吗?在那种时候,我们的贞操观念老是和人们给我们的温情作斗争的。无论我们觉得那个控制我们的爱情是有多大的理由,可是由嘴里坦白承认这个爱情,总还觉得有点害羞;所以最初总是先加抵拒;不过从当时抵拒的神气来看,就已足够让人知道我们的心已是被征服的了;为了面子关系我们的嘴还在违背着我们的心愿说话,可是那样的拒绝早已等于把一切都答应了。我对您说的这番话无疑是一种过于放肆的自白,从我们女人的贞操方面来看,未免有点太不给自己留余地。不过话已经是冲口说出了,爽性说个明白吧。如果对于您贡献给我的心,我没有一点意思,我又怎能那样关切地去劝阻达米斯呢?我又怎能那样和颜悦色地从头到尾听完了您的情话?我又怎能像大家所看见的那样对待这个事呢?并且当我亲自强逼您拒绝他们所提的那门亲事的时候,您心里还不明白我那种要求究竟是什么意思吗?那不就是表示了我对您的关怀和因此可能受到的苦恼吗?因为那门亲事如果成功,我原想整个儿得到手的那颗心就得与别人平分享受了。

答尔丢夫　太太,我能够听见从我所爱的嘴里说出这番话来,当然是一桩极端甜美的事。您这几句甜蜜蜜的话把我从来没有尝过的一种芳香川流不息地输进了我的全身毛孔里面;能够得到您的欢心,原是我一向所寻求的幸福;现在居然蒙您这般垂爱,我的心实在满足万分了,不过这颗心,请您准许它胆敢对于这种幸福还有点怀疑,因为我很可以把这些话当作是一种手段:无非是要我来打破正在进行中的那个婚姻。跟您痛快说吧,如果不给我一点实惠、我一向所希望的实惠,来替这话作担保,使我的心能够永久相信您对我的好情好意,我是绝不能听信这么甜美的话的。

欧米尔　(咳嗽一声,为关照她的丈夫)怎么?您竟这样心急,一下手就要挤干一颗心的柔情?人家正在拼命向您倾诉最甜蜜的情意,可是在您看来还觉得不够,总得逼得我把最后的甜头也拿给您,才能让您心满意足!

答尔丢夫　一种好处,我们越自问不配得到手,就越不敢希望它。我们的希望光凭一套空话是很难安然放心的。这样一种充满了光荣的好运气真有点叫人难以置信,所以我们必须在实际享受之后,才能深信不疑;我相信,我是不配得到您的慈悲的,因此我很怀疑我的胆大妄为竟会真的达到了幸福目的;太太,您若不弄出点真实的东西让我的爱情火焰心服口服,我是任什么也不能相信的。

欧米尔　天呀!您的爱情行出事来可真像个暴虐君王,把我的精神已经弄得颠颠倒倒了,它又多么疯狂地辖制着我的心!它又多么狂暴地要求满足它的欲望!怎么?您已经把我逼迫得无法躲避,您可连一点喘气的工夫都不给人家留下,您竟这样丝毫不放松,要什么就得马上到手,一刻也不准迟缓;您知道人家已爱上了您,您就利用这个弱点加劲地来逼人,您想想这样合适吗?

答尔丢夫　如果您真是用慈悲的眼光来看我对您这份爱慕的意思,那您为什么还不肯给我那种确实的保证呢?

欧米尔　不过真的答应了您所要求的那件事,又怎能不同时得罪了您总不离口的上帝呢?

答尔丢夫　如果您只抬出上帝来反对我的愿望,那末索性拔去这样一个障碍吧,这在我是算不了一回事的,不应该再让这个来管住您的心。

欧米尔　不过上帝的御旨是让人家说得那样的可怕。

答尔丢夫　我可以替您除掉这些可笑的恐惧,太太,并且我有消灭这些顾虑的巧妙方法。不错,对于某些欲望的满足,上帝是加以禁止的,不过我们还可以和上帝商量出一些妥协的办法。有一种学问,它能按照各种不同的需要来减少良心的束缚,它可以用动机的纯洁来补救行为上的恶劣。这里面的诀窍,太太,我可以慢慢教给您;只要您肯随着我的指示去做就成了。您尽管满足我的希望吧!一点用不着害怕,一切都由我替您负责,有什么罪过全归我承担好了。您咳嗽得很厉害,太太。

欧米尔　是的,我难受极了。

答尔丢夫　这儿有甘草糖,您要吃一块吗?

欧米尔　我的伤风无疑地是一种顽抗性的恶伤风,我知道世界上任何什么药也治不好我的病。

答尔丢夫　这当然是很讨厌的。

欧米尔　是的,简直没法儿说。

答尔丢夫　说到最后,您的顾虑是容易打消的。您可以万安,这儿的事是绝对秘密的。一件坏事只是被人嚷嚷得满城风雨的时候才成其为坏事;所以叫人不痛快,只是因为要挨大众的指摘,如果一声不响地犯个把过失是不算犯过失的。

欧米尔　(又咳嗽)说了半天,我看出来我不答应是不行的了。必须把我的一切都给了您,如果不这么办,我就别想让您心满意足,别想让您心服口服。当然,逼得非走这一步不可,是很讨厌的;我跨过这一关,实在是身不由己;但是,既然有人一定要逼着我这么办,既然我不管说什么他也不肯信,非得要更确凿的证据不可,那末我只好下了决心听人去摆布了,如果答应这样办,本身会有什么害处,那就是逼着我这么办的人,他自己活该倒霉,有什么错处当然不能派在我身上。

答尔丢夫　是的,太太,有人负责的,这个事本来就……

欧米尔　您把门打开一点儿,请您看看我的丈夫是不是在走廊里。

答尔丢夫　您又何必对他操这份心呢?咱们俩说句私话,他是一个可以牵了鼻子拉来拉去的人,咱们这儿谈的这些话,他还认为是给他增光露脸呢,再说,我已经把他收拾得能够见什么都不信了。

欧米尔　不管怎么样,还是请您出去一会,在外面到处仔细去看一看。

第六场

出场人:奥尔恭,欧米尔。

奥尔恭　(从桌下出来)这真是一个万恶的坏人,我承认了。我真没想到,这简直是要我的命。

欧米尔　怎么?你这么早就出来了?你这不是拿人开心吗!赶快回到桌毯底下去,还没到时候呢;你应该等候到底,索性把事情看个水落石出,不要单单凭信那些揣测之词。

奥尔恭　不用了,地狱里跑出来的魔鬼也没有他这么凶恶。

欧米尔　天啊!你不应该太随便轻信一宗事。你把证据看清楚了再认输,你可别心急,免得把事情看错。(她把丈夫拉在身后。)

第七场

出场人:答尔丢夫,欧米尔,奥尔恭。

答尔丢夫　太太,一切都帮着我来满足我的希望;我亲眼把这一部分房子全看过了;一个人也没有;我真快活死了……

奥尔恭　(拦住他)慢来,你太听从你的情欲了,你先别这么冲动。哎哟!好一个善人,你真想骗我!你的心灵竟这么经不住诱惑!你又打算娶我的女儿,又来勾引我的妻子,我一向本是不相信别人说的话是真实的,并且我总以为早晚他们会改变他们的说法的;可是现在不必再往下追求证据了,这就够了,我用不着更多的证据了。

欧米尔　(向答尔丢夫)依我的脾气,我是不愿意这么办的,不过他们要我这样对待你。

答尔丢夫　什么?你以为……

奥尔恭　算了吧!用不着嚷嚷。马上给我滚蛋,别让我费事。

答尔丢夫　我的计划是……

奥尔恭　你那一套一套的议论全都过了时啦,你马上给我离开这儿。

答尔丢夫　别看你像主人似的发号施令,可是应该离开这儿的却是你;因为这个家是我的家,我回头就叫你知道,要叫你看看用这些无耻的诡计来跟我捣蛋,那叫瞎费心力;未侮辱我以前你倒是先想一想有这份本事没有呀?我有的是法子来戳破你们这条奸计,来惩罚你们这些人,并且要替被侮辱的上帝复仇,叫那个要撵我出去的人后悔都来不及。

第八场

出场人:欧米尔,奥尔恭。

欧米尔　这是什么话?他这是什么意思?

奥尔恭　说真的,我真没法了,这不是闹着玩的事。

欧米尔　怎么了?

奥尔恭　我看出我错就错在他说的这番话上了,赠送产业的事让我为了难。

欧米尔　赠送产业?

奥尔恭　是的,这是一件无可挽回的事了。不过我还有别的事更让我不放心呢。

欧米尔　什么事?

奥尔恭　你将来全会知道的。不过现在咱们先得去看看有一个小首饰箱是否还在楼上。

第五幕

第一场

出场人:奥尔恭,克雷央特。

克雷央特　你这是要往哪儿跑啊?

奥尔恭　我也不知道要往哪儿跑。

克雷央特　我看似乎应该先把大家聚在一起商量一下,看看应该怎样对付这件事。

奥尔恭　这个首饰箱真让我心慌,比什么都叫我着急。

克雷央特　那末,这个箱子里放着重要的秘件?

奥尔恭　是亚耳格寄存的东西;这个可怜的朋友临逃走的时候认为只有我可靠,亲自偷偷儿把它交给了我;据他说,里面是与他生命财产有关的一些字据。

克雷央特　那末,你为什么又把它转交给别人呢?

奥尔恭　这是一种有关良心的问题。当我把这件事的真情毫不隐瞒地告诉了那个奸贼的时候,他讲了一篇大道理让我相信还是把箱子托他保存的好,为的是如果遇到公家来检查,我可以有一套现成的规避言词,可以发誓否认事实而良心上仍旧很坦然。

克雷央特　如果只从表面上来看,你至少是已陷于很不利的地位;把产业赠给他之后还把这一桩秘密告诉他,按我的意思说,这都可以算是轻举妄动,有了这种把柄在他手里,他不知要把你收拾到什么地步呢;这个人既然已经占了上风,可又把他逼得那么紧,在你,这又算是大大的失策,你原应该想一个比较更和缓婉转的方法的。

奥尔恭　什么?这样一个凶恶的人,表面上装得那样虔诚动人,内里却藏着那样奸诈的兽心,那样狠毒的心肠!当我收留他的时候,他正在讨饭,身上一文不名……完了,算了,凡是善人我都再也不信服了;以后我唯有痛恨他们,对待他们必须比对魔鬼还要凶狠三分。

克雷央特　你看你这么大的火气!无论对什么你都显不出有一点温和的气味;你的想法总也不会是中正平直的想法。刚离了这个极端你又钻进那个极端。你现在明白你以前的错误了,你承认是被一种假虔诚哄骗了,可是为改正这个错误,你又钻到一个更大的错误里面,你把一个阴险小人的心肠和所有善人的心肠不分良莠一律看待,请问是哪一条道理指示你这样做的?怎么?只为一个骗子在他那种伪装庄严的鬼脸发出来的浮光之下欺骗了你,你于是以为到处的人都和他一样,眼下就没有一个真正的虔徒了!这叫什么话呢?这些愚蠢的结论,留着给那些自由思想家去讲吧;你得把真正的道德和虚伪的外表分别清楚;你不要冒冒失失过早地就把一个人敬佩得不得了,在这上头,你必须不偏不倚保持中常。你能不再崇拜虚伪奸诈,这当然很好,可是对于真正的虔诚,你也千万不可任意诬蔑,如果你总得陷在一个极端里,那末宁可还是在崇拜虚伪方面犯你的老毛病吧。

第二场

出场人:达米斯,奥尔恭,克雷央特。

达米斯　怎么?爸爸,真的那个混账东西在恫吓您吗?您待他的种种好处,他竟一笔把它们勾销,他竟恼羞成怒,拿了您给他的好处当武器倒转来攻击您?真把人气死了。

奥尔恭　是的,我的孩子,我现在感受的苦痛是找不出第二份来的。

达米斯　您别拦我,我要把他的两只耳朵都割下来。对付这样蛮横无理的人,是用不着转弯抹角的,让我去替您一下子把他除掉吧,为了彻底解决这件事只有放我去把他打死。

克雷央特　这才真叫年轻小伙子的话呢。请你先压压这股火气。我们现在是生在一个有王法的时期,在这个年头儿,使用暴力,事情是办不好的。

第三场

出场人:柏奈尔夫人,玛丽亚娜,欧米尔,桃丽娜,达米斯,奥尔恭,克雷央特。

柏奈尔夫人　怎么啦? 我听说这儿出了惊人的怪事了。

奥尔恭　是一些我亲眼见到的新鲜事,您看看我的好心得到的好报吧。我热心肠收留了一个穷得要死的人,让他住在家里,跟自己亲兄弟似的待他,每天都有多少好处给他,我把女儿许配他,我把整个财产都赠给他;就在这个时候,这个阴险小人、这个不要脸的东西却黑了心肠要算计我的妻子。但是这些无耻的勾当还不能使他满意,他居然敢拿我亲手给他的恩惠反过来威吓我,他要利用我太没算计的好心肠所给他的好处当作武器来毁我,他竟想把我撵出去,不准我再享受我已转移给他的产业,他的意思是要把我逼到当年我救他的时候他所处的那种地步。

桃丽娜　他可真怪可怜的呀!

柏奈尔夫人　我的孩子,我绝不相信他会做出这种昧良心的事来。

奥尔恭　怎么?

柏奈尔夫人　善良人老是有人嫉妒的。

奥尔恭　您这话是什么意思,我的妈?

柏奈尔夫人　就是说你家里的人全都过的是稀奇古怪的生活,大家都痛恨着他,我是知道得很清楚的。

奥尔恭　大家都痛恨他,这与我告诉您的事有什么关系?

柏奈尔夫人　这个,当你小的时候,我已告诉过你一百次了;就是世界上道德总是受大家的攻击的,并且嫉妒人的人有死掉的时候,而嫉妒本身是永远不会消灭的。

奥尔恭　不过这种话与今天的事情又有什么关系呢?

柏奈尔夫人　一定是有人在你面前编派了许多莫须有的故事陷害他呢。

奥尔恭　我已经告诉过您是我亲自看见的。

柏奈尔夫人　那些说坏话的人施展出来的巧计是非常厉害的。

奥尔恭　您就别让我着急啦! 我的妈。我对您说,那样胆大包天的罪恶是我亲眼看见的。

柏奈尔夫人　人的舌头上有毒,老是要喷出来的,世间的人谁也没法儿躲过。

奥尔恭　您这种说法一点儿道理没有。是我自己看见的,我说自己看见,就是说我自己的两只眼睛看见的,这叫做亲眼得见;难道必得扒着您的耳朵说上一百遍,像四个人合在一起那么大声嚷嚷才行吗?

柏奈尔夫人　天啊! 外表是常常靠不住的,不能老就着我们所看见的来判断事情。

奥尔恭　真要把我急疯了！

柏奈尔夫人　人的天性是喜欢瞎疑心的。所以好事往往被解释成了坏事。

奥尔恭　他想抱着我的老婆亲嘴，我也应该认作是他的一片好心吗？

柏奈尔夫人　想要说一个人不好，必得先有正当的理由；你当时应该多等一等，等把事情看准了再说话。

奥尔恭　哎哟，真见鬼了，还叫我怎么把事情看得更准啊？那末，我的妈，我应该等着他在我的眼前……您简直是逼着我说出难听的话了。

柏奈尔夫人　总而言之，他的心灵所怀抱着的那种虔诚真是太纯洁了；我是决不相信他会做出你们说的那些事的。

奥尔恭　算了，真把我气死了，您若不是我的母亲，我真不知道要对您说什么好了。

桃丽娜　先生，世界上的事总是一报还一报的；您当初绝不肯听别人的话，现在也有人不信您的话了。

克雷央特　这纯粹是些鸡毛蒜皮的事情，咱们别为这个再耽误工夫了，说正经的，咱们得想个办法。那个奸人还提出许多恫吓的话，这是不能让人放心睡觉的。

达米斯　什么？他竟不要脸到这地步吗？

欧米尔　叫我看起来，他的官司是打不赢的，因为在这件事上他的忘恩负义谁都看得很明显。

克雷央特　你倒别这么放心；他有种种的方法会让你败诉，而让他自己占上风；不但如此，就是仗着他的党徒的力量，他也可以把你们收拾得走投无路。我还是那句话：他手上既有那样的把柄，你们当初就不应该把他逼到这一步。

奥尔恭　这倒是真的；不过有什么办法呢？当时那个奸贼是那样得意忘形，我心里实在压制不住我的火了。

克雷央特　我实在愿意现在有人出来替你们两人马马虎虎地说合一下才好。

欧米尔　如果我早知道他手里拿着那样的把柄，我是万不会弄出这件事来让人这么着慌的，并且我……

奥尔恭　这个人跑来干什么？（向桃丽娜）你赶快去问个明白。我现在这个样子怎么能见客！

第四场

出场人：郑直先生，柏奈尔夫人，奥尔恭，达米斯，玛丽亚娜，桃丽娜，欧米尔，克雷央特。

郑直先生　早安，亲爱的大姐，请您转告一声我要面见先生。

桃丽娜　他会着客呢,我怕他现在不能见您。

郑直先生　我不是不知趣的人,我上这儿来,他一点也不会讨厌的。我到此地来办的事,他知道了一定会很高兴。

桃丽娜　您贵姓是?

郑直先生　你只须对他说我是答尔丢夫先生打发来的,为帮他的忙来的,就行了。

桃丽娜　(向奥尔恭)是答尔丢夫先生打发来的一个人,看样子挺和气,据他说是为了一桩您听了会高兴的事来的。

克雷央特　你应该去看看这人是怎样一个人,他到底要干什么。

奥尔恭　他也许是来给我们讲和的。我应该抱怎样态度对待他呢?

克雷央特　你切不可发火;如果他谈到给你们说和的话,应该听他说下去。

郑直先生　我这儿行礼了,先生。但愿上帝替您消灾除难,如我所祝愿的那样保佑您!

奥尔恭　(自语)开头这几句和气话就与我所料的意思相合,已经显出是讲和的兆头了。

郑直先生　我对尊府一向是很钦佩的,我当年还伺候过您的老太爷呢。

奥尔恭　先生,我真惭愧,请您原谅,竟不认识您,也不知道您的尊姓大名。

郑直先生　我叫郑直,原籍是诺曼地,尽管很招人嫉妒,我却一直是法庭的携杖执达吏。托天之福,我很光荣愉快地当这份差事已经四十年了;我今天的来意是,先生,请您允许,给您送达一张处分书的誊本。

奥尔恭　什么?您到这儿来是……?

郑直先生　先生,您别着急,这不过是一张小小的催告,命令您和您的家人离开这里,把您的家具用品全搬出去,好给别人腾地方,马上照办,不得展缓,因此,您必须……

奥尔恭　我?叫我离开这儿?

郑直先生　是的,先生,对不住。这个房子现在,好在您是知道的,已无可争辩地归那位大仁大义的答尔丢夫先生所有了,此后他便是您的财产的主人,这是根据我此刻带在身边的一张契约;这张契约格式完备,丝毫没有可挑剔的。

达米斯　这样厚颜无耻,我真佩服极了。

郑直先生　(向达米斯)先生,我跟您打不着交道;我是找您父亲来的,他又讲道理又和气;他知道君子人的本分是什么,决不肯违抗法律的。

奥尔恭　不过……

郑直先生　是的,先生,我知道即使给您百万金钱,您也不肯违抗司法的判决的,您一定会不失君子的风度,允许我在此地执行我所奉到的命令。

达米斯　携杖执达吏先生,你当心别叫你的短褂挨上我的棍子。

郑直先生　先生,叫您的儿子住口或是走开,如果一定逼着我动笔,把他的名字写在我的报告上,我心里也是怪不舒服的。

桃丽娜　这位郑直先生的神气可实在透着不正直!

郑直先生　只要是君子人,我对他们总是和和气气的。先生,我所以自告奋勇到这儿来传达公事,原是为帮您的忙,讨您的喜欢,也是为了免得官方派了别人来,他们就不会像我这样对您热心,就不会像我这样客客气气地执行命令了。

奥尔恭　强令人家离开自己的家,还能找出比这更可恶的事吗?

郑直先生　我们多给您一些时间吧,先生,我可以把强制执行展缓到明天。不过我得到这儿来过夜,带着十个我的手下人,我们既不骚扰您,也不乱嚷嚷。为了一定的程序,请您把大门的钥匙在睡觉以前派人给我拿来。我一定留神不搅扰你们睡眠,也不准有一点不合理的举动。可是明天一清早,就得快快地把一切,从人一直到顶小的盆碗器皿一齐搬走。我的手下人可以帮着你们把东西搬到门外,我挑选来的都是些有气力的人。我想谁也不能比我办得更好了吧。我既然厚道待你,我求您,先生,也要厚道待我,丝毫不要妨害我的公务。

奥尔恭　我情愿一下子把现在我还有的那一百个美丽的金币拿出来送人,只要能够随着我的意思在这张狗嘴上狠狠地打这一拳。

克雷央特　别这么办,别把事情弄得更糟。

达米斯　他竟敢这么欺负人,我真压制不住我自己了,我的手痒痒得厉害。

桃丽娜　这么圆圆的脊背,郑直先生,说真的,叫你挨几下棍子倒是怪合适的。

郑直先生　你说这样野蛮无理的话,我本可以惩戒你的,大姐,并且对于女人法庭也一样可以出拘票的。

克雷央特　先生,别提这些话了,够瞧的了;求您赶快把那张公文拿出来吧,别再跟我们吵了。

郑直先生　回头再见吧。上帝保佑你们皆大欢喜。

奥尔恭　但愿上帝毁了你,连派你来的那个人一起。

第 五 场

出场人:奥尔恭,克雷央特,玛丽亚娜,欧米尔,柏奈尔夫人,桃丽娜,达米斯。

奥尔恭　喂!您看见了吧,妈,我没说错吧!光看他这一手就可以明白其他的一切了。他的卖友行为,这回您可亲眼看见了吧!

柏奈尔夫人　这可真出乎我意料之外,我话都说不清楚了,我好比从云端里掉了下来。

桃丽娜　您是瞎抱怨,并且也错怪了他,这才证实了他的虔诚的意图:他的道德表现得最精采的就是在博爱上面;他深知道金钱常常会使一个人腐化堕落,他纯粹为了行善,所以才想替您把一切足以妨碍灵魂得救的东西除掉。

奥尔恭　住口,你这个人必得时时刻刻对你说"住口"才行。

克雷央特　咱们看看究竟应该替你想个什么主意吧!

欧米尔　你把这个忘恩负义人的无耻行为到处去宣布一下。使用这个方法可以破坏契约的效能;并且他那种邪恶行为可以显得更丑恶,舆论就不能允许他获得人人以为他必得的胜利了。

第六场

出场人:瓦赖尔,奥尔恭,克雷央特,欧米尔,玛丽亚娜及其他的人。

瓦赖尔　先生,我实在不愿意来给您添烦恼,不过眼看大祸临头,我实在不能不来。我有一个交情最好的朋友,他也知道我对您的事是应该十分关心的,他用了些手腕替我探听得一桩有关国家大事的秘密消息,他给我送来了一封信,照那封信上的说法,您只有马上逃走,别无办法。那个蒙混了您好久的骗子手,一个钟头之前在王爷面前告发了您,不但说了很多陷害您的话,还交给王爷一个属于一个国家要犯的关系重大的箱子;这个箱子的秘密,据他说是您不顾子民的天职一直把它隐瞒下来的。他们告发您的重罪,详细情形我不知道;不过逮捕您的命令已经下来了;并且为把这命令执行得更好起见,答尔丢夫还自告奋勇要陪着逮捕您的那个官人一同到这儿来。

克雷央特　你看他的权利可有了护身符了,他一向希图霸占的产业,这一回他是要实行占据了。

奥尔恭　现在我真得向你承认,他真是一个万恶的畜类。

瓦赖尔　多耽误一会儿,您就许摊上大祸。我的马车在门口呢,我陪着您一块坐了走吧,我还给您带来了一千个金币,咱们别再耽误工夫了;来势万分凶险,对于这样的打击只有一边逃一边挡的。我送您到一个安全地方去,我陪着您跑,一直陪您到底。

奥尔恭　哎哟!我真万分感激你这番好意!只好将来再补报你了;求上帝保佑我顺顺当当,让我有一天可以报答这个大恩。再见吧!你们大家,多多留心……

克雷央特　快走吧!老兄,这儿的事我们会照料的。

第七场

出场人:宫廷侍卫官,答尔丢夫,瓦赖尔,奥尔恭,欧米尔,玛丽亚娜及其他的人。

答尔丢夫　慢来,先生,慢来,别跑得这么快;你用不着跑好远就找着你的住处了,王爷派我来逮捕你。

奥尔恭　奸贼!原来你最后还留着这一手啊;用了这一手,恶棍,你断送了我的性命,也完成了你那套阴险诡计。

答尔丢夫　无论你怎么骂我,我是一点也不会动气的,上帝教导了我怎样忍受一切。

克雷央特　不能不说他是真沉得住气。

达米斯　这个不要脸的东西竟这样大胆无耻地戏弄上帝。

答尔丢夫　大家无论怎样发火,也不能把我招恼,我只是一心一意地尽我的职务。

玛丽亚娜　你巴结的这个差使可真体面,你这种人也正配当这种差使。

答尔丢夫　打发我到这儿来的那个人交派下来的任务是不会不体面的。

奥尔恭　你这没良心的东西,你还记得我好心好意把你从穷苦的绝境里救出来吗?

答尔丢夫　是的,我知道我从你那里都得过些什么帮助,不过现在王爷的利益是我的头等重要责任;这种神圣责任的正当威力压灭了我对你的感激心情,为了对得起这种强大的势力,朋友、妻子、父母,就是我自己,我也是要牺牲的。

欧米尔　你真是个大骗子。

桃丽娜　凡是世人尊敬的东西,他都会拿来当作一件美丽的外衣用欺诈的方式装饰在身上。

克雷央特　可是如果推动你的那股忠诚,替你壮门面的那股忠诚,真是像你所说的那样纯洁,为什么必得等到他当场捉住你调戏他妻子的时候,你才把这股忠诚显露出来,并且必得等到他为了保持脸面不能不把你赶出去的时候,你才想到出首告密呢?我并不是说他把全部财产都赠给了你,你就可以不尽告密的责任,不过既是今天你要把他当犯人看待,为什么当初你又肯接受他那些财产呢?

答尔丢夫　(向宫廷侍卫官)先生,别让他们再跟我瞎嚷嚷了。请您执行您奉到的命令吧!

侍卫官　是的,已经耽误得很久了;现在正好由你亲口说出来请我执行命令,那末我就执行命令吧,请你回头跟我到监狱里去,那儿便是你的家了。

答尔丢夫　谁去?我,先生?

侍卫官　是的,你。

答尔丢夫　我为什么到监狱去?

侍卫官　我用不着对你说理由。(向奥尔恭)真让您着了大急啦,现在您放心吧,咱们是在一位痛恨奸诈、光明照透人们肺腑、不为任何阴谋奸计所蒙蔽的王爷治下。他老人家的伟大心灵最善于辨别是非,对于任何事情都看得非常准确,什么事也轻易蒙混不了他老人家,他老人家的坚强的理智从不陷入极端。他把不朽的光荣赐给善人君子,可是他敬爱贤人也不是盲目乱来的。他尽管热爱真正的善人君子,却并不因此就闭塞住自己的心灵而忽略了对虚伪小人应有的憎恶。这个坏蛋是蒙混不住王爷的,我们曾看见过他老人家当面戳穿比这更狡猾的诡计。刚一开头他老人家绝顶的圣明就看穿了他心坎各个角落里所藏的种种卑鄙龌龊的坏心思。他原是去控告您的,结果却害了自己。仰仗上天的公道,王爷看出他就是有人向他老人家报告过的、别有化名的那个著名的骗子手;他的一大串狠毒行为编写成书就得好几大本。总而言之一句话,王爷十分憎恶他对您这方面的那种知恩不报背信弃义的行为;因此他老人家才想起将这次的罪恶和以前的罪恶并案办理,他所以派他把我领到这里来,无非是为得看看他到底狂妄无耻到哪步田地才算为止。并且叫他当面向您赔罪。是的,所有他自称是他所有的这些字据,王爷都叫我从这个奸贼手里取回来还您。您给他立下的赠予全部财产的契约,王爷以他的至高无上的权力把这种契约关系一笔勾销了。并且因为一个朋友私逃把您牵连在内的那个罪名,王爷也饶恕您了;这是因为当年在您维护王室利益的时候,曾表示过满腔忠诚,他老人家今天要酬赏那个功劳,同时也为的是让大家看看一件好的行为尽管本人已不记得,他老人家心里可还想着,还要加以奖赏。在他老人家面前,任何功绩都不会落空的,卖点气力是不吃亏的,他老人家怀念别人的好处更甚于记忆别人的坏处。

桃丽娜　谢天谢地!

柏奈尔夫人　现在我才喘过气来。

欧米尔　好圆满的结局!

玛丽亚娜　事前,谁想得到结束会这么好啊!

奥尔恭　(向答尔丢夫)喂!你这个奸贼……

克雷央特　大哥,快别这样!你不要降低身份跟这种人一般见识;让一个坏蛋自己去对付他的恶报吧,他正在悔恨交集的时候,你不必再夹到里面去了;你顶好是希望他的心从今天起能幸运地回归道德的正途上去,能痛恨前非而改正自己的生活,这样来希图那位伟大的王爷减轻对他的法律制裁。同时,像王爷这样的恩典,你应当赶快去跪在他老人家面前,表示你应有的感激和尊敬。

奥尔恭　是的,你说的很对。现在我就去很愉快地跪在他老人家脚下歌颂他赐给我的恩典。等把这第一个心愿稍稍尽了之后,我还应该照顾到另外一个人的正当要求,用一种和美的婚姻来酬报那个诚实慷慨的少年瓦赖尔的热烈爱情。

剧终

选自莫里哀:《伪君子》,赵少侯译,人民文学出版社1980年版。

失乐园(节选)

弥尔顿

约翰·弥尔顿(1608—1674)是 17 世纪英国著名的诗人、政论家,清教徒文学的代表。其一生都在为资产阶级民主运动而奋斗,代表作是晚年创作的三部诗作:《失乐园》(1667)、《复乐园》(1671)和《斗士参孙》(1671)。史诗《失乐园》是弥尔顿创作高峰的标志,折射出英国 17 世纪的时代精神,歌颂革命者大义凛然、不屈不挠的斗争精神;同时,也分析总结革命失败带来的教训,鼓舞人们的信心,指出未来历史的发展方向。《失乐园》所表现出来的那种构思宏伟、音调铿锵、语言雄奇瑰丽的独特风格,使之在 17 世纪欧洲文学中占有重要的地位。

第九卷

提 纲

撒但巡游了大地之后,心怀狡诈,于夜间像雾一样地回到乐园,进入熟睡中的蛇里面去。亚当和夏娃早晨出去劳动,夏娃提议把工作分做几处,各人分干一处的工作。亚当不赞成,说单干危险,那个曾被预先警戒过的敌人见她独处便会引诱她。夏娃不愿意被看做不够坚强和决断,一定要分开劳动,试一试她的能耐。亚当终于让步了。蛇看见她独自在一处,便巧妙地前去,接近她;起初是注视,接着开口,说了许多谄媚的话,吹捧她,说她如何出众。夏娃好奇地听蛇说话,问他怎么能说人的话,而且理解得这么好。蛇回答说是吃了园中某一种树的果子就能说话,而且有理性了。这两样,以前都没有过。夏娃要求带她去看看那棵树。她一看,原来就是那禁止她吃的知识之树。于是蛇的胆子更大了,使用许多的狡智,许多的理由来诱劝她尝试。她终于尝试了,觉得味道很美。她想:把这东西让亚当分尝还是不让?犹豫了一会儿,终于决定把这果子带给他,劝他也吃。亚当起初大吃一惊,这是犯禁,必须死的;但是,见她已经失足,为了炽烈的爱,决心和她同死,便也吃了那果子。禁果使二人都发生效果,知道羞耻了;他们去找东西来遮盖自己的赤身露体。于是二人争吵,互相埋怨。

……

亚当留恋着她,热烈的眼光
表示十分喜爱,长时间目送,
一再嘱咐她,务必早些回来,
她也频频相约,于中午时
回到庐舍,把一切家务安排
妥善,准备午餐和餐后的休息。
啊,多么错误、荒谬的打算!
不幸的夏娃,你打算回来!
多么别扭的事啊! 从那时起,
你在乐园食不甘味,寝不安席!
伏兵躲在红花和绿荫之间,
带着地狱的切齿之恨在等待,
拦住你的路,夺去你的无邪、
忠诚、祝福,然后送你回去。
因为那恶魔从天一破晓起,
就用蛇的形象而出现,他的
目标只有两个人,到处探寻,
这二人却包含着全人类。
他在庐舍里找,在地野里寻,
那儿一簇簇树丛,园林中最
怡神的地方,为娱乐而种植的地方。
在泉水旁,林荫浓绿的小溪边,
他找到了他们二人,但他
所切望的是遇见单独的夏娃。
他没想到马上有这样的机会,
这是出乎望外的,他探知
夏娃单独站着,包围在香云中,
半隐半现,繁茂的蔷薇簇拥
在她的四周,交相辉映。
她时时俯身扶起柔弱的茎和花,
都很鲜艳,有红的,有青的,
有金色斑点的,支不住,低头下垂;
她把它们支起来,以小山桃为纽带
互相支持;没想到,她自己也是

一朵最鲜艳的不支之花,离开
支柱太远,而暴风雨却近在眼前。
魔王走近去,经过杉、松、棕榈等
亭亭玉立的乔木的树下横道,
繁茂的小树丛和夏娃亲手修理过的
小径和花坛之间,时隐时现,
大胆地涡卷而行。这里比神话中的
花园更美妙,无论是复活了的
阿多尼斯的①,还是老勒阿替斯的
儿子的东道主、著名的阿尔喀那斯的。②
比神话以外,聪明的国王同他那③
漂亮的埃及妃嫔戏谑处更为可乐。
他十分喜爱这地方,更喜爱这人。
有如久笼在人口稠密的都市中,
住屋毗连,阴沟纵横污了空气,
一旦在夏天的早晨走出近郊,
呼吸在快乐的乡村和田野中,
凡所遇见的一切都给以喜悦,
谷物或干草的香味,母牛、奶场等
每一田园风光,每一田园声响。
如有仙女般的美丽贞女的脚步
踏过,一切愉快的东西便更愉快。
她是无比的,她的容姿看来像是
一切悦乐的凝聚集中。蛇怀着
这种悦乐,眺望这个花坛,
夏娃的幽栖处,如此清晨,如此孤寂。
她那仙女般的形象,天使的神情,
而更多温柔,更多女性的美,

---

① 阿多尼斯(Adonis),爱神维纳斯所爱的美少年,他在黎巴嫩山中打猎被野猪咬伤而死,女神哀哭祈祷,让他复活,每年和她同居六个月。他的花园是有名的。

② 勒阿替斯(Laertes)的儿子就是奥德修斯,《奥德赛》的主人公。阿尔喀那斯(Alcinous),弗西亚岛的王,热情招待奥德修斯于他的名园。在《奥德赛》第七章有园游的描写。

③ 聪明的国王,指所罗门,他后宫有妃嫔、妻妾成千,宫殿豪华,园林壮丽。他最爱的妃子是埃及法老的女儿,曾为她营造各种的果园,如葡萄园、核桃园等。有人说,称为"所罗门之歌"的《雅歌》第6、7两章所歌颂的就是她。

她的文雅天真,她的每一姿态、
气度或最小的动作,都使他的
恶意退缩,甜美的魅力夺去
他带来的凶恶企图的凶恶性。
这其间,恶魔离去自己的恶而独立,
茫然若失,似有向善之心,放弃
仇恨、欺骗、憎恨、忌妒和复仇;
但长在心中的炽热地狱仍在燃烧,
曾在半空,迅速烧毁了喜悦,
现在这些不是为他而设的快乐,
愈多看愈使他苦恼。他立即重新
集结强烈憎恨,鼓起恶作剧的念头:
　　"思想啊,把我领导到何处去?
用多美的魅力带我到这儿来,
忘掉来此的原意,不是为爱,
而是为恨,也不是以乐园的希望
代替地狱,不希望在此尝味欢乐,
而是要毁灭一切欢乐,只留下
毁灭的欢乐。其他一切的悦乐,
对我不再存在了。因此,这个
对我微笑的机会,不可失去;
看,这个独处的女人正是施行
各种诱惑的好机会,她丈夫不在
近旁,我已回视一周,没有看见。
他那较高的智力、气力和勇敢,
我要躲开,他那英雄的肢体,
虽由泥土造成,却不可轻视,
刀枪不入,我不是他的敌手:
我不比当初在天上时,地狱
使我减色,痛苦使我变弱了。
她很美,神圣地美,适于诸神的爱,
不可怕,虽在爱和美中有恐怖,
非有更强的憎恨不能接近她,
更强的憎恨巧妙地假装做爱。

这就是我现在决定毁灭她的途径。"

人类的敌人，蛇的坏寄宿者

这样说后，走近夏娃去，不像他
后来那样迂回曲折地趴地而行，
而是用尾巴卷成一个圆底，
在上面盘起一圈圈高耸的迷塔，
头戴高冠，眼似红玉，还有
金碧辉煌的头颈，直立在他那
在草上波动的塔尖的中心；
他的容姿表现出心地的愉快。
后来再也没有那样可爱的蛇了。
在依里利亚，由赫苗和卡特默斯①
变的那些蛇；或爱坡陀拉斯的神、②
安扪大神或卡匹托林主神所变，
前者和奥林匹阿斯，后者和
生下罗马英雄西庇阿的女人③
所共同看见的蛇也都不能比。
开始时，他像偷儿想要接近她，但又怕
不方便，便从侧面，横着前进。
跟着又像个熟练的船夫，在河口
或峡口驶船，随着风向的转换
而改变舵的方位和风帆的方向。
他随机应变，为要惹夏娃注意，
便在她面前耍了一些玩艺儿，
用尾巴卷成许多波浪似的圈圈。
她很忙，虽然听见木叶的沙沙声，
却没注意，像平时百兽在田野里，

① 依里利亚(Illyria)，在巴尔干半岛西岸，希腊北部。卡特默斯(Cadmus)，腓尼基的王，宙斯把赫苗(Hermione)给他为妻，二人老后，来到依里利亚求神赐死而变成蛇。

② 爱坡陀拉斯(Epldaurus)，伯罗奔尼撒半岛东岸的一小城。希腊神话中阿波罗有个儿子长于医道，生于该城，成了医药之神。罗马疫病流行时，派使者去请愿；医神以蛇的形象出现，和使者同去罗马消灭疫病。

③ 安扪大神称为"利比亚的育芙"；卡匹托林主神，称为"卡匹托林的裘匹特"。前者为亚力山大帝的父亲腓力二世，奥林匹阿斯(Olympias)是他妻子，生亚力山大；后者是罗马英雄西庇阿(Scipio)的父亲，西庇阿打败了迦太基的汉尼拔(Hannibal)，被称为"罗马的精华"。

很顺从地听从她的声音在她面前
嬉戏一样,比赛西①呼召假装的
畜类时更为听话。他现在胆子
更大了,不等召唤,就来
站在她的跟前;一味羡慕地望着:
频频低着小塔上的头和发光的
珐琅的颈项,谄媚地舔着
她所踩过的泥土。他那无声的表情
终于引起了夏娃注意他的戏耍;
他得到了夏娃的注意十分高兴,
便用蛇的舌头或声气的冲动,
这样开始他那欺诈性的诱惑:

　　"不要惊奇,女王啊,也许唯一
可惊的是您的惊奇,您那天惠娇美的
容颜上不要浮现嗔怪的神情,嘲笑
我的冒昧前来,这样无餍地注视,
敢于冒犯您眉宇的庄严,尤其是
独处时的庄严。美的造物主最美的
肖像啊,一切生物,您的万物,
随处都在凝望着您,看得出神了,
都一致歌颂赞叹您神圣的美;
但在这荒野的园子里,兽群之间,
粗野、浅薄的观众不能认识您
一半的美,除了一个外,谁个对你垂青?
(这一个是谁?)他能看出您是神中女神,
受您的从者,天使们的崇拜、供奉。"

　　诱惑者说了这样的谄谀之词,
奏了他的序曲。他的话进入
夏娃的心,虽然觉得声音有些奇怪;
终于不无惊奇地回答道:

　　"怎么一回事? 人的语言

────────────

　　①　赛西(Circe)是个妖精,能挥魔杖把人变成畜牲。奥德修斯到了她所住的海岛上,由于神使赫耳墨斯的指示而破她的妖术。她变的畜牲,形似畜牲而本质还是人,所以说是"假装的畜类"。

竟从畜牲的舌头说出,表现了
人的思想? 最初我以为天神
造畜牲时把它们造成哑巴,
完全没有给与发音清晰的本能,
后来认为可以从它们的脸和
动作中看出它们表现一些理性,
却不明确。你,蛇啊,我知道
你是野地里最聪明的畜牲,
但不知道你也赋有人的声音。
这样,请你重复这个奇迹,
说你是怎样从哑巴到会说话的?
你是怎样超过我平常所见
所接近的其他畜类的? 说吧,
因为这样的奇迹值得注意。"
　　狡猾的诱惑者这样回答她:
"这美丽世界的女王,光辉的
夏娃啊! 您命令我作答的这一切,
都容易回答,而且应该从命。
起初,我和其他吃草的畜牲
一样,我的思想也卑陋浅薄,
跟我的食物没有什么不同,
除了辨别食物与性别之外,
一切较高的事物都不懂。
可是,有一天,我在野地里漫游,
忽然看见远处有一株宝树,
结着红色和金色相间的果子:
我走近去仔细看了一会;那时,
从树枝间,吹来了一阵香味,
激起我的食欲,使我喜欢它,
更甚于最好的茴香的香气,
或母羊黄昏时下垂的乳房,①
因小羊羔贪玩而没有去吮吸。

———————————

①　据说蛇最喜欢茴香,也喜欢吸山羊的乳房。

为要满足我的强烈欲望去尝味一下
那美丽的果子，我不迟延；
饥与渴一起来做强烈的教唆，
那诱人的果实的香气，更加
尖锐地促使我。一会儿，我就
攀上并缠绕着长满青苔的树干，
因为那树枝离地之高，要您
或亚当尽力高举才能够得上。
其他畜类围绕着树看，都怀有
同样的愿望，站着干望，但摘不到。
我攀到树的半高处，那儿挂着
累累的诱人果实，我摘吃个饱，
因为它味美无比，我觉得
正餐和泉饮都没有这样甘美。
终于吃饱了，不久就觉得自己
内部起了奇异的变化，逐步地
长出理性，再过不久又会说话了，
虽然外形仍保持这个样子。
从此，我的心思转向高处深处想，
用气宇阔达的心胸，观察上天、
下地、半空中一切美善的东西。
但我看出您具有一切神的美善，
在您的美中具有天仙的光辉；
一切的美都不能和您的相比，
使我不能不来对您看得出神，
并且崇拜您，神所正确宣称的
万物的主宰，宇宙的女王。"

　　着了魔的狡蛇这样说了；
夏娃更觉惊奇，便轻率地回答：

　　"蛇啊，你这过分的赞辞，使人
怀疑初次由你证明的那果实的
功能。但是，你说，那树长在哪儿？
离这儿有多远？因为天神在这
乐园中栽了许许多多的树，

种类繁多,有许多我们还不认识,
在这么丰富的物产中任我们选择,
还有很多果实未经采摘,仍旧
挂在枝头不朽不烂,为了人类
繁殖而存贮食粮,等待更多的
人手来帮助自然卸下重负。"

　　狡猾的毒蛇对她表示高兴:
"女王啊,路很好走,而且不远,
在一排山桃花的后面,泉水旁边,
一片平地上,花正盛开,没药
和香水薄荷的茂密小森林那里。
如果您允许我作向导的话,
我马上可以领您到那儿去。"

　　夏娃说,"那末领路吧!"
他领头,很快地涡卷而进,
把曲折错综的路走成直的,
急速向灾祸前进。他头上的
冠毛由希望而高扬,由快乐
而发光:好像夜所凝练,寒气
包围的浮游水汽所成的鬼火,
燃成摇曳不定的火焰,据说
有恶鬼参加,用虚妄的光挥舞
照耀,引领夜游者走入迷途、
沼泽、泥淖、池塘、水潭里去,
被吞没,死亡,而呼救无门。
阴险的蛇也这样一闪一闪地
陷害轻信的夏娃,人类的母亲,
领她到万祸之根,禁树那儿去。
当她望见那树时,便对向导说:

　　"蛇啊,我们最好别到这儿来,
这儿果子过剩,但不是我的果子,
它的功能怎样,只有你知道;
若真有这样的效力,实在奇怪!
但这棵树我们不能尝,不能摸,

天神这样命令的；这命令是他
天声的唯一掌上明珠。此外，
我们依照我们自身的法律而生活，
我们的理性就是我们的法律。"①

　　诱惑者诡诈地回答她说：
"不错！那末上帝可曾向地上
或空中的万物灵长宣告过，
不许吃园中一切树木的果子？"

　　夏娃天真地对他这样说：
"园中一切树木的果子我们都
可以吃，只是在园正中央这棵
美丽树木的果子，上帝说，
不可以吃，也不能摸，否则必死。"

　　她还未说完这简短的话，诱惑者
便更加胆大了，他装做对人热情
和爱护，对他的错误表示愤慨，
他开始扮演新的角色，鼓动激情，
心绪波动混乱而故作举止闲雅，
像是要开始做什么大事，他挺身而起。
现在虽然无声，却像一个老练的，
著名雄辩家，在雅典或自由罗马的
讲坛上将作词藻绚丽的大义演说，
他冷静地站着，在鼓起如簧之舌
以前，他的姿势、动作和身段，
都赢得听众的注意，有时出于
正义的热情，连序言也来不及交代，
就从高潮开始。这诱惑者也这样
站着，移动着，向上伸，热情奔放地说：

　　"啊！神圣、聪明、给与智慧的树，
知识之母啊！我觉得你的力量
在我里面是清清楚楚的，不仅仅能

---

　　①　《新约·罗马书》二.14："没有律法的外邦人，若顺着本性行律法上的事，他们虽然没有律法，自己就是自己的律法。"

认识万物的本原,也能跟踪圣贤
至高的行动。这个宇宙的女王啊!①
不要相信那严厉的死的威胁,
你们不会死。你们怎么会死呢?
是因为果子吗?那东西给与
知识之外,还会给与生命。
因为威胁吗?你看我吧,我已经
接触它,尝味它,还活着,而且
我的命数受到更高的考验,比
命运所定的还要完全的生命。
难道对兽开放的东西对人倒关闭?
神竟为了这么小小的罪就大发雷霆?
他用死的痛苦来恐吓你们,
你们不管死是什么东西,去寻求
幸福的生活和分别善恶的知识,
你们的勇敢美德却不该称赞吗?
善的,该怎么判断?恶的若真坏,
为了避免它,怎么不该知道呢?
神若因此而伤害你们,那就是
不正义的了;不正义就不是神,
不用怕他,听从他。你们对死的
恐怖本身正好消除恐怖。那末,
为什么要禁止呢?为什么只威吓
你们,他的崇拜者,置你们于,
卑下无知的地位呢?因他知道
你们吃它之时就是眼睛明亮之日,
你们原来蒙眬的双眼完全睁开,
你们就会和神一样知道善和恶。②
我在本质上是人了,你们也会
是神,我由兽变人,你们由人
变神,成了正比例。这样,

---

① 这个宇宙,指上帝用六天六夜所造的新宇宙,对旧有的而言。
② 《创世记》三.4—5:"蛇对女人说,你们不一定死,因为上帝知道你们吃的日子眼睛就明亮了。"

你们即使会死,那就是脱去人性
而穿上神性。死是求之不得的,
虽受些威吓,但不会带来更坏的东西。
诸神是什么,人竟不能像他们,
同享神的食物? 神们最初存在,
就利用这一点,来增加我们的信念,
相信万物是从他们出来的。
我怀疑:这个美丽的大地,
由于阳光照暖而滋生万物,
但他们什么也没有产生。如果
产生了,谁吃了它,不等许可便能
直接产生智慧,是谁把辨别善恶的知识
封锁在这棵树上呢? 况且人得了知识,
过错又在哪里? 如果万物属于神,
那末你们的知识对他有何害处?
这棵树又怎么能违反他的意志呢?
若说出于嫉妒,嫉妒怎能居于
天神的圣心? 这种种原因,
都表明你们需要这美丽的果子。
人间女神啊,伸出手来自由摘吃吧!"
　　他说完了。他那含有狡智的
言词,太容易进入她的心了。
她盯住果子出神,仅仅看,就够
吸引人了,还在她的耳朵里响着
他那巧妙的言词,充满着理由,
在她看来很有道理。那时节,
将近中午,那果子的香气激起
她难抑的食欲,摘食的欲念,
唆使她一双秀目渴望不止。但首先,
踌躇一会儿,她陷入这样的沉思:
　　"你是最好的果实,你的功能
伟大,毫无疑问,你虽和人隔离,
却值得赞颂,长时间的禁止后,
初次尝味,能使哑巴雄辩,

教无言的舌头能向你唱赞歌。
他不许我们用你,但不向我们
隐藏你的赞歌,把你叫做
知识的树,善和恶的知识树。
虽曾禁止我们尝味,但他的
禁令却更加宣扬了你,同时表示
你对善的传授,和我们的缺乏:
不知道善,便不可能得到善,
得而不知也等于完全没有得到。
说明白些,为什么单禁止知识?
禁止我们善,禁止我们聪明!
这样的禁令不能束缚人。如果
死用最后的羁绊束缚我们,
那末我们内心的自由有什么用?
说我们吃这美果时,就必须死!
蛇怎么不死? 他吃了却还活着,
懂事,能说话,有理性,能辨别,
以前他是没有理性的。专为我们
发明了死吗? 这个智慧的食粮,
为兽类保留却拒不给我们?
看来像是专为兽类的。第一个
尝试过的并不猜忌、虚伪和诡诈,
却亲近人,信心坚定,带来
喜悦等好事降临在他身上。
这样,还怕什么呢? 不知善与恶,
怎能知神与死、法与罚的可畏?
这儿生长着治百病的圣果,
美丽悦目,激人食欲,还有
使人聪明的效力。那又何妨伸手
直接采摘,营养身和心呢?"
　　这样说着,她那性急的手,
就在这不幸的时刻伸出采果而食。
大地因而觉得伤心,"自然"从座位上
发出叹息,通过万物表示

灾祸临头,一切都完蛋的悲哀。
犯罪的蛇溜回密林里去了,
夏娃只管吃,别的都不顾了,
从此才知道尝试的快乐,这果子
从未尝试过,不管是真的,还是
为了要更高的知识而想象的;
此外,也不无成神的思想。
她无限贪婪地吃,却不知是
在吃着"死"。终于饱了,好像因酒
而兴奋,其乐融融,欣然自语道:
　　"啊,乐园中最高、无上、万能的
树啊,你给与智慧,起幸福的作用,
却不为人所知,无名地空垂美果,
毫无目的地创造;但从现在起,
每天早晨,我要用歌诗、颂词来
侍候你,帮你把满枝的重荷卸下,
给大家自由取用。我从你得到
知识上的成长,像神一样知道一切。
别的树觉得遗憾不能给与这样的
礼物,可是他们也有礼物,不过不同于
在这里所生长的。其次,我要
感谢你的经验,最好的向导啊!
若不跟从你,我至今仍是无知的。
你开辟了知识的道路,虽然她
还隐居在神秘里,但已接近了。
我恐怕也是神秘的。天很高,从高处,
很远地望见地上的每一事物。
我们伟大的禁制者还有其他
操心的事,会忘记不断的监视,他的
全部侦探都在他四周,可以放心。
可是怎样去见亚当呢?让他知道
我的变化,分享我的全部快乐,
还是不让,把这关于知识的
奇妙力量抓在手里,不让共有?

这样，就补足女性的缺陷，
更加惹他爱，更加和他平等，
恐怕有时候还能胜过他，这也不是
非分希望；因为劣者谁能自由？
这也许是好办法：但被神看见了，
死来临了怎么办？那时我是完了，
亚当和别的夏娃结合，和她
共过快活的日子，我消灭了！
想起这事来也等于死！因此，
我决定要和亚当祸福与共。
我爱他如此之深，和他一起时，
万死堪当，没有他，活着没有生趣。"

选自弥尔顿：《失乐园》，朱维之译，上海译文出版社 1984 年版。

请扫码阅读外文版
原作（节选）

第五章　18世纪文学

弃儿汤姆·琼斯的历史（节选）

菲尔丁

亨利·菲尔丁（1707—1754），18世纪英国最杰出的小说家之一，以喜剧创作登上文坛，后在担任治安法官的同时写作小说、杂文等。菲尔丁将小说定义为"散文体滑稽史诗"，其创作在继承古典文学传统的基础上融汇了家庭与世态两条叙事线索，结构设计精巧，对后世作家影响很大。《弃儿汤姆·琼斯的历史》是他最有代表性的小说，人物塑造真实可信，富有道德教诲价值。小说每卷序言大多为作家的评论，涉及哲学、写作、人生等多种话题，也扩展了小说的表现范围。

第三卷

第二章

这部伟大历史的主人公登场时候兆头很不吉利；这里有件无聊琐事，也许有人认为不值得去理会。关于一位乡绅的二三言，然后再细说一个看猎场的和一位教书先生

从一开始坐下来写这部历史，我们就拿定主意，谁也不去奉承，笔尖要永远跟着真理走；所以在主人公登场的时候，我们只能让他的境遇比我们所希望的要不利得多。老实说，在他初次露面的时候，奥尔华绥先生一家一致认为这孩子来到世间无非是为了上绞刑架的。

遗憾的是，这种推测确实似乎颇有道理。从很小的时候，这孩子就露出种种为非作歹的倾向，特别有一种倾向看来极有可能把他径直引上方才所提到的人家为他算定的那种厄运。他已经犯过三次盗窃案：偷过人家果园的果子，从庄稼

人院子里偷过一只鸭子,并且还从布利非少爷的口袋里扒过一只皮球。

而且,要是跟他的同伴布利非少爷的优良品质一比较,这个小伙子的劣迹就更显得严重了。布利非少爷的性格跟小琼斯完全不同。不但家里人夸奖,就是左邻右舍也交口称赞。说起来他真是个气质非凡的孩子,既稳重,又懂得分寸,而且虔诚得简直不是他那点年纪的人所能做到的。这些品质使得认识他的人没有不爱他的,而汤姆·琼斯则是个万人嫌。好些人纳闷何以奥尔华绥先生会让这么个孩子和他的外甥在一块儿受教育,生怕他外甥给带坏了。

这当儿发生了一件事,在有眼力的读者面前把这两个少年的性格衬托得格外鲜明,远胜过最冗长的谈论所能做到的。

尽管汤姆·琼斯这么没出息,他还得充当本书的主人公。家里那么多用人,可是他偏只跟一个人要好。至于威尔根斯大娘,她早就把他撇在一边,跟女主人完全和解了。汤姆这个朋友就是给奥尔华绥先生看猎场的一个不大规矩的家伙。人家说他对于什么是我的,什么是你的,看得并不比那位小绅士认真。所以他们俩的交情就在用人中间引起不少冷言冷语,说的大半是过去的一些谚语,或至少如今已经变成谚语了。这些话里所包含的机智大可以用那句简短的拉丁谚语来概括:"Noscitur a socio",翻译出来就是:"睹其友而知其人。"

关于琼斯的劣迹,上面已经举过三个例子。老实说,某些坏事很可能就是在那家伙的撺掇之下干出来的。在两三件事上看猎场的都是法律上所谓的同谋犯,因为那整只鸭子和大部分苹果都归他和他的家人享用了。不过,既然只有琼斯一人被抓住了,这可怜的孩子不但独自挨了打,也独自承当了罪名。另外那件事,打骂也全落在他的头上。

紧挨着奥尔华绥先生田产的是另外一位乡绅的庄园,这类乡绅是个通常所谓的"猎物保护人":倘若有人打死他们一只野兔或鹧鸪,他们报复起来十分狠毒,因此,这种人可以说跟印度拜尼教徒崇尚同样的迷信——据说许多拜尼教徒一辈子不干别的,专门保存并且保护某些动物。所不同的是:我们英国的拜尼教徒一方面保护动物,不让它们落到旁人手里,同时自己却毫不留情地把它们整批宰杀;因此,也就没有人能说他们信奉了什么异教邪说。

老实说,我对这类绅士的看法要比某些人好多了。我认为他们是替天行道,比其他许多人更能充分地完成天赋的使命。贺拉斯告诉我们世上有一种人:

> Fruges consumere nati.
>
> 生来就是为消受地上的果实的。

所以我相信世界上还有一种人:

> Feras consumere nati.

生来就是为消受旷野里的走兽的。

走兽指的就是通常所谓的野味。我相信没有人能否认这班乡绅确能完成造物赋予他们的这个使命。

有一天,小琼斯跟那个看猎场的出去打猎。他们碰巧在一座庄园的边界附近惊起一群鹧鸪。命运女神为了实现造物的英明意图,就把一个上文所说的那种专门消受野味的乡绅安置在这里。那群鹧鸪飞进了他的地界,落在离奥尔华绥先生的庄园二三百步的金雀花丛里,被两个猎人"瞄准了"。

奥尔华绥先生曾经吩咐过看猎场的,不论这家庄园的地界,还是对行猎这类事儿不那么计较的邻人的地界,一概都绝对不许他侵入;如敢故违,立即开除。其实,看猎场的在对待旁的邻人的地界上,并没经常严格遵守这道命令;但是眼下这群鹧鸪飞过去避难的那座庄园的主人的脾气是人所共知的,所以看猎场的过去一直也没敢侵入他的地界。他现在也还是不敢。怎奈那位小猎人一心想追赶逃掉了的猎物,再三怂恿。琼斯坚决不肯罢休,看猎场的也颇急于猎取,就依从下来,闯进庄园,打死一只鹧鸪。

这时候,那位乡绅正好骑在马上,离他们不远。听见枪声,他立刻催马过来,当场抓住倒霉的汤姆——看猎场的已经窜进金雀花丛枝叶深处,侥幸地躲藏起来了。

那乡绅在孩子身上搜出鹧鸪,狠狠咒骂,口口声声要加以报复,发誓非告诉奥尔华绥先生不可。他说到办到,果然一径骑马到奥尔华绥先生家里,抱怨他的庄园受到侵害,其气势之凶,措词之强硬,听来仿佛他家遭了明火打劫,抢走了最贵重的家具。他说,这孩子还有个同伙没有抓到,因为差不多在同时,他听到了两声枪响。他还说:"我们只搜出这只鹧鸪,天晓得他们还干了些什么坏事呢!"

汤姆回家之后,奥尔华绥先生马上把他叫到跟前。汤姆承认确有这么回事,只分辩说,那群鹧鸪原是从奥尔华绥先生的庄园里飞过去的——这确是实情。

于是,奥尔华绥先生追问琼斯跟他在一起的那个人究竟是谁,他告诉这罪犯,那位乡绅和两个用人已经证明当时放的是两枪,他非查出另外那人不可。但是汤姆一口咬定就只他自己一个人。不过老实说,开头他也略微犹豫了一下,如果乡绅和他的用人的话还需要点旁证的话,汤姆这么一犹豫也就更足以使奥尔华绥先生相信事实确是这样。

既然看猎场的是个嫌疑犯,这时就被叫来,问他这件事有没有他的份儿。可是他拿稳了汤姆答应独自担当下来的诺言,坚决否认曾经跟小少爷在一起过,甚至说整个下午根本没见到他。

奥尔华绥先生带着平素罕见的怒容,朝汤姆掉过头来,要他老实招出那个伙伴;一再说,不把那个人追查出来他决不甘休。可是孩子仍旧不动摇,奥尔华绥先生非常生气,叫他回去好好考虑,明天早晨另有人会用另外一种办法来审他。

那一晚,可怜的琼斯心里好生忧郁,尤其因为他平素的伴侣布利非少爷跟他母亲出门作客去了,他一个人更加闷闷不乐。当前他担心的倒不是第二天将受的惩罚,他顶怕的是自己坚持不下来,把看猎场的招了出去。那么一来,他知道看猎场的准会完蛋。

那一晚,看猎场的也不好过。他跟琼斯一样也担着心思:他顶关心的倒不是那孩子皮肉将受的痛苦,而是他能不能守住信义。

第二天早晨汤姆去见牧师屠瓦孔先生,奥尔华绥先生把两个孩子的教育都委托给他了。这位塾师把奥尔华绥先生头天问过的那几句话照样问了一遍,汤姆也照样回答了一遍,结果是挨了一顿毒打,其凶狠与某些国家逼供时用的酷刑不相上下。

汤姆抵死受刑,坚不改口。尽管那位老师抽一鞭子就问他一下招不招认,可是他宁愿给打得皮开肉绽,也不肯背信弃义,出卖朋友。

这时候看猎场的才放了心,可是奥尔华绥先生看到汤姆给打得这么苦,却心疼起来。屠瓦孔先生从这孩子口里逼不出他所希望的口供来,心头火起,用刑过狠,竟远远超出这位好人的本意。除此之外,奥尔华绥先生还开始怀疑那位乡绅会不会弄错了——在他那样情急盛怒之下,这也是很可能的。至于两个用人替他们的主人作的见证,他并不怎么重视。待人残酷和冤枉好人这两件事,奥尔华绥先生心里是一刻也不能容忍的,所以他把汤姆叫到跟前来,先用好言好语训诫了一番,然后说:"好孩子,我相信我冤枉了你,害你受了一场严厉的责罚,心里很过意不去。"最后就赠给汤姆一匹小马,作为弥补,并且又说了一遍他为先前这件事多么难过的话。

这时,汤姆倒感到了内疚,这是任何严厉的责罚所办不到的。对他来说,屠瓦孔先生的鞭子比奥尔华绥先生的仁厚要容易忍受多了。他泪如泉涌,跪倒在地,叫道:"您老人家待我太好啦,真是太好啦,我实在不配!"说的时候一阵激动,几乎吐出实情;幸亏那看猎场的守护神在暗中指点,提醒他倘若说了实话,那个可怜的家伙会有怎样的下场。由于考虑到这一点,汤姆才缄默下来。

屠瓦孔极力劝奥尔华绥先生不要可怜孩子,以致对他有任何仁慈的表示。他说:"这孩子怎么也不肯说实话,"口气之间表示,再揍他一顿,大概就可以把案情弄个水落石出了。

但是奥尔华绥先生决不同意他再试用这个办法。他说,即便孩子撒了谎,为了隐瞒实情他也吃够苦头了;况且他撒谎至多也只是出于对信义了解不当罢了。

"什么信义!"屠瓦孔先生带几分怒气嚷道,"只不过是倔强、固执罢啦!难道信义会教人去撒谎?难道离开了宗教还能谈得上信义?"

……

第六卷

第七章

按照传统笔法绘出的求婚仪式缩影；另外则是一幅充满
柔情蜜意的写真，勾勒得一笔不苟

　　有人(也许有许多人)说得好；祸不单行。这个明智的格言当前就为苏菲亚证实了：她既因为没能见到自己所爱的人而失望，又因为不得不打扮起来去接见自己所憎恨的那个人而懊恼。

　　那天下午，魏斯顿先生第一次把他的打算通知了女儿，并且告诉苏菲亚说，他晓得女儿早就从她姑妈那里听说了。这时，苏菲亚神色忧郁，几滴晶莹的泪珠不禁夺眶而出。"得啦，得啦，"魏斯顿说，"趁早别那么扭扭捏捏的，我全晓得啦。你放心，你姑姑全告诉我了。"

　　"能是这样吗？"苏菲亚说，"难道姑姑已经把我的心事泄露出去了？"魏斯顿说："可不是吗，泄露啦！是昨天你自己在饭桌上泄露出来的。一眼就看得出你在闹恋爱。可是你们女孩子家永远不晓得自己要些什么。就因为我打算把你嫁给你所爱上的那个人，你倒哭起来了。我记得你妈妈当初也是这么哭鼻子来着，可是行完婚礼不出二十四个钟头，就啥事没有了。布利非先生是个机灵小伙子，他不会让你拘泥多大工夫的。喏，打起精神来吧，打起精神来，眼看他就要到了。"

　　这时，苏菲亚才相信她姑姑信守了对她许下的诺言。她立志要隐忍一切，挨过那个不愉快的下午，并且决不让她父亲看出丝毫马脚。

　　过一会儿，布利非先生来了。魏斯顿先生很快就退了出来，房里只剩下这对年轻人。

　　接着是将近一刻钟的沉默，因为应该先开口的那位先生由于害羞，拘谨得极不相宜。好几回他想说话，可是话到嘴边又咽回去了。终于一串牵强附会、华而不实的恭维话从他嘴里滔滔涌出，苏菲亚则眼睛望着地，弯着腰，嘴里吐出一些彬彬有礼的单字来应对。由于对女人的举止表情毫无经验，同时又自以为很了不起，所以布利非把苏菲亚这种态度当作对求婚的默许了。当苏菲亚为了结束这难以忍受下去的一幕而站起来走出房间的时候，他也认为这只不过是出于腼腆，并且自己安慰着自己：不久就有的是亲近的日子了。

　　他对自己成功的前景，确实已十分满意——至于他是否像情种们所要求的，全部并且绝对占有了对方的心，他却根本没想到过这一点。他所渴望的只不过是她的财产和她的身子，他毫不怀疑这些很快就会完全归他所有，因为魏斯顿先生很急于结这门亲事,而他十分清楚苏菲亚一向对父亲的意旨是严格服从的,而且在必要的情况下,她父亲要是下了更严厉的命令她也会屈服的。布利非心里估量着:既有这父亲的威严作后盾,再加上他自己的丰采和谈吐,料想那小姐(他相信苏菲亚心上并无旁人)决无不应之理。

对于琼斯,他的确连一点点妒忌之意也没有——作者对这一点经常感到诧异。也许他认为琼斯在那一带是以全国最浪荡的家伙之一出了名的(这一点公不公道,请读者自去判断),在苏菲亚那样端庄不过的小姐眼里,一定是可憎的。也许还因为他们三人在一起时,苏菲亚以及琼斯本人的举止从不曾使他怀疑什么。最后——并且也是最主要的一点,他确信除他之外再没有旁人在追求苏菲亚。布利非自认为彻底了解琼斯,十分看不起其判断力,因为琼斯总是不够重视自己的利益。他毫不担心琼斯会爱上苏菲亚;至于小姐的财产,他认为是不大能左右琼斯那样一个傻小子的意向的。况且他以为琼斯跟毛丽·西格里姆的关系一直没断,甚至相信两人到头来必然会结婚的——琼斯从小着实和布利非要好,什么事也不瞒他;直到看见奥尔华绥先生卧病时布利非对待老人家的态度,琼斯才完全和他疏远了。正因为那次吵架以后两人一直也没和解,所以布利非先生对琼斯跟毛丽的关系所发生的变化,丝毫也不知情。

由于上述种种原因,布利非先生看不出有什么可以阻挠他和苏菲亚之间的婚事获得成功。他断定她的态度和所有的闺秀初次接见求婚人时并无两样,一切都如他所期望的。

魏斯顿先生早埋伏着等待求婚人从小姐那里退出。看到布利非为此番的成功如此兴高采烈,对他的女儿是如此一往情深,对接见的情况又是如此心满意足,这位老乡绅竟然在大厅里手舞足蹈起来,并且还用其他滑稽的动作来表示他的狂喜。他完全不会克制喜怒哀乐之情,只要一阵心血来潮,他立刻就若醉若狂,毫无节制。

布利非在受到魏斯顿的一通热烈亲吻和拥抱之后,告辞而去。善良的乡绅立刻到处找他的女儿,找到后马上滔滔不绝地诉说他心里有多么欢喜,吩咐她说,一切衣服珠宝随她挑选,并且声言他这份财产除了供她享用之外,别无用途。然后他又无限爱抚地一遍又一遍地拥抱她,用种种亲昵的名字叫她,郑重声称她是他的掌上明珠。

苏菲亚虽然觉得她父亲这阵爱抚有些莫名其妙(这种一阵阵的温情突发在他本是常事,不过这回来得格外剧烈),却又认为现在是向父亲表明心迹的最好时机,起码该把她对布利非先生的态度解释清楚;她充分预见到,很快就不得不把事情和盘托出。于是,她先感谢父亲对她所表示的疼爱,随后又带着无限的温柔说:"爹真地会那么好,把女儿苏菲的幸福看作您生平唯一的乐事吗?"魏斯顿重重地赌了个咒，又吻了她一下，表示确是这样。这时，苏菲亚就抓住他的手，跪在地上，先热烈地表示了一番自己对父亲的孝心和顺从，然后就哀求乡绅千万别硬逼着她去嫁给一个她所憎恨的人，使她成为世上最不幸的女子。她说："亲爱的爹，我要求这一点，是为了我自己，也为了您好——既然您告诉我说，您的幸福就取决于我的幸福。……"魏斯顿狂怒地瞪着她说："什么？怎么？"她接着说："不但可怜的苏菲终身幸福不幸福，连她的生死也全看您答不答应她这个请求了。我不能和布利非先生一起过日子。强迫我接受这件亲事就等于杀掉我。……"魏斯顿说："你不能和布利非先生在一起过日子？"苏菲亚回答说："不能，实在不能。"魏斯顿一把搡开她，大声嚷道："混账！那么你就死去吧！"苏菲亚抓住他的衣裾哀求说："爹，求您可怜可怜我吧。别这么瞪我，说这么凶狠的话……您的苏菲苦到这个地步，难道您一点也不动心吗？您是天下最慈祥的爹，难道会叫我心碎吗？难道您忍心用这种最痛苦、最残忍的折磨来伤我的性命吗？"乡绅嚷道："呸！呸！瞎扯！全是些丫头们的鬼把戏。说得倒好：伤你的性命！结婚会伤你的性命吗？"苏菲亚回答说："啊，爹，这样的婚姻比死还不如。我不但对这个人不感兴趣，我还恨他，厌恶他。"魏斯顿大声说："就是你对他厌恶透顶，你也非得嫁给他不可。"为了表示他说一不二，他还起了个誓——那话实在不堪入耳，这里只好从略。他恶狠狠地赌了许多咒，最后这么说："反正我已经拿定主意要结这门亲。你要是不答应，我就一个铜板也不给你。就是看到你在街上饿得快要死掉，我也不会给你一口面包，把你救活。我已经决计这么办了，决不改变，你好生想想吧。"说完这话就那么猛力地把她甩开，使她的脸撞在地板上。乡绅自己则径直离开房间，听任可怜的苏菲亚趴在地上。

　　魏斯顿走到大厅，正遇上琼斯。琼斯望见他这位朋友神态狂乱，脸色苍白，气喘吁吁，就不禁问起这副惨相的缘由。乡绅马上原原本本地说给他听了，最后还痛骂了苏菲亚一顿，并且无限伤心地慨叹着，天下作爹的养了女儿有多么倒霉。

　　这以前，琼斯对乡绅已经属意布利非这件事，一直毫无所闻，因此，乍一听魏斯顿这么说，就如晴天霹雳一般。等琼斯心神镇定了一些之后，就向魏斯顿先生提出一件事——这事似乎需要特厚的脸皮才好意思开口；琼斯后来说，他那样做也是出于万不得已。他要求魏斯顿让他去见见苏菲亚，说也许能劝得她回心转意，顺从她爹的意旨。

　　乡绅向来是出名的马虎，即使他有那么精明的话，当前在激情之下，也很容易上当。他感谢琼斯这么肯替他效劳，就说："去吧，去吧，尽力把她劝过来。"然后又赌了许多可怕的咒，说要是她不答应这门亲事的话，就非把她逐出大门不可。

第十三卷

第一章 向诗神召唤[①]

啊,掌管荣誉的明眸之神,启发我这炽热的胸膛吧。我呼唤的不是借千百万庶民的叹息来鼓篷扬帆、让英雄在血泊泪海上泛舟、把他渡到荣誉之彼岸去的那位神祇;而是您——欢乐的穆尼赛丝在希布鲁斯河岸初次生下的美丽、温柔的姑娘[②]。您在麦欧尼亚聆听教导,为曼图亚所迷醉。在那座俯瞰不列颠威震四方的首府的秀山上,您曾和您的宠儿密尔顿并坐,听他轻拨着悦耳的七弦琴。使我那贫乏的幻想充满对后世的美好愿望吧。请您预先告诉我,将来会有一位多情的姑娘(尽管连她的祖母现在也还没出世)通过苏菲亚这个虚拟的名字而看到我的夏洛特[③]所具备的真正的美质,由于共鸣而从心坎上发出赞叹吧。请教给我不但能预见到后世对我的称誉,并且能尽情享受——甚至从后世的称誉中获得力量。请用这样一个郑重的保证来安慰我吧:当我此刻起居的小室变成更加简陋的木匣子[④]时,我的作品仍将为那些不认识我、与我从没谋过面,同时也是我永不会认识或会见的人们所阅读,并受到他们的称赞。

还有您——更加丰满的姑娘,也是我所要呼唤的。您的身影既不虚无缥缈,也没有披着幻想的衣裳。您喜爱的是烹调得可口的牛肉,和覆满了葡萄干的布丁。我呼唤的就是肥胖的少女和一个快活的阿姆斯特丹商人交欢,在一条荷兰运河的拖船上生下的您。在格鲁伯街的学堂里,您打下学问的根底。年事稍长,您就在这里教导诗不要去迎合保护人的空想,而应满足他的自豪感。喜剧从您那里学会了庄严肃穆的气氛,悲剧大声咆哮,使得惶恐的观众震耳欲聋。历史大人叙述起冗长乏味的故事,把四肢疲惫的您催入梦乡。传奇先生表演他那套惊人的妙技,以便把您唤醒。大腹便便的书贾也同样看着您的眼色行事。那些长期睡在积满尘埃的架子上、从来没人翻阅过的大部头书籍,在您的建议下分册出版,很快就散布全国。有些书在您的指导下,像江湖郎中那样允诺奇迹去欺骗世人;而另外一些书则变成了纨袴子弟,将其全部价值放在烫金的封皮上。来吧,可爱的实惠,带着您那明朗的笑容。收回您的灵感,只把您那诱人的酬赏带来吧:那堆积如山、熠熠发光、铿然作响的金钱,那立即可以兑成金银、包含着看不

---

① 作者在本章借模仿古代史诗作家的笔法,抒发他对文学创作的一些愿望及看法。

② 姑娘指掌史诗的缪斯(诗神)卡黎欧佩。缪斯是希腊神话中九位女神的通称。她们都是主神宙斯和穆尼赛丝所生的女儿,分别主管历史、音乐及诗歌、喜剧、悲剧、舞蹈、抒情诗、颂歌、天文、史诗。——编者注

③ 指作者之妻夏洛特·菲尔丁(Charlotte Fielding,? —1744)。——编者注

④ 木匣子暗指棺材。

见的巨富的支票,那行情时涨时落的股票,那温暖舒适的住宅。最后,还有我应从慷慨的慈母那里领到的可观的一份——要不是一部分儿女贪婪任性地把亲兄弟挤开,她那丰富的奶汁本来足够哺育众多儿女的。来吧,倘若我不会欣赏您那宝贵的赐予,那么就让我想到可以将它转赠给旁人,用这个愉快的念头来温暖我的心胸吧。请告诉我:尽管那些咿呀学语的娃娃们那天真无邪的戏耍经常被我的工作所打断,但由于您的恩赐,有朝一日他们总会因我的工作而得到丰厚的酬赏。

促使我写作的就是这样很不相称的一对:瘦削的影子和肥胖的实体。那么我呼唤谁来帮助指引我这支笔呢?

首先是天资,您是上天的恩赐。没有您的佐助,我们就只好徒然逆着自然的川流而挣扎。您播下慷慨的种籽,艺术将它们培育起来,使其臻于完善。请您劳驾挽住我的手,引导我穿过自然的所有那些曲折迂回的迷宫,看到俗眼凡胎从未见到的全部隐秘。教我把人类了解得比他们自己更加清楚——这在您是很容易办到的事。拨开那片蒙蔽凡人理智的云雾吧,它使人们对某些人在行骗时使用的高超技巧表示钦佩,施用诈术时便表示鄙夷,其实,他们只不过是嘲笑的对象,因为他们自己骗了自己。自高自大假扮为智慧,贪得无厌假扮为富足,野心奢望假扮为荣誉,请您剥下它们薄薄的伪装吧。来吧,曾经启发过阿里斯托芬、路喀阿努斯、塞万提斯、拉伯雷、莫里哀、莎士比亚、斯威夫特和马利伏的您,请让我的文章里充满幽默吧,好使人类学得善良到对旁人的愚蠢只是笑笑,谦虚到对自己的愚蠢感到难过。

还有您,人道——和真正的天才差不多是形影不离的伴侣,请赋予我以您的一切仁爱之情吧。倘若您已经把它完全给与艾伦和李特顿了[1],那么就请暂时从他们的胸膛里盗出来吧。没有它,是无从描绘动人的场面的。只有它才产生得出高贵无私的友谊,忘我的爱情,开阔的胸襟,深切的谢忱,体贴入微的同情和直率的见解。一颗善良的心所具有的一切强大的力量也起源于它;这股力量能使人们那润湿的眼睛里噙满泪水,用热血涨红了人们那神采焕发的双颊,使悲哀、欢乐和仁慈像潮水般在人心中起伏不已。

啊,再就是您,学问!(没有您的佐助,天资是产生不出任何纯粹或正确的东西来的。)请您也来指引我这支笔吧。当我年少的时候,我曾在您所喜爱的田野里崇拜过您。那里,清澈的、缓缓滚流着的泰晤士河冲刷着伊顿的河岸。我以道地的斯巴达人的忠诚,在您的桦木[2]祭坛上献过我的鲜血。那么,就请您从历

---

① 拉尔弗·艾伦(Ralph Allen, 1694—1764),当时巴恩市的市长;乔治·李特顿(Georgo Lyttleton,1709—1773)辉格党重要人物,曾任内阁大臣。两人在经济上资助过菲尔丁。——编者注

② 当时塾师的教鞭是用桦木做的,类似我国古代的夏楚。

代积累下来的丰富库藏里,把大量的财宝赐给我吧。打开您那麦欧尼亚和曼图亚的宝柜,还有收着您全部哲学、诗歌和历史的库藏,不论您刻在这些巨橱上的是希腊文还是罗马字。请您把曾交给沃伯顿①的那把可以打开所有这些宝库的钥匙,让我暂用一下吧。

最后,是经验。您早和聪明、善良、有学问、有教养的人十分熟识了。但也不仅是这些人,您还熟悉各色各样的人,从清晨接见下属的大臣到拘留债户的衙吏,从午后茶会上的公爵夫人到酒店柜台后面的老板娘。只有通过您,我们才能了解人类的习尚。在这方面,不问世事的学究,不论他才能多高,学问多渊博,也是不得其门而入的。

所有这一切都来吧,或者如果可能的话,其他方面也请光顾。因为我从事的这项工作十分艰巨,没有大家的帮助,这个重担我是挑不起来的。倘若你们对我的劳动报以微笑,那么我就可望顺利地把它完成。

选自亨利·菲尔丁:《弃儿汤姆·琼斯的历史》,萧乾、李从弼译,人民文学出版社 1994 年版。

---

① 沃伯顿(William Warburton,1698—1779),神学家,他与蒲伯合编的《莎士比亚集》曾受到当时学者的攻讦。此处,菲尔丁可能有讽刺的含义。

新爱洛伊丝(节选)

卢梭

让-雅克·卢梭(1712—1778),出生于日内瓦的法国人,18世纪法国启蒙运动后期最重要的思想家和文学家。他早年生活颠沛流离,自学成才。后参与了《百科全书》的编撰,并在第戎学院征文比赛中一举成名,但又因思想和个性分歧与百科全书派决裂。卢梭著有《社会契约论》《爱弥儿》《忏悔录》等多部不同类型的作品,其中,《新爱洛伊丝》采用书信体描写贵族少女朱莉与平民教师圣普乐相爱的悲剧,富有缠绵悱恻的感情格调,是他一生创作中文学性最强的作品,也是法国感伤主义小说的代表作。

卷一

书信二十四　　致朱莉

我要立刻答复你信中所说的付给报酬的问题,因为,我的上帝,这是用不着思考就可回答的。朱莉,现将我对这个问题的看法陈述如下:

我把人们所说的荣誉分为两种:公众所说的荣誉和自爱自重的荣誉。前一种荣誉,来自毫无意义的偏见,像水中激起的浪花一样,转瞬即逝;而后一种荣誉,则是以永恒的道德为基础的。世人所说的荣誉,有助于个人去争取名利,但它不能深入人心,对真正的幸福不产生任何影响。与此相反,真正的荣誉是幸福之本,因为它所体现的是永恒的内心的满足;只有这种内心的满足,才能使一个有思想的人感到幸福。朱莉,我们根据这个原理来分析你提出的问题,马上就可以给它圆满的解答。

假如我是担任哲学教师的,而且像寓言故事中所说的那个疯子一样,教哲学要收取钱财,那么,这个工作在世人的心目中就是很低下的,而且我认为它本身就是很可笑的。然而,由于没有任何人绝对能够自己生产自己的衣食,而必须通过劳动才能获得自己的生计,因此,我们把这种蔑视钱财的态度看作是最严重的偏见,我们绝对不会傻到听信这种糊涂的说法而牺牲自己的幸福;你不会因此就不尊敬我,而我也不会因为靠我所学的本事吃饭而感到有什么可悲之处。

不过,亲爱的朱莉,在这件事情上,我们还有其他的问题要考虑。且不管别人怎么说,先看一看我们自己。如果我因为教你读书,售卖了我的一部分时间,也就是说售卖了我的一部分人身,便接受你父亲给我的工钱,则你的父亲将把我看成一个什么样的人呢? 他将把我看成一个靠工钱吃饭的人,一个受金钱雇用的人,他的一个仆人;他将要求我成为他可以信任的人,不能危及他的财产,并要我一声不吭地像他家中最低贱的奴仆那样听他使唤。

对一个作父亲的人来说,还有什么财产比他的独生女儿更珍贵的? 何况他这个独生女儿是朱莉呢! 因此,他会不会对一个向他售卖劳务的人定几条规矩呢? 不让这个人流露对她的感情呢? 啊! 你说这行不行! 或者,他会不会让这个人肆无忌惮地想怎么做就怎么做,在最敏感的事情上冒犯他应当忠实为之服务的人? 如果这个人真这么做了的话,则我认为,这样一个老师便是一个践踏神圣的法律的奸诈之徒①,一个阴险的人,一个勾引主人的仆人,完全应当按照法律处死他。我希望你这位听我讲这番话的人,能明白我的意思。死,我是不怕的,但我害怕受别人的羞辱,自己看不起自己。

当你阅读爱洛伊丝和阿贝拉的信的时候,你曾听我讲过那些信的意义和那位神学家②的做法的得失。我非常同情爱洛伊丝,她的心生来就是爱人的;而阿贝拉,在我看来是一个命该如此的可怜人,他不了解什么是爱情,也不了解什么是道德。我这样评论他之后,还学不学他的样子呢? 谁宣讲一种自己不愿意身体力行的道德,谁就会遭遇恶运! 一个受情欲的驱使而那样盲目行事的人,是必然会受到情欲的惩罚,并失去他用荣誉去换取的感情的。不诚实的爱情将失去它所有的魅力;为了要感知爱情的价值,我们的心就必须完全奉献于爱情,在提高我们自己的同时,也提高我们所爱的人。没有完美的思想,就没有对人的热情;没有敬重人的心,最终将使爱情变得毫无价值。一个女人,有什么办法能使一个自己不爱荣誉的男人获得荣誉呢? 一个男人怎么会喜欢一个自甘下贱、委身于一个坏蛋的女人呢? 他们转眼之间就会谁也看不起谁的;对他们来说,爱情只不过是一种可耻的苟合行为罢了,他们将丢尽他们的体面,不会过上幸福的日子的。

亲爱的朱莉,在两个年岁相同、并有同样的火热的感情的情人之间,情况就

---

　　① 这个可怜的年轻人,他没有认识到:由于他拒绝接受用金钱支付的他应得的报酬,他反而破坏了神圣的法律;他不仅没有使人受到教育,反而败坏了人的心;不仅没有给人以好处,反而使人中了毒:让一个受骗上当的母亲以她的女儿作为谢礼,奉献给他。我认为,他的确是真心诚意地爱道德的人,但他的情欲已使他误入歧途。如果不是因为他太年轻而原谅他的话,尽管他说了这番冠冕堂皇的话,他也是一个大坏人。这两个情人是可以原谅的;而不可原谅的,是那位母亲。——作者注
　　② “那位神学家”即阿贝拉。阿贝拉(1079——1142)是法国 12 世纪的著名经院神学家,曾担任过巴黎圣母院的议事司铎。

不是这样了,因为他们互相依恋,没有任何特别的牵连使他们感到为难,两个人都能尽情地享受青春的自由,谁也不违背相互的约定。最严酷的法律对他们的制约,不是别的,而是要他们珍视他们的爱情;对他们互爱的唯一惩罚是:他们必须从此终生相爱。如果在世界上的风气败坏的地方,粗野的男人破坏这朴实的联系,他必将受到这一制约所产生的罪恶的报复。

　　贤淑的朱莉,我要说的,就是这些;我这些话,也是对你在有一封信中用激烈的言词陈述的理由的开诚布公的评论;这已经足够使你了解我是多么相信我的做法是正确的了。请你记住:我并不硬要拒绝你的馈赠,尽管我由于偏见对这种做法有反感,但我还是悄悄接受了你的礼品,因为,我从真正的荣誉考虑,的确是找不到任何拒不接受的充分理由。在这件事情上,从道义、理智和爱情的角度看,我都不应错误地理解你的心。如果要在荣誉和你之间作出选择的话,我宁愿失去你:啊! 朱莉,我的心太爱你了,反倒不能牺牲荣誉而只要你了。

卷四

书信十七　　致爱德华绅士

　　……

　　正如你所知道的,十年前,我被她们流放到瓦勒之后,曾经有一次回到麦耶黎来等朱莉允许我到她那里的消息;在那里,我度过了许多虽然忧愁但也很有意义的日子。当时,我心中唯一的目的就是想见到她。我给她写了一封使她很受感动的信。此后,我一直想再去看一看那个与世隔绝的僻静地方;那时,周围都是冰,它是我唯一的避寒之处;我在那里,感觉到我的心可以和我在世界上最亲爱的人的心交融在一起。现在,在此美好的季节有重访这块如此可爱之地的机会,而且是和那个其身影早已和我一起在那里呆过的女人同行,这才是我提议和她一起去散步的秘密动机。我将怀着十分高兴的心情,把留有一个人的极其坚贞但又极其不幸的爱情的痕迹的纪念地指给她看。

　　在弯弯曲曲鲜有人迹的小路上走了一个小时之后,我们终于到了那里;小路在树林和岩石之间蜿蜒盘旋,除了路长一点以外,倒也没有什么其他令人不舒服之处。当我们走进那里,认出了我以前做的记号时,我心里顿时感到难过,但我还是克制住自己,没有露出难过的样子;最后,我们走到了那个地方。这个僻静之处很荒凉,但充满了各种各样为易动感情的人所喜欢而为其他的人所害怕的美。有一股由积雪融化的水构成的激流在离我们二十步远的地方哗哗奔流,水很浑浊,水中夹杂着泥沙和小石。在我们的后面,有一排无法攀登的岩石间隔在我们所在的这块高地和人们称之为"冰库"的那段阿尔卑斯山之间;这段阿尔卑斯山所以叫作"冰库"，是因为有许多继续不停地升高的冰层从开天辟地以来就覆盖着山顶①。右边，有阴沉沉的黑松林给我们遮荫；左边，在激流对面是一大片橡树林；在我们的下边，环抱在阿尔卑斯山中的那一片辽阔的湖水，把我们和沃州富饶的土地分开；该州雄伟的汝拉山峰是这幅美景的最高处。

在巍峨的群山中，我们所在的这一小块土地，展示了阳光灿烂的乡间居住地的迷人的美。有几条小溪从岩石中流出，在草地中形成一条晶莹的水带；有几株野果树的树枝伸展在我们的头上；潮湿清新的土地上长满了野草和野花。在周围的景物陪衬下，这里正是天造地设地给两个情人预备一个躲在这里不受争奇斗艳的大自然的景色干扰的单独幽会的寂静处。

当我们到达这个僻静的地方时，我先观赏了一会儿；我的眼睛已经湿润，我望着朱莉问她："怎么！你到了这里，心中一点感受都没有吗？你看见一个到处都刻有你的姓名的地方，你的心不暗自跳动吗？"说完，我不等她回答，就把她带到岩石那里，把无数个刻在岩石上的用她姓名的起首字母组成的图案指给她看，另外还有佩特拉克和塔索的几首可用来表述我刻那些图案时的情景的诗。经过了这么长的时间之后，我自己再看见这些图案时，感到它们强烈地激励着我，站在它们前面不能不产生深深的感情；我有点激动地对她说："啊，朱莉，我心中永远赞美的人！在这个地方，世界上最忠实的情人曾向你表达过他的爱慕之情；在这里，你可爱的身影使他感到幸福，并最终得到由你亲自使他享受到的幸福。那时候，没有这些野果树和树荫，地上也没有草和花；这些小溪的水也没有分流；也没有鸣啭的小鸟；山谷中只有贪食的鹰、忧伤的乌鸦和阿尔卑斯山的可怕的雕。所有的岩石上都挂着巨大的冰柱，这些树上的唯一装饰是雪花；这里的一切都显示着冬天的严寒和白霜的可怕，全靠我心中的火热的爱情才使我能够呆在这里，把一天的光阴都用来思念你。我坐在这块石头上远远看你的幽雅的住房；我那封感动你的心的信，是我坐在那块石头上写的；我用这些锋利的碎石当雕刻刀，在岩石上刻画用你姓名的头一个字母组成的图案；我走过这条冰冷的流水去拾回被旋风刮走的你的一封信之后，又回到这里，把你写给我的最后一封信重新看了又看，并千百次地吻它；我站在山边用一双忧伤的眼睛估量这些深渊的深度；最后，在我怀着悲伤的心情离开这里之前，我来到此处哭泣：我想象你已经死了；我发誓，如果你死了，我决不留在人间。我永远钟爱的姑娘啊，我是为了你才活在世上的！我是不是需要和你一起在这里痛苦地回顾我在你不在我身边时的忧郁的日子呢？……"我还想继续说下去，但朱莉看见我向山边走去，便感到很害

---

　　① 那些山峰是那么的高，在日落半小时后，山顶上还有阳光照射；阳光中的红色，在白色的山顶上构成一种美丽的玫瑰色，人们在很远的地方都可看到。——作者注

怕,立刻抓住我的手,把我的手紧紧握住,一句话不说,用温柔的目光看着我,并用力控制她本想发出的叹息声;接着,她突然转过脸去,挽着我的胳臂,用激动的声音对我说:"我的朋友,我们走吧,这里的风我受不了。"我叹息一声,什么话也没有说,便和她一起离开了那里;从此,我将永远离开那块令人伤心的地方,也许,我将来离开朱莉时,也是这个样子。

我们绕道走了一会儿,慢慢回到我们停船的地方之后,我们便各自做各人想做的事情了。她想单独一个人呆在那里,而我则想继续散步,但又不知道到什么地方去好,只好随便走一走。在我回来时,船还没有修好,风浪也没有平息;我们心情沮丧地吃晚饭,大家都没精打采的样子:饭吃得很少,话讲得更少。晚饭后,我们坐在沙滩上等开船的时刻到来。月亮慢慢地升起来,风浪也逐渐平静,于是,朱莉建议开船。我伸手过去牵着她的手,帮助她上船;我在她旁边坐下,一直拉着她的手不想放开。我们静静地一句话也没有说。均匀而有节奏的桨声使我陷入了梦境;沙锥①的欢快的叫声,使我回想起童年时候的快乐情景,不过,此时此刻它不但没有使我感到快乐,反而使我感到忧伤。我逐渐地感觉到我心中忧伤的心情愈来愈重。明净的天空,柔和的月光,在我们周围溅起的银白色的水花,各种各样愉快的感觉,再加上这个亲爱的人在我眼前,要我心中不泛起一阵阵痛苦的回忆,是不可能的。

我回想起我们初恋时有一次和她散步的情形,与这次散步的情形很相像。当时使我心中充满了美好憧憬的事物,现在回想起来使我感到悲伤。我们青年时候的种种事情,我们的学业,我们的谈话,我们来往的书信,我们的约会,我们的欢乐,

　　　　是那么的真诚,那么的亲密,

　　　　绵绵此情,天长地久。

所有这些向我展现我过去的幸福的事物,如今再次呈现在我眼前,反倒更增加了我目前的痛苦,而不是给我以甜蜜的回忆。"一切都完了,"我心里自言自语地说道,"那样的时刻,那样幸福的时刻,已不会再有了,已永远消失了。唉!它们已一去不再回来了!而我们还活着,还在一起,我们的心是永远结合在一起的!我觉得,她死了或者不在我身边,我也许还能忍受;在我远远地离开她的那段期间,我的痛苦也没有现在这么大。在远远地离开她的时候,我虽然常常哀叹,但一想到有再见到她的希望,我心中的痛苦就减轻了;我总以为一见到她,我的痛苦就可以完全消失;我盼望,至少是不会像我现在这个样子。然而,我现在在她身边,看见她,接触她,和她谈话,爱她,亲近她,而且差一点儿就占有她,我

───────────────

　　①　日内瓦湖中的沙锥,并不是法国人所说的那种沙锥。我们的沙锥的轻快活泼的叫声,在夏天的夜晚,使湖上具有一种生趣盎然的和清新宜人的气氛,使湖岸的风光更加迷人。——作者注

却感到永远失去了她,这就是使我生气,而且是使我逐渐陷入失望的原因。我开
始在心里反复考虑一些可产生严重后果的计划;我愈想愈激动,真想抱着她一起
跳进波浪滔滔的湖水,在她怀中了此一生,永远结束我心中的痛苦。这个可怕的
想法,最后竟如此强烈地促使我想加以实现,以致我不得不突然放开她的手,转
身向船头走去。

　　在船头上,我激动的心情开始有所转变,逐渐逐渐地平静下来,怜悯和同情
战胜了悲观失望;我大把大把地流下了眼泪;这时的心情和方才的心情相比,反
而稍觉愉快,我哭得很厉害,哭的时间也长,结果使我的心情大为轻松。当我恢
复常态以后,我又回到朱莉身边,拉着她的手。她手里拿着手绢,我发现她的手
绢已经湿透了。“啊!”我轻声对她说道,“我发现我们的心时时刻刻都是互相沟
通的。”“是的,”她用激动的声音说道,“不过,今天晚上也许是它们最后一次以
这种方式互相交流了。”接着,我们开始平静地互相交谈;一个小时以后,我们平
安地到达岸边。我们回到家中,在灯光下,我看见她的眼睛已经哭得通红,有点
儿发肿;她大概也发现我的眼睛红肿的程度并不比她轻。经过一天的疲劳之后,
她需要马上休息;她回到她的房间,而我也回到我的房间去睡觉了。

　　我的朋友,以上是我那天经过的事情的详细叙述;在这一天中,我的心情无
时无刻不处于十分激动的状态;我希望这种激动的心情能成为使我完全恢复本
来的我的转折点。此外,我还要告诉你,那天经过的事情,比一切有关人的自由
和美德的作用的论点都更有说服力。稍受引诱就堕落的人,有多少? 拿朱莉来
说,我的眼睛看见她,我的心感觉到了她:她这一天中,经历了人的心灵所能经受
的最激烈的战斗,而且终于战胜了。而我为什么做得比她如此之差呢? 啊,爱德
华! 当你受到你的情人的引诱时,如果你能同时克制你的欲望和她的欲望,你岂
止是一个普通的人! 没有你,也许我已经犯下大错。在那充满危险的一天中,曾
经有许多次,一想到你的美德,我爱美德的心便油然而生。

卷六

书信十二　朱莉来信

（此信附在前一封信中寄出）

　　我们的计划,不得不放弃。一切都变了,我亲爱的朋友,让我们毫无怨言地
接受这个变化;因为它是由一个比我们更明智的上帝决定的。我们盼望生活在
一起,可这并不合适。上帝防止了这一点,这对我们来说,是一件好事;因为他
大概早已料到将有不幸的事情发生。

　　我很久以来,就一直在幻想;这种幻想,对身心是有益的;当我不需要幻想

时,我的幻想会自动破灭。你以为我的伤口已经愈合,我自己也是这样想法。让我们饶恕那个使我的错觉一直持续到此时的人,因为这种错觉对我有用处嘛:谁知道我临死时,我的头脑还能不能正确思考呢?是的,我枉费力气,没有能扑灭那使我热爱生活的初恋,它凝聚在我的心里;当它不再令人害怕时,它就重新出现;当我感到绝望时,它给我以鼓励;当我生命垂危时,它就使我恢复活力。我的朋友,我谈出真情,而丝毫不感到难为情;这永存的感情,不管我愿意不愿意,它都将不由自主地反复出现,它无损于我的清白。凡是我自愿去做的事情,都是我应该履行的义务;如果非我的意志所能控制的心是向着你的,那将使我遭受痛苦,但不会使我犯罪。我该做的事情,我都做了。我的品德毫无瑕疵,我的爱情永远留在我心里,而不后悔。

我敢说我的过去是光荣的,但谁能保证我将来呢?也许,再和你多相处一天,我可能就会犯罪!如果我今后一生都和你在一起,其结果又将如何呢?我时时都有危险,而自己却不知道。再也没有什么危险比我遇到的危险更大的了!我为我担心,也就是为你担心。我经历过的种种考验,今后还会遇到。我追求幸福和美德的生活,难道还不够久吗?对于我来说,生命还有什么用处呢?上天夺去我的生命,不仅没有夺去令我遗憾的东西,反而保全了我的名誉。我的朋友,我此时离开人世,正是时候,因为我对你和对自己都很满意;我的心情是愉快的,丝毫不感到痛苦。既然我已经作出许多牺牲,再要我作出新的牺牲,那也不要紧,无非再叫我死一次罢了。

我知道你将感到痛苦;这一点,我很清楚;你今后的生活将很可怜,这是肯定的。离开人世时,我最大的痛苦就是让你为我悲伤。不过,你也要看到我给你留下许多可以令你感到安慰的事情!为了你所钟爱过的人,你还有许多事情要做;为了她,你应该保重自己!你要关心她,就要关心她最喜爱的人,你现在失去的朱莉,只不过是许久以前你早已失去的朱莉。她最好的东西还是留给了你。来和她的家人团聚吧!让她的心留在你们心中,让她所爱的人都汇集在一起,这就等于使她获得新生。你对她家里的人的照顾,你的快乐和你的友情,都是她安排的。她使你们团聚在一起,就等于她自己重新活在人世。她将和你们永远在一起,一直到最后一个人离开人间。

你要知道,你还有另一个朱莉,不要忘记你应该为她做的事情。我死后,你们两人每个人都失去了一半生命,因此你们要结合在一起,才能保住自己的另一半生命。只有这样,你们两人在我死后才活得长久,才能长久照顾我的家人和孩子。我再也想不出什么更好的办法能使我喜爱的人更紧密地团聚在一起了!你们今后互相照顾的日子还长着呢!我这个办法,一定能增进你们相互的眷恋之情!你反对这桩婚事的理由,反而说明你应当同意。当你俩谈起我时,你们怎么能不相互产生温柔的感情呢？是的,克莱尔和朱莉已合为一个人,她们在你的心里是不能分开的。她对你的感情,就是在报答你对她的朋友的感情,因此,她将成为你的知己,成为你心爱的人：你将因为有这个活着的朱莉而幸福,同时又不因此就不忠于你失去的朱莉;你饱尝艰辛和痛苦之后,在到达对生活和爱情厌倦的年龄之前,你应当在心中燃起正当的爱情之火,享受纯洁的爱情的幸福。

结合成这样纯洁的关系,你们才能一心一意地致力于我托付给你们的事情。以后,你们才能毫无愧色地说你们在这个世界上做了什么好事情。你也知道,在这个世界上,有一个有权享受这一幸福的男人,但他已无此心。这个人就是你那位救星,你的女友的丈夫,他已让他的妻子依然做你的朋友。他现在孤身一人,对生活已毫无乐趣,对来世毫无信心,他没有任何欢乐,得不到任何安慰,更不抱任何希望,他不久就会成为最不幸的人。你应该感激他过去对你的关心,你应该知道如何感激他才是。你要听从我在上一封信里说的话,来和他一起生活。愿一切爱过我的人都不离开他。他曾使你重新热爱美德,因此你也应当对他指出美德的目的和实践美德将得到的报偿,你要做一个基督徒,然后引导他也成为一个基督徒。这件事,你做起来将比你想象的还容易成功：他尽了他的职责,我也已尽力而为,现在该看你怎么做了。上帝是公正的,我相信上帝不会使我失望。

关于我的孩子,我只有一句话告诉你。我知道你会用许多心血去教育他们,而你做起来也不太难。在这项工作中,当你遇到麻烦时,你想到他们是朱莉的孩子,你就不会觉得辛苦了。我把你要注意的事项和两个男孩子的性格都写下来了,德·沃尔玛先生将把我写的东西交给你。我写的是一个大概,也不要求你非照着做不可,而只是供你参考。千万不要把他们培养成学者;你要教育他们成为善良的和正直的人。如果你偶尔对他们谈起他们的母亲……你知道她是多么爱他们……你告诉马士兰：我并不是因救他而死的。告诉他的哥哥,为了他,我非常热爱生活。告诉他们……我觉得累了,我应该结束这封信了。把我的孩子托付给你,我离开他们就不觉得十分痛苦了,我总觉得我依然是和他们在一起的。

永别了,永别了,我亲爱的朋友……唉!我要像我开始生活那样结束我的生活。现在,我的心已毫无顾虑,所以我说的话可能太多……唉!我说出我心里的话,这有什么可怕的呢?现在已经不是我在说话了,我已经在死神的掌握之中了。当你看到这封信时,蛆虫正在吞噬你的情人的面孔和心,你也不能在她的心中了。不过,没有你,我的灵魂还能存在吗?没有你,我还能幸福吗?不能;我不离开你,我要等着你。美德虽使我们在世上分离,但将使我们在天上团聚。我怀着这美好的愿望死去：用我的生命去换取永远爱你的权利而又不犯罪,那太好了;再说一次：能这样做,那太好了!

选自卢梭：《新爱洛伊丝》,李平沤、何三雅译,译林出版社 1994 年版。

浮士德(节选)

歌德

约翰·沃尔夫冈·冯·歌德(1749—1832)是德国文学史上最富有成就的诗人、戏剧家,被马克思称为"最伟大的德国人"。早年歌德是狂飙突进运动的参与者,以《少年维特之烦恼》蜚声文坛;和席勒亲密合作的十年又引领了魏玛古典主义的潮流;晚年的作品则多为东西文化冲撞下的反思总结之作。诗剧《浮士德》的写作时间长达六十年,可谓歌德穷其毕生精力创作的鸿篇巨制。相较于民间传说和前人的改编,歌德笔下的浮士德具有善恶的两重性,相互制约又彼此推动,体现了哲学思辨性并反映了资产阶级的时代文化特征,该作因此被誉为"近代人的圣经"。

天上序曲①

　　　　天主、一群天使,其后梅非斯特、三位天使长上。

拉 斐 尔② 　太阳按着古老的调门

　　　　　　　跟群星兄弟竞相合唱③,

　　　　　　　完成她的既定的旅程,

　　　　　　　她的步声像雷鸣一样。

　　　　　　　天使见到她,获得生力,

　　　　　　　虽然无人能究其根源;

　　　　　　　不可思议的崇高的功业④,

　　　　　　　像开辟之日一样庄严。

---

① 作于 1798 年,为全剧的总序。《浮士德》正文自此场开始。

② 拉斐尔(Raphael)为侍立天主前七天使长之一。《圣经》未提其名。仅于《旁经》《多比雅书》中见之。又见于弥尔顿《失乐园》诗中。我国天主教译名为圣辣法厄尔。

③ 毕达哥拉斯想象太阳、月亮和地球按相同的轨道绕着一个中心火球运转。根据他们的"天体调和"说,认为天体在运行时,发出一种人听不到的乐音。《约伯记》第 38 章第 7 节:"那时晨星一同歌唱。"《以赛亚书》第 44 章第 23 节:"诸天哪,应当歌唱。"

④ 天主创造世界的功业。

加　百　列①　　迅速,不可思议地迅速,
　　　　　　　壮丽的地球自行旋转;
　　　　　　　天堂般的白昼跟恐怖、
　　　　　　　深沉的黑夜交替循环;
　　　　　　　大海从海底岩石深处
　　　　　　　奋然汹涌出洪涛万顷,
　　　　　　　大海和岩石又被卷入
　　　　　　　永远迅速的天体运行。

米　迦　勒②　　一阵阵暴风由陆而海,
　　　　　　　由海而陆地怒吼争先,
　　　　　　　它们猖狂地在自己周围
　　　　　　　形成作用强烈的锁链。
　　　　　　　在雷霆轰鸣的道路前方,
　　　　　　　破坏的电火闪烁先驰③;
　　　　　　　主啊,你的天使却敬仰
　　　　　　　你的时日的从容推移。

三　　　人　　天使们见到,获得生力,
　　　　　　　虽然无人能究其根源;
　　　　　　　你所有的崇高的功业,
　　　　　　　像开辟之日一样庄严。

梅非斯特④　　主啊,你又在我面前出现,
　　　　　　　垂询有关我们的一切情况,
　　　　　　　平素你也很喜欢跟我相见,
　　　　　　　因此我也夹进侍者中央。
　　　　　　　对不起,我吐不出高尚的辞藻,
　　　　　　　尽管要受到在座诸位的白眼;
　　　　　　　我慷慨激昂,定会惹你发笑,

---

　　①　《路迦福音》第1章第19节:"天使回答说,我是站在上帝面前的加百列。"亦译圣嘉俾厄尔。上一节拉斐尔歌颂天界,此节加百列歌颂地界,下一节米迦勒歌颂空界。

　　②　《犹大书》:"天使长米迦勒为摩西的部首与魔鬼争辩……"亦译圣弥额尔。三天使长依位顺序入场,拉斐尔为末位天使长,米迦勒为首位天使长(善神之首,亦称总领天神)。这三位天使长的名字和叙述又见于但丁《神曲·天堂篇》第4歌及第23歌。

　　③　光波速于音波,故先见闪电而后闻雷声。

　　④　原文 Mephistopheles,亦作 Mephisto。语源可能来自希伯来语 mephiztophel:说谎者,否定者,善的破坏者(故称恶魔)。译文中以梅非斯托费勒斯译名太长,故一律用梅非斯特。

如果你没改掉笑人的习惯。
关于太阳和世界，无可奉告，
我只看到世人是多么苦恼。
这种世界小神①，总是本性难改，
还像开辟之日那样②古里古怪。
他们也许会较好地营生，
如果你没把天光的影子交给他们；
他们称之为"理性"，应用起来
比任何野兽还要显得粗野。
我看他们，请你原谅，
就像长腿的蚱蜢一样，
总是在飞，飞飞跳跳，
立即钻进草中唱起老调；
如果老钻在草中倒也太平！
偏看到垃圾堆，就把鼻子伸进。

天　　主　　再没有其他向我汇报？
　　　　　　你总是来大发牢骚？
　　　　　　世间永没有一事使你称心？

梅非斯特　　天主！我觉得那里总是糟糕透顶。
　　　　　　看到世人悲惨的生活使我难过，
　　　　　　连我都不愿把那些苦人折磨。

天　　主　　你认识浮士德？

梅非斯特　　　　　　博士？

天　　主　　　　　　　　我的仆人！

梅非斯特　　的确！他侍奉你非比寻常。
　　　　　　凡间的饮食这傻瓜一概不尝。
　　　　　　他好高骛远，心血沸腾，
　　　　　　他也有一半知道自己是笨伯；
　　　　　　他想摘下天上最美的星辰，
　　　　　　他想获得人间最大的快乐，
　　　　　　远近的一切，什么也不能

———————————

①　莱布尼茨《神正论》第一卷："人类就这样像是他们自己世界中的一位小神。"
②　与天使长赞美诗中"像开辟之日一样庄严"遥相呼应。

满足他那无限的雄心勃勃。

天　　主　他侍奉我尽管迷混不清，
　　　　　　我就要引他进入澄明的境域。
　　　　　　园丁也知道，小树只要发青，
　　　　　　就会有花果点缀未来的年月。

梅非斯特　你赌什么？你还会将他失掉①，
　　　　　　如果我得到你的允许，
　　　　　　慢慢引他走我的大道②！

天　　主　只要他在世间活下去③，
　　　　　　我不阻止，听你安排，
　　　　　　人在奋斗时，难免迷误。

梅非斯特　那就谢谢；我跟死者
　　　　　　从不愿意有什么交往。
　　　　　　我最喜爱的乃是丰满健康的面庞。
　　　　　　我不接待死尸，我的习惯，
　　　　　　就像猫儿要玩弄活老鼠一般。

天　　主　好吧，那就交给了你！
　　　　　　去勾引这个灵魂脱离本源④，
　　　　　　你抓得住他，那就让你
　　　　　　带他一同走你的路线，
　　　　　　将来你总要承认而感到羞辱：
　　　　　　善人虽受模糊的冲动驱使，
　　　　　　总会意识到正确的道路⑤。

梅非斯特　好了！不会拖很长时期。
　　　　　　我觉得我的打赌万无一失。
　　　　　　如果我达到我的目的，
　　　　　　允许我高唱凯歌，满腔欢欣。
　　　　　　让他去吃土，吃得开心，

———————————

　　① 《约伯记》第 1 章："耶和华问撒旦说，你曾用心察看我的仆人约伯没有？……他……敬畏上帝，远离恶事。撒旦回答说，约伯敬畏上帝，岂是无故呢？……你且伸手，毁他一切所有的，他必当面弃掉你。耶和华说，凡他所有的，都在你手中，只是不可伸手加害于他。"歌德本场的构思，盖受《约伯记》的启发。

　　② 利己主义的快乐。

　　③ 言外之意：如果浮士德的尘世生命结束，梅非斯特就没有权力再找他麻烦。

　　④ 灵魂指浮士德。本源指神性。

　　⑤ 此二句为全剧纲领。

像那条著名的蛇①，我的亲戚。

天　　主　　那时听你怎样表演。

我从不憎恶跟你一样的同类。

在一切否定的精灵里面，

促狭鬼②最不使我感到烦累。

人类的活动劲头过于容易放松，

他们往往喜爱绝对的安闲；

因此我要给他们弄个同伴，

刺激之、鼓舞之，干他恶魔的活动。

可是你们，真正的神子③，

请你们欣赏生动、丰沛的美！

永远活动长存的化育之力，

愿它以慈爱的藩篱将你们围护，

在游移现象之中漂浮的一切④，

请用持久的思维使它们永驻。

　　　　　　（天界关闭，天使长各散。）

梅非斯特　　（独白。）

我常爱跟这位老者会晤，

唯恐失掉他的欢心。

我真钦佩他这位伟大的主，

跟恶魔交谈也这样合乎人情。

第二部

第五幕　　第四场

半夜

四个灰色的妇女上。

其　　一　　我叫匮乏。

---

① 《创世记》第 3 章第 14 节："神对蛇说……你必用肚子行走，终身吃土。"蛇在乐园中诱惑夏娃，故说是恶魔的亲戚。

② 原文 Schalk 一般为滑头、恶作剧者、坏蛋之义。此处指冷淡、漠不关心、克制而使生活不愉快的人。因梅非斯特具有好冷嘲、好挖苦的脾气，故以此名呼之。

③ 《约伯记》第 1 章第 6 节："神的众子来侍立在耶和华面前。"此处的神子即指天使长。

④ 凡是作为现象世界一部分的一切事物，包括上述的太阳、行星、暴风以及世人的尘世生活。

其　二		我叫罪孽①。
其　三	我叫忧愁。	
其　四		我叫困隘。
三　人	门关得紧紧,我们走不进;	
	里面住一富翁,我们不想走进。	
匮　乏	我变成影子。	
罪　孽		我变为子虚。
困　隘	大阔佬见到我会掉转脸去。	
忧　愁	姐妹们,你们走不进,也不行。	
	我忧愁却能从钥匙孔钻进。	
	（忧愁消失。）	
匮　乏	灰色的姐妹们,请离开这里。	
罪　孽	我在你身旁紧紧地跟着你。	
困　隘	在你的脚后跟紧跟着困隘。	
三　人	浮云在移动,星光在消逝!	
	在后面,在后面! 远远地,远远地,	
	他来了,小兄弟,他来了,——死灭。（下。）	

浮士德　（在宫中。）
　　　　来了四个人,只走了三个;
　　　　我真听不懂她们说的是什么。
　　　　听袅袅余音,好像说——困隘,
　　　　接着是阴沉的押韵——死灭。
　　　　声调空虚,像鬼语一样沉浊。
　　　　我还没有挣脱到自由的场所。
　　　　我真想能跟魔术分道扬镳,
　　　　把那些咒语一古脑儿忘掉;
　　　　自然啊,能在你面前做堂堂男子,
　　　　那样才有努力做人的价值。
　　　　在我未求教魔术、未用妄语
　　　　责己责人之前,我是个丈夫。
　　　　如今空中充满了这样的妖怪,
　　　　谁也不知道怎样才可以避开。

_____

①　罪孽原文为 Schuld,有罪过和债务二义。

白昼对我们明朗、合理地微笑，
黑夜却用梦网将我们笼罩；
我们从绿野之中欣然回来，
有一只鸟儿怪叫；叫什么？倒楣。
早晚都被迷信的丝网缠绕：
或现形，或预兆，或向我们警告。
我们就这样孤零零战战兢兢。
门嘎地响着，却不见有人走进。

（战栗。）

有人进来么？

忧　　愁	只好回答一声是！
浮 士 德	你，你到底是谁？
忧　　愁	我就在这里。
浮 士 德	给我走开！
忧　　愁	我在这里很适宜。
浮 士 德	（起初发怒，继而镇静，自语。）
	不要念什么咒语，望你注意。

忧　　愁　　　我的声音传不进耳中，
　　　　　　　也会钻进人们的心中；
　　　　　　　我会化成各种形相，
　　　　　　　发挥我可怕的力量。
　　　　　　　不论陆路，不论水路，
　　　　　　　我是永远胆怯的伴侣，
　　　　　　　无人找我，总碰到我，
　　　　　　　有人捧我，有人咒我。
　　　　　　难道你不认识忧愁？

浮 士 德　　我只管在世间到处漫游；
　　　　　　把一切欢乐紧紧抓在手里，
　　　　　　不能满足的，就将它放弃，
　　　　　　逃出掌心的，就让它脱离。
　　　　　　我只管渴望，只管实行，
　　　　　　然后再希望，就这样以全副精神
　　　　　　冲出我的生路；开始很有干劲，
　　　　　　现在却趋于明智，谨慎小心。

尘世的一切我已充分看穿，
再不存什么指望要超升彼岸；
蠢人才眨着眼睛向那边仰望，
以为有他的同类在云端之上。
他应当立定脚跟，观看四周；
这世界对有为之士并不缄口；
他又何须逍遥于永恒的净土；
他所认识的，都能把握；
就这样完成他的浮生行旅，
出现幽灵，依旧我行我素，
在前进的路上会碰到困苦和幸福，
他！在任何瞬间都不会满足。

忧　　愁　　谁一度落到我的手中，
　　　　　全世界对他就毫无作用；
　　　　　永恒的黑暗笼罩住他，
　　　　　太阳不升起也不落下，
　　　　　外部感觉虽属完全，
　　　　　内心却被黑暗侵占，
　　　　　不管什么金银财宝，
　　　　　他都没有办法弄到。
　　　　　幸与不幸都化为愁苦，
　　　　　虽然富足，却饥肠辘辘；
　　　　　不管是欢喜还是忧烦，
　　　　　总要把它拖到明天，
　　　　　他只能够期待未来，
　　　　　任何成就都搞不出来。

浮 士 德　　住口！你这样说服不了我！
　　　　　我不爱听这胡言乱语。
　　　　　去吧！你这样信口开河，
　　　　　最聪明的人也要被弄得糊涂。

忧　　愁　　他是该来？还是该去？
　　　　　已经由不得他做主；
　　　　　他在拓开的大路当中，
　　　　　小步探索，晃晃摇动。

　　　　　越来越深地陷入歧途，
　　　　　对一切事物估计错误，
　　　　　烦累别人,也烦累自己，
　　　　　吸吸空气,像要闷死；
　　　　　虽不闷死,生气将尽，
　　　　　既不绝望,又不委身。
　　　　　这样不停地翻来滚去，
　　　　　勉强,不高兴,放弃,又痛苦，
　　　　　时而解放,时而受压制，
　　　　　睡不安宁,精神萎靡，
　　　　　终于在那里不能动弹，
　　　　　只得准备走向阴间。

浮 士 德　　你们不祥的幽灵！你们就这样对待
　　　　　我们人类,不知有千趟万趟；
　　　　　你们把极普通的日子也化为
　　　　　可恶的混乱,罩上痛苦的罗网。
　　　　　我知道,很难挣脱恶灵的魔掌，
　　　　　跟恶灵紧密结合,就难解难分；
　　　　　可是,忧愁,你的潜力虽强，
　　　　　我却决不加以承认。

忧　　愁　　让你体会吧！我对你咒诅，
　　　　　很快离开你的身旁。
　　　　　人类一生一世总是盲目，
　　　　　浮士德,你结局也是这样！
　　　　　（对他吹了一口气。下。）

浮 士 德　　（失明。）
　　　　　黑夜逼来,好像越来越深沉，
　　　　　可是心中却有光明在照耀；
　　　　　我所想的,要赶快将它完成，
　　　　　只有主人的话才算重要。
　　　　　你们起床吧,臣仆们！全体出发！
　　　　　好好实现我的大胆的计划。
　　　　　拿起工具,挥起铁铲铁锹！
　　　　　规定的事项必须立刻办好。

严守秩序,快速勤劳,
就能获得最好的酬报;
千手的运用存乎一心,
最大的事业足能完成。

第五场

宫中大院

火炬。

梅非斯特　　（任督工,站在前方。）
　　　　　　　过来,过来! 进来,进来!
　　　　　　　摇摇晃晃的鬼怪,
　　　　　　　全靠骨殖、肌腱、韧带
　　　　　　　拼凑在一起的残废。

鬼　　怪①　　（合唱。）
　　　　　　　　我们赶快前来帮忙,
　　　　　　　　我们听到个消息,
　　　　　　　　正有一片广大的地方,
　　　　　　　　要归入我们的手里。
　　　　　　　　我们带来测量的长索,
　　　　　　　　还有尖尖的木桩;
　　　　　　　　召唤我们来做什么,
　　　　　　　　我们竟把它遗忘。

梅非斯特　　这里不要动技术脑筋,
　　　　　　　只要照自己尺寸丈量;
　　　　　　　个子最长的躺下来躺得直挺挺,
　　　　　　　其余的就把周围的草拔光;
　　　　　　　就像对待我们的先人,
　　　　　　　挖出一个长方形土坑!
　　　　　　　从宫殿走向这狭隘的住房,
　　　　　　　总归是这样一个糊涂的下场。

鬼　　怪　　（做出滑稽的样子挖土。）

----

①　鬼怪:古罗马人用以称谓邪恶的死者的鬼魂,故在这里作为恶魔的走卒。他们乃是由皮肤和肌腱被覆的骨架,或者活动的干尸,在夜间游逛。

　　　　　　　当我年轻时健壮而恋爱，
　　　　　　　我觉得那真是乐意；
　　　　　　　乐声悠扬的热闹地方，
　　　　　　　少不了有我的足迹。
　　　　　　　如今满怀恶意的老年
　　　　　　　用拐杖对准我打来；
　　　　　　　我跌倒在坟墓的门口，
　　　　　　　为什么它正好洞开①！

浮 士 德　　（走出宫殿，扶住门框。）
　　　　　　　铲锹的声音使我多么愉快！
　　　　　　　那是为我服役的民伕，
　　　　　　　将围垦地跟陆地连在一处，
　　　　　　　给波涛划出它的疆界，
　　　　　　　筑一带坚堤围住海洋。

梅非斯特　　（旁白。）
　　　　　　　你筑大堤，你筑海塘，
　　　　　　　只是为我们鞠躬尽瘁；
　　　　　　　因为你已替水的魔鬼②，
　　　　　　　尼普顿备好盛大的筵席③。
　　　　　　　不管怎样，你已无希望；——
　　　　　　　四大都跟我们结成一帮：
　　　　　　　结果总是归于毁灭。

浮 士 德　　督工！
梅非斯特　　　　　　有！
浮 士 德　　　　　　　　你要想一切法子，
　　　　　　　前去招募大批民伕，
　　　　　　　用酒饭和严规加以鼓舞，
　　　　　　　出钱、诱骗或者压制！
　　　　　　　你要每天前来向我汇报，
　　　　　　　进行开掘的沟道掘了多少。

---

　　①　这一段歌词采自莎剧《哈姆雷特》第五幕第一场掘墓人的歌词而加以改写。莎剧中的歌词，亦采自古诗，收在帕息的《英国古诗拾遗》中，歌德可能亦曾加以利用。

　　②　异教被基督教取代后，其男神和女神分别变为魔鬼和魔女。

　　③　海水将冲破大堤把大批居民卷入海中。尼普顿为海神，即涅普图努斯。

梅非斯特　（低声。）
　　　　　　　根据我所获得的报告，
　　　　　　　没说起沟道，只说掘墓道①。
浮　士　德　有一片沼泽横亘在山麓，
　　　　　　　污染了一切已开拓之地；
　　　　　　　把这臭水浜加以排除，
　　　　　　　乃是功亏一篑的大事。
　　　　　　　我为几百万人开拓疆土，
　　　　　　　虽不算安全，却可以自由居住。
　　　　　　　原野青葱而肥沃；人和牛羊
　　　　　　　就能高兴地搬到新地之上，
　　　　　　　立即移居在牢固的沙丘附近，
　　　　　　　这是由勤劳勇敢的人民筑成。
　　　　　　　里面的土地就像一座乐园，
　　　　　　　尽管外面的海涛拍击到岸边，
　　　　　　　如果它贪婪成性，要强行侵入，
　　　　　　　大家会齐心奔赴，将决口堵住。
　　　　　　　是的，我就向这种精神献身，
　　　　　　　这是智慧的最后总结：
　　　　　　　要每天争取自由和生存的人，
　　　　　　　才有享受两者的权利。
　　　　　　　因此在这里，幼者壮者和老者
　　　　　　　都在危险中度过有为的岁月。
　　　　　　　我愿看到这样的人群，
　　　　　　　在自由的土地上跟自由的人民结邻②！
　　　　　　　那时，让我对那一瞬间开口：
　　　　　　　停一停吧，你真美丽！——
　　　　　　　我的尘世生涯的痕迹就能够
　　　　　　　永世永劫不会消逝③。——
　　　　　　　我抱着这种高度幸福的预感，
　　　　　　　现在享受这个最高的瞬间。

———————————

①　此处为文字游戏：沟道原文为 Craben，墓道为 Grab。
②　这两句为表示愿望的祈使句，但有条件句的作用，以下两句即其归结句。
③　这两行据说是歌德在逝世数星期前所写，在《浮士德》全剧中为歌德所写的最后的绝笔。

　　　　　　　（浮士德向后倒下，鬼怪们将他扶起，放在地上。）

梅非斯特　　他不满足于任何幸福和喜欢，

　　　　　　只顾追求变化无常的形影；

　　　　　　这最后的、空虚无谓的瞬间，

　　　　　　这个可怜人也想要抓紧。

　　　　　　他那样顽强地跟我对抗，

　　　　　　时间胜利了，老人倒在砂地上。

　　　　　　时钟停了——

合　　唱　　停了！默然如在中宵。

　　　　　　时针垂降。

梅非斯特　　　　垂下了，事情完成了①。

合　　唱　　已经过去了。

梅非斯特　　　　过去！一句蠢话！

　　　　　　干吗说过去？

　　　　　　过去和全无是完全一样的同义语！

　　　　　　永恒的创造于我们何补！

　　　　　　被创造的又使它复归于无！

　　　　　　已经过去了！这话的意思是什么？

　　　　　　它就等于说，本来不曾有过，

　　　　　　翻转来又像是说，似亦有诸。

　　　　　　而我却毋宁喜爱永远的虚无。

　　　　　　　　　　选自歌德：《浮士德》，钱春绮译，上海译文出版社 2007 年版。

请扫码阅读外文版
原作（节选）

----

　　① 《约翰福音》第 19 章第 30 节："耶稣……就说：成了。便低下头，将灵魂交付上帝了。"梅非斯特
引用此句，意为他自己的诱惑工作已经完成了。

第六章　19世纪文学(上)

德国——一个冬天的童话(节选)

海涅

亨利希·海涅(1797—1856)是19世纪德国著名的诗人、散文家、民主斗士。海涅的主要诗歌作品包括《诗歌集》(1827)、《游记集》(1826—1831)、《德国——一个冬天的童话》(1843)、《西里西亚的纺织工人》(1844)、《罗曼采罗》(1851)、《1853—1854年诗集》等。论文集《论浪漫派》(1833)则是其研究德国文学和文化的重要成果。讽刺叙事诗《德国——一个冬天的童话》表达了诗人对停滞落后的德国社会、政治、经济和文化生活的评价,对光明和幸福的未来世界的向往。长诗将叙事、对话和抒情巧妙结合,讽刺入木三分,语言生动机智,极具艺术魅力。

第一章

在凄凉的十一月,
日子变得更阴郁,
风吹树叶纷纷落,
我旅行到德国去。

当我来到边界上,
我觉得我的胸怀里
跳动得更为强烈,
泪水也开始往下滴。

听到德国的语言,

我有了奇异的感觉；
我觉得我的心脏
好像在舒适地溢血。

一个弹竖琴的女孩，
用真感情和假嗓音
曼声歌唱，她的弹唱
深深感动了我的心。

她歌唱爱和爱的痛苦，
她歌唱牺牲，歌唱重逢，
重逢在更美好的天上，
一切苦难都无影无踪。

她歌唱人间的苦海，
歌唱瞬息即逝的欢乐，
歌唱彼岸，解脱的灵魂
沉醉于永恒的喜悦。

她歌唱古老的断念歌①，
歌唱天上的催眠曲，
用这把哀泣的人民，
当作蠢汉催眠入睡。

我熟悉那些歌调与歌词，
也熟悉歌的作者都是谁；
他们暗地里享受美酒，
公开却教导人们喝白水。

一首新的歌，更好的歌，
啊朋友，我要为你们制作！
我们已经要在大地上

---

①　宗教上麻醉劳苦人民乐天知命、不要起来反抗的歌曲。

建立起天上的王国。

我们要在地上幸福生活，
我们再也不要挨饿；
绝不让懒肚皮消耗
双手勤劳的成果。

为了世上的众生
大地上有足够的面包，
玫瑰，常春藤，美和欢乐，
甜豌豆也不缺少。

人人都能得到甜豌豆，
只要豆荚一爆裂！
天堂，我们把它交给
那些天使和麻雀。

死后若是长出翅膀，
我们就去拜访你们，
在天上跟你们同享
极乐的蛋糕和点心。

一首新的歌，更好的歌！
像琴笛合奏，声调悠扬！
忏悔的赞诗消逝了，
丧钟也默不作响。

欧罗巴姑娘已经
跟美丽的自由神订婚，
他们拥抱在一起，
沉醉于初次的接吻。

虽没有牧师的祝福，
也不失为有效的婚姻——

新郎和新娘万岁，
万岁，他们的后代子孙！

我的更好的、新的歌，
是一首新婚的歌曲！
最崇高的庆祝的星火
在我的灵魂里升起——

兴奋的星火热烈燃烧，
熔解为火焰的溪流——
我觉得我无比坚强，
我能够折断栎树！

自从我走上德国的土地，
全身流遍了灵液神浆——
巨人又接触到他的地母，①
他重新增长了力量。

第二章

当小女孩边弹边唱，
歌唱着天堂的快乐，
普鲁士的税关人员
把我的箱子检查搜索。

他们搜查箱里的一切，
翻乱手帕、裤子和衬衣；
他们寻找花边，寻找珠宝，
也寻找违禁的书籍。

你们翻腾箱子，你们蠢人！
你们什么也不能找到！
我随身带来的私货，

---

① 巨人，指希腊神话中的安泰。

都在我的头脑里藏着。

我有花边,比布鲁塞尔、
麦雪恩的产品更精细,①
一旦打开我针织的花边,
它的锋芒便向你们刺去。

我的头脑里藏有珠宝,
有未来的王冠钻石,
有新的神庙中的珍品,
伟大的新神还无人认识。

我的头脑里有许多书,
我可以向你们担保,
该没收的书籍在头脑里
构成鸣啭的鸟巢。

相信我吧,在恶魔的书库
都没有比这更坏的著作,
它们比法莱斯勒本的
霍夫曼的诗歌危险更多。②

一个旅客站在我的身边,
他告诉我说,如今我面前
是普鲁士的关税同盟,
那巨大的税关锁链。

"这关税同盟"——他说——

---

① 布鲁塞尔是比利时的首都,麦雪恩是比利时北部的城市;两地都以制造精巧的花边闻名。

② 法莱斯勒本的霍夫曼(1798—1874),姓霍夫曼,出生在法莱斯勒本,资产阶级自由主义诗人。由于德国人中姓霍夫曼的比较多,故附加地名,以示区别。1840—1841 年,他先后出版两卷《非政治的诗歌》,诗歌中有浮浅的自由思想,被普鲁士政府撤销他在布累斯劳大学的教授职位。但与此同时,霍夫曼为了争取德国统一,写出《德国人之歌》,该诗以"德国,德国超越一切……"开端,后被沙文主义的德国用作国歌。

"将为我们的民族奠基，
将要把四分五裂的祖国
联结成一个整体。

"在所谓物质方面
它给我们外部的统一；
书报检查却给我们
精神的、思想的统一——

"它给我们内部的统一，
统一的思想和意志；
统一的德国十分必要，
向内向外都要一致。"

第三章

在亚琛古老的教堂
埋葬卡罗鲁斯·麦努斯①——
（不要错认是卡尔·迈尔，
迈尔住在施瓦本地区。）②

我不愿作为皇帝死去
埋葬在亚琛的教堂里；
我宁愿当个渺小的诗人
在涅卡河畔斯图克特市。③

亚琛街上，狗都感到无聊，
它们请求，做出婢膝奴颜：
"啊外乡人，踢我一脚吧，
这也许给我们一些消遣。"

---

① 亚琛是德国边界毗邻比利时的一座古城，查理曼大帝（742—814）埋葬在亚琛的教堂里。卡罗鲁斯·麦努斯是查理曼大帝的拉丁名字。
② 卡尔·迈尔（1786—1870）是施瓦本诗派中的一个诗人。海涅在《施瓦本镜鉴》中写道："卡尔·迈尔先生，他的拉丁名字叫作卡罗鲁斯·麦努斯，……他是一个无力的苍蝇，歌唱金甲虫。"
③ 施瓦本诗派的诗人们大都聚集在涅卡河畔的斯图加特，施瓦本的方言把它叫作斯图克特。

在这无聊的巢穴
一个小时我就绕遍。
又看到普鲁士军人，
他们没有多少改变。

仍旧是红色的高领，
仍旧是灰色的大氅——
（"红色意味法国人的血"
当年克尔纳这样歌唱。）①

仍旧是那呆板的队伍，
他们的每个动转
仍旧是形成直角，
脸上是冷冰冰的傲慢。

迈步仍旧像踩着高跷，
全身像蜡烛般地笔直，
曾经鞭打过他们的军棍，
他们好像吞在肚子里。

是的，严格训斥从未消逝，
他们如今还记在心内；
亲切的"你"却仍旧使人
想起古老的"他"的称谓。②

长的髭须只不过是
辫子发展的新阶段：
辫子，它过去垂在脑后，③
如今垂在鼻子下端。

骑兵的新装我觉得不错，

---

① "红色意味法国人的血"，是克尔纳的诗句。
② 18世纪末以前，德国习惯上级对下级讲话，不称"你"，而称"他"。
③ 在18世纪，普鲁士的士兵都拖着辫子，19世纪初才废止。

我必须加以称赞，
特别是那尖顶盔，
盔的钢尖顶指向苍天。①

这种骑士风度使人想起——
远古的美好的浪漫谛克，
城堡夫人约翰娜·封·梦浮康，
以及福凯男爵、乌兰、蒂克。②

想起中世纪这样美好，
想起那些武士和扈从，
他们背后有一个族徽，
他们的心里一片忠诚。

想起十字军和骑士竞技，
对女主人的爱恋和奉侍，
想起那信仰的时代，
没有印刷，也没有报纸。

是的，我喜欢那顶军盔，
它证明这机智最高明！
它是一种国王的奇想！
画龙不忘点睛，那个尖顶！

我担心，一旦暴风雨发作，
这样一个尖顶就很容易
把天上最现代的闪电
导引到你们浪漫的头里！——

（如果战争爆发，你们必须

---

① 威廉四世在 1842 年给普鲁士军队颁布新服装，头戴尖顶盔。
② 约翰娜·封·梦浮康是柯兹培（1761—1819）在 1800 年发表的与之同名的一部剧本的女主角，剧本取材于 14 世纪。福凯男爵、乌兰（又译乌兰德）、蒂克，都是当时闻名的浪漫主义作家，他们的诗歌和小说多取材于中世纪。这里海涅故意用乌兰、蒂克与浪漫谛克协韵。"浪漫谛克"是浪漫主义的音译。

购买更为轻便的小帽;
因为中世纪的重盔
使你们不便于逃跑。——)①

我又看见那只鸟,
在亚琛驿站的招牌上,
它毒狠狠地俯视着我,
仇恨充满我的胸膛。

一旦你落在我的手中,
你这丑恶的凶鸟,
我就揪去你的羽毛,
还切断你的利爪。

把你系在一根长竿上,
长竿在旷远的高空竖立,
唤来莱茵区的射鸟能手,
来一番痛快的射击。

谁要是把鸟射下来,
我就把王冠和权杖
授给这个勇敢的人!
向他鼓吹欢呼:"万岁,国王!"

第四章

夜晚我到了科隆,
听着莱茵河水在响,
德国的空气吹拂着我,
我感受到它的影响——

它影响我的胃口。
我吃着火腿煎鸡蛋,

----

① 这一节在发表时删去,是根据手稿补上的。

还必须喝莱茵葡萄酒，
因为菜的味道太咸。

莱茵酒仍旧是金黄灿烂，
在碧绿的高脚杯中，
要是过多地饮了几杯，
酒香就向鼻子里冲。

酒香这样刺激鼻子，
我欢喜得不能自持!
它驱使我走向夜色朦胧，
走入有回声的街巷里。

石砌的房屋凝视着我，
它们好像要向我讲起
荒远的古代的传说，
这圣城科隆的历史。

在这里那些僧侣教徒
曾经卖弄他们的虔诚，
乌利希·封·胡腾描写过，
蒙昧人曾经统治全城。①

在这里尼姑和僧侣
跳过中世纪的堪堪舞;②
霍赫特拉顿,科隆的门采尔,
在这里写过毒狠的告密书。③

---

① 乌利希·封·胡腾(1488—1523),宗教改革时代的人文主义者,参与《蒙昧人书札》(1515—1517)的写作,讽刺当时的僧侣,称僧侣为蒙昧人。

② 作者在这里指教会僧侣的热狂行动。

③ 霍赫特拉顿(1454—1527),科隆的神学者,人文主义者的首要敌人,海涅称他为"科隆的门采尔"。门采尔(1798—1873),反动作家,在1835年建议德国政府查禁"青年德意志"派进步作家的著作,其中包括海涅的著作。

这里火刑场上的火焰，
把书籍和人都吞没；
同时敲起了钟声，
唱起"圣主怜悯"歌。

这里，像街头的野狗一般，
愚蠢和恶意献媚争宠；
如今从他们的宗教仇恨，
还认得出他们的子孙孽种。——

看啊，那个庞大的家伙
在那儿显现在月光里！
那是科隆的大教堂，
阴森森地高高耸起。

它是精神的巴士底狱，①
狡狯的罗马信徒曾设想：
德国人的理性将要
在这大监牢里凋丧！

可是来了马丁·路德，②
他大声喊出"停住！"——
从那天起就中断了
这座大教堂的建筑。

它没有完成——这很好。
因为正是这半途而废，
使它成为德国力量
和新教使命的纪念碑。

你们教堂协会的无赖汉，③

---

① 巴士底狱，法国专制政府用以镇压人民的牢狱，1789年大革命时被起义的人民摧毁。
② 马丁·路德（1483—1546），德国宗教改革的领袖。
③ 教堂协会，1842年在科隆成立，目的是完成科隆大教堂的建筑。

要继续这中断的工程，
你们要用软弱的双手
把这专制的古堡完成！

真是愚蠢的妄想！你们徒然
摇晃着教堂的募捐袋，
甚至向异端和犹太人求乞，
但是都没有结果而失败。

伟大的弗朗茨·李斯特
徒然为教堂的工程奏乐，①
一个才华横溢的国王
徒然为它发表演说！②

科隆的教堂不能完成，
虽然有施瓦本的愚人
为了教堂的继续建筑，
把一整船的石头输运。③

它不能完成，虽然有乌鸦
和猫头鹰尽量叫喊，
它们思想顽固，愿意在
高高的教堂塔顶上盘旋。

甚至那时代将要到来，
人们不再把它完成，
却把教堂的内部
当作一个马圈使用。

"要是教堂成为马圈，

---

①　弗朗茨·李斯特(1811—1886)，匈牙利音乐家，1842 年 9 月教堂继续修建开始时，他公开演奏，募集基金。
②　普鲁士国王威廉四世也为教堂继续修建作过演说。
③　教堂协会在斯图加特的分会，为了教堂修建，运来一船石头。

那末我们将要怎么办，
怎样对待那三个圣王，
他们安息在里边的神龛?"①

我这样听人问,在我们时代
难道我们还要难以为情?
三个圣王来自东方,
他们可以另找居停。

听从我的建议,把他们
装进那三只铁笼里,
铁笼悬在明斯特的塔上,
塔名叫圣拉姆贝尔蒂。②

裁缝王坐在那里③
和他的两个同行,
但是现在我们却要用铁笼
装另外的三个国王。

巴塔萨尔先生挂在右方,
梅尔希奥先生悬在左边,
卡斯巴先生在中央——天晓得,
他三人当年怎样活在人间!

----

①　《新约·马太福音》里记载,基督诞生时,有三个东方的博士来朝拜。后来在传说中这三个博士演变为三个国王。这三个圣王的名字叫作:巴塔萨尔、梅尔希奥、卡斯巴,其中卡斯巴是黑人的国王。1169 年,他们的遗骨移到科隆,随后就供在大教堂的神龛内。

②　圣拉姆贝尔蒂教堂在明斯特。在农民战争时期,有三个再洗礼派的领袖被杀害,他们的尸体装在三个铁笼里,悬挂在这个教堂的塔顶上示众。这三人都是裁缝出身。

③　以下五节是在单行本里增添的;最初在《新诗》里发表时,只有这样一节,这节在单行本里删去了:

三头统治中如果少一个,
就取来另外的一个人,
用西方的一个统治者
代替那东方的国君。

这里所说的"西方的一个统治者",系指普鲁士国王。

这个东方的神圣同盟,①
如今被宣告称为神圣,
他们的行为也许
不总是美好而虔诚。

巴塔萨尔和梅尔希奥
也许是两个无赖汉,
他们被迫向他们国家
许下了制订宪法的诺言,②

可是后来都不守信用。——
卡斯巴先生,黑人的国王,
也许用忘恩负义的黑心
把他的百姓当作愚氓。

(冯至译)

选自张玉书编选:《海涅选集·诗歌卷》,人民文学出版社1985年版。

---

　　①　指普、奥、俄三国在1815年结成的神圣同盟。同盟的目的是为了维护维也纳会议的决议,镇压革命运动。
　　②　普鲁士国王威廉三世在1813年向全国宣布,将制订宪法,但他后来背弃了这个诺言,他的儿子威廉四世也没有实行。

湖畔派诗选

　　"湖畔派诗人"指19世纪英国早期浪漫主义运动中的一个流派,主要代表有威廉·华兹华斯(1770—1850)、萨缪尔·柯勒律治(1772—1834)和罗伯特·骚塞(1774—1843)。他们常常隐居于英国西部的昆布兰湖区,寄情于湖畔山水,歌颂大自然,以表示他们对现实社会的不满与憎恶,"湖畔派"因此得名。1789年华兹华斯与柯勒律治合作出版《抒情歌谣集》,其中有华兹华斯的代表诗作《丁登寺》以及柯勒律治的《老水手谣》(又译《古舟子咏》)。华兹华斯在1800年为《抒情歌谣集》再版写的序言,成为英国浪漫主义运动的宣言书。

华兹华斯:

写于早春①

我躺卧在树林之中,
　　听着融谐的千万声音,
闲适的情绪,愉快的思想,
　　却带来了忧心忡忡。

大自然把她的美好事物
　　通过我联系人的灵魂,
而我痛心万分,想起了
　　人怎样对待着人。

那边绿荫中的樱草花丛,
　　有长春花在把花圈编织,
我深信每朵花不论大小,

----

① 这首诗里的名句是"人怎样对待着人",诗人感到自然界是和谐快乐的,而人则不善待人,社会里充满了压迫和互相残害。

　都能享受它呼吸的空气。

四围的鸟儿跳了又耍，
　我不知道它们想些什么，
但它们每个细微的动作，
　似乎都激起心头的欢乐。

萌芽的嫩枝张臂如扇，
　捕捉那阵阵的清风，
使我没法不深切地感到，
　它们也自有欢欣。

如果上天叫我这样相信，
　如果这是大自然的用心，
难道我没有理由悲叹
　人怎样对待着人？

（王佐良译）

"我好似一朵孤独的流云"

我好似一朵孤独的流云，
　高高地飘游在山谷之上，
突然我看见一大片鲜花，
　是金色的水仙遍地开放，
它们开在湖畔，开在树下，
它们随风嬉舞，随风波荡。

它们密集如银河的星星，
　像群星在闪烁一片晶莹；
它们沿着海湾向前伸展，
　通往远方仿佛无穷无尽；
一眼看去就有千朵万朵，
万花摇首舞得多么高兴。

粼粼湖波也在近旁欢跳，

却不如这水仙舞得轻俏；
诗人遇见这快乐的旅伴，
又怎能不感到欣喜雀跃；
我久久凝视——却未领悟
这景象所给我的精神至宝。

后来多少次我郁郁独卧，
感到百无聊赖心灵空漠；
这景象便在脑海中闪现，
多少次安慰过我的寂寞；
我的心又随水仙跳起舞来，
我的心又重新充满了欢乐。

（顾子欣译）

孤独的割麦女①

看她，在田里独自一个，
那个苏格兰高原的少女！
独自在收割，独自在唱歌；
停住吧，或者悄悄走过去！
她独自割麦，又把它捆好，
唱着一只忧郁的曲调；
听啊！整个深邃的谷地
都有这一片歌声在洋溢。

从没有夜莺能够唱出
更美的音调来欢迎结队商，
疲倦了，到一个荫凉的去处
就在阿拉伯沙漠的中央：
杜鹃鸟在春天叫得多动人，
也没有这样子荡人心魂，
尽管它惊破了远海的静悄，

---

① 本诗发表于 1807 年，是华兹华斯 1803 年漫游苏格兰的收获，也经常入选英国诗集，号称完美。全诗八行一节，共四节，各行用抑扬格四音步。韵式为 ababccdd，一、四两节中一、三两行并不押韵。

响彻了赫伯里底群岛。①

她唱的是什么,可有谁说得清?
哀怨的曲调里也许在流传
古老,不幸,悠久的事情,
还有长远以前的征战;
或者她唱的并不特殊,
只是今日的家常事故?
那些天然的丧忧、哀痛,
有过的,以后还会有的种种?

不管她唱的是什么题目,
她的歌好像会没完没了;
我看见她边唱边干活,
弯着腰,挥动她的镰刀——
我一动也不动,听了许久;
后来,当我上山的时候,
我把歌声还记在心上,
虽然早已听不见声响。

(卞之琳译)

柯勒律治:

老水手谣(节选)

第一节

他是一位年老的水手,
他把三人中的一人拉住。
"凭你的灰须、亮眼起誓,
你为什么把我拦阻?

"新郎的房门已经敞开,
我又是他的近亲;
宾客到齐,盛筵摆好,

---

①　赫伯里底群岛在苏格兰西北的大西洋中。

你听那欢闹的声音。"

水手用枯瘠的手把他抓住，
"那里有条船。"他说。
"放手，别抓我，灰胡子流氓！"
水手立即把他放脱。

水手用炯炯目光把他拘住——
参加婚礼的客人站下，
像个三岁的孩子那样，
倾听老水手谈话。

婚礼客坐在石头上，
没有办法，只好倾听。
于是老水手继续讲述，
闪动着目光炯炯。

"我们的船被欢送离开码头
乘退潮愉快地航行。
教堂、小山、高耸的灯塔，
——消失在望中。

"太阳自左面冉冉向上，
从海里升腾起来！
光华耀眼，而后又从右面，
落下去沉入大海。

"一天天不断向南航行，
直达到赤道正中——"
这时婚礼客焦急捶胸，
因听到婚礼的乐声。

新娘慢步走进大厅，
像红红的玫瑰一样；

人们点头经过她面前，
行走间欢声吟唱。

那婚礼的客人焦急捶胸，
但却不得不倾听；
于是老水手继续谈讲，
闪动着目光炯炯。

"这时那暴风雨来临了，
那强烈的、严酷的风飑；
那迅猛的巨翼猛烈地袭击，
吹我们向南驶去。

"船头低埋，桅樯斜倾，
像是前伸着头颈，
不停地呼喊着、挥打着，
紧跟着敌人追踪。
船飞快地奔，风咆哮地刮，
径直向南方驰行。

"随后又遇到浓雾飞雪，
天气变得奇冷；
齐桅高的冰山飘浮过来，
翡翠般碧绿晶莹。

"积雪的冰山透过雪雾，
射出惨淡的光芒。
看不到人影，看不到兽迹，
一片冰雪苍茫。

"这里是冰，那里是冰，
到处是冰墙重重。
崩裂、咆哮、吼鸣、嚎啸，
真个是震耳欲聋。

"最后有只海鸟信天翁，
穿过迷雾飞来，
我们像欢迎基督的信徒，
以上帝的名义喝彩。

"它吃了没吃过的食物，
飞来飞去盘旋——
霹雳一声，冰山便爆裂开来，
我们便从中间航穿。

"温和的南风从后面吹起；
信天翁跟着航船，
来就食，来游戏，每天不断，
它听从老水手的呼唤。

"在雾里、云间，凭桅杆、纤索，
它栖息了九个夜晚。
通宵达旦，隔着雪雾，
苍白的月光惨淡。"

"上帝拯救你，老水手，
你让魔鬼折磨得苦痛！
看你脸色，你怎么啦？"——
我用弩弓射死了信天翁。

第二节

现在太阳在右首露面，
从海里升腾起来；
云遮雾掩，又从左首，
落下去沉入大海。

温和的南风仍从后吹来，
但不见可爱的水鸟盘旋，

它再也不来就食和游戏，
空听那老水手呼唤。

我干了一桩残暴的勾当，
会带给同伙灾难：
他们都说我杀死的海鸟，
曾带来和风满帆。
啊，他们说，你这坏蛋，
把送风的好鸟射穿。

灿烂的太阳像上帝的头脸，
光芒四射地升腾。
于是大家又认为那杀死的鸟，
带来的是寒雾迷濛。
他们说杀死那水鸟是对的，
因为它带来寒雾重重。

和风吹荡、水花飞溅，
船儿破浪前进，
闯入那沉寂的海洋领域，
我们是第一群人。

和风停止，篷帆落下，
情景极度悲凄。
我们开口说话只是为了
打破海洋的沉寂。

在灼热的、铜色的天空之中，
正午的骄阳血红可怕，
它就停在桅杆顶的上方，
并不比月亮更大。

日复一日，天复一天，
我们困住，风不吹，船也不动，

死呆呆,好像是纸画的船儿,
停留在纸画的海中。

海水,海水,四面是海水,
而船板却在干缩;
海水,海水,四面是海水,
却没有一滴可喝。

啊,基督,大海在腐朽,
为复仇竟变成这样!
黏滑的海生物用脚爬行,
来到这黏滑的海上。

回转、回转、飞舞盘旋,
死火闪跳在晚上;①
海水像是巫婆的毒油,
燃起绿光、蓝光、白光。②

有人在睡梦中确实见过
使我们蒙难的精灵:
他随我们来自雪雾之乡,
在九寻海水下跟踪。③

大家的舌头极度燥渴,
从舌根干枯萎缩,
喉咙像被煤灰堵塞,
想说话也不能说。

我看到老老少少的面孔,
哎呀,脸色多么凶!

---

①　即水手所说的圣爱尔莫之火,即海面上的磷光。相传这种磷光出现,船上就会有人死亡。
②　西方迷信,女巫要在大锅里熬煮毒虫,借熬出的毒油才能作法。
③　这里指的是南极精灵。它很爱那死去的信天翁,信天翁被无辜射死,南极精灵便约了几个鬼伴,
在船下九英寻深处一直跟踪,要伺机为屈死的信天翁报仇。具体见第五节最后几段。

他们挂上我脖颈的，不是十字架，
而是那死的信天翁。

第三节

这段时光真疲倦，每个喉咙干枯，
每只眼睛模糊迷离。
疲倦的时光，疲倦的时光，
疲倦的眼睛模糊迷离。
这时我转眼向西瞭望，
见有东西出现在天际。

开始看来像一个小点，
后来变得像一团雾样，
它移动又移动，后来变成
一种认得出的形象。

小点、雾团、认出的形象，
仍然在移近、移近；
它好像躲避水中的妖怪，
回转、游荡、漂近。

干喉烧灼、黑唇焦热，
我们笑都不能，
干渴到极点哑然木立。
为吸血润喉，我咬破手臂，
"一条船！一条船！"我才喊出声。

他们干喉焦灼、黑唇烧热，
听我喊出声，大张开嘴：
谢天谢地，他们高兴得微笑，
立即吸进空气，
像是喝到了水。

看啊！（我喊）它不再游荡，
径直过来，给我们带来幸运。

没有一丝风,没有一点潮,
它却龙骨高翘,稳稳前进。

白天即将过去,在西方
波浪燃起红光。
就像在西方的波浪之上,
坐落着光辉的太阳。
突然在太阳和我们之间,
驶来那奇怪的形状。

太阳立即被斑驳的条影遮起,
（圣母赐我们恩惠！）
好像他烧红的宽阔的面孔,
从地牢的格窗后凝窥。

哎呀！（我想,心在咚咚跳动）,
它飞也似靠近、靠近！
阳光中闪动的是它的风帆?
像游丝样飘忽不定。

那是它的肋材? 太阳从其后凝窥,
像是隔着格窗。
船上就只那一个女人?
那个是死亡吗? 共有两个?
那女人的同伴是死亡?

她嘴唇朱红,神态放荡,
一头鬈发金黄,
皮肤像患麻风病样苍白。
她是梦魇般可怕的"死中生"①,
能令人血液冷凝。

———————————

① 诗人把"死中生"写成生与死糅合一起的形象,红唇金发而皮肤病态苍白,用以代表死亡的生命,
预示老水手今后好像生活在死亡之中。

废船空荡荡漂游过来，
她俩在掷骰子赌输赢。
她说"赌完了,我赢,我赢了!"
于是呼哨了三声。

太阳浸入海里,星星涌出,
黑暗蓦地降临。
那鬼船在海上飞快离去,
远远听到耳语声音。

我们倾听,又斜眼偷看,
心中的恐怖像吸血魔鬼,
要把我生命之血喝干。
星辰昏暗,夜色正浓,
灯光下舵手苍白脸面,
帆樯上露水滴点——
新月如钩,冉冉升起,
涌出东海。有明星一颗,
缀在新月下边。①

大家看到孤星缀月,
立即叹息哀怨,
个个痛苦地转过脸来,
用眼光向我责难。

这五十的四倍的活人,
(我没听到叹息或呻吟,)
无生命的躯体沉重倒地,
一个一个地死去。

灵魂从他们躯体飞开,
走向地狱或天堂,

① 水手们迷信,月牙儿下面出现一颗星,是不祥之兆,必将发生大不幸之事。

每个灵魂从我身边经过，
像弩箭嗖嗖作响。

（吕千飞译）

选自王佐良主编：《英国诗选》，上海译文出版社 1988 年版。

唐璜(节选)

拜伦

　　乔治·戈登·拜伦(1788—1824)是 19 世纪英国伟大的浪漫主义诗人。拜伦于 1812 年发表长诗《恰尔德·哈洛尔德游记》的第一、二章,首次塑造了"拜伦式英雄"形象。"东方叙事诗"是诗人于 1813 至 1816 年间创作的一组以东方故事为题材的传奇作品,充满了浪漫情调。诗剧《曼弗雷德》(1816)和《该隐》(1821)、悲剧《沃纳》(1822)、历史剧《马里诺·法利埃罗》(1820)等也都十分著名。长篇诗体小说《唐璜》(1818—1823)通过主人公的经历广泛反映了欧洲的社会生活,情节离奇曲折,浪漫主义色彩浓郁。

第三章

(一)

希腊群岛呵,美丽的希腊群岛!
　　火热的莎弗①在这里唱过恋歌;
在这里,战争与和平的艺术并兴,
　　狄洛斯②崛起,阿波罗跃出海波!
永恒的夏天还把海岛镀成金,
可是除了太阳,一切已经消沉。

(二)

开奥的缪斯③,蒂奥的缪斯④,

---

　　① 莎弗,公元前 7 世纪的希腊女诗人。她歌唱爱情的诗以热烈的感情著称。
　　② 狄洛斯,爱琴海中的一个小岛,有一群小岛环绕其周围。据希腊神话,它是由海神自海中唤出的,由于漂浮不定,宙斯以铁链钉之于海底。传说掌管诗歌与音乐的太阳神阿波罗诞生于此。
　　③ 据传说,开奥为荷马的诞生地,开奥的缪斯指荷马。下文中"英雄的竖琴"指《荷马史诗》,因其中歌颂了战争和英雄。
　　④ 蒂奥的缪斯指公元前 6 世纪的爱奥尼亚诗人阿那克瑞翁。蒂奥(在小亚细亚)是他的诞生地。"恋人的琵琶"指他的以爱情与美酒为主题的抒情诗。

　　　　那英雄的竖琴，恋人的琵琶，
　　原在你的岸上博得了声誉，
　　　　而今在这发源地反倒暗哑；
　　呵，那歌声已远远向西流传，
　　远超过你祖先的"海岛乐园"。

（三）

　　起伏的山峦望着马拉松①——
　　　　马拉松望着茫茫的海波；
　　我独自在那里冥想一刻钟，
　　　　梦想希腊仍旧自由而快乐；
　　因为，当我在波斯墓上站立，
　　我不能想象自己是个奴隶。

（四）

　　一个国王高高坐在石山顶，
　　　　瞭望着萨拉密②挺立于海外；
　　千万只船舶在山下靠停，
　　　　还有多少队伍全由他统率！
　　他在天亮时把他们数了数，
　　但日落的时候他们都在何处？

（五）

　　呵，他们而今安在？还有你呢，
　　　　我的祖国？在无声的土地上，
　　英雄的颂歌如今已沉寂——
　　　　那英雄的心也不再激荡！
　　难道你一向庄严的竖琴
　　竟至沦落到我的手里弹弄？

（六）

　　也好，置身在奴隶民族里，③

---

　　① 马拉松，雅典东部平原。公元前490年，希腊在此击败波斯国王大流士的入侵大军。
　　② 萨拉密，希腊半岛附近的岛屿。公元前480年，波斯国王瑟克西斯（前519？—前465）的强大海军在此处被希腊击败，从此希腊解除了波斯的压迫。当时，瑟克西斯坐在山上俯视这场海战。
　　③ 希腊在1453年至1829年期间，沦为土耳其的属地。拜伦为争取希腊的民族独立而最终献身于这一事业。他捐献家产组成一支希腊军队，并亲赴希腊参战，1824年因患热病死于迈索隆吉（在希腊西部）军中。

　　　尽管荣誉都已在沦丧中,
至少,一个爱国志士的忧思,
　　　还使我在作歌时感到脸红;
因为,诗人在这儿有什么能为?
为希腊人含羞,对希腊国落泪。

（七）

我们难道只对好时光悲哭
　　　和惭愧?——我们的祖先却流血。
大地呵! 把斯巴达人的遗骨
　　　从你的怀抱里送回来一些!
哪怕给我们三百勇士的三个,
让德摩比利的决死战复活!

（八）

怎么,还是无声? 一切都喑哑?
　　　不是的! 你听那古代的英魂
正像远方的瀑布一样喧哗,
　　　他们回答:"只要有一个活人
登高一呼,我们就来,就来!"
噫! 倒只是活人不理不睬。

（九）

算了,算了;试试别的调门:
　　　斟满一杯萨摩斯①的美酒!
把战争留给土耳其野人,
　　　让开奥的葡萄的血汁倾流!
听呵,每一个酒鬼多么踊跃
响应这一个不荣誉的号召!

（一〇）

你们还保有庇瑞克的舞艺②,
　　　但庇瑞克的方阵③哪里去了?

---

　①　萨摩斯,希腊一岛,靠近土耳其。
　②　庇瑞克舞,古希腊流传下来的战舞。
　③　庇瑞克方阵,古希腊的战斗序列。由于伊庇鲁斯(希腊一古国)王皮洛士(前319—前272)而得名。皮洛士以战功著称,曾屡次远征罗马及西西里。

这是两课：为什么只记其一，
而把高尚而刚强的一课忘掉？
凯德谟斯①给你们造了字体——
难道他是为了传授给奴隶？

（一一）

把萨摩斯的美酒斟满一盅！
  让我们且抛开这样的话题！
这美酒曾使阿那克瑞翁
  发为神圣的歌；是的，他屈于
波里克瑞底斯②，一个暴君，
但这暴君至少是我们国人。

（一二）

克索尼萨斯③的一个暴君
  是自由的最忠勇的朋友：
暴君米太亚得④留名至今！
  呵，但愿现在我们能够有
一个暴君和他一样精明，
他会团结我们不受人欺凌！

（一三）

把萨摩斯的美酒斟满一盅！
  在苏里的山岩，巴加⑤的岸上，
住着一族人的勇敢的子孙，
  不愧是斯巴达的母亲所养；
在那里，也许种子已经播散，
是赫剌克勒斯⑥血统的真传。

---

① 凯德谟斯，神话中的希腊底比斯国王，原为腓尼基王子。据说他从腓尼基带给希腊十六个字母。

② 波里克瑞底斯，公元前6世纪的萨摩斯暴君，以劫掠著称。他曾与波斯对抗。阿那克瑞翁于公元前510年波斯占领蒂奥时，曾移居于萨摩斯，在波里克瑞底斯的统治下生活。

③ 克索尼萨斯，地名，在达达尼尔海峡北边。

④ 米太亚得（前550—前489），古雅典统帅。公元前490年指挥马拉松战役，大败波斯侵略军。以后成为克索尼萨斯的暴君。

⑤ 苏里和巴加，都在古希腊地区伊庇鲁斯（今希腊西北部和阿尔巴尼亚南部）内。苏里山中居住有苏里族，自17世纪至19世纪一直与土耳其统治者作着顽强的斗争。

⑥ 赫剌克勒斯，希腊神话中的大力神，传说他是希腊对特洛伊战争中的英雄。

（一四）

自由的事业别依靠西方人,①
　　他们有一个做买卖的国王;
本土的利剑,本土的士兵,
　　是冲锋陷阵的唯一希望;
但土耳其武力,拉丁②的欺骗,
会里应外合把你们的盾打穿。

（一五）

把萨摩斯的美酒斟满一盅!
　　树荫下正舞蹈着我们的姑娘——
我看见她们的黑眼亮晶晶,
　　但是,望着每个鲜艳的姑娘,
我的眼就为火热的泪所迷,
这乳房难道也要哺育奴隶?

（一六）

让我攀登苏尼阿③的悬崖,
　　在那里,将只有我和那海浪
可以听见彼此飘送着悄悄话,
　　让我像天鹅一样歌尽而亡;
我不要奴隶的国度属于我——
干脆把那萨摩斯酒杯打破!

第十一章

三五

唐璜把俄国政府的每一件国书

---

　　① 希腊人在武装反抗土耳其压迫时,英国、法国和俄国由于自身利益曾予以口头支持。当时曾有人对起义者提出警告:"我劝你们在听从英国人以前要好好考虑一下,现在英国国王是欧洲所有国王的大老板——他从他的商人那里拿钱来支付他们;因此,如果对商人来说,出卖你们而取得和阿里(指土耳其王——译者)的妥协是有利的,以便在他的港口获得某些商业权益,那么英国人就会把你们出卖给阿里。"拜伦此处也可能指俄国人,他的《青铜时代》有如下两句:能解放希腊的只有希腊人,而非戴着和平面具的野蛮人。

　　② 拉丁,指西欧。

　　③ 苏尼阿,在雅典东南部阿的卡半岛最南端,上面建有保护神雅典娜神庙。

都交到适当的衙门,适当的官员,
他也被那些以气势治人的人
　　用正确的装腔作势接待了一番;
他们看到他是个光脸的小伙子,
　　就认为(在政务上应该这么盘算)
对付这个小雏儿可是易如反掌,
那就像老鹰去捉捕歌鸟一样。

三六

他们却错了:老年人往往如此;
　　但这以后再提。假如我们不提,
那就是因为我们对于政客们
　　以及他们的口是心非表示鄙夷。
他们凭撒谎吃饭,但又扭扭捏捏,
　　远不如女人可爱:女人已习于
不得不撒谎,却诳骗得很出色,
倒使真实话显得令人信不过。

三七

话又说回来,什么是谎言? 那只是
　　真理在化装跳舞。我要质问一声:
史家、英雄、伟人、律师和教士们,
　　谁能拿出事实而不用谎言弥缝?
真正的真理哪怕露一露影子,
　　什么编年史、启示录、预言等等,
就都得哑口无言;除非那记载
是在事实发生前些年就写出来。

三八

哦,谎言万岁! 一切说谎的人万岁!
　　现在,谁再说我的缪斯愤世嫉俗?
她高唱这世界的赞诗,而为那些
　　不肯追随她歌唱的人感到耻辱。
慨叹没有用;让我们像别人那样

鞠躬吧,恭吻着圣上的手和足
或任何部分;爱尔兰就是好典范:①
虽然,她的国花好像有点凋残。

三九

唐璜在社交界露了面,论衣冠、
　　论举止,无一不令人赞不绝口,
我不知道哪方面更受到注目;
　　一颗特大的钻石使人谈论不休:
据人们传言,那是喀萨琳女皇
　　在一阵迷醉之际(爱情和美酒
都有发酵作用)给他的礼物;
老实说,他可绝不是无功受禄。

四〇

论职责,除了国务大臣和秘书
　　必须对外国使臣们彬彬有礼,
直到他们那举棋不定的国君
　　终于定局,摆出了皇家的谜底;
可叹一切官员,连小役吏在内——
那出自衙门的污泥,又充斥于
"腐败"的浊流! ——对人都不够凶恶,
以致难于食俸禄而无愧于色。

四一

无论文职或武职,平时或战时,
　　他们所以受雇佣,无疑是为了
凌辱人的,这就是他们的工作;
　　如若不信,可问那请求过护照
或其他限制自由的证件的人,
　　(这是一种灾难,也够令人苦恼,)

---

　　① 1821年8月英王乔治四世访问爱尔兰时,受到爱尔兰贵族的趋奉和阿谀,虽然爱尔兰人民是在民族压迫的水深火热中。

是否在那些被赋税养肥的人中

看到了最凶恶无礼的——狗杂种？

（查良铮译）

选自《拜伦诗选》，杨德豫等译，时代文艺出版社 2011 年版。

请扫码阅读外文版
原作（节选）

雪莱诗选

雪莱

　　波西·比希·雪莱(1792—1822)是19世纪英国杰出的浪漫主义诗人。在英国诗歌史上,他是第一个表现出空想社会主义理想的诗人。诗剧《解放了的普罗米修斯》(1819)对埃斯库罗斯的悲剧进行了改造,将和解的结局改为暴君宙斯被冥王推翻,普罗米修斯取得了完全的胜利,宇宙和人间出现了万象更新的局面。雪莱的一些描写自然景物又具有政治抒情性的短诗,如《西风颂》《云》《致云雀》等,一直广为传颂,是英国抒情诗的杰作。其中《西风颂》影响最大,诗人用象征手法歌颂自然界的西风,气势宏伟,意境幽远,寓意深刻。

西风颂

一

啊,狂野的西风,你把秋气猛吹,
不露脸便将落叶一扫而空,
犹如法师赶走了群鬼,

赶走那黄绿红黑紫的一群,
那些染上了瘟疫的魔怪——
啊,你让种子长翅腾空,

又落在冰冷的土壤里深埋,
像尸体躺在坟墓,但一朝
你那青色的春风妹妹回来,

为沉睡的大地吹响银号,
驱使羊群般的蓓蕾把大气猛喝,
就吹出遍野嫩色,处处香飘。

狂野的精灵！你吹遍了大地山河，
破坏者，保护者，听吧——听我的歌！

二

你激荡长空，乱云飞坠
如落叶；你摇撼天和海，
不许它们像老树缠在一堆；

你把雨和电赶了下来，
只见蓝空上你骋驰之处
忽有万丈金发披开，

像是酒神的女祭司勃然大怒，
愣把她的长发遮住了半个天，
将暴风雨的来临宣布。

你唱着挽歌送别残年，
今夜这天空宛如圆形的大墓，
罩住了混浊的云雾一片，

却挡不住电火和冰雹的突破，
更有黑雨倾盆而下！啊，听我的歌！

三

你惊扰了地中海的夏日梦，
它在清澈的碧水里静躺，
听着波浪的催眠曲，睡意正浓，

朦胧里它看见南国港外石岛旁，
烈日下古老的宫殿和楼台
把影子投在海水里晃荡，

它们的墙上长满花朵和藓苔，
那香气光想想也叫人醉倒！
你的来临叫大西洋也惊骇，

它忙把海水劈成两半，为你开道，
海底下有琼枝玉树安卧，
尽管深潜万丈，一听你的怒号

就闻声而变色，只见一个个
战栗，畏缩——啊，听我的歌！

四

如果我能是一片落叶随你飘腾，
如果我能是一朵流云伴你飞行，
或是一个浪头在你的威力下翻滚，

如果我能有你的锐势和冲劲，
即使比不上你那不羁的奔放，
但只要能拾回我当年的童心，

我就能陪着你遨游天上，
那时候追上你未必是梦呓，
又何至沦落到这等颓丧，

祈求你来救我之急！
啊，卷走我吧，像卷落叶，波浪，流云！
我跌在人生的刺树上，我血流遍体！

岁月沉重如铁链，压着的灵魂
原本同你一样：高傲，飘逸，不驯。

五

让我做你的竖琴吧，就同森林一般，
纵然我们都叶落纷纷，又有何妨！
我们身上的秋色斑斓，

好给你那狂飙曲添上深沉的回响，
甜美而带苍凉。给我你迅猛的劲头！
豪迈的精灵，化成我吧，借你的锋芒，

把我的腐朽思想扫出宇宙，
扫走了枯叶好把新生来激发；
凭着我这诗韵做符咒，

犹如从未灭的炉头吹出火花，
把我的话散布在人群之中！
对那沉睡的大地,拿我的嘴当喇叭,

吹响一个预言！啊,西风,
如果冬天已到,难道春天还用久等?

致——

有一个被人经常亵渎的字,
　　我无心再来亵渎;
有一种被人假意鄙薄的感情,
　　你不会也来鄙薄。
有一种希望太似绝望,
　　又何须再加提防!
你的怜悯无人能比,
　　温暖了我的心房。

我拿不出人们所称的爱情,
　　但不知你肯否接受
这颗心儿能献的崇敬?
　　连天公也不会拒而不收!
犹如飞蛾扑向星星,
　　又如黑夜追求黎明,
这一种思慕远处之情,
　　早已跳出了人间的苦境!

(王佐良译)

云

我为焦渴的鲜花,从河川,从海洋,
　　带来清新的甘霖;

我为绿叶披上淡淡的凉荫，当他们
　　歇息在午睡的梦境。
从我的翅膀上摇落下露珠，去唤醒
　　每一朵香甜的蓓蕾，
当她们的母亲绕太阳旋舞时摇晃着①
　　使她们在怀里入睡。
我挥动冰雹的连枷，把绿色的原野
　　捶打得有如银装素裹，
再用雨水把冰雪消融，我轰然大笑，
　　当我在雷声中走过。

我筛落雪花，洒遍下界的峰岭山峦，
　　巨松因惊恐而呻吟呼唤；
皑皑的积雪成为我通宵达旦的枕垫，
　　当我在烈风抚抱下酣眠。
在我那空中楼阁的塔堡上，端坐着
庄严的闪电——我的驭手，
下面有个洞穴，雷霆在其中幽囚，
　　发出一阵阵挣扎怒吼；
越过大地，越过海洋，我的驭手
　　轻柔地指引着我，
紫色波涛深处的仙女，以她们的爱
　　在把他的心诱惑；
越过湖泊、河川、平原，越过巉崖
　　和连绵起伏的山岭，
无论他向往何处，他所眷恋的精灵
　　永远在山底、在水中；
虽然他会在雨水中消融，我却始终
　　沐浴着天廷蓝色的笑容。②

　①　指地球围绕太阳旋转。
　②　以上十行，注家 W.亚历山大注释如下："这几行用诗的语言所描绘的究竟是怎样一种自然现象，是不清楚的。但是，既然闪电是云的驭手，雪莱也许有可能认为，影响云的运动的，是地上的异性电，这种异性电在这里被说成是仙女。而驭手把云驱送到地球上的那一部分，就是他梦想着仙女或精灵（即异性电）所在的地方。又由于这种电的影响，云的下层化为雨水降落，而上层则仍沐浴着蓝天的笑容。"

血红的朝阳，睁开他火球似的眼睛，
　　当启明熄灭了光辉，
再抖开他烈火熊熊的翎羽，跳上我
　　扬帆疾驰的飞霞脊背；
像一只飞落的雄鹰，凭借金色的翅膀，
　　在一座遭遇到地震
摇摆、颤动的陡峭山峰巅顶
　　停留短暂的一瞬。
当落日从波光粼粼的海面吐露出
　　渴望爱和休息的热情，
而在上方，黄昏的绯红帷幕也从
　　天宇的深处降临；
我敛翅安息在空灵的巢内，像白鸽
　　孵卵时一样安静。

焕发着白色火焰的圆脸盘姑娘，
　　凡人称她为月亮，
朦胧发光，滑行在夜风铺展开的
　　我的羊毛般的地毯上；
不论她无形的双足在何处轻踏，
　　轻得只有天使才能听见，
若是把我帐篷顶部的轻罗踏破，
　　群星便从她身后窥探；
我不禁发笑，看到他们穷奔乱窜，
　　像拥挤的金蜂一样，
当我撑大我那风造帐篷上的裂缝，
　　直到宁静的江湖海洋
仿佛是穿过我落下去的一片片天空，
　　都嵌上这些星星和月亮。

我用燃烧的缎带缠裹太阳的宝座，
　　用珠光束腰环抱月亮；
火山黯然失色，群星摇晃、颠簸——
　　当旋风把我的大旗张扬。

从地角到地角,仿佛巨大的长桥,
　　跨越海洋的汹涌波涛;
我高悬空中,似不透阳光的屋顶,
　　柱石是崇山峻岭。
我挟带着冰雪、飓风、炽烈的焰火,
　　穿越过凯旋门拱,
这时,大气的威力挽曳着我的车座,
　　门拱是气象万千的彩虹,
火的球体在上空编织柔媚的颜色,
　　湿润的大地绽露笑容。

我是大地和水的女儿,
　　也是天空的养子,
我往来于海洋、陆地的一切孔隙——
　　我变化,但是不死。
因为雨后洗净的天宇虽然一丝不挂,
　　而且,一尘不染,
风和阳光用它们那凸圆的光线
　　把蓝天的穹庐修建,
我却默默地嘲笑我自己虚空的坟冢,
　　钻出雨水的洞穴,
像婴儿娩出母体,像鬼魂飞离墓地,
　　我腾空,再次把它拆毁。

(江枫译)

致云雀①

你好啊,欢乐的精灵!
　　你似乎从不是飞禽,
从天堂或天堂的邻近,

---

① 云雀,黄褐色小鸟,构巢于地面,清晨升入高空,入夜而还,有边飞边鸣的习性。《致云雀》是雪莱抒情诗中的珍品。云雀,曾经是 19 世纪英国诗人经常吟咏的题材。比雪莱年长 22 岁已经名噪一时的前辈诗人华兹华斯也有过类似的作品,读到雪莱的这首诗而自叹弗如。雪莱在这首诗里以他特有的艺术构思,生动地描绘云雀的同时,也以饱满的激情写出了他自己的精神境界、美学理想和艺术抱负。语言也简洁、明快、准确而富于音乐性。

以酣畅淋漓的乐音，
不事雕琢的艺术，倾吐你的衷心。

向上，再向高处飞翔，
　　从地面你一跃而上，
像一片烈火的轻云，①
　　掠过蔚蓝的天心，
永远歌唱着飞翔，飞翔着歌唱。

地平线下的太阳，②
　　放射出金色的电光，
晴空里霞蔚云蒸，
　　你沐浴着明光飞行，
似不具形体的喜悦③刚开始迅疾的远征。

淡淡的紫色黎明④
　　在你航程周围消融，
像昼空里的星星，
　　虽然不见形影，
却可以听得清你那欢乐的强音——

那犀利无比的乐音，
　　似银色星光的利箭，
它那强烈的明灯，
　　在晨曦中暗淡，
直到难以分辨，却能感觉到就在空间。

---

①　"像一片烈火的轻云"，不是写云雀的形貌，而是按照"火向上以求日"的意思写它上升的运动态势。(据《爱丁堡评论》1871 年 4 月号)

②　原文 sunken sun，为沉落的太阳，对于前一天为落日，对于新的一天则是尚未从地平线下升起的太阳。

③　有人认为原文此处的 unbodied 本来应该是 embodied(据《爱丁堡评论》1871 年 4 月号)。准此，则此处可译为"似具有形体的喜悦"或"似有形的喜悦"。

④　原文 even，译者同意郭沫若同志的理解，实为 twilight，为白昼与黑夜之间的过渡。由于云雀鸣于昼而不鸣于夜，故译为黎明。

整个大地和大气，
　　响彻你婉转的歌喉，
仿佛在荒凉的黑夜，
　　从一片孤云背后，
明月射出光芒，清辉洋溢宇宙。

我们不知，你是什么，
　　什么和你最为相似？
从霓虹似的彩霞
　　也降不下这样美的雨，
能和当你出现时降下的乐曲甘霖相比。

像一位诗人，隐身
　　在思想的明辉之中，
吟诵着即兴的诗韵，
　　直到普天下的同情
都被未曾留意过的希望和忧虑唤醒；①

像一位高贵的少女，
　　居住在深宫的楼台，
在寂寞难言的时刻，
　　排遣她为爱所苦的情怀，
甜美有如爱情的歌曲，溢出闺阁之外；②

像一只金色的萤火虫，
　　在凝露的深山幽谷，
不显露它的行踪，

---

①　对这一节的理解，可参看雪莱为长诗《阿多尼》所写前言（被删节段落）。他说他的为人，畏避闻达；他所以写诗，是为了唤起和传达人与人之间的同情。而雪莱的同情首先是对于人类争取从奴役、压迫，贫困和愚昧中解放出来的事业的同情。在《赞智力的美》一诗中，他宣称他"热爱全人类"，其实"全"也不全，因为他反对人类中的暴君、教士及其奴仆。这里，他认为，诗人应该以值得关注而未被留意过的希望和忧虑去唤醒全人类的同情。

②　其实这一节所写的岂止是思春的少女，也完全有理由认为是雪莱的自况。他爱一切美好的事物，美好的事业，他爱"全人类"，但是他的爱在当时甚至不被自己的同胞所理解，而使他感到寂寞和为爱所苦。诗，是他的爱不能自已的流露。

把晶莹的流光传播，
在遮断我们视线的芳草鲜花丛中；

像一朵让自己的绿叶
荫蔽着的玫瑰，
遭受到热风的摧残，
直到它的芳菲
以过浓的香甜使鲁莽的飞贼沉醉；

晶莹闪烁的草地，
春霖洒落的声息，
雨后苏醒的花蕾，
称得上明朗、欢悦、
清新的一切，都不及你的音乐。

飞禽或是精灵，有什么
甜美的思绪在你心头？
我从没有听到过
爱情或是醇酒的颂歌
能够迸涌出这样神圣的极乐音流。

赞婚的合唱也罢，
凯旋的欢歌也罢，
和你的乐声相比，
不过是空洞的浮夸，
人们可以觉察，其中总有着贫乏。

什么样的物象或事件，
是你欢乐乐曲的源泉？
什么田野、波涛、山峦？
什么空中陆上的形态？

是你对同类的爱,还是对痛苦的绝缘?①

　　有你明澈强烈的欢快,
　　　　倦怠永不会出现,
　　烦恼的阴影从来
　　　　近不得你的身边,
你爱,却从不知晓过分充满爱的悲哀。②

　　是醒来或是睡去,③
　　　　你对死的理解一定比
　　我们凡人梦想到的
　　　　更加深刻真切,否则
你的乐曲音流,怎能像液态的水晶涌泻?④

　　我们瞻前顾后,为了
　　　　不存在的事物自扰,
　　我们最真挚的笑,
　　　　也交织着某种苦恼,
我们最美的音乐是最能倾诉哀思的曲调。

　　可是,即使我们能摈弃
　　　　憎恨、傲慢和恐惧,
　　即使我们生来不会
　　　　抛洒一滴眼泪,
我也不知,怎能接近于你的欢愉。

---

　　①　在以上三节中,雪莱认为没有高尚、优美的思想和情操,就不可能创造出美的艺术。因此,赞婚的合唱、凯旋的欢歌,总有着某种贫乏。而对同类的爱和对痛苦的绝缘,却是他所珍视的品质。所谓对痛苦的绝缘,是指遇挫折而不馁,处逆境而泰然,胸怀坦荡,超然于痛苦之外。
　　②　雪莱的悲哀常常来源于对正义的事业,对受苦的人类,对他自己所确认的真理,爱得太深、太真、太强烈,而为世俗所不理解。
　　③　这是指对死的理解,绝不是指云雀的精神状态。有人认为死是从如梦的人生醒来,有人认为死是长眠。
　　④　凡人认为死亡是最大的痛苦。雪莱认为,只有参透了生死的真谛,才能超然于痛苦之外,摆脱庸俗的恐惧和忧虑,上升到崇高的精神境界。

比一切欢乐的音律
　更加甜蜜美妙，
比一切书中的宝库
　更加丰盛富饶，
这就是鄙弃尘土的你啊，你的艺术技巧。①

教给我一半，你的心
　必定熟知的欢欣，
和谐、炽热的激情
　就会流出我的双唇，
全世界就会像此刻的我——侧耳倾听。

（江枫译）

选自王佐良主编：《英国诗选》，上海译文出版社 1988 年版。

---

① "鄙弃尘土"，在这里语义双关：既描写云雀从地面一跃而起，升上高空，又表达了诗人对当时流行的诗歌理论、评论以及一般的庸俗、反动的政治、社会观念所持的鄙弃态度。

巴黎圣母院（节选）

雨果

雨果（1802—1885）是 19 世纪法国浪漫主义文学运动的领袖。作为诗人、戏剧家和小说家，他创作甚丰，既有《东方集》（1829）、《光与影集》（1840）、《惩罚集》（1853）、《静观集》（1856）、《历代传奇》（1859—1883）等诗集，也有《欧那尼》（1830）等剧作，还有《巴黎圣母院》（1831）、《悲惨世界》（1862）、《海上劳工》（1866）、《笑面人》（1869）、《九三年》（1874）等小说。《巴黎圣母院》是法国浪漫派小说的典范作品，是一曲反封建的悲歌，凸显出作家的人道主义思想和浪漫主义创作原则。

第八卷

四　抛掉一切希望[①]

在中世纪，一座称得上完整的建筑，它的地下工程差不多同地上一样多。除了像圣母院那样用成排木桩做屋基的以外，一座宫殿，一座堡垒，一座教堂，通常都有两个底层。一座大教堂下面，还有另一座相当低矮、黑暗、神秘、又瞎又聋的地狱般的教堂，就在那光辉灿烂、日夜发出琴声与钟乐声的本堂底下。有时地底下是一座坟墓。在宫殿或监狱里，地底下就是一座牢房或坟墓，或者两样都有。这些结实的泥水工程，我们已经在别处描述过它们的构造形式，它们不单是只有屋基，而且还有根须分布地下，形成房间走廊与楼梯，同地上一层的建筑一模一样。这样，教堂宫殿和监狱就有一半是埋在地底下，一座建筑的地窖就是另外一座建筑，你到那里去不用往上爬，只需往下走。地底下的教堂作为它上边一层建筑的地下层，正如岸边的树林和山峦向透明的湖水投下的倒影。

在圣安东尼地区的巴士底狱，在巴黎司法宫，在卢浮宫，这种地下建筑都是牢房。那些伸入地底的牢房的梯级，越往下越窄越黑暗，它们被可怕的阴影划分成许多地段，但丁要找地狱[②]，也不可能找到比那些地方更合适的了。牢房的烟

---

①　原题是拉丁文。
②　但丁所著《神曲》分为《地狱》《炼狱》和《天堂》三篇。

囟通常安在从上层地面蜿蜒而下的沟道所形成的那一类洞穴里，但丁就是在那种地方安置撒旦的。当时只有判了死刑的囚犯才被丢在那种地方，一个悲惨的生灵到了那里，就永远同阳光、空气、生命完全隔绝，把一切希望通通抛弃，要出去除非是去上绞刑架或火刑台，有时他们就在地牢里死掉了，腐烂了，人类的正义把它称为"遗忘洞"。囚犯在那里感到头顶上有一堆石头和一群狱吏把自己和人类隔绝开来，那整个牢房，那牢固的监狱，只是一把巨大的锁，把自己锁在活生生的世界下面。

拉·爱斯梅拉达在被判绞刑之后给丢了进去的，就是一个这样的地穴，就是圣路易修造的这种"遗忘洞"，就是杜尔内尔刑事监狱的这个地牢，这当然是为了怕她逃跑。巍峨的司法宫就在她的头顶上，但她不过是连它最小的一块砖石也搬不动的一只可怜的苍蝇啊！

事实上，天上人间同样不公平，要摧毁这么一个柔弱的人儿，根本用不着那样多的苦难和酷刑啊。

她迷失在地牢的黑暗里，被黑暗覆盖着，埋葬着，禁锢着。看过她在阳光下欢笑和舞蹈的人们，又看见她处在这样的境地，一定会战栗起来。她被沉重的铁链压着，蜷伏在一张草席上，地牢墙头的水在她脚下滴成一个小水潭，身旁放着一个水罐和一块面包。她像黑夜一般冰冷，像死人一般冰冷，头发里没有一点空气，耳朵里听不到一点人声，眼睛看不见一缕阳光。她毫不动弹，也不呼吸，甚至也不觉得难受。弗比斯、阳光、中午、天空、巴黎市街，为她博得过许多赞赏的舞蹈，她同那个军官的情话，还有那神甫，那把尖刀，以及血呀、酷刑呀、绞刑架呀，通通在她的心头过了一遍，有时像一片金光闪闪的幻景，其中歌声嘹亮，有时像是一个可怕的噩梦，但那不过是消失在黑暗中的隐约的挣扎，或者是遥远的音乐，这种音乐是那不幸的人掉进深渊后再也听不见的地面的音乐。

自从来到了这里，她既不是醒着也不是睡着，在这种不幸之中，在这个地牢里面，她再也分不清醒着和做梦，分不清梦境和现实，分不清白天和黑夜，一切都是混乱的、破碎的，都在她的思想里飘浮着，流散着。她再也不能感觉，不能辨识，不能思考了，顶多只像做梦般恍恍惚惚。从来没有哪一个活人坠入过这么深的空虚。

她是这样麻木、呆定、凝冷，几乎没有听见她头顶上一扇活门两三次打开的声音，甚至也没有注意到那里透进来的一丝光亮，有人扔给她一块黑面包。狱卒的这种按时的到来，就是她和活人之间唯一的联系了。

还有一个东西机械地占据着她的听觉：那便是从屋顶石板缝里流出的水每隔一定的间歇就滴下来，她呆呆地听着水滴落在身边小水潭里的声音。

这滴在水潭里的水，就是她周围仅有的响声，就是告知她时间的钟表，就是地面上所有的声音里面唯一能到达她那里的声音。

　　不管怎么说，在那只有泥浆和黑暗的处所，她总算还能感觉得到冰冷的水滴落到她的胳膊和双脚上，这使她战栗。

　　她到这个地方多久了？她一无所知。她只记得在什么地方有人判了某个人的死刑，这之后她便给带到了这里，只记得她是在黑夜和沉寂中冻醒过来的。她手上戴着手铐，脚踝上戴着脚镣，铁链叮当地响着。她明白了自己的周围只有墙壁，身子底下只有滴满了水的石板地和一张草席，但没有灯，没有通风口。她只好坐在草席上，有时为了换一下姿势，便去坐在地牢的最后一级石阶上。有一会儿，她试着去数那水滴向她报告的黑暗的分秒，可是一个病弱的头脑所做的这个悲惨的努力，很快就在她脑子里自行粉碎，留给她的只是呆木的感觉。

　　某一天或是某个夜晚（因为中午或半夜在这个坟墓里都是同一种颜色），她听见头顶上有一种响声，比往常给她送来面包和水的狱卒开门的声音要响些，她抬起头来，看见寂静的地牢拱顶上的活门缝隙里透进了一线红红的亮光，同时那沉重的活门响起来。活门在生锈的锁链上轧轧地磨响一阵便转开了，她看见一盏灯，一只手和两个人的下半截身子，门太矮，她瞧不见他们的头，灯光太耀眼了，她只好把眼睛闭上。

　　她睁开眼睛时，活门已经关上，灯放在一级石梯上面，一个男人只身站在她的面前。他从头到脚裹在一件黑色衣服里，脸上蒙着一块黑头巾。他全身任何部分都看不见，包括他的脸和手，仿佛是一件直立着的长长的尸衣，但在那件尸衣里面好像有什么东西在颤动。她向这个幽灵一般的东西呆定定地望了几秒钟，她或他谁都不说话，真像是两尊塑像面面相对。这个地洞里好像只有两种事物还有些生气：那就是潮湿空气引起的灯芯的爆响声和从屋顶滴下的水声——它用单调的淅沥声应和着那有规律的爆响，使灯光在水潭打皱的表面上的光圈抖动起来。

　　犯人终于说话了："你是谁呀？"

　　"一个神甫。"

　　这句话，这种语气，这个声音，使她禁不住战栗起来。

　　神甫又用清楚沉重的声音问道：

　　"你准备好了吗？"

　　"准备什么？"

　　"准备去死。"

　　"啊，"她说，"很快了吧？"

　　"明天。"

　　她高兴地抬起的头又垂下去了。"时间还是太长了！"她低声说道，"为什么不在今天呢?"

"那么你很难受吗?"神甫沉默了片刻问道。

"我很冷。"她回答。

她用手握住自己的双脚,这是不幸的人感到寒冷时常有的动作,就像我们看见过的罗兰塔里那个隐修女一样。她的牙齿也碰得直响。

神甫似乎用他那蒙在头巾下面的眼睛环顾了一下这所牢房。

"没有亮光! 没有炉火! 泡在水里! 真可怕!"

"是呀,"她用不幸给她造成的惊慌语气说道,"全世界都有白天,为什么他们只给我黑夜呢?"

"你可知道,"神甫又沉默了一会说,"你是为什么到这里来的吗?"

"我想我是知道的,"她把瘦瘦的手指按住额头,好像为了帮助记忆,"可是我又不知道了。"

突然她像小孩子一般哭起来了。"我想离开这个地方,先生,我冷,我害怕,并且有些讨厌的东西在我身上爬。"

"那么,跟我来吧。"

神甫一面说一面抓住她的胳膊。这不幸的人本来已经连五脏六腑都冻僵了,但神甫的手还能使她感觉到是冰冷的。

"啊,"她低声说,"这是'死亡'的冰冷的手呀。你究竟是谁?"

神甫把头巾拿掉了。她盯着瞧,原来就是那个长久跟踪她的人的阴森森的脸孔,那个在法洛代尔家里出现在她崇拜的弗比斯头顶上的脑袋,那双她上次看见在一把尖刀旁边闪亮的眼睛。

这个危害她的幽灵,这个曾经把她从灾难推到灾难,使她遭受刑律的幽灵的出现,使她从呆木状态中惊醒了,那一直遮住她的记忆的厚厚的幕布好像突然拉了开来,她的全部悲惨遭遇,从法洛代尔家那个晚上到杜尔内尔法庭的审判,一下子都回到了她的心里,不像往常那样模糊混乱,而是清楚的、鲜明的、跳动的、可怕的。已经一半消失并且几乎被痛苦抹掉了的这些记忆,通通被站在她跟前的这个阴森森的男人召唤回来,就像人们用隐显墨水写在白纸上看不出来的字,一挨近火就清楚地显现出来一样。仿佛她心头所有的伤口同时给撕裂开来,流着鲜血。

"啊,"她用双手捂着眼睛,痉挛地哆嗦着嚷道,"原来是那个神甫!"

随后她便垂下无力的胳膊,依旧低着头坐在那里,眼睛盯在地上,一言不发,不断地哆嗦。

神甫望着她,那眼光就像一只长久地在高空盘旋的鹞鹰,死盯住躲在麦田里一只可怜的云雀不放,它悄悄停止了回旋,突然像闪电般朝云雀扑去,用爪子把它捕获。

她用极低的声音说:"完结吧,完结吧,再来最后一下吧!"她恐惧地把头缩在两肩当中,仿佛羔羊在等待屠夫的那致命一刀。

"是我把你吓住了吗?"他终于问道。

她没有回答。

"是我把你吓住了吗?"他重复问了一遍。

她的嘴唇似笑非笑地动了一下:"是呀,刽子手在同犯人开玩笑呢,他已经跟踪我吓唬我威胁我好几个月了。要是没有他,我的上帝,我该多么幸福! 就是他把我丢进了这个深渊! 啊,天哪! 就是他杀害了……就是这个家伙杀害了他,我的弗比斯!"

说到这里,她突然大哭起来,抬眼望着神甫:"啊,可恶的东西,你是什么人? 我对你做了什么,使你这样恨我? 啊,你为什么要反对我?"

"我爱你!"神甫大声说道。

她的眼泪忽然止住不流了,只用痴呆的眼光看着神甫。神甫跪在那里,用火焰般的眼睛死死地盯着她。

"你听见吗? 我爱你!"他又大声说。

"什么样的爱?"那不幸的姑娘战战兢兢地问道。

"下地狱的人的爱!"他回答。

两人都被感情的重量压倒了,好一会没出声,他是疯疯癫癫的,她却是呆定定的。

"听着,"神甫终于恢复了异常的平静,说道,"你会完全明白的,我要把我在上帝似乎看不见我们的漆黑的夜晚扪心自问时都不敢向自己说的话告诉你。听着,姑娘,在遇见你之前,我是幸福的……"

"我也是呀!"她有气无力地叹息道。

"不要打断我的话。是呀,我本来是幸福的,至少我以为自己是幸福的。我是纯洁的,我灵魂里充满了明净的光辉,没有谁的头抬得像我那样高,像我那样骄傲,没有谁像我那样精神焕发。神甫们同我谈论贞洁,学者们同我谈论教义。是呀,科学对于我就是一切,她是一位姐妹,一位令我满意的姐妹。随着年岁的增长我并不是没有别的念头的,不止一次我的肉体由于一个女人走过而冲动起来,我在少年时就以为被生活窒息了的这种男人的生理和血液的精力,不止一次痉挛地解开了把我这可怜人拴在神坛冰冷石头上的铁链。但是斋戒、祷告、学习和修道院的禁欲制度,又使我的灵魂重新成了我躯体的主宰,于是我回避一切妇女,此外我就只好打开书本,使我头脑里一切不洁的烟雾消失在科学的崇高之前。几分钟后我便觉得我远离尘世杂务,我又在永恒真理的安详的光辉面前变得宁静严肃起来。在教堂里,在大街上,在田野中,魔鬼曾经多次用在我面前经过的妇女的模糊影子来诱惑我,但是她们很少出现在我的思想里,我轻易地把魔鬼打败了。哎,假若胜利已经不在我这边了,那是上帝的错误,他没有让人具有和魔鬼同等的力量啊。听着！有一天……"

说到这里,神甫又停顿了一下,犯人听见他胸中迸出几声叹息,那声音好像是在垂死挣扎。

他接着说下去:

"有一天,我坐在我那小房间的窗口……我当时正在读一本什么书呀？啊,这些事在我脑子里乱成了一团,我正在读书。那窗户是朝着一个广场的,我听见一阵鼓声和音乐声,因为它扰乱了我的沉思,我愤怒地向广场望去。那时我所看见的,别的许多人也都看见的,是一种不是人类的眼睛应该看见的景象,在那边,在石板路当中,那时正当中午,有很好的阳光,有个人正在那里跳舞,一个十分美丽的姑娘。上帝应当选她当圣处女,选她当他的母亲,假若他诞生时她早已在世,他一定愿意自己是她生下的呢。她的眼睛又黑又亮,头发有几根被阳光照着,像金丝一般闪闪发光。她的脚跳起舞来就像车轮的辐条在迅速转动。在她的头上,在乌黑的发辫中间,有些金属的发针在阳光里闪亮,在她的额头上形成一圈星星。她那钉着许多亮片的天蓝色衣服,像夏夜的天空一般,闪出千万道光芒。她的柔软的浅褐色胳膊绕着她的身子一收一放,好像两条带子。她的身材漂亮极了。啊,那光辉的形体,甚至在太阳光里也像是发光的东西一般！……哎,姑娘,那就是你呀。我又惊异,又沉醉,又迷惑,我听任自己一直望着你,望到我惊恐地战栗起来,我觉得命运的手已经把我抓住了。"

情绪激动的神甫又停顿了一下,接着说道:

"已经半着迷了,我就试着要抓住什么免得堕落。我想起了撒旦早已向我张开过的罗网。我眼前的人具有那种非凡的美,那只能是从天上或地狱里来的。她不是那种用一点儿人间凡土造成的,内心闪耀着女性心灵微光的单纯的姑娘,她是一位天使,但她是从黑暗里诞生的,从火焰里诞生的,而不是从光明里诞生的。正当我在这样想的时候,我看见她身边有一只小山羊,一种经常同巫师在一起的动物,在笑着看我。中午的阳光把它的犄角照得像火一样发光。于是我看到了魔鬼设下的圈套,我再不怀疑你是从地狱里来的,是来使我堕落的,我是非常相信这一点了。"

神甫面对面看着犯人,接着又说下去:

"我现在依然相信这一点,而且魔法也逐渐在发生作用。你的舞步在我头脑里旋转起来,我感到那神秘的符咒已经控制了我,本来应该清醒的现在都在我灵魂里睡着了,就像在雪地里死去的人一般,我倒庆幸这种睡眠的来到。忽然你唱起歌来了。我怎么办呀，我这个不幸的人？你的歌声比你的舞蹈更加迷人，我想逃，但是办不到，我似乎被钉在——似乎在地上生了根，好像石头人一样。我只好依旧站在那里，我的双脚冰冷，头却热得发晕。最后，也许你可怜我啦，停止了歌唱走开了。那灿烂的幻景，那甜美的音乐，逐渐在我的眼里和耳里消失了，于是我跌倒在窗下的角落里，比倒下的塑像更僵硬更脆弱。晚祷的钟声把我惊醒了，我清醒过来便想逃开去，可是，哎，我心里有什么东西已经垮掉，再也扶不起来，好像有什么东西压在我身上，使我再也逃不掉了。"

他又停顿了一下，接着说道：

"从那一天起，我就变成了一个我不认识的人。我打算重新采用我的治疗方法：修道院、神坛、工作、书籍。真笨啊！当热情的头脑开始失望的时候，科学变得多么空虚！姑娘，你知道从此我在书本和我自己身上看见的是什么？是你，是你的形象，是那天在我面前的灿烂的形象。但这个形象不再是原来的颜色，它变成了阴森的、惨淡的、幽暗的，好像望太阳望得太久之后在眼前跳动的一圈黑影。

"我摆脱不了这个形象，我常常听见你的歌声在我脑子里鸣响，看见你的脚在我的祈祷书上跳舞，夜里在梦中，你的形象便滑过我的肉体。我希望看见你，触摸你，想知道你是什么人，看看你和你留给我的那个完美的形象是否完全一样，我以为那样一来，也许能让事实把我的幻梦粉碎。总之，我希望有一个新的形象来消灭那前一个形象，因为前一个使我无法忍受。于是我到处寻找你，我又看见你了。多么不幸！看见过你两次以后，我便希望看见你一千次，希望常常看见你。所以，在那通向地狱的斜坡上，怎么可能停住不往下滑呢？所以我再也不能控制自己了。魔鬼系在我翅膀上的长线，另一头却系在你的脚上。我变得跟你一样到处流浪起来，我在许多大门口等候你，在许多街角上窥伺你，在我的钟塔顶上偷看你。回到我的房间后我就更加入迷，更加失望，更加疯癫，更加丧魂失魄！

"我终于知道了你是什么人，是埃及人，是波希米亚人，是流浪的人和漂泊的人，那还能同巫术没关系吗？听着！我希望通过诉讼来把我身上的魔法解除掉，有一个女巫曾经把勃罗诺·达斯特迷住，他把女巫烧死了，自己也就痊愈了。我知道这件事，我也想试一下这种解脱方法。我首先禁止你到圣母院一带来，以为你不再来，我便能把你忘记了。你不遵守禁令，于是我想把你抢到手。有一天晚上我捉住了你，我们是两个人，正当我们已经把你捉住时，那倒霉的军官来了，他放走了你，从此就开始了你的不幸，还有我的和他的不幸。最后我不知怎么办，不知道会怎么样，只好把你舍弃给那个军官，我以为这样我就会痊愈了，像勃罗诺·达斯特一样。但我又混乱地想到要用诉讼的办法把你弄到手，想着把你关进监牢我就能得到你，在那个地方你就不能逃避我了。你占有我的心这么久，也该让我来久久地占有你啦。一个人只要干了一件坏事，就想干尽一切坏事，除非发了疯才会中途停止！罪恶的另一头有令人昏迷的欢乐呢。一个神甫同一个女巫在牢房的草席上是能够沉醉在那种欢乐里的！

"于是我控告了你，碰见你时我就吓唬你，我让你掉进我的圈套，但我堆在你头顶的风暴，带着威胁与闪电消逝了，因为我还有点犹豫不决，我的计划里有些可怕的成分使我退缩不前。

"也许我会放弃自己的打算，也许那可怕的念头会在我头脑里毫无结果地消失了，是进行呢还是撤销我的诉讼，我相信在我心里还是件悬而未决的事。但是每种可恶的念头都是十分坚决的，都是非成为事实才肯罢休的。正当我自以为很有力量的时候，命运却比我更有力量。唉，是命运把你抓住了，并且把你放在我私自做成的机器的可怕的齿轮下面了，听着，我快要讲完啦。

"有一天，在另一个阳光明媚的日子里，我看见一个男人从我面前走过，嘴里喊着你的名字，笑着，眼睛色迷迷的。真该死。我就跟踪他了，以后的事情你是知道的了。"

他住口了，那姑娘只能喊出一句：

"啊，我的弗比斯！"

"别喊这个名字！"神甫狠狠地抓住她的胳膊说，"不要说出这个名字！啊，我们都是不幸的人，就是这个名字把我们毁了的！或许是命运那无法抗拒的游戏把我们大家都毁了！你伤心，不是吗？你冷，黑夜使你变成了瞎子，牢房包围着你，可是你灵魂深处也许还有一线光明，虽然那不过是你对那玩弄你的心灵空虚的男人的幼稚的爱情罢了！我呢，我的心是一座牢狱，我的心像冬天，充满了冰霜和失望，我的灵魂里只有黑夜。你知道我遭受的一切吗？我参与了你的案子，我坐在宗教审判官的位置上，是呀，在那些神甫头巾里，有一块头巾遮盖着一个罪人的怪模样。人们把你带上法庭的时候，我在场，人们审问你的时候，我也在场。豺狼的洞穴啊！那是我的罪过，那是我应受的惩罚，但我却看见人们把它安在你的头上。每次旁证，每次辩护，我都在场，我能够计算出你踏在那苦难路程上的每一个脚步，当那只凶恶的野兽……我也是在场的，啊，我事先没料到那种刑罚。听着，我跟随你到了那个拷问室，我看见施刑人的卑鄙的双手脱去你的鞋袜，使你腿脚半露着。我看见了你的脚，我曾经希望吻一下便死去的脚，要是能踏在我的头上就会使我沉醉的脚，我却看见人们把它们装进铁靴里去，那种铁靴曾经使无数活人的脚变得血肉模糊的呢！啊，当我这个不幸的人看见这一情景时，那时我胸前衬衣底下正藏着一把尖刀，听到你一声叫喊，我便把刀向肉里刺去，听见你叫喊第二声，我便把刀向心窝刺去。看呀，我相信伤口还在流血呢。"

　　他把衣服解开，他的胸口的确像被老虎抓伤了一样，两胁下有个尚未愈合的很大的伤口。

　　女犯恐惧地倒退了一步。

　　"啊，"神甫说道，"姑娘，怜悯我吧！你认为你自己是不幸的，唉，唉，你还不知道什么叫作不幸呢。啊，爱着一个女人，自己却是一个神甫，一个被人厌恶的神甫！他用自己灵魂里全部力量去爱她，觉得为了她的微微一笑，就能使他把鲜血、品德、荣誉、不朽和永恒，今世和后世的生命通通抛弃；他恨自己不是国王、天才、皇帝、天使或神灵，不能在她脚下成为一个比较伟大的奴隶；他日日夜夜在思想里和睡梦里拥抱她，但他看见她喜爱的却是军官的制服，而自己能献给她的只是她所害怕和嫌弃的肮脏的教士长袍。当她把她的爱情与美貌浪费在一个可恶的笨蛋身上，他便带着妒忌与愤怒出现在她面前。看着那使人燃起欲念的形体，那十分甜柔的胸脯，那在别人的亲吻下颤动和羞红的肌肉！啊，天哪！爱着她的脚，她的手臂，她的肩膀，梦想着她的发蓝的脉络，她的浅褐色的皮肤，一直到他整夜地蜷伏在自己那小房间的石板地上。但是看见他所梦想的种种温存竟使她遭受刑律，竟使她去躺在那张皮床上！啊，那真是些用地狱之火烧红了的铁钳呀！哪怕是被锯死的人或被五马分尸的人，也都比他幸运呀！你知道他忍受着怎样的痛苦，在那些漫漫长夜里，他血液沸腾，心灵破碎，头脑胀痛，他用牙齿咬着自己的手，残忍的苦刑使他像辗转在烧红的铁耙上一样，辗转在爱情、妒忌和失望的念头上！姑娘！慈悲吧！对我宽大一会儿吧！在这个伤口上涂点香膏吧！我求你揩掉我额头上大颗地流淌的汗珠！孩子啊，请你一只手惩罚我，另一只手爱抚我吧！怜悯吧，姑娘，怜悯我吧！"

　　神甫在牢房的水潭里打滚，并且把脑袋向石阶上碰去。那姑娘听着他说话，呆望着他，当他停止说话，筋疲力尽地喘气的时候，她用很低的声音重复说道："啊，我的弗比斯！"

　　神甫爬行到她跟前。

　　"我恳求你，"他喊道，"要是你有点心肝，不要拒绝我吧！啊，我爱你！我是一个可怜的人！不幸的姑娘，你说出这个名字，就像你是在捣碎我心上的每一条神经！发发慈悲吧！假若你是从地狱来的，我要同你一起回去，我所做的一切就是为了这个。你所在的地狱，就是我的天堂，你的眼光比上帝的更可爱呢！啊，说吧！你不愿意要我吗？假若一个女人能够拒绝这样的爱情，高山也会活动啦。啊，只要你愿意！……啊，我们能够多么幸福呀！我们可以逃走，我可以帮助你逃走，我们可以到某个地方去，我们会在大地上找到一个阳光更好、树木更多、天色更蓝的处所。我们要彼此相爱，我们要互相充实彼此的灵魂，我们之间有着如饥似渴的爱情,让我们双方不断地来斟满我们那杯爱情之酒吧!"

她用可怕的笑声打断了他的话:"瞧瞧吧,神甫你的指甲里有血呢!"

神甫好几分钟惊骇得发了呆,盯着自己的手。

"哎呀,是了!"最后他用奇怪的温柔语气说,"侮辱我吧,嘲笑我吧,使我更加难受吧,可是来呀,来呀,我们得赶快,我告诉你,就在明天呀。格雷沃广场的绞刑架,你知道吗?它是随时准备着的。太可怕啦,看着你坐在囚车里游街!发发慈悲吧!我从来没有像现在这样明白自己爱你爱到了什么程度,啊,跟我来呀,在我把你救出去以后你还来得及爱我的。你愿意恨我恨到什么时候都可以,可是来吧。明天呀,明天!那个绞刑架!你的死刑!啊,拯救你自己吧!饶恕我吧!"

他抓住姑娘的胳膊,神经错乱地想拽着她走。

她用呆定的目光看着他:"我的弗比斯怎样了?"

"啊!"神甫放开她的胳膊说,"你没有一点怜悯心!"

"我的弗比斯怎样了?"她神色凛然地重复道。

"他死了!"神甫叫喊起来。

"死了!"她依旧凛然不动地说,"那么你干吗还劝我活下去?"

神甫没听见她的话。"啊,对呀,"他自言自语地说,"他一定是死掉了,刀刺进去很深,我相信刀尖刺进了他的心脏。啊,我是全神贯注在刀尖上的呀!"

姑娘像狂怒的雌老虎一般向他扑去,用超人的力量把他往石级上一推。"滚开,怪物!滚开,凶手!让我死吧!让我们两人的血在你额头上留下一个永远的印记!变成你的——变成你这个神甫的?永远不能!永远不能!任什么也不能把我同你结合在一起,哪怕是地狱!滚吧,该死的东西!永远不能!"

神甫跄跄地拐到了石阶跟前,他悄悄地把双脚缩进长袍底下,伸手拾起他的灯,慢慢地爬上通到牢门的石级,打开牢房出去了。

忽然那姑娘看见他又从门口探进头来,脸上一副骇人的表情,用又粗暴又失望的声音向姑娘说道:"我告诉你他死掉啦!"

她脸孔朝下跌倒在地上了。牢房里再也听不到别的声音,除了水滴在黑暗中落到水潭时的叹息。

选自雨果:《巴黎圣母院》,陈敬容译,人民文学出版社1982年版。

叶甫盖尼·奥涅金（节选）

普希金

亚历山大·谢尔盖耶维奇·普希金（1799—1837）是19世纪俄国浪漫主义文学的主要代表，以诗歌、小说和戏剧等作品开创了俄国文学的新时代，被誉为"俄国文学之父"。其小说代表作有《上尉的女儿》《别尔金小说集》《黑桃皇后》等，著名抒情诗有《致大海》《致凯恩》《致希腊女郎》《致伊·伊·普欣》《假如生活欺骗了你》等，著名叙事诗有《高加索的俘虏》《强盗兄弟》《茨冈》《铜骑士》和《渔夫和金鱼的故事》等。长篇诗体小说《叶甫盖尼·奥涅金》成功地塑造出俄国文学中的第一个"多余人"形象，其独创的"奥涅金诗节"使作品环环相扣，洗练流畅。

第八章

27

然而我的奥涅金整个晚上
心里只有一个达吉雅娜，
不是那个羞怯的小姑娘，
那可怜又单纯的钟情的她，
而是一位冷漠的公爵夫人，
而是一位不可侵犯的女神，
涅瓦河上雍容华贵的女皇。
啊，人们啊，你们都好像
你们的那位祖先夏娃一般：
给了你的东西你不感兴趣；
一条蛇在不停地召唤着你，
把你叫到那棵神秘的树前：
摘下一枚禁果来给你尝尝，
否则天堂对你也不是天堂。

28

达吉雅娜有了多大的改变！
她扮演她的角色多有信心！
她多么快地就已经习惯
这束缚人心的高贵身分！
这是一位客厅中的立法人，
威严堂皇，而又漫不经心，
岂知她曾是个柔情小姑娘？
他还曾经使她心神激荡！
为了他，那时每天黑夜，
当梦神①不飞来跟她作伴，
她曾有过多少春闺的幽怨，
常把哀怨的眼睛对着明月，
幻想能跟随他在某一天
把人生平静的路程走完！

29

各种年纪的人都顺从爱情；
但如同春日骤雨之于土地，
只是对年轻少女的心灵
爱情的冲动才有意义：
经过一番激情雨露的滋润，
年轻的心会苗壮、成熟、清新——
强壮的生命将向它们赏赐
鲜艳的花朵、甜美的果实。
然而在不会结果实的晚年，
在我们的年岁的转折点上，
激情的僵死的足迹实在凄凉。
恰似在那寒气袭人的秋天，
一场风暴把草原变成泥沼，
把周围林中的树叶统统吹掉。

---

① 原文是"莫耳甫斯"，希腊神话中的梦神。

30

毫无疑问:唉! 叶甫盖尼
孩子般地爱上了达吉雅娜,
他在爱情思索的痛苦里
日日夜夜度着他的生涯。
他不顾理智严峻的责难,
每天都要来到她家的门前,
走进她家的玻璃厅堂;
他追逐她,像影子一样;
只要能把蓬松的海狸皮
让他亲手给她披上肩头,
或是热辣辣地碰碰她的手,
或是为她把一块手绢儿拾起,
或是为她驱散身前的奴仆,
在他啊,都是一种幸福。

31

任他怎样殷勤,拼命也罢,
她对他却丝毫也不留意。
在家里,她坦然地接待他,
做客相遇时,跟他寒暄两句,
间或只是微微地把腰一弯,
有时甚至望也不望一眼,
她丝毫也不会卖弄风情——
上流社会对这个不能容忍。
于是奥涅金开始面色发青:
她或是没看见,或是不可怜;
奥涅金憔悴了,并且差一点
他就要害上了肺痨病。
大家劝奥涅金找医生治疗,
医生都主张送他去洗温泉澡。

32

可是他没有去;他要事先
给祖宗写封信通知通知,

存心不久便去和他们相见；
而达吉雅娜却若无其事
（这就是女人）；他坚定不移，
他还抱着希望，还在努力；
比健康的人更勇敢，撑起病身，
他用虚弱的手给公爵夫人
写了一封热烈奔放的情书。
尽管写信大体上用处很小，
对此他已并非徒然地料到；
然而，要知道，心头的痛苦，
他已经没有力量再忍受它。
这就是他的信，一字不差。

奥涅金给达吉雅娜的信

说出我心头的悲哀的隐痛
会使您不快；我预见到一切。
将有怎样一种痛苦的轻蔑
表现在您的高傲的目光中！
我企求什么？怀着什么目的，
现在来向您剖开我的心灵？
会引起怎样恶毒的快意，
也许，由于我做的这桩事情！

我曾经偶然地和您相逢，
在您心头见到柔情的火种，
那时候，相信它，我没有勇气；
我便没让可爱的习性发展；
那时候，我的确很不情愿
把自己可厌的自由抛弃。
还有一件事使我们分别……
不幸的连斯基他死得真惨……
我使我的心所珍爱的一切
那时都和我的心一刀两断；
那时我孑然一身、无牵无挂，
我想我愿意用幸福去换取

自由和安逸。但是我的上帝！
我怎样地错了啊，怎样地受了罚。

　　不，只要能时刻和您见面，
能跟随在您身后寸步不离，
用我的热爱着您的两眼
捕捉您唇的微笑，眼的游移，
用心灵领略您的完美，
久久地倾听您的声息，
当着您的面在痛苦中憔悴，
苍白、熄灭……那就幸福无比！

　　而我的幸福已经被夺去：
为您四处奔命，怀着侥幸的心；
每小时、每天我都应该珍惜；
而我却把命定的有数时辰
在徒劳的苦闷中去浪费掉。
但这些日子也确实是难熬。
我知道：我的时日已经有限；
然而为了能延续我的生命，
我每天清晨必须有一个信念，
这一天我将见到您的身影……

　　我怕：在我恭顺的祈求里，
您那严厉无情的眼睛
会找出什么卑鄙的奸计——
于是您会把我怒斥一顿。
但愿有一天您可能知道，
爱的渴求怎样可怕地折磨人，
爱情像火一样在我心头燃烧——
要时刻用理性压住血的激奋；
我希望能够抱住您的膝头，
痛哭一场，俯在您的脚下，
倾吐我的怨诉、表白、恳求，

说出一切一切所能说出的话，
而我却必须用假装的清醒
武装起自己的言语和视线，
去跟您平心静气地交谈，
望着您，用一双愉快的眼睛！……

　　然而随它去吧：我已经
没有更多力量抗拒我自己；
一切都已决定：一切随您处理，
我决心一切都听天由命。

33

没有回答。他又写一封，
他的第二封、第三封信
仍得不到回答。一次宴会中，
他去参加，当他刚跨进门……
她迎面走来。多么严厉！
眼睛不望他，话也不说一句；
呜！ 如今，在她的周身
包围着何等寒冷的气氛！
她的那两片固执的嘴唇上
怎样极力地在抑制着愤怒！
奥涅金两目炯炯把她盯住：
哪儿，哪儿有什么怜悯、慌张？
哪儿有泪痕？……没有、全没有！
从脸上只看出她怒在心头……

34

还有，或许，是暗自的恐惧，
怕丈夫或社交界竟会猜透，
那偶然的弱点、那些儿戏……
奥涅金所知道的一切情由……
毫无希望了！ 他只好退场，
独自去诅咒他自己的疯狂——
并且，深深沉陷在疯狂里，

他又和社交界断绝了关系。
钻进一间悄然无声的小屋，
去独自回想那时候的情形，
当时，残酷无情的忧郁病
在喧嚣的社交界把他追逐，
它捉住他，提着他的衣领，
在一个黑暗的角落里把他囚禁。

35

他又开始不加选择地读书。
他读了吉本、孟佐尼的著作，
卢梭、赫德尔、尚福尔的著述，
还有 Madame de Staël、毕夏、狄索，
和怀疑主义者培尔的论文，
还读冯泰纳尔的一些作品，
读我们当中某些人的大作，
什么都读，什么都不放过：
他也读诗文选集，也读杂志，
这些杂志总是在教训我们，
最近还将我痛骂过一顿，
但其中也把那么好的情诗
献给我，我间或读到它们：
E sempre bene①，读者诸君。

36

可是怎么啦？他眼睛在读，
而思想却是远在天边；
许多的幻想、希望、痛苦，
深深地挤在他心灵中间。
尽管白纸黑字印得分明，
他精神上的另一双眼睛
却读出了其他一些词句。
他全心沉浸在这些词句里。

---

① 意大利语：(写得)真美。

那是些隐藏心头的故事,
属于亲切又朦胧的往昔,
是一些毫无关联的梦呓、
要挟、流言蜚语和预示,
或长篇童话中生动的荒诞不经。
或是妙龄女郎所写的封封书信。

37

于是,他便逐渐逐渐
沉入情感和思想的昏迷中,
而想象力便在他的眼前
玩着色彩缤纷的法拉翁①。
时而他看见:融化的雪里
有一个年轻人静卧不起,
仿佛是在旅店的床上安息,
有人说话:怎么? 已经断气。
时而看见早已忘却的宿仇,
诽谤者以及恶毒的胆小鬼,
以及那群另有新欢的娥眉,
和那些曾被他蔑视的朋友,
时而是一座乡村宅邸——窗下
正坐着她……于是便全都是她! ……

38

他已经习惯于这样出神,
差点儿没有因此疯掉,
或者差点儿没变成个诗人。
老实说,那样还要更糟!
的确:仿佛被磁力吸住,
我的这个没出息的门徒,
那时只差点儿没有学好
俄罗斯诗歌的一套规条。
当他独自个儿坐在角落里,
面前燃起一炉熊熊的火,

_____

① 一种纸牌的玩法,此处形容思路恍惚,捉摸不定。

低吟着 Benedetta① 或是 ldol mio②，
一会儿一只鞋落进火里，
一会儿又落进一本杂志，
他多么像个诗人的样子。

39

光阴飞逝；气温渐渐上升。
冬天的寿命已经告终；
诗人他到底没有做成，
没有死掉，也没有发疯。
春天又使他振作起精神：
在一个阳光明媚的清晨，
他初次走出深居的斗室，
那儿他一冬蛰伏，像只耗子。
他离开那些双层窗、壁炉，
乘雪橇沿着涅瓦河飞奔。
蓝色的冰上布满车痕，
冰上阳光闪耀，街上到处
都是掘开的雪溶化的泥泞。
奥涅金在泥泞中急速行进。

40

奥涅金奔向哪里？大概你们
早就猜到了；实在一点不差：
我的这个禀性难移的怪人
奔去找她，找他的达吉雅娜，
他像具僵尸样直往前走。
只见前厅里一个人也没有。
走进大厅；再往前：还不见有谁。
他伸出手来把房门一推。
他大吃一惊，却是什么原因？
原来公爵夫人独自坐在眼前，
她面色苍白，尚未梳洗打扮，

---

① 意大利语：最美好的人儿。意大利歌曲名。
② 意大利语：我的偶像。意大利歌曲名。

正读着一封不知什么书信，
泪水像小河般静静地流下，
一只手伸出来托住脸颊。

41

呵，在这迅速飞逝的瞬间，
谁能对她无言的苦不一目洞察！
谁在公爵夫人身上不会发现
当年的达尼娅，可怜的达尼娅！
沉浸在疯狂的悔恨的痛苦里，
叶甫盖尼向她的脚边俯下去；
她微微地一颤，默默无言；
只抬眼把奥涅金看了一看，
她既不愤怒，也不诧异……
他的病容的、黯淡的两眼、
祈求的神情、无声的责难，
她都心领神会。一位纯真的少女
连同她昔日的梦幻、心灵，
这时重又在她的身上苏醒。

42

她并不伸手去扶他起来，
不挪动她凝望着他的眼睛，
也不把她没知觉的手抽开，
任他去贪婪地一吻再吻……
此刻她心头想望些什么？……
经过了一段长久的沉默，
终于，她低声地说起话来：
"够了，请您站起来。我应该
坦率地向您说明。奥涅金，
您是不是还记得那一天，
那时，在花园里，在林荫道边。
命运让我们相遇，对您的教训
我当时多么顺从地恭听过？
那么，今天该轮到了我。

43

"奥涅金,那时候我更年轻。
好像,那时候,我还漂亮得多。
奥涅金,我那时爱上了您,
可怎样呢? 我在您心里找到什么!
您怎样回答我? 只是一本正经。
那时,一个温顺的姑娘的爱情
——难道不是吗? ——对您并不新鲜!
如今,一想起您那冰冷的两眼,
还有您那套谆谆的教诲,
天哪,——真让人血液发冷……
我并不怪您:在那可怕的时辰,
您的所做所为非常高贵,
您在我面前没做错事情;
我感谢您! 用我整个的心灵……

44

"那时——不是吗? ——在偏僻的乡村,
远离开人们虚荣的言谈,
我不讨您喜欢……可是如今
为什么您对我这般热恋?
为什么您苦苦地将我紧追?
是不是因为,在这上流社会,
如今我不得不去抛头露面?
因为我如今有名而且有钱?
因为我有个作战受伤的丈夫,
我们为此得到宫廷的宠幸?
是不是因为,如今我的不贞
可能会引起所有人的注目,
因此,可能为您在社会中
赢得一种声名狼藉的光荣?

45

"我在哭……如果您直到如今
还没把您的达尼娅忘记,

那您该知道：和这些眼泪、书信，
这种令人羞辱的激情相比，
我更喜欢您那种尖刻的责骂
和您那次冷酷、严厉的谈话，
假如能够随我的意思挑选。
那时候，您至少也还可怜
我那些天真幼稚的梦想，
至少也还尊重我的年华……
而现在！——您跪在我的脚下，
多么渺小啊！是什么让您这样？
为什么凭您的心灵和才气，
竟会成为浅薄感情的奴隶？

46

"对于我，奥涅金，这豪华富丽，
这令人厌恶的生活的光辉，
我在社交旋风中获得的名气，
我的时髦的家和这些晚会，
都有什么意思？我情愿马上
抛弃这些假面舞会的破衣裳，
这些乌烟瘴气、奢华、纷乱，
换一架书，换一座荒芜的花园，
换我们当年那所简陋的住处，
奥涅金呵，换回那个地点，
在那儿，我第一次和您见面，
再换回那座卑微的坟墓，
在那儿，一个十字架，一片荫凉，
如今正覆盖着我可怜的奶娘……

47

"而幸福曾经是那么伸手可及，
那么有可能！……但是，我的命运
已经全部注定了。也许，
这件事我做得不够审慎：
母亲流着泪苦苦哀求我，

对于可怜的达尼娅来说，
怎么都行，她听随命运摆布……
我便嫁给了我这个丈夫。
我求您离开我，您应该这样；
我十分了解：您的心中有骄傲，
而且也有真正的荣耀。
我爱您(何必对您说谎?)，
但现在我已经嫁给了别人；
我将要一辈子对他忠贞。"

48

她走了。叶甫盖尼木然不动，
仿佛被一声霹雳惊倒。
此时此刻，在他的心中，
掀起怎样万感交集的风暴！
然而却传来了马刺的声响，
达吉雅娜的丈夫随即出场，
在这里，在我的这位主人公
最感处境狼狈的这一分钟，
读者啊，让我们和他分手。
和他长久地……永远地别离。
我们大家已经跟他在一起
在这个世界上游荡了很久。
让我们彼此祝贺靠岸吧，乌啦！
也早就是时候了(可不是吗?)！

选自《普希金选集》(第五卷)，智量译，人民文学出版社 1985 年版。

草叶集（节选）

惠特曼

沃尔特·惠特曼（1819—1892），是美国 19 世纪最杰出的浪漫主义诗人，在美国文学史上占有非常重要的地位。他创作过大量的散文和诗歌。其重要作品为《草叶集》，该作代表了 19 世纪美国浪漫主义文学的最高成就。这部作品被视作美国自由体诗歌的代表。诗歌题名"草叶"具有多重象征意义。草叶不仅代表诗人自己的形象，同时也是美国的象征，更是民主和自由理想的体现。诗歌展示了诗人激进的爱国热情和民族精神。

当紫丁香最近在庭园中开放的时候

1

当紫丁香最近在庭园中开放的时候，
那颗硕大的星星在西方的夜空陨落了，
我哀悼着，并将随着一年一度的春光永远地哀悼着。

一年一度的春光哟，真的，你带给我三件东西：
每年开放的紫丁香，那颗在西天陨落了的星星，
和我对于我所敬爱的人的怀念。

2

啊，在西天的陨落的强大的星星哟，
啊，夜的阴影，——啊，悲郁的、泪光闪烁的夜哟！
啊，巨大的星星消失了，——啊，遮没了星光的黑暗哟！
啊，紧攫着我使我完全无力挣扎的残酷的手哟，——啊，我的无助的灵魂哟！
啊，包围着我的灵魂使它不能自由的阴霾哟！

3

在一间古老的农舍前面的庭园里，靠近粉白的栅栏，
那里有一丛很高的紫丁香，长着心形的碧绿的叶子，

开满了艳丽的花朵,充满了我所喜爱的强烈的芳香,
每一片叶子都是一个奇迹,——我从这庭园里的花丛中,
这有着艳丽的花朵和心形的绿叶的花丛中,
摘下带着花朵的一个小枝。

4

在大泽中僻静的深处,
一只隐藏着的羞怯的小鸟唱着一支歌。

这只孤独的鸫鸟,
它像隐士般藏起来,避开人的住处,
独自唱着一支歌。

唱着咽喉啼血的歌,
唱着免除死亡的生命之歌,(因为,亲爱的兄弟,我很知道,
假使你不能歌唱,你一定就会死亡。)

5

在春天的怀抱中,在大地上,在城市中,
在山径上,在古老的树林中,那里紫罗兰花不久前从地里长出来,点缀在灰
　　白的碎石之间,
经过山径两旁田野之中的绿草,经过无边的绿草,
经过铺着黄金色的麦穗的田野,麦粒正从那阴暗的田野里的苞衣中露头,
经过开着红白花的苹果树的果园,
一具尸体被搬运着,日夜行走在道上,
运到它可以永远安息的墓地。

6

棺木经过大街小巷,
经过白天和黑夜,走过黑云笼罩的大地,
卷起的旌旗排成行列,城市全蒙上了黑纱,
各州都如同蒙着黑纱的女人,
长长的蜿蜒的行列,举着无数的火炬,
千万人的头和脸如同沉默的大海,
这里是停柩所,是已运到的棺木,和无数阴沉的脸面,
整夜唱着挽歌,无数的人发出了雄壮而庄严的声音,

所有的挽歌的悲悼声都倾泻到棺木的周围,

灯光暗淡的教堂,悲颤的琴声——你就在这一切中间移动着,

丧钟在悠扬地、悠扬地鸣响,

这里,你缓缓地走过的棺木啊,

我献给你我的紫丁香花枝。

7

(并不是献给你,仅仅献给你一个人,

我将花枝献给一切的棺木,

因为你,如同晨光一样的清新,啊,你神志清明而神圣的死哟! 我要为你唱
    一首赞歌。

满处是玫瑰花的花束,

啊,死哟! 我给你盖上玫瑰花和早开的百合花,

但是最多的是现在这最先开放的紫丁香,

我摘下了很多,我从花丛中摘下了很多小枝,

我满满的双手捧着,撒向你,

撒向一切的棺木和你,啊,死亡哟!)

8

啊,徘徊在西方天空上的星,

现在我明白一个月前你是什么意思了,当我走过的时候,

当我沉默地在薄明的黑夜之中走过,

当我看见你每夜低垂下来好像要告诉我些什么,

当你好像从天上降落,降落到我的身边,(别的星星只是观望着,)

当我们共同在庄严的夜间徘徊,(因为好像有一种我所不知道的东西搅扰
    得我不能安睡,)

当夜深了,我看见在西方天边远处,你是如何地充满了悲哀,

当我在高地上,站在薄明的凉夜的微风之中,

当我看着你渐渐逝去,并消失在夜的黑暗之中的时候,

我的灵魂也在苦痛失意中向下沉没了,跟你悲伤的星星一样,

完结,在黑夜中陨落,并永远消失了。

9

你在大泽之中,唱下去吧,

啊,羞怯的,温柔的歌者哟! 我听到了你的歌声,我听到了你的叫唤,

我听见了,我就要来了,我懂得你,

但我还要延迟一刻,因为那颗晶莹的星留住了我,

那颗晶莹的星,我的就要分别的朋友,抓住我、留住了我。

10

啊,我将如何为我所敬爱的死者颤声歌唱?

我将如何为那已经逝去了的巨大而美丽的灵魂来美化我的颂歌?

我将以什么样的馨香献给我敬爱的人的坟茔?

海风从东方吹来,也从西方吹来,

从东方的海上吹来,也从西方的海上吹来,直到在这里的草原上相遇,

我将以这些和我的赞歌的气息,

来薰香我敬爱的人的墓地。

11

啊,我将拿什么悬挂在灵堂的墙壁上呢?

我将用什么样的图画装点这里的墙壁,

来装饰我所敬爱的人的永息的幽宅呢?

那将是新生的春天和农田和房舍的图画,

图画里有四月间日落时候的黄昏,有清澄而明亮的烟霞,

有壮丽的、燃烧在空中、燃烧在天上的摇曳下沉的落日的万道金光,

有着没胫的清新的芳草,有着繁生的嘉树的凄凉的绿叶,

远处河面上流水晶莹,这里那里布满了风向旗,

两岸上有绵亘的小山,天空纵横交错着无数的阴影,

近处有房舍密集的城市,有无数的烟囱,

还有一切生活景象,工厂,和放工回家的工人。

12

看哪,身体和灵魂——看看这地方,

这是我的曼哈顿,这里有教堂的尖顶,有汹涌的、闪光的海潮和船舶,

这广阔而多样的陆地,南北都受到光照,有俄亥俄的海岸和密苏里的水乡,

并且永远在广大的草原上满铺了青草和稻粱。

看哪,最美的太阳是这么宁静、这么岸然,

蓝色和紫色的清晓吹拂着微微的和风,
无限的光辉是那么温柔清新,
正午的太阳神奇地沐浴着一切,
随后来到的美丽的黄昏,和受欢迎的夜和星光,
全都照临在我的城市之上,包裹了人民和大地。

13

唱下去吧,唱下去吧,你灰褐色的小鸟哟!
从大泽中,从僻静的深处,从丛树中倾泻出你的歌声,
让它透过无限的薄暮,透过无限的松杉和柏林。

唱下去吧,最亲爱的兄弟哟! 如箫管之声一样地歌唱吧,
以极端悲痛的声音,高唱出人间之歌。

啊,流畅自如而温柔!
啊,你使我的灵魂奔放不羁了,——啊,你奇异的歌者哟!
我原只听从你,——但不久就要离去的那颗星却把我留住了,
发散着芬芳的紫丁香花也把我留住了。

14

现在,我在白天的时候,坐着向前眺望,
在农民们正在春天的田野里从事耕作的黄昏中,
在有着大湖和大森林的不自知的美景的地面上,
在天空的空灵的美景之中,(在狂风暴雨之后,)
在午后的时光匆匆滑过的苍穹之下,在妇女和孩子们的声音中,
汹涌的海潮声中,我看见船舶如何驶过去,
丰裕的夏天渐渐来到,农田中人们忙碌着,
无数的分散开的人家,各自忙着生活,忙着每天的饮食和琐屑的日常家务,
大街如何像急跳的脉搏,而城市如何在窒闷中喘息,看哪,就在此时此地,
降落在所有一切之上,也在一切之中,将我和其余一切都包裹住,
出现了一片云,出现了一道长长的黑色的烟缕,
我认识了死,死的思想和神圣的死的知识。

这时,好像这死的知识在我的一边走着,

而死的思想也紧随着我，在我的另一边，
我夹在他们之中如同在同伴中一样，并紧握着同伴们的手，
我忙着逃向那隐蔽着、容受着一切的、无言的黑夜，
到了水边，到了浓密大泽附近的小道，
到达了静寂的黝黑的松杉和阴森的柏林。

那对于一切都感到羞涩的歌者却欢迎我，
我认识的这只灰褐色的小鸟，它欢迎我们三个人，
它唱着死之赞歌和对于我所敬爱的人的哀辞。

从幽邃而隐蔽的深处，
从这么沉静的芳香的松杉和阴森的柏林，
传来了这只小鸟的歌声。

歌声的和美使我销魂，
就好像在黑夜中我握着我同伴的手一样，
我的心的声音应和着这只小鸟的歌声。

来吧，可爱的，予人以慰藉的死哟，
像波浪般环绕着世界，宁静地到来，到来，
在白天的时候，在黑夜的时候，
或迟或早地走向一切人，走向每个人的、微妙的死哟！

赞美这无边的宇宙，
为了生命和快乐，为了一切新奇的知识和事物，
为了爱，最甜美的爱——更赞美，赞美，加倍地赞美，
那凉气袭人的死的缠绕不放的两臂。

总是悄悄地走近身边的晦暗的母亲，
没有人来为你唱一支全心欢迎你的赞歌么？
那么我来给你唱吧，我赞美你超于一切之上，
我献给你一支歌，使你在必须来的时候，可以毫不踌躇地到来。

来吧，你强大的解放者哟，
当你把死者带去时，我欢欣地为他们歌唱，
他们消失在你的可爱的浮动的海洋里，
沐浴在你的祝福的水流里，啊，死哟。

我为你，唱着快活的小夜曲，
用舞蹈向你致敬，为你张灯结彩，广开欢宴，
高空和旷野的风景正宜人，
还有生命和田野，和巨大而深思的黑夜。

黑夜无声地聚在繁星下面，
海岸上有我熟悉的海浪的沙沙低语一般的声音，
这时灵魂正转向你那里，啊，你硕大而隐蔽着的死哟，
身体也怀着感激的心情紧紧地向你依偎。

我从树梢上吹送一支歌给你，
它飘过起伏的海浪，飘过无数的田地和广阔的草原，
飘过人烟稠密的城市和熙熙攘攘的码头街道，
我带着欢乐，带着欢乐吹送这支赞歌给你，啊，死哟！

15

合着我的心灵的节拍，
这灰褐色的小鸟，大声地歌唱着，
清越而悠然的歌声，弥漫了、充满了黑夜。

在浓密的松杉和柏林中大声地唱着，
在芳香的大泽和清新的雾气中清晰地唱着，
而我和我的同伴，在夜间，却停留在那里。
本来在我眼里束缚着的视线现在解开了，
立刻看到了长卷的图画。

我看见了无数的军队，
我好像在静寂无声的梦里，看见千百面战旗，

在炮火的烟雾中举着，为流弹所洞穿，
在烟雾中转战东西，被撕碎了，并且染上了血迹，
最后旗杆上只剩下几块破布，（一切都沉寂了，）
这些旗杆也已碎断而劈裂。

我也看见了无数战士的尸体，
我看见了青年的白骨，
我看见所有阵亡战士的残肢断体，
但我看见他们不是想象的那样，
他们完全安息了，他们没有痛苦，
只是生者留下来感到痛苦，母亲感到痛苦，
他们的妻、子和沉思着的同伴感到痛苦，
还有那剩下的军队感到痛苦。

16

经过了这些景象，经过了黑夜，
经过握过又松开了我手的同伴的手，
也经过了隐藏着的小鸟的歌声，那和我的灵魂合拍的歌声，
胜利的歌声，死之消逝的歌声，永远变化而多样的歌声，
低抑而悲哀，清晰而分明，起伏着、弥漫了整个黑夜，
悲哀、低沉、隐隐约约、更令人心惊，但最后又突变为一种欢乐的音调，
普盖大地，填满天空，
当我在夜间从静僻深处听见那强力的圣歌的时候，
我走过去，留下你这带着心形的绿叶的紫丁香，
我留下你在庭园中，让你随着每度春光归来，开放。

我要停止我对你的歌唱了，
我将不再面向西方、对你眺望、和你交谈，
啊，在黑夜中你银白色的脸面上发光的伴侣哟！

我要把这一切都保留下，不让它随着黑夜消逝，
这歌声，这灰褐色的小鸟的神奇的歌声，
这合拍的歌声，我的心的深处的回应，

还有这满怀着悲愁的，发光的，沉落的星星，

听见小鸟的召唤而紧握着我手的我的同伴，

是的，我的同伴，我夹在他们中间，我要永留着对他们的记忆，为了我敬爱的
　　死者，

为了那个在我的一生中和我的国土中的最美好、最智慧的灵魂，正是为了他
　　的缘故，

在那里，在芳香的松杉和朦胧阴暗的柏林深处，

紫丁香、星星和小鸟同我的深心的赞歌都融混在一起了。

啊，船长，我的船长哟！

啊，船长，我的船长哟！我们可怕的航程已经终了，

我们的船渡过了每一个难关，我们追求的锦标已经得到，

港口就在前面，我已经听见钟声，听见了人们的欢呼，

千万只眼睛在望着我们的船，它坚定、威严而且勇敢；

　　只是，啊，心哟！心哟！心哟！

　　　啊，鲜红的血滴，

　　　　就在那甲板上，我的船长躺下了，

　　　　　他已浑身冰凉，停止了呼吸。

啊，船长，我的船长哟！起来听听这钟声，

起来吧，——旌旗正为你招展，——号角为你长鸣，

为你，人们准备了无数的花束和花环，——为你，人群挤满了海岸，

为你，这晃动着的群众在欢呼，转动着他们殷切的面孔；

　　这里，船长，亲爱的父亲哟！

　　　让你的头枕着我的手臂吧！

　　　　在甲板上，这真是一场梦——

　　　　　你已经浑身冰凉，停止了呼吸。

我的船长不回答我的话，他的嘴唇惨白而僵硬，

我的父亲，感觉不到我的手臂，他已没有脉搏，也没有了生命，

我们的船已经安全地下锚了，它的航程已经终了，

从可怕的旅程归来，这胜利的船，目的已经达到；

　　啊，欢呼吧，海岸，鸣响吧，钟声！

只是我以悲痛的步履，
　漫步在甲板上，那里，我的船长躺着，
　　他已浑身冰凉，停止了呼吸。

选自惠特曼：《草叶集》（下），楚图南、李野光译，人民文学出版社 1987 年版。

请扫码阅读外文版
原作（节选）

第七章　19世纪文学(中)

红与黑(节选)

斯丹达尔

斯丹达尔(1783—1842),又译司汤达,原名亨利·贝尔,法国批判现实主义文学的奠基人。斯丹达尔用多个笔名发表了《吕西安·娄凡》《帕尔马修道院》《意大利遗事》等作品,但并未引起文坛重视。其中,《拉辛与莎士比亚》这部论著以浪漫主义之名兴现实主义之实,倡导"反映当代生活"的新文学。小说《红与黑》副标题为"1830年纪事",在政治风云波谲云诡之际描写了于连一生的奋斗,以及与德·雷纳尔夫人、玛蒂尔德小姐的爱情经历。小说的心理描绘十分突出,塑造了于连这个性格突出又复杂的典型形象。

上卷

第二十六章　世界或富人之所缺

在这大地上,我形单影只。没有人会想到我。我亲眼看见那些人发迹,他们都厚颜无耻,铁石心肠,我可没这样的本事。他们恨我,因为我心慈面软。啊!我快死了,不是死于饥饿,便是死于看见狠心的人而感到的痛苦。

扬格

他赶紧刷了刷衣服,下楼,但还是迟到了。学监狠狠地训了他一顿。他并未试图分辩,反而双手交叉,放在胸前。

"Peccavi,pater optime(我有罪,我的好神父)。"他懊悔地说道。

这第一招获得了很大成功。学员中那些机灵的人一眼看出他们面前这一位并非刚入门的新手。课间休息时,于连发现大家都好奇地打量他,但从他身上见到的只是克制和沉默。而根据他给自己定下的原则，他把这三百二十一位同窗都当敌人看待。在他眼里，最危险的敌人自然是彼拉尔神甫。

没过几天，于连要选一位忏悔神甫了，有人给了他一份名单。

"啊！天哪！他们把我看成是什么人了？"他想，"难道他们以为我不懂什么叫说话听声吗？"他选择了彼拉尔神甫。

出乎他意料之外，此举却是关系重大。一个年纪轻轻来自维里业的小学员从第一天起就对他很友好，此时告诉他，如果他选择神学院副院长卡斯塔奈德先生，会更加稳妥一些。

"有人怀疑彼拉尔先生是冉森派教徒，卡斯塔奈德神甫是他的对头。"那位小学员凑到他耳边说道。

我们的主人公自诩行事谨慎，其实一切初期的举动，诸如选择忏悔神甫之类，都流于轻率。他作为一个有想象力的人，自以为是，一叶障目，往往把意愿当作事实，自以为是弄虚作假的老手，荒唐到认为，假装软弱，虽胜不武。

"唉，这是我唯一的武器了！换了另一个时代，"他心里想道，"我一定会凭着我在敌人面前响当当的行动来挣我的前程。"

于连对自己的表现感到满意，他看看周围，似乎人人都恪守清规，道貌岸然。

有八到十个学员俨然圣者，像圣德肋撒，又像圣方济各在亚平宁山的维尔纳峰上接受五伤时看见过上帝显灵一样。但这是一大秘密，他们的朋友都讳莫如深。这些见过显灵的倒霉青年几乎总住在病房。另外一百多人坚持信仰，苦修不辍，用功之勤，直到几乎病倒也没学到多少东西。有两三个的确有真才实学，其中一位名叫沙泽尔。但于连觉得与他们有距离，他们也不和他亲近。

三百二十一名学员中除了他们，其他人都不过是粗野不文之辈，尽管整天背拉丁语单词，其实不甚了了。他们几乎都是农家子弟，不愿荷锄耕田，想要靠背几个拉丁语单词混饭吃。根据这种观察，于连从最初几天起便立志尽快出人头地。他心里想："不管哪一行都需要聪明人，总之，大有可为。若在拿破仑麾下，我早就当了军官。在这些未来的神甫中，我将是代理主教。"

这些可怜虫都是从小干活，到这里来之前，一直喝的是酸牛奶，吃的是黑面包，住的是茅草屋，一年只能尝到五六次肉。他们像罗马士兵一样，把战争当休息，这些山野村夫能到神学院来真是快乐死了。

在他们忧郁的眼神里，于连只看到饭后生理需要获得的满足和饭前对生理快感的期待。就是这样的一群人，他必须表现得与他们不同。但他有所不知，别人也注意不告诉他的是，在神学院的教理、教会史等课程上考第一在他们眼里不过是出风头，是罪过。自从出现了伏尔泰，出现了两院制的政府，而归根结底这种政府不过是怀疑和个人探讨的产物,给各国人民的思想造成了怀疑的恶习,法国教会从此便似乎明白了,书本才是它的真正敌人。在它眼里,一心皈依就是一切。学习好,甚至神学学得好也值得怀疑,而且有理由怀疑。学问大了,像西埃耶斯或格雷古华①那样,又有谁能阻挡他们投向对方阵营呢? 教会心惊胆颤,紧紧依附着教皇,视之为唯一的救星。只有教皇能阻止自我审查并以教廷盛大的仪式震慑老百姓困扰而病态的心灵。

于连依稀参透了这种种真情,而在神学院里听到的话都企图加以掩饰,因而陷入了深深的苦闷之中。他勤奋用功,很快便学会了对将来当教士十分有用的东西。其实他认为,这些学问都是假的,根本不感兴趣,但又觉得没有其他事情可做。

他心想:难道这世界就把我忘了吗? 他不知道,彼拉尔神甫收到过几封寄自第戎的信而且已经烧了。这些信措词十分得体,字里行间却流露出强烈的感情,似乎这位爱侣正为深切的悔恨所苦。彼拉尔院长心想:好极了,这个年轻人所爱的至少不是一个不信教的女子。

一天,彼拉尔神甫又拆开一封信,字迹已经被泪水浸得模糊不清了,原来是一封诀别信。写信人对于连说:"上天终于赐我恩典,使我懂得了恨,我并不恨造成我错误的那个人,他永远是我在这个世界上最亲爱的人,我只恨我的错误。我已痛下决心,但如您所见,泪没少流。我对孩子负有责任,您也深爱他们。为了拯救他们,我只好作出牺牲。今后,公正而可畏的上帝再也不会因他们母亲犯了罪而报应他们了。永别了,于连,望您能公平待人。"

信的结尾这一段几乎无从辨认。写信人给了一个第戎的地址,但却希望于连千万别写回信,或者所使用的词句至少不致使一个改邪归正的女人看了脸红。

终日郁郁寡欢,加上为神学院供应伙食的人每顿收费八十三生丁而饭菜恶劣,于连的健康开始受到影响。一天,富凯突然来到他的房间。

"我终于进来了。我来过五次贝藏松,想见你,当然这不怪你,每次都碰到冷冰冰的面孔。我派人守在神学院门口。真见鬼了,你怎么老不出来?

"这是我给自己安排的考验。"

"我觉得你变多了。不过总算又看到了你。花了两个五法郎的埃居才知道自己是个笨蛋,不懂得第一次就该掏出来。"

两个朋友一谈就没个完。听了富凯下面那番话,于连的脸色骤变。富凯说:"对了,你知道吗? 你学生的母亲现在变得虔诚极了。"

这句话他说得很随便,但却不知不觉地触动了对方的满怀心事,在已经为情

---

① 　格雷古华系格勒诺布尔—神甫,曾于 1819 年被选为议员。

颠倒的于连身上产生了奇特的印象。

"是的，我的朋友，虔诚到狂热的程度。据说她还去朝圣呢。马斯隆神甫盯谢朗神甫盯了那么久，现在就让他永远惭愧去吧，德·雷纳夫人可不要他，径自到第戎或贝藏松去忏悔。"

"她来贝藏松?"于连说着脸上泛起了红晕。

"常来。"富凯回答时带着询问的神气。

"你身上有《立宪报》吗?"

"你说什么?"富凯反问道。

"我问你有没有《立宪报》?"于连心平气和地说道，"这里卖三十个苏一份哩。"

"什么，神学院里也有自由派!"富凯叫了起来，"可怜的法兰西!"他学着马斯隆神甫温柔的假声假调又加了一句。

这次富凯的来访本可以给我们的主人公很大的触动，但第二天，被于连当孩子看待、来自维里业的那个小学员一句话使他发现了一件重要的事。自从来到神学院，他的一举一动都是弄虚作假，想起来真不是滋味。

实际上，他生活中的重大行动都经过悉心设计，但他大行不顾细谨，而神学院里有些人很坏，专门注意鸡毛蒜皮的事，故而在同学们中间，于连已经被公认有自由思想，因为在许多小事情上他露出了马脚。

在他们眼里，他的确有这种恶习，不盲从权威和典范，而是自己去思考，去判断。彼拉尔神甫一点也不能帮助他，除了听他忏悔以外，从未和他说过一句话，即使在听他忏悔时，也只是听而不开口。假如当初他选择了加斯塔奈德神甫，情形就会大不一样。

于连一旦觉察到自己的毛病，便再也不敢掉以轻心了。他想知道这种毛病所造成的损失有多大，为此，他想稍稍从自己一向拒同窗于千里之外的那种高傲而固执的沉默中走出来。于是他们进行报复了。他主动接近，他们反而不屑理他，甚至冷嘲热讽。他这才知道，自从他进神学院以来，尤其是课间休息的时候，无时无刻不产生对他有利或有害的结果，不是树敌，便是得友，某位真正有德或较之他人粗俗之态略少的学员愿意与他亲近。需要弥补的实在太多，任务艰巨，以后要不断小心，给人一个新的形象。

比如眼睛的活动就给他带来许多麻烦。所以在这种地方一般人都垂下眼睛并非没有道理。"我在维里业真是太自负了!"他心里想道，"我以为这就是生活，其实只是为生活做准备。现在我终于入世了，这个世界就是这样，我周围将全是敌人，直到我的角色演完为止。每分钟都要装出虚伪，实在太难了!赫拉克勒斯当年的丰功伟绩比起这个来也是小巫见大巫。今世的赫拉克勒斯是西克斯特五世①,他伪装谦逊,把亲眼看见他年轻时桀骜不驯的四十位红衣主教足足欺骗了一十五年。

他恼恨地自言自语道:学问在这里真是分文不值! 学教理、教会史等的成绩不过是表面功夫。这些课程讲述的东西对所有像我一般的傻子,不过是请君入瓮的手段。唉! 我唯一的优点就是进步快,能领悟这些废话。归根结底,这些废话的真正价值,他们是否知道? 没准和我有同样的看法? 而我却傻乎乎地引以为荣! 在这些科目上总得第一名只能给我招来几个凶狠的敌人罢了。沙泽尔的学问比我大,但在作文中总加进一两句不合时宜的话,名次便落到第五。要是获得第一,那是不小心的结果。唉! 要是彼拉尔神甫能指点我一句,只消一句,我便受益匪浅了!

于连醒悟过来以后,过去他认为味同嚼蜡的没完没了的苦修课,像每星期五次数念珠诵经,到圣心教堂唱赞美诗,等等,现在都成了十分有意思的活动。他严格反省,尤其是注意不夸大自己的能力。他并不希望像给别人示范的修士那样,急于随时作出一些有意义的行动,就是说想证明自己是个完美的基督徒。在神学院,有一种吃带壳溏心蛋的方式,可以说明在修行上究竟取得多少进步。

看到这里,读者诸君也许会笑,那就请你们回忆一下德利尔神甫被邀出席路易十六宫廷中一位命妇举行的午宴,在吃鸡蛋时的种种失仪吧。

于连首先想做到 non culpa②,做到这一点的学员其举手投足,眼睛顾盼,实际上已无任何世俗之气,但尚未一心只想天国,看破红尘。

于连不断在过道的墙上用炭笔写着下面的词句,像:六十年的考验比起天国的极乐和地狱的油锅来,又算得了什么! 对这些句子,他不再嗤之以鼻,反而觉得应该常在眼前才好。他抚心自问:我这一生做的是什么呢? 把天国中的位置卖给善男信女。怎样才能使他们看得见这个位置呢? 通过我有别于凡俗的外表呗。

经过好几个月不懈的努力,于连的神态仍难脱思考状,转动眼睛和翕合嘴唇的姿态还不足以反映他内心随时准备相信一切、忍受一切,甚至不惜以身殉道的信念。看到自己在这方面还不如那些粗野不文的农民子弟,心里愤愤不平,其实他们没有思考的神态倒是合情合理的。

这种准备相信一切、忍受一切、反映出狂热而盲目信仰的面容,在意大利的

_____

① 西克斯特五世,16世纪罗马教皇。未当选时,假装体弱多病,拄杖而行。四十位红衣主教以为他不久人世,便故意选他。谁知一旦当选,他便扔掉拐杖,抖擞精神,励精图治,各红衣主教惊讶莫名,但为时已晚。

② 拉丁文:无过。

修道院中随时可以看到，圭尔奇诺①在其绘画中也给我们这些凡夫俗子留下了完美的典型。为了获得这样的面容，于连可真下了不少功夫。

每逢重大节日，学员们可以吃到香肠和泡菜。同桌的学员发现于连对此享受毫不动心，这就是他的罪状之一。他的同学们认为那样做是极度的虚伪，既愚蠢又讨厌，没有什么事比这个使他树敌更多的了。他们说："瞧这个城里人，瞧这个傲慢的家伙！连最好的香肠泡菜份饭也装作看不上！呸！无赖！自以为了不起！下地狱的料！"

"唉！我这些同窗都是些年轻的乡下人，他们的无知倒成了他们的一大优点。"于连在泄气时不禁叹道，"我到神学院时满脑子世俗想法，数都数不清，不管我怎样努力，脸上都能露出来，他们来时却没有这些思想，老师不必费心给他们纠正。"

于连以近乎妒忌的心情专心研究到神学院来的年轻乡下人中最粗野的那几个。当别人扒下他们的粗布外衣，给他们披上黑袍时，他们所受到的教育仅限于无限崇敬金钱，就是弗朗什-孔泰人所说的干净利落的现钱。

这是表达现金这一崇高概念的神圣而豪迈的方式。

这些学员犹如伏尔泰小说中的主人公，他们心目中的幸福首先是吃得好。于连发现他们几乎所有人对穿细呢外衣的人都怀有一种天生的尊敬。有这种感情的人能够恰如其分甚至偏低地评价我们的法庭在分配上作出的公平判决。他们之间经常这样说：和一个大佬打官司能有什么好处？

大佬是汝拉山区的地方话，指有钱人。政府是最有钱的！得到他们的尊重便可想而知了。

对弗朗什-孔泰的农民来说，听见省长的名字而不微笑表示尊重是行为不检，而穷人行为不检，很快便会受到失去生计的惩罚。

于连最初因看不惯而感到憋气，但后来却动了怜悯之情：大部分同学的父亲在冬天傍晚回到茅屋时，往往既找不到面包，也找不到栗子和土豆。于连心想：如果他们认为，人的幸福首先是吃饱饭，然后是有件好衣服，那又有什么可大惊小怪的呢？我的同学们志向坚定，就是说，他们看出，当教士可以长期享受这种幸福，即吃得饱，穿得暖。

有一次，于连偶然听见一个有头脑的年轻学员对同伴说：

"我为什么不能像西克斯特五世那样成为教皇呢？他也当过猪倌啊！"

"只有意大利人才能当教皇，"他的同伴回答道，"不过，将来一定会在咱们

----

① 圭尔奇诺（1591—1666），17世纪意大利宗教画家，其作品《阿基坦公爵弗朗索瓦脱下铠甲，换上修士袍》现藏于卢浮宫，编号1130。——作者原注。

中间抓阄决定看谁当代理主教、议事司铎,也许还有主教。夏龙①的主教 P 先生的父亲是箍桶匠,我父亲也是这一行。"

一天,上教理课时,彼拉尔神甫把于连叫去。可怜的年轻人正乐得摆脱使他身心都感到不舒服的气氛。

于连在院长那里受到的还是他来到神学院那天使他胆战心惊的接待。

"给我解释一下写在这张牌上的东西。"院长边说边盯着他,使他恨不得钻到地里去。

于连看见上面写道:

"阿曼达·比内,在长颈鹿咖啡馆,八点前。说你从冉利来,是我母亲的侄子。"

于连觉得事情严重,这个地址是卡斯塔奈德神甫的坐探从他那里偷去的。

"我到这儿来的那一天,"他回答时看看彼拉尔神甫的额头,因为他受不了神甫可怕的目光,"我心惊胆战,因为谢朗神甫跟我说过,这里是各种诽谤和邪恶的渊薮,鼓励同学之间相互窥伺和揭发。这是上天的安排,目的是让年轻的教士看看什么是生活,启发他们对尘世及其浮华的厌恶。"

"你居然对我花言巧语,小流氓!"彼拉尔怒气冲冲地说道。

"在维里业,"于连冷冷地说道,"我哥哥有事妒忌我时就打我……"

"废话少说! 废话少说!"彼拉尔神甫几乎气炸了,大叫道。

于连毫不畏惧,继续讲了下去。

"我来到贝藏松那天,将近正午,我肚子饿,走进一间咖啡馆。对这俗气熏人的地方,我由衷感到厌恶,但我又想,在那里吃午饭比在旅店便宜。一位样子像老板的夫人见我涉世未深,动了恻隐之心,对我说:贝藏松坏人很多,先生,我真为您担心。如果您遇到什么麻烦,我能帮助您,您可以在八点前派人来找我。如果神学院看门的拒绝替您办事,您就说是我表弟,冉利人氏……"

"这些话将来都要核实。"彼拉尔神甫大声说道,他已经坐不住了,在房间踱来踱去。

"现在回房间去!"

神甫跟着于连走回房间,用钥匙把他锁了起来。于连立即检查箱子,那张要命的纸牌就是珍藏在那里的。箱子里什么也没丢,只是许多地方都翻乱了,可钥匙他是总不离身的呀。他心想:"幸亏在我眼不清目不明的时候,卡斯塔奈德先生经常好心地允许我出去,我没有接受,现在我倒明白他的用意了。如果我动了心,想换上衣服,去看看美丽的阿曼达,那我就完了。他们打听到情况却又不能

---

①　夏龙,法国马恩省首府。

这样利用,心有不甘,便告了密。"

两个钟头以后,院长派人来喊他。

"您没撒谎,"院长说话时目光没那么严厉了,"但是保留这样的地址实在是不够谨慎,您现在还不知道其严重性有多大。倒霉的孩子,也许十年之后,它会给您带来不幸。"

下卷

第十三章　阴谋

在想象丰富、胸怀激情的人眼里,片言只语、偶尔相逢,都是最明显的表示。

席勒

……

于连向她告辞的时候,她使劲抓住于连的胳臂。

"您今晚会收到我一封信。"说这句话时她的声音大变,简直听不出是她的了。

于连不禁怦然心动。

"家父非常欣赏您为他做的工作,"她又说道,"明天您必须留下,随便找个借口。"说完一溜烟地跑了。

她身材迷人,纤足美丽无双,跑起来姿势优美,使于连魂为之夺。可是她跑得无影无踪以后,谁又能猜得透她下一个想法是什么? 她说必须这两个字时语气颇带命令之意,伤了于连的自尊心。路易十四临终时,他的首席御医贸贸然也用了必须这两个字,使君王大为恼火。路易十四可不是个暴发户。

一小时后,仆人交给了于连一封信,信里直截了当地表白了自己的爱情。

于连心想:"文笔倒不太造作。"他企图以评论文字来抑制心中的喜悦,但脸上的肌肉一动,早已不由自主地笑了出来。

他按捺不住心里的激动突然大声地说道:"我,一个贫穷的乡下人,居然能获得一位千金小姐的垂青!"

他强忍着满怀的喜悦又说道:"至于我,表现倒不坏,保住了性格的尊严。我根本没说过我爱她。"接着,他研究起信里的字体。德·拉摩尔小姐写得一手娟秀的英国式字体。于连需要具体干点什么事,好排遣一下欣喜欲狂的情绪。

"您要走了,我不得不说上几句……再也见不着您我真受不了。"

于连突然有一种想法,似乎有所发现,打断了他对玛蒂尔德来信的研究,心里更是美滋滋的,不禁大声说道:"我胜过了德·克罗兹诺瓦侯爵了。我只会谈正经事! 而他却那么漂亮! 蓄着小胡子,穿着整齐的军装,能够在适当的场合出言风趣,妙语连珠。"

于连顿时感到踌躇满志,欣喜若狂,在花园里信步走去。

稍后,他上楼到书房,要求见德·拉摩尔侯爵,幸好侯爵没有出门。他递上几份从诺曼底送来的文件,毫不费事地向侯爵证明,他要料理诺曼底那边的官司,只好把去朗格多克的行期往后推。

"您不走我很高兴,"谈完公事以后,侯爵对他说道,"我喜欢您在我跟前。"于连告辞,侯爵这句话使他有点不好意思。

"而我,我却要勾引他女儿! 没准把他女儿和德·克罗兹诺瓦侯爵的亲事弄吹了,这门亲事可是他美好前程的倚靠啊:就算老头子当不上公爵,至少他女儿在御前也有个座。"于连真想改变初衷,到朗格多克去,尽管玛蒂尔德写过情书,他也向侯爵作过解释。但这种出自良心的一闪念转瞬即逝。

他心想:"我的心太好了,我是一介布衣,竟怜悯起一个有这样地位的家族!肖纳公爵甚至称我为仆人! 侯爵偌大的财产是怎样挣来的呢? 是靠在宫里获悉第二天可能会发生政变便抛售债券赚来的。而我则像后娘养的,被老天爷扔到了社会的底层,虽给我一颗高贵的心而不给我每年一千法郎的入息,也就是说不给我面包,的的确确不给我面包。现在欢乐送上门来我竟拒而不纳! 我正艰难穿越一块滚烫而单调的沙漠,怎能拒绝送到嘴边可解我渴的清泉! 我的天,总不会这么傻吧! 在这个被称为生活的充满自私的沙漠里,真是人不为己,天诛地灭啊。"

同时他又想起德·拉摩尔夫人,尤其是她那些贵夫人朋友用充满蔑视的目光打量他的情形。

战胜德·克罗兹诺瓦侯爵的欢欣终于使已经处于劣势的道德意念一败涂地。

"我真希望他生气,"于连说道,"现在我一定能信心十足地给他一剑。"说着他摆出了反击的姿势。"以前,我是个书生,虽有勇气,无处可使,有了这封信,我可以和他平起平坐了。"

接着,他又放慢语调,无限甜蜜地自言自语道:"侯爵和我两个人的优点已经作过了比较,结果是汝拉山区的穷木匠最终取胜。"

"好!"他大声说道,"我回信就签上'汝拉山区的穷木匠'。德·拉摩尔小姐,别以为我会忘记我的身份,我要让您明白并深深感到,您为了一个木匠的儿子,背叛了大名鼎鼎、曾经跟随圣路易参加十字军东征的吉·德·克罗兹诺瓦的一个嫡亲子孙。"

于连难以控制心中的喜悦,只好下楼跑进花园,觉得关在房间里空间太窄,透不过气来。

他不断反复地自言自语:"我不过是汝拉山区的一个贫苦农民,注定永远穿着这件倒霉的黑衣服！唉！早生二十年，我也会像他们一样穿上军装！那时候，像我这样的人不是战死沙场，就是三十六岁便当上将军。"他紧紧攥在手里的那封信使他俨然成了个昂藏潇洒的英雄。"现在，不错，凭着这件黑衣服，到了四十岁就可以有年薪十万法郎和蓝色缎带，和博韦的主教大人一样。"

他像魔鬼般狞笑着，心想："这样说来，我比他们聪明；我懂得这个世纪该选择什么制服。"想着想着，他的野心更大，对教士服也更有感情了。多少红衣主教出身比我还要卑贱，可照样当权！我的同乡格朗韦尔①就是个例子。

于连的心情逐渐平静下来，又恢复了谨慎。他很熟悉他的老师答尔丢夫的角色，此刻便背起了他的台词：

> 这些话我认为只是赤裸裸的诡计。
> ……
> 我绝不相信，任她软语温柔，
> 除非这些话能够向我保证，
> 我能从她那里得到点我所企盼的甜头。

《伪君子》第四幕第五场

"答尔丢夫也是栽在一个女人手里，换了别人，也是一样……她会把我的回信拿去给别人看……这个嘛，咱们有一个办法，"他放慢声调，强按着凶狠的语气继续说道，"咱们用高贵的玛蒂尔德来信中最热情洋溢的几句开头。

"对，不过，德·克罗兹诺瓦先生会派四个仆从冲过来，把原信从我手里抢走。

"不怕，因为我有枪，大家都知道，对仆人开枪我已经习惯了。

"唔，他们中间会有一个不怕死，向我扑来，因为有人答应过他，事成之后给他一百个金币。我于是一枪把他打死或者打伤，活该，他是自找。我按照法律被关进监牢，送上重罪法庭。法官们执法不阿，把我押到普瓦西中央监狱与冯唐和马加隆②做伴，和四百名穷要饭的乱糟糟地睡在一起……而我倒可怜起这些人来了！"他霍地站起来，大声说道，"当他们抓到第三等级的人时，会可怜他们吗？"在此以前，他对德·拉摩尔先生的知遇之恩一直感到很惭愧，而这句话一出，便完全结束了这种感恩戴德的心理。

"慢着，贵族先生们，我懂得你们这种不择手段的伎俩，马斯隆神甫或者卡斯塔奈德先生也不过如此。你们若把这封挑逗性的信抢去我便要做科尔玛的卡隆上校③第二了。

"等一等，先生们，我要把这封要命的信密密实实地封好，寄给彼拉尔神甫

---

① 格朗韦尔红衣主教（1517—1586），出生在贝藏松，后成为查理五世和腓力二世的大臣。
② 冯唐和马加隆均为刊物主编，因抨击当局，1830年被捕，囚禁于普瓦西中央监狱。
③ 卡隆上校，曾为拿破仑麾下军官，1822年被控阴谋反对复辟王朝，遭枪决。

代我保管,神甫是一个正派人,又是冉森派教徒,这样的人是不会为金钱所动的,对,不过他会拆信……还是寄给富凯吧。"

必须承认,此时的于连,目光凶狠,面目狰狞,一副凶相,大有以穷苦人的身份向整个社会宣战之势。

"拿起武器!①"于连大叫着,纵身跃下府前的台阶,冲进街拐角代书人的小铺,把代书人吓了一跳。于连把德·拉摩尔小姐的信交给他,对他说道:"抄写一份。"

代书人抄信时,他自己动手写信给富凯,求他给保管一包珍贵的东西。突然,他又停下来自言自语道:"不过,邮政局的检查部门会把我的信拆开,将你们要找的那封信还给你们的……不行,先生们。"他跑进一家新教徒开的书店,买了一本厚厚的《圣经》,把玛蒂尔德的信干净利落地藏在封面里,叫人包装好,然后把包裹交驿车带给富凯手下一个工人,巴黎没有人知道这个工人的名字。

一切停当以后,他轻松愉快地返回侯爵府。"现在就看咱们的了!"说着,他把房门一锁,外衣一扔,拿起笔就给玛蒂尔德写回信:

"什么!小姐!竟然是德·拉摩尔小姐命其父的一个仆人阿赛纳将一封如此富有诱惑性的情书亲手交给汝拉山区的一个穷木匠,显然是因为木匠单纯而欲加以戏弄……"接着便把刚收到的那封信中最赤裸裸的语句抄上去。

博瓦西骑士素以审慎的外交辞令见称,于连的信也不遑多让。当时还只不过十点。于连高兴得如醉如痴,同时也感到了自己的力量,这对像他这样的穷小子来说,的确前所未有。他走进意大利歌剧院,正好听见他的朋友杰罗尼莫在演唱。音乐从来没使他如此意气风发,俨然成了傲视一切的天神。

第四十一章　开庭审讯

> 这件有名的案子,当地人将久久不会忘记。对被告的关怀达到了群情激昂的地步。原因是他的罪行虽然令人震惊,却并不算残忍。即使残忍,可这个年轻人太漂亮了!他的锦绣前程,刚开始便结束,更是令人扼腕。"他们会判他死刑吗?"女人们都问她们认识的男人,而且脸色煞白地等待着对方的回答。
>
> 圣伯夫

德·雷纳夫人和玛蒂尔德最担心的一天终于来到了。

全城异常的气氛更加剧了她们的恐惧心理,坚强如富凯也不禁心惊胆颤。全省的人都跑到贝藏松来看审讯这个充满浪漫色彩的案子。

---

① 《马赛曲》的歌词。

　　几天来,客店已全部爆满。许多人都向法庭庭长要旁听证,全城的妇女都想去看审讯,大街上有人叫卖于连的肖像,等等,等等。

　　玛蒂尔德手里攥着一封主教大人的亲笔信,专等这个紧要关头才拿出来。这位主宰全法国教会和任命各地区主教的大人物居然亲自出马,要求释放于连。开庭的前一天,玛蒂尔德把这封信递交给执掌实权的代理主教。

　　会见结束,当她眼泪汪汪地要走的时候,德·弗里莱先生终于放下架子,不打官腔,几乎有点感动地对她说:"陪审团的裁定我包了。负责审议您那个被保护人的罪行是否成立,是否蓄意的一共有十二个人,其中六个是我的心腹,我已经知照他们,我能否晋升为大主教就全看他们了。华勒诺能当维里业市长是我使的劲,他的两个下属德·莫瓦罗和德·肖兰先生全听他的。说实话,这次抽签也抽出了两名跟我不一条心的陪审官。但尽管他们是极端的自由派,但在重大问题上还是听我的,我已派人要求他们投和华勒诺一样的票。我还获悉,第六位陪审官是个很有钱的实业家,爱说话的自由派人士,私下想和国防部建立供货关系,当然也就不想得罪我。我已经派人告诉他,德·华勒诺先生完全知道我的意见。"

　　"这位华勒诺先生是什么样的人?"玛蒂尔德不放心地问道。

　　"如果您了解他,您就会相信事情一定能办妥。他说话大胆、脸皮很厚,而且态度粗野,天生是指挥傻瓜的料。一八一四年才时来运转,我很快便准备提拔他当省长。如果其他陪审官不按照他的意见投票就会挨他的揍,他做得出来。"

　　玛蒂尔德这才稍稍放了点心。

　　但晚上她和于连又有一场争论。原来于连认为大局已定,不想让难堪的场面拖得太长,决定在法庭上不发言。

　　"我的律师说话就够了。"他对玛蒂尔德说道,"否则岂不等于让我的对头多看一会儿热闹。这些外省人看见我靠了你提升得那么快,心里早就觉得不是滋味了,所以你相信我好了,他们中间没有一个不希望我被判刑的,虽然等我临刑时,也许会傻乎乎的掉几滴眼泪。"

　　"他们希望看到你当众受辱,这倒是千真万确,"玛蒂尔德回答道,"但我不认为他们的心都这么狠。我来到贝藏松,一脸凄苦的表情引起了所有女人的关切,何况你又长得那么英俊。你只要在法官面前说一句话,所有听审的人都会站在你一边的⋯⋯"

　　第二天九点,于连走出牢房,下楼去法院大厅,警察费了好大劲才分开拥挤在院子里的人群。于连昨晚睡得很好,神情非常镇静,心中坦然,倒可怜起那些怀着忌妒心理的群众来,这些人虽非蛇蝎心肠,但对他被判死刑也会拍手叫好的。使他非常惊讶的是,他在人群里挤了一刻钟之久,不得不承认,他的出现在公众里引起了一片怜惜之情,听不到一句难听的话。他心里想:"这些外省人倒没有我想象的那么坏。"

他走进审判大厅,发现建筑雄伟壮丽,不禁暗暗吃惊。那是正统的哥特式房子,有许多雕刻精美的小石柱,他顿时有置身于英国之感。

但他的注意力很快被十四五个美貌妇人吸引住了,她们坐满了法官和陪审团上面的三个包厢,正对着被告席。于连转身看了看观众,只见阶梯形大厅四周高处的位置上也都是女人,大部分都年轻貌美,妙目横波,充满关切之情,厅内其余地方也都拥挤不堪,门口还有人争着要进来,法警简直无法维持秩序。

大家的目光都在寻找于连,发现他坐在稍高的被告席上,人群顿时响起了一阵惊讶中掺杂着怜惜的喃喃低语声。

这一天,于连看来还不到二十岁,穿着十分朴素,但仍然风度翩翩,头发和前额都很迷人,是玛蒂尔德亲自给他打扮的。他的脸色异常苍白。他刚坐上被告席,便听见四周都这样说:"上帝!他多年轻啊!……简直还是个孩子!……他比画像还漂亮。"

"被告,"坐在他右边的警察对他说道,"您看见那包厢里的六位夫人了吗?"警察指着突出在陪审官座位上的包厢继续说道,"那是省长夫人,旁边是德·M……夫人。省长夫人很喜欢您,我听见她和预审法官说过。再往后是戴维尔夫人……"

"戴维尔夫人!"于连惊叫了一声,连脑门都红了,心想:"她一离开法庭就一定会写信告诉德·雷纳夫人。"于连不知道德·雷纳夫人已经到贝藏松来了。

证人很快便作证完了。总检察官刚宣读了几句起诉书,坐在于连对面小包厢里的两位夫人已经哭成了泪人一样。"戴维尔夫人绝对不会这样动感情。"于连心里想道。但他发现夫人的脸却很红。

总检察官夸夸其谈,用蹩脚的法语描绘罪行如何野蛮。于连注意到戴维尔夫人身边的几位女眷似乎都对检察官很反感。好几位陪审官显然认识她们,和她们说话,似乎要她们放心。于连心想:"这不失为好兆头。"

直到此刻,他对列席审判的所有男人一律都瞧不起。总检察官平淡无奇的话语更增加了他的厌恶感。但是看见大家明显地都对他表示关心,他的心也逐渐由刚变柔了。

他很满意他律师坚定的神态。律师要发言了,他低声对律师说:"不要夸夸其谈。"

"他们用从博叙哀那里剽窃来的夸大之词反倒帮了您的忙。"律师说道。果然,他刚说了五分钟,几乎所有女士都拿出了手帕。律师一见劲就来了,向陪审团说了几句语重心长的话。于连浑身哆嗦,差点流出了眼泪。"伟大的上帝!我的对头会怎么说呢?"

他的心眼看就要软了,幸亏这时候,忽然瞥见德·华勒诺男爵骄横的目光。

他心想:"这坏蛋两眼发光,真是小人得志!如果我的罪行只落得这样的结果,那就该挨咒了。天晓得他在德·雷纳夫人面前怎么说我呢!"

这个想法驱除了其他一切想法。但不久,听众同情的表示又把他从沉思中唤醒。律师刚念完了辩护词。于连突然想起应该和他握手。时间过得太快了。

法庭给律师和被告供应饮料,于连这时才发现,没有一个女人离座去吃饭。

"我的天,我饿死了,您呢?"律师说道。

"我也是。"于连回答道。

"看,省长夫人也在这儿吃饭,"律师说着给他指了指那个小包厢。"鼓起勇气来,一切都很好。"审讯又开始了。

庭长作总结时,午夜的钟声敲响了。庭长不得不暂时中断,听众忧心忡忡、鸦雀无声,只有钟声在大厅里回荡。

于连心想:"我的末日到了。"但很快,他又热血沸腾,觉得自己还有责任未了,直到此刻为止,他硬着心肠,坚持不发一言的决心。但当庭长问他还有什么话要说时,他站了起来。灯光里,他看见戴维尔夫人的眼睛就在他面前,亮晶晶的,心中纳闷:"难道她也哭了?"

陪审官先生们:

我死到临头,并不怕人看不起,但我仍然要说几句。先生们,我生不逢时,不属于你们那个阶级,在你们眼里,我不过是一个出身卑微而敢于起来抗争的乡下人。

我并不乞求你们的宽恕,——于连语气坚决地继续说——我不抱任何幻想,等待着我的是死亡,这是罪有应得。我竟然谋杀最值得尊敬和景仰的女人。德·雷纳夫人曾经待我如子,我罪恶滔天,而且是蓄意杀人。我罪当死,陪审官先生。但即使我罪不该死,我看到有些人,他们并不认为我还年轻而值得同情,反而想杀一儆百,通过惩罚我来吓唬这样的年轻人,他们出身下层阶级,备受贫穷的煎熬,却又有幸受到良好教育,敢于混迹于有钱人引以自豪的上流社会。

先生们,这就是我的罪行,因而更应严惩,何况事实上,审判我的并非与我同属一个阶级的人。在陪审官席上,我看不到任何发了迹的乡下人,有的只是清一色心怀愤懑的有产阶级……

于连就用这种口吻说了整整二十分钟,把心里的话全都抖了出来。想讨贵族阶级欢心的总检察官气得从座位上蹦起来。于连在辩论时的话虽然有点抽象,但所有女人听了都泪下如雨。戴维尔夫人也以手帕掩面。最后,他谈到了如何预谋,又如何后悔,谈到了在以前较为幸福的日子里他多么尊敬而且像儿子对母亲那样热爱德·雷纳夫人……听到这里,戴维尔夫人大喊一声,昏了过去。

一点敲响了,陪审官退席。但没有一个女人离开座位。好几个男人也眼噙着泪水。大家起初议论纷纷,但陪审团的决定迟迟不宣布,大家累了,也就安静了下来。这是个严肃的时刻,灯光似乎也不那么亮了。于连累极了,听见周围的人都在议论,迟迟不判到底是吉是凶。他高兴地看到大家的心愿都向着他。陪审团还没回来,但没有一个女人离席。

两点刚刚敲响,便听见一阵骚动。陪审团所在房间的小门开了。德·华勒诺男爵先生迈着庄严的台步出来了,后面跟着众多陪审官。男爵咳嗽了一声,然后宣布,凭着天理良心,陪审团一致裁定,于连·索海尔犯了谋杀罪,而且是蓄意谋杀。这一裁决的结果自然是死刑,只不过是稍停片刻才宣布的。于连看了看表,想起了德·拉瓦莱特先生。当时是两点一刻。他心想:"今天是星期五,倒霉的日子。

"是啊,不过对判我刑的华勒诺来说却是个好日子……我被看管得太严,玛蒂尔德不可能像德·拉瓦莱特夫人那样搭救我……这样,三天以后,就在这同一时刻,我魂归地府,便知道此身何寄了。"

这时,他听见一声喊,思想又被唤回了红尘世界。他周围的女士们都嘤嘤啜泣。他看见大家的脸都转向一根哥特式壁柱顶上一个小平台。后来他才知道玛蒂尔德便藏在那里。大家听不见第二声,便又回过头来看着于连,警察正努力分开人群,把他带走。

"咱们可不能让华勒诺这个坏蛋笑话。"于连暗想,"瞧他宣布死刑判决时装出的那副不得已和假仁假义的样子,而那个可怜巴巴的庭长虽然当了多年法官,判我刑的时候还噙着眼泪哩。以前华勒诺追求德·雷纳夫人,视我为情敌,现在他大仇得报,该多高兴啊!……我难道再也看不见德·雷纳夫人了吗?一切都完了……我感觉得到,我们之间最后说声永别也不可能了……如果能够跟她说,我痛恨自己犯了这样的罪行,那我心里就舒服多了!

"就这句话:我法无可恕,罪有应得。"

选自司汤达:《红与黑》,张冠尧译,人民文学出版社1999年版。

高老头(节选)

巴尔扎克

奥诺雷·德·巴尔扎克(1799—1850),法国批判现实主义文学最优秀的代表作家。他一生创作颇丰,并将自己大部分的小说合集为《人间喜剧》,塑造了两千四百多个有名有姓的人物,反映了从法国大革命到七月王朝之间半个多世纪的法国的历史变迁。《高老头》是巴尔扎克第一次运用"人物再现法"的作品,既描写了高老头被两个女儿榨干后悲惨死去的遭遇,也叙述了穷大学生拉斯蒂涅接受人生三课、抹却良心的蜕变过程。小说注重塑造典型环境下的典型性格,并真实再现了复辟时期巴黎社会各阶层人们的生活。

Ⅲ　进入上流社会

……

他停顿了一下,看着欧也纳。"啊!啊!您对伏脱冷老爹和颜悦色啦。您听到这句话时,就像一个听人说'晚上见'的少女那样。理理毛,舔舔嘴,像一头喝牛奶的猫。算了吧,行啦!我俩一起来谈谈吧!年轻人,先算算您的账。您在老家有爸爸、妈妈、姨母、两个妹妹(一个十八岁,一个十七岁)。这就是家庭的全部成员了。姨母培养您两个妹妹。本堂神父教您两个弟弟拉丁文。全家吃栗子粥比吃面包的时候多;爸爸连衬裤都省着穿,妈妈好不容易做一件冬裙和夏裙;您两个妹妹也为您尽力而为了。我全清楚,我在南方住过。倘若您家的田地收成有三千法郎的话,寄给您就有一千二百法郎,您的家境就是如此。我们还得有一个厨娘和一个男仆吧,爸爸是男爵,总得维持个面子吧。我们自己呢,我们雄心勃勃,我们有鲍赛昂家作为后盾,我们无车代步,却向往财富,但我们身无分文;我们吃着伏盖妈妈准备的粗茶淡饭,却喜爱圣日耳曼区的美味佳肴;我们睡在简陋的床上,却梦想一座府邸!我不责备您的愿望。心怀大志,我的小伙计,并不是所有的人都能的。请问问女人去吧,她们追求什么样的男人哪——有抱负的男人。有抱负的男人比其他男人意志坚强,血液里的铁质更丰富,心也更熟。女人在健壮时,她爱一个强而有力的男人甚于其他男人,哪怕她有被他压坏的危险,她也感到十分幸福,显得十分美丽。我已一一列数了您的欲求,以便向

您提出问题。问题是这样的:我们饿得要命,我们的牙齿锋利无比,我们该怎样
办才能吃上好饭呢? 首先。我们有法典可啃,这可不是好玩的,而且什么也学不
到;不过理应如此。好吧,我们就去当律师,以便日后成为重罪法庭的庭长,把那
些臂膀上刻着 T.F.①、比我们有本领的好汉送上天,以便向有钱人保证,他们可
以安安稳稳地睡大觉了。这倒是个正经的差使,但为期太长。首先,要在巴黎不
厌其烦地等上两年,只能看看那些使我们馋涎欲滴的小姐,可不准碰。老是想着
但得不到,这也够累人的了。倘若您平平庸庸,天性软弱,您倒不用发愁的,可是
我们偏又是像狮子似的血性人,我们的胃口之大每天能干出二十件蠢事来。这
样,您就像在上刑,受到我们在上帝地狱时最恐怖的一种刑罚。就算您很乖巧,
只是喝喝牛奶,吟吟伤感诗;即使像您这样豁达大度的人,在度过了烦恼以及能
把狗逼疯的饥馑时期之后,一开始也得先成为某个坏蛋的替身,蛰居在一个败落
的小城里,靠政府扔给您一千法郎的薪水过日子,就如人们给屠夫家的狗一碗残
汤似的。追着小偷狂吠,替富人打官司,把善良的人吊死,您非这样做不可! 倘
若您没有后台,您就会在外省的审判台上发霉腐烂。到了三十岁,倘若您还能保
住饭碗,您可以当一个每年收入一千二百法郎的法官。挺到四十岁时,娶一个年
金六千利弗尔陪嫁的磨坊主的女儿为妻。谢天谢地。倘若您有后台,您在三十
岁就会成为国王的检察官,拿着一千埃居的俸禄,娶上市长的千金。倘若您参与
政治上的某些肮脏交易,譬如把马汝埃勒②的选票念成维莱勒③的名字(两者谐
音,可以心安理得),您在四十岁上就可升任为检察长,当上议员。请注意,我的
小伙计,在这之前,我们小小的灵魂可不得安宁,我们已尝够了二十年的苦恼,默
默地忍受着痛苦,而我们的妹妹二十五岁仍在守空房哩。我还有幸向您指出,在
法国只有二十个总检察长位置,而您有两万个候补者在竞争,在这些人中不乏小
丑,他们只要能高升一步,宁可把家庭卖了。倘若您不再有兴趣谋求高位,那么
想想其他办法吧。拉斯蒂涅克男爵想成为律师吗? 哦! 太好了。首先得受十年
的罪,每月开销一千法郎,备一个图书室、一间事务所,出入上流社会,对诉讼代
理人阿谀奉承以招揽案件来审理,鼓动三寸不烂之舌扬威法庭。倘若您感到这
个职业还不错——我也不说不可能,那末请在巴黎替我找上五个律师,看看他们
在五十岁时每年是否能挣上五万以上的法郎? 算了吧! 不如把自己看得渺小
些,我宁愿去当一个海盗。再说,去哪儿弄来钱? 所有这些并不是轻轻愉快的
事。女人的嫁妆不失是一个办法。您想结婚吗? 这无疑是作茧自缚。再说倘若

---

①　T.F.意为强制劳动(Travaux Forces),往昔法国把这两个大写字母烧红烙在犯人的臂膀上。

②　马汝埃勒:自由派议员,因反对西班牙战争,于 1823 年 3 月 9 日被赶出议会。这儿,他象征反
对派。

③　维莱勒:复辟时期是极端保皇党首领,1821—1828 年是议会议长。

您是为金钱而结婚,那我们的荣誉感和高尚的情操又到哪里去! 还不如今天就开始与人间的陈规陋习对抗,像一条蛇一样盘曲在女人身边,舐着丈母娘的双脚,做一些连母猪都不屑干的丑事。这倒也没什么,哈哈,只要您感到幸福就行啦。不过,您这样讨来的老婆,会让您像阴沟里的石头那样感到不幸的。宁愿与男人打架也不和自己的老婆斗嘴。这里是生活的十字路口,年轻人,请您选择吧。您已经选定了:您去过我们的亲戚鲍赛昂府邸,您感受到了那里的贵族排场。您还去过高老头的女儿雷斯托夫人的府邸,您在那里闻到了巴黎女人的气息。那天,您回住所时额头上都写着几个字,我看得真切:往上爬! 不惜代价往上爬! 好样的! 我说,这才是我理想中的小伙子。您需要钱。到哪儿去搞? 您把您的妹妹都榨干了。所有兄弟或多或少都刮他们姐妹的钱。在您的家乡,栗子多,钱币少,您拿走了一千五百法郎,上帝才知道这钱是怎么来的! 然后您像打家劫舍的兵痞那样溜掉了。过后,您干什么呢? 您再读书么? 所谓读书,就如眼下您所理解的那样,可以让像布瓦雷那样类型的小伙子在伏盖妈妈家的套间里安度晚年。眼下,处在您这样境遇的年轻人有五万人,他们为自己提出的问题就是如何尽快发财致富。您是其中一分子。您自己判断一下您将花费多大的力气,判断一下斗争有多剧烈吧。既然没有五万个好位子,你们得相互吞食,就如一个瓶子里的蜘蛛一样。您知道在这里人们是如何寻找出路的么? 不是凭借天才的光辉,就是进行腐蚀、巧设骗局。不是像炮弹那样轰进这群人之中,就是像瘟疫那样侵蚀进去。正直顶个屁用。人们屈服于天才的力量之下,人们恨他,想法诋毁他,因为他独吞一切;然而,倘若他我行我素,人们也就服了。总之,倘若人们不能把他埋进污泥底下的话,就只好崇拜他。腐蚀是司空见惯的话,天才却是罕有的。因此,腐蚀便是熙熙攘攘的平庸人的武器,您处处可见其锋芒所在。您会看见一些女人,她们的丈夫总共只有六千法郎的进账,但她们却在梳妆打扮上要花销一万法郎以上。您会看见薪金只有一千二百法郎的小职员也在置买田地。您会看见女人为了钻进法国贵族公子哥儿的马车不惜卖淫,他们的马车可以在隆乡①的中央跑道上奔驰。您已经看见窝囊的高老头不得不付清他的女儿到期的债票,而她的丈夫的年金高达五万利弗尔。我可以提醒您,在巴黎,您走几步路,就一定会遇上卑劣的算计。我以我的脑袋打赌,您在您喜欢的第一个女人府上就会捅马蜂窝,不论她是年轻、貌美还是富有的。我如赢了,白赚这盘生菜就行了。所有的女人都被法律给拴上了,在一切方面都与她们的丈夫在明争暗斗。我还没说完呢,还该向您解释她们为情人、为衣饰、为孩子、为家庭或是为虚荣心所做的非法交易,但请相信我的话,其中很少是正大光明的。

---

① 隆乡是巴黎的布洛涅森林里的跑马场。

　　"因此,正直的人便成了众矢之的。您以为所谓正直的人是什么样的人呢?在巴黎,正直的人就是沉默寡言,不愿分赃的人。我就不提那些社会底层的可怜虫了。他们到处干活,从来得不到应有的报偿,我把他们称为信仰上帝的'蠢人同乡会'。当然啦,这就是蠢人的最大杰作,但也是不幸所在。倘若上帝在向我们开一个带恶意的玩笑,不参加对他们最后的审判的话,我现在就能看出这些好人的怪相来了。倘若您期望短期内出人头地,那末必须已经是个有钱人,或者装作有钱。要发财,在这里就得动大手脚,否则就得做债券投机。对不起! 在您可以从事的一百个行当中,倘若有十个人能迅速获得成功,公众就叫他们为窃贼。您可以下结论了。这就是生活的原状。这样的生活与厨房同样不漂亮,也同样恶臭难当。倘若人们想捞些什么,就得玷污双手,只要知道如何脱身便行了:这就是我们时代的全部道德。倘若我这样同您谈论社会,是因为这个社会给了我这样的权利,我了解它。您以为我在谴责谁么? 一点也不。它一贯如此。道德家永远也改变不了它。人是不完善的。他们或多或少总有些虚伪,于是傻瓜便说,世风淳朴或是人心不古了。我不为庶民去指责富者,上、中、下层的人都是一个样。每一百万头上等牲畜之中,就会有十个胆大妄为的人,他们在一切之上,甚至不顾法律,我就是其中一个。您呢,倘若您是一个高尚的人,那就高昂着头,笔直地往前走。不过,应该向嫉妒、诬陷、平庸和所有的人作斗争。拿破仑曾经遇见过一个陆军部长,名叫奥伯里①,他差一点把拿破仑送到殖民地去。您自忖一下吧。看看您每天早晨起来是否比前一天的意志更坚强。果尔如此,我就再对您提出一个任何人也不会拒绝的建议。请好好听着。我么,您瞧,我有一个想法。我的想法就是在一片大庄园里过一种恬静的生活,譬如说,在美国南方,有十万公顷的土地,我想在那里成为种植者,有成群奴隶,靠出卖牛、烟草和木材,挣得区区几百万,像一个小皇帝那样以此生活,想怎样就怎样,过一种蛰居在泥灰地窖里的人不可思议的日子。我是一个伟大的诗人。我的诗,不是写出来的,而是体现在行动上,表现在感情中。此刻,我有五万法郎,只能买下将近四十个黑奴。我需要二十万法郎,因为我想要两百个黑奴,以满足我氏族式的田园生活的需要。黑人,您知道么? 这些都是自生自长的孩子,爱拿他们怎样就怎样,没有哪个少见多怪的国王检察官会来找您麻烦。有了黑人这笔资本,用十年时间,我就能积攒到三四百万。倘若我成功了,谁也不会来问我:'你是谁?'我就是四百万先生,美国公民。我那时五十岁,我还没有老朽,我以我的方式享乐。一句话,倘若我给您弄到一笔一百万的嫁妆,您能还我二十万吗? 百分之二十的回扣,怎么样! 太多了吗? 您将得到一个可爱的小妞的爱。您结婚之后,您要表示

---

　　①　奥伯里在 1795 年撤销了拿破仑在意军的炮兵司令的职务。

不安、懊恼,整整半个月,您要装得愁眉不展的样子。某一天夜间,在装模作样一番之后,再吻她几下子,您就向您的妻子宣称,您背了二十万法郎的债,并且对她说:'我的爱哟!'最高尚体面的年轻人每天都在上演这一类喜剧。一个少妇对倾心的男子是不会不慷慨解囊的。您以为您会吃亏么?不。您将会在一笔交易里找到挣回二十万法郎的办法。您凭了金钱和智慧,开始敛财聚富,如愿以偿。因此,您在六个月之间便可获得幸福,使一个可爱的小姐获得幸福,使伏脱冷老爹获得幸福,更不必说您将使您的家得到幸福,他们在冬天缺少木柴,正捧着双手哈热气呢。别对我的建议、我的要求大惊小怪吧!在巴黎,六十对美满的婚姻中,就有四十七对在做类似的交易。公证人的协会曾经强迫某位先生……"

"我该怎么干呢?"拉斯蒂涅克打断他的话焦急地问道。

"几乎不费什么事,"伏脱冷回答道,流露出高兴的神色,就像一个钓鱼者感到鱼儿上钩时暗自得意的样子,"请好好听我说吧!一个可怜的女孩子,在不幸和贫困时,就如一块海绵似的,最需要汲取爱情;就如一块干枯的海绵,加入几滴感情的甘露,立即就会膨胀起来。去追求一个年轻的姑娘吧,她正在受着孤独、绝望和贫穷的煎熬,而自己都不知道她不久便会腰缠万贯的。妈的!这简直是一副同花顺子①在手上,无疑乎已经知道中彩的号码,或是等于得知市场行情,在定期利息上投机。您在坚实的基础上结一门不可摧毁的婚姻。日后,当成百万的法郎滚滚流向这个少女时,她会把这笔钱当成小石子似的扔在您的脚下。'拿着吧,我的心爱的!拿吧,阿道夫!阿芙雷!拿吧,欧也纳!'只要阿道夫、阿芙雷和欧也纳有胆识为她作出牺牲,那就拿吧。所谓牺牲,我理解就是卖掉一件衣服,带她到蓝钟饭店②一块儿吃一顿香菇土司;晚上,再去昂皮古喜剧院③看一场戏;要不就是当掉一块表,买一条披巾送她。我不是对您说那种朝三暮四的爱情,也不是说那些众多的女人感兴趣的、无聊的爱情,就如在远方给她们写信时在信笺上洒几滴水当作眼泪的那种爱情。我觉得您似乎完全懂得玩感情的游戏。您瞧,巴黎如同一座新大陆的森林,那里活动着二十来个野蛮民族,有伊利诺人,休伦人,他们靠在人间种种狩猎来的猎物生存着。您就是追逐一百万法郎的猎人。为了得到这笔钱,您使用陷阱、涂有粘鸟胶的树枝和诱鸟笛。狩猎的方式有多种。一些人追求嫁资,另一些人专等破产廉价处理物资;这部分人在选举中营私舞弊,那部分人把报纸出卖给另一家报社。某人重返故里时钱包鼓鼓的就会受人尊敬、庆贺,在上流社会里受到接待。对这个殷勤好客之地说几句公道话吧。您是与世界上最令人赏心悦目的城市打过交道的人。倘若欧洲各国首都

---

① 一种牌戏中最大的一副牌。

② 设在巴黎寺庙大街上的一家中等餐馆,上层人士不去光顾。

③ 昂皮古喜剧院在圣马丁大街上,那里常上演音乐戏剧。

傲气十足的贵族拒绝把一个无耻的百万富翁接纳到他们的圈子里的话,那末巴黎会向他伸出双臂,为他捧场,参加他的晚宴,为他的卑劣行径干杯。"

"可是到哪儿去找这样一个姑娘呢?"欧也纳问。

"近在眼前,她听候您的吩咐!"

"维克多莉娜小姐?"

"一点也不错!"

"哦! 是怎么回事?"

"她已经爱上您了,您那个拉斯蒂涅克男爵夫人!"

"她一文不名啊。"欧也纳惊讶地说道。

"啊! 说到点子上来啦。再说几句话吧,"伏脱冷说道,"就可真相大白了。塔勒费老爹是一个老恶棍,有人认为他在大革命时期暗杀了他的一个朋友。此人与我们这些我行我素的伙计相仿。他是个银行家,腓德烈·塔勒费有限公司的主要合股者。他有一个独生子,他想不顾维克多莉娜的利益,把财产全都留给这个儿子。我么,我不喜欢社会上的不公平。我和唐·吉诃德一样,爱扶弱抑强。倘若说上帝的意志要把塔勒费的儿子从他身边收回,他将认领他的女儿;他总得有一个继承人,人的天性如此么,而我知道,他不能再生孩子了。维克多莉娜既温和又善良,她很快便会打动她的父亲的心,用感情这根鞭子,把他打得像空心陀螺一样转! 她对您的爱情会感激涕零,不会忘掉您,会嫁给您的。我么,我扮演天主的角色,我将让好心的上帝同此心愿。我有一个可以信赖的朋友,他是卢瓦军团①的一个上校,刚刚被调进皇家卫队。他听从了我的意见,成了一名极端保皇分子,他可不是一个固执己见的傻瓜。倘若说我对您还有什么忠告的话,我的天使,这就是对自己的观点和言论都不必当真。如有人要收买您的言论时,就卖给他。一个自诩从不改变观点的人,是一个走直线的人,一个只相信万物永世不变的傻瓜。世上没有原则,只有事件;没有法律,只有机遇;优秀的人把事件和机遇结合起来引导事态的发展。倘若真有一成不变的原则和法律,老百姓也不会像我们换衬衣那样任意更换了。个人不必被看成比整个民族更为聪明。为法国效力最少的人倒是一个备受尊敬的偶像,因为他永远在激动,他至多只能放在音乐戏剧学院作摆设,替他贴上拉法耶特②标签。至于亲王③,每个人都向他扔石子,他轻视庶民,应他们需要而轻率许诺,他在维也纳会议上使法国免遭瓜分。他替人们争了一顶顶桂冠,实际上人们却向他扔污泥。啊! 我了解事情的来龙去脉,我掌握很多人的秘密! 够了。假如有哪一天,我碰上三个人一

---

①　卢瓦军团由忠于拿破仑的军官组成,于 1815 年建立,他们想对盟国作最后的抵抗。

②　巴尔扎克仇视拉法耶特,后者是自由保皇党人。

③　这里指塔莱朗,他是路易十八治下的外交大臣,在维也纳会议上,成功地瓦解了盟国,维护了法国的利益。

致同意实践一条原则的话，我就会有一个不可动摇的定见了，还不知等到哪一天呢！在法庭上，您不会找到三个法官对法律的某项条款取得一致意见的。我们回头再说那个人吧。只消我一声吩咐，他就会把耶稣重新送上十字架的。只要我伏脱冷老爹说一句话，他就会向那个可笑的人寻衅，此人居然一个子儿都不给他那可怜的妹子。然后……"说到这里，伏脱冷站起来，摆出姿势，并且做了一个剑术师的劈刺动作，"然后，送他上天！"他补充说道。

"多么可怕啊！"欧也纳说，"您是开玩笑么，伏脱冷先生？"

"得了，得了，放松点儿，"这个人接着说道，"别孩子气啦，不过，如果您高兴的话，那就动火吧！发疯吧！您可以说我是一个下流胚，一个存心不良的人，一个坏蛋，或是一个强盗，可是别叫我骗子、密探！行了，说吧，把您一肚子的话说出来吧！我原谅您，在您这个年纪也是极其自然的事！我以前就是这样的，我！不过，请认真想想吧。日后，您会干得更坏的。您会去向某个漂亮的女人调情，接受她的钱。您早已想过这些了！"伏脱冷说道，"因为，如果您不在爱情上预支，您又如何能成功呢？道德，我亲爱的大学生，是不可分割的，有或是无。人们说到我们可以为自己的过失赎罪。又是一个了不起的理论，按这个说法，我们可以用忏悔来赎罪！引诱一个女人以爬上社会的上层，在一个家庭的兄弟间制造不和，总之，偷偷地私下干的所有的丑事秽行，不论出于作乐的目的，还是为了私利，您以为这合乎信念、希望和慈善三项原则吗？为什么一个花花公子在一个夜里劫走一个孩子的一半财产只坐两个月的班房？为什么一个可怜虫偷了一千法郎的纸币，要重判坐牢呢？这就是他们的法律，没有一条法律条款不是荒谬的。戴手套，说漂亮话的人可以冠冕堂皇杀人不见血；普通杀人犯用撬棍撬门，却是罪上加罪。在我向您提议的与您总有一天将要做的之间，差别在于流血多少而已。您以为在这个世界上有什么一成不变的东西吗！请别再把人放在心上，还是研究一下法典上有什么漏洞，可以钻空子的。不明不白发的大财，都有隐私，都是会被人遗忘的犯罪行为，不过他干得巧妙而已。"

"别说了，先生，我不想再听下去，您让我对自己都产生怀疑了。现在，我只能听凭感情指导我的行动。"

"悉听尊便，漂亮的孩子。我本来以为您会更坚强些，"伏脱冷说，"我不想再跟您说什么了。不过我想最后说一句话。"他的目光直逼大学生，接着说："您知道我的秘密了。"

"一个拒绝听从您的年轻人会把它忘得一干二净的。"

"此话说得好，我听了很高兴。您瞧，换了另一个人就没那么谨慎了。您还记得我要为您做的事情么。我给您两个礼拜的时间考虑。取舍由您。"

"这个人的脑袋瓜像铁铸出来的！"拉斯蒂涅克看见伏脱冷胁下夹着手杖不

动声色地走远了,心里想道。"他对我直截了当说的话就是鲍赛昂夫人说的意思,不过后者说得拐弯抹角些罢了。他用利爪把我心撕碎了。为什么我想到纽沁根夫人府上去呢? 我刚刚有了一些念头,他就猜出来了。这个强盗用三言两语对我说的关于道德方面的事情比其他人和书籍对我说的还要透彻。倘若道德无妥协可言的话,那么我就是偷窃我的妹妹的钱财了?"他把钱袋往桌上一扔,坐下来,心烦意乱地想着,"遵循道德规范,多么崇高的殉道哪! 算了吧! 大家都相信道德,可谁又是有德行的? 老百姓有崇拜偶像的自由,可是在世界上有哪个民族是自由的? 我正当青春年华,像无云的晴空那么纯净,可是如果想出人头地、荣华富贵,不就得准备撒谎、屈从、下跪,再站起来去吹牛拍马、遮遮掩掩么? 不就得同意做那些已经撒谎、屈从、下跪的人的仆人么? 在成为他们的同谋之前,就得先为他们效劳。哼! 我不这样干。我要光明正大,老老实实地工作;我要日以继夜地工作,全凭我的劳动发财。虽然这条致富的道路来得慢些,但每天我临睡前都能心安理得,没有邪念。有什么比回顾生活,并觉得生活与百合花一样纯洁来得更美好呢? 我与生活,就如一个年轻人与他的未婚妻的关系。伏脱冷让我看清了婚后十年发生的事情。活见鬼! 我晕头转向了。我什么也不愿想,让心灵指导我吧。"

这时,西勒维大声嚷着裁缝来了,他才从沉思中惊醒。他手里拿着两个钱袋,走到裁缝面前。裁缝这时来,他不感到恼火。他试穿起夜礼服,再把白天的新行头穿上之后,一下子就判若两人了。

……

VI 父亲之死

"她俩就要来了,"老人又说道,"我了解她们。这个好心的苔尔费纳呀,假如我死了,我给她造成多大的悲伤啊! 纳西也一样。我不想死,是为了不让她俩流泪啊。死,我的好欧也纳,就是意味着不再能看见她们。我到了阴曹地府,我会烦闷死的。对一个父亲而言,地狱,就是没有孩子。自从她俩出嫁之后,我已经开始尝到滋味了。我的天堂在鲁西埃纳街。请您说说,如果我升入天堂,我的灵魂是否会回到人间,来到她俩身边呢? 我听说有这些事情的。难道是真的么? 此刻,我仿佛看见她俩了,如她们在鲁西埃纳街一模一样。早上,她俩下楼来,对我说:'您好,爸爸。'我把她俩抱在膝上,百般讨好,逗弄她们。她们也亲亲热热地对我好。每天,我们一起用午餐,我们一块儿晚餐。总之,我是做父亲的,我享有我的两个孩子。当她俩住在鲁西埃纳街时,她们不懂事,对社会一无所知,她们可爱我了。我的天哪! 为什么她俩不能老是像小孩子那样呢? (哦! 痛死我了,我的脑袋发胀。)啊! 啊! 对不起,我的孩子! 我痛不堪言,这应该是真正的痛苦吧,因为你们早使我能忍受痛苦了。我的上帝啊,只要我能握住她们的手,我就什么痛苦也感觉不到啦。您认为她俩会来吗?克里斯朵夫真不会办事!我早知道就自己去了,他倒看见她们了,他啊。不过,昨天,您是在舞会上的。那么请告诉我,她俩怎么样呀?她们对我的病一无所知,是么?否则,她们是不会去跳舞的,可怜的小家伙。哦!我不想再生病了。她们太需要我啦。她俩的财产受到危险。我把她俩交给了什么样的丈夫啊!医治好我吧!(哦!我痛死了!哦!哦!哦!)您看见吗,应该把我的病治好,因为她俩需要钱,而我知道到哪儿去挣。我要去奥德萨做棱柱形颗粒淀粉生意。我可精明了,我能挣几百万。(哦,我痛死了!)"

高里奥沉默了一会儿,仿佛作了最大的努力,想拼足力气忍受痛苦似的。

"如果她俩在这里,我不会叫苦的,"他说道,"为什么要叫苦呢?"

他又神志不清了,并且延续了很长时间。克里斯朵夫回来了。拉斯蒂涅克以为高老头睡着了,就让男佣人高声禀报他的这趟差使。

"先生,"他说,"我先是去了伯爵夫人的府上,但我无法与她说话,她正与她丈夫商谈重要的事情。由于我一再央求,雷斯托先生自己出来了。他对我这样说:'高里奥先生快死了,好啊!再好不过了!我需要雷斯托夫人与我解决重要的事情,等一切解决之后,她会去的。'这位先生还带着一脸怒气哩。我正要走,这时,夫人从另一扇我没看见的门里走进前厅,对我说:'克里斯朵夫,告诉我的父亲,我正与我的丈夫在商谈,我不能离开他,这关系到我的孩子的生死问题。不过,一旦事情解决了,我就去。'至于男爵夫人,又是另一回事了!我根本没有看见她,没能与她说话。'啊!'她的贴身女仆对我说,'夫人是五点一刻从舞会上回来的,她睡了;假如我在正午前叫醒她的话,她会训斥我的。等下她按铃叫我之后,我会告诉她,说她父亲不好了。既然是坏消息,什么时候告诉她都不嫌迟。'我再央求也没有用啦!哎呀!我请求与男爵先生说几句话,但他出门了。"

"他的两个女儿一个都不来!"拉斯蒂涅克嚷道,"我这就给她俩写信。"

"一个都不来,"老头支起了身子说道,"她们有事情,她们睡了,不会来了。我知道啦。人到死才能知道孩子是怎么回事。哦!我的朋友,别结婚吧,不要有孩子,您给了他们生命,他们却让您去死。您把他们引入世界,他们就把您驱逐出去。不,她们不会来了!十年前我就知道了。我有时也这么想来着,但我不敢相信。"

在他的双眼红润的眼眶边上都有一滴眼泪在滚动,但没有掉下来。

"啊!假如我有钱,假如我能守住我的产业,假如我没有把财产给她们,她俩就会在这里,甚至会用亲吻来舔我的脸!我也会住在府邸里,有华丽的内室,成群的仆役,为自己生起炉火;而她们也会带着丈夫、孩子哭得死去活来。我将拥有这一切。但现在一切变为乌有。用金钱可以买到一切,甚至女儿。哦!我的钱,到哪儿去了？倘若我的财产留下来，她们就会安慰我，照料我；我会听到她们的声音，看见她们的。啊！欧也纳，我亲爱的孩子，我唯一的孩子，我宁愿被人抛弃，贫困落魄！当一个不幸的人为人所爱时，至少他可以肯定别人是真爱他。不，我还是宁愿有钱，这样我就能看到她们了。我的天，有谁知道呢？她俩都是铁石心肠。我太爱她们啦，她们就不该再另有所爱了啊。既然做了父亲，就得终生有钱，他该能驾驭女儿，就像驾驭会耍性子的马一样。但现在我得跪在她俩面前。可恶至极！十年来，她俩对我还是以礼相待，尽心尽责的。您可知道，在她俩结婚后最初的日子里，她们是那么精心地照顾我啊！（哦！痛得我好惨啊！）不久前，我给了她们每人近八十万法郎，她俩以及她们的丈夫对我都不敢唐突无礼。他们接待我，左一声'我的父亲'，右一声'我亲爱的父亲'。她俩的家里总放着我的一套餐具。总之，我与她们的丈夫一起吃晚饭，他们对我也是彬彬有礼，以为我手头还有几文呢。为什么呢？因为我对自己的生意闭口不谈。一个分别给两个女儿八十万法郎的人是该得到照顾的。她们无微不至地关怀我，可这都是冲着我的钱来的。世界不是美好的，我，我早就看清楚啦。她们用马车把我带去看戏，晚会上，我想呆多久就能呆多久。总之，她俩心甘情愿做我的女儿，并且承认我是她们的父亲。我的心还是挺细的，行了，什么也逃不过我的眼睛。一切都是有目的的，并且刺痛了我的心。我看出来了，这些都是虚情假意的；但我的病无药可救啊。我在她们家还不如坐在这里的餐桌末端舒坦哩。在那儿我说什么也不合适。这个阶层的某些人物凑近我的女婿的耳朵会小声议论：'这位先生是谁？——这个父亲是埃居的化身，他有钱。——啊，原来如此！'他们冲着埃居才对我另眼相看的。不过，倘若有时我妨碍他们，我得好好弥补我的过失了！再说，有谁是十全十美的呢？（我的脑袋就是一块烂疤呵！）此时，我受着临死前的痛苦，我亲爱的欧也纳先生，唉！那年阿纳斯塔西向我第一次瞪了一眼，让我明白我做了傻事，说了句有损她自尊心的话，现在与那时所感受的痛苦相比，真是算不得什么了。她的目光刺穿了我所有的血管。我想知道一切，不过，我能确信的，就是我成了世界上一个多余的人。第二天，我去苔尔费纳家找安慰，我又做了一件蠢事，使她怒气冲冲。我急得好像变成了个疯子。整整一个礼拜，我不知道我该干什么。我不敢去看她们，担心挨她们训斥。这样，我就被赶出她俩的家门了。啊，天哪，既然你知道我经历过的不幸和痛苦，既然你对我挨过多少次致命打击心里有数，而现在的日子又催我衰老、面目全非、须眉皆白、痛不欲生，那么今天你为何还让我受这份罪？我已经赎清了由于过分爱她们所犯下的罪孽。她俩已经回报了我的父爱，她俩像刽子手那样折磨我。唉！做父亲的都是那么蠢啊！我太爱她们了，我回头又去她们家时的心情就像赌徒留恋赌场似的。我的女儿，她们就是我本人的缺陷；我曾经把她俩当情妇那样爱过。总之，她们是我的一切！她们两个需要些什么，如首饰之类的，贴身女仆会告诉我，我把这些都送掉，就是为了得到好一些的待遇。可是，她们因为我说错了话教训了我几次。哦！她们都没等到第二天，当时就为我脸红了。这就是养儿育女的好处呗。到了我这把年纪，我总不能再去上学吧。（我难受极了，天哪！医生！医生！如果能把我的头打开，我就没那么疼了。）我的女儿，我的女儿，阿纳斯塔西，苔尔费纳！我想见见她们。让警察强行把她俩找来！法律在我的一边，天理、法典，一切都支持我。我要抗议。假如做父亲的都被踩在脚底下，国家也就亡了。这是一清二楚的。社会、世界是在父爱之上活动的，倘若孩子们不爱他们的父亲，一切都要垮掉了。啊！看着她们，听她俩说话，不管说的是什么，只要我听到她们的声音，特别是苔尔费纳的声音，我的痛苦就减轻了。不过，倘若她俩在这里，请对她们说，别像往常那样冷冰冰地看我。啊！我的好朋友、欧也纳先生，您不知道看着金黄色的眼神突然变成暗灰色时，我的心情有多么难受吧。自那天她们不再含笑看我之后，这里对我就像漫长的冬日；我只有唉声叹气的份儿，而我已经受下来了！我活着就为受辱、挨骂的。我太喜欢她们了，我忍气吞声，她们只是对我报以一丝丝让我屈辱的愉悦。一个做父亲的为了能看看女儿得躲起来！我把生命都交给她俩了，可今天她们却不能给我一个钟点的时间。我渴，我饿，我心在燃烧，而她俩却不来为我送终，我觉得我已命在旦夕了。然而，她们并不知道踏着父亲的尸体行走意味着什么。天上有一个上帝，不管我们愿意不愿意，它会为我们这些做父亲的报仇的。哦！她们会来的！来吧，亲爱的，来吻吻我吧，你们最后的一吻就是为父的临终圣体，我将为你们祈祷上帝，对他说，你们都是孝顺女儿，他将为你们辩护！总而言之，你们是无辜的。我的朋友，她们是无辜的！请向所有的人去说说，叫他们别为了我让她俩犯难。一切都是我的错，是我纵容她们践踏我自己的。我喜欢这样，我。这与任何人无关，与人类的正义无关，与上天的神明无关。倘若上帝因为我而惩罚她们，那么他是不公道的。我不懂得如何做人，我放弃权力是愚蠢的。我为她俩自暴自弃！有什么办法哩！最自然的美，最高尚的灵魂都可能禁不住父爱的侵蚀。我是一个坏蛋，我罪有应得。就是我一个人使我的女儿欲壑难填，我把她俩宠坏了。现在，她们想纵乐极欲，就如往昔她们想吃糖一样。我总是容忍她们，满足少女的荒唐的欲望。她们在十五岁时便有马车了！什么也阻止不了她们啦。我是唯一的罪人，不过是出于父爱才沦为罪人的。她们的声音敞开了我的心房。我听见她们的声音了，她们来啦。哦！是的，她们会来的。法律要求儿女来看父亲咽气的，法律站在我的一边。再说，不就是叫人跑一次嘛。我付这笔车马费。请写信给她们，说我有几百万留给她们！我起誓。我将到奥德萨去做意大利馅饼。我知道怎么做。在我的计划里，还要赚它几百万。谁也想不到的。它不会像小麦或是面粉在运输中会变质,呃,呃,淀粉?也能赚上几百万!您没有说谎,告诉她们有几百万,不管如何,她们出于贪心也会来的。我宁愿被人欺骗,我要看看她们。我要我的女儿!我生下她俩,她俩属于我的!"他说着支起了身子,在欧也纳眼前露出一颗白发稀疏的脑袋,那脸上尽可能地表现出了恶狠狠的样子。

"行啦,"欧也纳对他说,"躺下,好心的高里奥老爹,我这就给她俩写信。等皮安训一回来,她们如果再不来,我就去。"

"她们如果再不来?"老头呜咽起来,重复道,"那末我就要死了,在疯狂中,疯狂中死去!我气上心头了!现在,我才看清了我的全部生活。我上当了!她们不爱我,从来没有爱过我!这是明明白白的。倘若她们不来,她们也就不会来了。她们越是推迟,就越下不了决心让我高兴一下。我了解她们。她们从来就想不到我的悲伤、我的痛苦和我的需要,她们也想不到我死;她们完全不知道我的爱的秘密。是啊,我看得明白,在她们看来,她们折磨我已习以为常,于是我所贡献的一切都算不得什么了。假如她们要挖我的眼睛,我会对她们说:'挖吧!'我太蠢啦。她们以为天下所有的父亲都像她们的父亲那样呢。应该强调自身的价值。她们的孩子会为我报仇的。唉,到这里来看我是为了她们自己的利益啊。请您预先告诉她们,说她们将咎由自取,不得好死。她们所有的罪恶都集中在这一条中了。唉,去吧,告诉她们,不来就意味着犯了弑父之罪!别说这一条,她们这一类罪过已经够多的啦。像我一样叫喊吧:'喂,纳西!喂,苔尔费纳!来到父亲身边吧,他对你们那么好,他正在受罪!'什么也没有,没人来。那么我就像野狗一样死去?这就是对我的报偿,被人遗弃。她俩是卑劣小人,是歹徒恶棍;我唾弃她们,诅咒她们;半夜,我还会从棺材里爬出来再咒骂她们。说到底,我的朋友,这难道是我的错吗?她们做得太不对了!是么?我在说什么了?您不是说苔尔费纳在这里么?两人之中她好一些。您是我的儿子,欧也纳,您!爱她吧,像一个父亲那样对待她。另一个也十分不幸。她们的命好苦啊!啊!我的天哪!我要断气了,我也太难受了!把我的脑袋砍了吧,只要把我的心留下就行了。"

"克里斯朵夫,去找皮安训!"欧也纳大声说道,他看见老头又是埋怨又是叫嚷,吓坏了,"把敞篷马车给我叫来。"

"我这就去找您的女儿,我的好老爹,我把她俩带来。"

"抓来,抓来!请叫卫兵,叫卫兵,一切的一切,"他说着向欧也纳看了最后一眼,闪烁着理性之光,"去向政府,向国王的总检察官说,让人把她们带来,我要这样!"

"可您咒骂过她们了。"

"谁在说话!"老头惊呆了,嚷道,"您很清楚,我爱她们,我酷爱她们!假如我看见她们,我的病就好了……去吧,我的好邻居,我的好孩子,去吧,您是好人,您;我愿意感谢您,但除了一个垂死的人的祝福而外,我没什么可以给您的。啊!我至少想见到苔尔费纳,要她偿还我欠下您的债。如果另一个不能做到,就把她带来。请告诉她,如果她不愿意来,您就再也不爱她啦。她非常爱您,她会来的。拿喝的来,我五脏六腑都在烧呢!请在我头上放点什么,最好是我的女儿的手,它能救活我,我感觉到……我的天哪!如果我去了,谁替她们挣钱呢?我要为她们去奥德萨,奥德萨,去那儿做面粉生意。"

"喝下去。"欧也纳扶起垂死的人说道。他用左胳膊扶着他,另一只手拿一只盛满汤药的茶杯。

"您大概爱您的父母亲吧,您!"老人用他那双无力的手捧着欧也纳的手说道,"我死前看不见她们了,我那两个女儿,您明白吗?永远渴着,但喝不到嘴,十年来,我就是这么生活过来的……我那两个女婿把我的女儿断送了。对啊,自她俩结婚以后,我再也没有女儿了。天下做父亲的,请要求议会制定一条关于结婚的法律吧!总之,倘若你们爱自己的女儿,就别让她们出嫁。做女婿的都是无耻之徒,他们毁了女儿的一切,玷污了一切。别再结婚啦!是婚姻夺走了我们的女儿,当我们瞑目时,我们没有女儿啦。请制定一条关于父亲故世的法律吧。多么可怕啊,这件事情!要报复!阻止她俩来的是我的女婿。把他们杀了!处死雷斯托!处死阿尔萨斯人,他们是杀人犯!我把女儿交出来便是死!啊!完了,我丢下她俩慢慢死去!她俩呢!纳西!费费纳,喂,你们来吧!你们的爸爸出门了……"

"我的好老爹,请息怒,唉,安静些,别再想什么。"

"不看见她们,这就是临终的痛苦啊!"

"您就要看见她们了。"

"真的?"老头迷惘地问道,"啊!看见她们!我就要看见她们了,听见她们的声音,我死而无怨。啊!对啊,我再也不求生了,我坚持不了啦,愈来愈痛啦。不过,能看见她们,摸摸她们的裙子,啊!只要摸摸她们的裙子,这算不得什么吧,只要让我感觉到她们的什么就行了!让我抓抓头发……我想……"

他像是挨了一锤子似的,脑袋落在枕头上。他的双手在被子上乱舞,好像想揪住他的女儿的头发。

"我为她们祝福,"他挣扎着说道,"祝福。"

陡地,他瘫软下来。这时,皮安训走了进来。

……

选自巴尔扎克:《高老头》,韩沪麟译,译林出版社1993年版。

双城记（节选）

狄更斯

　　查尔斯·狄更斯（1812—1870），19 世纪英国批判现实主义文学成就最高的小说家，一生创作了 13 部长篇小说和大量的散文作品。他的现实主义小说不仅如实反映了英国维多利亚时代的社会状况，也体现了英国式的幽默和绅士精神。马克思把他和萨克雷等称誉为"现代英国的一批杰出的小说家"。《双城记》情节时间跨度大，以英法两国的社会生活为背景，既写出了阶级对立和压迫引发的法国大革命的必然性，也从英国民众角度反映了对革命暴乱的恐惧心理，从而体现出狄更斯式人道主义思想的复杂性和矛盾性。

第一部　死人复活

第六章　鞋匠

　　"日安！"德伐日先生说，低头看着那个低垂着的白发的头。那人在做鞋。

　　那头抬起了一下，一个非常微弱的声音做了回答，仿佛来自遥远的地方。

　　"日安！"

　　"我看你工作得还是很辛苦？"

　　良久的沉默，然后那头才抬了起来。那声音回答说："是——我在工作。"这一回有一双失神的眼睛望了望发问的人，然后那张脸又低了下去。

　　那声音之微弱令人怜悯，却也叫人不舒服，并非由于体力上的衰弱，虽然囚禁与粗劣的食物无疑都起过作用；却是由于孤独与废弃所导致的衰弱，而这正是它凄惨的特色。它仿佛是漠漠远古的声音那微弱、濒危的回响，已完全失去了人类嗓音所具有的生命力与共鸣，仿佛只是一种曾经美丽的颜色褪败成的模糊可怜的污斑。那声音很低沉、很压抑，像是从地下发出来的，令人想起在荒野里踽踽独行、疲惫不堪、饥饿待毙的旅人，那无家可归的绝望的生灵在躺下身子准备死去之前苦念着家庭和亲友时所发出的哀音。

　　一声不吭的工作进行了几分钟，那双失神的眼睛又抬起来望了望。眼里全无兴趣或好奇，只是模糊地机械地意识到刚才有个唯一的客人站立的地方现在还没有空出来。

"我想多放一点光线进来。"德伐日目不转睛地望着鞋匠,"你可以多接受一点么?"

鞋匠停止了工作,露出一种茫然谛听的神情,望了望他身边的地板,同样望了望另一面地板,再抬头望着说话的人。

"你说什么?"

"你可以多接受一点光线么?"

"你要放进来,我只好忍受。"("只好"两字受到很轻微的强调)

只开了一线的门开大了一些,暂时固定在了那个角度。一大片光线射进阁楼,照出鞋匠已停止了工作:一只没做完的鞋放在他膝头上;几件平常的工具和各种皮件放在脚旁或长凳上。他长了一把白胡子,不长,修剪得很乱;面颊凹陷,眼睛异常明亮。因为面颊干瘦和凹陷,长在仍然深浓的眉毛和乱糟糟的头发之下的那双眼睛似乎显得很大,虽然实际上并非如此——它们天生就大,可现在看去却大得不自然。他那破烂的黄衬衫领口敞开,露出干瘪衰老的身子。由于长期与直接的阳光和空气隔绝,他跟他那帆布外衣、松垂的长裤和破烂的衣衫全都淡成了羊皮纸似的灰黄,混成一片,难以分清了。

他一直用手挡住眼前的光线,那手似乎连骨头都透明了。他就像这样坐着,停止了工作,直勾勾地瞪着眼。在直视眼前的人形之前,他总要东望望,西望望,仿佛已失去了把声音跟地点联系的习惯。说话之前也是如此,东看看,西看看,又忘掉了说话。

"你今天要做完那双鞋么?"德伐日一边问,一边招手让罗瑞先生上前来。

"你说什么?"

"你今天打算做完这双鞋么?"

"我说不清是不是打算,我想是的。我不知道。"

但是,这个问题却让他想起了他的工作,便又埋头忙起活儿来。

罗瑞先生让那姑娘留在门口,自己默默走上前去。他在德伐日身边站了一两分钟,鞋匠才抬起了头。他并不因见了另一个人而显得惊讶,但他一只颤巍巍的手指却在望向他时放错了地方,落到了嘴唇上(他的嘴唇和指甲都灰白得像铅),然后那手又回到了活儿上,他弯下腰重新做起鞋来。那目光和身体的动作都只是一瞬间的事。

"你有客人了,你看。"德伐日先生说。

"你说什么?"

"这儿有个客人。"

鞋匠像刚才一样抬头望了望,双手还在继续工作。

"来吧!"德伐日说,"这位先生很懂得鞋的好坏。把你做的鞋让他看看。拿好,先生。"

罗瑞先生接过鞋。

"告诉这位先生这是什么鞋,是谁做的。"

这一次的停顿比刚才要长,好一会儿之后鞋匠才回了话:

"我忘了你问的话。你说的是什么?"

"我说,你能不能给这位先生介绍一下这类鞋?"

"这是女鞋,年轻女士走路时穿的。是流行的款式。我没见过那款式。可我手上有图样。"他带着瞬息即逝的一丝自豪望了望他的鞋。

"鞋匠的名字是……?"德伐日说。

现在手上再没了工件,他便把右手的指关节放在左手掌心里,然后又把左手的指关节放到右手掌心里,接着又用一只手抹了抹胡子拉碴的下巴。他就像这样一刻不停地依次摸来摸去,每说出一句话他总要落入一片空白。要想把他从那片空白之中唤醒过来,简直像是维持一个极度衰弱的病人不致休克,或是维持濒于死亡者的生命,希望他能透露些什么。

"你问我的名字吗?"

"是的。"

"北塔一〇五。"

"就这个?"

"北塔一〇五。"

他发出了一种既非叹息也非呻吟的厌倦的声音,然后又弯腰干起活儿来,直做到沉默再度被打破。

"做鞋不是你的职业吧?"罗瑞先生注视着他说。

他那枯槁的眼睛转向了德伐日,仿佛希望把题目交给他来回答,从那儿没得到答案,他又在地下找了一会儿,才又转向提问者。

"做鞋不是我的职业么?不是。我——我是在这儿才学做鞋的。我是自学的。我请求让我——"

他又失去了记忆。这回长达几分钟,这时他那两只手又小心翼翼地摸索起来。他的眼睛终于慢慢回到刚才离开的那张脸上。一见到那张脸,他吃了一惊,却又平静下来,像是那时才醒来的人,又回到了昨夜的题目上。

"我申请自学做鞋,费了很多力,花了很多时间,批准了。从那以后我就做鞋。"

他伸手想要回被拿走的鞋,罗瑞先生仍然注视着他的脸,说:

"曼内特先生,你一点都想不起我了么?"

鞋掉到地下,他坐在那儿呆望着提问题的人。

"曼内特先生,"罗瑞先生一只手放在德伐日的手臂上,"你一点也想不起这个人了么?看看他,看看我。你心里是不是还想得起以前的银行职员、以前的熟人和以前的仆人,曼内特先生?"

这位多年的囚徒坐在那儿一会儿呆望着罗瑞先生,一会儿呆望着德伐日,他额头正中已被长期抹去的聪明深沉的智力迹象逐渐穿破笼罩着它的阴霾透了出来,却随即又被遮住了,模糊了,隐没了,不过那种迹象确实出现过。可他的这些表情却都在一张年轻漂亮的面孔上准确地得到了反映。那姑娘早已沿着墙根悄悄走到一个能看见他的地点,此时正凝望着他。她最初举起了手,即使不是想把自己与他隔开,怕见到他,也是表现了一种混合着同情的恐惧。现在那手却又伸向了他,颤抖着,急于把他那幽灵样的面孔放到她温暖年轻的胸腔上去,用爱使他复活,使他产生希望——那表情在她那年轻漂亮的脸上重复得如此准确(虽是表现了更为坚强的性格),竟仿佛是一道活动的光从他身上移向了她。

黑暗又笼罩了他,他对两人的注视逐渐松懈下来,双眼以一种昏瞀而茫然的表情在地下找了一会儿,便又照老样子东张西望,最后发出一声深沉的长长的叹息,拿起鞋又干起了活儿。

"你认出他了么,先生?"德伐日先生问。

"认出来了,只一会儿。开头我还以为完全没有希望了,可我却在一瞬间毫无疑问地看到了那张我曾十分熟悉的面孔。嘘!咱们再退开一点,嘘!"

那姑娘已离开阁楼的墙壁,走近了老人的长凳。老人在低头干活儿,靠近他的人影几乎要伸出手来摸摸他,而他却一无所知。此中有一种东西令人肃然悚然。

没有话语,没有声音。她像精灵一样站在他身边,而他则弯着腰在干活。

终于,他放下了手中的工具,要取皮匠刀了。那刀就在他身边——不是她站立的一边。他拿起了刀,弯下腰要工作,眼睛却瞥见了她的裙子。他抬起头来,看到了她的脸。两个旁观者要走上前来,她却做了个手势,让他们别动。她并不担心他会用刀伤害她,虽然那两人有些不放心。

他恐惧地望着她,过了一会儿他的嘴唇开始做出说话的动作,虽然没有发出声音。他的呼吸急促吃力,不时停顿,却一个字一个字地说了出来:

"这是什么?"

姑娘泪流满面,把双手放到唇边吻了吻,又伸向他,然后把两手交握在胸前,仿佛要把他那衰迈的头放在她的怀抱里。

"你不是看守的女儿吧?"

她叹了口气:"不是。"

"你是谁?"

她对自己的声音不放心,便在他身边长凳上坐了下来。他退缩了一下,但她把手放到了他的手臂上,一阵震颤明显地传遍他全身。他温和地放下了鞋刀,坐在那儿瞪大眼望着她。

她刚才匆匆掠到一边的金色长发此时又垂落到她的脖子上。他一点点地伸出手来拿起发卷看着。这个动作才做了一半他又迷糊了,重新发出一声深沉的叹息,又做起鞋来。

但他做得并不久。她把手从他胳膊上移开,放到了他的肩上。他怀疑地看了那手两三次,似乎要肯定它确实在那儿,然后放下了工作,把手放到自己脖子上,取下一根脏污的绳,绳上有一块卷好的布。他在膝盖上小心地把它打开,其中有少许头发,只不过两三根金色的长发,是多年前缠在他指头上扯下来的。

他又把她的头发拿在手上,仔细审视:“是同样的,怎么可能! 那是什么时候的事? 是怎么回事?”

在苦思的表情回到他额上时,他仿佛看到她也有同样的表情,便拉她正对亮光,打量她。

“那天晚上我被叫走时,她的头靠在我的肩上——她怕我走,虽然我并不怕——我被送到北塔时,他们在我的袖子上找到了这些。‘你们可以把它们留给我么? 它们不能帮助我的身体逃掉,虽然能让我的精神飞走。’这是我当时说的话。我记得很清楚。”

他用嘴唇做了多次动作才表示出了这些意思。但是他一旦找到了话语,话语便连贯而来,虽然来得缓慢。

“怎么样——是你吗?”

两个旁观者又吓了一跳,因为他令人害怕地突然转向了她。然而她却任凭他抓住,坦然地坐着,低声说:“我求你们,好先生们,不要过来,不要说话,不要动。”

“听!”他惊叫,“是谁的声音?”

他一面叫,一面已放松了她,然后两手伸到头上,发狂似的扯起头发来。正跟除了做鞋之外他的一切都会过去一样,这阵发作终于过去。他把他的小包卷了起来,打算重新挂到胸口,却仍然望着她,伤心地摇着头。

“不,不,不,你太年轻,太美丽,这是不可能的。看看囚犯是什么样子吧! 这样的手她当年从来没看见过,这样的脸她当年从来没有看见过,这样的声音她当年从来没有听到过。不,不。她——还有他——都是很久很久以前的事了——在度过北塔那漫长的时间之前。你叫什么名字,我温和的天使?”

为了庆贺他变得柔和的语调和态度,女儿跪倒在他面前,哀告的双手抚慰着父亲的胸口。

"啊,先生,以后我会告诉您我的名字,我的母亲是谁,我的父亲是谁,我为什么不知道他们那痛苦不堪的经历。但我现在不能告诉您,不能在这儿告诉您。我现在可以在这儿告诉您的是,我请求您抚摸我,为我祝福,亲我,亲我啊,亲爱的,我亲爱的!"

他那一头凄凉的白发跟她那一头闪光的金发混到了一起,金发温暖了白发,也照亮了它,仿佛是自由的光芒照射在他的身上。

"如果您从我的声音里听出了您曾听到过的甜蜜的音乐——我不知道您会不会,但我希望会——就为它哭泣吧,为它哭泣吧!如果您在抚摸我的头发时能回想起在您自由的青年时代曾靠在您胸前的头的话,就为它哭泣吧,为它哭泣吧!若是我向您表示我们还会有一个家,我会对您尽一片孝心,全心全意地服侍您,这话能令您想起一个败落多年的家,因而使您的心憔悴,您就为它哭吧,哭吧!"

她更紧地搂住他的脖子,像摇孩子似的在胸前摇着他。

"如果我告诉您,我最最亲爱的人,您的痛苦已经过去,我是到这儿来带您脱离苦海的,我们要到英国去,去享受和平与安宁,因而让您想到您白白葬送的大好年华,想到我们的生地——对您这样冷酷无情的法兰西,您就哭吧!哭吧!如果我告诉您我的名字,谈起我还活着的父亲和已经死去的母亲,告诉您我应当跪在我可敬的父亲面前求他饶恕,因为我不曾营救过他,不曾为他通宵流泪、睡不着觉,而那是因为我可怜的母亲爱我,不肯让我知道他的痛苦。若是这样您就哭吧!哭吧!为她而哭!也为我哭!两位好先生,谢谢上帝!我感到他神圣的眼泪落在我脸上,他的呜咽敲打在我心上!啊,你看!为我们感谢上帝吧!感谢上帝!"

他已倒在了她的怀里,他的脸落到了她的胸膛上:一个异常动人,也异常可怕的场面(因为那奇冤和惨祸)。两个在场人都不禁双手掩面。

……

第二部　金丝网络

第十六章　编织不已

……

圣安托万把德伐日夫妇拥抱在黄昏的翅膀里。两人在边界附近下了车,在它街道上的黑泥和垃圾间拣着路走。这时德伐日太太对她的丈夫说:

"喂,朋友,警察局的雅克给你说了些什么?"

"今晚说得很少,但他知道的全都告诉我了。我们这儿又派来一个密探,据他说还可能派更多的人来,但他不认识。"

"那好！"德伐日太太带着冷冰冰的办理业务的神气扬起眉毛说，"得把他记录下来。他们怎么叫他？"

"他是英国人。"

"那更好。姓什么？"

"巴赫萨。"德伐日说，把它念成了法国音。但是他很仔细，想弄得很准确，所以又准确地拼出了每一个字母。

"巴萨。"太太说，"好，名字呢？"

"约翰。"

"约翰·巴萨。"太太低声念了念，再重复道，"好，他的长相，知道不？"

"年约四十，身高约五英尺九，黑色头发，微黑皮肤，大体可以算漂亮。深色眼珠，脸瘦长、灰黄。鹰钩鼻，但不直，略向左颊歪斜，因此表情阴险。"

"呃，不错，好一幅肖像画！"太太笑了笑说，"明天给他记下来。"

两人转入酒店。因为已是半夜，酒店早关了门。德伐日太太立即在柜台旁坐下，清点她离开之后收入的零钱，盘点存货，翻查账本，自己又记上几笔账，对跑堂的进行了一切可能的检查，然后打发他去睡觉。她这才又第二次倒出碗里的钱，用手绢包起来，打了一串疙瘩，以免夜里出危险。这时德伐日便衔着烟斗走来走去，满意地欣赏着，不去打扰她。他在这类业务和家务的活动中一辈子都只是走来走去而已。

夜很热，酒店密闭，环境又脏，所以有股臭味。德伐日先生的嗅觉并不灵敏，但是店里的葡萄酒味却比平时浓了许多，甜酒、白兰地和茴香的气味也浓。他放下抽完的烟斗，用鼻子吹了吹这种混合气味。

"你累坏了。"老板娘包着钱，打着结，抬头看了他一眼，"这儿只有平常的味儿。"

"我有点疲倦。"她的丈夫承认。

"你的情绪也有点低沉。"老板娘说。她那敏锐的眼睛极专注地看着账目，可也不时瞄他一两眼，"啊，男人，男人！"

"可是我亲爱的！"德伐日开始说。

"可是我亲爱的！"老板娘坚定地点着头说，"可是我亲爱的！你今天晚上心肠太软！"

"是的，"德伐日说，他的话似乎是从心里痛苦地挤出来的，"时间的确太长了。"

"时间倒是很长，"他的妻子重复他的话，"可哪一件事的时间又能不长呢？报仇雪恨要花很长的时间，这是规律。"

"雷打死人就不需要多少时间。"德伐日说。

"可是你告诉我,"老板娘平静地问道,"让雷电聚积起来需要多少时间?"

德伐日抬起头沉思,仿佛觉得此话也有道理。

"地震毁灭一座城市,"老板娘说,"并不需要多少时间。可是你再告诉我,准备一次地震要多久?"

"我看要很长的时间。"德伐日说。

"可是一旦准备成熟它就会爆发,把它面前的一切都化成粉末。同时,地震的准备虽然看不见听不见,却总在进行着。这对你就已经是安慰了,记住。"

她的眼睛里冒着火,手上抽紧了一个结,好像掐死了一个敌人。

"告诉你,"老板娘伸出右手强调说,"虽然它在路上的时间很长,它却已经上了路,走过来了。告诉你,它是不会退却,也不会停步的。告诉你,它永远在前进。看看周围的世界,考虑一下世界上我们所认得的每一个人吧,想一想雅克们①随着每一小时而增加的愤怒和不满吧!它还长得了么?呸!你真可笑。"

"我勇敢的老婆,"德伐日微低着头,双手背在身后,像个站在教理问答老师面前的小学生似的回答道,"我对这一切都不怀疑。但是它迟迟不来已经太久,很有可能我们这一辈子都盼不到它了。你很明白这是可能的,我的老婆。"

"呃!那又怎么样?"老板娘问,又打了一个结,好像又绞死了一个敌人。

"唔!"德伐日半是抱怨、半是道歉地耸了耸肩,"那我们就不会看到胜利了。"

"可我们总会促进它的到来,"老板娘回答,伸出的那只手做了个有力的手势,"我们的努力是不会白费的。我的整个灵魂相信,我们必能看到胜利。即使看不到,即使我明知看不到,你若是给我一个贵族和暴君的脖子,我仍然可以把它——"

老板娘咬牙切齿地抽紧了一个很可怕的结。

"别说了!"德伐日脸红了,叫了起来,仿佛有谁指责他胆小,"亲爱的,我也是什么都敢干的。"

"不错!但是你有时需要看到对象和机会才坚持得下去,这是你的弱点。别那样,你要坚持。时候一到便把猛虎和魔鬼都放出去,可是在猛虎和魔鬼还有链子拴着的时候,你就得等待时机——不露声色地做好准备。"

老板娘把她那一串结子在小柜台上抽打着,仿佛要砸出它的脑浆来,用以强调她的结论。然后她平静地收起沉重的手巾包夹在腋下说:"是睡觉的时候了。"

第二天中午,这个可敬的女人又在酒店里她平时的座位上勤勤恳恳地织毛

---

①　雅克们:法国大革命时期的激进派叫雅各宾党,以在雅各宾僧院聚会而命名。本书的雅克们大约暗指它的成员。

线了。她的旁边放了一朵玫瑰花，虽然她有时要瞥它一两眼，那却并不妨害她一向的全神贯注的神态。店里有几个零星的客人，有的喝酒，有的没喝；有的站着，有的坐着。天很热，一群群的苍蝇作着探索性的冒险，爬到了老板娘身边黏乎乎的小酒杯里，落到杯底死去了。在杯外遨游的苍蝇们对伙伴们的死亡却无动于衷，只以最冷淡的态度望着它们，仿佛自己是大象之类跟它们毫不相干的东西，直到它们自己也遇到同样的命运为止。想一想苍蝇那种粗心大意倒也是很有趣的！——那个炎热的夏天宫廷诸公之粗心大意也许正跟它们不相上下。

一个人影走进门来，影子投在德伐日太太身上。她觉得是个陌生人，便放下毛线，往头巾上插上玫瑰，瞄了来人一眼。

有趣的是德伐日太太一拿起玫瑰，顾客们便停止了谈话，开始一个个往店外溜。

“日安，老板娘。”新来的人说。

“日安，先生。”

她大声回答，又打起毛线来，同时心里想道：“哈！日安，年纪四十左右，身高五英尺九左右，黑头发，面孔算得上漂亮，肤色偏黑，深色眼珠，脸瘦长灰黄，鼻子鹰钩形，但不直，往左面颊作特别角度的倾斜，形成一种阴险的表情！日安，每一个特征都有！”

“劳驾给我一小杯陈年干邑酒，外加一口新鲜凉水，老板娘。”

老板娘很有礼貌地照办了。

“这干邑酒真好喝，老板娘！”

这酒是第一次受到这种称赞。对于它的评价德伐日太太知道得很多，心中有更准确的估计。不过她仍然说那是过奖了，然后又打起毛线来。客人望了一会儿她的指头，又趁机环顾了一下这地方。

“你打毛线的技术好极了，太太。”

“我习惯了。”

“花样也挺漂亮的。”

“你觉得漂亮么？”老板娘微笑地看着他说。

“肯定。可以问问是做什么用的吗？”

“打着好玩的。”老板娘说，仍然微笑地看着他，同时灵巧地运动着手指。

“不做什么用？”

“那要看情况。说不定有一天我能给它派上用场的。如果那样的话——唔，”老板娘说，既卖弄风情又严厉地吸了一口气，点了点头，“它就会有用了。”

说来奇怪，圣安托万的人似乎坚决反对德伐日太太头上插玫瑰。有两个人分头走进店来，想要酒喝，看见那不寻常的玫瑰花，便都犹豫了，都装作到那儿找朋友的样子溜掉了。连这位访客进店之前在店里的客人也都走得一个不剩了。密探把眼睛睁得大大的,却什么迹象也没发现。人们都走开了。他们穷,行动都很偶然、没有目的。这很自然,也无懈可击。

"约翰,"老板娘心想,手指头打着毛线,心里却在检查着手上的工作,眼睛望着生客,"只要你多待一会儿,我便在你离开之前,把'巴萨'织进去。"

"你有丈夫吗,老板娘?"

"有。"

"有孩子吗?"

"没有。"

"生意似乎不大好呀?"

"生意很不好,老百姓太穷了。"

"啊,不幸的、痛苦的人民! 还受到这样的压迫——正如你所说的。"

"这可是你说的。"老板娘反驳,纠正了他的话,同时在他的名字上娴熟地添上一笔对他不会有什么好处的账。

"对不起,那确实是我说的,可你自然会这么想的,毫无疑问。"

"我想?"老板娘提高了嗓门回答,"我跟我丈夫要维持这个店面,已经够忙的了,还想什么。我们在这儿想的只是怎样活下去。我们想的就是这个问题,这就够我们从早到晚想个没完了,我们才不去想别人的事自讨苦吃呢。要我想别人的事么? 不,我不干。"

那密探是来搜罗点面包皮或者制造点什么的。他不愿在他那阴鸷的脸上露出狼狈的样子,只把胳膊肘靠在老板娘的小柜台上,装作一副献献殷勤闲聊闲聊的神态,偶尔啜一口干邑酒。

"加斯帕德的死,老板娘,真不成话。啊,可怜的加斯帕德!"他说时发出一声深长的叹息,表示同情。

"啊呀!"老板娘轻松冷淡地说,"拿了刀子干这种事总是要受罚的。他早就该知道玩这种奢侈品是什么价钱,不过是欠债还钱罢了。"

"我相信。"密探说,放低了声音。为了取得对方的信任,他那张邪恶的脸上每一块肌肉都表现出受到伤害的革命的敏感:"说句知心话,我相信这一带的人对这个可怜人有着强烈的同情和愤怒,是么?"

"是么?"老板娘一副莫名其妙的表情说。

"没有么?"

"——我当家的来了!"德伐日太太说。

酒店老板进了门,密探碰了碰帽檐行了个礼,带着讨好的微笑说:"日安,雅克!"德伐日停了步,瞪大眼望着他。

"日安,雅克!"密探重复。在对方的注视下显得不太自信,笑得也不太自然。

"你认错人了,先生。"酒店老板回答,"把我看做别人了。我不叫雅克。我叫欧内斯特·德伐日。"

"叫什么都一样。"密探笑眯眯地说,但也透着狼狈,"日安!"

"日安!"德伐日干巴巴地回答。

"你进来的时候,我有幸在跟老板娘闲聊,正说起别人告诉我的事:圣安托万人对于可怜的加斯帕德的不幸命运表现了强烈的同情和愤怒呢。"

"没听见谁说过这样的话。"德伐日摇摇头说,"我不知道。"

说完这话,他走到小柜台后面,一只手放在他妻子的椅背上,隔着这道障碍望着他们共同面对的人。若是能一枪崩了他,两人是会感到痛快的。

那密探很习惯于他的职业生活,并没有改变他那不自觉的姿态,只喝干了他那一小杯干邑酒,啜了一口清水,又叫了一杯干邑。德伐日太太给他斟了酒,又开始打起毛线来,嘴里哼着小曲儿。

"你对这一带好像很熟呢。就是说,比我还熟,是么?"德伐日说。

"不不,不过想多知道一点。我对苦难的居民有深刻的关心。"

"啊!"德伐日含糊地说。

"能有幸跟你谈话,德伐日先生,令我想起——"密探接下去说,"我有幸能把你的姓作一个有趣的联想。"

"真的!"德伐日淡漠地说。

"不错,真的。我知道曼内特医生放出来时是由你照顾的。你是他家的老仆人,所以把他交给了你。你看,我还算了解情况吧?"

"有那么回事,当然。"德伐日说。他的妻子在打毛线和唱歌时仿佛偶然地碰了碰他的手肘,他明白那是暗示他最好还是回答,但要简短。

"他的女儿来后,"密探说,"找的也是你。她是从你手里把她父亲接走的,同来的还有一个一身褐色衣服、穿戴很整齐的先生。那人叫什么来着?——戴个小假发——叫罗瑞——是台尔森银行的人——把他接到英格兰去了。"

"是事实。"德伐日重复。

"多么有趣的回忆!"密探说,"我在英国跟曼内特医生和他的女儿都认识。"

"是么?"

"你现在不大得到他们的消息了么?"密探说。

"没有消息。"德伐日说。

"实际上,"老板娘放下了活计,也不再哼曲子,抬起头插嘴道,"我们没有得到他俩的消息。我们接到他们平安到达的消息之后只收到过一两封信,从那以后他们的生活逐渐走上了正轨——我们也只顾着自己的生活——就没有再通信了。"

"完全如此,老板娘。"密探说,"那小姐快要结婚了。"

"快要结婚了?"老板娘回答,"她挺漂亮的,早该结婚了。你们英国人太冷淡了,我好像觉得。"

"啊! 你要知道我就是英国人呢!"

"我早听出了你的口音。"老板娘回答,"我估计口音既然是英国的,人也就是英国人了。"

他没有把这番鉴定看作是赞美之辞,只好努力招架,哈哈一笑应付过去。他喝完了干邑酒,又说:

"真的,曼内特小姐要结婚了。但对象不是英国人,而是跟她一样出生在法国的法国人。说到加斯帕德(啊,可怜的加斯帕德! 太残酷! 太残酷!),有一件事倒很奇怪。小姐要嫁的是侯爵大人的侄子,而加斯帕德正是因为侯爵才被高高吊起来的。换句话说,那人正是现在的侯爵。但是他在英国是隐姓埋名的,在那儿并不是侯爵。他叫查尔斯·达尔内先生。他母亲姓达尔内。"

德伐日太太平静地织着毛线,但这消息对她的丈夫却产生了明显的效果。他在小柜台后面打火点烟斗,可无论做什么那手总有点不听使唤,心里也很乱。那密探若是连这一点也看不出或是没记录在心里,他就算不上是密探了。

巴萨先生这一枪至少已经刺了个正着,虽然它有什么价值还不清楚。此时又再无客人进来给他再显身手的机会,他便付了酒钱,走掉了。临行前他又利用机会温文尔雅地表示希望有机会跟德伐日夫妇再会。他离开酒店之后好一会儿,这对夫妇仍然保持着原样没动,怕他又会回来。

"他关于曼内特小姐的消息,"德伐日低声说,他站着,吸着烟,一只手还在她椅背上,"能是真的么?"

"他那话很可能是假的,"老板娘眉毛扬起了一点点,"但也可能是真的。"

"如果是真的——"德伐日说着又住了嘴。

"如果是真的又怎么样?"他的妻子重复说。

"——而那件事又发生了,我们看到了胜利——那么为了她的缘故,但愿命运让他别回法国来。"

"她丈夫的命运,"德伐日太太跟平时一样平静地说,"会带他到该去的地方,让他在该收场的地方收场。我就知道这一点。"

"但是有一件事却很奇怪——至少现在是很奇怪的,不是么?"德伐日说,带着恳求他妻子承认的口气,"尽管我们非常同情她和她的父亲,她丈夫的名字此时却在你的手下,记录进了惩罚名单,跟刚才离开我们的那条地狱的狗在一起。"

"到了那时比这更离奇的事也会发生的。"老板娘回答,"我把他俩都记在这儿了,这是肯定的。他们各有各的账,都记下了,那就行了。"

说完这话,她卷起了毛线活儿,把玫瑰花从包在头上的手巾上取下来。圣安托万人或者是有一种本能,意识到那讨厌的装饰已经不见了,或者是一直观察着等待着那装饰的消失。总而言之,不一会儿工夫,人们已鼓起勇气往店里走来,酒店又恢复了往日的景象。

在这个季节里的黄昏,圣安托万人全体都要出门,有的坐在门槛上,有的坐在窗台上,有的则坐到肮脏的街头巷尾,都是出来透气的。这时德伐日太太总习惯于拿着毛线活儿在东一群西一群的人之间走来走去:她是个传教士——像她这样的人还不少——人世间若是不再产生这样的传教士就好了。女人们织着毛线,织的是不值钱的东西。但是,机械的工作可以机械地代替吃喝。手的活动是为了代替嘴和消化系统的活动。若是精瘦的指头停止了活动,肠胃就会受饥饿的折磨。

但是她们的手指所到之处也正是眼睛所到之处,也是思想所到之处。德伐日太太在人群间周游时,她所接触到的妇女们的手指、眼睛和思想都行动得更快更猛烈了。

她的丈夫在门口吸烟,带着钦佩之情打量着她。"了不起的女人,"他说,"坚强的女人,伟大的女人,伟大得可怕的女人!"

黑暗在积聚,教堂的钟声响了,远处的王家卫队的军鼓响了。妇女们坐在那儿不断织着毛线。黑暗笼罩着她们。另一种黑暗同样在逐渐积聚着。那时在全法兰西高耸入云的尖塔上发出欢声的铜钟将会被熔铸为发出雷鸣的大炮,而隆隆的军鼓亦将淹没一个凄惨的声音①。那个夜晚将跟力量与富裕的声音、自由与生命的声音一样无所不能。妇女们坐在那儿不断地编织着,许多东西都往她们积聚包围过来,把她们自己围到一个还没有建立起来的架子下面,坐在那儿不断地编织,记录要落下的人头。

选自狄更斯:《双城记》,孙法理译,译林出版社2012年版。

请扫码阅读外文版
原作(节选)

① 一个凄惨的声音:作者可能指的是1793年1月21日法国国王路易十六在上断头台前向围观者发出的演说。他的演说被鼓声淹没了。卡莱尔的《法国革命》第三部第二册第八章对此有描写。

死魂灵(节选)

果戈理

　　尼古拉·瓦西里耶维奇·果戈理(1809—1852)是 19 世纪上半叶俄国现实主义文学的奠基人和代表作家,著有中短篇小说《狂人日记》《鼻子》《外套》、剧作《钦差大臣》和长篇小说《死魂灵》等名篇。《死魂灵》(1842)以流浪汉小说的结构,通过六等文官乞乞科夫钻法律漏洞、收购死农奴、四处奔走的经历,展示了沙皇俄国农奴制下的社会历史和真实生活,批判了唯利是图的新兴资产者、黑暗腐朽的官僚阶层和自私自利的地主群体。该作的讽刺嘲弄艺术和"笑中含泪"的风格,对后世俄国文学有重要影响。

第一卷

第 二 章

　　……

　　他①在家里说话非常少,大部分时间都在沉思默想,可是他到底在思索些什么,却又只有上帝才知道。不能够说他是在经营田产,他甚至从来没有乘车去察看察看他的田地,庄稼仿佛是自生自长的。当总管对他说:"老爷,要是如此这般地去做就好了。""是呀,这倒不坏,"他通常一边抽着长烟杆一边答道,抽长烟杆的习惯还是他在军队里服役的时候养成的,当时他被认为是一位最最谦虚谨慎、温文尔雅、教养有素的军官,"是呀,这真是不坏。"他还会重复说上一遍。如果一个庄稼汉跑来找他,搔搔后脑勺,说道:"老爷,让我去干点私人的活儿,挣点钱好交人头税。""去吧。"他一边抽长烟杆一边说,甚至压根儿没想到庄稼汉是偷空去喝个酩酊大醉。有时候从台阶上望望院子又望望池塘,他会嘟哝着说:如果突然一下子从屋子门口起筑一条地下通道,或者在池塘上架一座石桥,桥上两边开设小店,让商人坐在里面兜售农民所需要的零星杂货,那该有多么好啊。在这当口,他的一双眼睛就会变得异乎寻常地甜蜜起来,脸上露出一副心满意足到了顶点的表情;可是,所有这些设想只不过是空话罢了。他的书房里总是放着

---

　　① 即地主玛尼洛夫。——编者注

一本书，书签夹在第十四页上，他把这一页经常翻读已经有两年了。他的屋子里总是欠缺点什么东西：客厅里安放着一套漂亮的家具，上面蒙着很讲究的丝织料子，料子的价钱一定挺不便宜；可是短缺了两把椅子的料子，于是这两把椅子便一直罩着一层蒲席；不过，接连好几年每回有客人来，主人总是用如下的几句话警告他的客人："别坐这两把椅子，它们还不能用哩。"在另一间屋子里压根儿没有安放家具，虽然在结婚的头几天里曾经说过："宝贝，明天得去张罗一下，给这屋里摆上几件家具，哪怕是暂时对付对付也好。"一到傍晚，桌上就摆出一只暗铜制的挺漂亮的烛台，上面饰有古色古香的希腊三女神的雕像和漂亮的螺钿托板，而旁边放着的一只烛台却是瘸腿的，歪歪斜斜，积满油垢，简直像个铜制的残废人，虽然对这一点，不管是主人也好，主妇也好，仆人也好，大家都满不在乎。他的妻子……不过，他们互相是十分满意的。尽管他们结缡以来已经过了八年多，可是，他们还时常要敬给对方吃一片苹果，一颗糖，或者一颗胡桃，用一种表示十分恩爱的温柔动人的声音说道："宝贝，张开你的小嘴，我要把这一小块放进你的嘴里去。"不用说，这样一来，小嘴自然就妩媚地张开了。逢到生日，一件意想不到的礼物，如小玻璃珠子穿成的小牙签套之类的东西，总准备好了。常常会有这样的事：两人原来好端端地坐在长沙发上，忽然完全不知道为了什么原因，一个放下了自己的长烟杆，而另外一个放下了手里的针线活儿，互相拥抱起来接了一个情意绵绵的长吻，长得足足有可以从从容容吸完一小枝雪茄烟的工夫。总而言之，他们是所谓幸福的一对儿。当然，在一个家庭里，除了长久的接吻和意外的礼物之外，不难发现还有许多别的事儿要做，也不难提出许多各种各样的质问。譬如说，为什么厨房里做起菜来总是乱七八糟、毫无盘算呢？为什么贮藏室里几乎空无一物呢？为什么管家婆的手脚老是不干净呢？为什么仆人们个个邋邋遢遢、嗜酒如命呢？为什么所有的下人都是贪睡得不成体统，醒来之后又一味胡作非为呢？可是，所有这些事情都是低贱的，而玛尼洛夫太太是教养优良的。大家知道，优良的教养只有在寄宿女塾里才能够受到。大家又知道，在寄宿女塾里，三门主要的功课构成着人类美德的基础：一是为家庭生活的幸福所必需的法语；二是使丈夫娱其闲暇之时的钢琴弹奏；三是家政，也就是编结钱包和其他出人意料的礼物等等。可是，在教学方法方面经常有各种各样的改进和变更，特别是在目前；这多半要看寄宿女塾校长的明智和才干如何而定了。在有一些寄宿女塾里，先后次序是这样安排的，首先是钢琴弹奏，其次是法语，最后才是家政。可是，有时也往往安排成这样：首先是家政，就是说，编结各种出人意料的礼物，其次是法语，然后才是钢琴弹奏。方法可谓多矣。可是，这并不妨碍我还要指出一下：玛尼洛夫太太……可是，我得承认，我很害怕谈到女士们，何况现在是我应该回过头来写我们的两位主人公的时候了，他们已经站在客厅门口有好几分钟,互相谦让着请对方先走。

"赏个脸吧,别这样费心和我谦让,让我在后头走。"乞乞科夫说道。

"不行,巴维尔·伊凡诺维奇,不行,您是客人。"玛尼洛夫一边用手向他指着门,一边说。

"别客气,请您别客气啦。请吧,请您先走。"乞乞科夫说。

"那可不行,请原谅,我绝不能让这么一位令人愉快的、教养有素的客人在后头走。"

"哪里说得上教养有素?……请吧,您先请。"

"嗳,还是您先请。"

"那怎么敢当?"

"嗳,这理所当然嘛!"玛尼洛夫浮起令人愉快的微笑,说道。

最后,两个朋友侧着身子,相互稍微挤了一下,同时走进了门去。

"请容许我向您介绍一下贱内,"玛尼洛夫说道。"宝贝! 这位是巴维尔·伊凡诺维奇!"

经这么一说,乞乞科夫的确看到了一位先前他跟玛尼洛夫一起在门口弯腰鞠躬时完全没有注意到的太太。她长得不难看,衣着和她的人品挺相称。一件浅色绸布长袍穿在她的身上挺有模样;她的纤纤玉手把一件什么东西急忙往桌上一扔,抓起一块角上绣花的麻纱手绢儿。她本来坐在一只长沙发上,这时站了起来。乞乞科夫不无快感地走近去亲了亲她的小手。玛尼洛夫太太就说开啦,她甚至有点咬舌头,不能把 P 这个音发清楚,她说,贵客光临使他们夫妇十分高兴,又说,她的丈夫没有一天不想到他。

"是呀,"玛尼洛夫补充说,"她老是问我:'你那位朋友怎么不来呀?''再等一等,宝贝,他会来的。'好啦,现在您终于赏光驾临寒舍啦。这真是给我们带来了极大的快乐,是五月的阳光,心灵的节日……"

乞乞科夫听见对方说出心灵的节日云云一类的话,倒觉得有点不好意思起来,于是就谦逊地答道,他既没有响亮的名望,甚至也没有显赫的官衔。

"您一切都有,"玛尼洛夫浮现出这样令人愉快的微笑,打断他说,"您一切都有,甚至还不止这些哩。"

"您觉得我们这座城市怎么样?"玛尼洛夫太太问道,"您在那儿过得愉快吗?"

"那是一座很好的城市,非常出色的城市,"乞乞科夫答道,"时间过得挺愉快:我碰见的都是一些非常和蔼而有礼貌的人。"

"您觉得我们的省长怎么样?"玛尼洛夫太太问道。

"他不是一个最可尊敬、最和蔼可亲的人吗?"玛尼洛夫补充说。

"说得完全对，"乞乞科夫说道，"一个最可尊敬的人。再说，他对自己的职务研究得多么精深，理解得多么透彻啊！应该希望多有一些像他这样的人才才好。"

"他是多么善于这样地，您知道，恰如其分地接待每一个人，处世为人多么讲究礼仪呀。"玛尼洛夫浮现出微笑，补充说，高兴得几乎把眼睛完全眯缝了起来，活像一只被人在耳朵背后搔了一下的猫。

"一个挺有礼貌的、令人愉快的人，"乞乞科夫接碴儿说下去，"一双手又多么灵巧啊！这是我甚至怎么也料想不到的。他把各种各样家庭刺绣绣得多么好啊！他给我看了他做的钱包：很少有一位太太能够绣得这么精致的。"

"还有副省长是一个多么可爱的人，可不是吗？"玛尼洛夫又稍微眯缝起眼睛，说道。

"是一个非常非常可尊敬的人。"乞乞科夫答道。

"嗯，请问，您觉得警察局长怎么样？他是一个挺叫人感觉愉快的人，可不是吗？"

"非常叫人感觉愉快，并且是一个多么聪明、多么博学的人！我跟检察长和民政厅长一起在他家里打过惠斯特牌，一直打到鸡叫好几遍。他是一个非常非常可尊敬的人！"

"嗯，您对警察局长太太的看法怎么样？"玛尼洛夫太太又找补了一句，"她是一个顶顶和蔼可亲的女人，可不是吗？"

"哦，就我所认得的女人说来，她的确是最值得尊敬的女人中的一个。"乞乞科夫答道。

接下来，民政厅长啦，邮政局长啦，都没有忘记一一提到，这样就差不多把城里的官员们都逐个儿回忆到了，他们原来都是顶顶值得尊敬的人。

"你们是常住在乡下的吗？"终于轮到乞乞科夫来提出问题了。

"大部分时间是在乡下，"玛尼洛夫答道，"不过，我们有时也到城里去，只是为了要跟教养有素的人见见面。您知道，一个人如果老是过着幽闭生活，是会变得孤僻粗野起来的。"

"对极啦，对极啦。"乞乞科夫说道。

"当然，"玛尼洛夫继续说下去，"如果左右四周都是些好邻居，那就是另外一回事啦。比方说，如果有这么一个人，你多少可以跟他谈谈以礼待人的美德，谈谈良好的风度，探讨一门什么学问，借此震撼一下灵魂，激发一种所谓精神上的翱翔……"他说到这儿，还想表达些什么，可是想到已经扯得太远了，就只是把手在空中转动了一下，继续说下去，"那么，当然，乡村和离群索居的生活还是会有许多愉快欢乐之处的。可是，架不住根本没有这么一个人呵……你只能偶或读一读《祖国之子》①。"

乞乞科夫对这一点表示完全同意，还补充说，再不可能有比幽居乡下，欣赏欣赏大自然的景色，偶或翻读一本什么书更愉快的事了……

"可是，您得知道，"玛尼洛夫补充说道，"如果没有一位朋友可以分担您的欢乐和患难，那总是……"

"哦，您说得对，说得完全对！"乞乞科夫打断他的话头，"如果是那样的话，那么，世上纵有奇珍异宝，又算得了什么呢？一位圣贤说过这样的话：'纵然身无分文，愿交天下豪杰'。"

"您知道，巴维尔·伊凡诺维奇！"玛尼洛夫说道，脸上显露出一种不仅甜蜜、甚至是甜得发腻的表情，这种表情酷似一位周旋于上流人士之间的机灵圆滑的医生狠命地给加上甜味、想让病人高高兴兴喝下肚里去的一种药水，"那时候，你就会感觉到一种多少是精神上的喜悦……比方说，现在，当我有一种可以说是幸运之极的机会向您请教，一享畅聆宏论之乐……"

"不敢当，哪里是什么宏论哟？……我是一个微末不足道的人，仅此而已。"乞乞科夫答道。

"哦，巴维尔·伊凡诺维奇，请容许我跟您说句肺腑之言：我心甘情愿献出我的一半财产，只要我能够拥有一部分您所拥有的那些优点！……"

"恰恰相反，我倒认为这是我这方面的最大最大的……"

如果不是一个仆人进来禀报午餐已经准备就绪的话，真不知道这两位朋友会互相披肝沥胆到什么地步。

……

"可是，首先请容许我请教您一个问题……"他②用听来有点奇怪的，或者说几乎就是奇怪的声音说了起来，紧接着，不知道为什么，还回头望了一眼。玛尼洛夫不知道为什么也回头望了一眼。"您把纳税人口花名册③交上去已经很久了吗？"

"那可早啦；不如说是我记不得啦。"

"那么，打那以后，您这儿死掉了许多农奴吗？"

"这我可说不上来；我认为，这件事得问一问总管。喂，来人哪！去叫总管来一下，他今天应该来这儿一趟的。"

---

①　一种综合性刊物，创办于1812年，自1820年起逐步倾向反动。

②　即乞乞科夫。——编者注

③　在旧俄时代，地主每隔七至十年必须将农奴的名单呈交政府，以便政府征收人头税（妇女和孩子不计在内），此项名单称为"纳税人口花名册"。因此，男农奴亦称为纳税农奴。纳税人口花名册上纳税农奴人数至下次纳税前不变。

不一会儿,总管来到了。这人大约靠近四十岁年纪,胡子剃得光光的,穿一件常礼服,看来他过着一种很悠闲的生活,因为他的脸显得有点虚胖,发黄的皮肤和一双小眼睛又说明,他太熟悉鸭绒褥子和鸭绒被子是什么滋味了。一眼就可以看出,他是像所有那些地主老爷府第里的管事人一样完成他那步步迁升的发迹史的:最初仅仅是府第里的一个粗识文字的小厮,后来娶了太太手下的一个宠婢,管家阿迦施卡,自己也当上了管家,然后又当上了总管。不用说,当上了总管之后,他的行动就跟所有的总管一模一样:跟田庄上日子过得富足一些的人结交来往,认干亲家,给比较穷的农民多派赋税和劳役,他自己呢,早晨九点多钟才起床,等茶炊子烧滚了,慢吞吞地喝上几杯茶。

"听我说,伙计! 自从上回交上纳税花名册以后,我们这儿死掉了多少农奴啦?"

"死掉了多少,这可怎么说呢? 打那以后死掉的可多啦。"总管说到这儿打了个嗝,用手像盾牌似的轻轻遮住了嘴。

"是嘛,我得承认,我自己也这么琢磨来着,"玛尼洛夫接碴儿说下去,"真是的,非常多的农奴死掉啦!"说到这儿,他朝乞乞科夫转过身去找补了一句:"真的,非常多。"

"那么,比方说,有多少数目呢?"乞乞科夫问道。

"是呀,有多少数目呢?"玛尼洛夫重复问了一声。

"多少数目,这可怎么说呢? 因为不知道死掉多少啦:从来没有人算过这笔账。"

"是呀,正是这样,"玛尼洛夫转过脸去对乞乞科夫说,"我也估计死亡率是挺高的;压根儿不知道死掉了多少。"

"那么,劳驾把他们给我计算一下,"乞乞科夫说道,"把所有的人按照姓名列张详细的清单出来。"

"对,把所有的人按照姓名列张清单出来。"玛尼洛夫说道。

总管说了声:"是啦!"就退出去了。

"您需要这份名单,为的是什么呢?"玛尼洛夫在总管退出去之后问道。

看来,这一问使客人觉得为难起来,他显露出了某种紧张的表情,甚至脸都涨红了——那是当有话要想吐露而又不完全便于说出口的时候常有的一种紧张。说实在的,玛尼洛夫终于听到了人的耳朵闻所未闻的、奇怪而又不同寻常的事情。

"您问这样做是什么原因吗? 原因就是:我想买进一些农民……"话到其间乞乞科夫结结巴巴说不下去了。

"可是,请问您,"玛尼洛夫说,"您愿意怎样买法:连人带土地一起买,还是仅仅过一下户,也就是说,不带土地呢?"

"不,我要的不完全是农民,"乞乞科夫说,"我愿意要死掉的……"

"什么? 对不起……我的耳朵有点背,我觉得我听到了一句非常奇怪的话……"

"我打算买进一些死掉的,不过在纳税花名册上却还是活着的。"乞乞科夫说道。

这当口,玛尼洛夫把长烟杆啪哒一声落在地板上,惊愕得张大了嘴,就这么张着嘴一直呆了好几分钟。刚才还在大谈人逢知己之愉快的这两位朋友,现在坐着一动也不动,互相瞪着眼睛盯住对方,活像古昔时代对称地挂在镜子旁边的两幅人像。最后还是玛尼洛夫自去拾起了那根烟杆,趁势偷眼望了一下朋友的脸,竭力要看出他的嘴上有没有飘过一丝微笑,他是不是在开一个玩笑;可是,这种迹象一点也看不出,恰恰相反,那张脸甚至显得比平时更加严肃庄重;后来,他又想,客人莫非意外受了刺激,神经错乱了,于是他担心害怕起来,目不转睛地把客人打量了一番;可是,客人的一双眼睛完全是清澈纯净的,里面丝毫没有那种闪动在疯子眼睛里的粗野的、骚动不安的光芒,一切都平静如常。不管玛尼洛夫怎么考虑来考虑去,他还是打不定主意应该怎么办才好,结果没别的办法,只能从嘴里喷出一缕残存的淡淡的青烟。

"所以,我想知道您是不是可以把事实上并不活着、但讲到法律形式却是活着的这样一些农民,移交给我,转让给我,或者以您认为合适的方式来办?"

可是,玛尼洛夫窘极了,觉得十分为难,只能瞪着眼睛望着客人。

"我觉得,您仿佛挺为难?……"乞乞科夫问道。

"我?……不,我一点也没有什么,"玛尼洛夫说,"可是,我不能理解……对不起……当然,我没有机会受到像您这么卓越的教育,这种教育可以说是在您的所有一切行动上都可以看得出来的;我没有那种高超的讲话艺术……也许,在这里……在您刚才作出的这种解释里面……隐藏着另外一种……也许,您这种说法是为了语体的优美吧?"

"不是的,"乞乞科夫接碴儿说下去,"不是的,我说的正就是字面上的意思,指的就是那些确实死掉的农奴。"

玛尼洛夫完全感到迷惑不知所措了。他觉得他必须做点什么事,提出一个问题,可是提什么问题呢,那就只有鬼才知道。他终于只得又一次喷出一口烟,不过这一回不是用嘴,而是通过鼻孔眼儿喷出来的了。

"既然如此,如果没有什么别的障碍,那么,上天保佑,就这么办吧,咱们可以签订买卖契约啦。"乞乞科夫说道。

"怎么,死魂灵的买卖契约?"

"哦,不!"乞乞科夫说,"让咱们写上他们是活着的,正像纳税花名册实际上写的那样。我习惯于做随便什么事情都不越出民法的范围;虽然为了这一点,我在自己的前程上受到过一点挫折,可是有什么法子,责任在我看来是神圣不可侵犯的,至于法律——我在法律前面总是默默无言地服从。"

最后几句话挺叫玛尼洛夫喜欢,可是他毕竟还是怎么也琢磨不透这件事情本身的意义所在,因此他就不答话,只是拼命吸着长烟杆,弄得烟杆终于像巴松管似的发出咕嘟咕嘟的声音来。看来,他仿佛想从烟杆里把解答这一闻所未闻的情况的意见吸出来似的,可是,长烟杆除了发出咕嘟咕嘟的声音之外,没有作出任何回答。

"也许,您有什么怀疑吧?"

"噢,说哪儿的话,我一点怀疑也没有。我要说的不是对您有什么,就是说,有什么不满的意见。可是,请容许我斗胆说一句:这件事情,或者说得更清楚些,这笔所谓生意,会不会不符合民法条例和俄罗斯今后法令的规定?"

说到这儿,玛尼洛夫把脑袋摆动了几下,意味深长地看了看乞乞科夫的脸,而在自己的眉宇之间和闭紧的嘴唇上则显露出一种如此深谋远虑的表情,那恐怕是在一个人的脸上从来看不到的,除非这是一位智慧超人的部长,并且是在他思考着一件非常伤脑筋的问题的时候。

可是,乞乞科夫干脆回答他说,这一类事情,或者说这一类生意,一点也不会不符合民法条例和俄罗斯今后法令的规定,过了一会儿又加添说,国库甚至还会得到好处,因为将收入一笔合法的手续费。

"您这样认为吗?……"

"我认为这是一件好事。"

"既然是一件好事,那就另当别论了:对此我没有话说啦。"玛尼洛夫说,觉得完全放心了。

"现在剩下来的事情是要谈一谈价钱……"

"讲什么价钱?"玛尼洛夫刚又开口说,就立刻打住了,"难道您认为,我会为了在某种意义上已经不再存在的农奴收您的钱吗?既然您有了这样一种可谓异想天开的愿望,那么,从我这方面说来,我情愿把它们无条件地交给您,并且连签立契约的费用也由我来承担。"

如果记述眼下这一些事件的史家忘记交代,在玛尼洛夫说出这一番话之后,客人浑身有一股乐不可支的劲头,那么,史家一定要受到莫大的谴责啦。不管乞乞科夫是何等稳重审慎,可是,此刻他几乎也要像一头山羊似的蹦跳起来,而蹦跳这种动作,尽人皆知,只有在兴奋得不得了的时候才会做出来的。他在圈手椅里这么猛力地扭动了一下身子,以致蒙在靠垫上的毛料都哗的一声裂了一条口子;玛尼洛夫在一旁只得有点迷惑不解地看着他。一阵感激之情推动他在这当口说了许多千恩万谢的话,弄得对方窘困不堪,脸涨得通红,连连摇头,最后才说,这根本算不了什么,他的确想表示一点心意,某种心灵的向往,精神方面的吸引,而死掉的农奴在某种意义上说来却是毫无价值的废物。

"这绝不是废物。"乞乞科夫说着握了握他的手。这当口,他深深地长叹了一声。看来,他有心要向对方一吐衷曲;他终于并非没有感情和表情地说出了下面一番话来:

"您如果能够知道,这看来是废物一样的东西,您却以它帮了一个无亲无故、没有门第的人多大的忙啊!说实在的,我什么挫折没有经历过?我像飘泊在惊涛骇浪中的一叶孤舟……什么迫害,什么排挤,我没有遭受过,什么痛苦我没有尝味过,可是这为的是什么?为的是我维护真理,为的是我的良心纯洁无辜,为的是我向一个无依无靠的寡妇和一个苦命的孤儿伸出了援助之手!……"说到这儿,他甚至掏出手帕来揩了揩夺眶而出的泪珠。

玛尼洛夫完全被感动了。两个朋友长久地互相握着手,长久地互相默默凝视着对方热泪盈眶的眼睛。玛尼洛夫说什么也不肯放松我们这位主人公的手,继续这样热烈地紧握着它,使对方竟不知怎样才能够把它抽回来。他终于还是把手悄悄地缩了回来,并且说,不妨尽快把契约签订下来,因此,最好他亲自到城里去跑一趟。然后,他便拿起帽子,起身告辞。

"怎么?您已经打算走了吗?"玛尼洛夫忽然清醒过来,几乎大吃一惊地说。

在这时候,玛尼洛夫太太走进书房里来了。

"莉赞卡①,"玛尼洛夫带着几分惋惜的脸色说,"巴维尔·伊凡诺维奇要离开我们啦!"

"因为我们惹得巴维尔·伊凡诺维奇厌烦啦。"玛尼洛夫太太答道。

"夫人,您说哪儿的话!这儿,"乞乞科夫说道,"这儿,在这心坎里,"他说话时把一只手按在胸口,"是呀,就在这心坎里,我永远记得和你们一起度过的那些愉快的时刻!请相信我,对于我来说,再也不会有比跟你们住在一起更大的幸福啦,即使不是住在一幢屋子里,至少也要做个顶近顶近的贴邻呀。"

"是嘛,巴维尔·伊凡诺维奇,"玛尼洛夫说,他是挺喜欢这个主意的,"要是能够住在一起,在同一个屋檐下,或者坐在一棵榆树的树荫下谈论点什么哲学,对什么问题刨根究底地钻研一下,那该有多么好啊!……"

"噢,这真该有天堂之乐啦!"乞乞科夫叹了口气说。"再见啦,夫人!"他接着说,同时走向前去吻了玛尼洛夫太太的手,"再见啦,最亲爱的朋友!别忘了我对您的请求!"

① 叶莉扎维塔的爱称。

"噢，您尽可以放心！"玛尼洛夫答道，"我跟您分别至多两天工夫。"

大家走进了饭厅。

"再见啦，可爱的孩子们！"乞乞科夫看到亚尔基德和费米斯托克留斯就说道，他们两个正在玩一个木头轻骑兵，那个轻骑兵的胳膊和鼻子全都没有了。"再见啦，我的娃娃们！请你们原谅我，我这一回没有带给你们礼物，因为我得承认，我上这儿来的时候甚至还不知道这世上有没有你们，可是今后我再来的时候，一定要带礼物来啦。带给你一把宝剑；你要宝剑吗？"

"要的。"费米斯托克留斯答道。

"带给你一个鼓；给你一个鼓，好不好？"他向亚尔基德弯下身去，继续说道。

"一个堵①。"亚尔基德低声说，低下了头。

"好的，我下回带给你一个鼓。一个这么好的鼓，打起来就会这么样。得尔……鲁……得啦—哒—哒，哒—哒—哒……再见啦，宝贝！再见！"说到这儿，乞乞科夫吻了一下他的小脑袋瓜，于是转过身去对玛尼洛夫和他的夫人轻轻地一笑，这一笑通常是人们用来向做父母的表示，他们的孩子的愿望是何等的天真无邪。

"说真个的，您还是留下来吧，巴维尔·伊凡诺维奇！"当大伙儿已经走到台阶上的时候，玛尼洛夫说，"您瞧呀，满天的乌云。"

"是一些小块的云，不要紧的。"乞乞科夫答道。

"您知道上索巴凯维奇那儿去的路吗？"

"我正想请您指点一下。"

"请等一等，我立刻告诉您的车夫。"说完玛尼洛夫便把路讲给了马车夫听，口气也是殷勤非凡，甚至有一回把他称呼为"您"。马车夫听说必须驶过两个路口，到第三个路口再拐弯进去，他就说道："我们一准按您的指点办，请放心，大人您哪。"于是乞乞科夫告辞走了，回头看去，主人夫妇还踮起脚，长久地鞠着躬，挥动着手帕。

玛尼洛夫长久地站在台阶上，目送着渐渐远去的轻便折篷马车，当马车已经消失得影踪全无的时候，他仍旧还是站在那儿，抽着长烟杆。他终于走进屋里去，坐在一把椅子上，沉浸于一片冥思浮想之中，因为自己能够给予来客一点小小的愉快打心坎里觉得高兴。后来，他的念头不知不觉转到了别的事情上去，最后，只有老天爷才知道他在想些什么了。他想，人逢知己是何等幸福，又想，最好跟朋友一起住在某处的河滨，然后在这条河上他出钱给架起一座桥，然后再建造一幢大宅子，屋上筑起这么一座高高的塔楼，从那儿甚至可以一直望见莫斯科，到了夜晚又可以在那儿露天喝喝茶，谈论谈论一些什么有趣的事情。然后想的

① 孩子口齿不清，发音不准，把"鼓"念成了"堵"。

是,他跟乞乞科夫一起乘坐讲究漂亮的轿式马车去拜会一些什么人,他们优雅的举止谈吐使举座为之惊叹爱慕不止,仿佛连国君都知道了他们之间有这样一种友谊,所以恩赐了他们将军的官衔,他想呀想呀,到最后,他在想些什么,只有老天爷才知道,连他自己怎么也搞不清楚了。忽然,乞乞科夫奇怪的请求打断了他的全部幻想。一想到这件事,似乎他的脑袋瓜特别不好使;不管他把这件事怎么翻来覆去地推敲琢磨,他却怎么也不能够给自己解释出一个名堂来,于是他就一直坐着,抽着长烟杆,直到吃晚饭为止。

选自果戈理:《死魂灵》,满涛、许庆道译,人民文学出版社 1983 年版。

父与子(节选)

屠格涅夫

　　伊凡·谢尔盖耶维奇·屠格涅夫(1818—1883)是 19 世纪俄国批判现实主义作家、诗人和剧作家,著有短篇小说集《猎人笔记》,中篇小说《阿霞》《多余人日记》,以及长篇小说《罗亭》《贵族之家》《前夜》《父与子》《烟》《处女地》。代表作《父与子》(1862)通过父辈(以巴威尔·基尔沙诺夫为代表)与子辈(以叶甫盖尼·巴扎罗夫为代表)两代人在思想观念、政治意识、道德伦理以及审美艺术等方面的矛盾和冲突,塑造了一个勇于否定旧制度却无法建立新制度的平民知识分子形象(即相对于贵族而言的"新人"),既表达了革命民主主义对自由民主主义的胜利,也反映了作者对虚无主义者的复杂态度。

一○

　　……

　　果然在这天傍晚喝茶的时候,就打了仗。这天巴威尔·彼得罗维奇走进客厅,他就已经准备好作战了,他很生气并且很坚决。他只等着找到一个口实就向敌人进攻,可是等了好久都没有找到。巴扎罗夫照例在"老基尔沙诺夫"(他这样地称那两弟兄)面前不多讲话,那晚上他心里不痛快,只是一杯一杯地喝着茶,不说一句话。巴威尔·彼得罗维奇实在等得发火了。最后他的愿望毕竟实现了。

　　他们的话题转到了附近的一个地主身上。"没出息的,下流贵族。"巴扎罗夫随便地说,他在彼得堡遇见过那个人。

　　"请问您一句,"巴威尔·彼得罗维奇说,他的嘴唇在打颤,"照您看来,'没出息的'和'贵族'是一样的意思么?"

　　"我说的是下流贵族。"巴扎罗夫答道,懒洋洋地嘬了一口茶。

　　"正是这样,先生;不过我觉得您对贵族也是和对所谓下流贵族一样看待的。我认为我应当告诉您,我并不赞成您这个意见。我敢说,凡是认识我的人都知道我是一个具有自由思想而且拥护进步的人;可是就因为这个缘故,我尊敬贵族——真正的贵族。请您留神记住,亲爱的先生(巴扎罗夫听见这几个字便抬起眼睛望着巴威尔·彼得罗维奇),请您留神记住,"他狠狠地再说了一遍,"我尊敬英国的贵族。他们对自己的权利一点儿也不肯放弃,因此他们也尊重别人的权利;他们要求别人对他们尽应尽的义务,因此他们也尽自己应尽的义务。英国的自由是贵族阶级给它的,也是由贵族阶级来维持的。"

"这个调子我们不知道听过多少回了,"巴扎罗夫答道,"可是您打算用这个来证明什么呢?"

"我打算用这么个来证明,亲爱的先生,(巴威尔·彼得罗维奇动气的时候,他就故意在"这个"中间添插进一个音,念成"这么个",虽然他明知道这种用法是不合文法的。这种时髦的怪癖可以看作亚历山大一世[①]时代遗留下来的一种习惯。当时那班纨袴子弟很少讲本国话,偶尔讲了几句,就随意胡乱拼字,不是说这么个,就是说这伙个,好像在说:"自然我们是道地的俄国人,我们同时还是上等人物,用不着去管那些学究们定的规则。")我是打算用这么个来证明:没有个人尊严的意识,没有自尊心——这两种情感在贵族中间极其发达——那么社会……bien public[②]……社会组织便没有强固的基础了。亲爱的先生,个性,——那是很重要的东西;一个人的个性应该像岩石一样坚固,因为所有的东西都建筑在它上面。譬如,我很知道您觉得我的习惯、我的装束、我的整洁都是很可笑的;可是这都是从一种自尊心,从一种责任心——是的,先生,的确,先生,责任心——出来的。我现在住在乡下,住在偏僻的地方,可是我不会降低我自己的身份。我尊重我自己的人的尊严。"

"那么让我问您一句,巴威尔·彼得罗维奇,"巴扎罗夫说,"您尊重您自己,您只是袖手坐在这儿;请问这对于 bien public 有什么用处? 倘使您不尊重您自己,您不也是这样坐着吗?"

巴威尔·彼得罗维奇的脸色马上变白了。"那是另外一个问题。我现在绝对用不着向您解释我为什么像您所说的袖手坐在这儿。我只打算告诉您,贵族制度是一个原则,在我们这个时代里头只有不道德的或是没有头脑的人才能够不要原则地过日子。阿尔卡狄回家的第二天,我就对他讲过那样的话,现在我再对您讲一遍。尼可拉,是不是这样的?"

尼可拉·彼得罗维奇点了点头。

"贵族制度,自由主义,进步,原则,"巴扎罗夫在这个时候说,"只要您想一想,这么一堆外国的……没用的字眼! 对一个俄国人,它们一点儿用处也没有。"

"那么,在您看来对俄国人什么才是有用的呢? 倘使照您的说法,我们就是

---

① 亚历山大一世(1777—1825),1801—1825 年的俄国沙皇。
② 法语:社会的福利。——原注

在人类以外，人类的法则以外了。可是历史的逻辑要求着……"

"可是逻辑对我们有什么用呢？我们没有它也是一样地过日子。"

"您这是什么意思？"

"就是这个意思。您肚子饿的时候，我想，您用不着逻辑来帮忙您把一块面包放进嘴里去吧。这些抽象的字眼对我们有什么用处？"

巴威尔·彼得罗维奇摇着他的两只手。

"您这倒叫我不明白了。您侮辱了俄国人。我实在不明白一个人怎么能够不承认原则、法则！是什么东西在指导您的行动呢？"

"大伯，我已经对您讲过我们不承认任何的权威。"阿尔卡狄插嘴道。

"凡是我们认为有用的事情，我们就依据它行动，"巴扎罗夫说，"目前最有用的事就是否定——我们便否认。"

"否认一切吗？"

"否认一切。"

"怎么，不仅艺术和诗……可是连……说起来太可怕了……"

"一切。"巴扎罗夫非常镇静地再说了一遍。

巴威尔·彼得罗维奇睁大眼睛望着他。他没有料到这个，阿尔卡狄欢喜得红了脸。

"请让我来讲两句，"尼可拉·彼得罗维奇说，"您否认一切，或者说得更正确一点，您破坏一切……可是您知道，同时也应该建设呢。"

"那不是我们的事情了……我们应该先把地面打扫干净。"

"目前人民的状况正要求这个，"阿尔卡狄庄严地说，"我们应当实现这类要求，我们没有权利只顾满足个人的利己心。"

巴扎罗夫显然不高兴这最后的一句；这句话带了一点儿哲学气味，就是说浪漫主义的气味，因为巴扎罗夫把哲学也叫做浪漫主义，不过他觉得用不着去纠正他那个年轻的门徒。

"不，不，"巴威尔·彼得罗维奇突然用劲地说，"我不相信你们这些先生们真正认识俄国人民；我不相信你们就能够代表他们的需要，他们的热望！不，俄国人民并不是像你们所想象的那样。他们把传统看作神圣不可侵犯的，他们是喜欢保持古风的，他们没有信仰便不能够生活……"

"我并不要反驳这一点，"巴扎罗夫插嘴说，"我甚至准备承认在这一点上您是对的。"

"那么倘使我是对的……"

"可是还是一样，什么都不曾证明。"

"正是什么都不曾证明，"阿尔卡狄跟着重说一遍，他充满着自信，就像一个有经验的棋手,他早已料到对手要走一着看起来很厉害的棋,因此一点儿也不惊慌。

"怎么还是什么都不曾证明呢?"巴威尔·彼得罗维奇喃喃地说,他倒奇怪起来了,"那么,您要反对自己的人民吗?"

"我们就反对了又怎样?"巴扎罗夫突然嚷起来,"人民不是相信打雷的时候便是先知伊里亚驾着车在天空跑过吗? 那么怎样呢? 我们应该同意他们吗? 而且,他们是俄国人;难道我不也是一个俄国人吗?"

"不,您刚才说了那一番话以后,您就不是一个俄国人! 我不能承认您是一个俄国人。"

"我祖父耕田,"巴扎罗夫非常骄傲地说,"您随便去问一个您这儿的农民,看我们——您同我——两个人中间,他更愿意承认哪一个是他的同胞。您连怎样跟他们讲话都不知道。"

"可是您一面跟他们讲话,一面又轻视他们。"

"为什么不可以呢,倘使他们应当受人轻视的话! 您专在我的观点上挑错,可是谁告诉您,我的观点是偶然得来的,而不是您所拥护的民族精神本身的产物呢?"

"什么话! 虚无主义者太有用了!"

"他们有用或者没用,并不是该我们来决定的。就是您也觉得自己并非一个没有用的人吧。"

"先生们,先生们,请不要攻击个人。"尼可拉·彼得罗维奇一面叫着,就站起身来。

巴威尔·彼得罗维奇微微一笑,把手按住他弟弟的肩头,叫他仍旧坐下。

"不要着急,"他说,"我不会忘掉自己的身份,正因为我有着我们这位先生,这位医生先生,挖苦得不留余地的自尊心。"他又转过头来对巴扎罗夫说:"请问一句,您也许以为您的学说是新发明的吧? 您这种想法是大错特错。您主张的唯物主义已经流行过不止一次了,总是证明出来理由欠充足……"

"又是一个外国名词!"巴扎罗夫打岔道。他有点儿动怒了,他的脸色变得发青,而且带着粗暴的颜色。"第一,我们并不宣传什么;那不是我们的习惯……"

"那么你们又干些什么呢?"

"我就要告诉您我们干些什么。前不久,我们常常讲我们的官吏受贿,我们没有公路,没有商业,没有公平的法庭……"

"哦,我明白了,你们是'控诉派'①——我想,就是这种称呼吧。你们的控诉里头有许多我也同意,可是……"

---

① 亚历山大二世(1818—1881)统治(1855—1881)初期对参加当时一种文学运动的人的称呼。

"后来我们也明白发议论,对我们的烂疮只空发议论,这是毫无用处的,它只会把人引到浅薄和保守主义上面去;我们看见我们的聪明人,那些所谓进步分子和'控诉派'不中用;我们整天忙着干一些无聊事情,我们白费时间谈论某种艺术啦,无意识的创造啦,议会制度啦,辩护律师制度啦,和鬼知道的什么啦。可是事实上需要解决的问题却是我们每天的面包;我们让极愚蠢的迷信闷得透不过气;我们的股份公司处处失败,只因为没有够多的诚实的人去经营;我们的政府目前正在准备的解放①,也不见得会有什么好处,因为农民情愿连自己的钱也搜刮去送给酒店,换得醺醺大醉。"

"是的,"巴威尔·彼得罗维奇插嘴说,"是的,你们相信了这一切,你们便决定不去切实地做任何事情了。"

"决定不做任何事情。"巴扎罗夫板起脸跟着说了一遍。

他因为无缘无故地对这位绅士讲了那么多的话,忽然跟自己生起气来。

"可是只限于谩骂?"

"只限于谩骂。"

"这就叫作虚无主义?"

"就叫作虚无主义。"巴扎罗夫又跟着重说一遍,这次特别不客气。

巴威尔·彼得罗维奇略略眯起眼睛。

"原来是这样!"他用一种异常镇静的声音说,"虚无主义是来医治我们的一切痛苦的,而且你们是我们的救主,我们的英雄;可是你们为什么责骂别人呢,连'控诉派'也要责骂呢? 你们不是也跟所有别的人一样只会空谈吗?"

"不管我们有多少短处,我们却没有这个毛病。"巴扎罗夫咬着牙齿说。

"那么又怎样呢? 请问,你们在行动吗? 或者你们是在准备着行动吗?"

巴扎罗夫不回答。巴威尔·彼得罗维奇的身子微微颤抖了一下,可是他立刻控制了自己。

"哼! 行动,破坏……"他继续说,"可是你们连为什么要破坏都不明白又怎样去破坏呢?"

"我们要破坏,因为我们是一种力量。"阿尔卡狄说。

巴威尔·彼得罗维奇看看他的侄子,不觉笑了起来。

"力量是不负任何责任的。"阿尔卡狄挺起身子说。

"可怜的人!"巴威尔·彼得罗维奇大声叫道,他不能再控制自己了。"你会不会想到你们用你们这种庸俗的论调在俄国维持些什么东西! 不,连一个天使

---

① 指 1861 年的农奴解放。

也忍耐不下去了！力量！在野蛮的加尔梅克人①中间，在蒙古人中间，也有力量;可是这跟我们有什么关系呢？对我们可宝贵的，是文明;是的，先生，是的，先生，亲爱的先生，文明的果实对我们是可宝贵的。不要对我讲那些果实毫无价值:便是最不行的画匠，un barbouilleur②，或者一晚上只得五个戈比③的奏跳舞音乐的乐师，他们也比你们更有用，因为他们所代表的是文明，不是野蛮的蒙古力量，你们自以为是进步人物，可是你们却只配住在加尔梅克人的帐篷里头！力量！你们这些有力量的先生，请记住你们不过是四个半人，别的人数目却有千百万，他们不会让你们去践踏他们的最神圣的信仰，他们倒要把你们踩得粉碎!"

"他们要踩就让他们踩吧,"巴扎罗夫说,"可是您的估计并不对。我们人数并不像您所说的那样少。"

"什么？您真以为你们可以应付全体人民吗?"

"您知道整个莫斯科城还是给一个戈比的蜡烛烧掉的。"④巴扎罗夫答道。

"是的，是的。第一是差不多撒旦一样的骄傲，其次是嘲笑——就靠了这个来引动年轻人，来征服一般小孩子的毫无经验的心！现在就有一个坐在您身边，他简直要崇拜您了。您欣赏欣赏他吧！(阿尔卡狄掉过脸去，皱起眉头来。)这种传染病已经传播得很广了。我听说我们的画家在罗马从来不进梵蒂冈⑤去。他们把拉斐尔⑥差不多看作一个傻瓜，就因为，据说，他是一个权威;可是他们自己却又没出息，连什么也画不出来;他们的幻想老是出不了《泉边少女》这一类画的圈子！而且连少女也画得不像样。照您看来，他们是出色的人物吧，是不是?"

"照我看来,"巴扎罗夫答道,"拉斐尔本来就不值一个钱;他们比他也好不了什么。"

"好！好！听着，阿尔卡狄……现在的年轻人就应该这么讲的！想想，他们怎么不跟着您跑呢！在从前年轻人都不能不念书:他们不愿意让人家叫作粗野的人，因此不管他们喜欢不喜欢，他们都不得不好好地用功。可是现在，他们只要说:'世界上的一切都是狗屁！'就成功了。一般年轻人都高兴极了。说老实话，他们先前本来是笨蛋，现在一转眼的工夫就变成虚无主义者了。"

"您自己那么夸口的自尊心已经动摇了。"巴扎罗夫冷静地说，阿尔卡狄却

---

① 加尔梅克人:西伯利亚的游牧民族。

② 法语:画匠。

③ 俄国货币单位，一卢布的百分之一。

④ 指 1812 年拿破仑侵略俄国，俄国人焚烧莫斯科的事。

⑤ 梵蒂冈:罗马教皇所在地，在罗马，内有图书馆、博物院，收藏的书画等都很名贵。

⑥ 拉斐尔(1483—1520)，意大利画家，文艺复兴时期三大家之一。

气得厉害,眼睛发火了。"我们的辩论扯得太远了;我想,还是停止的好。我想,"他说着,便站起来,"只要您能够在我们现在的生活里面,在家庭生活或社会生活里面,找出一个不需要完全地、彻底地否定的制度,到那时候我再来赞成您的意见。"

"像这样的制度,我可以举出几百万来,"巴威尔·彼得罗维奇嚷道,"几百万! 就譬如公社①。"

一个冷笑使得巴扎罗夫弯起嘴唇来。

"好,说到公社,"他说,"您最好还是跟令弟去讲吧。我想他到现在应该看明白,公社究竟是怎样一回事了——它那连环保啦,它那戒酒运动啦,还有别的这一类的事情。"

"那么就拿家庭来说吧,我们农民中间的家庭!"巴威尔·彼得罗维奇大声说。

"这个问题,我想您还是不要太详细分析的好。您没听说过扒灰的公公吗? 巴威尔·彼得罗维奇,您听我的劝告,花两天的工夫去想一想吧;您马上好像不会想出什么来的。请您把我们俄国的每个阶级,一个一个地仔仔细细地研究一番,同时我和阿尔卡狄两个要……"

"去嘲笑一切事情。"巴威尔·彼得罗维奇打岔地说。

"不,我们去解剖青蛙。阿尔卡狄,我们走吧;先生们,一忽儿再见。"

两个朋友走了。弟兄两人留在这儿,他们起初只是默默地对望着。

"这就是我们现在的年轻人!"巴威尔·彼得罗维奇终于开口说,"我们的下一代——他们原来是这样。"

"我们的下一代!"尼可拉·彼得罗维奇跟着重说一遍,闷闷地叹了一口气。在他们辩论的时候,他一直觉得就像坐在热炭上面似的,他一声也不响,只是偷偷地用痛苦的眼光看阿尔卡狄。"哥哥,你知道我现在记起了什么吗? 我有一回跟我们的亡故的母亲争论一件事;她发了脾气,直嚷,不肯听我的话。最后我对她说:'自然你不能了解我;我们是不同的两代人。'她气得很厉害,可是我却想道:'这有什么办法呢? 丸药是苦的,可是她必须吞进肚子里去。'你瞧,现在是轮到我们了,我们的下一代人可以对我们说:'你不是我们这一代人;吞你的丸药去吧。'"

"你真是太大量,太谦虚了,"巴威尔·彼得罗维奇答道,"相反的,我却相信你我都比这班年轻的先生们更有理,虽然我们口里讲着旧式的话,已经 vieille②,

---

①   俄国的一种多村自治组织。它的基础是土地共有。
②   法语:老了。

而且我们不像他们那样狂妄自大。……现在的年轻人多傲慢！你随便问一个年轻人：'你喝红酒还是白酒？'他便板起脸用低沉的声音答道：'我素来喝红的！'好像那一刻全世界的眼光都集中在他一个人身上似的……"

"您还要不要茶？"费涅奇卡从门外探头进来问道。她听见客厅里还有争论的声音，便不能决定要不要进来。

"不要了，你叫人把茶炊拿走吧。"尼可拉·彼得罗维奇答道，一面站起来招呼她。巴威尔·彼得罗维奇突然对他讲了一句"bon soir①"，便回到自己的书房里去了。

选自屠格涅夫：《前夜·父与子》，丽尼、巴金译，人民文学出版社 1979 年版。

———————

① 　法语：晚安。——原注

罪与罚（节选）

陀思妥耶夫斯基

费多尔·米哈伊洛维奇·陀思妥耶夫斯基（1821—1881）是19世纪下半叶俄国著名心理现实主义作家，西方现代主义文学的鼻祖，著有中篇小说《穷人》、《双重人格》（又译《双貌人》）、《白夜》、《地下室手记》，长篇小说《被侮辱与被损害的》、《罪与罚》、《白痴》、《群魔》（又译《鬼》）、《卡拉马佐夫兄弟》等。代表作《罪与罚》（1866）描写彼得堡大学法律系肄业大学生拉斯柯尔尼科夫在"超人思想"影响下杀人犯罪，精神陷入痛苦折磨、巨大恐惧和内心惩罚中，最终在索尼娅的宗教思想的感召下向警方自首。小说既反映了19世纪中叶俄国底层民众的苦难生活，探讨了极端个人主义理论的产生、实践与破产，也宣扬了基于东正教和斯拉夫主义的"根基论"主张。

上

第三部　第五章

……

所有这些如闪电般在他的脑海里掠过。

波尔菲里·彼得罗维奇很快就回来了。不知为何，他突然高兴起来。

"老兄，昨天从你那儿回来，我的脑袋就疼……我整个人都有些支撑不住了。"他用一种截然不同的口气，笑着对拉祖米欣说。

"怎么，有意思吗？昨天我正是在你们谈论最有趣的话题时离开的。谁赢啦？"

"当然啰，谁也没赢。我们扯到了一些永恒的问题，大家海阔天空地瞎聊。"

"你想想看，罗佳，我们昨天扯到了什么事上去了：犯罪是否存在？告诉你，我们扯得没有边了！"

"那有什么可大惊小怪的？一个普通的社会问题。"拉斯柯尔尼科夫心不在焉地说。

"这个问题的提法就不大对头。"波尔菲里指出。

"不完全对头，是这样的，"拉祖米欣随即附和道，他像往常一样出语急促，情绪激动，"罗佳，你听听看，说说你自己的看法。我很想知道你的看法。昨天我拼命与他们争辩，就等着你前来助阵；我对他们说到了你，说你会来的……问题是从社会主义者的观点谈起的。这个观点众所周知：犯罪是对社会制度不正常的一种抗议，实际就是这么回事，如此而已，不可能再有其他的原因，不可能！……"

"这可是胡扯了！"波尔菲里·彼得罗维奇叫道。他显得很活跃，眼睛望着拉祖米欣，不停地笑着，这引得拉祖米欣情绪更加激动。

"不可能有其他的原因！"拉祖米欣激烈地打断了他的话，"我没有胡扯！……我给你看看他们写的几本书：他们认为，一切都由于'环境的影响'①，别无其他原因！这是他们喜爱的口头禅！由此直接引出结论，假如社会结构是正常的，那么一切犯罪便一下子不复存在，因为没有什么可抗议的了，所有的人一下子全变得正直了。天性无须考虑，天性可以忽略，天性无法指望。在他们看来，不是人类通过历史的、活生生的道路而发展到底，最终自然而然地形成一个正常的社会；恰恰相反，是由某个数学头脑计算出来的一种社会体系，赶在任何活生生的过程之前，不必通过任何历史的、活生生的道路，就能立刻把整个人类组织好，一下子就使他们变成正直的毫无过失的人！因而他们就本能地厌恶历史：'历史上净是些不成体统的事和蠢事'，一切都只能用愚蠢来解释！因而他们也就厌恶活生生的生活过程，因为不需要活的心灵！活的心灵要有生命，活的心灵不会听命于机械，活的心灵是可疑的，活的心灵是顽固落后的！而这里②虽然死气沉沉，可以用橡胶制成，但是它不是活的，因此没有意志，是奴性的，不会反抗！结果是，人们只要在法伦斯泰尔③里砌砖筑墙，规划建造走廊和房间！法伦斯泰尔是建成了，可你们的天性对法伦斯泰尔而言，还没有准备好，它还要按原样活下去，还没有结束生命的过程，还没有进入坟墓！单纯逻辑是无法跳越人的天性一环节的！逻辑只能预料三种可能性④，而可能性却有千百万种！排除千百万种可能性，把一切都归结于一个舒适问题！这是一种最简易的解决问题的办法！令人羡慕地一目了然，又用不着费脑筋！主要的是用不着费脑筋！生活的全部秘密只用两个印张的篇幅就包容无遗了。"

---

① "环境的影响说"于19世纪50—60年代之交在俄国自由主义和民主主义批评界与文学界间广泛流行。持此说者认为"多余人"以及平民中的有才华的人不能施展才能以至堕落，原因在于农奴制的社会环境。陀思妥耶夫斯基及其《时代》杂志则反对这一观点，认为个人应对自己的行为负责。实际上"环境说"虽有机械性质，但其宗旨是要求促进社会变革，在当时是进步的。

② 指没有活的心灵。

③ 此词源自希腊文，是指严整的步兵队伍。法国空想社会主义者傅立叶（1772—1837）曾设想未来社会中以"法郎吉"为基层组织，它的理想规模是1620人。法郎吉的成员居住的地方为法伦斯泰尔，由自愿者以资金入股建成，是宏伟美观的建筑群，每一法伦斯泰尔占地一平方公里。

④ 当指形式逻辑的三段论法。

"真是信口雌黄,胡说八道!得让他住嘴,"波尔菲里笑了起来,"您想想看,"他转身对拉斯柯尔尼科夫说道,"昨天晚上,六个人就这样挤在一间屋子里大吵,事先还喝了许多潘趣酒①,您能想象是个什么样子!不,老兄,你胡说,'环境'在犯罪中是有很大的作用;这一点我可以给你用事实证明。"

"我自己也知道有很大影响,但你说,一个四十岁男人猥亵十岁少女,难道这是环境迫使他做的吗?"

"那又怎样,严格地说这也可能是环境所致,"波尔菲里特别郑重地说,"猥亵少女的犯罪甚至完全、完全可以用'环境'来解释。"

拉祖米欣几乎气得发疯。

"要是你愿意,我现在就给你来个推论,"他吼叫起来,"推论你所以有两道白眉毛,只是因为伊凡大帝②有三十五俄丈③高;而且我能推论得清清楚楚,十分准确,很有进步的思想,甚至带有自由主义的倾向。我敢打赌!哎!你想打赌吗!"

"那就赌吧!让我们听听,他是怎么个推论法!"

"尽是装腔作势,真见鬼!"拉祖米欣叫嚷着,一边跳起来挥舞双手,"不值得与你白费口舌!要知道他是故意这么说的,罗佳,你还不了解他。昨天他支持他们那一方,也是为了捉弄大家。他昨天说了些什么呀,天哪!可他们都听得兴高采烈!……要知道他能就这样撑上两个星期。去年他不知为啥让我们相信他要进修道院:整整两个月他始终不改口!不久前,他又想法让我们相信他要结婚了,一切准备就绪,只等举行婚礼。他甚至还做了新衣服。我们都向他表示祝贺。但是没有新娘,什么都是子虚乌有,一切都是空中楼阁!"

"你又在胡说了!我是先做了件衣服。因为有了套新衣服,我才想和你们开个玩笑。"

"您真的是个爱弄玄虚的人吗?"拉斯柯尔尼科夫有点不太客气地问道。

"您以为我不是吗?等着瞧吧,我也要跟您开一次玩笑,哈哈哈!不,您瞧,我要把一切真相都告诉您。说到所有这些问题——犯罪、环境和少女,我现在想起了您的一篇文章《论犯罪》……或者其他什么题目,我忘记了,我没记住。不过这文章一直令我很感兴趣。两个月前,我在《周期言论》上读到的,我很喜欢这篇文章。"

"我的文章?在《周期言论》上?"拉斯柯尔尼科夫惊讶地问道,"半年前从大

---

① 用朗姆酒加水、糖、葡萄酒和香料等加热制成的饮料。
② 这里是指莫斯科克里姆林宫里伊凡大帝钟楼,是克里姆林宫的最高建筑。
③ 一俄丈等于 2.134 米。

学退学时,我确实写过一篇书评①,但当时我是投寄给《每周言论》的,不是《周期言论》。"

"结果在《周期言论》上发表了。"

"要知道《每周言论》停刊了②,因此当时没有发表……"

"这倒是事实,但《每周言论》停刊后,并入了《周期评论》,所以您的文章在两个月前登在《周期言论》上了。您还不知道?"

拉斯柯尔尼科夫确实一无所知。

"好哇,您可以向他们索取稿费啦! 真有您的! 这么离群索居,连与自己直接有关的事情都不知道。这可是事实呀。"

"太棒了,罗佳! 我也不知道!"拉祖米欣嚷道,"今天我就去阅览室借这一期杂志! 两个月以前的? 哪天出的? 反正我总能找到! 竟有这种事! 他还不说呢!"

"您怎么会知道这是我写的? 我用的可是缩写的名字呀。"

"这是由于一个偶然的机会,也是前几天才知道的。一个编辑告诉我的;我认识他……我对这篇文章很感兴趣。"

"我记得是分析罪犯在整个犯罪过程中的心理状态。"

"是的,您还坚持认为,干犯罪的行为时,总是伴随着疾病。这是非常非常独特的观点,不过……最使我感兴趣的不是您文章中的这一部分,而是文章结尾提出的一种看法,遗憾的是您只是暗示了一下,不很清晰……总而言之,如果您记得的话,那是暗示世上仿佛存在一种人,他们能够……也不仅能够,而是完全有权胡作非为,有权犯罪,对他们来说法律似乎并不存在。"

对于这番故意极力曲解自己看法的话,拉斯柯尔尼科夫只是冷笑一声。

"什么? 这怎么讲? 有权犯罪? 这可不是'环境的影响'啊?"拉祖米欣甚至有点吃惊地问道。

"不,不,不全是这样,"波尔菲里回答说,"问题在于他的文章中把所有的人都分成了'普通的人'和'特殊的人'两类。普通的人应该俯首帖耳地生活,没有权利逾越法律,就因为他们是普通的人;而特殊的人则有权从事各种犯罪,有权

---

①　据学者考证,所评的书可能是拿破仑三世写的《恺撒传》或德国哲学家施蒂纳(1806—1856)写的《唯一者及其所有物》(1844)。后者认为,真正的具体的现实是个人——一个自负的独断的人物。这个人物用他的观念和意志创造出这个世界。施蒂纳是"唯我主义者",宣扬肆无忌惮的追求——"我无所顾忌"。

②　《俄国言论报》在出了 39 期之后,于 1861 年停刊,并与《莫斯科导报》合并。这里所指的,也许是 H. B. 卡拉乔夫出版的杂志《法学导报》,它在 1862—1864 年间每月出版,1864 年在出到第 6 期时停刊。该杂志的许多作者,同时也在《时代》杂志上发表法学方面的文章。

践踏法律,只是因为他们是特殊的人。要是我没弄错的话,您好像就是这个意思?"

"这怎么可能呢? 这是不可能的!"拉祖米欣困惑不解地嘟哝着。

拉斯柯尔尼科夫又冷笑了一声。他顿时恍然大悟,明白了他们想引他说什么。他还记得自己的那篇文章,决定接受挑战。

"我的观点不完全是这样,"他很自然而又谦逊地开口说了起来,"不过,坦白地说,您几乎准确地阐述了我的看法,如果愿意的话,甚至可以说是完全准确(他似乎很乐意承认完全准确)……唯一的不同之处在于:我根本没有像您说的那样,坚持认为特殊的人一定而且必须总是胡作非为。我还以为,那样的文章是不会被允许发表的。我只不过暗示说,特殊的人有权……倒不是指正式的权利,而是有权让自己良心越过某些障碍,但这只能是在为实现自己理想(有时这种理想可能是拯救全人类的)而不得不这样做的时候。您说,我的文章含糊不清;我很乐意尽可能地给您解释清楚。我大概没有弄错,这正是您所希望的;那么请让我解释一下吧。据我看来,假如开普勒①或牛顿的发现由于某些原因不能公之于众,除非牺牲掉一个、十个、百个或者更多的阻碍这一发现或者成为这一发现绊脚石的人,那么牛顿就有权,甚至应该……除掉这十来个或上百个人,以便让自己的发现为全人类所知。但是,由此绝不能得出结论说:牛顿有权随心所欲地逢人就杀,或者有权每天在市场上偷盗。我记得在文章中还发挥说,所有的人……比如说人类社会的立法者们和创始者们,从远古起到李库尔赫②、梭伦③、穆罕默德④、拿破仑之类的人,单凭一条就全都是罪犯,那就是他们为了制定新的法律而破坏了古老的、受社会尊崇并由父辈传下来的法律;当然他们也不会因需要流血杀人而趑趄不前,只要流血杀人(有时被害者完全是无辜的,为了维护古老法律而流血牺牲)有助于他们实现自己的目的。更能说明问题的是,这些人类的恩人和创始者们甚至大多数都是残酷的刽子手。总之,我的结论是:所有这些人,不单是伟大的人,还多少有些逾越,也就是甚至多多少少能提出某种新见解的人,就其本性来说,一定会成为罪犯,当然在程度上有所不同。要不然他们很难逾越常轨,而墨守成规他们自然又不愿意,这也是由他们的本性所决定的,要依我看,他们甚至就应该不愿意。总之,您瞧,说到现在我并没有什么特别

---

　　① 开普勒(1571—1630),德国天文学家,近代天文学的创立者之一,发现行星运动定律(开普勒定律)。

　　② 李库尔赫(或译莱喀尔古,公元前 9—前 8 世纪),传说中的斯巴达立法者。希腊人认为,斯巴达社会制度和国家体制都是他制定的。

　　③ 梭伦(约公元前 638—约前 559),古雅典政治家和诗人。公元前 594 年被选为雅典的首席执政官。他实行政治改革,奠定了雅典民主政治的基础,促进了氏族社会的崩溃。

　　④ 穆罕默德(约 570—632),伊斯兰教的创始者。

的新见解。这都是老生常谈，在报纸杂志上发表过千百次，真是屡见不鲜。至于说我把人分成普通的人和特殊的人两类，我承认这样分有些随意性，但要知道我并没有举出精确的数字。我只是相信我的主要观点没错。这个观点的关键在于，一般来说，人按照天性可以分成两类，一类是低级的人（普通的人），也就是说他们只能成为传宗接代的材料；另一类是真正的人，也就是说他们有才能或天赋，能在自己的环境中讲出新的见解。类别当然可以无止境地分下去，但这两类人的不同却是相当明显的：第一类人，也就是传宗接代的材料，一般说天生就因循守旧，安于现状，他们过着低声下气的生活，乐意唯命是从。照我看，他们也应该俯首帖耳，因为这是他们的使命，这对他们来说根本不是什么屈辱。第二类人，总在践踏法律，尽其所能破坏法律或者具有这种倾向。这些人的犯罪当然都是相对而言的，而且是各种各样的；他们之中大多数人都通过极其多样的方式，呼唤为美好的未来而破坏现状。但是，如果为了实现自己的思想不得不踩着尸体和鲜血去干，那么依我看来他们内心也许会坦然地让自己蹚过血泊；不过这要看是为什么思想和这思想的规模，这一点请注意。就是在这个意义上我在文章里谈到他们有权去犯罪（您该记得，我们可是从法律问题上说起的）。其实，也用不着大惊小怪：民众几乎从不承认他们有这个权利，总要处决他们或绞死他们（程度有所不同），以此完全正当地实现自己那保守的使命。可到了以后的几代人，同样的民众又会把被处决的人尊为圣贤，对他们顶礼膜拜（程度有所不同）。第一类人永远是当代的主人，而第二类人则是未来的主人。第一类人维护世界的现状，增加世界上的人口；而第二类人则推动世界前进，引向预定的目标。不管是第一类还是第二类人，都有完全一样的生存权利。总之，我认为所有的人都有完全相等的权利——vive la guerre eter nelle①，当然啰，直到建立起新耶路撒冷②！"

"那么您终究相信会有新的耶路撒冷③？"

"是的。"拉斯柯尔尼科夫坚定地回答道。他说这句话时同刚才滔滔不绝地发表长篇大论时一样，垂眼望着地面，凝视着地毯上的某一点。

"那——那您也相信上帝？对不起，我太好奇了。"

"是的。"拉斯柯尔尼科夫抬起眼睛，望着波尔菲里，又重复了一遍。

---

① 法文：永恒的战争万岁。

② 意为一个全新的世界，语出《新约全书·启示录》（第 21 章，第 2 节）："我又看见一个新的天地，因为先前的天地已经过去了。……我又看见圣城新耶路撒冷由上帝那里从天而降……"（又见该书第 3 章，第 12 节）。在陀思妥耶夫斯基读过的圣经中，这句话下用铅笔画一横杠。

③ 在圣西门主义者看来，相信新的耶路撒冷，就是相信未来的"黄金时代"。

"您——您也相信拉撒路复活①?"

"是——的。您干吗老是问这种问题?"

"您的确相信?"

"的确相信。"

"原来是这样……我是出于好奇心。对不起。不过,"他又回到原来的话题,"他们可不总是遭到处决的,有些人恰恰相反……"

"他们生前就很得志了? 对,有些人生前就得了志,于是便……"

"于是他们自己也开始处决别人?"

"如果有必要的话。您要知道,甚至大多是这样。总之,您的看法很机智。"

"谢谢。但请您说说,怎么区分特殊的人与普通的人呢? 难道他们生来就带有这种标记? 我的意思是说,这里更需要的是准确性,也就是说需要较为明显的外部特征。请原谅,我这个讲实际、好心肠的人,自然而然要产生忧虑。比如说,能不能穿上什么特别的服装,戴上什么饰物,或者打上什么烙印呢?……因为您也承认,要是一旦搞混了,有人自以为属于另一类,他就会像您那绝妙的说法,开始'排除一切障碍',那可怎么好……"

"哦,这是常有的事! 您的这个看法甚至比前一个更为机智……"

"谢谢。"

"别客气。不过您得注意,这类错误只会发生在第一类人身上,即'普通人'身上(我这样称呼他们或许极不妥当)。尽管他们天生就乐于俯首帖耳,但由于具有连母牛都免不了会有的顽皮天性,他们之中相当多的人喜欢自诩为进步人士、'破坏者',喜欢攀附'新见解',而且是非常真诚的。同时,真正的新人他们却常常不会发现,甚至加以鄙视,视之为观念落后、思想低下的人。然而,据我看这样不会有什么大危险,说实在的,您大可不必担忧,因为他们从来也不会走得太远。当然啰,有时因他们过于冲动也可以抽他们一顿鞭子,提醒他们记住自己的身份,但仅此而已。这时甚至不需要打手,他们会自己动手,因为都太诚实善良了;有些人会互相抽打,有些人则自我鞭挞……同时他们还会进行各种不同的公开忏悔,结果蔚为壮观而且可资借鉴,总之,您没什么可担忧的……这是一个规律。"

"嗯,至少在这一方面您让我感到放心些了。但我还有一个忧虑:请您告诉我,那种有权杀害他人的'特殊的人'多不多呢? 我当然乐意对他们顶礼膜拜,但您也得承认,假如他们人数很多,不是很可怕吗?"

"哦,这个您不必担忧,"拉斯柯尔尼科夫用同样的语调继续说道,"拥有新

---

① 耶稣使拉撒路从坟墓里出来,死而复生。见《新约全书·约翰福音》,第 11 章,第 38—44 节。

观念的人，甚至稍能说出新见解的人，生来就极少，甚至少得出奇。只有一点是很清楚的，即人出生的规律，各类人出生的规律，想必是由某个自然法则来确定的，相当准确无误。这个法则当然现在无人知晓，但我相信它的确存在，以后会为人所知。芸芸众生，也就是大批的材料，来到世上只是为了通过某种努力，经过迄今为止仍神秘莫测的过程，借助不同种族的交融，终于在千人之中奋力生出一个多少有些独立精神的人。也许在万人之中才会生出一个具有更多独立精神的人（我是举例来说，以便直观）。十万人之中或许有一个独立精神更足一些的人。几百万人中才生得出几个天才人物。而伟大的天才，人类的缔造者，或许要待大地上出生几十亿人之后才出一个。总之，我没有去看过产生这一切的熔炉。但某种规律肯定是存在的，也应该存在；这里绝不可能是偶然性。"

"瞧你们两人，不是在开玩笑吧？"拉祖米欣终于叫起来，"你们彼此挖苦嘲讽，不是吗？坐在这儿，你笑话我，我笑话你！你是当真的吗，罗佳？"

拉斯柯尔尼科夫一声不吭地抬起自己苍白的、几乎是忧愁的脸，望着他没有回答。与这张沉静忧郁的脸相比，波尔菲里那赤裸裸毫不礼貌的、气势逼人的、挖苦的神情，令拉祖米欣觉得奇怪。

"喂，老兄，如果这确实是当真的话，那么……你说这个观点并不新颖，与我们千百次读到与听到的观点全然相似，这当然是对的。但是这当中确实有其独到之处，也确是你独有的，令我深深惊骇的是，你居然会允许凭着良心去杀人流血，请原谅我的用词，甚至带一种狂热……看来，这就是你那篇文章的主要观点。要知道，这样允许凭着良心去杀人流血……我认为要比正式的法律上允许杀人流血更为可怕……"

"说得完全有理，是更可怕。"波尔菲里应声说。

"不，你准是入迷了！这样说是错误的。我要读一读文章……你入迷了！你不可能有这种想法呀……我要读读文章。"

"文章里没有这些，只有一些暗示。"拉斯柯尔尼科夫说道。

"是这样，是这样，"波尔菲里都坐不住了，"我现在差不多明白了您对犯罪的看法，但是……请原谅我爱刨根究底（再三烦扰，连我自己都觉得不好意思了！）——您瞧，您刚才给我消除了混淆两类人的担心，不过……还有各种实际的情况让我感到不安！比如有个汉子或是个年轻人，自以为是李库尔赫或穆罕默德……当然是说未来会是，于是为此就去排除一切障碍……比方说他将远征，而远征需要钱……于是他开始为远征而去找钱……您明白吗？"

扎米托夫突然在角落里发出了扑哧一笑。拉斯柯尔尼科夫甚至都没抬眼去看他。

"我应该承认，"他平静地回答道，"这种事是会有的。愚蠢的人、爱虚荣的人尤其容易上这个钩,特别是年轻人。"

"您看是吧。那该怎么办呢?"

"那又怎样呢,"拉斯柯尔尼科夫微微一笑,"这又不是我的错。现在有这种事,将来也会有这种事。这不,他(他朝拉祖米欣点点头)刚才说,我允许杀人流血。那怎么办呢?要知道社会上防范的方法多得很:流放、监狱、法庭和苦役,有什么可担忧的?您去捉贼好了!……"

"那要是抓住了呢?"

"那是他咎由自取。"

"您的看法很合逻辑。可对他的良心怎么办呢?"

"他的良心与您有什么相干?"

"从人道的角度来说嘛。"

"谁有良心,如果意识到自己错了,让他痛苦去吧。这也是对他的惩罚,苦役之外的惩罚。"

"那么那些真正的天才人物呢,"拉祖米欣皱着眉问道,"就是说那些有权杀人的人,即使是杀人流血以后,他们就必然完全感觉不到痛苦吗?"

"为什么要说'必然'呢?这里不存在允许或禁止的问题。要是怜悯牺牲者,就让他痛苦吧……对思想开阔、感情深厚的人来说,痛苦折磨是永远无法避免的。① 我觉得,那些真正的传人在世上一定会感受极大的忧虑。"②他突然若有所思地添上了一句,甚至连口气也同刚才的谈话不大协调。

他抬起头,面带沉思地瞧了众人一眼,微微一笑,便拿起了帽子。与刚才进来时相比,他显得太冷静了,对此他自己也有所觉察。大家都站起身来。

"啊,随您骂我也好,生气也好,我都实在忍不住,"波尔菲里·彼得罗维奇又说道,"请允许我再提一个小问题(我太打扰您啦),我想说说一个脑际闪现的想法,要不然会忘了……"

"好,说说您那想法吧。"拉斯柯尔尼科夫站在他面前等待着;他表情严肃,脸色苍白。

"是这么回事……真的,我不知道怎么表达更恰当……这个想法完全是玩笑式的……心理上的……是这样,当您写那篇文章时,您不可能,哈哈!您不可能不认为自己多少就是一个'特殊的人',一个能说出新见解的人,这里是指您

---

① 此说法接近作者对屠格涅夫的《父与子》中的巴扎罗夫的看法。可参看陀思妥耶夫斯基的《冬天记的夏天印象》。

② 法国空想社会主义者傅立叶曾谈道:恺撒登上全世界的皇帝宝座之后,因自己处于如此高位得到的却只是空虚和忧虑之感而吃惊。按:恺撒并未称帝,但他是军事独裁官,一切大权在握,实际上等于皇帝。

自己所理解的新见解……是这样的吗？"

"很有可能。"拉斯柯尔尼科夫用不屑的口吻答道。

拉祖米欣浑身扭动了一下。

"假如是这样的话，那您本人难道能下决心——比如，因为生活所迫，或者为了推动整个人类社会的前进，去逾越障碍吗？……比如去杀人、抢劫？……"

不知怎的他又突然朝拉斯柯尔尼科夫眨了眨左眼，并且不出声地笑了起来，与刚才完全一样。

"即便我越过了，我当然也不会告诉您。"拉斯柯尔尼科夫的回答，是一种挑战、傲慢和鄙视的语气。

"不，我不过是感兴趣，想弄懂您的文章，吃透文章的意思而已……"

"呸，这也太露骨，太放肆了！"拉斯柯尔尼科夫厌恶地思忖着。

"我要告诉您，"他冷冷地说道，"我并不认为自己是穆罕默德或者拿破仑……或者这类的什么人，既然不是他们，我也就无法给您一个满意的解释，说我会怎么办。"

"嗯，得了吧，在俄罗斯现在谁不认为自己是拿破仑哪？"波尔菲里突然用过分亲昵的口气说道。甚至在他的声调里，这一次也流露出某种特别明显的意思。

"上个星期用斧头砍死了我们的阿廖娜·伊凡诺芙娜的别是哪个未来的拿破仑吧？"扎米托夫突然在角落里冒出了一句。

拉斯柯尔尼科夫没有吭声，目不转睛地盯着波尔菲里。拉祖米欣双眉紧锁，脸色阴沉。他似乎早已觉察到了点什么，气冲冲地四下扫视着。一场令人难堪的沉默持续了片刻。拉斯柯尔尼科夫转身要走。

"您要走啦！"波尔菲里亲切地说道，同时又极其殷勤地伸出手去，"认识您非常高兴。至于您的请求，是不会有问题的。不过，您还得照我说的那样写一份申请。最好亲自到我那儿去一趟……就在这两天里……明天也行。我十一点钟左右肯定在那儿。我们可以把一切都办妥……再谈一谈……您是最后一个去那儿的，或许您会告诉我们一些情况……"他脸上带着一副极其友好的表情，补充道。

"您想在那种场合里正式审问我是吗？"拉斯柯尔尼科夫厉声问道。

"干吗要这样呢？暂时完全没有这个必要。您误会了，您要知道，我是不会放过任何一个机会的……我已与所有的抵押人谈过话……我从一些人口中得到了些线索……而您是最后一个……哦，赶巧了！"他叫道，不知为什么突然兴奋起来。"你看我，刚想起来！……"他转身对拉祖米欣说，"那会儿你老是对我讲起那个尼古拉什卡……其实我自己也知道，我自己也知道，"他又转身对拉斯柯尔尼科夫说，"这个人是清白的，可有什么办法呢；也不得不打扰米季卡……关键就在于：当上楼梯的时候……请问，您可是在七点多钟去的？"

"是的。"拉斯柯尔尼科夫回答道，但立刻不快地感到他本可以不回答这个问题。

"那么当您七点多钟上楼去的时候，您是否看见在二楼，在那个敞着门的房间里，您还记得吗？有两个工人，还是只有一个？他们在那里油漆房间，您注意了没有？这对他们来说可是非常非常重要！……"

"油漆工？不，我没看见……"拉斯柯尔尼科夫慢吞吞地回答，仿佛在努力回忆。而与此同时，他全身高度紧张，经受着痛苦的煎熬，只想识破这里所设的圈套，千万别忽略了什么。"不，我没有看见，好像也没有注意有敞着门的房间……可在四楼（他已完全识破圈套，为此暗自得意），我记得有一个官吏在搬家……阿廖娜·伊凡诺芙娜的对门……我记得……这事我清楚地记得……几个士兵把沙发搬出来，我被挤到了墙边……但油漆工我没看见，我不记得那里有什么油漆工……而且好像也没有敞着门的房间。是的，没有敞着门的房间……"

"你在说什么呀！"拉祖米欣仿佛恍然大悟，蓦地叫道，"要知道，油漆工是在谋杀的当天油漆房间的，而他是在三天前去那儿的！你干吗问这个？"

"呸！我都搞糊涂了！"波尔菲里拍了一下自己的额头。"真见鬼，我被这个案子搞得晕头转向！"他对拉斯柯尔尼科夫说道，甚至似乎十分内疚，"弄清楚是否有人在七点多钟在那套房子里见过他们，这对我们来说是很重要的。所以我刚才就想，您也许能告诉我们……我完全弄糊涂了！"

"应该细心些嘛。"拉祖米欣脸色阴沉地说道。

他们说最后几句话时已经在前室了。波尔菲里·彼得罗维奇极其殷勤地把他们送到门口。他俩闷闷不乐，阴沉着脸来到大街上，走了好几步都没有开口说话。拉斯柯尔尼科夫深深地吸了一口气。

选自陀思妥耶夫斯基：《罪与罚》（上），力冈、袁亚楠译，白春仁校，
河北教育出版社 2010 年版。

请扫码阅读外文版
原作（节选）